壶鱼辣椒 著
HU YU LA JIAO

惊封
JING FENG
下 2

三环出版社
SANHUAN PUBLISHING HOUSE

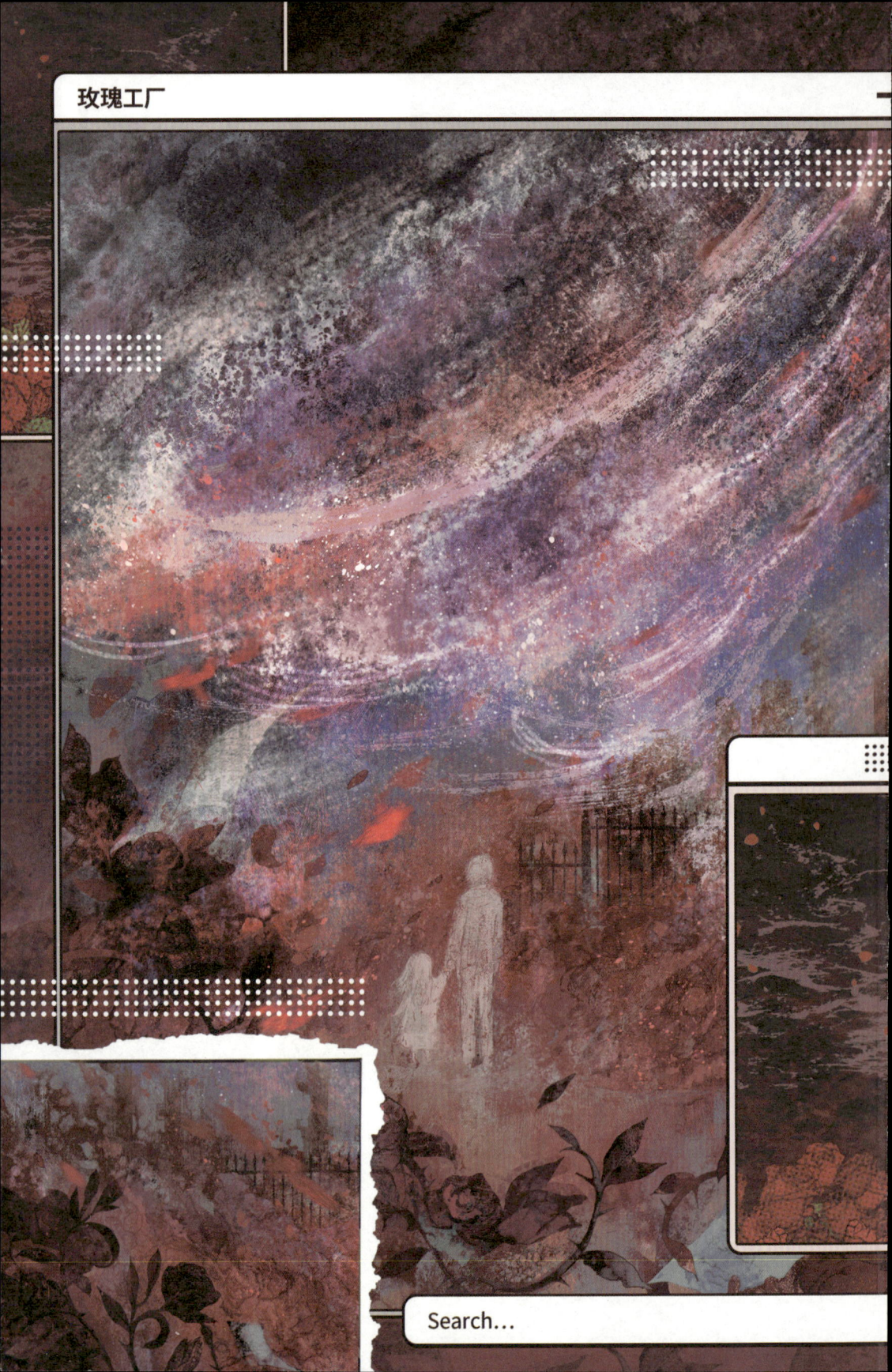

玫瑰工厂

Search…

Contents

■目录

▶第八章 / 001
异端处理局

▶第九章 / 143
玫瑰工厂

▶第十章 / 315
永恒长夏

Enter

BAILIU

****

OK

| 房间观众 20200624 | 助力榜

暂无公告

　　你的身体里永远住着孩提时期的你，再见到他们时，你是会讨厌、帮助，还是会远离他们？他们是你成长的雏形和镜子，在他们受尽折磨长大的时候，你是否会选择牺牲这个在原来的成长轨迹中成长起来的自己，给他们一个全新的未来？还是选择吸取他们身上的血液，用现在的你的形态继续恶劣地生长下去，成为高高在上的投资人？

　　《爱心福利院》里没有爱心，现在的你身体里又有百分之几是原来的你呢？

游客 210817 进入直播间
游客 1118 进入直播间
游客 703202 进入直播间

发条弹幕吧！

0/20
发送

BAILIU 关注+
游戏进行中……

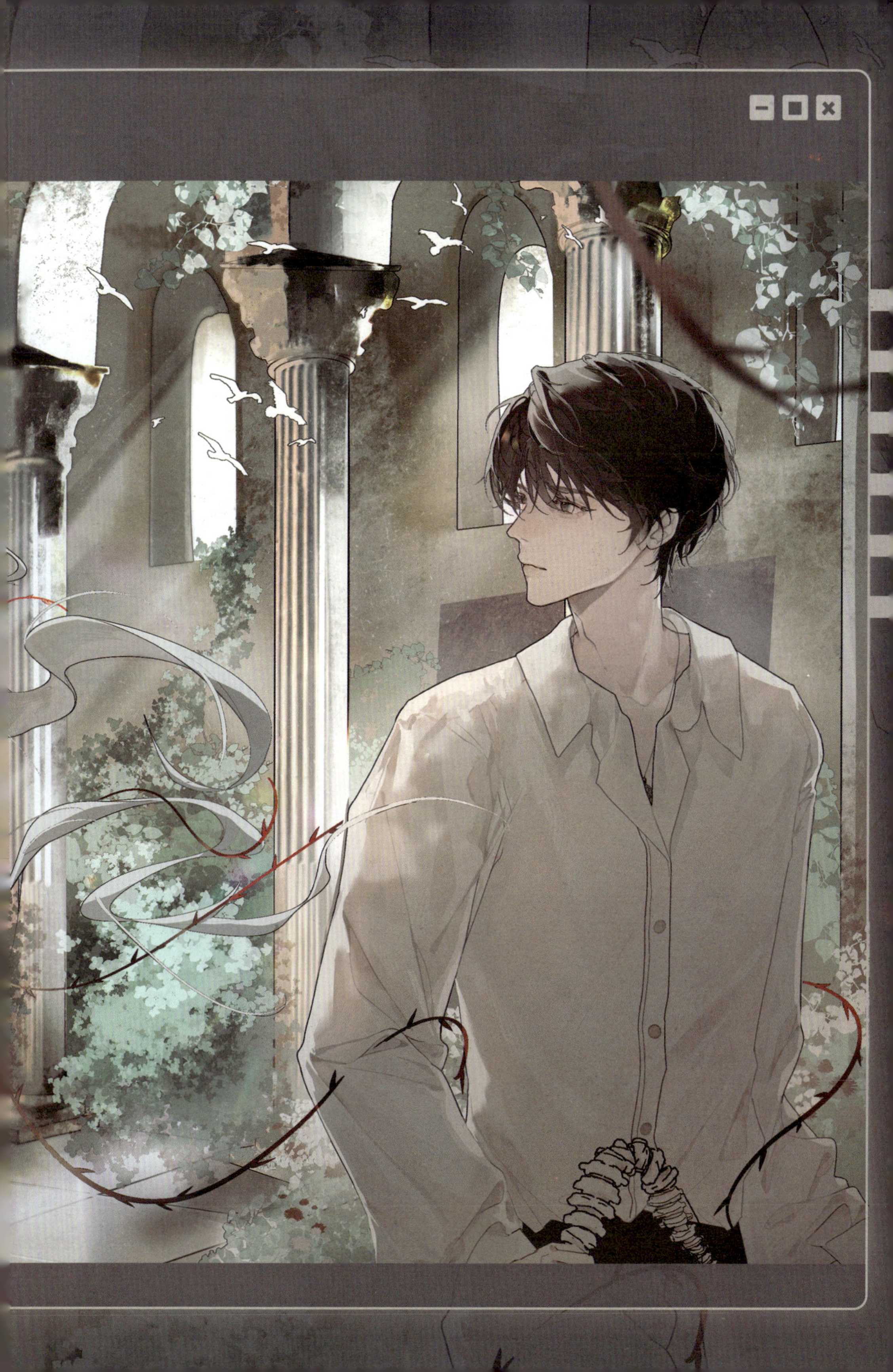

颠倒世界的一万六千亩玫瑰凋落了，
　　但你的长夏永不会凋落。

——那是连神明都夸口称赞过美丽的夏天。

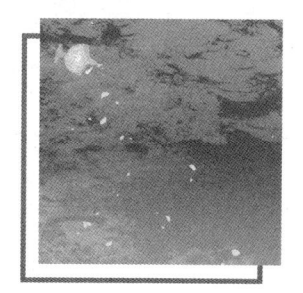

第八章 异端处理局

~~130~~

白柳从游戏登出口走了出来。

已经通关等在这里，一直绷着情绪的木柯看到白柳出来缓缓松了一口气："你终于出来了。"

白柳点头，然后询问："牧四诚，他通关了吗？"

木柯："我刚刚去看了一眼，他的小电视也在结算了，应该快从登出口出来了。"

果然，没过一会儿，牧四诚就被刘福和向春华一边抬一个肩膀地给扶了出来，看样子消耗得不少，跟宿醉了一样站都站不稳。

反而是刘福和向春华这两个新人气色看着还好。

牧四诚一看到在门口等他的白柳，就忍不住把自己的上身给撑起来，对着白柳骂骂咧咧："我真是服了，白柳，你知道你用了我的技能，我就不能用了对吧？我这边都要发大招了，你给我的技能用了，我这边就空大（放出大招技能而没能命中敌方）了。你倒是换个人的技能用啊！逮着我一个人的羊毛薅算什么好汉！"

不过牧四诚嘴上虽然很不客气，但看着也没有很生气，反而有点别扭地小声地补充了一句："……要不是有刘福和向春华来救场，我迟早要被你坑死。你就算要训练我的合作意识，也不用这么过激吧？"

刘福和向春华虽然有点疲惫，但也有点通关后的兴奋，笑呵呵地摆摆手道："没事没事，辛苦小牧带我们了。"

牧四诚心里稍微有点清楚白柳这人的作风了。

白柳这人做事很讲效率和性价比，喜欢快速高效地解决事情，牧四诚因为和刘怀合作留下了阴影，这是一个隐患，他又是一个速攻选手，在团战里这种心理上的片刻迟疑对队友和自己来说都是致命的。

白柳一直用他的技能，一方面是逼迫处于弱势的他快速适应和其他两个队友合作。一级游戏里牧四诚不会那么容易死亡，他可以放心大胆地训练对方。

另一方面是因为牧四诚的技能的确好用。

"就算我因为……有点合作上的小阴影，白柳你下手也太狠了……"靠在登出口休息，喘着粗气的牧四诚往后舒展着脖颈和肩膀，眼神漫不经心地一扫，扫到了木柯手上的一对匕首。

他的话和眼神顿时都停住了。

这是一对牧四诚很熟悉，熟悉到他只需要看一眼就能瞬间认出来的匕首。

这对匕首救过他很多次，为他挡过很多追来的灾厄魔怪，也差点淘汰他两次。

木柯出来后一直着急找白柳，还没想起自己登出这么久了，手上还无意识地紧握着这么一对匕首。

但被牧四诚这样一动不动地死死盯着，木柯低下头就看到了自己手上的一对匕首。想到牧四诚和刘怀之间的事情，木柯有点不知道该作何反应，他下意识地就想要把匕首收起来。

匕首已经消失在了木柯的手上，牧四诚的眼神却定格在木柯的手上根本没有移动。他用没什么情绪的语气问："这对匕首，从哪儿来的？"

"刘怀的。"白柳说。

牧四诚脸上浮现一个奇怪的笑，他眼神还定在木柯的手上，嘴角却奇异地勾起，就好像是听到了一个很好笑的、让人无法信服的消息，还没有回过神来的反应："怎么可能是刘怀的？技能要在人淘汰之前自愿签署协议才能转交，你也不用为了消除我的阴影这么骗我吧。你说这是刘怀的匕首，意思就是他已经……"

牧四诚说到这里停住了，木柯有些无措地看了白柳一眼。

白柳淡淡地抬起眼皮："他离开了，牧四诚。"

牧四诚飞奔在校园的小跑道上，他用尽全力地奔跑着，耳边响起白柳在他登出游戏之前和他说过的话。

"刘怀希望我代他和你说一句对不起，但我觉得这种话他当面和你说更好。

"如果你跑得够快，说不定你可以和刘怀见最后一面。你应该知道他在什么地方吧？"

牧四诚听到自己大张着口呼呼地喘着气，他跑得肺都要燃烧了。牧四诚的确猜得到刘怀在什么地方——他一定会选择从他第一次登入游戏的地方登出，那就是学校附近的一个公交车站。

刘怀在那个公交车站送别了他的妹妹，让其他人帮忙把追着他哭、不愿意放手的妹妹送了回去。

也是在那里，牧四诚第一次见到刘怀。

那个站点是新生来到大学下车的站点，刘怀没有行李箱，只有一个很大的缝补过的布包和一个桶，和周围的一切新生格格不入。他穿着简陋，坐在靠窗的地方，整个人身上有一种神经质的不安，眼睛看着窗户上贴的已经剥落的汽车膜，用指甲一下一下地抠着。

牧四诚没想到这人和自己住一间宿舍，也没想到自己一进宿舍就看到刘怀抱着桶大哭。他的父亲刚去世，说着很脏的话骂着刘怀走的。

有一种看不见的压力压垮了刚上大学的刘怀，但牧四诚是感受不到这些的，他只觉得有些尴尬。

为了避免尴尬，牧四诚很大方地请哭得一抽一抽的刘怀吃了一顿炸鸡。刘怀眼睛湿漉漉地感谢他，喊他四哥，说自己从来没有吃过这些，然后就开始帮牧四诚忙前忙后，做他愿意做的一切事，签到、打扫卫生，甚至试图帮牧四诚洗袜子和床单，被牧四诚无语又无奈地拒绝了。

被他拒绝之后刘怀就低着头站在一边，不安得像一个做错了事情的小孩。

刘怀是一个非常内向腼腆的人，如果没有后来发生的一切，牧四诚或许一辈子都不会和他走得那么近。

刘怀不是符合他交友标准的人，不是因为家世，而是刘怀有太多事情不愿意说出来。他就像一条鱼，什么都欲言又止地憋在心里，你问他怎么了，他只会无措地笑笑，然后说："没什么的，四哥。"

"这是我自己的事情。"

牧四诚一直想和刘怀说："朋友之间，有时候你的事情就是我的事情。

"如果你不说，这件事情也会牵连到我头上，因为人的关系是可以传递事件的，无论事件的好坏，不是不说就可以终止这种传递的，刘怀。"

牧四诚终于跑到了车站，他撑着膝盖喘着粗气，看着坐在马路对面候车座椅上的刘怀。

刘怀低着头，出神地看着他怀里抱着的什么东西——黄色的包装袋，似乎是吃的。

牧四诚忍不住叫他："刘怀！"

刘怀猛地抬起头，看到牧四诚的一刻他眼前一亮，含着泪笑起来，不再不安和隐忍，只是很安稳地、放下一切地笑。他往前走了一步，对跑来的牧四诚挥挥手，声音从很远的地方传过来，好像还带着点开心：

"我还以为看不到你了，四哥。"

"对不起，"刘怀站在对面大声地喊，号啕大哭，"真的对不起！四哥！是我错了！"

公交车刺耳的鸣笛声长长地响起，失控的公交车突然撞进了站台里，牧四诚的瞳孔猛地收缩。

炸鸡滚落一地，刘怀抱着炸鸡的包装袋倒在了车前的血泊里。

游戏大厅，噩梦新星厅。

白柳的小电视正在结算，这个第一次玩游戏就冲上了核心推广位，第二次就匪夷所思地冲到了噩梦新星榜第二的新人，在第三次小电视还没结算的时候，靠着各种倒霉的巧合——被食腐僵尸公会追杀，遇到披了马甲的小女巫等戏剧性的因素，冲上了新星榜第一。

这已经是很了不得的成就了。

但现在这群正在白柳小电视前面屏住呼吸等着结算的观众，显然对这个结果还有进一步的期盼。

白柳的小电视面前，除了杀手序列，所有高级公会的高层都到齐了，所有人都在等着白柳结算。

白柳的小电视上闪着雪花噪点，这是由于数据过于庞大导致的结算过程中会出现的影像。王舜看着那片雪花噪点甚至忍不住吞了口口水。

小电视计算数据的时间已经长达一分钟了，这代表要计算的数据量相当庞大。

雪花噪点缓缓消散，小电视开始播报结算结果。

王舜长久地屏住了呼吸。白柳的小电视前，那些高级公会的玩家也都没有发出任何声音。

所有的观众都在为白柳这个新人打出来的不可思议的成就感到震惊，他们看着白柳小电视上出现的那个金光闪闪的皇冠标志，以及小电视周围不断绽放的 3D 烟花。

有 1600673 人赞了白柳的小电视，有 166700 人收藏了白柳的小电视，有 45371 人为白柳的小电视充电，玩家白柳获得 578010 积分。

玩家白柳在一分钟之内获得超 500000 赞，获得充电超 500000 积分！你被观众狂热喜爱着！

恭喜玩家白柳获得最终推广位，进入中央屏幕国王推广位第十位，浏览量正在急速上升……

恭喜玩家白柳解锁所有主线任务，通关《爱心福利院》。

系统：玩家达成 true ending（最终结局）——《永远逃离的福利院》。

你的身体里永远住着孩提时期的你，再见到他们时，你是会讨厌、帮助，还是会远离他们？他们是你成长的雏形和镜子，在他们受尽折磨长大的时候，你是否会选择牺牲这个在原来的成长轨迹中成长起来的自己，给他们一个全新的未来？还是选择吸取他们身上的血液，用现在的你的形态继续恶劣地生长下去，成为高高在上的投资人？

《爱心福利院》里没有爱心，现在的你身体里又有百分之几是原来的你呢？

《爱心福利院》true ending 线通关——积分奖励 30000。

《爱心福利院》true ending 线通关——属性点：100（可按照玩家自身需要提升面板属性）。

《爱心福利院怪物书——植物患者页》集齐奖励——道具：血灵芝（可用于移除所有疾病带来的负面 BUFF）。

《爱心福利院怪物书——神明页》集齐奖励——道具：逆十字架挂坠（品质不明，有身份属性，身份具体属性不明）。

系统：玩家白柳此次小电视的综合评定。

综合数据超过 3000000，对玩家白柳《爱心福利院》的视频进行评级——理应为皇冠徽章级别视频，综合考虑 1∶1702 的踩赞比，对视频不进行任何降级处理，最终评级为皇冠徽章级别视频，该级别视频可获得进入 VIP 库资格——玩家白柳此次的游戏视频进入 VIP 库。

进入 VIP 库之后，若是有玩家想要观看玩家白柳此次《爱心福利院》的游戏视频，须在成为系统的 VIP 会员后再向系统缴纳 1000 积分，观众观看所缴纳的积分白柳和系统五五分成。

白柳此次小电视获得以下成就——
国王推广位第十位。
继黑桃之后，首个在第三次游戏就登上了国王推广位的玩家。
……

中央大厅最大、最中心的地段突然出现了白柳的小电视，小电视上是一个闪闪发亮的亮金色的皇冠标志，路过的观众目瞪口呆地看着这张他们最近依稀有点面熟的脸：

"这不是那个最近势头很猛的新人白柳吗？他怎么就冲到国王推广位上了？！"

"食腐公会的人不是在追杀他吗？！"

"你们看看论坛吧，论坛已经炸了，苗飞齿被淘汰了，苗高僵出来时精神不正常，食腐公会所有人都收到通知说会长变更了……"

"黑马啊……这人太猛了，明年要是打联赛，估计有好戏看……"

134

很多公会都在打探白柳这个现象级新人的消息，不少公会甚至直接在帖子里开出了条件，说希望白柳来，什么条件他都可以随便开，会好好培养他。

这个时候还没有摸清楚头脑和事件走向的食腐公会的玩家就先跳了出来，抵制这些引诱白柳的高级公会的玩家，他们义愤填膺地指责那些高级公会的玩家到处挖墙脚，骂他们："去什么去！你们看清楚了，那是我们的新会长！他不会随随便便跟着你们走的！"

虽然食腐公会的玩家们因为失去了苗高僵这个会长而惶恐，但很明显白柳也是一只相当出色的潜力股，食腐公会的玩家们还没来得及因新旧会长的更迭感到不满，就迫不及待地站出来死死抓住了白柳这根眼看就要被其他公会给拽走的救命稻草。

对于一个公会来说，有具备参加联赛实力的高级玩家是必需的，但苗飞齿淘汰了，苗高僵出来的时候精神完全不正常了，还把公会给了白柳。

食腐公会也就是个比较底层的公会，除了苗飞齿和苗高僵拿得出手，大部分都是普通玩家，要不然也不会那么多年团赛都是0战绩了。公会有点能力的玩家在发现苗高僵父子都出事之后，全都从食腐公会里跑了。

虽然退会是要缴纳大量罚款的，但对于这些有能力的玩家来说，去哪儿都比待在食腐公会这个一点前途都看不到的公会里好啊！

一个只玩了三场游戏的纯新人公会会长，在这些老油条玩家眼里，根本就是在扯淡！

没有其他公会的人脉资源，没有具备参加联赛的水准和实力的玩家引领风向标去打联赛，没有高级玩家帮忙积累公会仓库，这公会迟早要完蛋——一年一度的联赛对所有公会都很重要，食腐僵尸这种中等级别和规模的公会，如果一年内找不出苗家父子这种级别的玩家去打联赛，立刻就会散成小型公会，很多人都会跑的。

而公会里剩下那些没有走的玩家都是很普通的，属于在一级游戏里混日子的。

他们并没有那个底气缴纳罚款，其他公会也不会轻易要他们这些没有能力的玩家，他们除了死死抓住白柳这根救命稻草外没有别的办法。

食腐公会的玩家安慰自己：白柳就算今年参加不了联赛，但他潜力大，还能参加明年的呢！

但无论再怎么安慰自己，这些人目前还是惶惶不可终日的，一个个跟在老鹰抓小鸡游戏里失去了鸡妈妈的小鸡一样，满地找他们的新任会长。

奇特的是，这位刚刚拥有自己公会的新会长并没有着急露面。其他公会新旧会长一旦更迭，新会长会立马出来发表演讲，或者对公会玩家做出一些承诺来稳定人心，防止大量玩家流失。简单来说，就是新官上任先给大家画个饼。

但白柳不这样做。

他现在就懒散地靠在中央大厅的边沿上。中央大厅最中间、最核心的那台小电视的屏幕上就是国王推广位，不断地重复着白柳游戏内的片段。白柳能看到一些人在很着急地找他，可他就散漫地在中央大厅的角落里，并没有上前。

"你不过去和他们说点什么吗？"木柯转头看向白柳。

"不了，先晾一晾他们再说。"白柳垂下眼帘，"等想走的人都走完了，剩下的人慌够了，我好和他们谈交易——我可不愿意免费给人当会长，这活儿本质上和上班没有区别。"

木柯从善如流地闭上了嘴。

得，其他人新官上任是对玩家许诺，轮到白柳，估计还要这些会员对他许诺，开出一定的条件，给他一定的工资，才能把白柳留下来给他们当会长。

他真是把食腐僵尸这个公会从上到下安排得明明白白的。想到一开始这个公会对白柳还那么嚣张，木柯对这个公会里的人不禁生出了一丝同病相怜的怜爱。

……事情是怎么发展到这一步的呢？我们还要给他钱让他来领导我们？

一般不都是领导给我们这些干活的人钱吗？怎么到白柳这里反过来了？

到底是什么地方不对？

白柳没管表情复杂的木柯，他点开系统面板，清点了一下自己拿到的积分奖励和道具。

除了这次游戏奖励的怪物书的两个道具，还有白柳从苗飞齿和苗高僵父子俩身上得到的道具和积分，林林总总加起来也不少了。除此之外，白柳还得到了一个很特殊的道具。

系统提示：您得到了一面拼凑完整的"墨菲定理鬼镜"。

该道具品质不明，具体功能不详，我们对道具唯一所知的就是如果你长久地凝视镜面内，会让镜子里你的恐惧之物诞生，你越不想看到什么，越不想让什么事情发生，越会看到什么、发生什么。

白柳看了一会儿这个道具的说明，又看了一会儿自己的积分，终于满意地收起系统面板，转身和木柯说："先退出游戏吧。"

"你不用跟着我，我有点事情要去办。"白柳对木柯摆摆手，"辛苦了，回家好好休息一下吧。"

"哦，木柯，你记得把那些投资人的信息整理一下，发给我。"

木柯一怔，很快他就反应了过来："你是要帮你那个朋友查案是吧？我找专业人士匿名把那些信息直接发到相关部门的邮箱吧，不会被追踪。这样可以吗？"

白柳回头对木柯笑了一下："我代替我那个朋友谢谢你，木柯……"

他话还没说完，背影就在木柯面前变成几条闪烁的数据链，消失了。

白柳在自己的出租屋里睁开了眼睛，他在枕头下面摸出手机。他的手机是部碎屏手机，但还能使。白柳首先点亮屏幕看了一下时间——他差不多是昨天早上进入游戏的，现在是上午十点。

他前两次进游戏花费的时间也差不多是一天，看来每次进游戏对应的现实世界的时间流速都是一天左右。

但在游戏大厅的时候，每台小电视的时间和空间的维度都是不同的。

进入不同的小电视观赏区域之后，里面的流速和小电视维度里的游戏世界的流速是一致的，而且有再多观众都不会显得拥挤，也不会溢出小电视之外的区域。

再加上游戏大厅虽然有神奇的玩家不能互相攻击的设定，但白柳之前用可以割裂时间和空间的塞壬鱼骨鞭却可以攻击牧四诚。

白柳基本可以推断出那个游戏大厅是一个扭曲的多重时间和空间重叠的区域。

按理来说，在这种区域人是不能以正常形态在不同维度之间穿梭的，但偏偏这里就是可以让这么多玩家同时存在于一个多重空间和时间交叠的空间里，这个空间还出奇地大，这明显是超越人类常识范畴的能量了。

想到这里，白柳低头看了一眼挂在自己脖子上的那个十字架。

果然，那个神级 NPC 的怪物书页面解锁的道具每次都会跟着自己出来——而且他还说自己是"神"。

如果他是那种捉摸不透的，人类从来没有理解过的，只会被愚弄或者利用的力量，倒是可以理解。

"你是我唯一的信徒。"——那个生物对着他如此低语。

失业的信徒把玩了一下自己挂坠上的逆十字架，又看到那个被苗飞齿的双刀砍得有些崩裂的鱼鳞，鱼鳞有些发灰、发白了，蔫耷耷地挂在白柳的脖子上。

"也不知道能不能修，这片鱼鳞……"白柳自言自语，摸了摸鱼鳞的表面。

白柳穿好衣服，出了门之后直奔之前那些小孩住的那所医院，一到医院就看到陆驿站在靠近刘佳仪病床旁边那个楼梯通道里大口抽烟，吞云吐雾。

医院走廊挂着的电视上正在播报午间新闻。

穿着得体的男主持人平铺直叙地说道："今日，在我市一栋居民楼内，发生了一起严重的持刀伤人案件。犯案者苗某，四十九岁，于今日上午十点零一分左右，在室内用厨刀将自己二十八岁的亲生儿子小苗的十指斩断……

"目前警方通报，这是因苗某精神失常导致的一起悲剧。精神失常和心理问题导致的案件越来越多，这是否已经成为需要重视的一大社会问题？全国各地设置的社区免费心理咨询室，是否真的发挥了解决人们心理问题的作用？我们对这些有犯罪倾向的精神病人，能不能进一步采取强力控制措施……"

132

白柳看了一会儿电视，陆驿站也跟着他看，见到电视上在谈社区心理咨询室的问题，他随口问白柳："我之前推荐你去找那个社区心理医生，你最近有按时去吗？"

陆驿站可能是全世界最忧心白柳心理健康问题的人，生怕此人一时想不开就去发黑心财了。

"去找他看了两次，我觉得我快把那个心理医生的心理说出问题了，我就做点善事，不去了。"白柳收回了自己落在电视上的目光，转头看向陆驿站，他微挑了一下眉，"我觉得你现在这副样子，也应该去找心理医生看看。"

陆驿站胡子拉碴，愁眉不展，眼下黑青很重，身上烟味很浓，衣服也是皱巴巴的，上面还落着烟灰，一看就是昨天通宵守在这里都没有回家，眼睛里全是红血丝，这让他看起来情绪焦躁又外溢。

陆驿站被白柳打趣也只是苦笑一声："你怎么来了？"

白柳是不太会多管闲事的类型，之前愿意来医院看一眼，都是吃陆驿站的嘴短导致的。

这么积极主动地过来，完全不是白柳的作风。

"来看看你准备什么时候抽死自己。"白柳轻飘飘地扫了一眼陆驿站手边垃圾桶顶盖里堆成小山的烟屁股，"怎么，不存钱娶点姐了，花这么多钱买烟来抽？"

陆驿站抬起自己的指尖："你别和点姐告状。我心里实在是烦躁难受，昨晚又有几个小孩出事了。"

白柳不冷不热地顺着陆驿站的话往下问了一句："哦，出什么事了？"

陆驿站沉默了一会儿："福利院好不容易活下来的那五个小孩，昨晚不知道为什么接二连三地晕倒，被紧急送到了医院。

"但是查各项指标,一点问题都没有,就是严重贫血,可是他们前天才查过,贫血根本没有这么严重,结果凌晨这些孩子开始出现一定程度的昏迷、休克甚至痉挛症状。医生说可能是失血过多导致的,可是孩子们都好好地待在医院里,医生根本找不出失血过多的原因。"

"刘佳仪呢?"白柳好似不经意地问了句,散漫地岔开了话题。

陆驿站的眉头越皱越紧:"这孩子也很奇怪,她昨天早上跟在她哥哥后面突然溜了出去,今天早上我们才把她找回来。问她去干什么了,她也不说,查监控查到一半线索就断了,根本没有人知道这小孩昨晚去哪儿了,我们只能派人加紧守着她。她回来之后刚刚我们让医生给她抽过血了,现在正把样本送去检查。

"她脸色看着比昨天白多了,和那些昨晚出事的小孩很像,很有可能也严重贫血。

"有警察本来想提审她的,因为刘佳仪跑出去的点太微妙了,很惹人怀疑。但她的情况实在是很不好,所以还是先让医生看看。"

陆驿站一旦打开话匣子就滔滔不绝,他可能是憋了一个晚上了,也找不到人商量,好不容易白柳送上门来了,他就源源不断地冲着白柳倒苦水。

陆驿站叹气:"还有,不光是这些,福利院这件事情明显不对劲,我还是觉得和那些投资人有关系。"

说到这里,陆驿站有点焦躁地用大拇指按自己的额头,似乎用大拇指把自己的额头戳一个洞他就能找到破案思路:"我打听了一下,调查这个案件的同事好像也是这个想法,他们已经出动了整个部门的人往上查,但还是太难找到线索,福利院里那些失踪的孩子都是自己跑出去的,根本不知道跑到什么地方去了。还有就是那些投资人的身份特殊,拿到关键性证据之前我们也不太可能硬查。"

白柳点头表示自己听到了,开口却是:"我能看看这些孩子吗?"

陆驿站思索了一会儿,点了点头:"可以,我可以给你做担保,现在很多有收养意向的好心人都来看这些孩子,你应该可以看看他们。

"其他孩子都还好,刘佳仪可能麻烦一点,我们摁着她强行让医生给她抽完血之后,她一直躲在床底下不出来,我们一进去她就开始尖叫,还会有过激反应,不知道她愿不愿意让你进去。"

陆驿站领着白柳去看这些小孩。

这些失血过多的畸形小孩都面色苍白地躺在床上,呼吸微弱,体温很低,连心脏都跳得很缓慢,生死的界限在这些孩子的身上似乎已经模糊了。

孕育成年人求生欲望的血灵芝在贪婪无节制地吸取着这些稚嫩孩子身体里的新鲜血液,他们正处在造血速度最快的年纪,依旧无法满足贪婪肮脏的成年人吸血的速度。

"查不出来生了什么病。"陆驿站根本不忍心看这些躺在病床上的小孩，看一眼他眼眶就要泛红，"太遭罪了，他们才多大啊。"

白柳轻轻用手指抚摩了一下孩子干燥的嘴皮，声音很轻，语气很淡，也不知道在和谁说话："别难过了，会好起来的。"

　　系统提示：玩家白柳是否要使用道具"血灵芝"治愈病床上的对象？
　　温馨提示：血灵芝只有一株，成年人可服用三次，孩童可服用六次，该道具有使用剂量和使用次数规定，玩家白柳确定要使用该道具？

　　白柳："确定。"

　　系统警告：此道具非玩家白柳的核心欲望道具，无法被玩家白柳在现实中直接使用！……"滋滋"……"滋滋"……异常 BUG 数据入侵……

白柳感觉自己心口的十字架开始发烫，连带着胸前那枚硬币也像是因运行过度而升温。

　　……无法清除异常数据……道具"血灵芝"投入使用……

小孩的喉咙奇异地隆起一块，就像是吃了什么东西，然后他皱着眉下意识地吞咽下去。

病床上虚弱的小孩瞬间脸色就奇异地红润起来，几秒后缓慢地恢复了意识，他艰难地睁开了一点眼睛。

白柳一点情绪都没有的脸出现在了他的面前。

小孩呼吸微弱，胸膛很轻地起伏着，他怔怔地看着面前这个在他眼中面容模糊的奇怪叔叔，有一种温暖的感觉从不知道在消化什么的胃里升腾而起。他舔了一下自己的嘴皮，一种很成熟的、馥郁的菌菇味道在他的口腔内弥漫开来。

和他在老师那里吃过的那个让所有孩子都中毒的蘑菇味道很像，但比那个更香甜甘美，一点都不苦涩，就像是已经彻底成熟的蘑菇的味道，有一种饱满的、不像是人类的血液，不来自儿童血液的味道。

——被拯救的幸福味道。

"走吧，下一个。"白柳拉走了还没有发现孩子醒来的陆驿站，把还有点蒙的他推了出去，把门关上了。

这个小孩在看到这个奇怪的叔叔要离开的时候，他心里不知道为什么有点轻微的遗憾和难过。他放在病床旁边的瘦弱的手指动了动，似乎想要抓住离去的那个叔叔。

然后白柳的头就从门缝里伸了出来，他很平静，一点都不觉得自己无耻地对病床上的小孩说："小朋友啊，叔叔记得你的名字，你要记得是叔叔救了你。

"叔叔叫白柳，你长大之后记得还我你的医药费。现在你太小了还不起，我可以暂时先让你赊账，欠条我放在你床头了。"

小孩怔怔地看着白柳说完这句话就把门关上了，然后他不知道为什么，忽然有一点想笑。

于是他就开心又虚弱地笑了起来。

门外传来陆驿站感到奇怪的质问声："你刚刚把头探回去看什么？"

"……没什么，我以为手机忘拿了。"

走过了五间病房之后，白柳终于来到了刘佳仪的病房前。

陆驿站已经感到有些诡异了："你今天怎么突然大发善心，有探病小孩的冲动了？"

"找线索，你不是让我帮你查吗？"白柳面不改色地随口胡说，糊弄陆驿站。

陆驿站不由得陷入了深深的迷惑——他已经看过这些小孩很多次了，难道还有什么他遗漏的线索吗？不应该啊。

还没等陆驿站想清楚自己到底遗漏了什么线索，白柳就已经拧开了刘佳仪的病房门。

里面女孩尖厉的叫声瞬间要掀翻顶棚，旁边负责守着病房的民警不由得龇牙咧嘴地捂住了耳朵，比画着让白柳赶快把门给关上。

白柳不为所动地说了一句："刘佳仪，我是白柳，我们谈谈。"

里面女孩的尖叫声戛然而止。

看守的警察和陆驿站都用很惊异的目光看着白柳。

看守的警察眼神惊疑不定，在陆驿站的大力担保下，白柳还是如愿以偿地进入了刘佳仪的病房，前提是要开着监控，带着连通外面的录音笔进去。

白柳进去之后不到一分钟，就有警察举着电话神色难看地走了过来："刘佳仪的哥哥刘怀死了，刚刚交通部门那边通知的我们，今天早上刚出的交通事故，现在看来是意外。这小姑娘看见谁来都叫，叫得自己昏过去都不开口说话，现在该怎么办？"

陆驿站神色复杂地打开了录音笔连通的扩音器，里面白柳的声音清晰地传出来："刘佳仪，我们能聊聊吗？"

过了很久很久,一个小女孩嘶哑干裂的声音传了出来:"你想聊什么?"

举着电话的警察愕然地看着录音笔:"里面是谁?刘佳仪怎么突然愿意开口了?!"

"我的——……不对,他应该也算是刘怀的一个……网友。"陆驿站神色越发复杂地说道。

虽然他完全不知道白柳是怎么和刘怀交上朋友的。

病房内,从床下爬出来的刘佳仪蜷缩在墙角的位置。

她的头还是埋在自己的膝盖上,这是一个很没有安全感的自我防卫的姿势。她裸露在外面的皮肤白得吓人,一点血管的青色都看不到。

很明显刘佳仪也处于失血过多的状态,这点白柳是完全可以猜到的——因为解毒的道具"血灵芝"只有集齐《爱心福利院怪物书——植物患者页》才会奖励,但刘佳仪基本自始至终都待在福利院,根本没有时间去集齐这一页。

"你想和我聊什么?"刘佳仪嗓音嘶哑,漠然地问。她的头还是没有抬起来。

白柳向来喜欢单刀直入:"你知道刘怀死了吧?"

刘佳仪全身无法遏制地颤抖起来,她越缩越小,几乎要把自己缩成一个不让人注意的、像棉被上的气球一样的小团,呼吸声也急促了起来。

她跑出去就是去找刘怀了。

但她还是没来得及阻止刘怀的死亡。

"他的灵魂在我这里,或者说部分在我这里,部分在系统那里。"白柳话锋一转,又不疾不徐地继续往下说,"你想复活他,就需要他的灵魂。我不会白给你,你需要拿东西来交换。"

刘佳仪沉默片刻,问:"你想要什么?"

白柳斜眼看她:"你应该猜得到我想要什么。我想要你的灵魂,我需要你陪我参加今年的联赛,赢得联赛后你就可以用积分换你的哥哥了,同时还可以许愿脱离游戏。我答应过刘怀要带你离开游戏,这就是我带你离开的方法。"

刘佳仪终于舍得把头抬起来了,她灰蒙蒙的眼睛直勾勾地看着白柳,周围一圈还泛着红,很明显哭过。

她说:"你倒是野心很大,我要是想赢得联赛,为什么不直接跟着国王公会?他们赢的概率会大很多。而且,就算你拿着我哥的灵魂,只要我赢了联赛,我可以直接许愿从你手里拿走我哥的灵魂,系统会帮我办到任何事。"

"包括和刘怀永远没有芥蒂地当兄妹吗?"白柳语气很平静,"我以为你已经吃够系统这个满口谎话的东西的苦头了。"

刘佳仪的拳头攥紧,她想起了红桃轻佻散漫的微笑和那个名为"普绪克的眼泪"的道具。

神级道具已经是游戏里最高等级的道具了，但还是没有实现她的愿望。

"你可以和我做交易，我可以把我的技能完全摊开告诉你。我是无法违背交易的，若违背了那我的灵魂也会被关押起来。"白柳直视着刘佳仪，"至少在守信这一点上，你可以相信我。"

刘佳仪抿紧了嘴唇，然后她声音很轻地问："如果我答应和你的灵魂交易，你会怎么安排我？我需要继续待在福利院吗？我每个星期需要失踪一天进入游戏，或者你让我回乡下，那样可能方便一些。"

"这家福利院应该开不下去了。"白柳没说木柯已经在整理证据要匿名举报福利院的事情，"我也不可能让你回你亲生父亲待的那个村子。我倒是有一个朋友想收养你。"

刘佳仪好像早就料到了，她问："是那个看守我的警察吗？"

白柳："对。"

刘佳仪又抱紧了自己的膝盖，她偏过头，灰色不透明的眼睛"看"向窗户外面。她的病房窗户正对着街道，此时窗户没关，能听到楼下一些卖早餐的小商贩喇叭的吆喝声，喧闹又充满人间烟火气，和蜷缩在病床上表情麻木的刘佳仪格格不入。

"红豆饼，又甜又香的红豆饼！十块钱三个的红豆饼！"

"豆腐脑！五块钱一碗！"

"牛肉面……"

"今天早上，这个警察给我买了红豆饼。"刘佳仪很突然地开口，"因为我被抽血了，他好像从监控里看到我一直在看窗外，大概是以为我想吃甜的东西，就下去给我买了。"

白柳注意到刘佳仪病床旁的床头柜上放了一个装着红豆饼的纸袋子，饼已经冷了，袋子却还没有拆封。

"他是我遇到的第一个好人。"刘佳仪又很缓慢地把头偏了过来，她神色很平静，"所以，我这种人就别去祸害他了。

"我是一个游戏玩家，和我接触说不定会被卷进游戏里。所以算了吧，白柳。"

她说完，又偏头看向窗外。

晨风和煦温暖地吹着，夹杂着红豆饼被烘烤过后的甜蜜香气，吹拂在刘佳仪冰凉的额头上，日光金灿灿地照耀在她苍白的脸上，在她的身体周围闪烁成一片暗黄色的光晕轮廓。她恍惚地闭上了眼睛。

她连更差的好都不配拥有，更不用说陆驿站这种纯然的好了。

这个世界上愿意花十块钱对她好的人已经很少了，她想，她也没有必要遇见一个害一个。

"的确有这个可能性，但考虑到我朋友的特殊性，你把他卷进游戏的可能性不大。"白柳客观冷静地分析。

"毕竟连我都做不到这件事，而且收养小孩更需要他自己主观来选择。"白柳的语气很平静，"他很喜欢你，喜欢到在你还没开口的时候，他就已经为你的到来做好万全的准备。我想他也考虑过接你回去之后会面临的所有可能发生的事。

"你真的想好了要拒绝他吗，刘佳仪？"

"陆驿站会是世界上最好的爸爸，"白柳很笃定地说，"他会把你宠上天的。要是你愿意，陆驿站可以从他家每天跑五公里，跑到这家医院给你送红豆饼，送你去上最好的残疾人学校，熬夜给你做布娃娃。他会很开心为你付出的。"

刘佳仪本来想嘲笑一句"你把你朋友形容得真的很蠢"，但是在她开口的一瞬间，她的话却是有点模糊哽咽的："不要了。"

"白柳！"陆驿站面红耳赤地猛地打开了门，他对着白柳疯狂使眼色，"你和人家小姑娘说什么呢！"

陆驿站在外面听到白柳斩钉截铁地说"陆驿站会是世界上最好的爸爸"那一句时就喷了，在两位同事诡异的目光中赶忙推门进来，打断了白柳的话。

陆驿站极为难为情地抓了抓腮，走上来拉着白柳往外走，一边走一边小声数落白柳："我说白柳，你怎么能和人家小姑娘直接就说她哥哥的事情，然后又给我当说客呢？你看看，你把人家小姑娘都逼哭了。我找你来是查东西的，你给我搞这些乱七八糟的我可就把你送走了啊！"

说着陆驿站一瞪眼睛，又要批评白柳几句。

但刘佳仪却声音很轻地唤了一句："白柳，你走了吗？"

她一边说，手还一边在空中抓，配上那副要哭不哭的脆弱表情，陆驿站简直头皮发麻。

白柳转过头去，耸了耸肩膀，对陆驿站用口型说了一句"看来我暂时还走不了"。

在陆驿站憋闷无语的注视中，白柳又走了回去，坐在了刘佳仪的床头柜旁边。刘佳仪轻轻抓住了白柳的衣角，像是对白柳极为依恋和信赖。

"陆驿站，你也帮我买三个红豆饼上来吧。"白柳很自然地吩咐，"我也没吃早饭。"

陆驿站："……"

陆驿站憋了一口气，他举起手对着白柳挥舞了两下，用口型骂他"多大的脸"。但他看到刘佳仪不安地攥紧白柳衣角的小手，这口气又无奈地泄了下去，他用手隔空点了一下白柳的脑门，恼怒地白了一眼白柳："你给我等着，白柳！"

"白柳小时候也不讨小孩的喜欢啊，怎么这小姑娘就给他好脸色看呢……"陆驿站嘟嘟囔囔地关上门往下走了，似乎真的准备去给白柳买红豆饼，"……大老爷们儿还吃红豆饼，也不嫌朐得慌。"

等陆驿站把门关上，白柳看向刘佳仪："你真的不愿意被陆驿站收养？"

刘佳仪嘴唇紧抿，她轻轻摇了摇头："不了，我可以在游戏里跟着你，但在现实中没必要被人收养。我可以表面上回我亲生父亲的乡村，遮掩行踪，那个乡村里没人会注意我，然后我一直待在游戏里。我付得起一直待在游戏里的积分。"

"那也太浪费积分了，你确定要在游戏里跟着我？"白柳又问了一句，"陆驿站是七十亿人里都罕见的好人傻瓜，你错过了就很难遇到了。我是真心实意在向你推荐我的朋友，因为他真的很喜欢你，不然我不会在游戏里救你。"

刘佳仪一怔，然后缓慢而坚定地摇了摇头，像是自嘲一般轻笑："算是谢谢他的三个红豆饼吧，我不害他了。"

白柳前倾身体，坐在了刘佳仪病床旁的凳子上："我和陆驿站是完全不一样类型的人，他为你付出什么都不需要回报，但我哪怕给你买一个红豆饼，我都会记住，直到你还给我为止。

"如果你同意和我的灵魂做交易，我会榨取你的价值到最后一刻，当然我也会给你相应的酬劳。你想好了吗，刘佳仪？"

刘佳仪能感受到白柳所在的位置，她直勾勾地"看"了白柳一会儿，忽然指着门道："那你现在下去给我买红豆饼。"

陆驿站提着三个红豆饼上来了，他在下面接了一个点姐的电话耽误了一会儿，上来的时候红豆饼已经有点凉了。结果他一上来，就看到刘佳仪捧着一个红豆饼在小口小口地边吹边吃。

他下意识地扫了一眼床头柜上他之前买的红豆饼——还在，没拆封。

"佳仪，这个饼是谁给你买的？"陆驿站上前好奇地问，"其他警察吗？"

刘佳仪小口咬在红豆饼的边缘，又甜又糯的饼顺着她的喉咙滑下去，让她整个身子都温暖了起来。刘佳仪咬了两口，突然呛咳了起来，呛得她眼泪都流出来了。

她在红豆饼里吃到了一小块蘑菇，带着一点血的味道——是血灵芝。

太难吃了，她不喜欢在红豆饼里吃到蘑菇的味道。

"白柳给我买的。"刘佳仪低着头攥紧了红豆饼。

陆驿站惊了："他还会花钱给其他人买东西？！"

刘佳仪摇摇头："不是免费的。"

陆驿站的神色一言难尽了起来："我就知道，他要你钱了吗佳仪？不对啊，你也没钱啊……"陆驿站正疑惑着，视线扫到了床头柜上放的一张纸，他拿起来看了一眼，表情瞬间裂开了。

　　欠条：今刘佳仪让白柳购买十元三个的红豆饼一个，商品实付三元三角。
　　刘佳仪支使白柳跑腿的费用：五元。红豆饼刘佳仪选择用其他物品抵债，因此刘佳仪实欠白柳五元。

　　"这混账！"陆驿站真是服了，"一个饼三块三毛钱，收你五块钱的跑腿费，他倒是会做生意。红豆饼你用什么抵债的？你可不要轻信他啊！他可会骗人了，多半是拿了你不止三块三毛钱的东西。你和警察叔叔说，警察叔叔等会儿帮你追回来！"
　　刘佳仪吃完最后一口红豆饼，拍拍手，不知道想起了什么，转头看向窗外，眯着眼睛，像个小女孩那样很天真地笑了一下："我用值一个红豆饼的东西抵债的，他没有多收。"
　　陆驿站越发迷茫："什么东西？"
　　刘佳仪不是很在意地回答："一件不是很重要的东西，值不了几个钱。"
　　"再怎么不值钱你也别和白柳交换啊……"陆驿站头疼地说，"他可奸诈了，什么东西都要和人换，算得可清了。"
　　"这样不好吗？"刘佳仪抬头望着陆驿站，语气有种天真的缥缈，"我想要的东西都可以通过交易得到，他永远都不会背叛我，不会无缘无故地对我好或坏，这样不好吗？"
　　她已经没有办法信赖其他人了，所以就干脆这样不能信赖地存在着吧。
　　白柳是她最好的选择，因为白柳理解她，理解她不像小孩子又不像正常人的一切。
　　她永远不用担心会伤害白柳，也不用担心白柳会伤害她，他们之间就像是银行的流水数据交易，永远都算得那么清晰合理，不会有任何背叛和怀疑。
　　看着刘佳仪那副表情，陆驿站一怔，但没过一会儿，就有人来喊他了：
　　"驿站，其余五个小孩醒了！"
　　陆驿站眼睛一亮，放下给白柳买的红豆饼匆匆赶去。
　　白柳拿着红豆饼，他看着自己的旧钱包里多出来的一张刘佳仪的灵魂纸币，咬了一大口左手上的红豆饼，然后皱眉："太甜了，这东西也能卖到三块三毛钱？早知道只买一个了。"
　　他话音刚落，电话就响了起来。白柳把红豆饼包好提着，用手指从裤兜里夹出手机。他扫了一眼屏幕——是陆驿站的电话。

"你人呢？！我给你买了你倒是快来吃啊！"陆驿站的语气里透着兴奋，"我和你说，那五个小孩醒了！医生说情况好转了！你有什么想问的可以问了！"

"不用了，我已经厘清这件事情了。"白柳慢悠悠地说，"你们应该也马上能解决这件事了。"

陆驿站惊了："你什么时候厘清的？我们马上能解决这件事是什么意思？！"

白柳举着手机，回头看了一眼医院，没有直接回答陆驿站的问题，而是没头没脑地感慨了一句："陆驿站，我发现十四岁的我，真的很吃你这一套。"

"幸好我现在不止十四岁，不吃你那一套了。"白柳又吃了一口红豆饼，他拧着眉咽了下去，"事情解决了之后记得再请我吃一顿，不然我有点亏。我电话费要没了，挂了。"

"啊？"陆驿站一头雾水，"不是谈案子吗，怎么又扯上——喂！你真的挂了？！白柳？白柳！"

陆驿站骂骂咧咧地给白柳那个据说欠费的手机号码充话费，刚充完一转头就看到和他一起守着刘佳仪的民警恍惚地抬起了头："驿站，有人把我们这个案子发到了网上……"

"什么？"陆驿站惊疑未定地打开手机搜索，"网络安全部那边没有设卡吗？这个案件的情况不是说不让随便发吗？"

民警有点神志不清地摇了摇头："不是这个案子的情况，而是这个案子的线索。有人把当年这些孩子身上发生的事情，以及那些投资人的病历整理好发出来了，现在已经挂在热搜上了……"

陆驿站："？"

133

"我让我爸找人去做的，专业人士，海外地址，应该不会那么容易被追踪到。我爸说被追踪到也有办法。"木柯在电话里和白柳说，他有点心虚地咳嗽了一声，"这里面有人和我爸有商业竞争关系，所以他就删减了部分不太可信的事实，比如血灵芝那一部分，含糊地曝光了这些投资人拿小孩来做实验、治病的事情。把事情搞大了，你应该不介意吧？"

白柳用电脑检索着热搜词条：
#揭露企业家集团#
#福利院中毒事件惊天内幕#
……

"不介意。"白柳属于只要能达到目的，不怎么在意过程的类型，他懒散地靠在自己的沙发椅上,"但是现在那边应该在疯狂花钱撤热搜吧?"

"对,但不会那么容易让他们撤下去的,我们这边也在砸钱稳住热搜。在警方介入这件事情之前,他们那边应该不太容易撤下去。"木柯说。

"麻烦你了,木柯。"白柳说,"先休息恢复状态吧,今晚十二点进游戏,我下午还要去处理一点事情。"

木柯打了个哈欠:"好的,白柳。"

下午三点,白柳带着一对夫妇又来了一次医院。

刘佳仪对面坐着一对夫妇,他们有点紧张地揉搓着自己的膝盖,期盼又不可思议地看着坐在病床上的这个小女孩。很快他们的眼眶就湿润了,无法置信地看着站在一旁的白柳,声音发颤地询问:"白柳,我们真的可以收养她吗?"

"……我们有资格收养她吗?"

白柳靠在门上,淡淡地扫了一眼刘福和向春华:"你们符合收养条件。"

独女凄惨死去,为人口碑良好,家底殷实,又疼爱孩子,而且两个人已经到了这个岁数,已经没有再要孩子的打算了,这是完全符合收养条件的。可以说刘福和向春华有最好的那一类收养家庭的条件,比陆驿站那个朝不保夕、条件一般的小警察要好得多。

对于福利院里的孩子来说,刘福和向春华要是想来收养谁,那小孩们可是要抢破头的——这对于他们来说,是最好的出路和选择了。

刘佳仪也清楚这一点,她撑在病床的栏杆上,开口的语气有点警惕:"白柳,我说了我可以一个人待着,你给我找个条件这么好的收养家庭完全没必要,我不会感激你的,而且我也不想在别人面前继续演戏装下去。你要清楚我是一个游戏玩家,他们和我待在一起说不定会……"

"他们也是游戏玩家。"白柳不咸不淡地开口打断了刘佳仪的话。

刘佳仪一怔,脸上露出一种很惊愕的神色。

白柳直接搬了张板凳坐下来,截住了刘佳仪还想继续说的话:"他们知道你是小女巫,我让他们买了你所有的比赛小电视视频看,他们清楚你是个什么样的小孩,你在他们面前可以不用伪装,该进游戏就进游戏,该怎么样就怎么样。"

"我之前向你推荐陆驿站,一方面是因为他很喜欢你,另一方面就是你哥很希望陆驿站收养你,他也觉得陆驿站是个好人,可以给你一个完美的家庭。"白柳抬眼看向刘佳仪,"不过既然你不愿意,我也给你做其他让你活动更自在,不用担心后患的安排。"

向春华和刘福都还有些紧张。

向春华一直在搓自己的大腿,眼巴巴地看着这眼盲的小女孩:"我家之前也有一个孩子,但……出事了。我和老刘呢,的确不算很厉害,游戏里不厉害,游戏外也不厉害,要不然也不会让果果……"

她说到这里顿了一下,低下头用手掌擦了一下眼睛:"佳仪啊,我知道你是个很厉害的小姑娘,我们帮不上你什么忙。但白柳说你在游戏外需要一个落脚的地儿,要合法合情合理,你又是个小孩,没什么好地方可去。"

"这个我们还是可以帮得上一点忙的。"刘福接了向春华的话,他身体前倾,说话也有些结巴和忐忑,"这个收养关系只是权宜之计,你要是嫌弃我们,不愿意让我们当你名义上的父母,等游戏结束了可以解除关系的。

"你要是需要什么,也可以随时和我们说,我们能做到的一定尽全力做到,你看这样成吗?"

向春华又忍不住多说了一句:"你看你瘦成什么样了,和我们待在一起,至少从游戏里出来能吃上一口热菜热饭。别的我不行,但我做饭做得可好了!"

"我熬汤也熬得很好。"刘福也有点不好意思地说。

明明是两个加起来都快一百岁的中年人,和一个八岁的小女孩说话的时候,却都是用一种小心翼翼,生怕吓跑了她的商量语气,似乎觉得自己没有拿得出手的东西,留不下她。

刘佳仪低着头坐在床边,她长久地、静默地、一动不动地坐着,只有细瘦的手指缓慢抓紧了被子,悬在空中的脚趾蜷缩着。

"游戏玩家、提供住所、帮忙遮掩,一个安全的能休息和恢复精力的地方已经有了,他们也是我的人,我保证他们不会害你,也可以帮忙照顾你。毕竟你还未成年,很多事情不方便处理,有两个向着你的大人做事会舒服很多。你还有别的什么问题吗?"白柳问,"你提出来,我都可以给你想办法。"

白柳所说的所有问题,一直都是刘佳仪自己解决的,她一直跌跌撞撞地躲躲藏藏,已经彻底习惯了靠自己解决遇到的一切问题,从来没有人和她说过"你把问题提出来,我帮你解决"。

刘佳仪终于抬起了头,她眼眶有些发红,语气却很冷淡:"可以。我要怎么还你们的这些东西?"

向春华有点迷茫:"还我们……什么东西?"

"就是住所、热饭热菜、你们熬的汤之类的东西。"刘佳仪觉得欠债还钱天经地义,"你们要我用什么东西还?钱还是积分?"

向春华眼眶一红,刚想说"这些东西不用还啊",白柳就先开了口:"我会让他们把每天花在你身上的钱用账单列好,等你从游戏里出来一次性结算完。还有什么别的问题吗?"

刘佳仪缓慢且迟钝地摇了摇头,她觉得她好像还欠了一些东西。

但这些东西她一时之间不知道是什么，也不知道该用什么来还。

向春华用一种充满感情的、想要拥抱刘佳仪的眼神紧紧地盯着她，犹豫了很久，这个脸上满是沧桑的中年女人才伸出手去轻轻触碰刘佳仪的脸，语气哽咽："怎么这么瘦啊，才这么一点点大。果果八岁的时候，都有两个你那么大了……"

刘福的眼眶也发红，他嗓音沙哑地说："回去好好养，养胖点，多喂点红烧肉、骨头汤，转眼就长大了。"

"和果果一样多吃点，就能长得可快了，没看两眼就会是个大姑娘了。"

刘佳仪似乎不知道该说什么，她沉默着。

白柳看她一眼："我给你找的一定会是最适合你生存的地方，你不用想那么多，该做什么就做什么。今晚我会进游戏，你想进就跟着进来吧，不想进也没事，等刘福和向春华收养你之后你会方便很多，不用像之前一样什么时候都得躲着来了。"

安静了很久，刘佳仪才轻声地"嗯"了一声，表示她知道了。

走出医院的门，刘福不知道该说什么，他用力握了一下白柳的手臂。白柳看过去，就看到向春华和刘福都眼中含泪地看着他。

"谢谢了，白柳，真的谢谢了。"刘福擤了下鼻涕，他也不知道该说什么，只好干巴巴地谈正事，"晚上要进游戏是吧？我们也要进吧？"

他们已经做好赴死的准备了，从没想过自己死前还能拥有一个小姑娘当女儿。他们最痛苦的时候也不是没有动过收养孩子的念头，但在进入游戏之后根本不敢生出这种念头，和人接触的时候都很小心，生怕把谁影响进游戏了。

"嗯，你们也要进，我会让牧四诚继续带你们。可能是二级游戏了，你们没问题吧？"白柳问。

刘福和向春华毫不迟疑地摇了摇头："没问题。"

处理完刘佳仪的事情之后，白柳回到自己的小出租屋。

看时间还早，精神状态很疲惫的白柳准备在进入下一场游戏之前休息一会儿。他调好闹钟，穿上睡衣躺在床上，合上了双眼。

白柳是个睡眠一向很好的人，很少做梦。

但这次不知道是因为状态消耗太多，还是因为太累，白柳做了一个很奇怪的梦，他感觉自己的躯体从指尖开始蒙上一层白霜，无法反抗地被冻僵，身上出现一具冰冷的尸体，沉甸甸地压在他心口。白柳觉得自己好像梦到鬼压床了。

就是这个鬼长得还挺好看。

塔维尔撑在他的身上，俯视着他，浅色的瞳孔里毫无人类的情绪："你的厄运要到来了。"

白柳能感受到塔维尔的小臂撑在他耳边,是一种质地很冰凉的触感。

他半梦半醒地抬头看着塔维尔,很想说他好像从来都没有好运,倒是对厄运很习惯了。

但白柳的嗓子就像是被一块黏糊糊的不干胶粘住,始终无法很好地发声,只能发出一些听起来有点奇异的、黏腻的短音节。白柳适可而止地停住了尝试发音的动作,用眼神示意塔维尔继续说下去。

而塔维尔俯身用手指从白柳的脖颈上钩起他挂在胸前的十字架,低头亲吻了一下十字架,又放在了白柳的眉心,用食指轻轻地点摁着。

"在墙上的挂钟走到九点一刻时,从除此之外的时间线里裹挟着恨意而来的复仇者,会带着命中注定的死亡降临在你身上。于是'神明'现身,于此地启示于你,赐福于你,庇护于你。"

塔维尔垂眸看着在梦魇中皱眉挣扎的白柳,语调有种说不出的漠然和庄重。

他说:"我邪恶的信徒,记住,要躲开猎人自杀的子弹,不要用你的右眼盛放欲望,在真正的死亡到来之前,你身上的时间唯一且不可逆转。"

塔维尔用手盖在白柳的眼睛上,他低头亲吻白柳眉心上放着的那个逆十字架,然后用和十字架一样冰凉神圣的口吻说:"一切的关键在女巫的手里,解药和毒药是你选择的关键。

"神明永在,灵魂永存。"

塔维尔把十字架放回白柳的衣服里,他凝视着白柳,瞳孔里却映着一枝枝叶逐渐舒展绽放的浅粉色玫瑰:"小心玫瑰。"

话音刚落,他就化成一堆艳丽的玫瑰花瓣散落在了白柳的身上,一股浓郁到让白柳不适的刺激性玫瑰香气从玫瑰花瓣里飘出,然后这些花瓣顷刻就碎成了一阵粉红色的轻灵烟雾,这烟雾在白柳的被子上空迷恋盘旋,最后像是燃烧过后的灰烬般落在了他的床下,被风一吹,消散不见。

白柳猛地睁开了眼睛。

什么玫瑰,什么花瓣,什么塔维尔,他都没有看到。他在高不到三米的廉租房里,睡在一张床尾弹簧蹦出的旧床上。白柳坐了起来,他从自己的脖颈处掏出那个十字架。

他一直贴身戴着的十字架却有种很奇怪的冰凉的触感,白柳把十字架凑在鼻尖嗅了一下。

十字架上残留着一种让他不适的玫瑰香气。

"厄运和死亡都即将降临在我身上……"白柳摩挲着自己手上的十字架,眯了眯眼,"……要小心猎人和玫瑰。"

塔维尔是"神",他因十字架而获得的身份是"塔维尔的信徒",那么他刚刚从塔维尔那里得到的那些暗示性的信息用一种通俗的话来讲,就是"神谕"。

从古至今的"神谕"好像都似是而非,包括塔维尔给他的也是,很多东西都含混不清。

如果是用白柳之前的世界观来解释这些含混不清的"神谕",他会说因为"神"不存在,这些"神谕"都是信徒和神棍自己瞎编的,对发生的事情的预见必须说得含糊其词,才能有较大的容错率。

但是这次塔维尔的"神谕"给他一种很熟悉的感觉。

"有点像是我被屏蔽了之后说的话。因为有些东西不能直说,会被屏蔽,不得不拐弯抹角地用其他的说法来表达同一种意思……"白柳若有所思,"所以很有可能塔维尔也在被更高一级的存在屏蔽,不能直接告诉我要去规避什么,只能这样含蓄地暗示我,让我小心警惕。"

女巫倒是很好猜,指的是刘佳仪。

但是玫瑰和猎人暗示的是什么呢?

白柳攥住那个浸满玫瑰香气的十字架,看着墙上那个破旧的挂钟上的时间,眯了眯眼睛。

现在刚好是晚上九点一刻。

白柳听到了他家门前的走廊里陆续传来脚步声。这间出租屋隔音不好,这让白柳能很清晰地听到外面陆陆续续的脚步声,不密集,而且都直接从门前走过往上走了,似乎都是这栋楼里正常的住户。

但在第四个脚步声再次很有规律地出现的时候,白柳放轻了呼吸,从床上下来穿好了衣服和鞋子。他打开窗户往外面看了一眼,合理评估了一下自己从五楼跳下去能存活的微小可能性,最终选择了放弃。

他住的这栋楼从上到下都是廉租房,白柳住五楼,而五楼一共只有四个租客,这说明来的这些人不是这栋楼里正常的住户,而且这种训练有素的脚步声白柳很熟悉,他只在一个人身上听到过——

那就是陆驿站。

那些脚步声最终停在了白柳家门前,白柳背后的门被猛地踹开,一群人双手平举着枪对他厉声喝道:"警察!不准动!把双手举起来!"

白柳迅速地低头把挂在自己脖颈上的硬币取了下来,含在了嘴里,压在舌面下。

在窗户灌进来的夜风中,白柳缓缓转身,不紧不慢地举起双手。

风吹拂着他额前的发丝,虽然白柳什么都没做,但他有一种似乎早就料到自己要被抓起来的平静感。他很顺从地让这些警察反拧着他的双手把他绑起来，什么都没有问，看起来也不怎么害怕。

虽然白柳还没有搞清楚自己为什么被抓，但这些警察对他却十分恐惧。这些在九点一刻闯入他房间的警察都是全副武装，戴着皮革手套，穿着防护服，还拿着一些白柳目测可能有两至三厘米厚度的不知道是什么金属做的，但看起来就很结实的盾。

这些装备让这些警察看起来就像是一群即将要去拆除一颗爆炸威力极大的炸弹的防暴警察。

而不知道自己什么时候威力有炸弹那么大的白柳正坐在去警察局的车上打瞌睡。

白柳坐的这辆车也是特制的，前面和后面用一个厚厚的金属板隔开，只留了一个 15 cm×15 cm 的小窗口，透过窗口能看到有一个小警察一边紧张地咽口水，一边用枪对准白柳，似乎害怕这个手脚都绑起来的年轻人暴起。

路灯的光从前面那个小窗口里一晃而过，照进白柳所在的后半部分车厢中。墙壁上一个红色的三角符号上面画了一只正在狰狞地扭动着触手的章鱼，旁边画了一幅简笔画，是一个四肢分散、血流满地的小人儿，章鱼上面打了一个大大的红色的叉。

标志下面注明着：

  此空间内为未知的超自然危险物品，有伤人倾向！请保持警惕、保持距离！

条状的灯光从白柳没有情绪的面孔上一晃而过，从小窗口监视他的警察被吓得差点没有拿稳枪，旁边正在开车的警察也被这动静吓了一跳："它怎么了？出现异变了吗？！"

小警察带着哭腔说："它……它在呼吸！"

"冷静！"开车的警察深呼吸两下，"它是我们分局抓获的第一个人形异端怪物，会呼吸很正常，不要一惊一乍的。"

134

白柳的舌头在口腔里动了一下，冰凉的硬币在他单薄的舌底黏膜下缓慢地移动。他眼里带着莫名的情绪，神色平静地看着那个小窗口外面用恐惧的眼神看着他的警察。

带着巨大厚重金属尾箱的货车在夜晚荒凉的马路上飞驰而过，后面还接连跟着好几辆车，驶向一个坐落在荒原中间圆顶的体育馆大小的巨大白色建筑物。

圆顶建筑物的内部光滑银白，由一种可以反射光线的光亮金属严丝合缝地铸造而成，每一面都像是镜子，巨大的灯就像是太阳一样悬挂在中央，冷白的光从墙壁上刺目地反射，然后从四面八方射过来，里面来来往往的人员都戴上了深色的护目镜。

那些打着警察名号突然抓捕白柳的人在走进这个硕大无比的建筑物之前，就熟练无比地给自己戴上了护目镜，但被他们用金属链条捆住的白柳并没有护目镜可戴。

如果在这种高亮度的光线中不戴护目镜并且睁着眼睛，只需要一两秒，人的眼球就会失去正常的视觉功能，只能看到一些光斑；长久地注视甚至会有雪盲的后果，会让人的眼球因被光线灼伤而失明。

白柳本来想看一眼这个奇特建筑的内部构造，方便等下跑路，但这种高强度的光线和建筑的构造很明显就是为了防止他这种想要出逃的人记路线而设计的。

在这种光线下，人的眼球是根本没有办法看到任何东西的，更不用说记路线了。

白柳瞬间放弃了这个想法，他顺从地闭上了眼睛，被其他人拉拽着前行。

这些人最终把白柳放到了一个大约正方体构造、不太高的灰色金属小房间里。小房间里有一张桌子和两张板凳，桌子上放了一盏亮度很高的台灯，墙壁上只留下一个和白柳在车上看到的同样大小的小窗口，白柳能听到外面的声音从小窗口传来：

"报告第三支队副队长！小队已经成功捕获拟定编号为0006的高危险度人形异端！

"此次任务无人发疯！无人被异端蛊惑后自杀！无人被异端物理攻击造成身体残缺！因为唐队预设该异端为红色高危险度异端怪物，抓捕此异端出动了五辆改造装甲车、十七支管束枪支、一支直炮筒和三十三名第三支队队员，目前没有出现任何人员和武器消耗，任务已圆满完成！"

一道温和的男声说道："麻烦队员们了。关于这个被抓捕来的人形异端怪物的信息，我会亲自审问的。"

那个汇报的声音有点急了："苏队长，你着什么急啊，你和唐队一起吧！他抗防更高，而且也是唐队一力主张今晚强行抓捕这个异端的。你一个人去面对这么一个未知异端，太危险了！"

"唐队人呢？"

那道温和的声音有点微妙地冷淡起来，这个被称呼为"苏队长"的男人似乎有些失望地叹了口气："今晚他发了一通疯让我们去抓异端之后，又喝酒去了，现在不知道醉在什么地方了，电话也打不通，已经让人去找了。"

"……唐队又去喝酒了？！"那个队员的声音带着无法置信，"他怎么能这样？！今晚的这个任务可是他动用了队长特权，在彻底调查清楚这几个异端之前强行让我们抓捕的！唐队不是说他要亲自查办吗？他怎么又去买醉了？！"

"这也不是他第一次心血来潮，突发奇想让支队去某个很奇怪的地方抓怪物了。"苏队长苦笑一声，"他喝醉了看谁都是怪物，不过动用队长特权还是头一次。今晚他严肃地给出的这个叫白柳的人形异端的信息十分具体确切，我还以为他是真的查过了之后想办案。现在看这情况，说不定人家是一个无辜的普通民众……

"我先进去看一下是什么情况吧。"

说着，白柳所在的小房间的金属门被推开了。

来人是一个穿着板正的警服，戴着防护口罩和棕色皮革手套，面容看着温雅谦和的三十来岁的男人。他的身量目测一米八以上，有一双泛着灰黄色，或者说浅琥珀色的温柔的眼睛，头发似乎有段时间没打理了，半长地垂在脸的两边，眼下似乎因为熬夜有点青黑，但整体干净、整洁，似乎是一个在高强度工作中还比较擅长保持自己生活状态的男人，第一眼看上去亲和力很足，是很容易让人放下戒心的类型。

白柳的眼神落在了他夹在胸前右边衣服口袋上的身份牌上：危险异端处理部第三支队副队长——苏恙。

苏恙对白柳比了一个"坐下来"的手势。白柳坐下来之后苏恙注意到了白柳停留在自己身份牌上的目光，他点了点自己的身份牌，抬起头来对白柳无奈地解释："或许被暴力抓来的这位同志你不会相信，但我们的确是正规部门。"

白柳不冷不热地抬眼看了一下苏恙，没有接话。

苏恙脸上无奈之色更重："是这样的，虽然听起来很扯，但在很多普通民众没有意识到的时候，这个世界上不知道什么时候出现了很多人类科学常识完全无法解释的存在，就像是怪物一样，我们称这些不知从何而来的未知怪物为异端。

"这些异端有些会蛊惑人心让人发疯，有些会吸食人的血肉，而为了处理这些会伤害普通民众的危险异端，危险异端处理部这个特殊的部门成立了，今晚抓你的这些人就是这个部门的队员。"

白柳抬起眼皮："这和我有什么关系呢？我看起来很像是一个异端吗？"

苏恙没有直接回答白柳的话，而是从白柳面前的桌子里掏出了一个遥控器，对准墙壁轻轻一摁，墙壁上就缓慢降落了一块白色的屏幕，对面出现了一个投影仪，开始在屏幕上投射并播放PPT：

危险异端处理部科普

苏恙看向白柳："我先和你解释一下我刚刚说的东西，然后再和你具体聊你的情况。刚刚说到我们负责处理这些突然出现在这个世界上的异端，我们这个部门存在很久很久了，但到目前为止，我们还是谁都不知道这些异端是从哪里来的，但是它们就是出现了，以各种各样诡异可怕的姿态。有人，有动物，有物品。"

苏恙摁下遥控器，投射在屏幕上的PPT切换了画面。

他继续说下去："这些异端拥有着足以摧毁我们的可怕力量，还记得曾经发生的'镜城爆炸案'吗？"

PPT上的画面是一张照片，照片上是白柳在《爆裂末班车》里见过的那面古董镜子，周围有几个和苏恙穿着差不多板型和颜色的制服的人正在皱着眉头严肃地勘查现场，测量这面镜子。

苏恙说："这就是'镜城爆炸案'的那面镜子。爆炸案发生后，很多公众质疑，为什么有人能把炸弹明目张胆地带上地铁，安检没有起作用吗？当时我们对外公示的是盗贼把炸弹藏在了镜子里，被骂了将近一个月，说我们为了推卸责任什么降智的话都能往外说，镜子那种大小和厚度，根本不可能藏得下能炸开一节车厢的炸弹。"

他又摁了一下遥控器，屏幕上的照片变成了另外一张，主角还是这群穿着制服的人。这群人正表情震惊地从镜子里掏出一颗巨大无比的黑色炸弹，这完全是一个反空间和反常识的画面。

"但事实就是这样，"苏恙转头看向白柳，"这面镜子在爆炸时碎裂了，我们花了不少功夫才从出事的地铁站里拼凑出了这面完整的镜子。回收之后，我们对这面镜子做了很多检测和实验，我们发现它就像是一个空间的折叠点，可以从里面取出远超于它本身体积和大小的东西，并且放进去的东西根本没有办法被我们所有已知的射线或者装置检测到。

"然后在我们长久的实验和检测下，我们发现这面镜子不光是会储存物品，还有一定的精神具象化的功能，如果我们的实验人员长久地凝视这面镜子，这面镜子里的东西就会从炸弹变成他们当时最不想见到的东西。

"我们在事后的调查中发现，之前这面镜子里的东西之所以会是炸弹，是因为那对盗贼兄弟非常不想让这面他们好不容易搞来的镜子碎掉，他们害怕任何可以弄碎这面昂贵镜子的东西，并且他们日夜凝视着这面镜子，所以他们的恐惧就汇成了炸弹存储在镜子中，最终在列车上爆炸了。"

PPT上的画面继续切换，这次变成一张说明书的画面：

异端收容物品名称：墨菲定理鬼镜

编号：CEDT-0714

报告：发现于一场特大爆炸中，回收碎片的过程中发现爆炸前1小时列车处于一种无法停止的环形地铁线循环中（该线路并非环形），后经证实发现是由于爆炸中死亡的人在死前将恐惧投射于被炸碎的镜面碎片之内，这些在这辆列车上的乘客害怕无法离开即将爆炸的列车，因此镜面就反射了无法停止的循环爆炸……

……在回收所有镜片后，无须修复，碎片自行拼凑成正常镜面，拼凑后找不到碎裂痕迹……

……经过测试，超过十七分钟的凝视可让镜中物品转换为凝视之人畏惧之物……

收容方式：放置于十七米深的地底，用聚乙烯深色布料包裹避光保存，需三位支队副队长的许可或一位正队长的许可，才可进入CEDT-0714收容房间内察看。

危险等级：轻一级红色。

"当然，我们做实验时这面镜子里装的东西已经不是炸弹了。"苏恙微笑着打趣了一句，"我们让一位很讨厌吃辣的实验人员一边吃特辣火锅，一边盯着这面镜子。一个小时后，这面镜子储存的东西全是魔鬼辣火锅底料。"

苏恙继续往后播放PPT："前段时间发生的那个福利院蘑菇中毒案你在电视上见过吧？"

白柳抬眼看向墙面——屏幕上是血灵芝的图片，不是照片，是手绘的。

"我们在中期就接手这个案件了，调查到当年那些投资人很有可能和这种东西有关，这种东西据说可以包治百病，但是很可惜没有具体的线索。"苏恙笑意很浅，似乎意有所指地扫了白柳一眼，"但你说巧不巧，今天早上突然就有人曝光了这事，把一个'线索大礼包'送给我们。二队的队员已经去抓人了。"

PPT上的画面继续往后播放，变成了一小段医院病房的监控视频。

视频里的白柳正在看望病床上的小孩，小孩的身体在白柳走之后迅速地恢复，然后他转头看着白柳离去的方向，朝着病房门轻声说了一句"谢谢你"。

白柳看到这一幕，在心里轻轻地"啧"了一声。

心想他要"翻车"了。

"我们在你走后用棉拭子对这个小朋友做了呕吐物和粪便检查,发现的确有一种很奇特的菌丝残留。"苏恙从右胸的口袋里掏出一个大拇指大小的玻璃瓶子,里面放置着一根用组织固定液保存的血红的菌丝。

他抬头直直地看向白柳:"白柳,当天除了你,并没有什么外人来探望这些孩子,而且这些孩子也是在你来了之后好起来的,你能解释一下这种菌丝是从什么地方来的吗?"

~~135~~

"这就是你们这群警察晚上九点多钟,给我这位向来遵纪守法的好公民戴上镣铐,抓到这里来的原因?"白柳举起手上那副沉甸甸的银色镣铐晃了晃,轻描淡写地岔开了话题,"这个监控视频根本不算什么决定性证据。

"阿 Sir,这样就抓人,你们是不是太武断了?"

苏恙有点尴尬地咳嗽了一下。

的确是这样,这个视频他只是准备用来诈一下白柳,根本不算什么可以用来抓人的核心证据。

"我只是一个住廉价出租屋的下岗职工罢了。"白柳淡淡地说,"我要是能搞到你说的那个什么包治百病的东西,我用它干点什么不好,还能去免费喂给这些小孩?你们调查过我,应该知道我很缺钱吧?"

白柳的经济状况的确不太好,他如果拿到了那个什么血灵芝,没有道理直接就喂给小孩,还做好事不留名——毕竟正常人稍微想一想,就知道拿这东西能挣多少钱,很少有人能抵抗这种诱惑,更不用说白柳已经下岗快一个月了。

"一个普通的下岗职工?那为什么不久之前自杀的苗某,会在割喉前惊恐地大喊你的名字?"苏恙很快就恢复了平静,他又摁了一下遥控器。

屏幕上出现了一个新的短视频。

画面是苗高僵那张疲倦的、癫狂的脸,他眼球下陷,颧骨高耸,用刀抵着自己的喉咙,脚边有凌乱的血迹,不远处躺着苗飞齿死不瞑目的尸体。

有人说:"苗高僵!你先冷静一点!把刀放下来!"

"自杀解决不了任何问题!你先控制一下自己,有什么解决不了的问题,可以和我们警察说!"

苗高僵惊惧无比地摇摇头,手脚痉挛着,沙哑又尖厉地咆哮:"我已经死了!我被白柳杀死了!"

"这不是自杀,这是他杀!"苗高僵似乎很抗拒自己手上的刀,他眉头紧锁,似乎想不断远离自己手上的刀,但他的手好像有自我意识般狠狠挥下,他崩溃地惨叫，"这是他杀！

"白柳！白柳！白柳和那具雕像，是谋杀我的凶手！"

视频定格在苗高僵倒在地上的画面，苏恙转头看向白柳："你有什么想说的吗？"

"我没什么想说的。"白柳面不改色心不跳，眼神里还带着一点逼真的迷惑，"警察同志，我根本不认识这个人，这就是新闻上说的那个人吗？他不是自杀的吗？你们还拍下了他自杀的全过程。他自杀和我有什么关系？"

"他在死前大叫你的名字。"苏恙直视着白柳强调，"他说这是他杀，而你杀死了他。这很有可能是这位苗同志留给我们的死亡信息。"

"所以这位苗同志的死就变成了他杀吗？"白柳似笑非笑地看着苏恙，"苏队长，我可是很脆弱的，你这样逼我，我要是承受不住你施加给我的压力自杀了，我也可以在自杀的时候大叫你的名字。那同理可证，苏队长你也是杀死我的杀人犯吗？"

苏恙缓缓吐出一口气，没接白柳的话，他要是接了就顺着这人的谈话节奏走了。

白柳这人比他想象的更油盐不进，很适应这种套话，但从他的履历上来看他真的只是一个普通人。

"我当然不是这个意思，只是你的确很可疑，白柳同志。"苏恙把话绕了回来。

"你们警察办事都讲证据吧？"白柳不紧不慢地看了苏恙一眼，"除了我看起来可疑，有任何能认定是我杀死了这位苗某的证据吗？"

白柳重读了那个"看"字。

苏恙又沉默了。

白柳和苗高僵没有任何交际，这两人从来没有见过面，生活经历也没有产生任何重合，完全就是不相干的两个人，这让苗高僵临死之前发疯地喊白柳的名字这件事越发显得诡异。也正因为如此，这个案子被移交到了危险异端处理局。

但除了苗高僵那没头没脑的一嗓子，这个案子的确没有任何证据指向白柳。

白柳平静地询问："所以确实是没有证据的。苏队长，那我就不太明白了，在完全没有证据的情况下，你们为什么可以用这样强硬的手段，把我抓到这里来审问？这不符合我的法律学常识。"

苏恙和白柳疲惫的、好像还没睡醒的眼神对视了一会儿，终于像是良心发现一样，无奈地叹息一声。他从自己胸前的口袋里拿出了一个新的小瓶子，放在了白柳面前的桌子上。

这个小瓶子里滚动并飘绕着一股粉红色的气体，就像是碎落的星星汇成的宇宙，在小瓶子里闪闪发光地环绕着，看起来非常漂亮。

白柳目光微动——这和他在梦里看到的塔维尔碎裂化成的那股粉红色的烟雾很像。

"这是最近在网络上销售得非常好的一款气体香水，叫作'干叶玫瑰瓦斯'。"苏恙目光凝重地看着这个粉红色、充满少女心和梦幻气息的小瓶子，"这里面有一种让人精神振奋的物质，据说只要喷洒在身上，就可以保持一整天的高效能工作状态。这款香水被很多公司作为空气清新剂在公司里使用，所以又有两个别名，叫作'气体咖啡'和'爱工作'。"

"但最近我们发现，大规模使用这款香水的公司，在停用或者更换这款香水后，员工出现了一定程度的发疯的症状。"苏恙静了一会儿，又说，"但很奇怪的是，以所有已知的仪器去检测这款香水，都无法检测出任何有害的成分，是完全符合香水制造和销售标准的。我们发现不对，于是接手了这个案件，把这一部分员工转移到了这里进行治疗和研究。"

"……反复检测后，我们发现这些员工的症状非常近似戒断症状。"

白柳的眼神落在那个小瓶子上，他明白苏恙的意思了。

"我们把这款香水定义为一种新型的气体鸦片，并且决定让这些员工强行戒断。"苏恙深吸一口气，"但在戒断的过程中，出事了。"

苏恙握住遥控器按了几下，调出了一个视频。

视频里是一个眼球外凸的中年男人，他不停地攻击、号叫。他脸上是那种和小瓶子里的气体一样的粉红色，额头上青筋暴起，不停地捶打着自己和墙壁。有人进来把他绑在椅子上，但绳子很快又被他撕裂、挣断。

很快，在这个男人凄厉的惨叫声中，奇异的变化发生了，这个男人的瞳孔里很清晰地出现了一枝要凋零的玫瑰花，然后他身上的血肉开始发干、发黑，就像是枯萎的玫瑰花瓣般一片一片地从他身上剥落，最终只剩一副干净到不可思议的白色骨架坐在椅子上，然后散落下去。

视频里传来嘈杂的背景音：

"……CEDT-0756污染对象尝试戒断6天17小时56分钟，失败……"

视频结束。

苏恙没有看屏幕，他再开口时声音有些干涩："……我们用了很多办法，然后发现除了继续让他们用这款叫作'干叶玫瑰瓦斯'的香水，没有其他办法能让这些员工活下去……"

"不用的话，他们就会凋谢。"

苏恙说到这里静了一会儿。

"但这种东西的生产和销售链条是一定不能存在的，可惜我们发现的时候已经太晚了……"苏恙苦笑一声，拿起那个玫瑰色的瓶子，"你知道这个东西在网络上一个月的销量有多少吗？十几万，每个月都会翻一番。这么多人都在用这个东西，如果暂停使用……"

"所以呢？"白柳不为所动地反问，"苏队长，你说的这个东西和我就更没有任何关系了吧？你抓我来，我也解决不了这事。"

苏恙直勾勾地看着白柳："不，你有办法解决。"

他撑着桌子站起来，身体前倾，直视白柳的眼睛："我们的队长说，你是一个可以解决这个世界上所有邪恶之物的怪物，只要抓到你，这些疯狂的东西就不会再被倾倒在我们的世界里。"

听到这句话，白柳略显讶异地挑了一下眉尾。

一个人高马大、喝得醉醺醺的穿着制服的人，被几个队员搀扶到了关押白柳的小房间前。队员看着醉成一摊烂泥的崩溃的人，扇了扇鼻子："唐队这是喝了多少啊？！"

"不知道，倒在基地门口不知道多久了，还是被巡逻的队员发现的。"扶着这人的队员苦笑一声，"苏队人呢？还在研究那个新抓来的人形异端？唉，看唐队现在这样，也不知道他指挥我们抓的到底是普通人还是真的异端……"

"这个还是要相信唐队的，毕竟他有特殊的可以预见未来的能力，所以才有这么高的紧急权限，而且他之前紧急动员我们抓的都是对的，这次应该也是……吧？"

几个队员的目光落在不知道多久没有打理头发的唐队长身上，这位醉生梦死的唐队长咂吧咂吧嘴巴，抠了抠大腿。

队员们语气又有些犹豫了起来："虽然……唐队最近的确是喝得有点不像话，但唐队不是说他喝得越多，越是进入那种醉到失去神志的状态，他能看到的未来会出现的异端就越多吗？"

"这话你也信？这是他给自己喝酒找的借口罢了。"苏恙推开门从小房间里走了出来，他随口接了队员的话，"唐二打之前一滴酒不沾的时候，也是可以精准地预见那些邪恶之物出现的时间和地点的，倒是喝了酒之后能力越来越差了。最近几次行动都扑了空，可能是都把酒喝进脑子里了。"

看着躺在地上一动不动，还在轻微打呼噜的唐二打，苏恙额头上的青筋轻微抽搐了两下："去CEDT-0076永冰之室取点冰水来，泼醒他。"

冰水泼下，平躺在地上的男人呛咳着坐了起来。这人头发有点邋遢，卷卷曲曲地耷拉在耳朵两边，下巴上全是不知道多久没有修剪的胡子。他用大拇指抹去自己下颌上的冰水，一只脚懒洋洋、慢吞吞地抬起，摇摇晃晃地站起来。

这人的制服穿得歪歪扭扭，领口的扣子就没有几颗扣正了的，右胸上的身份牌也被蹭到了下颌的位置，上面写着：危险异端处理部第三支队队长——唐二打。

"呼——嗝！"这人长出一口带着烈酒味的气，把遮到自己眼前的被淋湿的头发一把捋到脑后，露出一双极其凌厉狭长、就像是狼一样的深蓝色眼睛。

明明浑身都笼罩在酒气里，但唐二打这双眼睛却一点蒙眬的酒意都没有。但这也只一瞬，很快他就迷迷糊糊地撑着墙壁摇头晃脑起来："这酒吧的墙壁怎么这么像基地的墙……"

苏恚无奈地缓缓扶额："三分钟之后把他弄醒，送进小房间，让他自己去处理他一定要抓回来的人形异端白柳。"

三分钟之后，白柳挑眉看着这个坐在门前浑身都湿透了的男人。他目光移到对面的人的胸牌上："你就是苏恚说的，一定要抓我的那位唐队长？"

"我不知道你为什么觉得抓住我就一定能解决你们面临的这些……古怪的小问题。"白柳的眼神扫过桌面上那个玫瑰色的小瓶子，又抬起头看向对面的唐二打，"我只不过是个下岗的普通公民。"

"啧，普通公民？呵呵。"唐二打从自己的口袋里掏出了一包包在塑料袋里的烟，他不急不缓地点燃了，深吸一口又缓缓吐出，猩红的火星在他的食指上跳跃，映在唐二打狼一样的眼睛里。

他眼珠子动也不动地凝视了白柳一会儿，忽然勾起嘴角，露出一个很有戾气的笑："白六，你和我装什么呢？"

"你知道这是我第几次把你抓进这个地方了吗？"唐二打撑着身体站起来，把烟头摁灭在白柳的手铐上，对着白柳的脸嘲讽地吐出一口烟，伸出手来拍他的脸，"好几十次了。都是千年的狐狸了，你和我玩什么聊斋呢？"

白柳微微后仰，躲开靠近的唐二打："但这是我们第一次见面吧？这位唐队长，你是不是认错人了？"

唐二打又倒了回去，大马金刀地坐在椅子上。他眯着带着醉意的眼睛打量着白柳，忽然极为不屑地嗤笑了一声："第一次见面？这可不是你和我第一次见面，我们见过很多次了。

"传说中'神'的信徒，塔维尔忠实的走狗，全球所有危险异端处理局最恨的头号通缉犯，邪恶之物的接口，利用邪物之物无情吞金的赌徒。让我想想你这个叱咤风云的恶棍还有什么称号——"

"哦对——"唐二打缓慢地转动着有点发僵的脖颈，最终将目光定格在白柳的脸上，"大名鼎鼎的游戏战队'流浪马戏团'的队长，白六，白国王。"

"我不记得我见过你，这位唐队长，我也不明白你在说什么。"白柳面不改色地撒谎。

唐二打猛地站起来摁住白柳的肩膀。他就像是一头突然露出獠牙发起攻击的狼，凶相毕露地用张开的虎口钳住了白柳的脖颈，用食指动作缓慢地从白柳的锁骨处钩出了链条，上面挂着一个逆十字架和一片发灰白的鱼鳞。

白柳没有把它们藏起来，他的嘴里放那么多东西说话会很奇怪。除了硬币，他脖子上挂的这些东西看起来都是普通挂饰，而且也是道具，丢失了也不会妨碍他进入游戏。

但硬币不行，那东西丢了就进不了游戏了。

"你脖子上戴着这个逆十字架，你还说自己不知道'它唯一的信徒'是什么意思？"唐二打掂了掂手里的十字架，似笑非笑地抬起白柳的头，"你也不怕惹那位伤心。白六，我再警告你一次，你最好藏好你的尾巴再和我说话。让我猜猜，你把你的游戏管理器藏在什么地方了？"

他手猛地一用力，在一种让白柳忍不住眯眼的剧烈酸痛中，把白柳的下颌给卸了下来。唐二打有点嫌弃地把他用来装烟的塑料袋套在手上，两指粗鲁地伸入了白柳的舌下。这个动作让白柳的眉头拧起，然后唐二打的动作一顿。

"没有？"唐二打眉头一皱。到现在这个面对白柳一直都表现出一种了如指掌的态度的奇怪队长，脸上第一次露出了一种出乎意料的惊讶神色。

"在其他的时间线你被我抓了之后，都是把游戏管理器藏在舌下的，怎么会没有？"唐二打"啧"了一声，把自己的手指从白柳的口腔里拿了出来，脸上露出那种非常恶心的神色，甩了甩手，"你该不会吞下去了吧？你在其他的时间线里是不会做这种不符合你反派行为美学的事情的。"

唐二打把塑料袋随手丢到一边，故意很大力地把白柳的下颌给装了回去，发出"咯嘣"一声脆响，听着就很痛。

但白柳并没有如唐二打所愿因为疼痛而露出懦弱的神色，他只是动了动下颌适应了一下，就很冷静地抬头问唐二打："其他的时间线？你的个人技能是时间穿梭？你抓了很多次在其他时间线的我？"

"我的个人技能不是时间穿梭，时间穿梭是一个高危险等级的收容物的能力，换句话说，是游戏中一个神级道具的能力。"唐二打又懒散地张开四肢瘫在椅子上，他把脚跷起来放在桌子上，头枕在椅子的靠背上，头侧向一边，没有看白柳，"我在某条时间线里赢过一次联赛，得到了一个许愿的机会，然后游戏就根据我的愿望奖励了我这个道具。"

唐二打用切牙咬着没点燃的烟，目光迷离："这个道具可以随时让我在不同的平行时间线里跳跃，每当我对某件事感到不满意或者后悔的时候，我就逆转时间去改变。"

"我以为我是逆转时间，但我很快就发现了，并不是。我是身处于平行时空的不同时间线，我并没有回到我原来所在的时间线里。"唐二打耷拉着眼皮，咬着烟头。

他说到这里稍微沉默了一会儿，但很快就恢复了那副玩世不恭的表情，转过头去看着白柳："而很有意思的是，白六，你在我经历过的所有的时间线里，都一定会成为我们异端处理局的最大死敌。"

"因为在所有永恒连续的时间线里，你注定会变成塔维尔唯一的信徒。"唐二打从腰间掏出一把枪，眼神就像是还没清醒那样蒙眬，但举起枪的姿势却很稳。

他平举手枪对准了白柳的右眼："然后你这个为了利益不顾一切的恶魔，利用自己信仰的邪恶之物，在我经历过的几乎所有的时间线里，把世界变成充满邪物的地狱。

"你用自己信徒的身份，制造各种可以用来敛财的邪物。你开出天价拍卖可以映出人内心恐惧之物的镜子，让无耻之徒把它盗走，之后在市场上不断地流通，反复地高价贩卖；你把塞壬的鱼骨放在门票价格最高的博物馆里展览，让观赏者为腐烂的美丽人鱼疯癫痴狂；你贩卖给有钱人最昂贵的救命良药血灵芝，微笑着收取这些吸食儿童鲜血活下来的鬣狗的报酬。"

"还有这种让所有人先是癫狂最后凋谢的千叶玫瑰瓦斯。"唐二打低头看了一眼桌子上装在那小小的玻璃瓶里的香水，"你让它泛滥之后，不断地提升它的售价，让买不起的穷人绝望地在玫瑰消散的香气里凋谢于无人造访的路边，而能承担得起的富人眼中的玫瑰欢欣地盛放在金碧辉煌的殿堂。"

唐二打用大拇指打开保险，食指放在扳机上，他直勾勾地盯着白柳的眼睛，眼神像刺一般锐利："你和游戏一样，是个收买人类灵魂，为了自己的利益往这个世界倾倒邪恶之物的疯子。

"而我的宿命就是杀死你。"

砰！

<h2 style="text-align:center">136</h2>

子弹从白柳的眼旁擦过去，打在他背后的墙壁上，"砰"的一声响，让外面的人都开始敲门询问"怎么了"，苏恙更是打开小窗户严肃警告唐二打。

"唐二打，在这么狭隘的房间内开枪完全就是找死的行为，弹开的弹片都能射穿你的脑袋。你最好不要在我面前一而再，再而三地玩这种一不小心就把你自己给弄死的自杀游戏，你手里的是枪不是玩具。"苏恙很冷酷地说，"你要是把自己玩死了，我是不会为你收尸的。"

唐二打漫不经心地把枪放在了桌面上，他转头假笑着对苏恙举起了双手，示意自己没有玩枪。

他好像开玩笑一般地、散漫地看了一眼坐在对面同样不为所动的白柳，"啧"了一声："我就是想吓吓他，没想到你倒是被吓到了。苏队长，你倒是不用这么关心这位白六同志。"

"毕竟我和他应该都是不怎么在意死亡这种事情的。"唐二打笑着靠近白柳，挑眉，他嗓音有点哑，压低了声音说，"又不是没死过，你说对吧，白六？"

苏恙没听到唐二打后面说的那句话，只是眼含警告地瞪他一眼，把小窗户放了下去，对着外面的队员说了句"没什么"。

"你的确得死，但不是现在，也不是在异端处理局里，你死在这里会很麻烦。"唐二打抬起发皱的眼皮，"我也不是第一次杀死你了，白六，所以如果你不想那么早死，没办法再挣钱的话，你最好老实交代桌子上的干叶玫瑰瓦斯事件的解决方法是什么。"

唐二打一边说，一边用枪口杵了一下那个玻璃瓶子，脸上露出那种熟悉的厌恶表情："这东西出现一段时间之后，会很快在全球普及，所有人的眼睛里都长着玫瑰。

"没有钱买这个玩意儿的人就凋谢在街上、路旁，贫民窟和廉租房附近全是枯萎的血肉花瓣，而有钱人眼睛里的玫瑰就可以旺盛生长。到最后所有人都在贩卖、制作和生产这个东西，我们根本查不到出处，这次又是这样莫名其妙地出现了。"

"我很厌恶这玩意儿。不过，你很喜欢这种东西吧，白六？"唐二打目光定定地看向白柳。

"你为什么会觉得我和这个干叶玫瑰瓦斯有关？"白柳不疾不徐地反问，"还一定有解决这件事的方法？"

"因为在某条我抓到你的时间线里，你的确帮我们异端处理局解决了这件事。"唐二打说。

白柳反应很快地抓住了唐二打话语中的重点："我不会因为你抓到了我、要杀死我就免费帮你们做事。你们给我钱了？"

唐二打露出那种像生吞了一千只苍蝇的表情，最终他挥挥手，有点憋闷地承认了："啧，是给了不少，并且在那条时间线里，因为你在解决干叶玫瑰瓦斯事件中做出了杰出贡献，最终你还被无罪释放了。"

他目光不带一点情绪地俯视着白柳："尽管我们所有人都知道，你一定和这个东西有联系，但我们还是放走了你，因为没有直接证据指向你拿这个东西牟利了。

"我们能拿到的，都是你和干叶玫瑰瓦斯有联系的间接证据，我们清楚地知道这个东西的来源就是你，你也没有否认这点。但因为没有你拿这个东西牟利的直接证据，苏恙认为你在这件事情上无罪，所以你不能被逮捕，最终在他的坚持下，你被放走了。"

"一年之后，这个东西的售卖厂商甚至在异端处理局外面开零售店，全世界到处都是因为这东西而凋谢的尸体。"唐二打静了一秒，"在那条时间线苏恙的父母因为买不到干叶玫瑰瓦斯死在了家里，苏恙为了复活父母，进入了游戏。"

白柳的目光落在那瓶玫瑰色的香水上："这的确不符合我的牟利观。"

唐二打目光极为凌厉地扫过去，他脸上是一种很明显的讥笑："你还有牟利观？你不是最爱钱吗？因为你被无罪释放了，这个东西在某种程度上就成了'合法'的灰色产业。

"那些厂商号称这款香水和香烟是一样的东西，除了小部分人会过敏，不会有致命性。因为你的脱罪给他们早期营销和推广这款香水带来极大的便利，他们还为此给了你一大笔钱，我也没有看到你拒绝啊？"

"是，我应该不会拒绝送到我手边的钱，但如果我在那条时间线里已经有你所说的地位和那些资源，我是不会引进这种具有成瘾性的香水的。"白柳伸手拿起那个玫瑰色的玻璃小瓶子，用指尖捏着专注地观察，"因为在这种香水成瘾性的剥削下，人这种资源是不可再生的，是一次性的，就像是玫瑰，只能开一次就枯萎了。"

"这是最低级的资本剥削，太愚蠢了。"白柳抬起头淡淡地看向唐二打，"比起玫瑰，我更喜欢韭菜，因为韭菜可再生。

"如果我是一个可以永久剥削下层的存在，那我不会轻易地彻底收割他们，我会好好培养他们，给他们生长的空间和资源，让他们永远可以再生。把他们变成玫瑰太奢侈了，这不是我喜欢的敛财方式。"

唐二打："……"

无论见过白柳这人多少次，这人的胡扯和洗脑功力都完全不减。

"我不管你喜欢玫瑰还是韭菜，你最好给我老实交代你解决这个什么玫瑰瓦斯事件的办法。"唐二打很虚伪地礼貌地笑了一声，"还有，我们这里的房间是我用道具特制的，隔绝所有邪物，包括那枚硬币。就算你把硬币吞了下去，你也进不了游戏。"

他用枪慢慢地拍打白柳的脸，笑得越发和善："我有的是时间和办法和你慢慢耗，老朋友。"

"唐队长，那我这个时空囚犯有资格问你最后一个问题吗？"白柳抬眸直视唐二打的眼睛，"如果你成功地在其他的时间线杀死了我，那在这条时间线，我只是一个普通人,你为什么不一来到这条时间线就杀死我,而是要等到这个什么瓦斯出现才过来找我?"

"因为我以为你已经死了。"唐二打深深地凝视着白柳,"我本来想在你成长起来之前就杀死你,所以我按照其他时间线里得到的线索,找到了你应该在的那所私立福利院,也就是你还没有成长起来时待的地方。

"在我经历和查证过的每一条时间线里,你都在那所虐待儿童的私立福利院里长大,我几乎每次都能在那里找到你存在过的痕迹。但这一次,那里的院长告诉我,白六在十四岁的时候死于吞食硬币。你居然死了?"

唐二打在这里停顿了两秒。

"你在长大之后几乎把那所福利院里所有导致了你童年悲剧的投资人和院长全部拖出来,拖进了游戏。这些人死得都很惨,你没有亲自动手杀死他们,你只是通过各种方式诱导他们进入游戏,让他们死在了怪物的撕咬下。白六,你做坏事一向这样聪明,我们很难抓到任何把柄,查找你的罪证是相当困难的一件事。"

唐二打说到这里表情有些出神,他的指尖在桌面上无意识地敲了两下:"你不可能那么轻易地就死掉,我完全不相信你死掉了,在你进入游戏的情况下,遭殃的应该是其他人才对,你居然会被这些投资人折磨得自杀了,这根本不是你会做出来的事情。

"但我查到的一切痕迹,都证明了这个不知道为什么自杀的小孩真的就是你。"

唐二打又点燃一支烟,他没有看白柳,眼神落在房间里的某个点,目光涣散:"我根本没有想到这条时间线里还会有一个你。"

他缓慢地把眼神移到白柳的脸上。

唐二打和白柳隔着烟气直直地对视着:"这条时间线里居然还有一个在一所公立的福利院长大,改了名字,一点邪物都没沾,看起来好像二十四年内一点坏事都没做过的,活到了现在的下岗职工版本的白柳。"

"这是不可能在你这个浑球身上发生的事情,你根本不会容忍自己在这样一个低性价比的职位上待这么久。"唐二打深吸一口气,"拿着低工资给别人打工?我要是梦到你这混蛋也有这么一天,我做梦都要笑醒。

"这简直是为你量身定做的酷刑,比杀了你还难受,我都不知道你怎么忍下来的。"

唐二打继续说下去:"只要给你一丁点机会,你就会变成一个最贪婪的敛财机器,会驯化和拥有世界上最可怕且忠诚的团伙,然后发展成一个训练有素的吞金集团。全世界的财富就像是漏了一个口的旧钱包,掉在你这个流浪汉早已张开的手中。"

唐二打坐在桌子上,目光很深沉地吸了一口烟。

一个一个烟圈飘到白柳的眼前,白柳的脸微不可察地侧了一下,他的呼吸频率变慢了点。

唐二打忽然很古怪地、很愉悦地笑了起来:"对,你很讨厌烟味,看到你被迫待在自己不喜欢的环境里这么久,真是——

"比亲手杀死你还爽。"

137

唐二打透过若隐若现的缭绕的尼古丁烟雾注视着白柳。

"但你居然真的只是在一个普通的公司里,老老实实地做了好几年游戏,还因为上司的偏见下岗了。"

唐二打说到这里的时候忍不住笑了一下:"我在查到这些的时候都怀疑是不是我认错人了,是不是这条时间线里真的本来就有一个叫白柳的普通人,而真的白六已经莫名其妙地因吞食自己的游戏管理器硬币而死去了。

"或许是这条时间线的白六运气不好,还没来得及成长为一个让人闻风丧胆的交易者就死在游戏里了,所以游戏让他在这个所谓的现实世界里这样死去。谁知道呢?"

唐二打抖掉烟灰:"但很快我就知道我错了。"

"因为我出现在了游戏里,是吗?"白柳看着唐二打,"你靠我的技能确定了我的身份?"

"是的。"唐二打咬着烟嘴,"你那个收购灵魂的个人技能,我化成灰都不会认错,你就是靠这种方式聚集了一群和你一样的神经病,好几次都差点直接让我们的基地被团灭了。"

"一群和我一样的神经病?"白柳饶有兴趣地反问。

唐二打乜斜他一眼:"我在每条时间线都在疑惑,你怎么有本事找到那么多和你一样在某方面有着卓越天赋且精神状态不正常的人,组成你那个所谓的'流浪马戏团'。"

"而只有在这条时间线,"唐二打用食指在桌面上敲了敲,他抬眼看向白柳,"我才第一次看到了你这个'流浪马戏团'成形的过程。

"在其他的时间线,我见到你的时候,你就已经有很强大的实力了,你的出身都是我冒死查了几十条时间线才查出来的,而且也就查到了你在那所私立福利院生活过,对你周围那些疯狗的个人信息我完全一无所知。"

唐二打眯起眼睛来:"一是因为你手底下那些疯狗虽然行事风格猖狂,但做事却很谨慎,很难追寻到他们背后的真实身份。二是因为你把他们保护得都太好了,在进入这条时间线之前,基地只知道他们的称号和习惯,其余的根本查不到,一旦快要查到,我们这边的人就会出事。"

他靠在沙发上,懒散地掰着手指算:"这些人你应该都见过了,帮你窃取各种机密的猴子盗贼,喜欢用毒药杀男人的杀手小女巫。

"我们唯一能确定身份的、和你有点关系的人,就是继承了父业帮你推广邪物的投资家木柯,但木柯此人特别滑头,一年三百六十五天都以自己有心脏病要养病为由躲在疗养院里,我们多问两句话他就开始捂住心口吐血装病,医生就要赶人了。"

"不过现在我都知道他们是谁了。"唐二打夹住烟的手放在桌面上,烟灰飘落在地,他俯身靠近白柳,语气低沉,"然后我发现他们并不是天生的疯狗,只是有一些心理缺陷的人。

"只有你是天生的疯子,白柳。你抓住了这些缺陷,亲手把他们驯服成了你手下的疯狗,让他们除了你见谁都咬。"

"是吗?"白柳目光无波无澜地和唐二打对视着,"那你觉得我现在成功驯服他们了吗?你觉得他们会因为你抓了我而咬死你吗,唐大队长?"

唐二打眯起狭长的深蓝色的眼睛,凑近了白柳。这么近的距离,也成功地让白柳看到了唐二打随意敞开的衣襟里,锁骨上的一道很狰狞的伤疤——就像是被什么猛兽抓过留下的疤痕,上面还有被腐蚀的痕迹。

有点像是牧四诚的猴爪和刘佳仪的毒药联合使用留下的疤痕——而且带出游戏的疤痕还需要在精神值极低的情况下,被攻击的人意志动摇,才能留下伤疤。

——木柯那把降低精神值的匕首。

"你怎么知道我没有被咬死过呢?"唐二打扣好自己衣襟的扣子,遮住了那道伤疤,他带着一种让人发冷的笑,在白柳的耳边低语,"我杀死过你,你也杀死过我,白六。"

"但很可惜我们都没有死成。"唐二打在白柳耳边吐出一口烟,他在白柳的呛咳声中神经质地低笑起来,"我们都被人复活了。"

唐二打从房间里走了出来,苏恙迎上去:"怎么样?他说怎么解决玫瑰瓦斯的事了吗?"

"还没,他不会那么容易说的。"唐二打叼着烟屁股,有点吊儿郎当的,"还得磨一阵,把他看好了。"

"磨一阵,这个'一阵'是多久?"苏恙眉头紧锁,"唐队,你确定他能解决这件事情?"

唐二打把烟屁股很准地丢入垃圾桶里,扫了一眼苏恙。

这些人都不知道他的能力是什么，也不知道他为什么可以预测很多异端怪物出现的地方。包括唐二打刚刚在屋内和白柳那段对话，这群人就算是守在了监控前面，估计也听不懂他们在交流什么。

因为这种会泄露系统和游戏的存在的交谈和能力，在唐二打这种游戏玩家说出口的时候就会被屏蔽。

这是游戏对玩家的限制，唐二打只能和白柳这种玩家交流这些东西。再加上唐二打是个时空旅行者，在每条时间线其他的人或者事情都会发生细微的变化，包括性格上的、家庭上的、感情上的。

只有白柳是不变的，他像一个不会让唐二打这个在时间洪流漂流的水手迷失方向的锚一样，稳定地、不变地出现在他的面前，也永远不会对他那一套时间旅行的论调感到惊愕，只是平静地、带着饶有兴趣的笑审视着他，似乎在说："原来其他的我也这么有趣。"

这个世界在这个家伙的眼里就是一场游戏。

而唐二打就是游戏里不甘心地想打出完美结局，而不断读档重来的一个玩家。

说起来其实很讽刺，白柳这个奇怪的锚，居然是唐二打唯一一个什么事都可以随便诉说的人。

其他的人，唐二打的同事、朋友以及苏恙，他都已经不知道失去他们多少次了，因为重逢的时候太过痛苦，他甚至都没有办法再轻易和他们接触。

因为他是玩家，他不能接触任何人，这会将他们带入游戏——这是唐二打在轮回无数次之后明白的一个道理。

危险异端处理局这种特殊的和邪物对抗的部门，向来是很容易滋生玩家的地方，基地里的游戏玩家远不止唐二打一个。

但这些对邪物的来路心知肚明的游戏玩家队员，却因为游戏的限制而不能告诉另外一些不是游戏玩家的队员："你们对抗的并不是什么没有来路的东西，你们对抗的是一个游戏里的产物，这些东西的产生永远没有止境，你们快跑。"

当有队员在游戏里淘汰的时候，不是游戏玩家的队员就看着这些在游戏里淘汰的队员登出游戏之后，以各种诡异的姿态离开，这些正常的队员对这些邪物绝望和忌惮的程度越来越深。他们被那些游戏玩家队员给影响了，从而产生剧烈的求生欲望，坠入游戏中。

唐二打所在的其他时间线里，到了后期，异端处理局里的大部分队员都变成了游戏玩家，然后一个一个地在游戏里淘汰——包括他面前的苏恙。

唐二打出神，他的视线穿过了很多久远的硝烟弥漫的死亡现场和不为人知的时间线，最终缓慢地落在皱着眉在质问他的苏恙的脸上。

苏恙是为了救他而被淘汰的，在联赛半决赛的赛场上。

异端处理局进入游戏的队员在游戏里相逢，所有人都拼死阻止其他人接着进入游戏，想要接着在游戏里履行他们的职责——保护那个岌岌可危的、不知道是真是假的现实世界；保护他们在现实里的队友、亲人和朋友。

但就像是在他们都不知道的地方有只无形的大手在推动这一切，他们已经过得像是下水道里的老鼠，不敢和亲人相见，不敢和朋友说话，不敢和爱侣亲吻，只是远远地站在不会被人发现的阴影里看着自己守护的这一切。因为他们害怕游戏玩家的身份会影响自己所珍视的人，把那些人也卷入这场不知道什么时候才到终点的恶劣游戏里来。

唐二打刚刚进入游戏的时候，连出门买食物和烟都不敢，点的外卖让人放在门外，放一两个小时才去拿，一个人坐在全是烟蒂和啤酒的房间里，等着下一个七天到来。九死一生地活下来之后，又苟延残喘七天，活得颇像个有自我管理意识、不出去传染别人的病毒。

但有时候，无论再怎么小心，你所珍惜的人也会因为你，不可避免地走向你不想看到的未来。

苏恙来找关在家里一直不去上班，也不和任何人联系的唐二打。

唐二打开始到处跑，躲苏恙，他换不同的旅店，转换不同的登出坐标，但苏恙就死咬着他，一个地方一个地方地去找。唐二打有游戏这个作弊手段可以到处跑，但苏恙是没有的，在意识到那些手段都可以被唐二打躲过的时候，苏恙开始用笨办法找唐二打。

最后这位苏副队长就举着唐二打的照片在街上一个人一个人地问，问他们："你有没有见过我的队长？"

而唐二打就站在离苏恙不远的巷道里，点着烟没抽，一直等到苏恙走了，烟烧到了手，他才走出来。

可最后，唐二打还是在游戏里见到了苏恙。

唐二打在游戏里见到苏恙的那一刻，这位比现在还年轻许多的副队长笑得眉眼弯弯，似乎一点都不害怕地说："队长，我终于找到你了。"

138

苏恙在游戏里成立了公会，组建了战队，他眼神发亮地握住唐二打的手，和唐二打说："打赢了比赛就能得到'愿望'。

"那么队长，我们可以许愿把所有人都带出这个游戏。我们危险异端处理局的人可以组成一支战队，去打比赛，我们在游戏外就和这些邪物做斗争，没道理到了游戏里面有了技能和道具的支持还能输。"

"不要轻易向世界认输啊，不要那么悲观啊队长！"笑眯眯的苏恙这样说着。

他那群队员大声地笑着起哄："对啊队长，不要一进游戏就变成孬种啊，我们第三支队的人都在，不要厌，就是干，爷们儿是不会轻易认输的！"

他们出生入死，他们坚不可摧，他们绝不认输，他们的确打赢了。

队员们都倒在了通往胜利的路上，将未完成的愿望托付给他们信赖的队长之后，满足地消失。

苏恙决绝地挡在唐二打的面前，他看了唐二打一眼，脸上还带着似乎知道会发生什么事的释然的笑，用口型对唐二打说："队长，走下去。"

接下来所有的一切就像是慢动作一样，在夜晚，在唐二打睁开的眼里缓慢回放。一根纯白的骨鞭勒过苏恙纤细的脖子，把他整个人就像是拎着一只兔子般扯了过去……

最后，活着的只有唐二打一个人了。

一开始唐二打问："为什么你们要让我活下来？"

后来唐二打问："为什么你们要让我活下来？"

最后的最后，赢得了一切的唐二打跪在领奖台上。台下是万声热烈欢呼，台上是赢得了一切的冠军。

冠军伤痕累累，奄奄一息地低着头，然后他眼神涣散地仰起头，在耀眼到看不清东西的白光中，嗓音嘶哑地对着不知道是否真的存在的"神明"许愿说——

"我希望所有人，尤其是苏恙，都能活着离开这个游戏。"

于是慈悲的"神明"眷顾他，实现了他的愿望。

"神明"告诉唐二打，你的愿望要想实现的话，只能在一切开始之前阻止那些事发生。于是游戏赐予了唐二打神级道具，让他逆转时间回到过去改变这一切。

但这只是一个欺骗他的谎言，因为唐二打逆转了这么多次时间，也从来没有一次成功地阻止所有人进入游戏，只是在不断地逆转时间的过程中，不断地拖延其他人进入游戏的时间，不断地消耗自己。

而且就算最后真的阻止了这一切，也不可能真的让所有人都不进入游戏，因为拥有道具的唐二打一定会在游戏里。他不进入游戏，就没办法使用道具，而使用了道具，哪怕他让所有人都脱离了游戏，他也不能脱离。

于是唐二打质问"神明"："我不是许愿让所有人都离开游戏吗？为什么我不包含在这里面？"

"神明"依旧怜悯地说："在你许下愿望的那一刻，你就不再是人了。"

"你是异端怪物，所以你要被永远困在游戏里，这就是你实现超乎你能力所及的愿望需要付出的代价。"

于是变成了异端怪物的唐二打在崩溃和疯狂之后，默默地接受了自己应付出的代价和结局，他继续穿梭着，为了走向那个除了他所有人都能离开游戏的结局。

这次是唐二打拖延得最久的一次，已经到这个时间了，白六这人都二十四岁了，整个部门除了他以外，再没有人进入过游戏。

而他的副队长，苏恙，也终于活过了三十三岁——那个他原本应该死在游戏里的岁数。

"唐队，唐队！苏队在和你说话呢！"

唐二打猛地回过神来，看向苏恙："哦，我确定他能解决这件事，你不用担心，都交给我就好，你只要保护好你自己就……"

"唐队，苏队不是问你这事……"队员有点无奈，又觉得有点好笑，"你是醉傻了吗？苏队家的小孩满月了，请你去喝满月酒，你去不去？"

唐二打脸上的表情一僵。

"可以啊苏队！你是我们当中动作最快的一个了！去年结婚，今年小孩都满月了！"

"苏队，小孩现在刚一个月，长得像你还是像嫂子？欸，不过你俩长得都好看，像谁都不错。我就不行了，我只能指望孩子他妈长得好看……"

"醒醒，你单身二十七年了。"

一向温和雅致的苏恙被他们闹得脸上浮现一团红晕，他眼睛很亮，有点那种第一次当爸爸的傻气："现在看不出像谁……不过我觉得小孩长得很好看。唐队，你来我家喝满月酒吗？小安亲自下厨。"

旁边有人挤眉弄眼地打趣："当年我们都说苏队是唐队的'贤内助'，没想到'贤内助'比唐队这个当家的跑得都快，不过苏队说要让你当孩子的干爹。唐队，你看到昔日的'贤内助'都当爸爸了，有何感想？"

"嫉妒呗。"唐二打懒懒地说，"看他结婚的时候我就嫉妒死了，嫉妒得我都没敢去参加，怕自己把新郎给抢走，让他别结了。"

其他队员都在笑，唐二打好似不经意地补充了一句："……怎么能这么早，比我还早就结婚生子了呢？"

苏恙看向唐二打的眼神是期待的，他是诚心地邀请唐二打。他笑起来："我买了你喜欢喝的酒，到时候我们喝两杯。"

"我结婚的时候你就没来，这次你怎么都得来，不来说不过去。我做了你这么久的副队长，这个面子唐队还是要给的吧？"

唐二打长久地、无声地看着苏恙洋溢着幸福的脸，然后他忽然笑了起来，挥了挥手，转身离去：

"我还真就不给苏队这个面子,我喜欢一个人喝酒。恭喜苏队喜得贵子,找个时间给你封个大红包,我就不去了。"

其他人的笑声都有些尴尬地停了下来。

"……唐队你真不去啊?"

"不是,唐队,你最近怎么了,怎么都不和我们接触了?"

"……苏队结婚之后,你老是一个人喝得烂醉,也不至于嫉妒成这样吧老唐!你条件这么好,想找对象也能随便找啊!"

唐二打没有转身,只是懒散地挥了挥手,也没有接话就往外走。

"唐二打!"苏恙伸手去抓唐二打的手,他似乎有些生气了,"你最近怎么了?老是一个人待着,躲着我和其他队员。你对我们有什么意见吗?"

唐二打下意识地推开了苏恙来抓自己的手,然后在苏恙有些愣怔的眼神中,回过头去看苏恙,脸上的神色也有些愣怔。

"队长,你为什么要躲着我?

"一个人待着躲着我,有什么意思吗?

"唐二打,我们做了这么多年朋友和正副队长,你真以为我看不出来你在躲着我吗?"

不同时间线的苏恙似乎在这一刻重叠了。

唐二打张了张嘴,似乎是想笑,但最终好似有种耗空一切的疲惫和空洞将他填满。他凝望着这条时间线的苏恙没有经历过任何折磨和死亡的脸,目光开始涣散。

最终唐二打深深地吸了一口气,好像要强迫自己释怀一样笑起来:"苏队长,你已经成家了。"

苏恙有些反应不过来,他疑惑地看着唐二打:"我成家了又怎么了?我成家了就不能和你正常来往了吗?没有这样的道理吧?我们是多少年的朋友了。"

这样的神情,这样的目光,唐二打见过千万次了,却没有一次让他这样无端沉默。

"我对你没有什么意见。"唐二打静了一会儿,像是为了缓解尴尬,他散漫又无所谓地笑了起来,"我觉得你现在这样就很好,非常好,特别好。我一点不满都没有,我真心祝福你。"

苏恙刚松了一口气。

但唐二打下一句话一点都不客气地说出口了:"当然,你离我远一点就更好了。别再追着我了,学会顾家吧,苏队长。"

再也不要那么傻兮兮地追着我进游戏了,苏恙。

苏恙脸上细微的笑意变淡,眼睛里的亮光暗淡下去,他好像很伤心,不甘心地直勾勾地看着唐二打："我不明白，队长，你为什么要这么说、这么做？是我做了什么不对的事情吗？"

"你没有做什么不对的事情。"唐二打顿了顿，"是我不对，我想岔了，是……我没想通。"

说完这句，唐二打甩开苏恙又要来抓他的手，毫不犹豫地披上外套转身离去。

"以后没有正事，禁止任何一个队员来找我，和我私下接触。"

CEDT-0006 房间内。

白柳睡在角落里的一张床垫上，只有很微弱的光从那个小窗口里传进来，门口时不时传来整齐划一的巡逻的脚步声。

按照脚步声的规律，那些人大概是每隔十五分钟路过他的窗口巡逻一次，他有点像是在监狱里。这一次的脚步声离去之后，白柳迅速地从自己的手铐边缘取出了一枚中空的硬币——也就是那个游戏管理器。

白柳在苏恙离开和唐二打进来的这个间隙内，低头避开监控把舌下的硬币藏到了手铐内部——被连续大量问话，嘴里藏东西不被发现的可能性太小了，而且按照苏恙的说法，过来的这个唐队长对他可能还有一定的了解。

但唐二打也没有仔细地去搜查白柳身上的这个游戏管理器，他的说法是这个房间被他用道具"加成"过了，白柳无法进入游戏。

白柳的十字架和鱼鳞都被唐二打拿走了，身上留下的东西只有这枚他搜到一半嫌恶心懒得再搜的硬币。无论怎样都要试试，白柳握住硬币默念了一句：

"进入游戏。"

系统提示："滋滋"……信号被隔绝，触碰到超凡级道具"魔术空间"，空间主人可控制空间内的人员进出，游戏信号被隔绝，玩家白柳无法登入游戏！

"魔术空间？"白柳若有所思，"这不是刘佳仪给刘怀的那个道具吗？"

139

白柳还有其他觉得奇怪的地方——他是不能随意在现实世界里用道具的，因为系统对他是有限制的。

除了个别和实现欲望有关的道具，可以在兑换之后不受限制地直接在现实里使用，大部分道具都是没有办法在现实里使用的，会被系统限制，就像之前白柳在现实里使用自己的技能也被限制了一样。

通常道具和技能的等级越高，玩家想要在现实里使用受到的限制越大。

白柳在现实里用过的道具就是那个血灵芝。

那个血灵芝也是不能直接使用的，系统警告了他，但在警告完之后，白柳很清楚地感受到贴在十字架上的硬币振动了两下，然后他就能使用了。虽然不知道具体发生了什么，但应该是那位神秘的塔维尔做了什么，白柳才能用血灵芝。

就算是在塔维尔的庇护下，很多道具白柳也是无法直接使用的。

但这个唐二打，听他的口气，他好像可以在现实里超越系统的限制随便使用道具。

出现这种情况白柳觉得有两种可能性：

第一种可能性，因为唐二打时空旅行者的特殊身份，让他逃脱了系统的审核和限制。

但白柳觉得这种可能性不大，因为这人要是已经逃脱了系统的限制，也不会还是个玩家了。很明显唐二打看过他的小电视，这一点证明唐二打还处在游戏内。

第二种可能性，唐二打根本不是从系统那里获取的道具。

这个人很有可能已经彻底洞察了游戏、道具、邪物、现实这四者的本质。

唐二打很有可能是就地取材，利用了自己的职业优势——他作为危险异端处理部第三支队的队长，完全可以等登入现实世界的副本里的邪物被这个危险异端处理部收集起来之后，把它们当作自己的道具来使用。

白柳之前就发现了，一个游戏副本通关之后，奖励的道具一般是和怪物有关的，有些时候甚至就是怪物本身。

比如之前的《塞壬小镇》副本奖励的道具就是鱼鳞、护身符和鱼骨，《爆裂末班车》奖励的就是那面引起爆炸的镜子的碎片，而白柳不久之前登出的副本《爱心福利院》奖励的道具就是血灵芝。

就好像游戏是故意把这些引起一切灾厄的邪物当作完成任务的奖励给玩家，然后让玩家带回现实中使用。

那面突然出现的价值连城的镜子，福利院里那些投资人突然发现的血灵芝的秘方——就好像有什么存在故意把这些引起人心底最邪恶、最疯狂的欲望的东西，借助玩家这个被自身的欲望冲昏头脑的枢纽源源不断地往现实运输——这很有可能就是游戏在现实中载入副本的方式。

邪恶之物的接口——这是唐二打形容白柳的话。

不得不说，这是一句形容得很恰当的话。不断地游走在游戏和现实之间，为了实现自己的欲望在现实中使用邪物的玩家，这些玩家充当了游戏向现实载入副本核心邪物的媒介，的确很像是一个接口。

而且如果这个人是塔维尔的信徒，那他一定是一个相当高效的接口——因为通过他向现实载入邪物的频率和速度一定前所未有地高。

因为在塔维尔的庇佑下，白柳在现实中受到的限制比其他玩家都小，他已经感受到了这一点。

如果可以以此牟利的话……白柳的眸色变深了一瞬。

"这真是一个相当惹人遐想的未来。"他摸着下巴深思，"这算走私管禁物品吗？违不违法？"

想了一会儿这个行业的性质，白柳承认这应该是犯法的，要是被陆驿站发现他可能会被念叨死，还是算了。

但如果其他时间线的自己没有陆驿站这个爱碎碎念的朋友，白柳也觉得自己不会选择直接用这些邪物牟利，太低效了。

更快速地把这些邪物带到这个世界，然后出手给相关行业的人，他可以拥有全渠道的邪物商品赚取来的利润……这是一条很好的敛财渠道。

但是不合法——从唐二打的态度就可以看出，后期他们已经查到了他这个"邪恶之物的接口"这里，他死得应该还蛮惨的。

白柳又在自己的系统面板上找了找，发现失去了鱼鳞和十字架的庇护，他的确什么特殊道具都已经无法使用了，并且也无法使用个人技能——利用技能和别人交易现在也不行了。

在小黑屋里坐着，也不清楚现在几点了，白柳在心内感叹了一句唐二打不愧是多次和他作对的对手，几乎一照面就把所有的风险给杜绝了。

看得出来唐二打在他手下吃过很多次亏了，是真的恨他。

白柳不是没想过求助其他人，但唐二打这种人不会给他留任何可钻的空子。

要是他没猜错，唐二打很快就会让其他人来陪他了——他聊起"流浪马戏团"时的口吻可不算好。

希望这些人能理解他被抓住后、没收手机之前发给他们的最后一条短信的意思，白柳可不太想看到自己的财产也被带进这个基地。

白柳靠在墙边，缓慢地闭上了眼睛。

镜大，二栋宿舍三楼。

牧四诚一脸木然地看着对面被盖上白布的床——那是刘怀的床。他登出游戏之后遇上刘怀出事，被警察带去问话，刚刚才回来。

就连白柳这个带扒皮属性的人考虑到牧四诚经受的精神冲击，今天也放过了他，没有让他立马进游戏。白柳只是给牧四诚发了一条短信说自己今晚会进游戏，让他先好好休息，没有说具体什么时候让他进游戏。

但牧四诚根本没法好好休息，他一闭上眼睛，脑子里就是刘怀被公交车撞到地上，流了一地血的场景。

他目光发直地看着自己的手机上白柳晚上九点十六分的时候发给他的那条短信，这条短信上的所有字牧四诚都认识，但连成一串他就像是有阅读理解障碍一样，无法识别这些字。

小心玫瑰与猎人，我或许会死在猎人手里，不用等我，离开这里。

……这是什么意思？

这种被抽空情绪的失神和茫然一直持续到有人敲牧四诚宿舍的门。

牧四诚有些恍惚地站了起来，直接开了门："老三，你们没带宿舍的钥匙吗……"

他收住话头，和门外穿着深灰色特殊制服的警察四目相对。

警察一只手放在腰后握住了什么，目光警惕地直视着牧四诚："牧四诚同学，我们有点事情想直接问问你，请跟我们走一趟吧。"

牧四诚顿了一下，然后说："我才录完口供回来，你们想问的不都问完了吗？还有什么要问我的可以明天再问吗？我很累，我想休息了。"

他指的是刘怀那件事。

"我不是交通部门的。"警察向他出示了证件，"你和另外一件很严重的社会事件有关，请你配合我们调查。"

牧四诚的目光有些涣散地从这个警察的腰后扫过，又好像还没回过神一样落在了对方举起来给他看的证件上。

他喃喃自语道："危险异端排查外勤第三支队编内人员……"

牧四诚念完，静了半晌。

"虽然我不明白你们到底是什么部门，也不明白为什么我就突然和什么严重的社会事件有关了，但我会配合你们调查的。"牧四诚深吸了一口气，很疲惫地抹了一把脸，"但我在走之前可以先上一趟厕所吗？我在警察局待了一天录口供，一直都没有让我上过厕所，还一直让我喝水，我刚刚才回来。"

警察有些迟疑地和牧四诚对视了一会儿。

这个大学生的脸上有一种很外露的精疲力竭的倦意，感觉他扶着门都能随时睡过去。

似乎今天早上和他住同一间宿舍的室友在他面前离奇地死去，给这位叫牧四诚的年轻人造成了巨大的精神上的创伤。

牧四诚看起来一点都不像是一个人形异端，他更像是一个很正常的，被让异端逼得发疯的人牵连的普通人。

考虑到自家队长抓捕异端的时候并不总是靠谱，今晚他又喝了那么多酒……

"可以。"这个警察犹豫了两秒，最终松了口，"给你一分钟，但你不能关厕所门。"

"我可是公民欸，连上厕所都要看，你们好歹给我留点隐私吧？！"牧四诚有点无语，但看这个警察一脸严肃地坚持，他也就无所谓地耸肩同意了，"行吧，如果你看了不会自卑的话。"

牧四诚打开了宿舍的厕所门，把牛仔裤的拉链往下拉，因为之前那句开玩笑的话，守在门外的警察稍微有些不自在地侧了一点头。就在这一瞬间，牧四诚原本疲倦散漫的眼神瞬间变得凌厉，他飞快地侧身，一脚踢上了厕所的门，把还没反应过来的警察反锁在门外。

然后在警察大喊大叫让他开门的时候，牧四诚紧实的双臂吊在花洒支架上，悬空身体晃动了一下，然后双脚并拢晃荡一下，恶狠狠地踹开了通风口。他顺着摇晃的力度，行云流水地从通风口钻了出去。

在外面守着的警察踢开厕所门，看着那个被踹烂了的通风口，脸色凝肃地探头出去，对着对讲机说话："报告，拟定编号为0004的人形异端刚刚从厕所通风口逃逸，已经不见了。你们在下面看到逃逸的0004号人形异端了吗？"

"没有！"对讲机里的声音说，"宿舍楼四个方向都有人蹲守，只看到六楼的通风口一分十七秒前被炸开了，但我们并没有观察到有任何东西从通风口逃出。"

只看到通风口被炸开，却没有看到人从里面出来，这代表牧四诚在厕所里凭空消失了。

他真的是异端！

警察深吸了一口气："报告，拟定编号为0004，据说很擅长偷盗的异端因我个人的疏忽逃跑了，回去我会领罚的。通知其他小队一定要小心抓捕唐队今晚点名的那些异端！

"他们都很狡猾！"

医院走廊上。

刘佳仪的病房外，负责看守她的警察正在和这批突然过来的特殊部门的队员沟通。

"你们是……？"看守刘佳仪的警察有些惊疑未定地看着这些全副武装、训练有素的来访者。

穿着深灰色制服的队员出示了自己的证件："我们是危险异端排查部门的，

我们已经全盘接手了造成重大社会影响的血灵芝案件,而刘佳仪是血灵芝案件很重要的证人,为了保障她的安全,我们今晚要把她秘密转移到我们的基地里。具体信息我们不方便过多透露,你们可以直接向上级请示,确认我们的身份。"

看守刘佳仪的两位警察目光疑惑地从这批来访队员身上带的武器上扫过。

这批队员带了手铐和脚拷,全员持枪,如果他们没有看错,还带了麻醉枪和钢条笼子,医院外面还停了两三辆蒙在绿色篷布里的装甲车。

这可不像是要转移重要证人的架势,这更像是要抓捕重要犯罪嫌疑人的架势。

两个警察打电话和自己的上级确认了来的这些人真的是正规部门的人之后,他们才将信将疑地放行。

一行人迅速且整齐地戴上了防毒面罩,这动作又把两个警察吓了一跳。

这群人不光自己戴,还给这两个摸不着头脑的警察也分发了两个,让他们戴上,劝说了几句:"同志,等下我们突围进去的时候,如果有黑色的雾气从病房里弥漫出来,你们一定要躲得远远的,不要吸入或者碰到,尽量站在风对流速度比较快的通道里,那雾气是有毒的。"

"是医院什么地方的有害气体泄漏了吗?"两个一头雾水的警察询问。

"不,比那可怕多了。"靠在门上的第三支队的那个队员深吸一口气,对着其他队员比了几个手势——一,二,三!

病房门猛地被打开,队员们极快地在病房内分散成扇形,举着麻醉枪包围住病床上鼓起的那一小团。

领头的那个队员正准备射击,但很快他察觉到了不对,举起手做了一个"行动暂停"的手势:"等等。"

他一步一步上前,举着枪对着病床上的那一小团,然后在所有队员紧张的目光中猛地掀开被子——被子里是一个用枕头做的和刘佳仪差不多身量的丑娃娃,吐着舌头,笑得很恶劣,似乎是在嘲笑这群忙活了一晚上什么异端都没抓到的队员。

"刘佳仪人呢?!"领头的队员看向病房外的那两个警察。

那两个警察也蒙了:"从监控上看,她一直在病床上睡着啊!门和窗户都是关着的,她能去什么地方?"

刘佳仪就在一个密封的病房内,彻底消失不见了。

领头的队员挫败地吐出一口气,对着对讲机汇报:"报告,拟定编号为0601,具有毒气危害的异端逮捕失败。"

木家别墅区。

坐在沙发上的第三支队的队员很是头疼地看着对面捂着心口的木柯。

木柯蹙眉咬着下唇,脸色白得像一张纸,双手紧紧捂着心口。木柯的爸爸和妈妈都在他旁边,紧张得不得了,围着木柯团团转,木父还打电话喊了两个医生团队过来。木柯的爸爸和妈妈都用一种很敌视的目光看着坐在沙发上的不速之客。

木父端起茶杯来,这是他今晚第三次端茶送客了,语气冷得像是在威胁:"我不清楚我儿子卷进了什么纠纷里,他一个先天性心脏病患者,平时大门不出,二门不迈,跑两步都能吓得我们肝颤的,能卷进什么你们说的重大社会事件里?

"想要带他走一趟,姑且不说你们有没有这个资格,我儿子要是出了什么事,你们能负得起这个责任吗?!"

说着木父把茶杯往茶几上一摔,吹胡子瞪眼地说:"不要当我木经武是可以被人随便揉搓的,冲进家门说上两句话,就能让你们把我儿子带走,我和你们说,不可能!想要带他走,就给我出示相关证据和具体证明,给我看了一个我根本不认识的部门的证件就想抓人,当我没读过书吗?!"

躺在沙发上闭着眼睛装心口痛的木柯一只眼睛睁开一点缝隙,看到坐在沙发对面的那些队员难看又难堪的神色,嘴角轻微地翘了一下。

但很快又被他自己压了下去,他蹙着眉靠在沙发靠背上,脸色白得几乎透明,脆弱得像是这些队员只要碰一下就能把他给弄死似的。

队员们也很头疼,但他们拿木柯还真的没有什么太好的办法。

唐队那个不靠谱的队长说木柯不算严格意义上的异端,但一定要把他抓来。

因为木柯在其他时间线里都是没有可以攻击别人的技能的,他更多的是担任白柳的对外发言人,靠着自己优异的记忆力处理和贩卖各种从白柳手中诞生的异端。

木柯虽然没有技能,但起到的作用却很重要,他是白柳构建的吞金网络的一个中间枢纽和转接点,担任白柳团队的经理人的角色。

那么多年白柳都是依靠木柯联系他手底下的其他人和传递信息的,白柳把自己藏得很好,危险异端处理局很多年都把木柯当成那个丧心病狂、靠着邪物敛财的疯子,但最后他们才发现,木柯只不过是白柳在明面上打出的一张牌,他这个真正的鬼牌大王还藏在更深的地方。

木柯依靠身患疾病长年累月地和异端处理局的人装傻、搅浑水,一旦出事他就往地上一倒,眼睛一闭开始耍赖,他们就不得不把木柯送进医院进行治疗,每次都能把苏恙气得头发都要竖起来。

这次也是一样。

木柯和其他人不一样,他有一个身份显赫的爹,还有一个身患疾病的天然保护层。

唐二打强行要抓木柯，不符合"异端必须对人类产生了有害影响才能抓捕"这一条规定，并且部门也无法承担强行抓捕木柯的后果，毕竟木柯患有心脏病是真的，身份也不简单，如果这个人死在异端处理局，那将是一件非常棘手的事。

木柯这个没有技能的心脏病患者，看起来好像水晶做的猫一样脆弱，但在其他时间线的第三支队队员眼里，木柯这个病人无恶不作，罪大恶极，阴险狡诈。

但其实又不是这样的，因为就像是唐二打说的那样，白柳把他周围的人保护得很好，比如木柯就被他保护得很好。

木柯无论在游戏内还是在游戏外，从头到尾都没有直接伤害过别人，他的双手没有沾染过血，他只负责协商、做生意以及经营公会。可能是出于感同身受的缘故，他甚至救了不少在游戏里绝望的无技能玩家。

这也是其他时间线里，异端处理局很难处理木柯的原因——从狭义上讲，木柯还没有对人类产生过有害影响，某种程度上他只是一个普通人。

木柯只是投资一些他觉得很好的项目，他完全可以说他并不知道投资这些东西会导致什么后果，毕竟木柯投资的项目相当多，很多他甚至都没有仔细核查过，他当然可以说他并不知道这些东西是邪物。

因为它们的确看起来也不像。

这些东西打眼一看就是普普通通的蘑菇、毫不特殊的古董镜子和做工精美的人鱼雕塑。

木柯觉得这个项目不错，就投了，他甚至都没有参与具体的经营过程，所以要判定他是个异端，除非木柯自己承认。

但情况一直都和现在一样。

关于刘佳仪、牧四诚和白柳这三个人，唐二打握有确凿的证据，并且他们已经对人类造成过有害影响，主动犯罪的异端是可以直接被强行抓捕的。

但对于木柯来说，不可以。

唐二打一直分不清木柯到底是被骗了，还是主动和白柳狼狈为奸。

在每条时间线里也找不到直接证据证明木柯是主观上愿意帮助白柳，还是他就只是一个因被白柳胁迫而为虎作伥的可怜人。善与恶的界限在木柯身上奇特地模糊了。

第三支队的队员软磨硬泡，先兵后礼，想把木柯请到基地那边去配合调查，木柯的爸爸死活不依，甚至说要报警，言辞十分严厉地向他们施压，最终第三支队的队员铩羽而归。

看到这些队员脸色凝重地转身离去，躺在沙发上装病的木柯噌地坐了起来。他呼吸很急促地打开自己的手机，里面有一条白柳晚上九点十六分的时候发给他的短信。

小心玫瑰与猎人，我或许会死在猎人手里，不用等我，离开这里。

木柯脸色难看地握紧了手机。

死在猎人手里？今晚来抓他们的这群人，就是"猎人"吗？白柳是不是已经被抓了？

140

游戏内。

刘佳仪在游戏登入口和牧四诚碰头了，他们不久前目睹了同一个对他们而言有特殊含义的人——刘怀的死亡，这让他们之间的气氛显得凝滞又僵硬。两人脸上都带着麻木的表情，但眼下的场景不容许他们静默太久。

终于牧四诚先一步开口了，他有点生硬地说："我收到了白柳的短信，你也收到了吗？"

眼睛看不见的刘佳仪竭力忍住自己想翻白眼的冲动，只是沉默地指了指自己的眼睛。

牧四诚尴尬地呛咳了一下："我忘了你看不了，你在游戏里表现得完全不像个盲人。那白柳是怎么通知你他要出事，让你进游戏的？"

"他没有通知我他要出事，只是让我晚上进游戏。"刘佳仪语气很淡，"但晚上突然来了一群人要抓我，他们的动静太大了，我听力很好，听到了，发现不对立即撤退，进了游戏。果然今晚来抓我的这群人和白柳有关，他出什么事了？"

牧四诚把白柳发给他的短信念了一遍给刘佳仪听。

刘佳仪听完之后皱眉陷入了思索："猎人与玫瑰……等等，如果是'猎人'这个称呼的话，我可能有点线索……我大概知道这个人是谁。"

"什么线索？"牧四诚反应不过来，他完全跟不上刘佳仪的思路，为什么她听完短信的内容就能推断出是谁抓了白柳？

他皱起眉头看向刘佳仪："你认识这个抓走白柳的'猎人'？"

"我不能肯定就是那个人，但我在国王公会备战联赛的战队中参加培训的时候，红桃给过我一个超凡级的道具，叫作'魔术空间'。"刘佳仪抬头，用雾蒙蒙的眼睛望向牧四诚，"超凡级道具一般是三级游戏中集齐全部怪物书才能产出，很难得到。我查到的市面上已经通关的三级游戏的怪物书奖励的道具里，是没有这个'魔术空间'的。"

"这说明产出这个'魔术空间'的三级游戏很有可能还没有被开发。当然还有一种可能性，"刘佳仪顿了一下，"一种非常难以实现、罕见的可能性。"

牧四诚脸色凝重地接上了刘佳仪的话："还有一种可能性，就是有人独自集怪物书通关了某个三级游戏，并且还是在关闭了小电视的情况下，所以我们查不到这个三级游戏的相关信息，因为在关闭了小电视的情况下是没有通关视频入库的，不然通关三级游戏的视频是一定会入 VIP 库的。"

"但如果是这样……"牧四诚脊背忍不住有点发冷，他烦躁地薅了两下自己的头发，"无论是三级的单人游戏还是多人游戏，这人单兵作战能力都太恐怖了，一个人在集怪物书的情况下通关三级游戏……这人就是抓走白柳的人吗？你怎么知道的？"

"我不能确定他就是抓走白柳的人，但我觉得两者大概率有关。红桃说这个道具是她从一个技能身份很奇怪的老玩家手里搞来的。"刘佳仪"看"向牧四诚，语气不明，"那个玩家的技能身份叫作'凋谢的玫瑰猎人'。"

"啧。"牧四诚眉头拧得能夹死苍蝇，"和白柳发给我的短信对上了。"

"不过就算这个凋谢的什么猎人玩家在游戏里很牛，但白柳只要找到机会躲过他的监视进入游戏里，至少这个猎人在中央大厅是没有办法伤害白柳的。白柳这家伙为什么老是能招惹到来头这么厉害的家伙啊！"

"倒霉吧，白柳的幸运值为 0 真是名不虚传。"刘佳仪不咸不淡地评价道，"我以为他第三场游戏里遇到我已经够倒霉了，没想到他还有更倒霉的时候。"

刘佳仪平静地补充道："还有，很不幸的是我的推测会让你失望，我觉得白柳无法进入游戏。"

牧四诚问道："什么意思，他为什么不能进入游戏？只要没有'围观者'，我们这些玩家随时都能进入游戏，我不觉得一个什么猎人就能在现实中困住白柳。"

刘佳仪的面前弹开了一个系统面板，她把这个面板展示给牧四诚看：

道具名称：魔术空间。

道具说明：可控制一个你指定的空间，让你想进入的人进入，想出来的人出来。很抱歉，该道具已掉落并被玩家白柳拾取，您暂时无法使用该道具。

"一般来说，在没有'围观者'，也就是没有未进入游戏的普通人在场时，我们这些玩家是可以随时进入游戏的。但除此之外，还有一种可以控制玩家不进入游戏的方式。"

刘佳仪望着牧四诚："那就是在现实中使用道具。如果红桃是从那个'凋谢的玫瑰猎人'手里拿到'魔术空间'这个超凡级道具的，证明这个三级游戏已经被这个猎人通关了，也就是说……"

刘佳仪语调平缓："只要这个三级游戏刷新一次，这个猎人通关一次，他就会有一个'魔术空间'，他甚至阔绰到可以转手自己得到的'魔术空间'给国王公会。这就证明这个老玩家身上的高级道具只会多不会少，白柳很有可能会被他用道具困住。"

牧四诚也想到了这点，他的脸色也变黑了："但是除了实现欲望的那些核心道具，一般情况下不是不能在现实中随便用道具吗？"

刘佳仪收起面板，不冷不热地回答了牧四诚："万一这个人的核心欲望就是和白柳有关的呢？"

"不会这么巧吧……"

牧四诚的语气在刘佳仪毫无波澜的表情里弱了下去，他咬了咬牙，憋闷地骂了一声："白柳你这个倒霉蛋！"

"你和我都清楚白柳的幸运值是多少，所以考虑和他相关的事情的时候，你最好往最坏的情况设想。"刘佳仪一边在系统仓库里翻找，一边和牧四诚说话，"我们已经进入游戏这么久了，白柳都没来和我们碰头。他说过晚上会进游戏，而且这个人很少反悔，这样看来我说的那种最坏的情况多半已经发生了。"

"走吧。"刘佳仪找出了一副对她来说有点大的深色护目镜戴上，她半张脸都被这副造型夸张的护目镜遮住了，然后她转头看向牧四诚，"去救那个老是被卷进麻烦事的倒霉蛋。"

系统提示：玩家刘佳仪佩戴道具"暴雪护目镜"，可在暴雪等极限天气的情况下保持视力清晰。该道具损坏后失效。

"但我们不知道这猎人的真实身份，我们不知道他在哪里，也不知道怎么去寻找他和被他抓住的白柳。"牧四诚拧眉说道。

"我也不知道。"刘佳仪推了推自己脸上的超大护目镜，"但我知道和国王公会打过交道的玩家里，有一个人一定会去调查他的现实信息。"

牧四诚和刘佳仪对视一眼，瞬间反应了过来："王舜！"

"我现在毕竟是国王公会的高级玩家，还是可以找他出来的，但麻烦的不是怎么找王舜出来。"刘佳仪深吸一口气，"如果被红桃知道我为了白柳找王舜套话，那可就麻烦了，白柳现在的身份是另一个公会的会长，我这样做算是背叛公会了，这个女人不会让我好过的……"

牧四诚冷笑着反问："难道她让你好过过吗？"

刘佳仪沉默了一会儿，忽然呼出一口气："好过过，她利用过我，但她的利用至少让我安全地活到现在。"

"被人利用没什么不好的。"

牧四诚脸上的笑意越发讽刺:"哦,你觉得很好过,所以你也这样利用刘……"

他说到这里,刘佳仪转头看了他一眼,牧四诚停住了自己的话。

刘佳仪脸上的表情有种触目惊心的漠然,就像是被绝望折磨到没有生机,一点求生欲都没有了。

牧四诚磨了磨牙,忍住了自己想继续用语言讽刺刘佳仪的欲望,话锋一转:"如果你还是觉得被人利用很好,那你为什么要为了救白柳而背叛红桃呢?国王公会的种子选手小女巫。"

话说到最后,牧四诚的语气还是带上了讽刺的意味。

"因为我已经没有被人利用的理由了。"

刘佳仪低下头:"我被人利用的理由死去了,而他的灵魂选择了白柳。我很少认同我哥的选择,因为他真的很笨,做选择一直都很懦弱又很愚蠢。他选择和你这种危险分子做朋友,选择和国王公会作对,选择……试着保护我这样的妹妹。

"我从来不认同他的选择,因为那些选择明显导向毁灭。但我这一次想试试……跟随我哥的选择。"

牧四诚静了一会儿,他有点别扭地别过头,递给了刘佳仪一张纸巾:"喏。"

刘佳仪面无表情地推开了牧四诚的手:"我没哭,省着给你自己用吧,没用的小偷。"

"你说谁没用呢!"牧四诚怒了。

"你要是有用,也不用我掏出我压箱底的寄存在别人那里的可视化道具了。"刘佳仪颇为肉痛,郁闷地嘀咕了一句,"我本来准备在联赛里用的,但是你这个智力值只有74的傻子根本派不上用场,还是我自己来吧……"

"智力值74怎么了!"牧四诚咆哮,"难道你智力值……"

刘佳仪不屑地淡淡扫了一眼突然哑口无言的牧四诚:"呵,不要忘了我是因为什么和张傀组队的。"

有史以来智力值最高的双人组合——小女巫与傀儡师。
91与93的绝佳组合。
智力值最高的新人横空出世!他们是否能成为新一代联赛军师?
……

牧四诚终于想起来了——刘佳仪这家伙在技能全面曝光之前,是靠智力打游戏而出名的。

"愣着干什么?"刘佳仪冷静地转头看了一眼牧四诚,"走吧,我会想办法把白柳弄出来的，你不用太害怕。"

"谁害怕了！你不要仗着你年纪小就随便诋毁我……"

141

木家别墅。

木柯深吸一口气，看向刚刚挂了电话的木父："爸爸，你找的那个专业黑客，查到这群人的地址了吗？他们到底是什么人？"

"没有。"木父锁紧眉头，似乎在深思，"对方保护得很严密，没有办法定位具体地址。"

木柯眼珠子左右转动了一下，这是他快速思考时的动作，很快他就又抬起了头："如果不是定位对方的基地地址，而是某个具体的人的位置呢，能查到吗？"

木父对着电话用英文询问了几句，转头看向木柯："可以是可以，但需要具体的信息，比如电话号码、名字或者是照片，但是这些我们都不知道。刚刚来的时候他们也开了屏蔽器，我们根本无法拍照，监控也是失灵的，而且他们还戴了很严实的口罩……"

"我可以把他们画出来。"木柯打断了木父的话，看着木父的眼睛亮得出奇，"3D的面部骨骼结构应该就可以扫描出他们的具体身份了，我可以还原这个。"

木父静了静："刚刚那几分钟，你把所有人的面部骨骼结构都记下来了吗？"

木柯说："是的，爸爸。"

木父对着电话低语了几句，看向木柯："可以，你有什么需要特别关注的信息吗？"

"这些人里面有没有特别急需用钱的人，或者有不良嗜好的人，比如饮酒、赌博之类的，或者是要结婚的、即将要生孩子的、家里的老人身体不太好的。"

木柯的语速很快："可以预测到他即将有一大笔支出的人都可以，我需要那种很容易被金钱或者是外在物质条件打动的，可以给我信息的人选。"

木父对着木柯做了个"了解"的手势，然后对着电话解释了一通，就挂了电话。

他转头用一种很复杂的眼神看着呼吸声很重、胸膛起伏很大的木柯："这个白柳除了救你，还做了很多其他事吧？小柯，你一定要和他扯上关系吗？"

"不是我一定要和他扯上关系。"木柯缓慢地抬起眼皮，声音里带着迅速呼吸的气音，这让他显得虚弱，"爸爸，他让我感觉我还活着，如果他死了，我的灵魂也会和他一同死去，他对我来说非常非常重要。"

木父沉默了一会儿，然后拍了拍木柯的肩膀，说："我会帮你的。你需要现金是吧？我现在给你去取，你要多少？"

"这取决于这些来抓我的人到底需要多少钱才会被打动。"木柯平静地说。

国王公会内部。

王舜有点蒙地看着自己的系统收到了一条红色通知。

系统提示：有一位国王公会高级权限的玩家向你发送了一条匿名邀请通知，诚邀您在游戏登入口见面。

见面暗号：好久不见，老朋友。

高级权限玩家的邀请函是王舜这种中层公会玩家没有办法拒绝的。

王舜揣着一肚子疑问来到了游戏登入口，却没有在附近看到他眼熟的高层公会玩家，他唯一有点眼熟的就是牧四诚。

牧四诚也看到了他，对他挥了挥手，假笑着打了个招呼："好久不见，老朋友。"

王舜下意识想抬手打一个招呼回应，然后他猛地意识到了什么。

王舜感觉自己的后腰被什么东西给顶住了，这让王舜在大脑意识到这里是玩家无法互相伤害的游戏大厅之前，先一步把双手举了起来。

一个小女孩甜美的带着笑意的声音从他的背后传过来："放心，在这里我是不能伤害你的。但这里是游戏登入口，我可以逼你进游戏，那个时候我要对你做什么就很简单了，王舜。"

王舜的后背瞬间就被冷汗打湿了，他听出了这个声音是谁的，很恭顺地低下了头，放下了双手："小女巫，红桃皇后正在找您，您找我有什么事情我们都可以好好商量，我会无条件为您服务的，毕竟您是我们战队的重要玩家。但您要不要先去和红桃皇后谈谈呢？"

"皇后似乎因为您的事情，心情并不是很好的样子。"

王舜这话很明显就是在用红桃含蓄地威胁刘佳仪，但刘佳仪根本不为所动，只是嗤笑了一声，就抵着王舜的后腰，把他往牧四诚那边推。

牧四诚顺势圈住了王舜的脖颈，看起来好像在和王舜很熟稔地勾肩搭背，但其实是在暗暗用力地拖着他，把他往一个角落拽去。

牧四诚把王舜拽到了一个角落里，把他抵在墙上，手卡在他的脖颈上缓慢收紧，语气很冷漠："我们要问你'凋谢的玫瑰猎人'的具体信息，他叫什么名字、住在什么地方、进入游戏的核心欲望是什么，用你的技能应该都能查到吧？"

"咯咯。"明知道不会被杀死，但是喉咙被扼住的感觉还是让王舜十分难受。

牧四诚带来的压迫感很重，这让王舜在不会被伤害的情况下都产生了一种胸闷的窒息感，他握住牧四诚的手腕想扯开，但是根本扯不开。

王舜开始呛咳，说话的嗓音变得沙哑："我不能告诉你们，这是叛会行为！"

"叛会或者现在进游戏被我淘汰，你选一个吧。"牧四诚卡着王舜的脖子把他整个人提了起来，眼神冷淡又暴虐，"我不太想在你身上浪费太多时间，你说不说？"

刘佳仪背着手歪着头，语气温柔："我还没有带你进过二级游戏欸，王舜，想要让我这次带你进去吗？"

带他去什么地方？地狱吗？

王舜看着牧四诚的眼睛，里面强烈涌动的情绪形成了黑色的旋涡。王舜感觉自己被卷了进去，甚至感到了一阵逼真的眩晕——牧四诚真的会找机会在游戏里淘汰他。

"喀喀！你们先把我放下来！放我下来我才能和你们说话！"在王舜的奋力拉扯下，牧四诚终于收回了自己的双手。

他懒散地把双手插在自己运动服外套的兜里，很是鄙夷地扫了一眼蹲在地上狼狈咳嗽的王舜："我根本伤害不了你。"

但是我被你吓到了——这种丢人现眼的话王舜是无论如何也说不出口的。

因为他那个"万事通"的探查技能，使王舜对其他人的情绪感知会比普通人更为敏锐，刚刚刘佳仪和牧四诚两个人强烈的恶意让他不寒而栗，他也很识时务地选择了坦白。

"我并不知道那个技能身份叫作'凋谢的玫瑰猎人'的人所有的具体信息。"王舜一边平复情绪，一边说话。

牧四诚狠戾的目光又扫过来，他把放在运动服外套里的手拿出来，看起来又要动手。王舜敏捷地后退了两步，继续快速说道："但我也知道一些消息，对你们或许有用。"

牧四诚迅速质问："什么消息？"

王舜警惕地把双手格挡在胸前防止牧四诚暴起抓他："我的个人技能叫作'万事通'，作用是可以探查对方的基本信息，但这个技能不是万能的，我也并不可以随时查到对方的所有信息，这需要一定的条件。"

牧四诚开始有点不耐烦："什么条件？说重点！"

王舜的眼神飘忽："对我来说，每个人就像是一台电脑，而我就像是一名黑客。需要窃取这台电脑里的信息，就要越过对方内心的'防火墙'。

"但是每个人的'防火墙'安全等级是不同的，而且在对方情绪和注意力处于不同阶段的时候，'防火墙'的强弱也是不同的。就拿牧神你来举例，之前，我是无法轻易窃取你内心的信息的，因为你的情绪和注意力非常稳定且集中，你的'防火墙'稳固而坚实，我很难窃取到你的信息。"

说到这里，一直在听的刘佳仪瞳孔一缩，猛地转头对着牧四诚吼道："蠢货！把你的情绪镇定下来！他要窃取你脑子里的信息了！"

"是吗？"牧四诚还没有反应过来，他被王舜引导了。

"但是现在你的注意力有漏洞了——"王舜的眼神一变，他飞快地从系统面板里调出了一个记事本，"对不起了牧神。"

记事本就像是电脑的终端显示代码一样，上面突然输出了很多字符。

王舜一目十行地快速浏览，在牧四诚把他再次提起来之前看到了记事本上的信息。牧四诚咬牙切齿地把王舜按到墙上："我——"

王舜呼出一口气，很快张开双手并向上举，这是一个"投降"的姿势。他定定地看向牧四诚：

"你们要救白柳是吗？他被抓了。如果你们要做这事，或许我们可以谈谈条件。"

"放他下来。"刘佳仪面无表情地下命令，"我们已经丧失主动权了。"

牧四诚狠狠地磨了磨牙，最终松开了手。

王舜跌落在地，他拍拍身上并不存在的灰站了起来："我可以告诉你们我知道的信息，但我需要你们救出白柳之后给我一个保证。"

刘佳仪问："什么保证？"

"我知道得太多了，如果我因为泄露消息给你们被国王公会判定为叛会，皇后一定会想方设法追杀我的。"王舜苦笑，"那个时候如果白柳可以接纳并保护我，那就再好不过了。"

"……只需要这个保证，"刘佳仪蹙眉，"你就愿意冒着叛会的风险帮我们救白柳？你知道叛会意味着什么吧？"

"没有人比我更清楚了。"

王舜深吸了一口气："我帮国王公会筛选了很多有潜力的新手进来，利用我的技能帮国王公会抓住这些新手玩家的把柄——他们内心的欲望，然后哄骗他们入会。我见过太多入会之后发现自己被欺骗的新手叛会了。"

"这些叛会的玩家，大部分都消失在这个游戏里了。"王舜沉默了。

刘佳仪抬头看向王舜："所以呢，你为什么要帮我们？"

王舜说："因为白柳是我筛选的这么多选手当中我最喜欢的，也是到目前为止，从来没有被我攻破'防火墙'的玩家。"

他用一种很复杂也很真诚的语气说："我很期待他成'神'的那一天。"

"……所以你是白柳这人的粉丝？"牧四诚神色诡异地看着王舜。

王舜无所谓地耸肩，笑了一下："你可以这样理解。我是他第一个忠实观众，我希望看到他的小电视一直亮到最后，甚至击败国王公会。"

"为了这个目标，你们一定要把他好好地从'玫瑰猎人'的手里救出来。"

142

刘佳仪追问："这个'玫瑰猎人'到底是什么身份？我在联赛玩家的资料里没有见到过他，但是他能关掉小电视，那就至少是前一百名的玩家。我从来没听说过现在前一百名的玩家里有这么一个奇怪的玩家。"

"因为他并不是排名稳定在前一百名的玩家，现在他的名次已经掉下去了。'玫瑰猎人'这个人或许你们这些新手不知道，但是往前推几年，他是排名前三的玩家。"

王舜调出了自己的记事本，翻了几页，然后把上面的信息展示给牧四诚和刘佳仪看："看到了吗？他是'枪手'联赛玩家。"

"枪手联赛玩家？"牧四诚听得头大，"什么意思？"

王舜解释："意思就是'玫瑰猎人'这个玩家是没有自己的公会的，独来独往，不和任何人组队。他似乎很排斥集体行动，所以没有玩家知道他是什么时候进入这个游戏的，但是他每年都会参加联赛。

"我们都知道联赛需要凑够五个人才能报名参加，一个人是无法参加的，所以'玫瑰猎人'在联赛时期就会选择加入某个公会的战队，联赛结束之后又会从这个公会脱离。他是一个流动的联赛玩家，也被叫作雇用来的'枪手外援'，需要外援的公会为了获得强大的单兵战斗能力，会出高价雇用'玫瑰猎人'加入自己的战队。"

牧四诚问："那他现在在哪个公会？"

王舜摇摇头："现在他不在任何一个公会里，'玫瑰猎人'已经两年没有参加过联赛了，无论想要他加入的公会出再高的价格雇用他，他也没有出现过。

"'玫瑰猎人'一向神出鬼没，并且禁止别人关注他的小电视，还会更改外貌掩饰自己。他不想出来的时候，几乎没公会可以找到他，所以你们没听过他的名字也是很正常的。"

"你有他的确切信息吗？"刘佳仪直直地看向王舜，"他很有可能就是抓走白柳的人。"

王舜叹息着摇了摇头："他的'防火墙'很厚，我几次见到他想尝试窃取他的信息，都失败了。"

刘佳仪咬了咬下唇。

王舜却顿了顿，话锋一转："但有一次，我尝试着窃取他内心的信息，窃取到了一点。那是在两年前的联赛赛场上，'玫瑰猎人'很晚才来，他看起来状态很不好，那场比赛也理所当然地输给了对方。我当时觉得可能有机可乘，就在登出口等他登出。"

牧四诚听到这里脸色一变，他猛地意识到了什么："等会儿王舜，当初你去登出口找精神值很低的白柳，是不是也是想趁机窃取他脑子里的信息？"

王舜假装没听到牧四诚对他的指控，继续说下去，他皱着眉像是在回忆："我记得那天'玫瑰猎人'身上有很重的酒气，他跌跌撞撞地从登出口里出来，系统面板都没关，直接大刺刺地敞开着，上面还有一条系统提示。我装作不经意地和他擦肩而过，使用了我的技能——"

王舜深深地吸了一口气："我从来没有看到过那么奇怪的大脑信息。人的大脑都是很奇怪的，一般都是在想关于自己的事情，比如姓名、地址、外貌、事业、欲望等。但'玫瑰猎人'的不是，他脑子里只有一个名字，密密麻麻的一个名字。"

王舜一边说，一边把自己手上的记事本翻到了那一页。

记事本上就像是被疯狂的人用笔胡乱地写着一个名字，写满了一整页。

苏恙。

苏恙，苏恙，苏恙……

就像是有人溺水的时候，痛苦地抓住最后一根救命稻草，所嘶吼的，所想念的，所想要再次见到的那个人的名字。

王舜沉默地又翻了一下记事本，记事本上写着：

你终于获得了你想要的幸福，真好，你订婚了。

我的时间线是不是应该在你在所有时空中最幸福的这一刻，终结在这里？毕竟这就是我想要实现的愿望，它终于被实现了。

等我消除一切隐患，我这个异端就带着会危害你幸福的一切因素，离你而去。

王舜抬起了头，看向刘佳仪和牧四诚："我那天还看到了他系统面板上的提示。

"系统提示说，恭喜玩家的核心欲望发生变化，技能身份发生转变，从'玫瑰猎人'变为'凋谢的玫瑰猎人'。"

刘佳仪和牧四诚对视一眼："你还知道这个苏恙的其他消息吗？"

王舜点了下头："'玫瑰猎人'的脑子里全是这个苏恙的信息，他一想起这个苏恙，情绪和注意力的'防火墙'上就全是漏洞了。我查到了不少，等下整理好这个苏恙的全部信息给你们……"

木家。

没过多久，木父的电话就再次响了起来，是一个网络电话，很显然这是那个黑客找过来了。

木父对突然站起来死死盯着他的木柯做了个"少安毋躁"的手势。

他对着电话交流了两句后，捂住听筒转头对着木柯说："查到了那些人的信息，但他们没有收支上的明显窘迫，而且感觉对组织的忠诚度也很高，要用钱打动他们估计很困难。"

木柯脸色一变，就听到木父接着说："你发过来的画像里的这些人没有，但他查到了和这些人都有联系的一个人家里有小孩，刚满月，支出突然变大了非常多，你可以把这个人作为切入点试试看。"

木柯问："这个人叫什么名字？"

木父看着木柯："苏恙。"

晚上十点半，建设大道中路。

千家万户的灯火都在这个时候熄灭了，只有路灯一闪一闪地发着亮光。这是个有点老的街区，住在这里的都是作息规律的中老年人，这个点基本不会有什么行人和灯光了。

但靠里转角的公寓里还有一间房的灯亮着，从淡色灯光照亮的窗帘缝隙往里看，刚刚洗完澡的女主人目光温柔地看着婴儿床里的小孩，用手轻轻地摇晃着床，嘴里哼着不知名的童谣。

她行动似乎还有些不便，坐在一个靠垫上，弓着背，没过一会儿就开始腰酸。她蹙眉往后靠，似乎准备扶着什么东西站起来。

但她刚刚一动，小床里的小孩就开始发出那种好像要哭的哼哧声，手脚似乎因为不安而胡乱挥舞着，想要去抓妈妈的手指。

于是她便又无奈地坐了回去，趴在婴儿床的边上，脸上带着无奈又满足的笑看着小床里的小婴儿："今天是怎么了，一点都不想让妈妈走，怎么这么黏人，觉也不好好睡。"

她说着还用大拇指很轻地捏了一下小婴儿的鼻尖，小婴儿眼皮一动一动地打了个喷嚏，咿呀几声。

这个时候门突然被敲响了，她有些欢欣地站起来，转头亲了一下小婴儿的脸："你老爸终于回来了！"

门被打开了，季安欣喜的声音刚从喉咙里冲出来就消失了："你回来——"

她有些惊异地看着外面站着的那个小女孩。

这是一个瘦弱的，眼睛泛着一层灰蒙蒙的奇特色彩的小女孩，穿着在这个季节有些单薄的衣服，看起来乖巧又脆弱。她有着一张洋娃娃般的甜美脸庞，有些迷茫胆怯地看着对面，但用词却很礼貌："不好意思，大姐姐，我看不见，我好像走错路了，这不是我的家对吗？"

一个迷路的眼盲小女孩，这让季安刚刚升起来的警惕之心又放了下来。

她才孕育了一个孩子，正是对各种小孩关爱过度的时期，于是她的语气和神色很快变得柔和起来，蹲下来和小女孩面对面地交流："你住在什么地方啊？你有你家长的电话号码吗？姐姐帮你打电话让他们来接你。"

小女孩沉默地摇摇头，放在身前的手指拧巴地握在一起，声音微弱："我，我不记得了。"

季安的母爱更泛滥了："没关系，你家长叫什么名字？你说出来，我看看我是不是认识他们。要是认识的话我可要好好地说说他们，怎么能这么晚还让你一个人在外面乱跑。"

小女孩仰起头，语气很认真："我家长叫苏恙，你能帮我找到他吗？"

季安疑惑地慢慢站直了身体："这里就是苏恙的家啊，你的家长怎么会是我老公？"

那个小女孩，或者说刘佳仪瞬间恢复了面无表情的样子，她放下了身前拧巴地握着的手，对着身后挥了一下："找到了，就是这里。牧四诚，动手吧。"

季安终于反应过来不对劲了，她警惕地后退了两步想把门给关上，却发现自己死活也关不上，门后走出了一个高大的年轻人。

这个年轻人比季安足足高出两个头，脖子上挂着一个造型夸张的猴子耳机，他只需要抬起肘部松松垮垮地抵着门，季安就再也推不动了。

牧四诚一双冷漠的眼睛看向季安："叫苏恙出来。"

季安下意识地想掏出手机报警，结果在自己的衣服兜里却掏了个空。

紧接着，季安呼吸急促地看着对面那个年轻人不紧不慢地从兜里掏出来一部粉白配色的手机，挑眉看向她："你是在找这个吧？"

"你什么时候偷走的！"季安要崩溃了，"你们到底是什么人？！"

143

背后的婴儿房里小婴儿的哭声尖厉地响起，季安的脸色一变，然后很快变得更加绝望和崩溃。

"有小孩？"刘佳仪微微侧了一下头，她听声辨位的能力一直都很强，很快她就下了结论,"在屋子的最后一个房间里,应该是苏恙的孩子。"

季安大脑一片空白,她来不及仔细思考,转身就跌跌撞撞地跑进了婴儿房里。

她颤抖着伸手锁住了房门,转身抱起了婴儿,呼吸急促地在房间里左走右走,眼角溢出惊惧的眼泪。

她推开窗户,对着空无一人的街道撕心裂肺地大吼:"有人吗?救命啊!有人吗?求求你们了!"

没有任何人回应季安。

她歇斯底里地把脸埋进婴儿的褓裸里痛哭,手却捂住了婴儿的耳朵,不断地用亲吻安抚被吓到的小婴儿:"没事,宝宝安心睡,妈妈在,妈妈不会让你有事的。"

背后被她反锁住的门"咔嚓"一声,发出了锁被钥匙插入的声音,然后缓慢转动了起来。

季安呼吸停滞了,她颤抖着手,摸进了自己的睡衣口袋,婴儿房的钥匙她也放在了里面。

现在就和手机一样消失了,被那两个人偷走了。

季安长长地抽噎一声,满脸是泪。她绝望地闭上了眼睛。

婴儿房的门缓缓地被打开了。

里面空无一人,只有婴儿床的铃铛还在丁零丁零地响。

牧四诚奇怪地"咦"了一声,他环视房间一圈,又弯下腰看了一眼床底:"人呢?我明明看到她跑进了这个房间。"

刘佳仪抬手拦住了牧四诚往前走的步子:"呼吸声还在。"

她半合着眼"巡视",听了一圈,然后抬头"看"向窗外:"人在窗户外面。"

"窗户外面?!"牧四诚惊讶。

他上前拉开窗户往外面看去,转头就看到跪在空调外接热交换器上的季安和被她死死抱在怀里的小婴儿。

夜风又冷又烈,把季安的白色睡衣吹得鼓胀晃荡,她看起来就像是一朵随时都要被吹落的蒲公英死死地抓住自己的籽,眼泪从她眼角大滴大滴地滚落。

季安眼眶通红地和牧四诚对视着,她就像是一头幼崽要被抢走的龇着牙的母兽一样威胁牧四诚,咬牙切齿地说:"就算是我抱着孩子跳下去,我也不会被你们抓住用来威胁苏恙的!!"

牧四诚顿时一个头两个大:"大姐,我们暂时还没有这个意思!当然我们不否认可能后续会有这样的安排,但我们主要是想找苏……"

他正说着,季安摇着头警觉地往后跪着退了两步,老旧的空调外机的螺丝松动,在季安往后退的时候突然往一边倾斜,她惊慌失措地往楼下跌落。

但刚刚还说要抱着孩子往下跳的季安在生死一线的时候，下意识的反应却是想要把自己怀里的婴儿包裹往牧四诚那边送。

她眼神绝望又充满乞求，声音哽咽："求你！救下我的孩子！"

牧四诚瞳孔一缩，运动神经反射使他极快地将一只脚钩在窗户上，目光凌厉地伸出另一只脚稳稳地钩住往下塌陷的空调架子，避免砸到孩子和季安。

压在脚踝上的沉重的重量让牧四诚额头的筋凸出，他身子贴在外墙上，一只手抓住窗边，另一只手圈住了往下落的季安的腰部。

"天！"牧四诚满脸涨红，颈动脉都因为用力过度在快速搏动，"你好重啊大姐！！"

季安怀里的包裹在和牧四诚这样扯拉之中已经松开了。

婴儿懵懵懂懂，还有点开心地咿呀几声，动了动小手小脚，从包裹里缓慢地滑下去。

"别！"牧四诚目眦欲裂地看向那个缓慢往下滑的婴儿，但他已经没有手可以去够了，"你抓稳你孩子！"

"咿呀！"婴儿从包裹里彻底滑出。

小婴儿睁着圆溜溜的眼睛从半空中滑落，手脚一张一合似乎想去抓妈妈的手指，她并不明白到底发生了什么，只是睁着天真的眼睛往下掉落。

"孩子！"季安转身竭力伸手去够小婴儿，她的表情看起来要发疯了，脸上全是泪痕，"我的孩子！！"

刘佳仪越过牧四诚，单手撑着窗户毫不犹豫地翻了下去。

牧四诚惊道："刘佳仪！喂！你看不到啊！"

刘佳仪头也没回，她就像是能看到一样，轻灵地挂在被牧四诚撑起来的空调架子上，几个跳跃，最终单手挂在下面的一个空调外机上抓住了掉下去的小孩的脚。

小孩倒挂在半空中，还跟没反应过来一样，四脚朝天咿咿呀呀地摇晃着，朝刘佳仪要抱抱。

刘佳仪单手正面抱稳小孩，又是几个跳跃，稳稳地落在了楼底下。她站在楼底下随意地对着牧四诚挥了一下手，然后抱着小孩往楼梯那边走去了，应该是要从楼梯那边上去。

牧四诚松了一口气，也帮忙把季安给扯了上来。

季安惊魂未定地喘了两口气，转身就跌跌撞撞地往门口跑去。

一开门，刘佳仪已经站在门外了，小婴儿的尿布被刘佳仪提溜着离自己很远，但小婴儿似乎觉得这样很好玩，还在咯咯笑着，还想伸手去抓刘佳仪的脸。

刘佳仪一脸麻木，嫌弃地推开了试图靠近她的小孩，把手上提溜着的小孩的尿布快速地递给了季安："给，她尿了我一身。"

季安接过孩子，她抱住孩子，虚脱地坐在了地上，深呼吸了几下平复情绪之后，还是没忍住，捂住脸大哭了起来。

牧四诚揉着肩膀出来了，他惊奇地看着刘佳仪："你身手不错啊，你不是看不到吗？你是怎么做到那么准确地跳在那些空调外机上的？"

"听声。"刘佳仪很自然地说，"夜晚很安静，声音很大的情况下，我可以通过声音的回响判断阻碍物的位置，空调外机是箱形的，回声会很大、很奇怪、很明显啊，你连这个技能都不会吗？"

说到最后，刘佳仪的表情忍不住带着一点鄙夷。

牧四诚："……"

不要把这种奇怪的技能说得好像我会是理所当然的事情啊！

这不是蝙蝠才会的东西吗？人类没办法做到是很正常的事情吧！你能做到轻松地跳下六楼才比较奇怪吧！你这个怪物小孩！

等到季安安置好小婴儿之后走出来，她的睡衣上还带着在空调架子上蹭上的铁锈。

牧四诚和刘佳仪倒是非常自在地坐在了沙发上，这两个人估计就不知道"不好意思"这四个字是怎么写的，反倒是从婴儿房里走出来的季安有点局促。

特别是在看到牧四诚脸上被她挠出来的伤口，以及刘佳仪为了接住小婴儿被架子勒得有点红肿的掌心后，季安握住了自己的手腕，低着头张了张口，但是那些尖锐的质问却怎么都说不出口。

沉默了半晌之后，她转头进房间拿了一个小医疗箱出来，半蹲在茶几前面，把消毒水、创可贴和绷带放在了茶几上。

看着茶几上的这些东西，牧四诚奇异地抬头看了季安一眼。

季安低着头，什么都没说，只是微微侧头，抿着嘴不和牧四诚打量她的目光接触。

季安头发凌乱，眼眶红肿，很明显刚刚在房里她还在后怕地哭泣。

最终牧四诚还是拿起了茶几上的消毒用具，顺手把消毒水递给了刘佳仪。

等季安整理好心情，她才深吸一口气，镇定地转头看向这两个不速之客："你们来找苏恙有什么事吗？"

"他的同事抓了我们……"牧四诚准备在脑子里寻找一个确切的词来形容白柳和他们的关系，但在他找出来之前，刘佳仪就淡淡地主导了话语权："他的同事在毫无征兆的情况下，抓走了我的爸爸。"

季安的表情变得有些惊讶："你的……爸爸吗？"

刘佳仪面不改色地承认了："对。"

069

牧四诚捂住嘴,发出一阵惊天动地的呛咳声。他刚想说话,就被刘佳仪放在茶几下的手死死拧住腰旁边的肉转了一圈,牧四诚忍不住倒吸一口凉气,捂住了自己的腰。

刘佳仪眨了眨眼睛,眼泪瞬间就从她大而空洞的眼睛里流了下来。她紧咬下唇,抽了两下鼻子,声音低微地说:"大姐姐,我们真的不想对你做什么,但我最重要的爸爸被抓走了啊。我听到他们抓人时喊了一个名字,叫苏恙,我只知道这个。"

"我真的是在找我的家,我找了好久,才找到你家这里。"刘佳仪可怜兮兮地伸手去够季安的衣袖,"我们并不想伤害你和你的孩子,我只想要我的爸爸回家。你也在等你孩子的爸爸回家不是吗?你也有孩子,你知道一个孩子被迫离开她唯一可以依靠的爸爸是什么感受。"

"我知道他好像在做很危险的工作,但我发誓,他所做的一切都是合法的,都是为了给我更好的生活。就算是为了我,他也不会做坏事。"刘佳仪皱起鼻子,眼泪大滴大滴地滚落下来,她哽咽起来,"我只是想找到他。我不明白,为什么他什么都没做,就被人抓了起来。"

作为一个日日夜夜都在为苏恙担惊受怕,但永远都不清楚苏恙具体在做什么的新手妈妈,季安很难不对刘佳仪说的话感同身受,她脸上原本排斥的神色变得犹豫。

在刘佳仪动情地捂着脸无比悲伤地抽泣的时候,季安终于被这个刚刚拼死救了自己孩子的小女孩打动了,她在这个脆弱的孩子身上看到了自己孩子的影子。

季安身体前倾,温和地抱了抱刘佳仪,边叹气边摸了摸刘佳仪的头发。

"……别哭了。"季安宽慰地拍了拍刘佳仪的肩膀,感慨地说道,"你的爸爸……应该会没事的。"

刘佳仪从季安的肩膀上抬起头来,她脸上还有泪痕,却面无表情地用口型对着牧四诚说:"学着点。"

看得目瞪口呆的牧四诚:"……"

144

在季安松开刘佳仪的一瞬间,刘佳仪一秒变脸,又变成了那副迷茫无措、失去爸爸的小女孩的样子。

她似乎不舍得季安温暖的怀抱,轻轻收拢了一下拥抱季安的双臂,但她很快意识到自己这样做似乎不对,带着点紧张很乖巧地放开了。

刘佳仪放开双手，腼腆地往下拉了拉自己的衣服，颤抖的睫毛上还挂着泪珠。

这些小动作让刘佳仪看起来完全就是一个失去了至亲之后非常不安的小女孩，也让季安的表情越发柔和。

围观了这一切，神色越发复杂诡异的牧四诚："……"

他现在一点都不觉得刘怀被刘佳仪耍得团团转有什么好奇怪的了。

刘佳仪的演技非常值得被颁发一个奥斯卡影后奖，这小孩从酝酿情绪到掉眼泪一秒钟都不到。

牧四诚很想摇醒季安，对她说："大姐，醒醒，三分钟之前你觉得可怜可爱的这个小女孩还眼睛都不眨地从六楼跳下去安全落地了，你觉得这种小女孩会因为没有了爹，长途跋涉地来到一个警察的家里，就是为了向他的老婆求助吗？！"

"而且这小女孩原本定下的计划是绑架了你之后拿你威胁你老公。威胁他，让他说出白柳所在的地方。"

现在看季安柔声安抚刘佳仪，牧四诚的背都有点发冷，他忍不住搓了搓自己的胳膊。

好……好可怕！白柳都找了些什么人进战队！

"我很少插手苏恙的工作，他的工作保密性很高，我也不知道他具体在做什么。"季安在刘佳仪的诱哄之下，虽然还是保持警惕，但口风已经开始松了，"但我可以帮你们问问，如果他愿意说的话，我可以帮忙转告犯人所在地的地址。你们是犯人的亲属，应该是可以去探监的。"

"如果被抓的是你的爸爸，那这位和你一起来的人是谁？"季安疑惑地看向牧四诚。

在牧四诚开口之前，刘佳仪先一步快速抢答："他是我爸爸的朋友。"

季安准备再问两句，门又被敲响了。

牧四诚快速地用手点了一下刘佳仪的手，两个人在季安反应过来之前就钻进了婴儿房，然后干脆利落地关上门并反锁。

季安在外焦急地敲了两下，又摇晃了两下把手，打不开——婴儿房的钥匙还在牧四诚手里！

除非牧四诚从里面开门，不然她从外面是无论如何也进不去的。

刘佳仪柔弱的声音从里面怯怯地传出来："大姐姐，只要你帮我问一下我爸爸白柳的消息就可以了，我们不会伤害你的孩子的，我发誓。"

想到刘佳仪的确是救了她的孩子，牧四诚也的确救了她，季安的恐慌稍微减弱了点。她在婴儿房的门前踌躇了好一会儿，才做好了心理准备，下定决心去开门。

但这次门外的人也不是苏恙。

门外站着的是一个穿着一看就很不简单的年轻人。

季安认得这个年轻人手上那块腕表，她在一部电视剧里看过，据说要上百万元。这个年轻人的样貌很精致，衣着也打理得很细致，鼻梁上架着一副做工考究的金丝眼镜，看起来虽然不高，但第一眼就给人一种盛气凌人的感觉。

因为这人看起来和她差不多高，并且感觉也没有很强的攻击力，所以这次经历过一次夜袭的季安冷静了许多，而且婴儿房里还有个武力值一看就不低的成年男性——牧四诚藏在里面。

季安定了定神，看向门外的这个人："请问你是哪位？"

"我叫木柯。"木柯彬彬有礼地给季安鞠躬，然后直起身子看向季安，礼貌地询问，"请问这是苏恙的家，您是苏恙的爱人吗？"

木柯两只手都戴着黑色的皮手套，提着两个黑色的带密码的手提箱。

"我是。"季安迟疑地点了点头，她看向木柯手上提的箱子，"你找他有什么事吗？"

木柯平举一个箱子，他在密码锁上转动了几下，然后把箱子打开一条缝给季安看了一眼——是满满一箱的金条。

季安惊愕不已地抬头直视木柯："这是……？"

"我能进去和您聊吗？"木柯晃了晃手上的东西，很得体地微笑，"毕竟这两箱您先生要的东西实在是不轻，而且我一个人提着这些东西站在门外也不太安全。"

季安有些浑浑噩噩地让开，让木柯进来："请，请进。"

刚刚她看到的那一片亮眼的金光还在她脑子里回闪，季安坐下的时候都还有些头晕目眩——她做梦都没想过会有人半夜提着两箱金条来找她！

"您说这两箱东西是我先生要的，是什么意思？"季安敏锐地发问。

"这您就应该问您的先生了。"木柯好整以暇地坐在了沙发上，他双手交握放在膝盖上，似笑非笑地看向对面的季安，"问问他，为什么要纵容自己的队员们抓了一个根本没有犯过任何罪的普通人，然后又对我这个普通人的有钱人朋友，索求天价的保释金？"

"不可能。"季安不假思索地就否认了，"苏恙不可能做这种事！"

苏恙的确是没做这样的事的。

但这并不妨碍木柯预设他做了这样的事情，然后借此来套季安的话。

"他真的没做吗？"木柯不冷不热地问。他抬起眼皮，脸上的笑意不变，"那为什么我的朋友被抓进去之后，今天晚上十点左右的时候，苏恙的队员还去我住的别墅里警告了我，让我快点交保释金，不然要以共犯的名义把我也给抓进去？"

季安握紧了放在怀里的双手，咬紧了下嘴唇。

今晚苏恙的确是十点左右的时候，和她打电话说队员突然要去富人区出一个特殊任务，而且还是一个临时的强加给他们的任务。

在和她说晚上不能回来的时候，苏恙的语气似乎也很无奈，言辞之中透露出案件还没有清晰的线索，他的队长就开始让他们抓人了。

为什么会在一个案子还没查清的时候就开始抓人……

而且苏恙说最近他们的队长状态不太对，抓了很多和案件完全没有关系的人……

她的目光又落在了桌面上的两箱金条上。木柯顺着季安的目光善解人意地打开了箱子，灿金色的光芒顷刻就铺满了季安的眼底。

然后季安就像是被烫伤了一般迅速地收回了自己的目光，放在身侧的手攥紧，猛地站起来在房间里神经质地来回走动着。

"不可能！"季安胸膛剧烈起伏着，她闭上了眼睛，不去看茶几上的金条和沙发上的木柯，"苏恙不是这种人！你把金条拿走！"

"你们最近经济状况很不好吧？这栋二手房已经不太安全了，你们早就有换新房的打算，但资金跟不上，毕竟一个新生儿的花销太大了。"

就算是闭上了眼睛，木柯的声音也清晰地、源源不断地传入了季安的耳朵里："一个孩子的诞生会让你们的思维和价值观都开始转变。夫人，现在的你和当母亲之前相比也有很大的不同吧？为了你的孩子，你会愿意做很多之前你根本不愿意做的事情，不是吗？"

季安的呼吸开始变快，她的指甲掐入手心。

"你怎么能确定你的先生就一定没变呢？"木柯的语调低沉，循循善诱，"就算他没变，万一他的顶头上司变了呢？万一他周围的人变了呢？或许他不是心甘情愿地做这些事情，但其他人都做了，他不得不同流合污，这种事情也很常见，不是吗？"

"但做都做了，我也不会责怪他，他也不是故意的。"木柯把放在茶几上的两箱金条往季安那边推，"我相信您的爱人是一个正直的人，所以我不会把这件事告诉任何人的。只要你收下金条，给我一些信息，让我知道我的朋友在什么地方，我永远不会再提这件事，而且你也帮苏恙做了正确的事情，你拯救了一个无辜的人。"

木柯推了推鼻梁上的金丝眼镜，微笑着说："我会觉得这是花得很值的一笔钱，对我来说，这是一次很划算的交易。我相信苏恙也是这样觉得的。"

季安的呼吸十分急促，垂在身体两侧的手猛地握紧，她紧闭双眼，开始颤抖。

"只要你让苏恙给我白柳的信息，"木柯轻声说，"我可以继续开价，开到你们满意为止。我带了一车的金条过来，我们有一整夜的时间，可以慢慢聊。"

季安猛地睁开眼睛看向木柯："你刚刚说你要救的人是谁？"

在木柯再次重复白柳这个名字之前，婴儿房的门开了，里面是刘佳仪和牧四诚。牧四诚抱臂靠在墙上，挑眉看着木柯："来得挺快啊。"

凌晨一点，浑身疲惫的苏恙敲响了家门。

在门打开的一瞬间，他卸去一身力气，把头埋进了季安的肩膀里蹭了蹭："老婆，我回来了。"

但这种松懈在苏恙的身上持续了不到一秒，很快他就警惕地扶着季安的肩膀直起了身子，在屋子里警觉地环绕了一圈："今天家里有人来过吗？"

房间的状态不对，有些东西被动过了。

季安勉强地笑了一下："……婴儿房外面的空调外机坏了，差点掉下去，我叫人来修了一下。"

"这样啊……"苏恙又稍微放松了，他亲亲季安的发顶，语气充满歉意，"抱歉，让你住这种二手房，等我忙完这段时间，我们就有钱换新房了。"

换新房需要那么大一笔钱，从什么地方来？

季安想问，但她最终只是沉默地低头靠在苏恙的肩膀上，轻声地"嗯"了一声，说："没什么好抱歉的。"

苏恙并没有察觉季安的异样，他解开外衣直奔婴儿房，然后就傻呵呵地伸头进去和自己小女儿的小脸贴在一起，一边贴，嘴里还一边发出叽里咕噜的怪声逗女儿玩。

季安看到苏恙这副傻样，在经历了一晚上的跌宕起伏，应付了好几个让她快要崩溃的神经病之后，简直忍不住想哭。

苏恙转头就看到季安在偷偷抹眼泪，他无奈又心疼地走过去，抱住季安的腰，抵住她的额头："让你担心地等了我这么久。我的工作性质就是这样，你以后别等了，你身体熬不住的，快睡吧。"

季安摇摇头，她摁下苏恙的肩膀，双手放在苏恙的太阳穴给苏恙做按摩："我熬不住，难道你就能熬得住了吗？"

苏恙在季安的按摩下彻底地放松了下来，他躺在椅子上闭上了眼睛，呼吸很快变得绵长均匀。

但季安知道苏恙还没睡，这只是一种进入梦寐的状态。

一般这个时候的苏恙的防范意识会很低，季安放轻了声音，假装不经意地问起："你们今晚加班，是抓谁啊？怎么这么突然。你都和我说要回家吃饭了，一下加班到凌晨一点。"

苏恙的眉头皱起，但他没有睁开眼睛："其实我觉得，这个人不该抓，是唐队发动了特权抓的人，但我不明白为什么，因为我没有查到他犯罪的核心证据。"

这个人看起来应该是和案件有牵扯的，但我觉得不至于发展到扣留这个地步。"

"最近唐队一直在让我们抓一些完全没有核心证据，也看不出有后续犯罪迹象的人。"苏恙语带叹息，"而且他状态也很差，经常喝酒喝得烂醉，今晚还和我吵了一架。队员们也觉得他做的事情有点出格了。"

"他之前，不是这样的……"苏恙头一点一点地开始打瞌睡，说话也迷迷糊糊，"但是还是应该相信唐队，毕竟他也是为我们大家好。这个人要是真如唐队说的那样，那只要关住他一个，大家都一劳永逸，以后都不用那么辛苦了……"

彻底证实了自己心中想法的季安缓缓吐出一口浊气，她放下给苏恙按摩的双手，目光变得坚定。

等到苏恙睡熟之后，季安轻手轻脚地从双人床上下来，她从挂在背后的工作服外套里取出苏恙的工作证和工作钥匙，打开婴儿房的窗户扔到了楼下。

然后季安脸色平静地关上窗户，转身亲吻了一下婴儿床里的小婴儿，就像是什么都没发生那样离开了婴儿房。

……

早已经等在楼下的牧四诚捡起掉下来的工作证和钥匙，他闻了闻上面的气味，恶心地在鼻子前挥了几下，然后勾起嘴角："也不知道之前和什么东西装在一起，味儿真够大的。走吧，我记住他的味道了。"

木柯已经拨通了电话，他看向牧四诚和刘佳仪，晃了晃自己手上的手机："我联系上那个黑客了，他说接上车子里的行车记录仪就可以找到车子曾经去过的地方。"

"走吧，去找车子。"

145

凌晨一点半，危险异端处理局基地。

虽然被抓了过来，但是白柳倒是不受干扰地靠在墙上睡得很沉，房间外来来往往的巡逻的人脚步声很响，但这基本吵不到白柳。

他闭着眼睛，眼皮都没有动过，几次收到唐二打的通知来检查白柳状况的巡逻员都咂舌。

"这人心理素质也太好了……"

"我开始怀疑他是不是真的异端了……"

"欸，你说他真的能解决那个什么干叶玫瑰瓦斯的问题吗？局里说问题已经很严重了，我们异端处理局的人大部分都调出去处理这件事了，基地里都没有多少人了,有很多队员折在里面……"

"明天就是第三支队去调查那个香水生产工厂的时间了吧?"

"对,我听说是苏队带队。前两个支队好多队员回来之后没多久就开始凋谢了,这次的异端好恐怖,已经是重三度红色异端了吧……"

他们一直以为睡得很熟的白柳,在他们离开之后没多久就悄无声息地睁开了眼睛。白柳在心里数着秒数——这里的巡逻员是十五分钟巡逻一次,那也就是九百秒。

白柳从脖子上取出游戏管理器硬币,眯了眯眼睛。

失去了十字架和鱼鳞,大部分特殊道具他都没有办法在现实里使用。

但是有一样东他是可以继续使用的。白柳有符合他核心欲望的,可以在现实中使用的道具——那就是钱。

这个"魔术空间"控制人的进出,但是不能控制物质的进出,也就是说钱是可以在这个空间自由出入的。

如果"白柳"是一张纸币呢?

这种可以困住人进出游戏的超凡级道具,运行原理应该是灵魂层面上的。如果"白柳"以灵魂纸币的形式离开了这个"魔术空间",那么这个空间是不是在某种意义上就把他给释放了,再也没办法困住他了?

白柳缓慢地从自己的口袋里抽取了一张灵魂纸币出来。

灵魂纸币印刷着小白六冷淡又青涩的正脸——这是白柳在上一轮游戏当中交易违约,导致他被关押在钱包里,由他的半个灵魂生成的钱币。

白柳垂眸看着自己指尖夹住的这一张灵魂纸币,他低着头,勾起了嘴角。

那么接下来唯一的问题,就是让这些巡逻员主动为他打开门了。

又过去了十五分钟,巡逻员习以为常地打开小窗户准备察看白柳的状况的时候,小窗户一打开,却没有和之前一样看到白柳在窗边熟睡的侧脸,而是有硬币源源不断地从小窗口涌了出来。

几毛钱、一块钱的纸币夹杂着各种数额的硬币从那个小窗口里狂涌而出,好像这些巡逻员打开的不是囚禁白柳这个异端的房间的窗户,而是打开了一个被塞得满满当当的需要投入硬币的游戏机底仓。

硬币和纸币混合在一起,透过小窗口不断地往外涌着,形成一股钱币做成的泉流。

一张折叠成三角形的钱币也混合在这股泉流里,跟着涌了出来。

这张纸币看起来和其他纸币没有太大的区别,但这张纸币上印刷的不再是正常钱币的图案,不过因为它被折叠成了三角形,这点微弱的差别已经被彻底地掩盖了。

在这张纸币涌出来的一瞬间，躺在自己制造出来的，随着窗户打开逐渐下降的硬币山上的白柳愉悦地舔了下嘴皮。

他意识到自己脱离了一些控制。

但因为这些普通的巡逻员在场，白柳还不能直接进入游戏，他必须脱离这个有很多"围观者"在场的环境才行。

巡逻员在外慌张地通过通信器呼叫着上级："报告值夜员！编号0006的房间现在正在不断往外涌出大量的钱币，里面原本关押的人形异端根本看不见，淹没在钱币里了！"

"什么？！"通信器里值夜员的声音也很惊讶，但他很快就镇定下来，"你打开门找一下人形异端，一定要把他找到！唐队对这个人形异端非常重视，还对这个房间申请使用了编号2617的异端'魔术空间'。这个异端是可以控制里面的人员进出的，所以你们不用太慌张，我现在马上给你们转接唐队！"

巡逻员点头："好的，我马上搜寻！"

巡逻员在打开门的一瞬间，通信器转接信号成功了。

通信器里传来唐二打前所未有的严肃呵斥："千万不要打开门！"

唐二打咬牙切齿："一旦这个人开始花钱，那他就一定找到收回这些钱的方法了。他找到逃出来的方法了！"

"欸？"巡逻员有点蒙，"但是我已经打开了，应该没事吧？被困在异端2617里面的生物是绝对不能轻易出——"

背对着房间门的巡逻员发出了一声闷响，就像是什么东西倒地的声音，然后巡逻员的声音就随着他未尽的话语消失了。

在一阵电流滋滋作响之后，唐二打听到了通信器再次被捡起来的声音。

白柳带着笑意的声音在电话那边不急不缓地响起："唐队，我们来谈一笔交易怎么样？"

唐二打一脚把油门踩到了底，他强制自己冷静下来和白柳对话，拖延这个人的时间："什么交易？如果你说的是用钱买干叶玫瑰瓦斯的解决方案的话，这笔交易我们已经聊过了……"

他说到这里顿了顿，似乎极为不甘心地磨着牙道："我可以按照原来的价钱购买干叶玫瑰瓦斯的解决方案，但你得发誓，绝对不能再把这玩意儿走私回来！也不能引起任何看起来像是意外的事件，让干叶玫瑰瓦斯再次普及！"

很快唐二打的通信器里传来快速走路的脚步声和惊呼，是基地那边的巡逻员发现了逃窜出来的白柳："有异端跑出来了！"

白柳也跟着跑动了起来，通信器里的声音变得嘈杂了起来。

"哦？"但被追逐的白柳一点都不慌，还有心情和唐二打聊天，他颇有兴味地问，"听起来，我之前和你们做交易的时候反悔了？"

唐二打闭了闭眼，他听到这家伙的声音就气血上涌，额头青筋直跳。

是的，这次唐二打一开始就不准备用钱和白柳交易干叶玫瑰瓦斯的处理方案，就是因为白柳上一次和他们交易的时候反悔了。

白六在拿到了报酬之后，的确帮危险异端处理局处理了当时的干叶玫瑰瓦斯事件。

但白六的处理方案是他的独家专利，需要受到保护，他没有向异端处理局公开具体的处理方法。在处理完当时所有造成干叶玫瑰瓦斯危害的人之后，苏恙认为白六无罪，在他的坚持下，最终白六被释放了。

但是在一年之后，原本已经关停的一家干叶玫瑰瓦斯香水的生产工厂又开始营业，又有一些人开始受到这个东西的危害。危险异端处理局不得不把白六又给请了回来，把钱给他，请他帮忙处理。

白六同意了，他被第三支队的车载去了那家工厂，调查恢复营业具体的原因。

然后这个人走到了工厂的顶端，突然向下看，笑着问了旁边负责看守他的队员一句："你们想知道用玫瑰做的瓦斯爆炸是什么味道吗？"

队员们一脸茫然，他们并不知道白六在说什么。

白六举起手做了一个"炸弹爆炸"的手势，他笑着，似乎极为愉悦，眉眼弯弯，嘴里拟声道："BOOM！然后你们就都能闻到玫瑰燃烧的气味，很美。"

工厂应声爆炸。

玫瑰色的烟雾带着燃烧的火焰淹没了这个地区，向四面八方涌去。

苏恙的家就在烟雾爆炸的危害范围内，在那场爆炸里，第三支队全军覆没。

那天是唐二打带队去勘查香水工厂的。

唐二打永远忘不了在烟雾爆炸的时候，他正背对着工厂观察前面大片大片的艳丽的玫瑰花田，然后在烟雾蔓延过来的一瞬间，唐二打回头，他看到了白六。

在缭绕的浪漫的玫红色烟雾之间，风和火一起燃烧着，玫瑰的香气馥郁浓烈地铺散到整个地面。这个人站在玫瑰花瓣飘扬的工厂顶端，头发和大衣都被爆炸带起的风吹得凌乱摇动，似乎下一秒就要从那个地方和玫瑰一起纷纷坠落而下。

他离自己那么远，但唐二打记得非常清楚，他看到白六闲散慵懒地注视着他，一只手插在风衣的兜里，似笑非笑地用口型对他说道：

"好闻吗，唐队长？"

唐二打深吸一口气，强制让那些被炸成碎片的回忆回笼。

他稳住自己快要沸腾的情绪，继续和白柳对话："只要你不反悔，我可以和你进行交易，我可以申请到相当大数额的一笔资金给你。"

"不得不说我很心动。"白柳很诚实地回答，"但你现在心里想的一定是从我手里套到了那个解决方案之后就杀死我，对吧？没有比这更好的防止我反悔的方法了，只有死人才绝对不能反悔。"

唐二打牙关紧咬，他扫了一眼车窗外——他已经看到那个基地的圆形建筑了，他快到了！

"唐队长，你明明这么在意我，但抓到我之后，却让我一个人待在屋子里等了你一晚上。"白柳语调散漫，唐二打能听到白柳快速移动的脚步声。

"这可不是一个成熟男人的做法。让我猜猜，你背着我去找谁了呢？"白柳的语调有种难以言喻的暧昧和冷淡。

"你觉得你很难控制住我，又不想用钱和我交易得到那个干叶玫瑰瓦斯的处理方案，因为'我'反悔过，所以你就想找一个比起钱更能牵制住我的人来审问我。"

"陆驿站。"白柳很平静地说出了答案，"你把他找来了，对吗？"

坐在唐二打副驾驶座上的陆驿站睡眼蒙眬，头发乱翘。

他一脸蒙蒙地看着唐二打把一辆公车开出了赛车的架势，有点紧张地抓紧了自己的安全带，试图出声阻止这位拿着警官证就把他抓出来加班还飙车的唐警官："长，长官！你是不是开得太快了！"

唐二打一只手猛转方向盘，他露出了一个狠戾又带着疯狂的笑：

"我一直很好奇为什么这条时间线的你会变成这样，我反复查询你的履历，和我记忆里其他时间线的你对比。说实话，我其实很不想回忆你这张我恶心又痛恨的脸，也不想回忆那些和你有关的东西，但我回想之后，我发现你的人生产生了一个偏差点，这个偏差点就是坐在我副驾驶座上的这个家伙——陆驿站，对吗？"

陆驿站一头雾水地看过去，他的耳朵因为一路飙车过来都有点耳鸣了："啊？长官你叫我吗？"

唐二打一脚踩在了刹车上，他用工作证迅速刷开基地的停车场的大门，进入通道，又继续往里面开。

唐二打就算是进了停车场也开得很快，他车尾反着一甩刚好卡进停车位里，轮胎在地上擦出了还冒着灰尘的痕迹。然后他关门下车，把已经有点晕车的陆驿站从副驾驶座上提着后衣领扯了出来。

陆驿站加班了好几天才有机会睡个好觉，结果又被人提溜出来，紧接着又是一通飙车。他一出车门就很不舒服，趴在车门旁干呕了起来。

唐二打用肩膀夹住通信器，斜眼看着还在干呕的陆驿站，脱掉自己的手套扔进驾驶座，对着通信器嗤笑了一声："白六，你居然真的有了一个你愿意为之改变的朋友，真是让我大开眼界啊。"

刚缓过来的陆驿站这才有力气扶着车门站起来，他擦了下嘴角，带着迷茫和担忧望向唐二打："长官你刚刚是在说白柳吧？白柳怎么了？他没事吧？"

唐二打挑眉，拖长了尾音对着通信器说："白六，你说，你正直的警官朋友知道了你的真面目之后，会怎么样呢？"

白柳在走廊上快速奔跑移动的脚步声停了，只能听到他略显急促的呼吸声。

但这脚步声只停了不到一秒，就很快又响了起来，白柳语调一点没变，甚至还带点调侃地对唐二打说："唐队，你以为他不知道我是什么人吗？"

"你以为，凭什么他能做我十年的朋友？"

陆驿站站直了身体后，偷瞄了好几眼唐二打紧绷的神色。

一直自欺欺人的陆驿站这个时候终于意识到白柳可能是犯事了，他表情很崩溃，手捧着自己的脸往下搓："长官，不会是白柳犯什么事了吧？！他算是我半个弟弟，也是我管教无方啊！"

"他没有杀人放火吧？！"陆驿站紧张兮兮地看着唐二打，"长官，他犯罪应该不是故意的！他平时还是有较强的自我管理能力的，一般不惹他的话还是没事的……"

唐二打诡异的沉默明显让陆驿站往更糟糕的方向去想了。

陆驿站忍不住捂住了自己的脸，用一种悲痛欲绝的口吻说："他是不是变成了一个变态连环杀人案的罪犯，或者是参与了什么国际金融大案？天哪，我才加班了两天没看着他，他就变成了这样——"

"都是我的错，早知道我今晚就不加班了。"陆驿站陷入了前所未有的愧疚当中。

唐二打："……"

这人怎么回事！

白柳"啧啧"两声："你看，我说什么来着？"

"不如考虑一下和我做交易怎么样？"白柳一边躲避后面的巡逻员追兵，一边和唐二打就像是在饭桌上谈生意一样闲聊着。

唐二打脸色黑沉，他拖着陆驿站的后衣领往地下停车场的电梯旁边走。走到电梯门口的时候，他毫不犹豫地用工作证刷开了电梯门，走进电梯之后摁下了里面的特级警报按钮。

"我可以给钱，价格你开，你把干叶玫瑰瓦斯的解决方案给我！"唐二打语气开始变得烦躁。

随着唐二打摁下警报按钮，白柳所在的走廊瞬间响起了刺耳的警报声，明亮的白光也转变为暗红色闪烁的警报灯光。

"警告！警告！有异端出逃！"

白柳不慌不忙地拐进了一条侧方的走廊，躲过了前来追他的人。

十五分钟的巡逻规则和一晚上的等待已经足够让他摸清一件事——那就是这个基地里并没有多少队员在，不然也不会每次来检查他情况的都是同一个巡逻员。

在这种情况下，白柳的越狱显得从容了起来，他不用太着急，着急的应该是对方。因为他这个异端可以成功越狱，那就证明他很难处理，普通的巡逻员可能都不太敢靠近他，或者抓住白柳也不知道该把他关在什么地方。

但这也是在唐二打到来之前。

白柳听着唐二打的通信器里传来的进电梯的声音，耳朵聆听着电梯每到一层发出的提示音，在心里默数着——一，二，三。

这里应该是唐二打所在的停车场往下三层或者是往上三层，但白柳印象中那个圆形建筑物并不高，更有可能是往下。

这里应该就是地下四层左右——白柳思索着。

白柳随手把自己从硬币山里翻找出来的灵魂纸币塞进口袋，继续对着通信器说："我要和你聊的可不是关于钱的交易，我可以把干叶玫瑰瓦斯的解决方案给你，但我要你给我别的东西。"

第一次听到白六拒绝到手的钱的唐二打皱紧了眉头："你要什么？"

"我要你把灵魂卖给我，然后加入我的队伍。"白柳语出惊人，"我要参加今年的联赛，但我的战队目前还在磨合，他们需要一个有经验的教练来带着他们打。"

"你打赢过联赛，有着很丰富的联赛经验，现今在打联赛的队伍的资料和底细你应该也很清楚。"白柳发自内心地赞美，"没有比你更适合当我们队伍教练的人了，唐队长。"

"我留了一房间的钱给你，用来购买你的灵魂，你考虑一下怎么样？我很久没有对人出手这么阔绰了。"他语调散漫，带着调侃和很不正经的笑意，就像是在调戏小宠物。

通信器里发出一声带着杀气的冷笑，唐二打明显被白柳激怒了，他深吸了两口气："白六，你最好不要被我抓到。"

随着通信器那边发出"叮"的一声电梯到达的声音，唐二打表情冷漠地挂断了通信器。

他拽着陆驿站走出了电梯，同时面色冷酷地继续拨打通信器："报告，第三支队队长唐二打正在追击逃逸异端0006，请求关闭所有的基地进出口。监控里能看到他对吧……"

说到这里他顿了一下，深蓝色的眼睛被激烈的、带着憎恨的情绪晕染，变成一种近乎蓝黑的色泽，语调也变得低沉，但是表情却奇异地变得平和：

　　"编号0006的异端弱点是水，请求使用异端1087'吞噬泉眼'房间……今晚在捕捉到0006之后，我会用这个房间对编号0006的异端进行审讯。"

　　唐二打舔了一下自己的尖牙，他的瞳孔扩散，呼吸因为一种即将到来的杀戮的兴奋变得很缓慢："需要我现在报告审讯方式吗？异端0006很不喜欢被人摁着头反复地泡进水里，这就是我的审讯方式。"

　　陆驿站缓缓地看向脸色如常的唐二打，发现他的眼神变了。

　　陆驿站很严肃地看着唐二打，他反手握住了唐二打的手不让他往前走："你不可以这样做，就算他真的犯了罪，他也有人权。"

　　"你不可以这样做。"唐二打神经质地笑了一声，眼睛亮得惊人，脸上却一点表情都没有。他抬眸看向陆驿站，抓住他拉住自己手腕的手，"你知道吗？我也曾经无数次对白六说过这句话——'你不可以这样做'。哪怕他有一次真的没有这样做，我也不至于在这个地方。"

　　唐二打扯开陆驿站的那只手十分用力，他手背上的青筋跳动，但陆驿站咬着牙还是没放手。但下一秒，唐二打毫无表情地扫了陆驿站一眼，他捏住陆驿站的腕骨往下轻松一折，陆驿站的手腕被他给卸了下来。

　　陆驿站忍不住皱眉"嘶"了一声。

　　"人权？"唐二打深蓝色的眼睛里亮着触目惊心的光，他靠近陆驿站，握住陆驿站松垮的手腕利落地往回一推，"咔嚓"一声脆响之后，陆驿站的手腕又被他复原了。

　　陆驿站脸色发白，额头上渗出冷汗。

　　"全世界的人都可以活下去，但是异端不行。"唐二打瞳孔颤动，他癫狂地勾起嘴角，"因为我们不是人，是怪物。"

　　"怪物是没有人权的。"

146

　　与此同时，地下停车场。

　　唐二打停车位旁边那辆车的车门被缓缓推开。

　　一直守在后面的牧四诚三人下了车，他们非常快速地走到了那部电梯旁，看着唐二打进入之后快速下降的电梯最终停在了"—4"层。

　　他们彼此对视一眼，刘佳仪用苏恚的工作证刷开了电梯，然后摁下了"—4"的按钮。

刘佳仪的目光定格在电梯里不停闪烁的那个红色警报按钮上，牧四诚的脸色黑得都能摸出灰了，木柯则是沉默着。

"啧。"牧四诚吐出刚刚在车上听唐二打和白柳对话的时候，一直憋在胸中的一口浊气，"我等下能揍这个姓唐的一顿吗？"

"他有说错什么吗？"刘佳仪不冷不热地反问。

牧四诚被噎住了——从某种程度上说，这个姓唐的的确没有说错什么……白柳就是一个从头到脚，每一根头发丝都透着恶劣的家伙……

但他就是……相当不爽啊！

"不过他是对的又怎么样，我也很不爽。"刘佳仪的目光从警报按钮上挪开，她皱皱鼻子，脸上罕见地带上了点孩子气，"我会尽力给你争取时间，你带着我的那份不爽一起揍他吧。"

牧四诚怔了一下，然后勾起嘴角："OK."

地下四层，白柳在不同的通道之间快速穿梭着。

通道的两边都是造型奇特、上面写了编号的金属房间，都是差不多的画风，偶尔还会发出各种诡异的声响，在里面走久了就感觉像是走在迷宫里，没有地图要凭一己之力出去是很困难的事情。

更麻烦的是每个拐角都有巡逻员。

这些巡逻员虽然人少，但是排布很科学，这让白柳没有办法很顺利地进入游戏，他进入游戏的过程总是被这些拐角处突然转过来的巡逻员打断。

这让白柳意识到了，这个巡逻布局很有可能就是唐二打特意设计的针对玩家的。

在这些普通人的巡逻下，玩家很难轻易进入游戏。

唐二打先是用"魔术空间"给白柳做了一个小笼子，等白柳从这个小笼子里逃脱出来之后，就会进入这些巡逻员布置的更大的一个流动的笼子。

白柳贴在墙壁上，他调节自己的呼吸，准备试最后一次。

白柳拿出硬币准备进入游戏，但在他正准备召唤出系统的时候，他这条通道另一端的拐角一个巡逻员拐了过来，白柳不得不放下硬币，转身进入另一条通道。

果然是这样，这些拐角的"巡逻员"相当于一个打断装置。

白柳一边被背后的巡逻员追逐得匆匆快步跑，一边瞄了一眼左、右房间的编号——1097，1096……

白柳出逃的房间编号是0006，现在已经到一千多了，但他并没有看到整个过程中所有的编号，感觉自己就像是走了一条直通某个房间的捷径。

……不是错觉，是这群巡逻员在有意地把他往某个编号的房间赶。

白柳的脚步又一次在拐角停住了，他的目光停在了走廊尽头。他被赶往了一条死胡同。

死胡同尽头的那个房间编号是 1087。

隔着监控看着这一切的唐二打举着通信器，残酷地下达了命令："各位巡逻员戴好呼吸面罩，我会开启防水模式，然后打开异端 1087 名称为'吞噬泉眼'的房间门。即将进入水下模式，各位队员请做好准备——

"3，2——"

白柳四周的房间金属门上的小窗户接二连三地"咔嚓"合上，每个小房间的门下沉并向外推，严丝合缝地组成了走廊里两面光滑的金属墙壁。他对面的巡逻员正在给自己戴透明的呼吸面罩，通信器里传来倒计时的最后一声——

"1。"

白柳身后编号 1087 的房间门被缓缓打开。

清澈的、源源不断的泉水打着漩儿涌了出来，奔腾的洪流和水花倒映在回头的白柳的眼睛中，瞬间把他席卷。

电梯间。

电梯里的监控被牧四诚一进来就给砸烂了。

牧四诚有点紧张："这个基地内部有监控吧？欸，我们需不需要躲一下监控之类的啊……"

"进了基地没必要了。"刘佳仪语气淡漠，"我们的目的是潜入之后速战速决，带白柳进游戏，躲避监控会拖延我们的速度。他们爱拍就拍吧，我无所谓。"

木柯很快说："我也无所谓。"

"但我还要参加期末考试啊……"牧四诚有点郁闷，"被通缉了能不能在监狱里考啊，我不想补考……"

刘佳仪就当没听见牧四诚的抱怨，看向这两个人："我们再梳理一遍计划。我们不清楚里面的情况，也没有地图，为了避免被抓住，我们实行坐标跳跃机制，也就是如果有人快要抓住你们，你们就进游戏。

"进入游戏之后你们就能获得一个登入的十二位的坐标号码，当我们三个同时进入游戏碰头的时候，我们彼此交换危险坐标，然后换坐标出来，接着往原来的坐标走，会合。这样我们不会走散，还可以获得一条路径曲线。

"我们三个人从三个互相垂直的方向进发，就相当于三维坐标轴的 x 轴、y 轴和 z 轴，我们往不同的方向确定不同的坐标，然后和原来的坐标连在一起，几次之后我们就能还原出一条完整的路径曲线。"

刘佳仪用手在他们三个人之间绕着比画了一下："建筑物都是有规则的，我们拥有了这个建筑物的大致曲线之后，就能还原一张大概的地图，听懂了吗？"

"明白了。"木柯思索两秒，"我记忆力很好，可以帮助你们用坐标还原整张地图。"

牧四诚一脸木然："……"

这是什么东西？！他高中毕业之后就没有学过坐标系了！

刘佳仪斜眼看牧四诚："你是不是没听懂？"

牧四诚郁闷地低头承认了："嗯。"

电梯发出"叮"的一声到达地下四层的声音。

刘佳仪转头冷静地看向电梯门："不懂也没事，你跟着我的吩咐行动就行。"

她转向正在打开的电梯门，沉住气下命令："准备袭击，电梯门口一般都有守着的人。"

电梯门缓缓打开，水涌了进来，刘佳仪眼疾手快地爬到了牧四诚的肩膀上避免被淹，她皱眉看着涌进电梯的晃荡的水波。

电梯门口留守的两个巡逻员探进头来："你们是被紧急征调来抓0006号异端的第二支队队员吗？记得戴上呼吸面罩，正在用水捕捉——"

他们的目光很快落在了刘佳仪这个很明显不应该出现在这里的小孩。

"你们不是队员？！"这两个巡逻员惊疑未定地举起了手中的通信器准备报告，"报告，有人潜入了……"基地地下四层！

他们话音未落，就被牧四诚和藏在门边的木柯给勒住了脖子打晕拖了进来，干脆利落地放倒了。

牧四诚拿走这两个巡逻员身上的衣服、面罩和通信器，递给了木柯。他们站在晃荡的、淹没了他们半身的水里艰难地换上了衣服，然后给这两个巡逻员穿上自己的衣服，放进了电梯里。

木柯摁下了"－1"键，这两个被打晕的巡逻员穿着他和牧四诚的衣服，神志不清地靠在电梯轿壁上，随着电梯门合上上升。

通信器里传来质问声："喂？！有入侵者是什么情况？！"

木柯接过牧四诚递给他的通信器接着汇报："我们在电梯入口这里发现了两个身份不明的入侵者，我们立马驱逐了他们，他们正在乘坐电梯往地下一层逃窜！"

说完，木柯关闭了通信器。

牧四诚背着刘佳仪从电梯里出来了，他甩了甩手上的水，拧眉看着这些已经快淹到他肩膀的水："这些水是怎么回事？"

"要更改计划了，"刘佳仪取下了自己的护目镜，她神色很冷，"有人在用水困住白柳。我和白柳玩过一轮游戏，他对水有种很特殊的排斥。我觉得很有可能是有人在用水折磨白柳，让他交代什么。我们要快点了。"

牧四诚的脸色也变了，他看向自己肩膀上的刘佳仪："怎么快？"

刘佳仪环视四周，她看着走廊上那些密闭的门互相贴合的缝隙："有人把这一层改装成了密封的环境，然后放水来淹在里面逃窜的白柳，但这也让这种四通八达的走廊很像下水道。"

刘佳仪低头"看着"晃动的水："白柳应该就在这些下水管道的出水口附近，那么我们要找到他就更快了，不需要用之前更加复杂的坐标系方法。"

"我懂了。"木柯反应很快，"用水流，对吗？"

刘佳仪点头："对，用水流。"

"不是……"牧四诚屈辱地打断了这两个人的对话，"你们能偶尔说点智力值74的人能听得懂的话吗？"

刘佳仪无语地说："意思就是，我们可以通过水流的走向和声音，判断出水口的位置，然后找到白柳。"

"怎么判断？"牧四诚还是没懂，"这个没办法精确定位吧？这里的水流看着很乱啊，又不是只有一条小溪流……"

刘佳仪随手把护目镜递给了牧四诚，打断了他的话："帮我拿着。"

牧四诚一头雾水地接过，然后刘佳仪猛吸了一口气，扎入了水中。不到一秒她又浮了起来，指了一个方向，然后转头有些嫌弃地"看向"牧四诚的方向，似乎并不想多花时间给这个"憨憨"解释这些。

"在水里我能通过水声和水流方向判断出水口的位置。"刘佳仪做了一个"跟我来"的手势，"以及你们站的位置因为水流被阻，环绕你们形成回流，会有声音，我也可以靠这个判定前面有没有人。"

木柯看向牧四诚，他怜悯地给还有点晕的牧四诚解释了一句："就像是鱼通过腹部的侧线来辨别水流的方向。"

刘佳仪点头："差不多是这个意思。"

"你怎么连这个都会啊？！"牧四诚惊疑未定地看向在水中起起伏伏的刘佳仪，"喂！这是现实世界啊！你是人还是怪物？！这算是超能力了吧！"

刘佳仪没有回答牧四诚的话，只是白了他一眼，转身就像是入水的鱼一样自在地游进了水里。

她会这个是因为她先天就看不见，她的感官会比正常人灵敏好几个层次。

还有就是她已经很习惯在水里像鱼一样生存了。

小时候刘佳仪经常被自己的父亲丢进堰塘里摸鱼，为了追逐那些狡猾的在淤泥里钻洞游弋的鱼，也为了摸到足够的鱼让那个男人大发慈悲地放过她，刘佳仪渐渐进化出像鱼一样的感知能力。

她一直很讨厌自己拥有的这个能力，但此时此刻是例外。

"无论是谁做了放水这个决定，"刘佳仪抹了一把脸，甩开手上的水珠，身体在水中沉浮，语气平静又冷淡，"在他准备用水这个东西折磨白柳的时候，也方便了我这个瞎子利用水找到他。"

"148，149，150——可以了，排水。"
编号1087的房间门闭合，走廊两边的墙壁松开，水从墙壁的缝隙里溢出。白柳呛咳着从水里脱力地浮出。

他低着头跪倒在地上，弓起身子用力咳嗽，白衬衫被打湿后贴在他发颤的肩胛上。

白柳的皮肤泡过水后会显出一种冷淡的白，因为缺氧，他指尖甚至泛着青紫，胸膛也在剧烈起伏，长达三分钟的窒息体验让他彻底虚脱了。

很快白柳瘫软了，他大张着口，目光涣散地仰面倒在地上，用肺努力地吸取来之不易的氧气。

但是感觉这些氧气好像已经无法通过用力呼吸进入他的肺部了，白柳看起来像是快要休克了。

"泡在水里将近三分钟的感觉怎么样？还习惯吗？"
唐二打的声音从走廊尽头那个巡逻员手上的通信器里不紧不慢地传来："据说这个世界上憋气时间最长的人能憋十三分钟，你想试试吗白六？"

"让你想起什么不太好的回忆了吗？"唐二打嗓音低哑，"想好了要怎么交代干叶玫瑰瓦斯事件的解决方案了吗？

"死亡根本无法让你妥协，你根本不怕死，所以我也不会用死亡来威胁你。现在给你两个选择，第一个，老实地交代干叶玫瑰瓦斯的解决方案之后，我给你一笔让你满意的钱，如果你不反悔，老老实实做你该做的事情，我们不会再干涉你。

"第二个选择，那就是我把你和这个'吞噬泉眼'关在一起，我会每隔一分半到三分钟就给你排空一次水，你死不了，但你要一直泡在水里。你应该对这种窒息感很熟悉吧？"

唐二打意味不明地轻笑了一声，声调低沉下去："毕竟当年私立福利院的院长很喜欢这样教育你。你太坏了，你从小就坏得离奇，她想把你引回正途，所以经常这样教育你。"

"可惜她无论用多么严厉的方式教育你，你都没有什么变化，也不会露出什么表情。你作为一个天生就喜欢折磨别人的人，白六，你应该很明白，教育这样的小孩，是让人很没有成就感的。"唐二打拖长了尾调，他平和得像是在给一个死刑犯做训导工作。

白柳把手臂放在眼睛上遮住顶端刺目的白色灯光，他呼吸渐渐微弱。

唐二打继续说下去："于是她换了很多种方式，终于找到了你会挣扎的折磨你的方式，那就是让你自己——"

唐二打的话被打断了，是奋力挣扎的陆驿站的声音，他声嘶力竭地吼叫，想要盖过唐二打的声音，不让他继续说下去："别说了！他已经忘了！别让他再想起来了！！"

但唐二打提高了音量，冷厉地继续说了下去，他的声音就像是一根锋利无比的刺，狠狠扎进了白柳窒息过后依旧空白昏沉的大脑。

白柳罕见地皱起了眉，他下意识地排斥唐二打正在说的话，这排斥甚至让他的头就像是要开裂那样痛了起来。

"你全都忘记了吗，白六？！根本没有人把你摁进水里！是你自己不断地把头埋进去的！！

"因为有人为你干的坏事背了锅，有人为了保护你接受了那群老师的惩罚，但那群老师在惩罚他的时候失手了，他在不断被压进水底的过程中，被折磨得淹死在了福利院的水塘里。

"他的身体沉在水底，你不断地把头埋进去看在水底的他的尸体，想要把他拉出来。"

唐二打的语气极度低沉："白六，你为什么怕水？你根本不是怕水，你是怕看到水里的尸体，你还记得他是谁吗？！"

陆驿站用尽全身的力气挣扎，想要阻止唐二打，他的声音撕心裂肺："别告诉他！！"

唐二打语气依旧低沉："他原名叫谢塔，但在这条时间线里，你却忘了他，把他当成了陆驿站。

"你还记得你被淹没后看到的那张谢塔的脸，到底是在你身旁陪伴着你，还是在水底凝视着你？！

"真的谢塔已经为你死了，你给我想起来！"

谢……塔……？

白柳在濒死的窒息感中，看到了一道耀眼炫目的白光。

白光里闪过无数早已被白柳有意或者是无意逃避、遗忘的记忆。

记忆变成碎片在白光中纷至沓来，碎得就像是被人撕碎的画本一样，散成了一片一片，黑白的或者是彩页的边角上面有一个被他遗忘的人的零碎侧影。

然后在唐二打冷酷的声音里，这些原本模糊或者被遗忘的记忆边角又在白柳的脑海里重新拼凑成了完整的一页一页的图片，然后就像是人死前的走马灯般，开始在他的眼前带着年月久远的噪点，一帧一帧地回放。

人的记忆是会欺骗主人的。

当你无法负荷记忆里面承载的激烈情绪的时候，记忆会很贴心地自动修正，让主人假装若无其事地使用一份伪装品平静地继续生活下去。

通俗一点来讲，就是自欺欺人。

记忆被自动地切割成了白柳可以接受的模样，储存在白柳的大脑里，不到最后一刻不会轻易地变回原来的样子。

那个老实憨厚的陆驿站的脸在久远记忆的白光里被抹消，变成了另外一张白柳熟悉又陌生的脸。

那张脸骨相很美，却似乎总是让很长的有些打卷的头发垂下来遮住他的眼睛，但露出来的唇依旧美丽精致，是很引人注目的长相。

那人从被遗忘的记忆里偏过头来看向白柳，轻声唤他的名字："白六，好久不见。"

147

这种长相很好看的小孩子在私立福利院是很容易被欺负的。

因为这个地方容不下这么好看的东西。

但他似乎很少被欺负，虽然身上总是带伤，不过看起来倒霉的是欺负他的那些人。

白柳很喜欢看这个有点狠戾孤僻的小孩一个人彪悍地反击欺负他的小团体的戏码。

他很孤僻，身上散发着奇异的菌菇和浓郁的血的味道，裸露出来的手背上总是带着密密麻麻的新鲜针孔，有时候还会有血从针孔里渗透出来，总是被他毫不在意地抹掉。

他几乎不和任何人说话和交流，反过来说，也没有任何人敢上前和这个肤色越来越苍白，白得像是吸血鬼一样的奇怪小孩说话。

他似乎并不在意这些，总是独来独往地去一些根本没有人愿意去的地方，一待就是一整天。

而这也是白柳喜欢做的事情。

这个人坐在福利院背后的教堂里，坐在雕像下面的第一排翻开一本书，低着头一页一页地认真阅读着。白柳，或者说是白六坐在离他不远的地方，带着一点兴趣懒散地用手撑着脸，好奇地观察着这个奇怪的家伙和他手里的书。

突然，他转头看向了白柳，举起手里的书，语气很淡："你要一起看吗？"

白柳瞄了一眼书名——《瘦长鬼影杀人实录》，他说："好啊。"

"你也会这样邀请其他人和你一起看书吗？"白柳坐在了他的旁边，侧过头询问他，"还有我很好奇你是怎么在福利院里搞到这种书的，这是违禁品吧？被院长看到的话那个女人会发疯的，会说我们有暴力倾向。"

他翻书的手上依旧有针孔，他在低着头很专注地看书，没有侧头看向白柳，却一个一个地回答了白柳的问题："之前问过其他人要不要一起看，但是一看到书的内容他们都尖叫着逃跑了。书是我从外面搞到的，我很喜欢看这些恐怖的东西。"

"为什么喜欢这些恐怖的东西？"白柳饶有兴趣地问。

他说："因为我觉得我也很恐怖。"

他斜眼看向白柳："你也喜欢吗？"

"我也喜欢，"白柳微笑，"我很喜欢看这种情节。"

后来这个和白柳一起看书的小孩，就从外面找来越来越多的恐怖的书籍和游戏与白柳分享。

他们躲在教堂里面，躲在雕像的下面，在雕像的庇佑和漠视下，偷偷地玩各种恐怖的游戏，看各种恐怖的画本。白柳脸上带着愉悦的笑意——他开始有点喜欢和这个小孩一起待着了。

他和陆驿站不一样，陆驿站和白柳玩游戏，基本都会让着白柳，输了也就笑呵呵地挠着头说："白柳你真厉害啊。"

但这个家伙的好胜心是完全和那副淡漠的外表不符合的强，无论玩什么类型的恐怖游戏，这人都会疯狂乱杀，然后赢过白柳拿第一。在白柳输得郁闷又气馁的时候，他偶尔会有点不自在地走过来，不熟练地拍拍白柳的肩膀，说一句："加油，下次说不定你可以赢我。"

白柳很快就会再次挑战他，屡战屡败让他兴奋，他觉得和这个人玩游戏非常有趣。

他们成天腻在一起，渐渐成了游离在人群之外的两个怪胎。

但很快《瘦长鬼影杀人实录》这本书在大扫除的时候被老师发现并没收了，老师还把这件事上报给了院长。院长大发雷霆，把全院的小孩喊了出来，让他们站在外面，一个一个地逼问到底是谁把这本不健康的画本带回了福利院。

大家都噤若寒蝉地低着头，发着抖，没有人敢站出来。

于是院长就在所有人面前，愤怒地一页一页地撕碎了这本书。

白柳紧抿着嘴唇，他在人群中仰着头，直勾勾地盯着那本被院长撕成碎片的《瘦长鬼影杀人实录》，那本他和那个人不知道翻看了多少遍的画本。

没有人承认这本书是自己带回来的，大家都拼命否认，都把锅推到了白柳和那个奇怪的小孩身上。

当院长逼问到白柳的时候,白柳也否认了这是他的画本。

只有他没有否认。

他平静地站在院长的面前,垂下眼帘看着地上那些画本的碎片,反问院长:"你害怕这本书吗?"

他抬头看向院长:"或者说你害怕我,对吗?你觉得我是个恐怖的怪物,会让你发生不好的事情?"

院长有些惊慌地看着他,目光闪躲地看着他身上那些针孔,不敢直视他,也不敢回答他的问题。

这本原本不应该出现在福利院里的书闹出来的事情,最终也只是被院长高高举起,轻轻放下,放过了他。

他在院长那里总是有特权,不会轻易地受伤害,院长似乎不能或者是不敢对他做什么。

就像他说的那样,院长似乎非常害怕他。

不光是院长,这里的老师也害怕他,害怕他身上的血腥味,害怕那股瘆人的菌菇气息。她们的畏惧难以遮掩,甚至这种害怕最终传染到了福利院这些擅长察言观色的小孩身上。

这些根本不懂发生了什么的小孩也开始害怕他。

小孩敌视他、排斥他、殴打他,在发现打不过他之后,就远远地用那种看怪物的惊恐眼神看着他,用各种自己臆想出来的闲言碎语和惊悚故事编派他。

他变成了一个会自己长出针孔并流血的怪物。

但他并不在意,只是平静地蹲下来捡被撕碎的书的碎片。

人群散去之后,只有白柳站在他的身旁,和他一起蹲下来捡那本书的碎片。

他们把捡起来的所有碎片包起来,带去了教堂——那是他们的安全区。

因为那个地方没有孩子和老师愿意去,福利院的教堂只有在一些特殊的日子才会开放,那些日子会有很多看起来很有钱的人来帮这些孩子洗礼,做很奇怪的仪式。

每次仪式白柳都逃掉了,他不喜欢那些有钱人看小孩的眼神。

就像是看货物的贪婪眼神。

每一次的仪式过后,他的身上针孔就会变得更多,脸色就会变得更苍白,从一个人变得越来越像一座没有血色的大理石雕塑。

白柳和他沉默地在教堂的桌子上拼凑被撕碎的《瘦长鬼影杀人实录》,而在他们的正上方,雕像正毫无情绪地看着他们试图粘好一本根本没有修复价值的书的幼稚游戏。

"你说来这里的那些人真的相信有'神'存在吗?"白柳突然提问,"你觉得'神'存在吗?"

他依旧很沉静地低着头,用指尖把纸片拼凑在一起。他反问白柳:"你相信吗?"

"我不相信。"白柳很干脆地就给出了答案。他指了指桌面上的画本碎片,随口道,"要是有'神',就让他把这堆纸片变成一个真的瘦长鬼影给我。"

白柳粘书得有点烦躁了,但另一个人还是很有耐心。

他抬起头:"刚刚书被撕的时候,你是不是不太开心?"

"没有。"白柳飞快地否认。

他直视着白柳,继续提问:"你是不是很喜欢这本画本?喜欢瘦长鬼影?"

"完全没有。"白柳再一次迅速否认。

他表情无波无澜地低下头,继续拼凑书页:"我知道了。"

白柳罕见地觉得自己有些憋闷:"你知道什么了啊?!"

一个月之后,白柳终于知道他知道了什么。

教堂里面,一个长得只有一分和瘦长鬼影相似的丑陋玩偶平静地坐在雕像下面的第一排座位上,背挺得很直。

这个玩偶看起来应该是拿福利院丢弃的各种床单、被套做的,头上还沾着一根稻草,身上到处都是花色不同的补丁,导致这个"瘦长鬼影"看起来贫穷又笨拙,像个业务不太熟练的流浪汉。

"瘦长鬼影"转过头来,看向怔怔地站在门口的白柳,举起手中不知道拼了多久才拼好的破破烂烂、千疮百孔的画本,依旧是用一点起伏都没有的语气问他:"要一起看吗?"

白柳镇定地坐了过去,冷静地和他看了不到一分钟的书,就开始把头埋进桌子里笑:"……你的脸从这个布偶里探出来太好笑了。"

"正脸需要用绷带来做。"他淡淡地解释,"找不到那么多绷带了,你用我的脸将就一下吧,我觉得我的脸应该和瘦长鬼影的脸差不多恐怖。"

"我不信,你一直拿头发遮住自己的脸,万一你的脸比瘦长鬼影还恐怖——"白柳趁对方不注意并且穿了玩偶服动作不方便,一个回转就强行用手向上撩开了他的头发。

在撩开的一瞬间,两个人诡异地对视着,都安静了。

银蓝色的,看起来就像是没有眼珠子的眼睛,淡淡地看向白柳。而白柳深黑色的瞳孔里,完整地映着他的脸——银蓝色的专注地凝望着白柳的眼睛,清晰的下颌线和苍白得没有血色的唇。

十几秒之后，两个人都不约而同地移开了视线。

白柳收回了自己摸过对方额头的手，冷静地捏了捏，呼吸微微变得快了一些。

而他低着头，一只手垂落在桌子下面握紧，就像是要把眼珠子粘进书里一样，一秒一页地翻着书，也不知道这么快的速度能看清什么东西。

"我看起来……很恐怖吗？"他轻声问。

"还好吧，"白柳勉强冷静地回答，"不是很恐怖。"

"那你为什么心跳得这么快？"他问，"不是被我吓到了吗？"

"不是。"白柳深吸一口气，他合上书，背对着他站了起来，"今天我们就看到这里吧。"

"等等。"他从后面微微环抱过白柳，把那本修补好的书放进了白柳的怀里，语气轻柔，"修好了，送给你。"

白柳莫名地不敢回头，他拿着书，绷着表情快步离开了。

148

不久之后，又到了那群有钱人来教堂举行一些很奇怪的祭祀的日子。

通常来说，院长会提前一天把他叫去教堂，那天他是不回正常的睡房睡觉的，他睡在教堂。

白柳抱着那本他送给自己的《瘦长鬼影杀人实录》辗转反侧，最终爬了起来，小心地踩着鞋往教堂去了。

教堂被院长锁了，但白柳在那个教堂待得久了，知道一些可以潜入教堂的小通道，比如一扇被窗帘挡住的碎掉的小窗户。

白柳从窗户里爬进了教堂，他借助月光在长椅上搜寻另一人的踪迹，最终在雕像后面发现了他。

看到他的一瞬间，白柳的脸上是没有情绪波动的。

他蜷缩在一个比他身长略小一点的浴缸里，浴缸里全是血水，他白到几乎透明的脸就半泡在血水里，连呼吸都感受不到，睫毛上甚至结了一层白皑皑的冰霜，手脚和额头上都是还在渗血的针眼。

"谢塔。"白柳第一次喊他的名字。

谢塔在浴缸里缓缓醒来，他睁开眼睛，看到了白柳。他伸出手似乎准备去触碰白柳，但是浴缸里不知道是什么东西蠕动了一下，一根长满蘑菇的荆棘藤条从血水里伸出来，死死缠绕住了谢塔的脖颈、手腕和脚腕，在谢塔的指尖触碰到白柳的前一秒把他死死地环绕住，禁锢在了这个血色的受洗池里。

"你在做什么？"白柳听到自己声音平静地询问。

谢塔说："受洗，这是抽血之前的仪式。"

"那些人是来抽你的血的，对吗？他们需要你的血救他们。"白柳继续很平静地问，"你被放了这么多血，你会死吧？"

"不会的。"谢塔望着白柳，"我是怪物，所以我不会死。"

谢塔说话间呼出了一口白气——这足以说明他现在有多冷。

"那你在这里睡着，冷吗？"白柳问。

谢塔诚实地摇摇头："我感觉不到。"

白柳一只脚踩进了血水里，他跪下来，硬是把自己塞进了谢塔蜷缩的空隙里。白柳温热的体温透过血水源源不断地传递给谢塔，谢塔缓慢地眨眼，他睫毛上的那些霜在白柳的呼吸间融化了。

他现在能感觉到冷了，因为白柳好温热。

然后白柳若无其事地打开那本谢塔送给他的书，他带着书一起过来的。他问谢塔："要一起看吗？"

他们一起睡在满是脏污的血水的受洗池里，看着俯瞰他们的雕像，百无禁忌、漫无目的地聊着天。

"受洗有什么含义吗？"

"受洗的意思是'神'为自己最钟爱的新信徒赐予祝福。"

"你这种也算祝福？"

"……对他们自己的祝福吧。"

"你很信这些？你该不会真的觉得有'神'存在吧？"

"嗯。"

……

白柳蜷缩在谢塔冰凉的臂膀旁陷入沉睡，等他第二天醒来却是在自己的床上，身上一点血水都没有。

下午的时候谢塔才回来，他比之前更加苍白了。

这次针孔蔓延到了他脸上，手背和脚背上是触目惊心的反复抽血留下的青紫。

白柳沉默着用他从医务室偷来的绷带缠绕那些还在渗血的针孔。

而谢塔安静地看着他，突然说："等这些绷带拆了，你的'瘦长鬼影'玩偶就有脸了。"

白柳的嘴唇抿成了一条直线。

那群抽血的有钱人来得越来越频繁，谢塔出现的时刻变得越来越少，就算偶尔出现，他身上那种熏人的血腥气和菌菇味道都会让人觉得难以接受。

一旦谢塔出现，小孩们都会离他远远的，手还会不停地在自己的鼻尖处嫌恶地扇动，似乎想要把这奇怪的气味和谢塔一起扇走。

谢塔似乎也知道自己身上的气味并不好闻，他很少在白柳面前出现了，只是远远地看着他。偶尔白柳走过去找谢塔，谢塔就会消失不见。

他不想和人接触的时候，就像是不存在一样，根本没有人能找得到他，包括白柳。

白柳开始和外面的大人接触，做一些适合小孩做的事情，他能以此牟取不少钱财。

只要有足够的钱和能力，做好了准备，他有把握带着谢塔甩开这群投资人的追踪，跑出这家福利院——虽然这是一个非常不成熟的天真的计划。

一种隐隐的不安和紧迫感让白柳意识到，谢塔如果再不走，很有可能就再也走不了了。

但是白柳做的事情还是被揭发了。

揭发白柳的那个小孩缩在院长的后面，他脸上带着畏缩和兴奋，接连咽了好几下口水，才颤颤巍巍地举着手，指向脸上毫无情绪的白柳："我看到他在和那个大人做……一些奇怪的交易！他帮一些大人做坏事！我看到了！那些大人还给他钱！"

"你做了这种事情吗？白六！"院长看着他严厉地问道。

白柳没有说任何否认的话，他只是无所谓地别过脸，盯着坐在人群之中的谢塔，出神地沉默着。

他没有解释自己到底做了什么——因为没意义。

这些人根本不在意他到底做了什么，也没有过问他做了什么，就宣判了他的罪行。

当然他做的的确不算是什么好事就是了。

这些老师只是恐惧他而已——恐惧他这个成天和谢塔混在一起，变得越来越阴森恐怖，喜欢看血腥故事，总是用一种看动物的眼神看着其他人的古怪小孩而已。

于是他理所当然地要被惩罚，但白柳还有心情走神，评判这些老师惩罚人的手段——也就那几样，他不是第一次被罚了。

但在老师过来抓住白柳的臂膀，想要把他拽走的时候，谢塔一只手撑在椅背上，忽然摇摇晃晃地站了起来。

他的脸色和语气是万年不变的平淡："是我让他做的。"

这下这些老师就彻底炸锅了。

比起白柳来，她们更恐惧的当然是少言寡语的谢塔。她们把谢塔团团围住，中间却警惕地隔了一米的空当，形成了一个真空的包围圈。

院长谨慎地、畏惧地、居高临下地审问着他："你为什么要让白六做这样的事情？"

她们根本没有怀疑过这件事不是谢塔做的，就像是之前认定白柳有罪的过程一样，干脆又笃定地宣判了他的罪行。

因为他是怪物，白六是和怪物为伍的坏小孩，他们做什么事情都是理所当然的。

谢塔微微侧目看了一眼被老师们拉扯着提起来的白柳，他很突兀地轻轻扬了一下嘴角。在谢塔微笑的那一秒，白柳觉得他的银蓝色眼睛一定会很温柔很好看地弯起，可惜被头发挡住了，自己没能看到。

谢塔用当初送书给白柳的那种轻柔的口吻认罪了。

他说："因为我想联系外面的人，然后带着白六跑出去。"

"你怎么敢跑出去？！"院长歇斯底里地尖叫起来，"你知道你跑出去会给我们带来多大的麻烦吗？！已经进入第二轮筛选阶段了！没有你的血，那些投资人就不给钱了！"

孩子们惊慌地散开，他们害怕地、叽叽喳喳地讨论着：

"血？什么血？他针孔里流的那些血吗？！"

"他果然是个怪物！"

院长发现自己说漏嘴之后，下意识地捂住了嘴。下一秒，她恶狠狠地看向谢塔，拽着谢塔纤细的手腕往教堂那边走。

"你的一切都是这个福利院给的，你居然还想逃跑！"院长的愤怒战胜了恐惧，她残酷地判决了谢塔要经受的刑罚，"我觉得我们给你的特权太多了，你该受一些教育了，今晚我要把你关在教堂里受洗！"

说完，她就拽着谢塔的手腕走了。

白柳艰难地越过嘈杂的小孩和老师，他从人群的包围圈里费力地去追过去，伸出双手想要抓住被带走的谢塔："谢塔！"

谢塔回头看他，风吹起他额前的鬈发，露出那双银蓝色的，像是雪融化之后的湖泊一样美丽的眼睛。

白柳愣怔地看着谢塔那双一点都不难过的，平静得好像带着很满足的感情的银蓝色眼睛，眼睛里全心全意地映着他。

谢塔也对他伸出了手，握住了白柳在人群的围困之中想要抓住他的那只手，十指相扣。

冰凉又温润的触感，能摸到手背那些鼓起来的针孔和伤痕。

"白六，"他很浅地笑着，紧握住了白柳的手，"不要害怕，我是怪物，我不会死的。"

"松开！"院长蛮横地扯开了他们紧握的双手。

白柳咬着牙不想松开，但谢塔安静地放开了手，于是那紧握一触即散。

谢塔对白柳摇摇头，让他不要追过来了，转身习以为常又平和地和院长走向了那个他早已很熟悉的教堂。

白柳从来就不是一个很听话的小孩，在院长带着谢塔过去的几分钟之后，他偷偷地、小心地从那扇被窗帘遮住的破窗户钻进了教堂。白柳躲在窗帘后面，把自己蜷缩成一小团，从边沿偷窥站在雕像下面的谢塔和院长。

谢塔穿着纯白的衣物，双手捧着火光摇曳的白色蜡烛，赤脚站在雕像前。他仰着头，闭着眼，不疾不徐地念着祷告词。

院长就站在谢塔的旁边，举着一根鞭子冷冷地看着他。

在念完祷告词之后，院长走上前凝视着他："接下来是受洗，但由于你今天产生了背叛和逃跑的想法，所以今天的受洗必须彻底，要完完全全地清洗你身体里的邪恶和污秽！"

谢塔垂下眼睫："洗不干净的。"

"我就是无法被正视的邪恶本身。"他轻声说。

院长一愣，脸色越发阴沉。

她抢过谢塔手上的蜡烛，把谢塔摁进了水波晃荡的受洗池。她举着蜡烛残忍地、得意地笑着，就像是终于战胜了什么她恐惧了很久很久的恶魔一样，有种劫后余生的疯癫感。

院长松了一口气，看向被淹没在水波里的谢塔。她举起蜡烛，把它平放在受洗池上，冷漠地说："等蜡烛烧完了你才能起来，明白吗？"

蜡泪一滴一滴地落在清水里，晕凝成朦胧的白色小花，就像是某种祭祀用的花一样，一朵一朵悬浮在闭着眼躺在水底的谢塔的正上方。

这个受洗池就像是一口对他而言过小的棺材，牢牢地、扭曲地把他给束缚住。

在没有人意识到的时候，那尊正对着受洗池的雕像动了一下。纯白的大理石雕像脸上的表情变成了一种很人性化的指责，就像是在指责这个受洗池里的孩子为什么不乖，想要从自己得到庇护的地方逃出去。

"你是邪恶之物、堕落之神，你不能离开我的禁锢，你不应该因为一个被你蛊惑的孩子而动了想逃离的念头。"

雕像语气冷漠地谴责："塔维尔，你知道那孩子是被你的邪恶所蛊惑的，他并不是你寻找的新信徒。"

水底的塔维尔眼皮动了动。

"不，我没有把他当作我的新信徒。"

雕像冷酷地质问："那你把那孩子当作什么？他看过了你的眼睛，他离疯狂不远了。

"你应该杀死他,不然他会变成和你一样邪恶的怪物,毁灭这个世界。你知道的,你污染过的东西都会导致这个后果。"

塔维尔交叠放在胸前的手指轻微地动了动:"我把他……当作……我想永远和他一起看书。"

"但你知道这不行。塔维尔,杀死他,杀死这个被你玷污的孩子!"雕像这样命令道。

"我做不到,"塔维尔平静地拒绝了,"您杀死我吧,我做不到杀死他。"

雕像的表情变得愤怒:"……被放逐到这里还敢违抗命令,你的确应该受到惩罚,永远地沉睡下去!"

它在正对着塔维尔的上方张开了手,受洗池水底的水流变得沉重、黏稠又冰冷,就像是能流动的冰变成一根一根尖刺在塔维尔的身体里流窜。这让他拧了一下眉,但很快又松开了。

水底的谢塔蜷缩了一下触碰过白柳的手,他颤动的眼皮不动了。

白柳掌心的温度还停留在他的手心,但那温度在冰冷的水底渐渐散去,和他的呼吸一起停止了。

他攥紧的想要留住那个温度的手指缓慢松开,谢塔的身体从水底悬浮起来。

"谢,谢塔?!"院长惊慌失措地往后退了两步,然后又往前,伸手探了一下谢塔的鼻息。她惊慌得弄掉了自己手里的蜡烛,用慌乱的脚步踩灭了蜡烛的火,也熄灭了教堂里仅有的光。

"完了……"院长神志恍惚地跌坐在地上,她疯疯癫癫地扯动着自己的头发,难以置信地自言自语,"他不是怪物吗?被抽那么多血还没死,受洗过那么多次都没有死,为什么这次会被淹死?!"

"只是几分钟而已啊!蜡烛都没有烧完!"院长脸上的表情变得更加惶恐,她不断地摇着头,好像只要她不承认,谢塔就会活过来,"不会的,不可能的!不可能的!!"

"他死了,我要怎么办?!"院长崩溃地跪在受洗池前。

她从未想象过这个孩子的死亡会给她带来如此致命的恐惧。

院长低头恍惚地看着受洗池里谢塔完美无瑕的脸,喃喃自语:"……要是我淹死了谢塔,那群人会抽干我的血的,我必须找到别的孩子来当他的替代品!"

藏在窗帘后的白柳毫无情绪地看着院长歇斯底里地咆哮。

有一种很奇异的坚定让白柳安静地观望——谢塔说过他是怪物,他不会死的,他一定是在装死糊弄这个愚蠢的院长。

等一会儿,等这个院长走了之后,白柳走过去,谢塔就会从受洗池里站起来，对他露出那个很少见的笑，或许还会撩开自己已经被打湿的额前的头发，用那双银蓝色的眼睛专注地望着他，问他怎么过来了。

这些场景的联想让白柳的心跳轻微地加快。

院长不敢让那些投资人知道她弄死了谢塔，她把谢塔的尸体从受洗池里搬运出来，偷偷摸摸地从教堂的后门搬运了出去，在谢塔的手脚上都绑了石头，然后扔到了教堂后面被荒芜的草丛掩盖的一片小湖里——那片湖和外面的一条江是相通的。

几次流动之后，谢塔的尸体就会随着湖水流进江水，再随着江水流进大海里。

但白柳不会让谢塔走那么远。

白柳沉默地一路跟随着想要毁尸灭迹的院长，并没有出声。院长看起来快要疯了，要是他现在出现，看起来这位歇斯底里的院长并不介意多处理一具儿童的尸体。

等到她仓皇地逃离之后，白柳才走了出来。他把脸埋进长满翠绿浮萍的小湖里，潜入水底，伸长手去够湖底渐渐随着泥沙下陷的谢塔。

湖很深，浮萍很绿，谢塔下陷得很快。

那些黑色的泥沙就像是某种吞噬人类尸体的生物，很快就爬满了谢塔的身体，贪婪地要把他拽进地狱。

但是白柳忍住灌进他口鼻和耳朵的肮脏湖水使他想要呛咳的欲望，他咬着牙抓紧了被泥沙吞没的只剩一只手的谢塔，用尽全身力气往外拔，直到用尽肺部的最后一口空气。白柳觉得自己的脑子都要因为缺氧而烧起来了。

他终于把谢塔给拔出来了，白柳扯开捆绑在谢塔身上的那些沉重的石头和绳索，抱住他往上游去。

上岸之后，白柳双手向后撑着地，仰着头看着没有星星的天空，大口大口地喘息。他脸上和眼睑下沾着浮萍，身上也全都湿透了，周围的草丛里还有蝉在鸣叫，实在是幅很狼狈的场景。

但白柳不知道为什么突然有点愉悦地哼笑了一声，他用脚踹了一下安静地闭着眼睛躺在地上没有醒来的谢塔，问他："你怎么知道我是要带你走？万一我为那些大人做事，就是想挣钱给自己花呢？"

白柳脸上带着一点很不自在又有点散漫的笑斜眼看向谢塔："你是不是稍微有点自作多情了，谢塔。"

谢塔的脸上沾着浮萍，他还是没醒。白柳先是坐起来，然后又变成了蹲的姿势，他垂眸看着一动不动的谢塔，然后伸手撩开因为湿透而贴在谢塔额前的发。

这个人真的很美。

白柳的指尖从谢塔纤长的、挂着水珠的睫毛一直往下滑动，滑过他挺直的鼻梁，最终落在他白得不可思议的唇上。那双最美的银蓝色的眼睛，好像只给他看过，也只看过他。

　　"谢塔，"白柳声音很轻，他弯下腰侧身把耳朵贴在了谢塔的胸膛上，直直地瞪着眼，"你再不醒，我就咬死你。"

　　——没有心跳，没有呼吸，没有体温，没有任何谢塔会苏醒的迹象。

　　"我说真的。"白柳把头埋进谢塔的怀里，他的拳头渐渐攥紧，紧到指尖发白。

　　白柳能闻到这个人身上浓重且熟悉的血腥味和水底的味道混合在一起，是一种接近死亡的气息。

　　白柳越发用力地抱着谢塔的肩膀，很紧地收拢手臂抱着谢塔，两个人身上滴落的水珠融合在一起。

　　"我觉得你也不算自作多情。"白柳把头靠在谢塔的肩窝上轻声说。

　　他的额头抵在谢塔的心口，低着头缓慢地眨了眨眼睛，沾着浮萍的睫毛上滴落一滴水。

　　谢塔的头一点力气都没有地靠在了白柳的肩膀上，他没有回答白柳的话，眼睛也还是没睁开，只有发丝里冰冷的水珠落进白柳的衣襟里，提醒白柳他的确还存在着。

　　他们拥抱，互相依靠，两只手十指相扣。白柳靠在谢塔的肩膀上，他的声音很平静，静到一点起伏都没有：

　　"你不是说自己是个怪物吗？像个怪物一样活过来，我就承认你是怪物。"

　　"你现在这样让我觉得好恐怖，谢塔。"

　　谢塔的睫毛上滑落一滴水珠，就像是一滴泪砸在了白柳的手背上。

149

　　"最近那个叫白六的家伙越来越奇怪了……"小孩们头碰在一起，恐惧地小声讨论着。

　　在院长说谢塔逃离了福利院之后，他们就把从谢塔身上空出来的恐惧转移到了白柳的身上。

　　福利院的其他孩子惊惧又好奇地看着坐在长桌最末尾的、和其他人都远远隔开，一个人沉默地吃着饭的白柳——这是之前谢塔吃饭的位子。

　　"新来的，你叫陆驿站是吧？"有小孩对另一个长相周正、看起来大一点的小孩挤眉弄眼，他指指白柳，"那个坐在桌子最末尾的小孩，叫白六，你记得离他远一点。"

年少的陆驿站疑惑地看过去："为什么？他做什么了？"

"因为他是怪物！"那个小孩张牙舞爪地比画，嘴里发出很奇怪的"嗷呜嗷呜"声，"他吃掉了他唯一的朋友。当然他的朋友也是一个怪物，一个会流血的针孔怪人。你要是和他做朋友，他也会吃了你！"

小孩煞有介事地恐吓陆驿站。

陆驿站皱眉，又看向了长桌末尾的白柳——白柳是一个表面上看起来没有什么异常，甚至有些瘦削得过分的小孩，他不觉得这种小孩有什么值得恐惧或者提防的地方。

白柳看起来就像是从来没吃饱过一样，脸颊上的肉都凹陷下去了。他看起来是真的很饿，吃得也很快。

陆驿站的目光落在白柳的餐盘上，但他的餐盘上还有一个主食面包没动过，看起来他也不准备动了。

白柳安静又快速地吃完之后，拿着自己一口都没有动过的面包，从教堂后面绕路走到小湖的附近。

陆驿站跟着白柳走到教堂就停住了脚步，他目光越发迷惑，好奇地看着白柳这个神秘的小孩。

这个人到底在做什么？

福利院的这些小孩，为什么这么排斥他？

夜晚。

福利院新来的孩子陆驿站分到了之前谢塔睡过的床，他准备睡觉的时候，刚一躺下，一转头就看到白柳面无表情地抱着被褥站在他的床头。

陆驿站被吓了一跳，慌张地坐起，用被子捂住自己的胸："白六，你要干什么？！"

睡房里的其他小孩也被突然冒出来的白柳给吓了一大跳，纷纷惨叫着到处逃窜："白六来吃人了！他要来吃我们了！"

陆驿站倒是还能勉强维持镇定，他看着抱着一大堆被褥一动不动地站在他床头不走的白六，揣摩了一下白柳的意思。他指了指自己的床，又指了指白柳手中的被褥，试探着问："你是……要和我换床吗？"

白柳安静地看着陆驿站，他精神似乎有些不佳，眼神是涣散的，眼下也有很浓重的青黑。听到陆驿站问他，白柳缓慢地点了点头。

陆驿站松了一口气——还真是来换床的。

陆驿站并不在意一张床的归属，他友善地把自己的床让给了白柳，并且提醒白柳明早要换回来——因为这里的老师是按床认人的，孩子们可以自己偷偷换床，但要是被发现了，终归不是什么守规矩的好事。

和白柳商量好了明早换回来的时间之后，陆驿站抱起了自己的被褥去白柳的床睡觉。

在离开自己的床之前，陆驿站回头看了白柳一眼，他看着白柳一言不发地铺好床，抱着一个造型很奇怪、很瘦长的没有脸的玩偶在床上安静地闭上了眼睛。

白柳看起来不像是一个这么大年纪还会抱着玩偶睡觉的小孩，但他对这个玩偶明显很珍惜，不仅把床的大半都让给了这个玩偶睡，还把被子都盖在了玩偶的身上，自己半个身子都露在外面。

夜里明显是有些冷的，但白柳就像感觉不到一样，抱着玩偶没过多久就睡熟了。

但那是一个用常人的目光来评判，根本不需要这么珍惜和保护的玩偶——上面有很多补丁，做工粗糙，边缘还开线了，也没有脸，就像是一个半成品。

白柳蜷缩成小小的一团睡在这个玩偶的手边，这个玩偶的身体被白柳摆放成抱着他的样子，这两个人严丝合缝地贴在一起，就像是——就像是相拥着睡在一个很狭窄的、椭圆形的浴缸里。

是一个……很奇特的睡姿。

这个奇特的贴着布娃娃睡觉的姿势让陆驿站有点想笑，他多看了一眼之后，收回了自己的视线往白柳的床走去。

陆驿站在心里评判——白六真是个奇怪的小孩。

但他好像也没有其他小孩说的那么不好相处，还挺讲道理的。

陆驿站越来越多地关注白柳这个在别人口中诡异阴森的小孩。

在陆驿站来的第七天，白柳差点昏倒在了饭桌上，是陆驿站第一时间发现他不对劲，给了他一颗糖，又强行让他吃掉了自己的半份饭菜——白柳很明显是低血糖了。

这人根本没有好好吃饭，每天都剩很多饭偷偷带走，也不知道去做了什么，每次晚上回来的时候精神状态也越来越差。

陆驿站有点担心白柳，他开始有意无意地把自己的食物分给白柳。

但是大部分时候都会被白柳冷着脸拒绝："我并不需要。"

同时福利院里也开始弥漫一种诡异阴森的气氛，越来越多的小孩出逃，有些是真的出逃了，有些是"被迫"出逃的。陆驿站敏锐地察觉到了气氛的不对劲——这家福利院好像并没有看上去那么光鲜亮丽和安全。

随着消失的小孩越来越多，陆驿站的忧虑越来越重，在他发现白柳身上也开始带有那种好像被抽过血的血腥气之后，陆驿站终于下定决心，他要带着白柳和其他的小孩逃跑。

有一次白柳睡前又过来找陆驿站换床位的时候，陆驿站不动声色地抓住了白柳的手臂，贴在他耳边小声地和他说了自己发现的情况，提醒白柳福利院不安全，并问他要不要和自己一起逃跑。

"我知道一家公立的福利院，比这里安全，我们可以去那里。"陆驿站轻声说，"那边离警察局很近，有人会保护我们的。"

白柳很冷漠地回复："不去。"

"为什么？"陆驿站有点急了，"这里真的不对劲！"

白柳垂眸看着他，瞳孔一点焦距都没有，反应很迟钝："我在等一个人醒过来。等他醒过来，我会带他一起走。"

或许因为是好奇，或许是因为陆驿站急切地想带白柳走，又一次洗礼之后，陆驿站终于打破了自己不轻易窥探别人秘密的原则，他跟着白柳走进了白柳每天都会去的教堂的后面。

教堂后面一直都是福利院的禁区，院长严禁任何一个儿童过去，说那边不安全，是没开发的丛林、灌木和小湖，还没有修建和改造，小孩过去容易被淹死或者是陷在泥坑里。所以平日里教堂的门也是紧锁的，防止这些小孩过去。

但白柳似乎找到了一条偏僻的小道可以直通教堂后面。

陆驿站跟着白柳，他看着白柳动作熟练轻巧地从教堂侧门后面一扇破碎的窗户钻进去，然后穿过教堂从后门出去，毫不犹豫地走进了教堂后面茂盛得可以将白柳瞬间吞没的草丛里。

白柳熟练地绕过硌脚的灌木和石头等障碍物，最终他来到了一片漂满浮萍的小湖，或者说是水塘旁边，停下了脚步。

陆驿站满心疑惑地躲在草木后面——白六来这个水塘干什么，来游泳吗？

如果是平时，白柳肯定能发觉跟在他背后的陆驿站，但长期的饥饿让他状态严重变差，注意力也被消耗得很厉害，所以他并没有察觉不远处还有人跟着他过来了。

白柳毫无防备地背对着陆驿站脱下衣服，露出肋骨分明，白得刺目的背部。他弯下身子把怀里的面包放在干净的衣物上，然后转身潜入水塘里。

陆驿站藏匿在草丛中，他静静地观察着，他有感觉，马上他就会弄明白白柳这些日子到底都在做什么。

但是陆驿站等啊等，等了好几分钟，都没有看到白柳浮起来。陆驿站感到不对劲，他连衣服都来不及脱，一个猛子就扎进了湖里，在阴暗的湖底到处搜寻白柳。终于他看到了被泥沙吞没了双脚、双手悬浮在水里、明显出现了溺水征兆的白柳。

陆驿站憋着气飞快地游过去，抓住了白柳的肩膀就往上托。

白柳似乎在拖曳着什么东西，但他力气太小了，在陆驿站的帮助之下白柳才勉强把那个东西拖出来。最终陆驿站一手提着一个，把白柳和他要拖出来的那个东西都扯出了水底。

陆驿站趴在湖边大口喘着气。

白柳浑身都在生理性地痉挛，他吐出了几口湖水，缓了好一会儿，才侧身从地上爬了起来。

刚刚白柳差点就溺死在湖底了，因为低血糖和虚弱，这种强度的体力活动目前的白柳做起来已经很勉强了。

"你都在想些什么？！"陆驿站没好气地一边喘粗气一边骂白柳，"你一次性拖不出来那个东西，就不知道上来喘口气再下去拖吗？非得把自己淹死在水底？！"

说完，陆驿站转头看向那个被自己和白柳拖出来的东西——这让陆驿站下意识地就站了起来，他的脸色变得难看。

躺在白柳旁边的是一具面部光洁、脚踝上被捆了绳索防止下陷的尸体。

"你把他藏在这片湖里？！"陆驿站真是要疯了，"你倒是胆子够大，这里的确不会有人发现。这是什么人？你每天把他拖出来干什么？！"

白柳沉默地跪在谢塔旁边，他就像是没听到陆驿站的话一样，掰开自己放在衣服上没有动过的面包，就像是喂鱼一样，捏碎了之后用指腹揉进谢塔冰凉的嘴唇里。

他用行动告诉了陆驿站他过来干什么——他是过来喂养这个长眠水底的人的。

陆驿站陷入了一种令他毛骨悚然的寂静当中，他双眼发直地看着白柳平静地喂完面包。

白柳拍拍手上的面包屑，这才抬眼看向陆驿站，淡淡地开口解释了一句："他是个怪物，但不是尸体，他没有死，他会活过来，所以我不能让他饿着。"

"白六你知道吗？"陆驿站脸色和语气都复杂得无以复加，"你现在比较像个怪物。"

说着，陆驿站的目光落在了谢塔身上，他的右手已经看得到白骨，可想而知白柳已经"喂"了他多久。

"无论他是具尸体还是个怪物，你都必须得让他走了。"陆驿站感觉自己的脑袋快要爆炸了。他蹲下来，扶着白柳的肩膀平视他，试图用一种白柳可以理解的话解释目前的状况，"你长大之后可以给他报仇，可以找出杀死他的元凶，但是现在，你不能把你自己和他一起埋葬在水底。"

"他没有呼吸，没有心跳，也不知道什么时候会醒。"陆驿站叹气，"白六，你不能陪他一起睡下去。"

谢塔依旧安静地躺在地面上，他的手背上那些针孔还没有愈合，但白柳恍惚间似乎看到谢塔睁开了眼睛对他说:"离开这里吧白六,我们总有一天会重逢。

"我们会在无尽的,我们看过的、玩过的,共同拥有的恐怖游戏和故事里重逢。

"所以现在,让我离开,也让你自己离开吧。有告别才有重逢,白六。"

白柳喃喃自语:"你发誓我们会重逢?"

谢塔很浅地笑,他用已经白骨化的右手握住白柳的手:"我发誓。"

陆驿站疑惑地转头,他有点发毛地看向一动不动的谢塔:"白六,你在和谁说话?"

白柳缓慢地松开了自己握住的谢塔的手,他垂眸,身上的水不断滴落至脚边。然后白柳从口袋里掏出一把小刀,割断了捆在谢塔脚踝上的那根绳索,费力又艰难地抱起了谢塔,一步一步地往水塘边走去,接着平静地把谢塔放进了水里。

谢塔发丝漂摇着沉进了水底。

白柳不错眼地看着,陆驿站刚松了一口气,就看到白柳眼睛眨了两下,睫毛上好像是掉了两滴水。

然后白柳深吸一口气,又猛地跳进水塘里。

"白六!"陆驿站惊魂未定地喊道。他也紧跟着跳了下去。

白柳用力地划动着四肢,他伸手去够淹没在水中的谢塔。

他看着泥沙就像是无法抗拒其到来的黑夜一样,迅速淹没了谢塔的脸。

黑色的泥沙像藤蔓般爬上谢塔的鼻梁,谢塔的唇,然后是谢塔的胸膛、臂膀,最后只剩一只白到触目惊心的手无力地露在泥土外面。

白柳奋力地去抓住那只手。

那只手的触感冰凉又温润,他感到谢塔的那只手紧握了他一下,然后又松开,最终彻底消失在了湖底。

白柳把手伸进了泥沙,他执拗地想要刨开泥沙再看一次那双眼睛,但是陆驿站死死地抓住了他的肩膀,咬着牙开始把他往上拔。

白柳的肺部已经快要没有氧气了,空气就像是被抽走一样快速消失在水底。白柳口鼻处不断有泡沫上涌,但他好像没有感受到窒息,只是睁着瞳孔扩散的眼睛,机械地在水底刨动着泥沙,寻找着他生命中彻底被黑暗吞噬的那个人。

碎掉后又被拼凑起来的画本,满是补丁的玩偶,没有被履行的约定,永远被头发遮挡住的脸。

谢塔留给他的永远都是残缺的、不完整的东西。

这些不完美就像是在提醒白柳,谢塔不是真的。

这个人真的会回来吗?

这个人真的存在吗?

这个人……真的出现过吗？

还是这只是他，白六，一个被所有人判定为精神有问题的小孩，为了填补自己的孤独感，自欺欺人所臆想出来的愿意握住他的手的幻象呢？

这个世界上没有"神"，那为什么会有一个永远在教堂里等着他一起看书，和他一起玩没有人喜欢的恐怖游戏，给他做玩偶的、拥抱他的怪物呢？

"白六，你为什么愿意相信有怪物存在，却不愿意相信有'神'存在呢？"

"因为'神'又没有对我好过啊。"

白柳睁着眼睛看着漆黑一片的水底，他无意识地张开了嘴，气泡从他口里涌出。

他说："谢塔，我要走了，再见。"

白柳觉得谢塔离开之前，自己好像还没有和他正式地告别过。有告别才有重逢，这是谢塔刚刚说的，所以白柳跳下来了，他要和谢塔认真告别。

涌入白柳口腔和鼻腔的水让他开始窒息，雪花般的泡沫从他嘴边上升。

白柳缓缓地耷拉下眼皮，他的四肢失去力气，向后张开，像死去的浮萍一样悬浮在了水里。

他陷入了一片白光的眩晕中。

在白色的光芒中，白柳看到无数的记忆片段闪回，灿烂耀眼的白光的尽头有人安静挺拔地坐在教堂的第一排，穿着瘦长鬼影的破旧玩偶服，手里拿着七零八碎被拼凑起来的《瘦长鬼影杀人实录》画本，一页一页翻得很缓慢地阅读。

那个人好像是看到了坐在他斜后方的白柳，他举起书来，似乎是想问坐在旁边的白柳要不要一起看书。

但其实白柳在那个人转过头来之前，就准备答应这个人提出的一起看书的请求了。

因为白柳很喜欢那本书，虽然书看起来有点破破烂烂，不过白柳并不在意，他已经坐在那个人的后面，陪着他一起，一页一页地偷看了很久很久了。

但是在那个人转过头来的一瞬间，白光消失了。

陆驿站担忧的脸出现在白柳面前，他一边拍白柳的脸一边叫他的名字："喂！喂！白六！"

白柳呛咳着吐出了很多水，他昏昏沉沉地醒来，仰躺在地面上，目光涣散，胸腔无声地起伏。而浑身是水的陆驿站站在一旁，双手撑在膝盖上精疲力竭地喘着气。

"白六，我们要离开这里，就要给你换个名字，"陆驿站说，"防止这家福利院的老师再发现你。你之前那件事情闹得太大，其他福利院的人要是认出了你，在这家福利院的老师的阻碍下，接收你也会比较困难的。"

白柳静了两秒，说："我不接受更改太多的名字。"

陆驿站一怔："为什么？"

白柳侧身翻转，他眼睛无神又恍惚地看向水塘，声音嘶哑："……不知道，我总感觉说不定有人……会凭借我原来的名字来找我。"

~~150~~

那些模糊的记忆，古怪的、不清晰的衔接点，永远都回忆不起来的他埋头下去的被淹没的那个水塘的位置和模样，以及奇怪的只被改动了一个字的名字……

在这一刻，随着水的退去和唐二打的嘶吼，终于完整地从被白柳掩埋进了水底泥沙的回忆里浮现。

白柳眼前的那道令人眩晕的白光旋转着消散，变成了一块金属的天花板，他就像是被人从深不见底的寒冷湖底拽上来一样，手指微微发颤，胸腔剧烈地起伏着，不断呛咳着，想要把灌进他喉咙和肺部的水给咳出去。

唐二打还在逼问他："白柳，你想起来了吗？"

白柳翻转了一下身子，他单手撑着地面，靠在墙面上摇摇晃晃地站了起来。他一边站起来一边还在咳嗽，等到这个人终于差不多缓过来之后，还有闲心整理了一下自己的衬衫纽扣，把被水冲得散开了两个扣子的领口给扣好。

白柳慢慢悠悠地抬头看向他和唐二打对话的通信器。

"我想起来了。"白柳一边散漫地扣扣子一边反问，"所以呢？谢塔已经死了，现在不是我们两个在做交易吗？"

唐二打在那边咬着牙，静了静。

这家伙……三次心理施压，心态完全没有受到任何冲击，比其他时间线的白六还难处理……

而且这家伙真的想起来了吗？！

"干叶玫瑰瓦斯的解决方案，我当然可以交给你。"白柳抬起头，把一个他根本不知道的东西说得好像他已经弄得明明白白一样。

白柳用一种十分真诚的表情开始信口胡扯："但是你也要拿东西来换。"

唐二打有一种微妙的、不祥的预感。

然后白柳眯着眼微笑起来："我不是说过了吗？你把你的灵魂卖给我，我就给你处理方案，唐队长。"

唐二打脸上一点表情都没有地把操作案板上的排水时间推到了"240秒"。

旁边的队员忐忑地看向他："唐队，四分钟的淹没时间太长了，万一他只是个普通人，被淹死在这里怎么办——"

"我全权负责。"唐二打漠然地斜眼看了一眼这个队员，这个队员就畏惧地闭上了嘴。

背后被两个队员拦住的陆驿站奋力地挣扎、大吼："你们根本没有调查过事情的全貌！你们不能这样直接对白柳刑讯逼供！他是无辜的！"

唐二打头也没回，挥了一下手："把他带到另外的房间关好，不要让他再跑过来打断我们了。"

陆驿站被带走了。

唐二打凝视着屏幕，他再一次拿起了通信器："白六，我再给你最后一次机会，干叶玫瑰瓦斯的处理方案到底是什么？"

白柳也微笑着看向他："我也说最后一次，唐队长，你现在和我做交易，我会给你一个让你相当满意的灵魂价格。"

唐二打深吸了一口气才控制住自己想把通信器捏爆的火气，他压下了自己冲上脑门的怒气，强行冷静下来继续劝说白柳："你知道吗白六？我一直不懂为什么你那么执着地要把这些恐怖的异端怪物带到这里。把这里彻底变成一个游戏，对你来说有什么好处吗？

"你也生活在这儿，如果这里怪物遍地走，你难道会活得很好吗？"

"一个全是游戏和故事的世界，"白柳仰起头，他的脸上是一种很奇异的微笑，"才有重逢的意义，不是吗？"

"我一直觉得，比起全是怪物的世界，还是我们之前的世界更恐怖。"白柳抬起眼皮，他黑色的眼睛里仿佛有一个螺旋的破碎宇宙，要把所有的光都吸进去。

白柳耸了耸肩，用一种随意调侃的，带着一点懒散笑意的语气说："可能比起人来，我更喜欢怪物吧，我觉得它们不恐怖。"

"虽然我不是第一次觉得你有病，但我每和你多接触一次，我对你是个疯子的认知就会加深一分。"唐二打手里的通信器被捏得"咯吱咯吱"响，他牙关咬紧，毫不犹豫地摁下了按钮，"希望你在四分钟之后，也能给我相同的答案。"

白柳背后编号 1807 的房间门再次打开，水流汹涌冲出。

与此同时，基地另一端。

刘佳仪站在渐渐减少的水中好一会儿没动了。

就连木柯这个稍微沉得住气的人都有点着急，开始催她："还没有水流运动吗？"

刘佳仪摇了摇头："水流方向不对，现在是在排水，不是在出水，水流方向通往的是四面的排水口，白柳应该在出水口附近。"

"是不是你没感受到啊？！"牧四诚更是已经催了好几百次了，他焦躁得恨不得自己能原地变成一条鱼，"要是我也有那个什么可以感知水流方向的能力就好了！"

但是实际上，有鱼的能力的只有刘佳仪一个。

"要是这个办法不行，换成之前坐标系的那个方案吧？"木柯皱着眉询问刘佳仪。

在他话音未落的时候，一直低着头的刘佳仪猛地抬起了头，她直勾勾地看向前方："又开始放水了，这个方向！"

刘佳仪说完，一个猛子就扎进了水里，她飞速摇摆着光裸的双脚，双手贴在身侧，游动得极快，在水面下急速地窜动着，只能看到一长条鱼一样的残影。

刘佳仪一鼓作气地在通道外涌动的水流中翻转、冲刺，逆流而上。

她听到了水流里有人浮沉，快要窒息时张开口发出泡沫滚动向上漂浮的声音。

每到一个拐角和通道口，通常会有一个巡逻员守在那里，刘佳仪就轻点一下拐角的地方，就像是一尾灵活无比的鱼一样，闭着眼从这些要捕捉她的人臂弯下顺滑无比地旋转，钻了过去，然后从水面跃出。

"一个巡逻员。"刘佳仪闭着眼轻声说。

在说完这句话之后，刘佳仪又翻转着，行云流水地扎进了水里，只溅起了很小的水花。

巡逻员正准备用通信器报告这个奇怪的闯入者的情况。在全是水的情况下，监控会被干扰，对基地的监控主要依赖于这些巡逻员的巡视和报告。

但在这个巡逻员刚刚举起通信器的同时，转角冲出来另外两个同样穿着巡逻员制服的人，他们在这个巡逻员还没来得及反应的时候，干脆利落地一个锁喉，就让这个戴着呼吸面罩的巡逻员昏迷，悬浮在了水中。

气喘吁吁的木柯和正在甩手的牧四诚对视一眼："走！"

"已经超过三分钟了……"队员神色惶恐地看着监控里背部朝上，四肢悬浮着张开，眼睑闭合的白柳，"他已经快十秒钟没有出现过呼吸的动作了，唐队，我们还要继续吗？！"

无数的小气泡从白柳的睫毛上浮起，融进他漂浮的发丝中。他的脸色青白，嘴唇微张，看起来就像是一具溺水而死的尸体。

唐二打皱眉不语——他对其他时间线的白六也做过一样的事，那些家伙可以撑十次这样的窒息循环，撑到最后肺部都灌水了，还能对他恶劣地笑，一边嘴唇发乌地颤抖着笑，一边交代干叶玫瑰瓦斯的解决方案，是名副其实的神经病和怪物。

就算是唐二打最终通过这样的手段，成功地从白六手里拿到了自己想要的东西，他也完全没有胜利者的喜悦，只觉得疲惫和力竭。

但这条时间线的白柳，从各种层面上来讲都太奇怪了……

"三分三十秒了！"一直盯着监控屏幕的队员慌乱地看向唐二打，"唐队！排水吧！"

唐二打凝视着屏幕里毫无动静的白柳，最终他挥了挥手："排水吧。"

队员长舒一口气，摁下了排水的按钮，但是整个基地突然地动山摇了起来。队员惊慌地抓住控制面板，稳住了自己摇晃的身体："什么情况？发生什么事了？！"

"报告——"有人上气不接下气地从另外一间监控室跑了过来，脸上是肉眼可见的惊恐，"唐队，基地收容的所有异端突然都开始暴动了！而且我们刚刚还发现了三个闯入者！"

"异端暴动是什么意思？"坐在唐二打旁边那个队员人都有点傻了。

他来这个诡异的基地后虽然一直在收容这些乱七八糟的奇怪异端，但是从来没有见过这些异端暴动。

因为从其他时间线回来的唐二打很熟悉这些异端，他总是在事情发生之前就处理好了一切。

但是现在，唐二打陌生又失神地看着这些惊慌失措，完全不知道该做什么，只知道跑来跑去的队员，他下意识地后退了。

直到刚刚，他才恍然发现很致命的一点。

那就是因为他已经把所有的异端处理好了，这些原本对于处理异端经验相对丰富的队员甚至没有真的见识过异端危险的一面。

简单来说，这些队员根本没有应付异端暴动的能力，包括当年唐二打带着得了冠军的他的第三支队的队员，都没有这个能力。

这些人已经被他养废了，他们甚至今天晚上才接触到"人形异端"这个概念，还对唐二打将信将疑——居然开始抓活人，还说那些普通人是异端。只是迫于他队长的威严这些人才勉强没有开口，但从脸上的神色都能看出来他们并不认可，甚至畏惧唐二打。

他们觉得唐二打因为接触的异端太多已经开始发疯了，脑子和精神都不正常了，可能是喝酒把自己给喝傻了。

包括苏恙都是这样觉得的。

本来他们这个行业的队员因为近距离接触异端就容易发疯，唐二打先前处理很多异端的极端手法已经让基地里的很多人很排斥唐二打了，他们看他的目光陌生又排斥，带着嫌弃和一点微不可察的恐惧。

就像是在看一个"人形异端"。

他从人人爱戴和信任的队长唐二打，变成了人人回避和怀疑的酒鬼唐二打。

这些留守的队员瑟瑟发抖：

"异端为什么会暴动啊？查看原因了吗？"

"不知道，所有的异端都开始暴动了，有些异端在撞门，有些异端在监控里消失不见了，所有的异端都出现程度不明的不稳定状态。"

唐二打双手撑在控制面板上，他死死盯着屏幕里水线下降后即将露出水面的、白柳的那张死寂的脸。

异端暴动，问题一定出现在这人身上——唐二打无比肯定这点。

白柳的衬衫在水流里柔顺地悬浮，并没有贴在白柳的身上。从他的颈部缓慢地漂浮出一个挂坠——是一枚闪闪发光的银色硬币。

这硬币周围的水流有种奇怪的波动感，就像是这硬币在振动着呼应什么东西一样。

在看到这枚硬币的一瞬间，唐二打忽然意识到了什么，他猛地摸向了自己的口袋，脸色陡然变得黑沉无比。

——他口袋里的那个他从白柳身上抢过来的逆十字架挂坠，滚烫无比。

刚刚白柳这家伙一直在和唐二打说话拖延时间，他在用硬币寻找唐二打身上十字架的信号！白柳是故意激怒他，让他长时间地用水淹自己的！

这个疯子！

唐二打后牙槽都要咬碎了。

唯一的信徒虔诚的祈祷召唤了他的信仰，于是那一位控制自己的污染物异端来拯救他濒死的信徒——所以这些异端暴动了！！

唐二打迅速地锁定了控制面板上的排水按钮，毫不犹豫地准备停止排水，但在他准备摁下的一瞬间，整个基地又剧烈地地动山摇起来，他整个人被摇动得摔到地面上，只有一个队员抓住了控制面板上的操纵杆，没有被甩开。

监控屏幕里的水位线还在下降，已经降到白柳头顶的位置了。

唐二打声嘶力竭地对抓住操纵杆的那个队员吼道："关闭排水！不要让他从水里出来！！"

那个队员还没反应过来："什么？！"

已经迟了。

屏幕里一直毫无动静漂浮在水里的白柳睁开了眼睛，唐二打口袋里的逆十字架发出嗡鸣。

"咔嗒"一声响之后，监控室里的所有队员都目瞪口呆地看着那块监控屏幕,在一阵震耳欲聋的金属门开合碰撞声之后,整个基地里,所有关押着异端的房间的门都被打开了。

监控室里陷入了几秒钟近乎空白的寂静,所有人的表情也是空白的。

他们两眼发直地看向监控屏幕。

随着水平面的降低,白柳从悬浮在半空中稳稳地站在了走廊的地面上,他两旁的头发都在滴着水,呼吸还有些不平稳,虚弱地靠在走廊的墙壁上,但他却笑了起来。

白柳脸色苍白地仰起头对着屏幕微笑:"怎么样,现在愿意考虑和我做交易了吗,唐队长?"

一秒钟之后,所有的监控都变成了雪花屏。

151

那个过来汇报情况的队员的脸上现在一片青紫,活像是被淹了一遭的不是白柳而是他。

一想到整个基地里所有的异端都被放出来了,那个队员的腿软得都快站不起来了,他六神无主地坐在地上,偏头无助地看向唐二打:"唐,唐队,我们现在该怎么办?!"

他们之前都不太愿意相信唐二打那个抓"活人异端"的判断,但现在亲眼看到白柳直接把整个基地里所有的异端都给掀翻了……

这就由不得他们不信了,到现在他们都还没回过神来。

"站起来,拿上枪,穿好防护服,彻底封锁基地防止这些异端外逃,然后把这些异端一个一个地抓回来。"唐二打把别在后腰上的枪拿了手里,目光冷厉地扫向这些惊魂未定的队员,"愣着干什么?通知基地里所有队员基地进入一级戒备状态,速度!"

几个队员慌乱地站了起来,通知的通知,拿防护服的拿防护服。

"一级戒备!一级戒备!超过80%的异端正在外逃!"

但这个队员在准备摁下代表着"彻底封锁基地"那个红色按钮的时候,手有些颤抖。

他求救般地看向了唐二打,眼中充满恐惧的泪水:"唐队,我们真的要彻底封锁基地吗?!这样外面的人不可能再进来了,我们也没有外援了,如果我们不能收容这些怪物,我们也会和这些怪物一起死在这个基地里……"

唐二打无动于衷地抬眼看向这个队员:"你知道这个基地为什么设计成球

形吗？"

"为了……更好地反射保护基地信息的灯光？"这个队员颤声回答。

"并不是。"唐二打冷漠地说，"是为了在发生紧急情况的时候，彻底地、完全地封锁整个基地，然后永远埋进地底，不让任何一个异端跑出去危害其他人。

"我们在进入危险异端处理局的时候，就要有和这些怪物一起葬身地底的觉悟。要么我们死，要么这个世界上除了我们的其他人和我们一起死，明白了吗？"

这个队员的眼中盛满眼泪，他的手抖动得厉害，但是他还是用这只颤抖的手向唐二打敬了一个礼："是！我明白了！队长！"

他咬牙摁下了彻底封锁基地的按钮。

巨大的白色的圆形基地在地面上缓慢地转动，闭合后下沉，周围扬起巨大的烟尘，最终变成一个严丝合缝的圆形的沉入地下的建筑物。

队员们在唐二打镇定又严肃的安排下迅速地找回了状态，开始井然有序地行动起来。

有个队员一边给自己戴防护服的帽子，一边在大步快走的唐二打旁边小跑着汇报，语气焦急："唐队长，除了异端暴动，我们还发现了三个入侵者！"

"入侵者？"唐二打拧眉看过去，"基地只有内部的队员才能进来，他们怎么潜入进来的？"

"对，我要说的就是这个！"这个队员神情严肃，"他们是用苏恙队长的工作证进来的。苏恙队长的工作证权限很高，可以直接进来，但我不知道他们是怎么搞到苏恙队长的……"

唐二打脸上原本什么情绪都没有，但这个队员汇报到一半的时候，他突然脚步一顿。

唐二打缓慢地转头看过去，用一种让人毛骨悚然的目光注视着汇报情况的队员，一字一句地问："你说，他们用谁的工作证潜入进来的？"

队员被唐二打那个恐怖的眼神看得情不自禁地打了个冷战，声音也变小了不少："您的副队长，苏……苏恙副队长。"

夜色已经很深了。

神色疲惫的苏恙在双人床上睡得很熟，但他手边的枕头却是空的。

季安今晚睡在了婴儿房，差点失去孩子的不安让她不敢远离孩子睡觉，于是她就在孩子的婴儿车旁边打了个地铺。夜晚发生的几件大事很明显刺激到了她，让她入睡之后做了很多梦，她拧着眉，睡得很不安稳。

被她和苏恙的工作证一起拿过来的，放在婴儿床边的苏恙的手机不停地响。

上面来电显示的名称是"队长"。

这铃声响起又停止，停止又响起，但季安已经被困在梦魇里了，电话铃声响起得越来越频繁，但最终季安只是眉头越拧越紧，翻了个身，被拽进了更深的梦里。

电话铃响终于停息了。

红色的来电显示后跟着一行字：

未接来电21个，来自队长。

唐二打神色凶狠地放下了手机。

旁边的队员已经被他那副表情吓着了，问他问题的时候都小心翼翼："苏……苏队长还是没接吗？"

"手机、座机，他……爱人的电话我都打过了，都没有接。"唐二打眼睛都开始泛红了，眼球上全是被激烈的情绪逼出来的红血丝，"……为什么苏恙的工作证会在小女巫手里？！"

唐二打已经看过监控了，三个入侵者，有两个戴着面罩、穿着队员的衣服看不清脸，他最快认出的是在水里快速起伏的那道黑影。

那是刘佳仪，或者说小女巫——白六团队里的杀手。

她出了名地会水，在水里淘汰玩家的次数甚至比在岸上还多，入了水简直就是一条吃人的鲨鱼。

而小女巫最喜欢对付年龄三十岁到四十五岁这个区间的男人，尤其是有女儿的成年男人。

苏恙完美符合小女巫挑选目标的习惯。

而苏恙的工作证在她的手里。

唐二打深呼吸了两口气，他希望自己能冷静下来，但是于事无补。

他一闭上眼睛就能看到苏恙浑身是血地躺在他面前，笑着叫他队长的样子，这让他越发暴躁。唐二打恨不得给自己的脑门来上一枪，让自己永远地平息下来。

"现在所有的监控都失灵了……"队员们对视一眼，看向他们唯一的主心骨唐二打，"其他楼层的队员已经按照您的要求开始搜寻异端了，我们也开始吧，唐队。"

唐二打静了一秒，然后站起身，从自己的后腰掏出了另外一把银色的枪。

这是一把做工很精致的老式左轮手枪，枪的把手上烙印了一朵凋谢的玫瑰。他拿着两把枪，手腕往下一甩，干脆地上膛。

唐二打抬起赤红的眼看向这群队员，声音嘶哑地下达了命令："如果有谁遇到了入侵者和白六那几个'人形异端',不优先收容,格杀勿论,所有的责任我一力承担。"

陆驿站被关在另外一个房间里,但他被关了没多久,基地就开始摇晃。在陆驿站还一头雾水的时候,负责看守他的两个队员已经神色急切地递给了他一套防护服和一把枪。

"你是警察对吧?"这两个队员着急地询问还没有搞清楚状况的陆驿站,"现在我们基地进入紧急状态了,你要是能来帮忙就来帮忙吧,注意保护好自己!这里面有很多奇怪的怪物,看到它们时如果没有办法应付就快跑!不要正面对上!"

说完,这两个队员就焦急地要离去。

陆驿站眼疾手快地抓住了其中一个队员,他问:"我想问一下,我的朋友白柳情况怎么样了?!他没事吧?!"

那个队员诡异地看了他一眼:"你说的白柳如果是被我们抓来的那个'人形异端'的话,我们的队长刚刚给他下了'格杀勿论'的命令。"

陆驿站呆滞地站在原地,但他很快回过神来。

陆驿站目光坚毅地穿好防护服,拿好枪,很认真地问这些队员:"如果我能在你们杀死白柳之前找到他,并且证明他是无害的,不是你们说的什么怪物和异端,白柳是不是就不用被杀死了?"

这下换这两个队员愣住了。

他们对视了一眼,迟疑地回答:"……理论上是这样的,如果能收容我们不建议杀死。但白六现在非常危险,我们不建议你去找他……"

"我比你们清楚他到底危不危险。"陆驿站打断了这两个队员的话,他抬头很平静地看向这两个队员,手上却动作不停地把弹夹装进了枪里,往下"咔嚓"一甩摁进去,然后友好地对这两个队员笑了一下,"我和他相处了十年,在白柳的问题上,我觉得我应该比你们有发言权。"

这些看到了白柳打开所有关押异端的房间门的画面的队员,显然不会赞同陆驿站的话:"他会杀死你的。"

陆驿站真挚地笑笑:"那我就用我命来赌,赌他不会杀死我。"

刘佳仪一行人停在了编号 1807 的房间门口,房门是打开的。

木柯警惕地探头进去看了一圈,然后退出来看向刘佳仪:"没有,白柳不在这里,里面什么都没有。你确定这就是你要找的出水口?"

"是这里没错。"刘佳仪一边给自己戴上可视护目镜,一边观察四周的情况。她皱眉呢喃着,"现在水已经退了,但我觉得情况不太对。这些房间的门都打开了，我们进来的时候这些房间的门都是关闭的，这里面一定关了什么非常危险的东西，但现在这些房间里都是空的……"

"等等！"牧四诚取下呼吸面罩，他蹲在一个地方神色严肃地嗅了几下，然后对木柯和刘佳仪招了招手，"我在这里闻到了白柳的味道。"

木柯和刘佳仪都满脑袋问号："白柳身上有什么味道？"

牧四诚一本正经："铜臭味。"

木柯："……"

刘佳仪："……你非要在这种地方和我们说冷笑话吗？"

"不要都用这种看傻子的眼神看着我啊！"牧四诚暴躁地怒吼，"我是真的可以闻到的！这里有白柳的味道，说明他在这里待过，刘佳仪找到的出水口是正确的！"

152

刘佳仪的思路紧紧跟上，她皱着眉深思，说道："如果你真的闻到了白柳的味道，那就证明我的确是对的，但为什么白柳不在这里？我不觉得那群人会轻易放走白柳，所以现在是什么情况？"

她的话音刚落，基地里就响起了刺耳的广播和警报声：

"一级戒备！一级戒备！即将彻底封锁基地！超过80%的异端正在外逃！请各位队员做好战斗准备！

"遇到入侵者以及白六等'人形异端'，不优先收容，优先处死！"

"那个什么入侵者、人形异端……"牧四诚指向自己的鼻尖，"说的不会是我们吧？"

"我觉得是，但我觉得现在还有更重要的事情，"木柯警觉地看向牧四诚的背后，他摁住牧四诚右边的肩膀不让他回头，"你现在最好不要轻易回头。"

牧四诚深吸一口气，他也感受到了："我背后有什么东西搭着我的肩膀，是吗？"

一个穿着明清时期新嫁娘的襦裙，盖着厚厚的上面绣了一个"囍"字盖头的新娘伸出了一只苍白的手，柔弱无骨地搭在了牧四诚的肩膀上。发霉的盖头下面露出她的下半张脸，僵直的嘴角带着诡异的微笑。

他们完全不知道这个新嫁娘是什么时候出现的，又是什么时候靠近他们的。

"现在我该怎么办？"牧四诚的语气还是镇定的。

刘佳仪的眼神看向这个新嫁娘，然后她挑了一下眉毛："……我觉得我应该认识这个怪物，我玩过她所在的游戏。"

"她的怪物书名字叫《新嫁娘》,在游戏里攻击人的方式就是和她挑选的新郎拜堂成亲,被选中的新郎就会被她拖进阴间。"刘佳仪用戏谑的眼神扫向脸色凝重的牧四诚,"简单来说,她搭上你的肩膀,意思就是她看上你了。"

牧四诚要崩溃了:"但是我没看上她啊!能告诉她我们这儿不兴包办婚姻、强娶强嫁了吗?!"

木柯敏锐地从刘佳仪的话里找出重点:"她是怪物书里的怪物?那她就有弱点。她的弱点是什么?"

刘佳仪的语气冷静了下来:"第一,你不能背对着她。第二,你最好不是个适龄娶嫁的男性。第三——"

话音未落,刘佳仪撑在牧四诚的肩膀上一个上跃,动作凌厉地掀开了这个新嫁娘的盖头,目光狠厉:"第三,她离不开她的盖头。"

盖头落地,新嫁娘捂住自己的脸,发出一声凄厉的惨叫。刘佳仪甩开她的盖头,新嫁娘小步快走地去追寻被刘佳仪甩走的、代表盖头的那片红色。

刘佳仪拉起牧四诚,头也不回地厉声喝道:"跑!"

唐二打走进走廊,他对面是一团就像是从浴缸里掏出来的乱糟糟的头发,几个队员战战兢兢地准备过去收容,被唐二打抬手阻止了。

他看向那团毛发:"这里的每个有主动攻击性的异端,或者说是怪物,都有自己的弱点,你们收容的时候一定要注意利用它们这些先天的弱点。"

唐二打放轻呼吸靠近那团毛发:"比如这个异端,编号1402,名叫'铁线虫藻',看起来很像是一团头发,但其实是一种生命力和繁殖力都极强的群居寄生虫,你们靠近它的时候最好别展示出自己是它可以寄生的生物的特征。

"但很不幸,人体就是它们寄居的主体,所以我们最好给它一个转移注意力的寄生物。"

从后面跑来一个队员递给了唐二打一只装在笼子里的小白鼠。

唐二打接过笼子,然后打开笼子把小白鼠抓了出来,精准无比地往毛发那边一扔。

那些一直伪装成毛发的寄生虫瞬间就伸出触角缠紧小白鼠的身体。

"进食的时候是它唯一的弱点,它不会在这个时候攻击其他生物。"唐二打戴着皮手套抓住小白鼠,非常快速地扔进了玻璃盒子里。

小白鼠在盒子里瞬间爆炸成血雾,吃饱了的虫子就像是蜈蚣一样立起身,在玻璃盒子边沿游动,企图出来。

这一幕让其他队员都有点发颤,他们完全不敢想象要是这东西逃出去了,会发生什么事情。

一个队员深吸一口气，举起通信器汇报："报告，异端 1402 收容完毕。"

一个半透明的爬行物从刘佳仪的背后无声无息地蹿了过去。

牧四诚鼻子动了动，在他大脑反应过来之前，这个陌生又熟悉的刺鼻气味就让他毫不犹豫地拔出了他从巡逻员身上扒下来的枪，对准那个位置就是一枪。

爬行物发出"吱吱吱"的和蜥蜴叫声一样的声音，从无色变成了黏稠的深黑色，从墙壁上掉落在地，然后又飞快地滑动四肢逃窜而去。

刘佳仪有些惊奇地看过去，她刚刚甚至都没有听到有什么动静。

"'透明变色龙'，一个我玩过的一级游戏里的怪物，防御力很低，但是隐蔽性很高。"牧四诚一边揉肩膀一边说，"我到最后也没弄清楚这玩意儿的弱点是什么，但我攻击值够高，所以就直接杀死它出来了。"

牧四诚龇牙笑了笑："看来这些怪物无论是在游戏内还是在游戏外，都抗不过子弹啊。幸好我在游戏里玩过几次枪。"

木柯早就把别在腰后的枪拿在了手里，他学过射击，但他的反应没有牧四诚快，而且全部心思都在搜寻白柳这件事上。

木柯神色沉凝："牧四诚，你能闻到白柳的味道吗？"

"啧。"牧四诚有点烦躁地摸了摸后颈，"平时是可以的，但在这里不行，这里味道太杂乱了，这些怪物的味道都太冲了。"

"这里的怪物肯定不可能是抓白柳的人自己放出来的。"刘佳仪思路清晰地开始分析，"虽然我不知道白柳哪儿来的这么大本事，但我觉得多半是他搞的鬼。现在的问题就在于，白柳这人闹了这么大动静，他想要干什么？"

刘佳仪看向牧四诚和木柯："现在我们制订的一切计划都被推翻了，我们唯一能做的就是弄清楚白柳这么做的动机。

"弄清楚了这一点，我们就能知道他会去哪里。你们看起来和白柳关系挺亲密的，都愿意为他出生入死，你们对白柳有什么了解吗？"

木柯回忆了一小会儿，迟疑地说："……他的电脑是我赔给他的，他好像蛮喜欢的……"

牧四诚摸着下巴陷入沉思，说道："他上周吃了一顿打折的火锅，这种算了解他吗？"

刘佳仪一脸麻木："……我说的了解不是这个方面的，你们是一起玩的小学生吗？！"

合着这两个人啥也不是、啥也不知道，就跟着她过来了！

但直到这一刻，刘佳仪才猛地反应过来，白柳已经把他们三个人的心理状况、目标、动机、背景、出身，乃至祖宗三代都摸得清清楚楚了。

如果是他们被困在这个基地里，以白柳对他们的了解程度，足够让他揣测出他们的行为模式，很快地推算出他们会去的地方、会逃逸的路径，然后迅速敏捷地找到他们的位置，把他们带出去。

白柳对他们的了解和掌握给了他们一种错觉，就好像他们和白柳已经认识很长时间，彼此了解得很深入了。

但其实不是的。

他们对白柳一无所知，或者说，白柳从未让他们知道过他在想什么。

有谁能知道白柳在想什么呢？

这个家伙阴险狡诈，脸上可能戴了一千层微笑面具，做什么都让人完全摸不着头脑。

这个世界上真的有人能猜到白柳的想法，知道他会去哪里，找到他在哪里吗？

陆驿站表情严肃地穿过走廊，往更深的地底前进，他周围都是逆流而上的人群。

有人阻拦他："喂！你往什么地方去？那边是最危险的异端的封存地！只有支队队员才能下去！"

陆驿站置若罔闻，他只是握紧手里的枪，和这些往外走的人擦肩而过，无比坚定地往下走。

哪里有最危险的异端，哪里就一定有白柳。

陆驿站太了解白柳了，甚至可能比白柳自己都还了解白柳，他天生就向往危险，喜欢玩游戏，越是不可控的未知事物，就越是吸引他。

但陆驿站永远相信白柳，白柳答应过他不会轻易犯罪，那么他就相信白柳。

这些队员说白柳控制了这些异端，那么陆驿站就相信，无论这些异端有多危险，都一定不会杀死他，因为背后控制它们的人是白柳。

因为白柳是陆驿站十年来唯一的朋友。

陆驿站独自一人走进深不见底的地底，暗淡的光从他的侧脸上划过，无数形态恐怖的怪物在他身旁狰狞地舞动，张牙舞爪地攻击他。

他不躲避，不逃跑，不为所动，只是沉默着，咬着牙不后退地前进着。最终这些如潮水般涌来的怪物也如潮水般退去，陆驿站跟跟跄跄、伤痕累累地扶着墙壁从黑暗里走了出来。

走廊的尽头，白光刺目地洒下，白柳安静地看着终于来到他面前的陆驿站。

"你不应该来找我的，陆驿站。"白柳垂眸。

陆驿站笑笑，他勉强地撑着墙壁站直了身体，一如既往地用很温柔、包容一切的目光看向白柳："可是你还是让我找到了你。白柳，如果你真的想躲，我是绝对找不到你的。"

他像往常一样对着白柳伸出了手："和我一起出去吧。"

白柳看向陆驿站伸向他的那只带着血和伤的颤抖的手，没有动作。

陆驿站总是这样对他伸手，给他食物、名字，和他成为朋友。

虽然每次都被他冷淡地拒绝，但陆驿站还是会自说自话地、毫不在意地、爽朗地笑着凑过来，蛮横又不讲理地把白柳从吞噬一切的水底拔起来，拖着他逃跑。

"陆驿站，你应该很清楚，我的天性就是这样的。"白柳抬眼看向陆驿站，"我拥有这个能力，也能够从中获得利益，我也不怎么在意其他人，我没有不做这种事的理由。"

白柳很平静地说："我们根本就做不了朋友，我也只是把你当成了另外一个人而已。"

白柳直视陆驿站，他的眼神和语气都很轻："但你不是他。

"陆驿站，你是人类，不是怪物，人类和怪物是不可能做朋友的。你错误地勉强我们两个人做了十年的朋友，不要再继续勉强下去了。

"按照事情正常的发展，我们会成为对手。我放过你最后一次，以后你见到我不要对我伸手了，拔枪对准我吧。"

陆驿站缓慢地低下了头，他喘息了两声，抵在墙壁上的手攥紧成拳，然后毫不犹豫地从后腰拔出了枪对准了白柳。

白柳脸上的表情并不意外。

把他放出去的危害有多大，相信陆驿站已经完全明白了，在这里杀死他才是最好的选择。被陆驿站举着枪对准，他连心跳和呼吸都没有变快。

然后陆驿站又笑了起来，他拖着过来的路上受伤的腿跌跌撞撞地向白柳靠近，然后缓慢地把枪放在了怔住的白柳的手心里，然后用他带血的、宽厚的、发着抖的手握住白柳的手，让白柳举起枪对准他自己。

"我永远不会对你开枪的，白柳。"陆驿站弯着眼睛笑着，他的脸上全是各种血痕和擦伤，这让他就算是笑起来都显得很狼狈。

陆驿站睁开了眼睛，他直直地看向白柳，然后拨开了枪的保险："如果你真的要离开这个地方，那就让我成为你杀死的第一个人吧。

"因为我不能对你要做的事情视而不见，但我又实在是没有办法对你开枪⋯⋯从今天的事情来看，你已经到了一个我完全没有办法阻止你的领域了。"

陆驿站握住枪管对准了自己的眉心，他一点都不躲闪地看向白柳："既然这样，那就请你在你要去做那些事之前，先杀死我吧，不要让我看到你要做的一切。"

在直直地对着枪口的情况下，陆驿站柔和地对着白柳露出他已经见过不知道多少次的，那个熟悉又无奈的笑容："但在我死前的最后一刻，只要你没做坏事，你还是我的朋友。

"因为警察的朋友一定不能是坏人，所以如果有一天白柳你做了坏事，我会亲自逮捕你的。"

"那如果我真的做了坏事，你会杀死我吗，陆驿站？"

"如果你做了应该坐牢的事情，那你就去坐牢；如果坐牢没有办法弥补，一定要死亡才行，那我就会在你真的犯下那种罪行之前，拼死阻止你的。"

白柳攥紧了枪，陆驿站举起双手做出了一个"投降"的姿势。

他丝毫不抵抗地、平静地闭上了眼睛。

153

一秒、两秒……一点动静都没有，陆驿站偷偷摸摸地睁开了一只眼睛，看到白柳面无表情地放下了枪。

白柳有些嫌弃地扫了陆驿站一眼，把手里的枪丢给陆驿站："我不会对你开枪的，下次别和我玩这种无聊的把戏了，恶心。"

就像陆驿站绝对不会对白柳开枪一样，白柳也绝对不会伤害陆驿站——这是他们这十年对彼此的了解和信任，有着不需要多说的默契。

无论是白柳被陆驿站举着枪对准，还是陆驿站被白柳举着枪对准，这两个人的心跳和呼吸都没有变快，因为他们知道另一个人不会对自己开枪。这种信任和笃定藏在潜意识里，所以他们连紧张的心情都提不起来。

陆驿站手忙脚乱地接过了白柳丢给他的枪："你小心一点啊！别乱丢！我开了保险的！"

"你要是蠢到能在用枪的时候打死自己，我也懒得费工夫打死你。"白柳恹恹地扫了陆驿站一眼。

陆驿站看到白柳这副表情，就知道这人心情不太好。

通常陆驿站把白柳为非作歹的欲望通过碎碎念或者各种方式给压下去之后，白柳都会有一段近似于自闭的时期，就像是顽劣的小孩被大人言辞温和地没收了太危险的玩具一样。

陆驿站觉得白柳现在心情不好，就是一种没有玩到自己想玩的玩具和游戏而产生的憋闷不甘的心情。

好在陆驿站已经习惯应付白柳这副样子了。

他从小到大不知遇到过多少次这种白柳想要搞点什么事情的状况，都是在千钧一发的时刻被自己心惊胆战地压住了。

陆驿站言语和动作都越发柔和，苦口婆心地就像是在和一个小朋友说话："那我们先出去怎么样？或者你先把这些危险的东西放回去？"

白柳直勾勾地看着陆驿站，他习以为常地伸手："让我做事，报酬呢？"

陆驿站看向白柳摊开的手掌，他顿时心领神会："我请你吃一年……不，两年！两年的火锅！两年内你随便吃，都由我请客，怎么样？"

白柳还是直勾勾地看着陆驿站。

陆驿站懂了，白柳的意思是这点报酬根本不够。他有点肉痛地加价："三年，四年，五年……你总要给我留点钱娶老婆吧白柳！做人不要太过分了！"

白柳冷笑："我不做人好多年了，一口价，十年。"

陆驿站："……"

陆驿站眼泪汪汪地点头："成，成交！"

这可能是白柳做过的让自己最不高兴的交易，没有之一。

陆驿站答应了之后，白柳继续用那种怏怏的、没有精神的眼神看着眼含期待的陆驿站。

白柳很少和人做完交易之后一点做事的精神都提不起来，满心都是反悔的冲动。

但每次和陆驿站做完交易之后，白柳都会产生一种十分憋闷的感觉，就像是他的顶头上司只给他发了一个月的工资，却要求他加班三个月一样。

现在白柳久违地又产生了在公司里上班的感觉。

陆驿站眼巴巴地看着白柳："你快收了神通吧！我答应了请你吃十年的火锅！你不心动吗？可划算了！"

白柳："……"

不心动。

但最终白柳还是冷淡地从自己的领口里掏出了那枚还在振动的硬币，在手心握了一秒之后，这枚振动的硬币平息了下来。

白柳做完这一切之后，抬起眼皮看向陆驿站："可以了。"

陆驿站长舒一口气，他擦了下额头上的冷汗。

这种自己家的熊孩子在别人家里，拿着别人几千个昂贵的限量手办（异端）一顿狂舞，终于在闯下大祸之前，被他这个家长及时发现并制止了的劫后余生的感觉……

陆驿站不由自主地腿软了一下。

他真的不敢想，要是白柳真的把这个一看就很贵的基地给玩废了，要怎么收场……

等他缓过来，陆驿站往四周看了一下，有点奇怪地看向白柳："你怎么到这里来了？"

　　白柳露出他背后的那个房间，他随意地靠在墙壁上，眼神看向房间门上的那个被焊死了的小窗口。

　　"这是刚刚暴动的时候，我感应到有谢塔气息的一个房间。"

　　陆驿站仰头看向这个房间，这个房间的门离奇的高且大，比起门来更像是一个通道的入口。

　　房间门上的编号是0001，编号下面还贴了一个红色的骷髅头警告符号，上面写着"特危"。

　　浑身是汗的队员看着周围突然停止攻击、不再暴动的异端，都陷入了呆滞。这些原本凶悍的异端突然就像是被抽干了能量一样，停在原地不动。

　　这让收容工作容易了很多。

　　唐二打看着这诡异的一幕，摸向口袋里的逆十字架。

　　逆十字架果然已经不烫了，冰冷地躺在他的口袋底部。

　　"白六居然停手了……"唐二打拧眉，"他只要连接到逆十字架，如果他不主动停止，就没有人能打断他召唤邪恶之物的祷告……"

　　而且这种召唤仪式，这家伙做一次就要用掉半条命，要是没用好，很有可能会被怪物反噬而直接死亡。这次他居然主动停手了。

　　这根本不是白六会做的事情，性价比太低了。按照这个疯子的一贯作风，他要是已经用掉了半条命做这种高消耗的危险仪式了，用怪物屠杀整个基地才是白六想看到的投资回报……

　　"队长！"通信器里传来了一声惊喜的尖叫，"监控恢复了！"

　　唐二打迅速发问："能看到白六在哪里吗？"

　　"我正在查找他的位置……啊！找到了！"队员语速飞快地汇报，"唐队，白六现在在地下十层，我不知道他是怎么下去的，但是他现在在禁区，在关押异端0001的房间门外！"

　　"异端0001？"唐二打的语气越发疑惑，"他去那里干什么？"

　　"那里面有什么异端啊，唐队？"队员有点害怕地问道，"白六不会把这个异端给放出来吧？"

　　唐二打沉默了一会儿，说道："我也不知道里面的异端是什么。"

　　队员惊讶地说："唐队也不知道吗？！"

　　"异端0001的档案是特级绝密的，以我的权限是无法阅读的。"唐二打靠在墙上，眼神晦暗不明，"不过我们暂时不用担心白六把这个异端给放出来，他根本放不出来的。"

"异端0001的房间是没有门的,这个房间是一个用了很多种金属和一些异端身上的材料制作的彻底密闭的六面体,是一个从设计和铸造开始就没有设计门、钥匙和出口的房间,没有人知道里面有什么,因为大家都进不去,里面的东西也绝对出不来。"

唐二打后仰着头,他回想起什么:"整个基地,只有一个人有阅读异端0001档案的权限,就是第一支队的队长。"

通信器对面的队员声音越发迷惑:"第一支队队长?但是唐队,我们基地第一支队的队长,已经死了好多年了啊……"

队员紧张地咽了口唾沫:"而,而且这位队长还是发疯自杀的。"

"我知道,"唐二打声音毫无起伏,"他还在死前销毁了异端0001的档案和资料,所以现在没有人知道这个房间里面有什么。"

154

队员打了个寒战,恍惚地复述了一遍唐二打的话:"没有人知道这个房间里面有什么……"

"我现在要下去看看,暂时先别让其他队员跟着我下来,下面都是禁区,他们跟着我下去会很危险。"唐二打说完之后,从自己胸口的口袋里取出一盒用塑料袋包好的烟,抽出一根点上。

猩红的火星一闪一闪,唐二打深蓝色的眼睛在烟雾中显得狠戾十足,充满攻击性:"在我杀死他之前,封死上升的电梯,不要让任何人上来。

"如果我被他杀死了,那就直接封死电梯,绝对不能让他离开基地到外面去。如果白六凭空消失在基地里,围堵我留给你们的地址,在白六再次出现的一瞬间,一定要不惜一切代价把他给杀死。"

吩咐完毕,唐二打独自一人往更深的地底走去。

与此同时,另一头。

随着怪物被队员们有条不紊地收容,空气中浓烈的来自怪物的奇异味道散去,露出了基地本来的冰冷气息。

牧四诚嗅了嗅,皱眉看向了一个方向:"我闻到了一股欠揍的气息。"

"是那个说要追杀白柳的唐队长吗?"刘佳仪瞬间就明白了牧四诚的意思。

"味道越来越浓了,一股子很冲鼻子的烟味。"牧四诚嫌弃地抬手在鼻子前面挥了挥,"他好像在往某个地方走。"

刘佳仪很快做出决断:"我们跟着他!他负责追击白柳,应该知道白柳在哪里！"

　　唐二打乘坐电梯下去不久之后，刘佳仪一行人就迅速地从拐角转了过来。他们看着唐二打一直下去往地下十层，牧四诚忍不住吐槽了一声："这玩意儿有这么深？"

　　但是电梯下去之后就不再上来了，刘佳仪用苏恙的工作证刷了两次都没有反应。

　　这让她迅速地明白了一件事："白柳真的在这下面，这家伙下去是去杀他的！这部电梯应该是被锁了，防止白柳上来。"

　　"当然还有一种可能性，"刘佳仪扬了扬手上的苏恙的工作证，仰头看向牧四诚和木柯，"我们被发现了，这张工作证被锁了。"

　　同时，一直看守着监控的队员正在紧急地向唐二打汇报："唐队！另外三个入侵者异端紧跟在您身后！他们好像是想跟着您一起下去，但我们已经锁住了电梯，他们刷苏队长的工作证下不去。目前我们正在召集巡逻员过去，准备对这三个入侵者实施抓捕……"

　　"不用了。"唐二打漠然的声音打断了队员的汇报，"解锁电梯，让他们刷苏恙的工作证下来。"

　　队员一怔："但是唐队，他们身上有枪，而且有三个人……"

　　唐二打双手持枪，一步一步很平稳地走在黑暗里，只有眼睛发着濒临疯狂的光，语气却平静得不可思议："加上白六，一共五个怪物而已，我也不是没杀过。"

　　队员愣了一下，反问道："五个怪物？不对啊，只有四个人形异端啊，还有一个是谁？"

　　"在我杀死所有怪物，包括我自己之前，不要解锁电梯。"他说。

　　队员惊得站了起来："唐队！唐队！你在说什么？！"

　　"唐队！下面不光有异端，还有一个普通警察不知道为什么也在禁区！唐队！"

　　但是通信器那边已经没有声音了。

　　守在电梯门口正在想办法的牧四诚一行人发现原本被锁住的电梯又缓缓地升了上来，就像是邀请他们一样，主动地在他们面前打开了。

　　"哇哦！"刘佳仪挑眉，"看来这位唐队长很硬气嘛，邀请我们全员一起下去。可以啊，他对自己的能力很有自信。"

　　她转头看向牧四诚和木柯，询问般地往敞开的电梯门歪了下头："你们敢下去吗？下面多半就是他在等着埋伏我们了。"

　　牧四诚没说话，他揉了揉手肘，把枪拿在手上，率先走进了电梯。木柯紧跟着也走了进去。

　　刘佳仪最后一个进电梯，她转身摁下了"-10"的电梯按钮，收敛了脸上的表情:"看来我们在这一点上达成一致了。"

电梯门缓缓闭合,往地底迅速坠落。

地下十层,基地禁区。

这一层很多地方是没有灯光的,是一片深不见底的黑暗,因为这个地方的异端就像是海底的生物一样。

它们充满未知的危险性,档案里的很多信息,比如弱点都不确切。它们的长相还很奇形怪状,并且不喜欢阳光,过于明亮的光线会让它们躁动。因为这种未知的危险性,它们的房间都是量身定制的,要出来非常困难。

但就算这样,唐二打下来之后也看到了好几个被打开的房间。

他后槽牙紧咬,警惕地举着枪在这一层逡巡。

这一层因为几乎全黑,能在里面迅速行动依靠的是对地图的熟悉程度。

只有几个支队队长和一些被重用的支队队员才知道这一层的地图,而且到这一层的电梯必须有支队副队长以上的权限才能刷开。

唐二打想不到白六是怎么下来的,在一片漆黑的走廊中,在短短几十分钟内,白六居然直接找到了关押异端0001的那个诡异的房间。

但这个人总有办法。

白六想做什么事情的时候,哪怕是全世界都站在他的对立面,这个家伙也会做成。

但他为什么要去这个房间?

这个房间里有什么连唐二打都不知道。唐二打经历了那么多条时间线,也不是没探究过这个房间,但在每一条时间线他都没有找到答案。

唯一知道这个房间里有什么人的,是被叫作"预言家"的第一支队队长,这个基地的创建人之一。

但这位队长几乎在唐二打出现过的每一条时间线里都凄惨地发疯自杀了。

在自杀前,这位队长都会销毁这个房间的档案,并且留下一句话:

"永远不要打开它,它藏着最恐怖的真相,会让所有目睹之人陷入疯狂。就让我成为因它疯狂的最后一人,成为悬吊你们理智和未来的最后一根弦。"

这位队长被叫作"预言家",是因为他就像现在的唐二打一样,可以预测出最危险的事情发生时的情况。也因为这一点,这位队长在基地里拥有极高的权限。

而在他死后,他把这个权限留给了当时还什么都不知道的唐二打。

当时的唐二打还是个普通的队长,他还没有重溯时间线的能力。但这位队长说,只有唐二打可以继承他未做完的事情,可以继续带领基地消除即将出现的危险异端。

他预言了唐二打会拥有铲除最大、最危险异端的能力，预言了最恐怖的异端和"六"这个数字有关。

而当唐二打跨越时间线重溯，拥有了千万份其他时间线的记忆之后，他就真的如同这位队长预言的那样，拥有了提前"预测"极端危险异端出现的能力。

唐二打开始被其他队员喊作"小预言家"，但唐二打心知肚明他并不是什么预言家。

他只是一个经历了这一切，但什么都没能改变的，一次又一次无能地重溯了时间线的猎人。

而真正的预言家预测了他的到来，赋予了唐二打这个快要疯狂的猎人根本承受不了的权利和责任。

预言家的预言从没有出过错，基地里所有队员们都对拯救了他们无数次的预言家深信不疑。

从此以后，这个房间在基地里就变成了一个隐形的房间，再没有人试图去探讨房间内部的秘密。

而唐二打则成为基地里拥有最高权限的人。

但随着时间的流逝，唐二打越来越不稳定的精神状态和那位死去多时的传奇队长慢慢削弱的威信力，让队员们开始变了。

他们开始变得不信任唐二打，质疑唐二打是不是真的可以拥有这么高的权限，质疑他是不是滥用了职权，只是做了他想要做的事情。

唐二打下令抓捕活人异端开始让一切失控，队员们的怀疑和质疑彻底爆发。

——如果连活人都可以被当成异端随意抓捕，那这种权限存在的意义，是不是已经从保护变成了屠戮？

这种至高无上的权限，真的可以让一个充满感情和欲望，会犯各种各样错误的"人"拥有吗？

只有"神"才能拥有这种权限。

传闻中的第一支队队长就像"神"一样，没有私欲，从不犯错，受众人敬仰。所有人都爱戴这位像"神"一样的队长。

可惜这位像"神"一样的队长最后发疯了，他自杀了。

所有的队员已经隐隐感觉到了，被像"神"一样的人挑选出来的继承者唐二打，也隐隐在发疯和自杀的边缘上了——这好像是这些看到了更多真实的异端，近似"神"一般的人注定的下场。

队员们无声地默许了唐二打想要带走一切异端的自杀行为，就像是默许了他早已注定的命运——属于猎人的命运。

"猎人"是狼人杀游戏中的一张"神明"身份牌，他的命运就是在自己死前，带走预言家告诉他的，场上最有可能是"狼"的那个邪恶的家伙。

　　猎人拿着镌刻了玫瑰花的银色手枪，往他宿命的终点走去。

155

　　整个基地的建筑是圆形的，而关押异端0001的房间就在圆的极点上，整个基地最深的地方。也因为这样的设计，前往关押异端0001的房间的路是倾斜向下的。

　　唐二打继续往下走着。

　　越往下走水汽就越重，就越能闻到一股深海鱼类和海藻混合的腥气。

　　这腥气不重，时隐时现地飘浮在空气里，闻了让人头脑发晕，有种陷入水底的迷蒙感。唐二打经受过很多异端的摧残，这种程度的气味迷惑不了他。

　　但是对其他对于气味敏感的人来说，这个气味可以起到一种相当严重的降低精神值的效果。

　　牧四诚的瞳孔在缭绕的气味里收缩，他的呼吸声很粗重。刘佳仪很快就发现他不对劲："牧四诚？"

　　"这味道不对，让我想起了我玩过的一款一级游戏《塞壬小镇》，里面的人鱼就是这种味道。"牧四诚晃了下脑袋，试图让自己恢复清醒，"这一层可能有人鱼这种类型的怪物。"

　　现在他们所在的可是现实世界，要是被这些怪物迷惑了神志，可没有什么能恢复精神值的漂白剂。

　　"要不你用卫生纸把鼻孔堵住，暂时不需要闻这个气味。"木柯从包里掏出一卷卫生纸递给牧四诚，"少吸入一点，你要是精神值降低了，那我们就都麻烦了。"

　　"等等……"牧四诚刚准备伸手去拿木柯递给他的卫生纸，忽然拧着眉慢慢说道，"这个味道里，还有一股很淡的钱的味道，两者混在一起。"

　　木柯迅速地收回了自己递过去的卫生纸，眼睛直勾勾地看着牧四诚："是不是白柳的味道？你是不是能闻到白柳在什么地方？"

　　牧四诚伸出去的手停在了半空中，他面无表情地看了眼睛发亮的木柯一眼。

　　木柯继续双眼放光地看着牧四诚，简直恨不得动手把牧四诚的头摁在地上让他闻："你快闻啊！"

　　牧四诚："……"

　　说好的让我少吸入一点呢！不要把我当工具人啊！

　　与此同时，唐二打终于摸索着从黑暗中走了出来，他一步一步地拨开萦绕着他的黑色迷雾，握紧属于猎人的枪，对准了站在关押异端0001的房间永远无法打开的门前，缓缓转身看向他的白柳。

"我们终于又见面了，唐队长。"白柳微笑着看向唐二打。他抬眼看向唐二打举起来的对准他的枪口，"我们来聊聊我刚刚想出来的新交易，怎么样？"

"我可以把干叶玫瑰瓦斯的解决方案给你，但作为交换，你能打开我背后的这扇门让我看看里面有什么吗？"

"只要没有那场爆炸，这个世界的干叶玫瑰瓦斯就不会泛滥。"唐二打深蓝色的眼睛里有一个吞噬一切的巨大的情绪旋涡在疯狂旋转，似乎要把白柳卷进去，也要把他自己给卷进去，"比起干叶玫瑰瓦斯，我觉得你活着会造成的危害要大得多。"

"所以你终于决定杀死我，放弃和我换取解决方案了？"白柳有些讶异地挑眉，他饶有兴趣地勾起嘴角，"这倒是前所未有的决定，那一千多个无辜的、已经被干叶玫瑰瓦斯污染的人，你不救了吗？"

白柳顶着唐二打举起的枪口往前走，不疾不徐地反问他："你要眼睁睁地看着他们枯萎吗，唐队长？"

唐二打的瞳孔扩散开来，他握住枪的手没有因为白柳的话产生一丝一毫的颤抖："救下他们就代表你可以存活得更久，你的存活只能拯救一千多个人，却能危害除了这一千多个人之外的所有人，让你活着是性价比最低的方案。

"牺牲这一千多个人，然后杀死你，才是最具有性价比的选择。"

"性价比？"白柳走得离唐二打很近了，近到唐二打的枪口抵住了他的额头。他意味不明地笑，"这听起来像是我会说的话，也像是我会做出的选择。唐队长，你终于做出了一个很符合我价值观的选择。"

"但你为什么不直接开枪呢？"白柳用手握住唐二打的枪口，他直视着唐二打，"你做出了最正确的选择，你在犹豫什么呢？

"是因为那一千多个被污染的人里，有一个人叫苏恙是吗？"

唐二打一直没有颤抖的手，终于无法控制地抖了起来，他深蓝色的眼睛因为激烈的情绪瞬间转变成了近乎黑色的色泽，呼吸也粗重了起来，他把枪攥紧到指尖发白。

苏恙时不时地捂住嘴呛咳，他的工作证上带着奇怪的香水散去的刺鼻味道。他克制地把一小瓶干叶玫瑰瓦斯香水随身携带，用来延缓凋谢的速度。明明是孩子刚满月的时候，他回家的次数却越来越少，脏器和骨头在各种器械的检测下慢慢枯萎……

这一切的一切都在彰显着，苏恙又一次要凋谢在他面前了。

苏恙仰着头对唐二打不好意思地笑笑，他说："队长，不用那么着急找解决干叶玫瑰瓦斯的方案，干我们这一行的，对这种结局应该早就预料到了才对，过一天是一天吧。我有老婆，也有孩子了，虽然说起来有点对不起他们，但我真的没什么遗憾，我很幸福。

"如果我死了，基地会给我一大笔抚恤金，小安和我一直都想换一套新房子，等到这笔抚恤金发下来了，她终于可以带着孩子住进她喜欢的新房子里了。"

"队长！"苏恙笑着唤他，向他敬礼，用干净澄澈的眸子望着他，说，"第三支队副队长苏恙，请求最后一次出任务。因为我已经被污染，请让我顶替您，带队调查香水工厂！"

又是这样！

唐二打咬紧后槽牙的力度让他的腮帮子都在发颤，他眼睛里的情绪浓郁得快要溢出来，眼白血丝密布。

苏恙明明知道白柳握着解决这一事件的方案，快要死掉的苏恙又一次坚持放过白柳这个罪魁祸首，仅仅是因为他相信白柳是个无辜的人。

就算白柳有解决这一切的办法，也不应该被唐二打用这样的方式严刑逼供交出来！

苏恙坚持要放走白柳的行为，和那条时间线一模一样！

他不会让这样的错误再次发生了！他不会也不能让白柳活着走出基地！

哪怕是牺牲苏恙和那一千多个人，也不能再让那场毁灭一切的爆炸发生。白六的成长速度太恐怖了，仅仅是三个游戏，这人已经和神级NPC建立了联系，还可以操控这些被污染的异端……

如果把他放出去，就相当于把这些异端都置于白六的手上——那些因为白六的残忍而被淘汰的队员血肉模糊的脸又在唐二打的眼前浮现，他们尖叫、嘶吼着——

"队长！杀死他！杀死这个一切邪恶的源头！杀死他这一切才能结束！否则世界将永驻黑暗的怀抱！"

到那个时候，苏恙想要守护的一切，他的父母、妻子、孩子，还有整个第三支队，都会因为那款香水的蔓延而凋谢。

他救不下苏恙，总要救下这些苏恙想要他救的人！

唐二打扣下扳机的一瞬间，旁边猛地冲出了一个人。

他从背后握住了唐二打的手往里一折，子弹从白柳的脚边擦过去，看得陆驿站胆战心惊地叫了一声："爹！白柳我喊你爹成吗？你下次能别握住别人的枪管对准自己吗？我反应慢点就得和你在阴曹地府吃火锅了！"

白柳懒懒地靠在墙上，斜眼看陆驿站："这是刚刚和你学到的。"

十分钟之前握住白柳的枪管对准自己眉心的陆驿站"靓仔语塞"："……你就不能和我学点好的吗？！"

"不能。"白柳微微撇嘴,眼神看向一边,"我喜欢学坏这事你是第一天才知道吗?"

唐二打猛地被人高马大的陆驿站从背后往前一扑,那一瞬间都没有反应过来,他甚至都没有想到陆驿站这个普通人会出现在禁区这里。所以陆驿站从唐二打背后扑过来的一瞬间,他还以为从背后扑向自己的东西是白柳控制的怪物。

当唐二打为了杀死怪物,下意识提枪准备打过去的那一秒,在转头的那一瞬间,唐二打看到了扑过来的不是怪物,而是陆驿站——那个他带过来的警察。

惊愕未定的唐二打在用枪把陆驿站的头打爆之前,险之又险地控制住了自己扣下扳机的手,他甩开了自己的枪,让子弹打到了一边。

陆驿站抓住这唐二打收回攻击他的枪这几秒钟的空隙,利用自己在警校学的小擒拿技巧,干脆利落地把唐二打的双手反剪,把他控制住了。

要是唐二打努力也不是不能挣开,毕竟他是受过专业训练的,身体素质比陆驿站高了不知道多少个等级,但他挣开的方式一定是相当暴力的,现在四肢都和他紧密贴着的陆驿站必定会缺胳膊少腿。唐二打并不想伤害陆驿站这个只是和白柳有一定牵扯的普通人,所以反抗的姿势收了力。

但是这也就导致了陆驿站越发地蹬鼻子上脸。

有便宜不占是傻子,陆驿站利用唐二打不想伤害他留出来的空隙,握住唐二打被他反剪在身后的双手就往墙上抵。

唐二打气得脖子上青筋直跳:"我是你上级!你给我放开!"

陆驿站得了便宜还卖乖,一边用身体的重量把唐二打贴在墙壁上压制得死死的,一边可怜巴巴地大呼小叫:"长官!不要随便动枪啊长官!有什么事大家不能好好坐下来吃顿火锅聊聊呢?何必一定要见血呢?我发誓,我朋友虽然不是什么好人,但是他干的坏事还远远不到被判死刑的地步啊长官!"

白柳随口跟着陆驿站扯了一句:"对啊长官,我就干点小本买卖,最大的交易金额都不超过一万块钱,你不至于这么对我吧?"

156

被气得快要昏过去的唐二打:"陆驿站你给我放开!你根本不知道白六是多危险的怪物!"

陆驿站态度突然严肃了起来:"我用我的性命担保,白柳这辈子到目前为止还没有做过一件违法犯罪的事情。"

唐二打双眼赤红:"那也就是到目前为止,难道你不明白白六这个人是什么人吗?!

"不能给他一丁点犯罪的机会和土壤！你也是警察，难道你不知道遇到这种人要怎么处理吗？！"

"……扼杀犯罪苗头、管控行为和观察动机。"陆驿站沉默了一小会儿之后回答。

"可以去掉管控和观察。"唐二打呼吸声变重，语气极冷，"在异端处理局，我们对极端危险无法控制的异端只有一种处理方法，那就是扼杀。"

语毕，唐二打的手臂在陆驿站松懈的一瞬间，从他的控制下挣脱出来。

唐二打反手扭住陆驿站的手臂，往下狠狠一转。陆驿站吃痛地松开手，唐二打一转攻势，反手用肘卡住陆驿站的脖颈，左手一甩，毫不犹豫地对站在对面的白柳开了一枪。

被卡住脖子的陆驿站用了吃奶的劲挣扎，他双手握住唐二打卡住他的手，一脚飞踢在走廊上，腰部发力，连人带枪弄翻了唐二打。

唐二打枪口偏移，没瞄准，子弹打在走廊的金属墙壁上，"噼里啪啦"一阵反弹的脆响和着陆驿站撕心裂肺的吼声向着白柳扑面而来："白柳！趴下！！"

子弹擦过白柳的耳郭，砸在了他背后编号0001的房间门上，非常诡异地、一点响都没有地、软趴趴地掉落在地上了。

唐二打的眼神和动作都带上了杀气："你知道你一定要救的是什么东西吗？！"

他手掌发力，食指和中指分开锁住陆驿站喉结下方一寸的骨头往上一提，陆驿站在窒息的情况下无意识地松开了扣住唐二打的双手。唐二打右脚干脆利落地从死死缠着他的陆驿站的右侧臂弯绕过，膝盖往陆驿站的后脑勺上狠狠一顶。

陆驿站脑袋一嗡，被唐二打直接单膝压在枕骨上摁在了地上，他感觉自己的一口牙都被唐二打这结实的一下给震松了。

刚才唐二打果然还是收了力的，这下他一发力，自己根本没有挣扎的力气……

陆驿站满口发酸，血从被震松的牙缝里渗出，流到地上，贴在他的脸上晕染开。

白柳被堵死在走廊巷口，唐二打再次对他举起了枪。白柳不动声色地握住了胸口的硬币，他斜眼看了一下被唐二打控制起来的陆驿站——

虽然他答应了陆驿站不轻易动用这些怪物，但是眼下这个情况，也不叫"轻易"吧？

但刚刚动用的那次，白柳很清晰地感受到自己被消耗了很多，就像是生命力被抽走一般让他迅速地虚弱了下去。他也不知道再动用一次会发生什么……

陆驿站看到了白柳握住硬币的小动作，他想要撑着地板爬起来，忍不住喊了一声："白柳！别用那个！不要再召唤那些怪物了！"

背后漆黑的走廊里猛地斜冲出来一个身形移动极快的黑影，唐二打反应极快，他毫不犹豫地甩手准备给这个看起来和怪物一样的黑影一枪，被这个黑影手上的动作极快地打断了。眼看黑影就要偷走他的枪，但唐二打动作比他还快，反手用枪托砸了过去。

黑影被砸了个正着，低声骂了一声，很快地退进了阴影里。

"啊？！"趴在地上的陆驿站被吓了一跳，惨叫起来，"不是叫你不要召唤怪物吗？"

白柳无辜地耸肩："我没有啊，还没来得及。这个怪物是自己冒出来的。"

牧四诚从阴影里走出，他用大拇指擦去自己脸上被枪托砸出来的血痕，皱眉看向尽头的白柳，很不耐烦："你说谁是怪物呢？！"

他手上拿着枪，正对准唐二打。

被这样拿枪对准着，唐二打依旧处变不惊："果然是你，盗贼牧四诚。"

刚刚那个勾手偷枪的动作一出来，唐二打就瞬间反应了过来——这是白六团队中"卷尾猴盗贼"的标准动作，他曾经在被追捕的时候，一个照面就被对方勾手偷了枪。

然后对方就一边恶劣地把枪穿在手指上转着玩，一边用这把从他手里偷的枪，把和他一起追捕自己的队员全部淘汰。

从阴影里走出另外一个举着枪对准他的人，是木柯。刘佳仪站在木柯的旁边，脸上毫无情绪地"看着"唐二打。

交易者木柯，小女巫刘佳仪，卷尾猴盗贼牧四诚——唐二打缓慢地环视一圈，这些都是他的老熟人了。

——还差一个核心队员，白六这家伙的流浪马戏团人就齐了。

五年之后，这些家伙就会被白六培养成他手下最好用的疯狗，会变成唐二打记忆里的那些怪物。

——一个照面就能勾手偷走他枪的盗贼，国王推广位第四的小女巫，以及交易者木柯，在他开始调查藏在木柯背后的白六的时候，这人累计的财富已经到了一种匪夷所思的地步。

还有一个最疯狂的队员，那个在联赛赛场上亲手淘汰了他整支队伍的"小丑狙击手"，现实里是走私犯的儿子，在进入游戏之前和各大组织都有联系。

——也是这个"小丑狙击手"，在最开始的那条时间线，和白六打配合，用银色子弹杀死了苏恶。

但现在，一切都没有发生。

这些以后为非作歹、无所不能的怪物，现在还全是幼崽，还没有成长到让很多人都来谱写他们的成长经历的地步，还没有成长到让他熟悉的那些人，痛苦地、崩溃地跪在墓碑前面哭泣的地步。

而现在，这些怪物的雏形，全都被他关在了这个深不见底的牢笼里，只需要他轻轻开上一枪，那些他避之不及的未来，就再也不会到来。

唐二打没有焦距的眼睛从浑身湿透、脏兮兮的刘佳仪的身上转移到脸上带着血痕、握枪姿势不太标准的牧四诚脸上，最后转移到了浑身紧绷、用枪死死对准他的木柯手上。

最终，他看向了站在关押异端0001的房间门前的白柳。

所有人都不再是唐二打记忆中的模样，他们太弱小、太单薄，仿佛唐二打的回忆里他们大杀四方只是一场他捏造出来安慰自己的幻觉。但这种想法在他看到白柳的一瞬间，就彻底破灭了。

只有白柳没有变过，他仍旧和唐二打在所有时间线的记忆里的那个人一模一样，穿着朴素廉价的白衬衫和西装裤，有着瘦削的身材和那双黑到不反光的眼睛。

白柳平静地垂眸看向唐二打，眼睛黑得就像是不会再迎来白昼的夜空。他注视着唐二打，就像是深渊在注视着无能的猎人。

那是一种很奇怪的感觉。

唐二打有太多记忆了，他已经不记得自己经历过多少条时间线，他的脑子里存放了太多痛苦的记忆，以至于他快要记不清大部分事件了。

但他却始终记得这双淹没在他脑海中无数记忆里的、白六的黑色眼睛。

白六就像是不可摧毁、不可战胜的"邪恶神明"，永远在故事的最后，在记忆的最深处，用这样带着一点笑意的眼神平静地注视着唐二打，宛如在对他居高临下地、怜悯地说："你看，无论你怎么挣扎，你都得不到你想要的结果，救不了你想救下的人。"

那些无数次离开的人伸手抓住唐二打的手腕和脚踝，想要把他拽入深渊与地狱。他们对他凄厉地号叫："队长！杀死他！替我们报仇！！"

这些记忆在唐二打大脑里每一个可以激起他情感反应的区域反复回放，最终混合成了一片灰黑色的、分不清细枝末节的、名为"众人的仇恨"的混合记忆——这已经不再是唐二打一个人的记忆了。

好像有很多个死去的人同时住在他的脑子里，存在于他的身边，每时每刻，每分每秒，满脸血泪地趴在唐二打的耳边低语："队长，你怎么还不为我报仇？"

"你忘记我们了吗？"

"忘记这些为你死去的队员，忘记你存在的意义，忘记你为什么要踏上这条路了吗？"

这种不会停歇的从所有人身上汇聚而来的愤怒，在每条时间线唐二打看到白六的那一秒，都会达到巅峰。

就像是这些一直萦绕着他的队员在那一刻无法阻挡地来到他身边，嗓音嘶哑地对白六怒吼："你为什么要那么做！"

"对无辜的人犯下如此令人发指的罪行，看到这些普通人因为你带来的东西如此挣扎，你不会为此感到痛苦吗？！"

这是唐二打第一次抓到白六的时候质问他的话。

他当时远不如现在对上白六时平静，或者说，唐二打根本无法保持冷静，他脑子里唯一的想法就是一枪崩掉坐在审讯室里的白六。

牺牲了将近两个支队的队员才把这家伙抓进基地里，还被流浪马戏团的其他成员生生抓走了一些队员。

而在审问白六的每一分、每一秒，已经回到基地的幸存队员都会收到那些被抓走的队员被刑讯逼供的视频。

那些被活着抓走的队员遭受着痛苦，而遭受痛苦的同时，还被拍了视频发送到了基地里每一个存活队员的手机或者是电脑里。

只是看那样的视频，都没有人会觉得活下来是一件幸事——无论是对回到基地的队员来说，还是对没回到基地的队员来说。

小丑的脸出现在视频里，他脸上用油彩画着方块或者梅花的符号，右眼下有一滴用黑色颜料涂抹出的巨大眼泪，嘴唇的两边用红色勾勒出夸张的大嘴，愉快地上扬，嘻嘻地笑。

他提起坐在椅子上的一个队员说："想要你们的队员活着的话，就拿我们的老大来换吧。"

这个队员的脸唐二打做梦都忘不掉。

他身上的制服已经被血和水打湿了，胸前的工作证上隐约能看到一个"苏"字，其他的字都被染花了。

这个队员看着镜头的目光已经没有焦距，彻底涣散了。

小丑就像是突然想起了什么一样，把刑椅上那个奄奄一息的队员耷拉着眼皮的脸往镜头前推，笑着说："哦，忘了告诉你们这次受罚的人的身份了——这是第三支队的副队长，苏恙。"

苏恙艰难地抬起脏兮兮的满是伤痕的脸，血水从他额头上的伤口滴落，从眼睛上成片地滑落，一直漫延到下颌，"滴答滴答"地落在地面上。

他好像因小丑的动作撕裂了伤口，疼痛唤醒了苏恙仅存的一点意识，他迟钝地看向镜头，干涩地说："队长，一定要……冷静，不能按照他们的步调……走。"

唐二打几乎无法思考，他站在播放苏恙视频的电脑前，眼前是血色氤氲出的一片白光。

他告诉自己，一定要冷静、冷静，他不能对还没有证据证明其犯下罪行的囚犯动用私刑，他需要坚守司法正义。苏恙就是在告诉他这一点，苏恙就是希望他坚守他的底线，维持着人和怪物最后的界限。

失去冷静开始虐待犯人的执法人，和虐待他的队员的那个小丑，是没有区别的。

唐二打恨不得直接杀死坐在对面椅子上的，还在对他散漫地微笑的白六。

但苏恙满脸是血地对他说出的那一句话，变成了无形的绷带把他死死绑在了椅子上，让唐二打只能赤红着双眼和白六保持距离，嘶吼着质问白六这个操控一切、穷凶极恶的幕后指使者。

唐二打额头上青筋暴起，恶狠狠地质问白六："你拥有的钱，拥有的财富，足够让你随便挥霍几辈子了，为什么还要继续做这样的事情？只是为了牟利，你居然走私邪恶之物，放它们来到人间！！"

而白六勾起嘴角，双肘撑在椅子的扶手上，双手在身前十指交握，手腕上挂着银色的手铐。

他懒散地靠在椅背上，微微歪头看向对面的唐二打，含着笑意重复了一遍唐二打的话："我为什么要走私邪恶之物，放它们来到人间？"

他双手撑在桌面上站起来，前倾身体，低头凝视着被某种压迫感固定在椅子上动弹不得的唐二打。那枚硬币和逆十字架的挂坠从他胸前的衬衫里滑出，在唐二打的眼前不规则地晃荡。

唐二打警惕地把手放到后腰，仰视着白六。

白六垂下眼眸："警官，我为什么要走私邪恶之物，放它们来到人间？当然是因为人间有很多人在向我购买邪恶之物啊。

"我不做没有利益的事情，但总体来说，我只不过是邪恶供应链上的一环。你真正应该制裁的，不应该是我这个走私犯，而是那些从我这里不断购买邪恶之物的贪婪人类。没有他们，就没有我。"

唐二打屏住了呼吸看向白六。

白六又慢悠悠地坐了回去："你怎么不去制裁那些人呢？"

"是他们的人数太多了吗？"

白六轻笑，他摊开手："长官，你不觉得你自己很双标吗？而且你怎么能要求普通民众抗拒干叶玫瑰瓦斯的魅力？它不过是一种能提神的物质。"

"不对！"唐二打怒吼着反驳，"干叶玫瑰瓦斯并不只有简单的提神作用！白六，他们把这种东西戒掉后会枯萎！！"

白六终于发自内心地愉悦地笑了起来，他笑着直视唐二打。

唐二打看着白六那双黑色的眼睛，一个字也说不出来。

白六收回了自己散漫的目光，他不紧不慢地说了下去："所以在现在的基础上，只要保持供应，这个东西就可以提神，提高所有人的生产力，带来廉价易得的快乐。

"你以为真的会有人拒绝这种东西吗？最后它会变成和咖啡地位一样的东西。"

唐二打的呼吸急促起来。

白六用怜悯的目光看向他："这种东西只要泛滥，那些习惯使用它的人就会开始主动给它的存在寻找合理的借口。

"他们或许一开始也觉得这种东西不好，但现在你看他们，已经开始觉得自己因拥有享用这些东西的自由而比我们高贵，开始反过来同情我们。我相信你见过这种人的，唐警官。

"哪怕你在干叶玫瑰瓦斯上印刷'嗅闻必死'的标语，他们也只会若无其事地把标语撕去，然后沉浸在玫瑰的芬芳里。"

唐二打目眦欲裂。

"你要阻止的不是我，而是这些自甘堕落的人类。"白六轻声低语，"我已经告诉了他们要'小心玫瑰'，可是他们还是自愿成了邪恶的傀儡，愿意为之枯萎，这你怎么能怪到我身上呢，警官？"

"唐队！"审讯室的门被猛地推开了，有个队员神色极为难看地扫了一眼优哉游哉的白六。最终他的目光落到唐二打的脸上，语气艰涩，"出事了，你出来看看吧……"

唐二打一出审讯室，外面的队员齐齐地就像是默哀一样低着头，有些队员的眼眶通红，还咬着牙。

"出什么事了？"唐二打强制自己冷静，"对面又发新视频过来了吗？"

有个队员苦笑一声："不是，比那还糟糕。唐队，我们对干叶玫瑰瓦斯的幕后生产者的抓捕活动被曝光到了网上，现在……被很多人发起话题抵制。"

"被抵制……是什么意思？"唐二打平静地问。

"被抵制就是……"这个汇报的队员深吸了一口气，他眼眶也开始发红，"他们不想让我们抓捕干叶玫瑰瓦斯的生产者，越来越多的人开始沉迷这种东西的香气……

"他们觉得生产者的做法是合理的，不应该被我们野蛮地抓捕，他们觉得这种东西的危害根本没有我们说的那么大，相反还可以带来很大的好处……"

队员麻木地汇报着："工作的人用了之后可以更快地完成工作，学生用了可以轻而易举地考出更好的成绩，女性用了之后可以变得更自律、更美丽，男性用了之后可以变得更健壮，老年人用了之后甚至可以让一些疾病得到缓解，这种东西哪怕有后遗症，也根本没有抵制的必要。他们还觉得我们是……我们是……"

唐二打毫无情绪地看过去："觉得我们是什么？"

"觉得我们……是在阻止他们这些普通民众享受之前无法享用的东西，是……走狗。"队员咬紧牙关，"因为很多民众以为的有钱人，都在网上大肆地发布自己使用这款香水的视频，被删了之后民众也在私下传播，我们根本阻止不了。"

"而且这些人还在带节奏，说我们随时要叫停这款香水的生产……"

唐二打闭上了眼睛："我们有发声明，解释这些他们以为的有钱人很多都是这款香水处方的购买者和营销商，这很有可能是他们的宣传和营销手段，就是为了鼓动这些普通民众冲动消费吗？"

"发了，"队员苦笑，"但根本没有人信我们。"

"还有一个很重要的原因，这种香水开始使用之后是不能停止的。已经有被污染的民众害怕我们直接叫停工厂的生产，就开始主动在公共场合喷洒这种香水，半强迫地使其他人被这种香水污染……而一旦被这种香水污染，人的判断力就会下降得很厉害，就像是要发疯一般，对这种东西陷入无理智的痴迷，就会开始加入抵制我们的队伍里……"

"队长，有很多已经被污染的民众要求取缔我们这个部门……"

"队长，那边还在不断地发视频过来！我们该怎么办？！"

"队长，已经被污染的队员开始枯萎了，那个白六真的知道怎么处理这个东西吗？！"

"队长……"

"队长……"

唐二打失神的目光越过簇拥着他的焦急、害怕、愤恨的队员们一张张熟悉的脸，他恍恍惚惚地一路看过去，最终定格在审讯室那个小窗口里那张云淡风轻的脸上。

小窗口里，白六转过头来看着他，那双漆黑、吸光的眼睛就那么无波无澜地看着他，微笑着用口型对他说：

"唐队长，玫瑰味好闻吗？"

一阵刺耳无比的尖叫声钻进了他的耳膜，有个队员跟跟跄跄地崩溃地捧着电脑过来："队长！小丑又发视频过来了！！"

唐二打感觉他被七手八脚地固定在了电脑屏幕前，几乎是无意识地点开这次发过来的视频。视频里小丑滑稽的画着油彩的脸上是夸张得过分的微笑，他举着一把枪，嘴里俏皮地发出就像是游戏开始的时候机械的播报的声音：

"暴打队员小游戏，Ready——Go！"

"砰！"

"砰！"

"砰！"

看到一半的时候，几乎所有的队员都双目赤红地别过了头，只有唐二打，就像是魔怔了一般，死死地看着屏幕不移开视线。

小丑把那张瞳孔已经扩散的脸对准屏幕。

苏恙那双一向温柔的眼睛现在一点神采都没有，他眼皮耷拉着，睫毛上沾着血，从来都是整洁干净、温柔可靠的第三支队副队长苏恙，现在脏得不成样子。如果是平时，这人宁愿先忍着疼洗个澡，再去医院看病。

但现在他已经没有这个机会了。

胸前的工作证上唯一可以看到的那个"苏"字，被他从脸上滴落的血彻底染红。

"从现在开始，如果你们不放白六，我会每小时进行一次'小游戏'，从他开始。"小丑嬉笑着举起了枪。

苏恙很缓慢地眨了两下眼睛，他干涩的嘴皮动了动，呼吸微弱到看不出来："……千万，不要被……他带着走，队长。一定要……救下那些……被污染的人。"

"砰——"

~~157~~

嘈杂的背景音静了不到一秒，在唐二打的耳边变成了悠长的轰鸣。

队员没有一个人说话。

这种静默没有持续很长时间，很快有队员战战兢兢地走了过来，他眼里含泪地举着另一台电脑："队，队长，他们发送下一轮照片过来了。"

唐二打摇摇晃晃地撑着椅背站起来，他低着头很久没有出声，再抬起头来的时候，眼睛里一点光都没有地看着在他周围的队员，嗓音低哑地问："白六怕水，对吧？"

似乎从那一瞬间开始，唐二打身体里的某一部分随着苏恙的离开，彻底地在小丑滑稽癫狂的笑里崩坏了。

所有的记忆都会以白六那双平静的，就像是一面无风无浪盖满浮萍的死水湖的眸子作为起始和终结。

这次也一样。

跪在陆驿站身上的唐二打摇摇晃晃地站了起来，深蓝色的眼睛里一点光都没有，他抬手平举枪对准了白柳。

就像是当初的小丑嬉笑着举起了枪对准无辜的苏恙，此时此刻的唐二打麻木地举起了枪对准无辜的白柳。

正义的猎人在无数次的回溯之中被染上了流浪的底色，终于变成了他一直憎恨的流浪马戏团其中一员的模样。

举枪对准唐二打的牧四诚和木柯警惕地移动着靠近，牧四诚的枪几乎快要抵到唐二打的头了，但唐二打还是无动于衷地用枪对准了白柳。这让牧四诚困惑，他"喂"了一声："这个什么唐队，在你开枪打到白柳之前，明显是我们会把你的头爆成爆米花。"

木柯冷静地劝说："所以你最好把枪放下。"

刚刚被唐二打撂倒在地上的陆驿站甩着疼痛不已的手腕爬了起来，刘佳仪从他的身边跳了过去，伶俐地跳到了白柳的身旁，抬头从头到尾地审视了白柳一圈，就像是验货一样确定白柳没有问题之后，才转头看向走廊另一边正在对峙的四个大老爷们儿。

如果是平时，刘佳仪一定会直接说"打死唐二打之后我们直接进游戏，这事就结束了"。

但现在她的目光落到了踉跄着站起来的陆驿站身上——陆驿站是个没有进入游戏的围观者，有这个人在，他们是不能轻易进游戏的。

而且他们要是随便打死唐二打，按照刘佳仪对陆驿站这个正直小警察的了解，下一秒他们就会被大惊失色的陆驿站给扭送到司法机关。

刘佳仪想到陆驿站要是发现自己在这里做了一些不好的事情，自己多半会被陆驿站在震惊之余苦口婆心地念叨和教育很久。

这小警察在之前看守她的时候，就特别能念叨、特别爱多管闲事，对各种小事碎碎念的程度堪比刘佳仪同时拥有了五十个更年期并且刚退休的妈，能念得刘佳仪双目发直，起一身鸡皮疙瘩。

想到这里，刘佳仪有种诡异的不自在，后背发麻，她下意识地往白柳的身后藏了一点，把脸上那副巨大的遮挡脸的护目镜往上挪了一些，试图更好地隐藏自己。

白柳斜向后扫了一眼刘佳仪躲避陆驿站的小动作。刘佳仪抬眼看了他一眼，然后又默契地移开了眼神。

——确定过眼神，都是被陆驿站念叨废了的人。

果然，陆驿站站起来之后，第一时间是苦劝正在用枪对峙的三个人，他胸口挡在唐二打举起来正对白柳的枪口前面，目光清明地用双手一边一个握住了牧四诚和木柯瞄准唐二打的枪口，叹息一声就要开始表演：

"打打杀杀多不好啊，大家就不能坐下来吃顿火锅好好谈谈吗？有什么事是非要动枪才能解决的呢？你们看这里这么窄，还是金属的墙壁，子弹打出去，弹壳说不定会反弹到自己的身上，到时候谁出事还不一定呢。这也说明了一个道理，打在别人身上的子弹终究是会回到自己身上的，何苦呢？对不对……"

被握住枪口的牧四诚一脸震惊："你是谁啊？！"

木柯试图抽回自己的枪，却发现居然抽不回来："？"

背后的刘佳仪和白柳露出了"啊，真的开始了"的了然表情，刘佳仪有点恶寒地搓了搓胳膊——这熟悉的感觉。

唐二打突然出声打断了陆驿站的碎碎念，他看着挡在自己面前的陆驿站："你说得对，打在别人身上的子弹终究是会回到自己身上的。"

他说着，缓慢地抬起手肘回转了九十度，在陆驿站目瞪口呆地注视下，唐二打冷漠地把枪口掉转，精准地对准了自己。对准他自己的枪是一支灿银发亮的玫瑰左轮手枪。

唐二打用大拇指拨下保险，在陆驿站慌乱无措的动作中轻声说："我比谁都明白这一点。"

系统提示：玩家唐二打在现实中精神值归零，彻底怪物化，可成为怪物解锁登录现实副本。

系统提示：玩家唐二打使用怪物化技能，解锁《怪物书：凋谢的玫瑰猎人》形态，可使用个人技能"俄罗斯轮盘"。

俄罗斯轮盘：左轮手枪里一共有六颗子弹，其中有三颗会杀死自己，有三颗会杀死敌人。猎人举起了自杀用的玫瑰手枪，扣下扳机的瞬间变成了一场赌博，是会先杀死自己，还是会先带走对方？是否使用该技能？

是……正在载入……

技能锁定对象：白柳。

系统提示：轮盘开始转动，赌局即将开始……

太阳穴旁的左轮手枪开始扭曲地转动，子弹上膛和赌命的轮盘转动的声音对唐二打来说是如此熟悉。陆驿站惊慌地看着目光失去焦距的唐二打一副要举枪自杀的样子，就连木柯和牧四诚也蒙了，虽然他们也拿着枪对着唐二打，却不知道该作何反应。

刘佳仪却好像觉出不对了，她皱眉往前走了一步，挡在了白柳的面前，脑海中响起了王舜和她说过的话……

"玫瑰猎人是一个神枪手玩家，你根本找不到他从地图上哪里瞄准的对手，对手就被淘汰了，有时候远在千里之外，他也能精准地杀死怪物或者玩家……

"他的技能吗？不太清楚。玫瑰猎人太独了，就算是和他合作过的人也不是很清楚他具体的技能，只知道他的武器是一把银色的左轮手枪，和玫瑰有关……"

银色的左轮手枪……和玫瑰有关……刘佳仪的目光定格在唐二打手里的那

把枪上——那是一把技能武器！！

为什么唐二打能在这个世界使用技能武器？！这根本不合理！

但无论合不合理，目前的状况都不容许刘佳仪再迟疑了。

"木柯！牧四诚！开枪！"刘佳仪厉声喝道，"他的枪不对劲！！"

唐二打突兀地低笑了一声，他的笑声和刘佳仪的厉喝混在一起，汇成一首让人毛骨悚然的协奏曲，他深蓝近乎黑色的眼睛看着陆驿站后面的白柳，和他对视，语调轻忽："你知道吗白六？我和你玩这个赌命的游戏还从来没有输过，这是我唯一可以赢你的游戏。

"因为你的运气太差了，每次我打出来的子弹，一定是杀死你的。"

这是被"神"选中的猎人，为了杀死被预言家指定的罪恶又不幸的"狼人"和快要变成怪物的自己，特意衍生出来的技能。

陆驿站瞳孔收缩地看着唐二打扣下了扳机。

银色的子弹从枪膛里螺旋射出，就像是慢动作一般缓慢地穿过了唐二打的头颅，然后唐二打被穿颅而过的子弹的冲击力直接击到了墙面上。

但子弹却匪夷所思地、毫发无损地穿过了唐二打的头颅，在金属墙壁上擦了一下，带着擦出的火花，飞速地往白柳那边冲去。

刘佳仪以一种肉眼不可见的速度快速攀爬到了白柳的身上。

在白柳还没有反应过来的时候，刘佳仪咬着牙闭着眼抱住了他的头，腰部弓起，在白柳的头部和她的身体之前留下子弹缓冲的空隙。

如果这家伙的技能是发射这种自杀子弹，那么按照子弹击中唐二打的部位来看，击打到白柳的地方应该也是太阳穴，也就是右眼的位置！

子弹就像是一发炮弹打在了刘佳仪的腰上，她闷哼一声，整个身体都被子弹冲击得往前挪了一些，正好用她之前预留的空隙缓冲了。

子弹就像是打碎了一个盛满鲜血的小瓦罐般，血源源不断地从瓦罐上的缺口涌出，顷刻就将白柳的白衬衫给染红了。

刘佳仪在子弹击中她的瞬间攥紧了白柳的衬衫，下一秒就松开了，她脱力地向后跌落，落在了伸手接住她的白柳的怀里，她的嘴边也开始流出鲜血。

她的拇指费力地张开，抓了一下白柳的领口，在上面留了一个鲜红的手印。

刘佳仪呛咳着对着白柳说道："弄走……"

白柳低头看着她，冷静地接上了她的话："弄走陆驿站，带你进游戏。我知道。"

刘佳仪费力地蜷缩在了白柳的怀里，闭上了眼睛。

血顺着白柳捂住她腰部伤口的指缝里不断渗透、滴落，她的呼吸和声音都渐渐微弱："剩下的，你自己……来吧，我不太……清醒了。"

第九章 玫瑰工厂

158

唐二打被子弹冲击到墙上,他晃了晃头撑着墙壁想要站起来,但好几次都没有撑起来,似乎这个技能也让他消耗得不轻。

系统提示:"俄罗斯轮盘"进入冷却期,十分钟之后可再次使用,玩家唐二打体力值剧烈损耗中……

唐二打小臂上青筋跳动,最终他还是站稳了,毫不犹豫地继续用另一把现实世界的枪对准了白柳,想要开枪。

木柯之前听了刘佳仪的话,二话不说就要对唐二打开枪,但他的枪口被陆驿站给堵住了。陆驿站虽然看着已经蒙了,但是还没有松开握住牧四诚和木柯的枪的手。木柯是知道白柳和陆驿站的关系的,他不可能对着陆驿站随便开枪。

而牧四诚之前是还没有反应过来,但是现在他看着倒在白柳怀里浑身是血的刘佳仪,瞬间就发火了,一脚踹开了陆驿站:"你是谁啊!给我放开!!"

蒙了的陆驿站被牧四诚一脚踹翻在地,陆驿站还抓住唐二打状态变差的空隙,反手缴了唐二打对准白柳的枪。

牧四诚还要继续发火,木柯已经冷静下来,用枪对准了唐二打的头颅。

白柳抱住刘佳仪渐渐变得冰冷的身体,下达了命令:"带走陆驿站,我要进游戏,迅速。"

躺在地上的陆驿站还在发蒙:"你们要进什么?!"

木柯和牧四诚在得到白柳命令的一瞬间,就像是条件反射般迅速达成了一致,回了一句:"好。"

木柯用枪抵着陆驿站的头,强行拉走了懵懂又震惊的陆驿站,而牧四诚举着枪和唐二打对峙。

白柳抱起胸膛起伏微弱无比的刘佳仪,在陆驿站消失的一瞬间,在确定没有围观者的情况下,他和刘佳仪都消失在了关押异端0001的房间的门前。

紧接着，对峙的牧四诚和唐二打对视一眼，也纷纷消失了。

木柯拖着陆驿站进入了黑暗里。

陆驿站还在不断回头想看白柳那边的情况，但他也知道刚刚自己做了拖白柳后腿的事情。木柯死死地用枪抵住他的后背，不让陆驿站回头，一直把他逼到电梯附近。他用枪逼着双手举起的陆驿站进去，然后他面无表情地摁下了电梯的关门按钮，从电梯里退了出来。

在电梯门闭合的一瞬间，木柯和被陆驿站缴走别在后腰上的玫瑰手枪都消失了。

与此同时，正在密切监控关押异端0001的房间门前状况的队员只见屏幕上雪花点闪烁。等到恢复的时候，所有人都消失不见了，只在关押异端0001的房间门前留下了一摊不知道是谁的血迹，还有正在从电梯里走出来的步履不稳、脸上带伤的陆驿站。

想到唐二打在下去之前留下的叮嘱，队员神情肃穆地举起了通信器："请注意！异端0006、0601、0004和一位编号还未确定的人形异端入侵者如唐队所说，突然消失在了基地底层。请通知基地外成员，准备围堵唐队留下的地点，包括以下坐标点——

"人形异端0006可能出现的坐标点为迎宾中路旁的租赁公寓……

"人形异端0601可能出现的坐标点为本市的爱心福利院，以及邴洲市的曹家沟……

"人形异端0004可能出现的坐标点为本市的镜大宿舍楼……

"还未拟定编号的人形异端可能出现的坐标点为香枫山的别墅区……"

"以及他们所有人最后消失的坐标点，"队员沉声播报，"也就是基地的最后一层，关押异端0001的房间门前。等异端收容完毕后，可以下到禁区的支队队员持枪待命，守在这个地方。

"以上坐标点我们都会派队员持枪待命，一旦人形异端出现，请立即击毙。相信基地所有的现存队员经过了今晚的事情，已经深刻认知到这些人形异端的危险性。唐队没有说错，他们的确是极端危险的人形异端。"

基地里的队员沉默地看着被外逃的异端破坏得一片狼藉的基地，和那些在收容过程中被异端弄伤、躺在担架上正在被医疗兵运输的虚弱昏迷的队员。

监控室里的队员抬头看向监控屏幕上的那一摊来源不明的血，他握紧了拳头，对着通信器语调越发沉重地说："在这次追捕中如果出现任何问题，我们将和第三支队队长一起全权负责。

"绝对不能让这些危害性极大的人形异端，操控着怪物们来侵害普通民众！"

系统提示：欢迎玩家白柳回到游戏。

白柳抱着腰部流血的刘佳仪在游戏大厅刚一出现，就吸引了很多玩家的目光。无论是他还是刘佳仪，都是现在游戏里的话题人物，而且他们还是以这种很劲爆的方式出现。

不到十秒，游戏里的论坛就再次被白柳登上国王推广位之后首次出现，以及小女巫受伤的消息屠榜。

白柳上次消失得悄无声息，几乎各大公会的人和食腐公会的人都在找他，现在出场的方式又如此惹眼，虽然暂时没有人敢上前去惹脸上没有什么情绪的白柳，但是跟在他后面准备看热闹的围观群众倒是有一大堆。

但是这些人白柳根本没管，他抱着越发虚弱的刘佳仪直奔游戏登入口。

刘佳仪的个人技能"毒药与解药"带有攻击性，是无法在游戏大厅内使用的。也就是说，要治疗刘佳仪的伤势，他们只能进入游戏。

白柳一边走，一边快速地和刘佳仪交谈着："一、二级游戏都在用生命值卡淘汰率，对你的技能限制太大了，如果进入之后就像上个游戏一样，强行把你的技能CD延长到六个小时，对你的伤势太不利了。你进过三级游戏，三级游戏对你的技能限制大吗？"

刘佳仪捂住自己渗血的腰部，艰难地回了一句："没有……限制。"

白柳冷静地做出决断："那我们进三级游戏。"

"但三级游戏，对通关人数……有限制，"刘佳仪努力地补充道，血液的急速流失让她的脸色越发苍白，她抓紧白柳的袖口提醒他，"只有规定的玩家人数……可以通关。你别随便进，会被淘汰的……"

"这些都等到后面再说，先处理你的情况，剩下的交给我。"白柳简单地回了一句，然后迅速地抬起了头——他已经走到了游戏登入口。

他一目十行地在游戏界面上挑选，最终视线定格在了角落里的一个还没有任何人登入过的游戏。

这个游戏的界面是一枝放在长圆柱玻璃器皿里的正在凋谢的荧光色玫瑰。

白柳点开之后看到介绍：

游戏副本名称：《玫瑰工厂》。

等级：三级（玩家淘汰率大于80%小于90%的游戏为三级游戏）。

模式：多人模式（0/6）。

综合说明：这是一款升级向的多人游戏，玫瑰花的香气飘散在五月的土地上，只需一天，沉浸在香气里的工人就会枯萎。短暂的生命正是珍稀的五月玫瑰的奥秘之处，唯有真正的调香师才能发现藏在花蕊深处的秘密，懂得如何从枯萎之人的身上汲取更多的芬芳。

人类的心脏重量大约有250 g，你知道玫瑰有多重吗？

白柳眼睛微微眯了眯——又是他刚遇到相关的事件，游戏里就刷新出了对应的游戏。

看来这个游戏屏幕根本不是什么随机刷新出游戏，而是符合某种白柳目前还没有弄清楚的规则。

这种熟悉的好像这款游戏就在系统里静静等着白柳来，而游戏外的白柳恰巧也被指引来到这里的感觉……

就好像白柳注定会进入这款和其他时间线的他有关的游戏，和上一轮的《爱心福利院》一样。

这种让他很不舒服的被操控感，从白柳进入这个游戏开始，或者甚至在他进入游戏之前就一直萦绕在他的身上，让白柳能够似有若无地感受到，但这种感觉具体从何而来，他又捕捉不到。

而且从塔维尔提前给他的"神谕"来看，这个操控白柳人生和命运的存在，塔维尔应该认识，或者说，塔维尔也是被操控的一员。

但逃避不是白柳的风格，不懂的东西他反而更喜欢通过正面对决来搞清楚，因此白柳没有片刻迟疑就抱着奄奄一息的刘佳仪登入了这款游戏。

游戏《玫瑰工厂》已集结玩家两位，还需四位玩家即可开始。

与此同时，追着白柳而来的牧四诚和木柯都听到系统发出了提示音：

系统提示：您收藏过小电视的玩家白柳登入游戏了哦！请前往围观！
系统提示：您收藏过小电视的玩家刘佳仪……

牧四诚和木柯脸色难看地对视了一眼，牧四诚先开口："白柳登入游戏了，他一个人带着受伤的刘佳仪进什么游戏？！"

"着什么急啊！他就不能再等等老子吗？！"牧四诚磨牙，他看向满满一整面屏幕的游戏，"现在要我怎么找他啊！"

木柯勉强维持平静，他很快反驳了牧四诚的话："他不等我们，很有可能是用不到我们，如果需要我们，白柳一定会等我们的。但既然他先一步进入游戏了，那他一定有这样做的道理。"

说到这里，木柯也不甘地咬紧了牙关，眼眶发红："这只能说明一点，那就是白柳认为，我们在他要进的这款游戏里根本帮不了他什么忙，所以他才不等我们。"

他深吸一口气，继续冷静地分析："刘佳仪在上一轮的游戏里，因为游戏是用生命值来平衡淘汰率的，她的技能被限制得很厉害。白柳如果是想用刘佳仪的治疗技能救她，就一定会选一个不会限制她技能的游戏。有这样的游戏吗？"

牧四诚沉默一会儿，他攥紧了拳头，呼出一口浊气："有，三级游戏。"

159

牧四诚憋闷得简直想对着空气打一套拳："三级游戏我都没办法保证一定可以活着出来！白柳他一个低级面板的玩家，怎么有胆量直接闯进去！"

木柯调整呼吸，转头看向牧四诚这个比他经验丰富一些的玩家："那有什么是我们现在能为白柳做的？"

"我们能做的就是不进游戏，保证我们人在外面，让白柳可以自由调用我们的技能。"牧四诚沉默了好一会儿，才回答木柯的话，"这是我们目前对他而言仅剩的价值了。"

"当初还和他说100积分买我的灵魂太便宜他了，我吃了大亏。没想到才过一个游戏，我对他就没用了。"牧四诚自嘲地笑了一声，低着头看向了自己的手掌，用力握了握，"结果这100积分他还真是花多了。"

刘怀被其他人操纵控制，最后不得不在他眼前离开的那种无力感，在牧四诚心口再次升腾——他好像总是这样眼睁睁地看着刚刚可以交付一点情感的人被命运裹挟，在他面前走向无可避免的危险与消失。

最开始的那个人是这样，刘怀是这样，白柳现在也是这样，他以为他能做很多事，但常常来不及。

这种失控的无力感很快被牧四诚攥紧拳头压下。

但木柯比牧四诚更快地找到了他们在其他方面的价值，他低头看着沸沸扬扬的论坛，猛地抬起头来看向牧四诚："我们还能做一件事。"

牧四诚看过去："什么事？"

木柯的眼睛亮得惊人："公会，白柳的公会！他上一轮游戏得到的食腐公会！"

"他和我说过一些管理思路。"木柯找到了自己能为白柳做的事情，这让他很快地镇定了下来，变得条理清晰又理智冷静。

"这个食腐公会目前走了很多有实力的玩家，剩下来的玩家都是想要依附于白柳的残兵败将，但这些人并不是完全没有价值的。我需要他们所有人的资料，然后整理出他们对白柳最有用的地方……"

木柯一条一条地分析他们接下来能为白柳做什么，而牧四诚认真地听着。

如果唐二打在这里，他就会惊奇地发现，在十分钟以前他认为还没有成长起来的流浪马戏团，在白柳带着受伤的刘佳仪进入三级游戏之后，迅速地演化出了他在其他时间线看到的团队雏形。

迫切想要变强的盗贼，开始担当公会和台前管理人的木柯，为白柳挡住他身前子弹的小女巫……

一切的一切就像是注定般，无法阻挡地向既定的轨迹驶去。

唯一可能出现的变故，唯有陷入深渊的猎人自己而已。

唐二打进了游戏，迅速地兑换了一瓶精神漂白剂，猛灌了一大口，才从那种濒死的、想要杀死别人或者自己的疯狂感里挣脱出来。他靠在中央大厅的入口处闭上眼休息，没有急着去追白柳。

在中央大厅里即使他追上了白柳也无法淘汰对方，唐二打只能等白柳进游戏。

虽然进了游戏之后白柳的境遇会更加危险，但唐二打相信白柳一定会很快进游戏。

因为刘佳仪受伤了。

没有出乎唐二打的意料，很快他就收到了系统的提示音：

系统提示：您收藏过小电视的玩家白柳登入游戏了哦！请前往围观！

唐二打在听到提示音后，毫不犹豫地就往游戏登入口那边去了。

唐二打一边往登入口走，一边目光冷酷地给这次联赛想雇用他的那些高级公会发通知。

他发给这些公会的通知内容简洁明了——他想要淘汰白柳，谁借人给他帮助他围堵白柳，唐二打就免费加入谁的战队。

不得不说这是一个相当具有诱惑力的筹码，强大神秘的据说面板早已经升上S级，但一直隐藏自己面板的"玫瑰猎人"突然愿意加入一支战队参加今年的联赛，这完全是一个可以主宰联赛走向的重磅消息。

唐二打的通知发出去的瞬间，就在好几个排名不低的公会内部激起了热烈的讨论。

其实以唐二打的实力，他完全可以单枪匹马地追杀白柳。

但有一个很重要的前提，那就是白柳不会在游戏之间逃窜。

如果白柳迅速地通关一个又一个低级游戏，利用游戏的通关机制耍赖逃窜，在简单的游戏之间快节奏地游走躲避唐二打的追捕，那么要抓到白柳就会变成一件相当困难的事情。

如果没有人帮忙填充其他的游戏阻止白柳进入，那么追击白柳的人只会被他吊着满屏跑，让观众为他快速通关的技巧惊叹、点赞——不要问唐二打为什么知道，因为他已经被其他时间线的白六这样玩过一次了。

白六天生就是为这些恐怖游戏而生的，没有人能在有他的游戏里取胜。

战斗力的绝对压制是杀不死白六的，唐二打比谁都明白这一点，不然白六早就直接被他杀死千百回了，他也根本不会绝望地衍生出那个"俄罗斯轮盘"的技能，以此才勉强杀死白六。

唐二打靠这个技能，在联赛的赛场上赢了流浪马戏团——因为他杀死了白六。

当然这家伙并没有真的死亡，他的人气让他在联赛赛场上一直都有免死金牌。虽然白六没有真的死亡，但白六被唐二打利用技能击毙的一瞬间，马戏团的所有成员都不约而同地选择了终止比赛去确定白六是否安全——也就是向唐二打投降。

尽管当时赛场上只有唐二打一个人了，但流浪马戏团全队放弃比赛的时候，一秒钟都没有犹豫。

对流浪马戏团那群训练有素的疯狗来说，白六的生死意义远大于联赛的胜利——可能只有白六这个神经病，才会把胜利和金钱的重要性置于自己的生命之前。

唐二打走到了游戏登入口前面。与此同时，他发出去的那些通知也得到了回应。

最快给他回应的是国王公会。

系统提示：玩家唐二打，您有一条来自"红桃皇后"的公会通知。

唐二打点开了系统面板上那条信封上火漆形状是一个扑克红桃的通知。

红桃皇后回信：尊敬的猎人，我也在追踪白柳，他拐走了我们公会可爱的小女巫。如果阁下不介意，我们非常希望和阁下合作，淘汰白柳，带回小女巫。

当然，事后阁下如果愿意加入我们战队，国王公会将不胜荣幸；如果阁下不愿加入，我们也不会强求。但在白柳这件事上，相信我们可以达成一次令双方愉快的短暂合作。

看到这条通知的唐二打眼神微变。

红桃，一个神奇的女人。

她是唐二打去过的所有时间线里，除了小女巫以外，他知道的唯一一个和白六有直接关系的女人。

唐二打看着红桃给他发的关于追杀白六的合作邀请，有种很微妙的违和感——因为其他时间线里的红桃皇后，大部分的时候对他可没有这么友善。

不同的时间线里，每个人的身份和境遇都有所不同，每个事件的选择不同，同样的人也会产生不同的未来——这是平行时空理论。

就像是这个世界上不会有两片相同的叶子，每条时间线里就算是同样的人，也不会有相同的未来。因为每条时间线的每个人，在不同的节点上或多或少都会做出不同的选择，从而走向完全不一样的人生。

除了白六这个宛如 BUG 一样的存在，他是这个理论的反例。

白六稳定得不像一个正常的人类，每条时间线面对某个可以决定他未来人生走向的重大事件，白六一定会毫不犹豫地走向那条相同的、让他赢得金钱最多的道路——所以每条时间线，就算是中间有再多的波折或是不一样的情况，白六最终一定会成为一个异端走私犯。

关于这个，其他时空的白六曾对唐二打说过几句很有意思的话。他对唐二打笑着说："这个世界上大部分快速敛财的渠道都是通过勾起人们的欲望，来刺激人们的消费冲动。

"但还有比贩卖邪恶之物本身更加激发人内心欲望的货物吗？"

的确没有了，白六已经在无数的时间线里，微笑着向唐二打证明了这一点。

白六追逐金钱的欲望，在不同的时间线稳定得就像是一个放置的坐标，根本不会产生一丝一毫的动摇，这让他在每条时间线都走向了一模一样的未来——这本身就不正常。

人是不可能这么稳定的。

就比如其他时间线的红桃，这个女人一会儿是白六传闻中的情妇，一会儿是白六的走私合作商，一会儿又和白六作对帮助异端处理局淘汰他，偶尔还和白六完全没有联系——这是一条正常人的未来波动曲线。

在人的成长环境没有出现大幅改变的情况下，很多基本的情况是可以确定的。也就是说一个人并不存在有无限可能的平行时空，一个人衍生出来的未来是围绕着一个标准的未来值，在大概确定的上限和下限之间波动的——红桃这个女人就是这样。

她在大部分的时间线里都会和白六产生联系，但她在每条时间线对白六的态度完全不同，因为她的立场不同。

160

  一开始唐二打和红桃有联系，本质上是觉得在这条时间线这个女人可能和白六有联系，想借着她找白六的线索——那个时候唐二打刚去过福利院，确定了另一个白六的死亡，但他还处于怀疑阶段，所以和红桃搭上了线，没想到红桃在这条时间线里居然真的和白六没有接触。

  毕竟谁能想到，这条时间线的白六居然这么晚才进游戏，然后以八倍速在三个游戏之内做完了他要做的事情，带着一个新生的团队，迅速成长到可以和他们这些老朋友抗衡的地步。

  如果再这么继续放任下去的话……唐二打咬了咬牙，他给红桃回了信："可以，你让人堵死其他游戏，我会亲自去追杀他。"

  红桃："你知道他在什么游戏里？"

  唐二打："三级游戏。"

  刘佳仪受伤了，为了避免用生命值卡淘汰率的二级游戏限制她的技能，白柳绝对会为了救下她，铤而走险进三级游戏——他对他那些队员一向不错。

  红桃回信很快："如果你确定白柳进的是三级游戏，我这边有三个攻击力还不错的高级公会玩家，他们练过三级游戏了，是我们战队的备用队员，让他们和你一起围堵白柳吧，白柳不是很好对付。游戏登入口见。"

  三级游戏的通关率只有10%~20%，红桃就这样轻飘飘地给了三个公会成员让他"使用"……这女人倒还是和其他时间线里的她一样心狠手辣。

  她根本没有把自己公会里的会员的命当成命，或者说，进入这个游戏之后，所有人的命都不再是命了，这些成员估计也没有把自己的命当成命。

  在可以被复活的前提下，他们的命，只是一串负载了灵魂的数据而已。

  游戏登入口。

  红桃披着酒红色的大波浪鬈发，斜戴一顶玫红色的高丘帽，穿着挺括的西装短上衣和同色包臀裙，踩着反人类的桃心尖头细高跟鞋，目不斜视地款款而来。

  她背后跟着几百个穿着黑、白、红三种颜色，由桃心、方块、梅花三个形状混搭出来的扑克牌制服的国王公会成员。

  这些会员紧跟在红桃皇后的身后，分散到游戏登入口旁选择游戏的大屏幕边。他们按照自己的等级、面板以及技能，筛选出他们有把握通关的游戏，再有条不紊地进入，消失在了红桃的身后。

  这些人动作丝毫不乱，从头到尾没有发出一丝杂乱的声音，并且操作极为迅速熟练，几乎只需要看一眼游戏界面就能判断出自己能不能通过。

随着这些人进入游戏，此起彼伏的系统提示音在游戏登入口响起：

系统提示：您收藏过小电视的玩家……登入游戏了哦！请前往围观！

在红桃走到唐二打面前的时候，这个女人背后的会员已经消失得差不多了。

与此同时，游戏公屏上的一百个原本右下角标注的是绿色的"WAITING…"的还没有满员的游戏，就像是翻页一般，在红桃走过来的几步路里，在她的身后全部翻转成了红色的代表着游戏满员的"FULL"标注。

正在挑选游戏准备进入的普通玩家看着这全屏变红的页面一蒙，纷纷为这声势浩大又让人摸不着头脑的行动自动让开了道路。

有些已经认出这批红桃带过来的会员的普通玩家目瞪口呆，睁大了眼睛。

他们压制不住八卦的欲望，在红桃的身后窃窃私语，小声讨论了起来：

"我的天！什么情况？！这一批全都是国王公会战队的备用队员吧？他们不是应该在游戏池里训练吗？怎么来普通玩家区这边了？还是由红桃带队！"

"……好强的压迫感啊，不愧是要打联赛的玩家，和普通玩家就是不一样。"

"不对啊，还有两个月就要开打了，他们不加紧训练，过来干什么？有哪个普通玩家惹到他们了吗？这围剿的气势……"

"只有我一个人注意到这些备用队员的面板好恐怖吗？！这些队员面板的属性点都要到S-了！！"

"应该是之前国王公会魔鬼集训的成果吧，他们家游戏池集训一直很恐怖的，好多高级玩家都疯了。之前都在传傀儡师都是因为技能和小女巫互补才被红桃勉强选入队伍的，因为傀儡师总属性点太低了，所以一直拿智力当噱头，结果在一个新人身上翻车了……"

"我的天，所以他们出动是因为红桃要解决黑桃吗？红桃终于对黑桃因爱生恨了吗？！"

"醒醒，黑桃正在游戏池那边训练，不可能在这边的……"

游戏公屏一片红，只有右边最上方的一款界面是正在凋落的玫瑰的游戏，右下角的标注还是绿色的"WAITING…"。

因为唐二打正在守着这款游戏，红桃没有让人进去。

她走到了唐二打的面前，扶住自己的帽子，迷离的眼神顺着唐二打的目光看向这个玫瑰正在凋谢的界面。

红桃像是丝毫不在意自己引起的轰动，轻描淡写地问唐二打："猎人先生，你确定是这个游戏吗，还是你只是单纯的触景生情了？"

这是在说唐二打的技能身份名称——"凋谢的玫瑰猎人"。

唐二打一看红桃就起鸡皮疙瘩，这个女人的技能相当让人不适。当唐二打的目光对上红桃似有若无、吸引人的眼神的一瞬间，红桃的脸定住了唐二打的视线，然后在他的瞳孔里开始变幻。

就像是某种奇异的重塑在红桃的脸上发生，她的下颌角从柔媚变得轮廓分明，带着男性骨骼的棱角感，眼珠子的颜色从暗红开始往浅棕色过渡，头发迅速收缩变短，身上的衣服从裙装往异端处理局的制服转变。

唐二打迅速地移开了目光。

——红桃开始变成苏恙的样子。

"如果这就是你和我合作的诚意，那我们的合作可以到此为止了。"唐二打别过脸冷淡地说道。

红桃轻笑一声，她撤回了技能，恢复了原来的面貌："猎人先生很怕被人知道在意之人的样子，但有什么不能看的呢？感觉是个很可爱的男人。"

唐二打扫了她一眼："他是什么都与你无关，停止用你的技能窥探我，我们是来商量白柳的事情的。"

红桃弯起帽檐下露出来的饱满的红唇："这倒是，是我想知道的太多，越线了。我对猎人先生太好奇了，不好意思。"

红桃这女人言辞、动作总会带着似有若无的暧昧，而且每次出现时面孔都不一样，但在看到她的一瞬间，又能从她身上的气质轻易地辨认出这就是红桃本人，而不是其他被幻想出来的人。

但你也能从她的脸上看到你心里最亲密的人的影子——这和她的技能有关。

红桃会根据对方的想象变幻出对方最亲密的人的样子迷惑对方，便于自己控制对方——艳丽的捕猎色外壳，和这个女人每条时间线给人的感觉一样危险。

唐二打当初就是根据红桃这个技能，挖出了谢塔的存在——在红桃和异端处理局合作的那条时间线。据红桃说，白六看到她的一瞬间，她就变成了谢塔的样子。

白六在看到红桃变成了谢塔的脸不久之后，他就像是被红桃迷惑的那些男人一样开始追逐她。

很快白六就罕见地邀请红桃加入自己的团队——在没有收购灵魂的情况下让一个人加入流浪马戏团。白六从来不会做这种像是被感情冲昏了头脑的决策，毕竟白六当时的地位已经让他处在一种很危险的境地，所有马戏团的成员都抵制白六这个决定。

但白六想做的事情，一向没有给其他人留拒绝的余地。

红桃在危险异端处理局的示意下答应了白六的邀请，她打入了流浪马戏团这个核心组织。虽然白六对她的管控很宽松，但她被马戏团其他成员监控得很严格，这让红桃和唐二打他们取得联系越来越难，偶尔千辛万苦传递出来的消息也让唐二打完全找不到思路。

看起来白六就像是被红桃深深迷住了，成为他从来没有过的特例般网开一面的情妇，就像是为她而昏了头，和马戏团其他成员产生了嫌隙。

但红桃传递出来的消息却是白六每次见她都是在游戏里，流浪马戏团公会大楼地底一个不怎么见光的水下的黑暗房间里，水波的亮度只能照亮她的脸，然后他给她一本很破烂的被拼凑起来的奇怪画本，画本的名字叫《瘦长鬼影杀人实录》，里面的每一页都曾被撕碎了，也不知道为什么白六这种什么都不缺的人会留着。

白六藏在黑暗里，隔着一段距离远远地看着红桃脸上浮现出另一个人的脸，这个时候白六就会轻声叫红桃低下头看书。等红桃按照他要求的那样看起了书，接下来的一段时间里，白六就会平静地审视，或者是欣赏她这副被他摆出来的样子。

偶尔红桃也会和白六聊天，白六并不像外界传言的那么恐怖，他大部分时候是随和甚至是有些懒散的，他似乎对她这张脸十分宽容，可以容许她大多数时候的没话找话和刺探。

"我的这张脸，是属于白先生您很重要的人的吗？"红桃随意地问道。

"我不知道。"白六半合着眼睛，双手合十交叠在小腹前，姿势懒散地倚在椅背上，淡淡地回答，"我不认识你脸上出现的这个人，或者说我不记得了。"

红桃："那您为什么会让我加入您的团队？您可是说过，从来不要对您没有长远价值的队员。我不觉得我对您有长远价值。"

白六闭上了眼睛："虽然我不认识这张脸，但我在看到这张脸的一瞬间，就想要彻底占有。你对我来说的确没有多少长远价值，但你能让我看到这张脸，这对你来说已经足够有资格进入流浪马戏团了。"

他缓缓地又睁开了那双黑色的眼睛，此时此刻的红桃已经悄无声息地拿着一个魔方站在了他的面前，想要用道具把白六给困住。

但白六依旧不紧不慢地说了下去："无论你怀有什么目的，我都无所谓。你只要保护好你的技能和脸就行了。

"这是你能在我这里存活的全部价值。"

下一秒，一根黑色的骨鞭从白六的身后甩出来，干脆利落地把红桃的双手给反剪。白六看着被他摁在地上的红桃，垂眸伸出了拇指和食指卡住了红桃的下颌，让她抬起头。

她的脸上又浮现了谢塔那张脆弱、苍白、带有针孔的脸。

白六用大拇指缓慢地拂开耷拉在谢塔额前的长而濡湿的鬓发，直视那双藏在头发下面的美丽的银蓝色的眼睛。

血腥味和水底的阴冷感在他们之间熟悉又陌生地弥漫，红桃仰着谢塔那张脸，从头发的空隙里，凝视着苍白阴郁的白六。

她装作那个溺死在水底的少年的样子，试图伸出手去触碰白六，用模仿出来的暗哑的男孩声音，轻声虔诚地念着面前男人的名字：

"白六……你不记得我了吗？"

白六的呼吸声轻了一些，他又缓缓地收回了已经横在红桃脆弱脖颈上的锋利鞭子，转身坐在椅子上，半合着眼，倦怠地俯瞰着从地上不快不慢地站起来的正在拍灰的红桃。白六又恢复了那副懒懒的耷拉着眼皮的样子。

红桃和白六对刚刚发生的事情都不陌生——这种事情在每次白六来见她时都会发生七八次。

红桃一直没有放弃过偷袭白六，她很清楚白六不会杀死她，因为这张脸，白六还会宽容到对她这种不断尝试杀死他的危险行为置之不理，甚至让她继续待在他的身边，只是为了模拟一个白六根本不认识的人在他面前看书而已。

"继续看书。"白六淡淡地吩咐，"还有，下一次不要让我听到你用他的脸叫我的名字。"

~~161~~

想到其他时间线白六和红桃之间会发生的事情，唐二打对红桃露出一种说不出的复杂又同情的表情。

但他很快收敛了自己不必要的多余感情，言简意赅地回答了红桃之前问他的问题："应该是这个三级游戏，这是一个还没有人进入过的新游戏。"

白六向来喜欢新游戏，尤其是在有对手的时候，他在新游戏里的优势会被放到最大。

"玫瑰工厂？"红桃抬起眼皮，脸上的笑意明显，"感觉是个很浪漫的游戏，和你的技能身份有种说不出的相配。猎人先生，相信你一定有把握在这个游戏里淘汰那位抢走了我的小女巫的新人。"

红桃用晦暗不明的目光看着唐二打："猎人先生，我会倾尽全力给你帮助，相信你已经完全感受到我的诚意了。但我唯一的要求就是，绝对不能伤害小女巫，无论是在游戏内还是在游戏外。"

唐二打诡异地沉默了一秒——刘佳仪帮白六挡了他打的一枪，现在算是生死不明。

红桃很快识趣地移开了自己落在唐二打脸上的眼神，她并没有对唐二打的沉默多加探究，仿佛刚刚只是随意地提了一句："我听说，我的小女巫在进游戏的时候身上有枪伤。我希望这种事情不要再发生了，猎人先生。"

她得体优雅地欠身微笑："她是我培养长大的孩子，对我非常重要，她身上受到一点伤害，那都是对我没有保护好她的苛责，是我曾对她许诺的幸福未来的辜负。我一点都不想看到她因跟了不该跟的人而付出代价。

"我不希望她被其他人带坏，所以带坏她的大人你可以随便处理。"

唐二打感到一种熟悉的棘手。

……红桃这女人极端护短这一点，真是……让人觉得十分麻烦。

刘佳仪现在是她公会里的人，而且这女人看起来对刘佳仪似乎很有感情，就算是刘佳仪相当于明面上叛会了，现在看来红桃也根本不在意。

联赛即将要开始了，红桃明显很需要刘佳仪这个队员，她已经表明态度了——只要刘佳仪安全地回去，她什么都可以不追究……

要是他随便动了刘佳仪，红桃一定会想方设法用技能勾出他的身份背景，对他进行报复——这女人已经有这样做的苗头了。

"这三位都是我们公会战斗能力优秀的预备役队员。"红桃侧身，让一直站在她身后的三个队员走上前来，简单介绍，"他们都是曾经陪小女巫一起训练过的玩家，对她的技能和习惯的攻击手段很了解，很懂得如何在不伤害她的情况下控制住她。"

红桃抬起帽檐，此刻她的瞳孔是和苏恙如出一辙的浅棕色。她那张妩媚的面孔上，眼神温柔得有种让唐二打熟知的心悸，就连声音都和苏恙有几分说不出的相似：

"猎人先生，我将一切都交托给你了。"她微微前倾身体，那双眼睛越来越像苏恙，声音开始变得男性化。

红桃踮起脚尖在唐二打的耳边亲密地低语："那我的小女巫，就拜托你带回来了。"

"队长。"

这一声似真似假、夹杂着飘忽笑意的那声"队长"让唐二打猛地清醒过来。

红桃已经转身走开很远，只给他留下了一个很有女人味的背影和一句抱怨似的笑语："猎人先生对我真是警惕，我又没有看到那张脸的全部……"

唐二打的脸色一瞬间黑沉，他没有和这些红桃带来的队员说废话，让他们仔细注意白六经手的钱，不要和他做任何金钱交易之后，这四个人一同进入了游戏。

游戏《玫瑰工厂》已集齐玩家，游戏即将开始……

白柳在游戏里睁开了眼睛，多人游戏区的一台屏幕漆黑的小电视在发出"滋滋"的电流声之后亮起，上面出现了白柳沾着血的侧脸，紧跟着他周边的五台小电视都同时亮了起来。

观众看到白柳这个被大家在论坛讨论了不知道多久的传奇新人再次出现，短暂地呆滞过后，都疯狂地向白柳的小电视涌去。

"我的天！他直接进了三级游戏，一次升一级游戏，也太快了！"

"我刚刚看到红桃在围堵追杀某位玩家，不会就是他吧……"

"你还没看论坛吗？不是说白柳这次是抱着受伤的小女巫进来的吗？伤了小女巫，红桃肯定要追杀他啊！国王公会今年的战队就是以小女巫的技能为核心搭建起来的！"

"我看到了好多国王公会的预备役玩家。但是上次白柳对上食腐公会的高级玩家都赢了，这次说不定也可以吧！"

王舜脸色极黑地看着白柳小电视旁边的那台小电视里出现的人——是玫瑰猎人！

单论战力，猎人比那三个预备役玩家加起来都难处理。

但是这些普通玩家对猎人这个神隐已久的玩家并不熟悉，再加上猎人隐藏了自己的面板，这些普通观众并不清楚猎人的实力，还在兴致勃勃地期待一次精彩的对战——之前白柳在对手具有压倒性的实力的情况下反败为胜，让很多观众对他产生了极大的信心和期望。

但是王舜是看过玫瑰猎人参加联赛的。

为什么这些公会到现在都还在出高价聘请猎人参加联赛？是因为这个人在单人赛场上没有败过——那是一种彪悍的似乎是"神"赐予的实力。

再往前两年，观众还不是这一批没见过猎人的玩家。在玫瑰猎人射出子弹的一瞬间，观众就已经开始为他拥有的胜利欢呼了——这是顶级联赛玩家让人臣服的战斗力，根本不是现在的白柳可以对抗的。

要是在联赛里，白柳遇到猎人必死无疑。

但在游戏里，尚且还有一线生机——因为游戏里是有商店系统的，白柳可以用大量的积分套现购买道具，用来打乱或者制衡猎人的攻击节奏，找到游戏的通关方法。

虽然这样耗费积分多，但这是白柳目前唯一可以走的路了。

也不知道白柳的那点积分能不能撑得住……

王舜站在白柳的小电视前，正要为白柳的小电视充电，红桃突然带着一群人走进了白柳小电视的观赏区域。

人群自发地散开，把白柳的小电视最前方那一块地方让给了突然来的红桃。

王舜警惕地换了副面貌，他拉起兜帽往后退，缩到了人群后方，但并没有离开，而是远远地皱眉看着仰头撑着脸仿佛正在观赏白柳小电视的红桃。

皇后这副对白柳很感兴趣的样子，让王舜有种很熟悉的不祥的感觉……

红桃转过身来，她笑着向白柳的所有观众微微欠身，似乎很有礼貌般行了个礼："虽然打扰了各位观看，但从现在开始，白柳正式被定为国王公会的头号敌人，我们禁止任何人给他点赞、充电、收藏，希望各位体谅一下。

"我们会让国王公会的会员们守在白柳的小电视旁边，一直到他跌入'无名之地'为止。相信各位都不想卷入我们和他之间的纷争，那么希望各位观赏其他玩家的小电视愉快。"

红桃微笑着向下挥了下手，她背后的会员们随着她动作落下，干练地"一"字排开，在白柳小电视观赏区域的边缘迅速排布，站成了一道人墙防线。

人墙防线里的国王公会成员背着手面无表情地站着。这些公会里的中高级会员对普通玩家极有威慑力，就算是在中央大厅不能彼此伤害，这些普通玩家观众也很难有勇气越过这道人墙去给白柳点赞、充电。

而对于那些真的对白柳很感兴趣的联赛玩家来说，在红桃在场、联赛还有两个月就要开始的情况下，冒着得罪游戏内最大公会的风险去给白柳点赞，也明显不是一个很理智的行为。

被人墙排除在白柳的小电视观赏区域之外的王舜脸色难看地站着，他摘下了自己隐藏真实面貌的兜帽，遥远地看向被红桃皇后就像是镇守住恶龙一般的，没有人能够接触的白柳的小电视。

这下真的糟糕了……

没有充足的积分还是其次，红桃要让白柳直接掉进"无名之地"，这是要直接扼杀白柳的游戏生命啊……

那个"无名之地"的小电视全是坏的，电视屏幕上基本都是雪花点，玩家在里面直播是完全看不清的，自然也就分不清小电视是谁的。也因为这个，"无名之地"一个观众都没有，根本没有人在意电视里的玩家。

所以这个地方叫"无名之地"，因为掉到这个地方来，你就失去了你的名字，成了千万个没有姓名、垂死挣扎的普通玩家之一。

如果白柳的小电视掉到那个废弃小电视堆积的"无名之地"，就算是观众想给白柳点赞、充电，那也没法在成千上万的废弃小电视里找到白柳所在的那台小电视。而没有点赞、收藏和充电，白柳的小电视就无法从"无名之地"出来。

这就进入了一个死循环——一旦掉到了"无名之地"，就算玩家下次进入新游戏，小电视也只会在"无名之地"开始直播，那么只要一个玩家落入了"无名之地"里，他就只能永远在这个没有人观赏的废弃的屏幕中挣扎，直到变成怪物，或者被淘汰。

大公会要利用资源封锁一个有实力的新人的上升渠道，实在是再简单不过的事情了，不然也不会有那么多实力强悍的新人选择加入公会，被隐形剥削，而不是自己发展。

王舜作为一直帮助国王公会筛选信息和新人的重要中层人员之一，其实内心是很排斥这种压榨和垄断行为的——因为他也是这样入会的。他被人得知了自己的技能之后，在对方的威逼利诱之下进入了国王公会。

但无论再怎么不喜欢这种行为，王舜也必须得承认，目前这种情况，除非是有个和国王公会差不多级别的公会愿意为了白柳出来和国王公会对抗，否则这个问题就是无解的——白柳一定会在国王公会的严防死守下，坠进"无名之地"，进入无人问津的死循环。

但很不幸的是，白柳拥有的公会，也就是食腐公会，距离发展成国王公会这种级别的大公会，起码还有得一次联赛冠军的差距。

王舜又换了一副面貌，他戴上了口罩，目光深沉地往大厅背后某个地方走去。

——他知道有个公会的会长，说不定会对这种情况下的白柳感兴趣。

游戏中最富有的公会——第五公会，赌徒俱乐部。

但在他找到援兵之前，白柳得先不被猎人淘汰才行。

与此同时，拉莱耶神殿。

这是一座在海域旁的小岛——用"小岛"来形容不够贴切，应该说是从海底深处浮上来的在岸边的巨大废弃古旧建筑物的一角。

整齐而污秽的高大灰白色石柱歪倒在深蓝色的海水上，摇荡的水波下能看到游鱼在吞噬暗绿色石阶上腐生的蔓草。

神殿的恢宏石阶之上，有个戴着黑色兜帽和正十字架螺旋盘纹面具的端坐许久不动的人，突然动了一下。

这一下惊动了他黑色兜帽上沉积已久的灰，和一只已经在他肩膀上筑巢的、品种不明的海鸟。

他慢慢悠悠地把肩膀上的巢取下来，放在了面前古旧的满是积灰的石桌上。

模样小巧的鸟从巢穴里跳出，无知无觉地啄了啄他的指尖，又跳到了一张放在石桌上、正面朝下的牌上，用自己娇小的眼看着这张石桌周围坐着的雕像。

这个戴面具的人周围坐了八尊神态各异的奇形怪状的雕像，这些雕像上半身是正常的人类外貌，下半身却是各种触角、粗壮的鱼尾、斑驳的鸟羽以及长满寄生物的植物的形状。

它们闭着圣洁的眼，虽然只是雕像而已，却显得不可亵渎，无法侵犯，有种古老又神圣的光泽在它们已被时间腐蚀的纹理上流动，让人不敢直视，难以考量。就好像多看它们下半身一眼，就要无法自控地为这些远古的雕像献上自己的灵魂。

唯一值得庆幸的事情是，它们还在沉睡。而不幸的是，它们沉睡得就像是下一刻就要醒来那样。

这些雕像闭着眼盘踞在石台上，这个戴着面具端坐在原地不动的人下半身也开始变成了石头，脚趾上长满了盘绕的螺蛳、苔藓和密集的草绿色不明种类的植物的根茎。

他们在一张硕大无比的石桌旁坐着。

石桌厚重古旧，上面满是风雨侵蚀之后的坑洼，原本镌刻在上面的巨大的章鱼触手的怪物，奇异地和危险异端处理局的标志一模一样。

这个人的对面坐着一个同样戴着兜帽，但显得比他悠闲和整洁很多的人。那人的脸藏在纯黑色的兜帽下，只能看到白到透明的脖颈露出，他从兜帽下伸出骨节分明的手，去触碰桌面上那些正面朝下的潮湿纸牌。

"预言家，"他带着似有若无的笑意开口，"这已经是我们玩的这局狼人杀的第四夜了，你要验谁的身份？"

坐在他对面的预言家沉默不语，只有巨浪猖狂汹涌地拍打旧神殿的声音。

"需要我帮你回顾一下你一定要和我玩的这局狼人杀的整个过程吗？"这人不紧不慢地开口，他的手指在其他几张已经被翻过来的牌面上轻点。

"第一夜，你什么都没有验证，我下放了一条人鱼。"这人指尖在一张闭上眼睛的塞壬王的纸牌上慢条斯理地轻点，"这一夜谁都没有死，是一个平安夜。

"第二夜，你验了一个盗贼，我下放了一面镜子。这一夜狼人在你的引导下，杀死了一个有罪的傀儡师和一个有罪的村民，制裁了两个罪行者，算是你胜利。

"第三夜，你下放了一个女巫和一个丘比特，我下放了血灵芝。这一夜你引导丘比特，也就是刘怀将狼人和女巫联结了起来，并且狼人制裁了两个罪行者，但丘比特这个无辜者也因为狼人而死去。所以这一夜我们平局，你打了一场很漂亮的对抗赛。"

这个人的指尖在桌面上的牌面上逡巡，他的面前是一张正在疯狂微笑的小丑的卡牌。

这张卡牌上的小丑右眼下画的那个逆十字架标志，和这个人衣服后面的图案如出一辙。

这个人的指尖最终定格在了一张被玫瑰藤蔓缠绕住的猎人的牌面上，他看向对面的人，海风把他黑色的斗篷吹得鼓胀。

"这张猎人牌是你最后一张可以验的神牌了。预言家，你这一夜要验他吗？"

下半身已经石化的预言家安静片刻，轻声回答："我要验他。请问他是人、是神，还是怪物？"

预言家对面的人似笑非笑地说："这个人原本要成神了，被你选中成为猎人之后又变成了人，现在他在无穷的轮回中快要变成怪物了。"

"预言家，你确定要下放这张牌吗？这一局无论是狼人还是猎人杀了人，你都输了。下一夜你就只剩自己这张神牌可以下场了——神要是都被污染了，狼人就屠边了。"

预言家闭上了眼睛："是。"

"那我下放一枝玫瑰。"预言家对面的人翻开一张自己面前的纸牌，他轻声说，"我很喜欢它的味道，我觉得和你下放的这位猎人很相配，有种快要枯萎的绝望气息。"

"——就像是怪物的味道。"

被翻开的纸牌上是一枝被放在长圆柱玻璃器皿内，耷拉下花苞，感觉像是要凋谢的玫瑰。

162

游戏内的唐二打睁开了眼睛。

铺天盖地的玫瑰花瓣从天际席卷而来，一直弥漫到地平线的大片艳丽饱满的花田里，玫瑰生机勃勃地盛放着。天空是极夜般的深色，往玫瑰花田里走，乡村小镇的背景里突兀地出现了一座格格不入的现代化工厂。

巨大的黄铜质蒸馏器作为摆设放在工厂门口，旁边挂了一块刷着白漆的木牌，上面用中文和英文写着"千叶玫瑰工厂"。

唐二打的呼吸有刹那的停滞，他下意识地看向了工厂的顶端——那里空无一人，只摆着一些装在簸箕里正在晒月光的新鲜玫瑰。玫瑰花瓣在月色下舒展着身体，汁液在玫瑰色的肉质花瓣里酝酿着引人发狂上瘾的香气。

这就是那座白六站在最上方，问他"玫瑰味好闻吗？"的工厂。

在所有的时间线里，唐二打从来没有见过这款三级游戏。

他知道千叶玫瑰瓦斯事件肯定在系统的某款游戏里有解法，但唐二打无论多么疯狂地刷游戏，都从来没有刷到过这款游戏。

就像是有什么存在屏蔽了他进入这款游戏的渠道，戏弄着他。所以唐二打早就已经不抱自己能够刷出和千叶玫瑰瓦斯有关的游戏的希望了。

但这次，在唐二打彻底绝望之后，他居然追着白柳阴错阳差地进入了这款游戏。

系统提示：玩家唐二打看向工厂门口，触发游戏主线任务。

系统提示：玩家的身份为千叶玫瑰工厂中最低等的玫瑰采摘工人，你需要在工厂里不断认真打工，靠着业绩晋升为顶级的调香师。成为调香师之后玩家可以赶走前一任厂长，成为新厂长。

香水厂厂长产生后，成为厂长的玩家通关。厂长产生时，游戏终止。

现在请玩家进入工厂，开始今天的工作吧！

与此同时，躲在工厂后面的白柳抑郁地又一次确认了自己的主线任务，旁边正在喝解药治愈自己的刘佳仪身上还有血，但她的脸色已经好看了很多，身上的枪口也不流血了。

在刘佳仪确认完自己的主线任务之后，她瞄了一眼白柳不怎么好看的脸色，有点别扭地转过身小声嘟囔："都和你说了不要随便进三级游戏，我好不容易把你救回来，你自己来送人头了，还给我摆脸色……"

白柳郁郁寡欢地扫了刘佳仪一眼："不是因为你，是因为这个任务。"

"这个任务怎么了？三级游戏卡淘汰率就是通过限制通关人数啊，我在进来之前提醒过你了……"刘佳仪很快也进入了思考的状态，她收起解药的瓶子，皱着眉说，"三级游戏的淘汰率在80%~90%，这个游戏有六个玩家，只能存活一个是正常，但三级游戏也不是没有空子可以钻。

"不过这个游戏限定了只有成为厂长的玩家可以通关，我们进来的时候就看过了，附近只有这一家千叶玫瑰工厂，所以通关条件某种程度上被卡死了，只能先走一步看一步了。我倒是可以理解你不喜欢三级游戏的主线任务——灵活度降低，难度升高……"

白柳倒是难得不在状态，目光有些迷离："……又是打工，为什么进了游戏还在打工？我不喜欢被剥削。"

刘佳仪："……"

你是因为这个变丧啊！

刘佳仪面无表情地爬到装饰用的黄铜质蒸馏器上，打了一下白柳的后脑勺："麻烦精，给我打起精神来啊！先把你的追兵，那个什么队长处理了，他绝对追着你进游戏了。那人战斗力很强，你最好快点想想怎么让我们在这个三级游戏里通关！"

白柳被刘佳仪一巴掌拍到墙上，一动不动。

刘佳仪："……"

刘佳仪抓住白柳的头往外拔，怒吼："不要用装死来逃避打工啊！把我带进这个游戏里，就要负责把我带出去啊！给我有点成年男人的担当啊白柳！！"

白柳缓缓地从墙里把头拔出来，用一种恹恹的目光看着刘佳仪："在这里打工有人给我钱吗？"

刘佳仪："……当然不可能有啊，你在想什么？"

"哦。"白柳又慢慢地把头埋了回去，瓮声瓮气地说，"那我不打了，我不久前被人半强迫地做了一笔很亏的买卖，现在还要我白打工。我需要回血，我不行了。"

白柳完全就是一副当代葛朗台被迫把遗产留给儿子之后，发现自己还没死，生无可恋的表情——很明显他还没有从和陆驿站做的十年火锅交易里缓过来。

刘佳仪踩在白柳的肩膀上，把这个逃避打工的职工使劲往外拔，一边拔一边骂："男人不可以随便说自己不行的！快点起来打工！！"

在发现怎么样都没法让这个沉浸在亏本的抑郁情绪里的打工人恢复过来之后，刘佳仪不得不使出了杀招："你打工，我给你开工资，一个小时一百块钱，可以吗？"

把头埋在墙里的白柳毫不犹豫地转头，双眼直勾勾地看着刘佳仪，对她伸出了手，一点都不害臊地说："成交，先给钱再打工。"

刘佳仪："……"

这种白柳就在等着她掏钱，算计她的感觉……

这男人这么抠门吗？八岁小女孩的钱也算计？！

刘佳仪表面八风不动，心中骂骂咧咧地掏了钱给白柳。白柳迤迤然拿了钱，整理了一下衣服，又恢复成人模狗样的打工人的样子："走吧，先去工厂里核对程序。"

"等等！"刘佳仪拉住往前走的白柳，再开口语气都有点无奈，"我和你说的话你到底有没有在听？那个什么唐队长也追着你进游戏了，你直接去工厂里找 NPC 领任务说不定会和他撞见，他那把技能武器手枪很厉害，能在现实里使用，你要是撞见他，他一定会二话不说就杀死你！"

白柳牵起刘佳仪的手，表情淡淡的："在进入这个游戏的那一刻，他就不会杀死我了。"

刘佳仪一怔："为什么？"

"《玫瑰工厂》是有人，当然也有可能是不是人的东西，特意为唐二打和我献上的游戏舞台。"白柳垂下眼眸，眼神晦暗不明，"在这个名为'玫瑰工厂'

的游戏里，一定藏着可以解救被香水污染的人的秘密，就和《爱心福利院》里雕塑怪物书的奖励道具可以拯救血灵芝中毒的小孩一样。

"而唐二打以为藏着这个秘密的游戏解密核心在我手里，他以为我是知道怎么通关这个游戏的。就冲这一点，在游戏通关前，在唐二打拿到他想要拿到的东西之前，他是不忍心淘汰我的。

"解救他想救之人的解药近在咫尺，我相信这位正义的唐队长应该没有之前那种疯狂的，带着一千多人和我同归于尽的勇气了。"

白柳不紧不慢地点评，语气还带着一点调侃似的笑意："毕竟我的命在这位唐队长眼里，应该是没有他的那位苏姓副队长珍贵的。"

他牵着刘佳仪的手走在这个乡土小镇的玫瑰花田旁边，绕过工厂摆放的那个蒸馏器之后，就能看到已经打开的双开铁艺正门。

正门上挂着一个木质的牌匾，上面写着——欢迎光临玫瑰工厂。

白柳握住刘佳仪的手走了进去，进去之后是一个巨大的露天广场，地上散落着刚刚才从花田里采摘回来的新鲜玫瑰，有人蹲在地上正在分开混杂成一堆的玫瑰的茎叶和花瓣，然后将这些东西分门别类放好。

场地的两旁是巨大的正在工作的源源不断地冒出热气和白色蒸汽的铜炉，铜炉旁正有人不断地用钢铲翻搅里面的混合成一团的玫瑰花瓣，看起来是一派欣欣向荣的工作景象。但这些正在工作的人外表都有些奇特，工作时间也不太对劲，看天色现在很明显是深夜了。

这些正在工作的人穿着黑色的防护服，袖口和领口都被弹性绷带收紧，穿戴了白色的麻质手套和黑色的胶质筒靴，戴着黑色的纱质斗笠，从装束来看不像是在处理玫瑰，倒像是在危险实验室里处理病毒的科研人员或者是养蜂人。

白柳牵着刘佳仪进去的一瞬间就被这些人拦住了。

这些工作人员递给白柳和刘佳仪两套仿佛量身定做的一模一样的防护服，抬起头来，双眼发直地看着这两个不速之客，甚至带着一定的仇恨和警惕，用嘶哑干裂的嗓音说："进这个地方要穿防护服，不能让你们身上的气味污染了玫瑰的味道。懂吗？新来的！"

这样近的距离，白柳很清晰地看到在黑色的面纱之下，这个给他递防护服的人，或者已经不能算是人的职工的脸上有一些很深的巨大的皲裂，沿着裂口出现一片一片黑色的、腐败的、往外翘的肉片，就像是一朵玫瑰在他眼前顺着纹理正在盛放一般。

而这个直勾勾地看着白柳的工人眼睛里，有一朵快要凋谢的边缘泛黑的深红玫瑰——和他脸上那朵很像。

白柳和刘佳仪对视一眼，默默地接过了工人递给他们的全套防护服穿好，在对方的引导下往里走去。

这个工人一边往里走，一边转过头来向白柳介绍工厂里不同的三个车间。但白柳的注意力明显被别的东西吸引了。

这人一边走，防护服里的脸一边随着他的动作发出叶片掉落的簌簌的声音。掉落的东西被他自己"吧唧"一声踩在脚底，肉泥和血腥湿腻的气味在行动间隐隐约约地透出，但他本人似乎毫不在意，还在介绍工厂的构造和规则：

"香水工厂内有三个车间，分别是刚刚你们看到的花瓣的炮制蒸馏车间、现在我们所在的精油提纯车间，以及最核心的调香车间。调香车间你们还没有资格去，只有调香师有资格在那个车间工作……

"我们这里招聘四种工人，负责采摘当季玫瑰花的采花工，这是最低级的工人，刚来的新人都是从这里做起的。采花业绩突出的会晋升到花瓣加工车间，成为加工员。业绩好的加工员会晋升到精油提纯车间，成为一名正式的厂工。到了这个层次，你们才有资格学习调香知识……

"而学习能力最强、调香天赋最高，可以优先调出香水的厂工就可以成为调香师，那是天大的荣耀。啧，不过和你们这些新来的说这些，未免太远了……"

白柳一边观察着周围的环境，一边听着这NPC喋喋不休地向他介绍工厂，最后才问了一句："那要怎么成为这个工厂的厂长呢？"

这工人说到怎么晋升到调香师就不再说下去了。

那个工人猛地转过头来，黑色的面纱下脸上的颧骨在血肉剥离之后隐约可见，压低的声音阴森可怖："厂长？成为厂长不是通过晋升。厂长掌握工厂制作香水的核心技术和干叶玫瑰的培育方法，而这些东西不可能外传。你们想成为厂长，等你们也有这些东西再说吧。"

白柳换了一种问法："那你们一共有过几任厂长呢？"

"八任。"工人说。

白柳淡淡地"哦"了一声，问："那他们是怎么更迭的呢？"

工人的脸色变得难看，他意识到白柳想问什么了，这让他诡异地停顿了一会儿，才回答："……上一任厂长消失了，拥有香水配方和玫瑰培育方法的下一任厂长就自动上任。"

白柳问到这里识趣地打住了——看来这还是个造反式的轮换方式，上一任厂长的消失可能不简单，而下一任厂长的上任也不会太单纯，香水配方和玫瑰培育方法就相当于是传国玉玺，谁拿到谁上任。

继续往里走，低矮不见天日的工厂内部渐渐变得宽敞，四周的墙壁上嵌入了各式的铝质冷却管，水流在里面"唰唰"地快速流动着。

水泥地面上摆放着一长串的蒸馏和烘干装置，这些器械的外壳已经被染上了一层近似于玫瑰的浅粉色，在一闪一闪的昏黄灯光下熠熠发光——正常的玫瑰可没有这么强的腐蚀性，可以让金属上色。

哪怕是白柳他们穿了防护服，都有一股扑鼻而来的浓烈的玫瑰香气在空气中弥漫。正在工作的各种装置里，玻璃装置的管道中，能看到玫瑰色的油滴在管道中缓慢地流动，然后从壶嘴滴落在一个拳头大小的烧杯中。

"我们是全世界唯一一所可以生产干叶玫瑰瓦斯香水的工厂，我们生产出来的香水会从这里运往全世界，每一个人都为这种香水发疯着迷，无法离开它生存。但我们也不是一帆风顺地发展到今天的。"这个工人用一种莫名的荣辱与共的骄傲口吻向白柳介绍，"你们左边的墙面上可以看到我们工厂的发展历史，这都是上了当地的报纸的。"

白柳的视线向左移去，他看到了一整面贴满了被放置在玻璃橱窗里的各种旧报纸的墙面，还有不少奖杯和一些类似于"202×年最优秀香水"和"十大年度企业"之类的金色奖状。

"……十年前，在干叶玫瑰瓦斯还被严令禁止生产的时候，我们工厂一度差点被查封。但是一场差点彻底毁灭我们工厂的大爆炸，让干叶玫瑰瓦斯的香气飘散到了周边的一座大城市里，一夜之间，几百万人都开始迷上这种香水。一款好的香水就是能有这样的魅力，它使工厂起死回生，重新发展到了巅峰！

"现在全世界的人都在用这款香水，供不应求，干叶玫瑰瓦斯已经变成比黄金更珍贵的东西！"

工人喋喋不休地叙述着，往前走的白柳在报纸墙上看到了一张熟悉的脸，他突然停了下来，站在橱窗外的某个位置。

他目光毫无偏折地落在了橱窗里那张贴在边沿的陈旧泛黄的老报纸，这张报纸有些年头了，左上方醒目地用加粗的黑字印刷了头条的标题：

> 镜城边郊一香水加工厂因防护措施不当导致气体泄漏，致使一百三十九位工人受伤，十七位前来调查现场的警察闻到气体后昏迷。

白柳的目光下移，头条下面是大幅的黑白新闻照片，照片上面有两张他很熟悉的侧脸——这两个人都穿着制服躺在担架上，神志不清，似乎要被抬上救护车，很明显是当场被香水工厂泄漏出来的气体波及了。

刘佳仪也认出了其中一个人，她微微睁大了眼睛，走到了橱窗前面，踮起脚凑近看照片上面那个被爆炸炸得昏迷、躺在担架上的警察。她凝神看了半晌之后，二话不说点开了系统面板。

系统提示：玩家刘佳仪是否使用600积分开启"小电视静音"服务？您和您周围一米之内的玩家所说的话，都会被静音处理之后再在观众所看的小电视中播出。

系统提示：交易已完成，玩家现在可以畅所欲言了！

刘佳仪处理完之后转头看向白柳，嗓音发紧："这不是那个警察……陆驿站吗？"

白柳不冷不热地"嗯"了一声："另一个叫苏恙。"

他看向报纸上的日期——是他们进入游戏的第二天。

现在这个《玫瑰工厂》的游戏和现实的联系就很明显了——这是一个还没来得及登录现实的游戏副本，而这个游戏登录的方式就是这场爆炸。

这个副本正式开始的时间在这场爆炸的十多年后，也就是现在。

引发这个游戏副本登录现实的契机，也就是开始让干叶玫瑰瓦斯在全世界流行的这场巨大泄漏，发生在白柳进入游戏的第二天。

一场游戏通常来说需要耗费的时间是一天，那也就是说……

白柳看向了报纸上报道的爆炸发生的具体时间——凌晨四点十五分左右，差不多也就是白柳刚刚进入游戏的时间，前后误差不超过十分钟。

这就代表无论唐二打还是白柳是通关游戏的人，他们一出去，见到的就是陆驿站或者是苏恙被爆炸波及，被干叶玫瑰瓦斯污染，即将要凋谢枯萎的场景。

就算他们拿到的游戏通关的道具奖励可以解救被污染的民众，这场造成民众大规模被污染的泄漏也已经发生了。

而游戏通关给的奖励或者是拯救被污染的人的道具都是有限的，就像是上一轮游戏奖励给白柳的血灵芝，刚好就能拯救六个小孩。

按照幕后的人对他们做出的安排来看，那人一定会在他们通关之后刷新《玫瑰工厂》这个游戏，想要再刷新出来就很困难了，也就是阻止他们重复获得道具。

不出意外的话，他们就算得到了可以解救被污染的人的道具，可能也就刚好能拯救现有的被污染的一千多个人。

但如果这场大爆炸的覆盖面过大，解救民众的道具很有可能不够用。

按照白柳对陆驿站和苏恙的了解，这两个人都是很典型的公职正义者性格，如果普通民众还没有完全获救，他们是绝对不会使用可以拯救自己的道具的。

这应该就是幕后安排一切的那个人想要看到的局面，他想要笑着看到——白柳和唐二打在自己最重要的朋友的病床前面，眼睁睁地看着他们枯萎凋谢而无能为力，甚至互相厮杀对抗，或者为了拯救自己朋友的性命牺牲一个无辜的人，变成自己的朋友所唾弃的恶人。

多么精彩绝伦的安排，情节在不知不觉间就铺开了。

白柳想起了他在进入游戏之前听到的，苏恙第二天要去香水生产工厂勘查的事情。

而今晚出了这么多的事情，陆驿站这个傻子为了证明干叶玫瑰瓦斯与白柳无关，为了了解在白柳身上发生了什么事情，也为了证明白柳的清白，一定会主动请缨和第三支队一起调查这件事的真相——这就完美地组成了幕后之人想要看到的棋局。

筹码被端放在现实的天平上，博弈者在游戏的擂台上，围观者藏在深渊和海底，恶劣地看着被编排好的戏剧。

好戏即将开场——白柳似乎听到有人愉悦又疯狂地在他耳边低语。

163

刘佳仪也发现了不对劲，她仰头看向牵着他手的白柳，皱着眉靠近他，声音压得很低："我开了小电视静音，你和我说的话观众都听不到。怎么回事？我觉得不对劲，巧合也太多了，感觉像是……"

"有人设计好这个游戏等我和唐二打进来，是吧？"白柳淡淡地开口。

白柳的目光依旧落在玻璃橱窗内的报纸上："你不觉得上一轮游戏也很像是设计好了等着你和我进去吗？已经登录过一次的游戏按理来说不会再重复相同的情节了，但偏偏那么巧，你所在的福利院被撤回了全部投资，走到了穷途末路，福利院的院长为了得到最后的利益，要拿你们这些仅剩儿童再次开刀，最终把事情闹到了我的面前。

"又那么巧，刘怀在《爆裂末班车》副本里被我遇到，让他欠了我一个人情。接着又因现实中的事情，他追着我进入了《爱心福利院》副本，而且游戏刚好设计让你和他分离，让我和他处在同一个阵营里。"

白柳一动不动地看着报纸上陆驿站痛苦的黑白的脸，语气无波无澜：

"包括第二轮的牧四诚也正好遇到了刘怀——刘怀就像是一个连接我和你们的纽带，并且同时还作为你们的心理弱点，和我一起被放进了游戏里。然后我会很自然地利用你们的弱点来牵制你们，让我获得利益，我们之间的矛盾就被激化了，你们会选择来淘汰我，而我会被迫反击，淘汰你们。"

"我一般很少相信这个世界上有这么多巧合。"白柳垂眸，收回自己落在报纸上的目光。

刘佳仪恍然，喃喃自语："简直就像是有人故意制造了这么多的巧合，露出我们的弱点让你利用，然后让我们厮杀一样……"

"但我没有淘汰你们，你们也没有淘汰我，背后的人在我们身上玩的这个游戏陷入了僵局。"白柳语气淡淡的，"所以这一次为了更大程度地激化我和对手的矛盾，我的弱点也被下放到了游戏里。"

"你的朋友陆驿站也被卷进来了。"刘佳仪很快地反应过来，"你为了这个人，一定会加快通关的速度，但这个游戏只有一个玩家可以成为厂长，所以你和那个唐队长的竞争会更加激烈。"

"嗯。"白柳依旧很冷静，"但另一方下放的筹码估计会让唐二打彻底发疯——那场爆炸波及的十七个队员，全都是第三支队的队员，是苏恚带队去勘查那家工厂的时候出事的。"

"唐二打很难在这种事情上保持理智。"

白柳静了一秒，他没有和刘佳仪说，更为复杂的情况是——在另外的时间线，唐二打亲眼看到他主宰了这场可以说是拉世界堕落的玫瑰色爆炸。

这就从根本上导致了唐二打在通关这个游戏的时候，一定会选择淘汰白柳这个可能导致爆炸的罪魁祸首，杜绝一切悲惨结局重现。

一切都严丝合缝地组成了一个就像是特意为了困住白柳和唐二打而做的局，这个局白柳唯一的突破口就只有淘汰唐二打，就像是唐二打唯一的出路也只有淘汰他一样。

这个背后操控一切的人用苏恚的死让唐二打失控、发疯，变成了一个失去底线的怪物猎人。现在这个人又一次故技重施，要用陆驿站的死亡诱导白柳放弃陆驿站亲手给白柳建造起来的原则和底线——他一次又一次地诱导着，想让白柳变成唐二打那样疯狂又清醒的怪物。

这个人在逼迫白柳变成白六。

工人还在继续往里走，穿过一条极为深邃的压抑的走廊，白柳的面前出现了一间办公室，进去之后发现这间办公室的装扮很古典，胡桃木的书桌后坐着一个正在喝玫瑰花茶、戴着眼镜的管事人。

管事人没有穿防护服，穿的是比较正经的做工良好的西服，看得出来他的地位比带白柳他们过来的工人要高一个等级。

这人抬起头打量着白柳和刘佳仪，他眼睛的正中央有一朵正在缓慢绽放的玫瑰。

这朵管事人眼中的玫瑰新鲜娇嫩，明显比工人眼中那朵快要凋谢的玫瑰生命力旺盛，而与之相称的是这个管事人身上清淡的玫瑰香气，哪怕白柳穿了防护服，他也能闻到——这个管事人就像是一朵正在散发浅淡香气的新鲜玫瑰花苞。

"你们就是新来的工人？"管事人放下茶杯，有些傲慢地看向白柳和刘佳仪,"你们来到的是世界上最有名的玫瑰工厂,你们在为这个世界上顶级的香水做准备工作,希望你们认真对待你们的工作。"

说着,这个管事人从书桌下的抽屉里取出了两份合同,抬高下巴示意,把合同推给了对面的白柳和刘佳仪。

"这是我们的劳动合同,签好了、领了工作牌,你们就可以去工作了。"

白柳拿起了劳动合同,快速地翻阅,然后放下合同,用一种意味不明的眼神看着这个管事人:"不规定工作时间?免费提供一日三餐和住宿地点?薪水以干叶玫瑰瓦斯这款香水来结算?不给钱吗?"

"你有什么意见吗?"管事人轻蔑地看向白柳,"现在全世界只有顶级的公司,才敢用干叶玫瑰瓦斯作为薪水发放给员工,买不到干叶玫瑰瓦斯的普通人拼死拼活想进我们工厂,就是为了拿香水作为工资。

"现在你去外面,可以随便用香水换到任何你想要的东西,食物、房子、珠宝、黄金……全世界都在为干叶玫瑰瓦斯发疯。"

管事人慢悠悠地啜饮了一口玫瑰花茶,眼中的玫瑰花更加艳丽,脸上的笑带着诡异的得意:"因为人没有香水就会枯萎。钱只是一堆废纸,早就不再是这个世界硬通货了。

"玫瑰才是。"

白柳静了一秒,很快就弯下腰在合同上签好了字,刘佳仪也沉默不语地签好。那个带领他们过来的工人却迟迟不肯离去,用一种极其渴望的眼神看着已经被管事人喝干净的玫瑰花茶杯底。

管事人习以为常地把自己的茶杯往下一倒,一滴茶水滴落,带领白柳他们过来的工人瞬间跪下,贪婪又狂热地从防护服里伸出皲裂的舌头,去舔舐地面上那滴快要被蒸发的茶水。

在舔到茶水的一瞬间,工人开裂的黑色舌头就像是得到滋润的旱田,从干燥开裂的花瓣状蠕动收缩着变成了一条正常的浅粉色舌头。

工人满是得到恩赐的感激与喜悦:"谢谢管事人给的这一滴茶!这是我喝过的最香的玫瑰花茶!是用提取了干叶玫瑰瓦斯之后的玫瑰干花泡的吧!"

工人露出迷醉的表情,脸贴在地面上深吸了一口气:"这滋味真是……太美妙了!"

似乎是知道自己留在这里也得不到多余的赏赐了,工人恋恋不舍地站起身,看了一眼那个茶杯,极为恭敬地鞠躬并后退:"管事人,那我就先带着新来的两位采花工去工作了。"

这个工人说完,变脸似的神色一变,极为不耐烦地对着白柳挥挥手:"跟我走!"

白柳和刘佳仪低着头跟着这个工人小步快走,一路走到了工厂外面。

夜色下的花田神秘又曼妙，散发着蓝色荧光的虫子在含苞待放的鲜花上落下，微风在花瓣之间轻扫，让玫瑰花像是海浪般在夜色下起伏碰撞，发出细微的擦碰声，深红色湿润的泥土在月光下折射出一种近乎被鲜血刚刚滋润过的色泽。

工人看向他们："这就是你们工作的地点，我们工厂用来培育干叶玫瑰的花田。一共有一万六千亩，一到两个工人负责其中的一块田，这块田里的玫瑰就是你们要负责采摘的。

"深夜是干叶玫瑰盛放的时候，这种玫瑰对日光很敏感，你们要在干叶玫瑰遇到日出第一缕光，收拢它们的花瓣之前，尽可能多地把干叶玫瑰采摘下来——只有夜间的干叶玫瑰才能炮制出最美、最纯粹的没有杂质的香水，天亮之后的干叶玫瑰是没有香气的。"

这个工人把白柳和刘佳仪带领到花田边，指着花田过道的一些并排扎的简陋小帐篷，颇有些幸灾乐祸地说道："看到那些小帐篷了吗？你们这些最低级的采花工，工厂是不给你们提供宿舍的，你们要住在花田的这些帐篷里。你们随便看看，没有人住的帐篷就代表那里的采花工已经被解雇变成了流民，你们进去住就行了。"

花田和花田之间的狭隘田埂上的确扎了很多样式简陋的肮脏的布艺帐篷，这些帐篷大小不一，看起来最多也就能允许三个人同时居住。帐篷是帆布材质的，灰蓝色，这本来是两种很耐脏的材料和颜色，但现在帐篷上面全是飞溅上去的血色点块，还有手印。

也不知道是真的血，还是这些工人做完工之后顺手把沾到身上的泥土擦到了帐篷上。

164

"采集好之后，天亮之前我们会去帐篷找你们拿玫瑰花。"

"记住，采摘好的花瓣不要被花田周围那些觊觎干叶玫瑰的流民偷走了。"工人严厉地警告他们，"要是被偷走了，你们不仅一滴香水都拿不到，还要被工厂开除，你们就会落得和那些流民一样的下场！明白了吗？"

说完，这个工人递给白柳和刘佳仪两个用来装花朵的麻布口袋、每人一双采摘用的防止人手上的气味污染玫瑰的厚实的棉布手套、一把夹取掉落花苞的长镊子以及一张具体的工资表。

工人随手把工资表塞给白柳，还颇为得意地说了一句："你们干不了多久就会被开除变成流民的，我们工厂淘汰率很高的，我这种能晋升成加工员的，都是百里挑一的采花工，一个小时能采 6 kg 的玫瑰。"

172

"你多半连我六分之一的工作量都达不到,这很有可能就是你们在这家工厂待的最后一晚了,好好享受一下原始的干叶玫瑰的香气吧。你们也不吃亏——我们花田的帐篷可是全世界最贵的酒店房间了,不知道多少人捧着黄金想住一晚都要排队预订呢。"

"也就是你们运气好……"工人一边快步往回走一边愤愤不平地嘀咕,"去年干叶玫瑰产量不好,凋谢太多人了,今年招工想招没有严重枯萎倾向、不会在花田里偷盗玫瑰的普通人都不好找。五月玫瑰节又要到了,正是花季缺人的时候,才会轮到你们这些新人被招进来。

"我那一批可是只招重点大学毕业的学生进来采花的……"

学生时代成天打游戏导致成绩不好,普通大学毕业的白柳:"……"

残疾小学二年级在读学生刘佳仪:"……"

虽然我智力值不低,但你说的这个是什么东西?

刘佳仪举着和她脸差不多大的两只手套,默默地抬头看向白柳:"你会采玫瑰吗?"

——根据那个工人的话推测,采摘这种干叶玫瑰很明显是个技术活。

"不会,我没有采过玫瑰。"白柳回答得很干脆,但他很快地把麻袋扎在了自己的腰带旁,还把白衬衫袖子捋了上来,裤腿扎紧,两只手戴上了像是烘焙用的厚布手套,瞬间从都市白领变成了乡村小伙,看样子准备随时下地干活。

他看向刘佳仪,对方一脸"你为什么看起来这么熟练"的质问表情。白柳拿着镊子自然地解释:"我小时候割过猪草,虽然和玫瑰是两种作物,但应该是差不多的收割方式吧。"

刘佳仪:"……"

不要把玫瑰当成猪草来处理啊!

白柳单膝跪地蹲下来帮刘佳仪挽起袖子,扎紧裤腿,然后往下收束了一下手套,给刘佳仪勉强合手地戴上。他一边做这些一边淡定地给刘佳仪解释:"暂时不用担心会出事,你没有发现唐二打不在这里吗?"

刘佳仪其实已经发现了,但她没有想明白为什么。

"如果幕后之人是想让你和唐二打厮杀,那应该开场就把唐二打这只对你有强大杀伤力的猛兽放出来,快速淘汰手无缚鸡之力的你才对。"刘佳仪双手扶住白柳的肩膀,抬起脚来让白柳给自己整理鞋袜,稚嫩的脸上却是一副与年龄不符的深沉表情,"但他却有意拆分了你和唐二打,这是对你的保护,为什么?"

"因为他设计这个游戏舞台的目的并不是让我被淘汰,"白柳站起身来拍了拍手,他垂下眼帘,语气不明,"而是让我有能力抓住对手的弱点,将其淘汰。"

刘佳仪一怔："就像是上一轮游戏里，先让你拿到刘怀的灵魂，再来对付我一样是吗？这轮游戏唐二打很有可能被派到了其他花田，要一直到——"

"要一直到他觉得我有能力淘汰唐二打的时候，我们才会对上。"白柳淡淡地补充了刘佳仪的话，他脸上还带着一点似乎觉得有趣的散漫笑意，"毕竟简单的猛兽杀人的喂食戏码，是远远没有两只都成长完毕，并且还在发疯的猛兽互相厮杀的场面好看的。"

"当然，他这样做还有一个原因，不过我觉得你已经猜到了。"白柳看向刘佳仪。

刘佳仪脊背蹿上一股无法自控的凉意，她缓缓开口："因为观众也最喜欢看这样的发展，如果他和系统有关，就可以从系统身上获利，这样的小电视走向是最容易获得充电、积分和点赞的，而我们从观众身上获得的各种收益是会被系统抽取一部分的……

"甚至如果我们被淘汰，我们的所有收益，包括灵魂，都会被系统收走……"

他们全都只是……这个深藏在幕后的人随意放出来供人玩弄观赏、取悦别人的动物……而已。

"所以暂时不用担心我们的生死问题，幕后的人不会轻易让我死的。"白柳从口袋里抽出了那张工资表，一边展示给刘佳仪看一边叹气，"居然真的是打工……"

工资表上赫然罗列着采摘玫瑰的重量和对应的工资。

参考数据：一朵干叶玫瑰（未烘干）重约 2 g。

采摘 40 kg 干叶玫瑰（花枝完好）可兑换一瓶浓度为 30%~40%、35 ml 的低级干叶玫瑰瓦斯香水。

（注：一瓶浓度 30%~40% 的低级香水在人身上可留香四个小时。）

系统提示：玩家解锁支线任务。

支线任务：玩家今晚收集到 40 kg 玫瑰。

任务成功则玩家可兑换到第一瓶低级干叶玫瑰瓦斯香水，可用于缓解被污染的症状，踏出晋升加工员的第一步！任务失败则被解雇并流放到外围，成为流民。

白柳在心里默默换算了一下，一朵玫瑰 2 g，那么 40 kg 玫瑰就是……

"两万朵玫瑰……"刘佳仪匪夷所思地抬头，目光从工资表上移向白柳，"要我们采摘两万朵干叶玫瑰，才发给我们一瓶留香四个小时的低级香水？他们把我们当什么了？！"

白柳习以为常地扫了一眼刘佳仪："恭喜你，小朋友，你已经提前领略了真谛。"

"我在每个月发工资的时候，也是这么和我上司说话的，"白柳顿了顿，"然后我就被我的上司给开除了。不过我本来对于做这种性价比极低的事情就不太感兴趣。我刚领略到不打工做自由职业（指在恐怖游戏里挣钱）的好处，没有想到我在恐怖游戏里也要开始打工了，工资比我之前还低……"

白柳肉眼可见地开始变丧。

刘佳仪："……"

好，好像说到他的伤心事了……

但白柳和刘佳仪两个人聊归聊，手脚还是很利索地拿着麻袋下了花田。

花田密集地栽种着茂盛的玫瑰，一排一排的玫瑰灌木空出了大约一人宽的狭隘过道，白柳现在就在这条过道里缓慢移动，用镊子夹取两旁的玫瑰。

白柳倒是想移动得快，但玫瑰花田底部是一层相当湿软黏稠的红泥，踩进去就像是踩进了沼泽里，穿着外表光滑的塑胶筒靴也很难移动。而且这种红泥总有一种似有若无的腥气，不是血腥气，而是海腥气。

更为诡异的事情是，这里几乎每一朵完全盛放的玫瑰，大小、颜色、花瓣数目都一模一样，就像是有人捏了一朵玫瑰之后，复制、粘贴生成了整片玫瑰花田里所有的玫瑰一样。

白柳用镊子夹住玫瑰的根部往上一提，玫瑰就被采摘了下来，他隔着一段距离观察这朵刚被采摘下来的干叶玫瑰——这是一种很独特的玫瑰，至少白柳在现实中还没有见过这种品种的玫瑰。

拨开还没有完全舒展的花蕾，花瓣从根部泛出一种近乎黑紫的暗红，往花瓣的边沿渐变成一种曼丽的玫红，最外侧的是浅浅的粉色。和普通玫瑰暗绿色的卵圆形叶片不同，干叶玫瑰的心形叶片在成熟的时候就已经变得枯黄，在采摘下来的一瞬间就凋零了——这也是这种玫瑰名称的由来。

在干叶玫瑰成熟的一瞬间，所有为之提供过营养的茎叶都会干枯，只留下饱满馥郁的花蕾——就像是为它浓缩后的香气上瘾着迷，却得不到持续供养的人类一样。

是一种在生长过程和制作成香水后，都极有侵略性的玫瑰。

白柳和刘佳仪深一脚浅一脚地在花田里行走着。差不多一个小时过后，他们都不约而同地停了下来，往田边走去。

刘佳仪抬手擦了擦额头的汗水，呼出一口气，把腰边装满她刚刚采摘好的玫瑰的麻袋递给白柳，然后瘫软地坐在地上大口大口地喝体力补充剂。

现在游戏里差不多是四月的天气，夜晚已经不怎么凉爽了，在花田这种植物丛生、湿气很重的地方待着，会有一股往脖颈和脊背里钻的闷热，尤其是他们还在一个沼泽般的花田里深一脚浅一脚地移动着摘花，完全就是在做体力活。

165

  刘佳仪这种小孩就不说了，白柳这样的成年人衬衣也被汗水湿透了，他半蹲下来喘着粗气恢复体力，抬手擦了一下右边脸颊上滴落的汗水，然后低头打开两个人麻袋里的花简单地数了数，估算了一下。

  "不到一千三百朵。"白柳提起麻袋晃了晃，"按照一朵 2 g 的重量来算，我们两个人一起完全不休息地做一个小时，只摘了不到 3 kg。"

  刘佳仪原本是双手向后撑着在休息，一听白柳估算的结果直接坐了起来："这样我们岂不是要不眠不休地做十五个小时，才能兑换到一瓶低级香水？！"

  她也算是玩了不少三级游戏，但第一次遇到真让她干体力活的——刘佳仪之前是被全团捧着的珍稀治疗师，负责的大多也是智力活或者高端的武力技能对抗，换句话说也就是"奶妈"或者辅助。

  没想到第一次和白柳进游戏，就遇到这么"硬核"的打工人剧情。

  刘佳仪憋闷地往后一倒，双眼无神地看着夜空："什么时候才是个头啊！还要干到厂长！这得打工打到哪一年去啊？！"

  "我上班的时候，每天也在这样问自己。"白柳幽幽地说道，"但后来我就知道了，我到了属于自己的打工的尽头——下岗。"

  刘佳仪："……"

  白柳，打工和下岗到底给你留下了多大的阴影……

  刘佳仪默默地坐了起来，惆怅地叹了一口气："现在该怎么办？拿不到那个什么香水——那应该是个关键道具，我们后续肯定要出问题。"

  "我觉得不用后续了，"白柳取下了黑纱面罩，他的右眼中有一朵娇艳欲滴的玫瑰花苞正在缓缓地舒展着绿色的枝叶，"我们在采摘玫瑰的过程中已经被污染了。"

  刘佳仪一怔，很快低头取下厚布手套，看向了自己的手——她的眼睛是灰蒙蒙的，看不清里面有没有玫瑰绽放，所以不能用这个来判定她有没有被污染。

  但还有另一个判定她是否被污染的办法。

  取下手套之后，刘佳仪因眼前看到的景象而屏住了呼吸——

  她能很清晰地"看到"自己的手背和指尖，黑色皲裂得就像是岩石碎裂般越过她的手腕蔓延，在她的掌心内连接成了花瓣的形状。

  "我以为至少要等我们第一次使用香水之后才会被污染。"刘佳仪抿唇，"采摘的整个过程中我们都戴了面罩,也没有直接接触玫瑰,除了在工厂的那段时间,我们没有闻到过很明显的香气,而且从工厂里出来的时候,我们都还没有被污染。那么我们的确是在花田被污染的,但花田的香气远没有工厂内来得浓烈。"

刘佳仪戴上了手套遮挡住那些还在她皮肉上生长、扩大的皲裂,她抬眼看向白柳:"但这是为什么?这东西的污染传播途径不应该是气味吗?"

"从我们俩的情况来看,可能不是靠气味传播的。"白柳说。

白柳的右眼里那朵玫瑰花苞静谧地生长着,黑色的纹路沿着他眼眶发散,而他的左眼还是正常的黑色眼珠。

刘佳仪皱眉,凝神看向白柳的眼睛:"而且好奇怪,你的左眼是完好的,右眼却有玫瑰,这说明什么?你被污染了一半?但我是两只手都已经在枯萎了。"

白柳微微垂下眼帘,半遮挡住他右眼中的玫瑰花苞,轻声说:"不知道,再看看吧。"

——不要用你的右眼盛放欲望。

塔维尔是这样告诉自己的。他还告诉自己——小心玫瑰。

白柳的眼神落在花田里茂盛盛开的大片玫瑰上。

这些玫瑰安静美丽,在纯白的月色下轻轻摇曳。仿佛是为了方便人们采摘,枝干上连惯常的刺都没有生长,娇嫩优雅得连一丝一毫的攻击性都看不出。

似乎除了可以拿它作为制作那款蛊惑人心的香水的原料,这种玫瑰无害到让人沉醉,理应是这个副本里最不可能主动伤害玩家的东西。

的确也是这样的,白柳他们刚刚下去摘了那么多玫瑰,这些玫瑰没有触发怪物书,也没有主动攻击他们。

白柳重新戴上了沾染了沙土的黑纱面罩,侧身看向夜色下的玫瑰花田:"按照这个污染的速度,我们可能撑不到十五个小时,就要开始枯萎了。"

"不光是枯萎,我们还在被异化。"刘佳仪打开了自己的面板,上面的精神值和生命值正在下降,并且精神值的下降比生命值要快很多。

白柳和刘佳仪默不作声地对视了一眼,同时拿出了一瓶精神漂白剂准备使用。

系统温馨提示:该游戏内,精神漂白剂对恢复精神值无效。

在《玫瑰工厂》游戏中,有且只有干叶玫瑰瓦斯这款香水才能起到恢复玩家精神值的作用。如果玩家无法在规定的时间内完成任务,拿到干叶玫瑰瓦斯香水,玩家会随着精神值下降香瘾开始发作,变成一个完全无法用理智正常思考的怪物哦!

刘佳仪脸色凝重地看向白柳:"精神值强行被卡了。"

白柳眼中的玫瑰颤巍巍地舒展第一片花瓣,眼眶周围的开裂加深,但他的语气依旧平淡:"香水果然是很关键的道具。"

花田另一头。

唐二打半蹲在花田的土坑上喘息休息,面罩已经被他随手扔到了一边,他的两只眼睛里都已经有正在舒展的玫瑰了,脸上也开始出现了灰土开裂般的黑色纹理,连接成花瓣一瓣一瓣地在皮肤上蜿蜒蔓生。

刚开始唐二打还以为这个面罩可以减缓他被污染的速度,但在他发现这个面罩对于阻拦干叶玫瑰的香气根本没用之后,唐二打为了提高采摘的速度,干脆扔掉了面罩。

他双手撑在膝盖上,仰头喝下一瓶体力恢复剂,把嘴擦干净,看向了自己脚边鼓鼓囊囊的麻袋。

看起来好像很多,不过就是 8 kg 的玫瑰,但已经把麻袋给撑满了。

如果还要装,就必须去小帐篷那边卸货,因为那些工人要第二天才来结算每个采花工采摘了一夜的玫瑰的重量,塞满麻袋的玫瑰只能先在一个地方卸货。

那个工人告诉唐二打卸货地点就是他所在的花田中间的小帐篷,同时,这个工人让唐二打警惕夜晚来偷盗玫瑰的流民。

"放在帐篷里的玫瑰并不总是安全的,"那个工人神色厌恶地说,"总是有贪婪又低贱的为此发疯的穷人来偷盗它。"

但唐二打作为一个三级游戏经验丰富的玩家,他早就有应对这种情况的策略了——那就是用相当数量的道具来储存玫瑰。

作为一个在很多条时间线旅行过的玩家,唐二打的三级游戏道具的质量和数量,放眼目前整个游戏,除了道具库存成迷的杀手序列,其余公会都和唐二打的道具库存不是一个量级和水准。

单凭这个综合了所有时间线通关游戏得到的奖励的道具库,唐二打就拥有吊打大部分底层公会的实力了,所以会有那么多高级公会愿意花大价钱聘请他加入自己的战队。除了唐二打本身单兵战力出色,和唐二打超一流的道具库存也是有关系的。

唐二打把玫瑰花倾倒在小帐篷里,然后弯腰走出了这个小帐篷,回头扔下了一个魔方。一层水波状的屏障从四周升起,在帐篷的顶端合成一个严丝合缝的四面体。

系统提示：玩家唐二打使用道具"魔术空间"，该空间目前处于玩家的掌控之下，只有玩家允许进出的人才可以自由进出。

放好了道具之后，唐二打头也不回地走了——虽然这个道具在现实里并没有成功困住白六，但唐二打确信，这个道具除了白六那个家伙能找出解法，三级游戏里的普通怪物是绝对找不到怎么进入或者出来的办法的。

唐二打进游戏之后不是没有尝试过找白六，但在这张游戏地图中，在一万六千亩的茂盛花田和这些扎在田埂边缘数不清的样式和外貌大致相同的小帐篷里，要找出一个善于躲藏和利用游戏机制逃跑的玩家，尤其是这个一向很擅长玩弄对手的白六，实在不是一件很容易的事情。

毕竟他和国王公会的另外三个玩家到现在都还没有会合——这张地图实在是太大了，而且都是差不多的设计，看起来很容易让人迷失。

特别是在你的精神值飞快下降，还没有办法快速恢复的情况下。正常人在这张地图里走，就像是喝了两瓶96度的伏特加后走在一个旋转的红色万花筒里，头晕目眩、恶心又想吐，完全找不到任何方向，是一种光学污染级别的游戏场景体验。

唐二打之前遇到过和这种设计类似的游戏，在这种游戏里乱走是一件很危险的事情——因为你一旦离开你做任务的地方，误入了怪物的领地，是很难找到回去的路的，并且很有可能在玩家回去之前，就因为无尽的迷失而发疯了。

很明显这是一个主打精神值攻击的游戏。

唐二打很清楚自己在找人这种事情上玩不过白六，于是他很果断地放弃，选择先完成任务，等白六也完成后进入工厂再说。

在工厂里找人总比在花田里找人方便。

对于白六能漂亮地完成游戏任务这一点，唐二打从没怀疑过，他可能比白六本人更相信白六能顺利通关这个三级游戏——尤其是这个叫作"玫瑰工厂"，和现实里的干叶玫瑰瓦斯有关的游戏。

唐二打看着自己开裂见骨却没有一滴血液流出的手掌，他海水般深蓝色的眼睛里漂浮着一枝渐渐绽放的浅色玫瑰——花瓣舒展了第二瓣，第一瓣的尾部变成了深红色。

系统提示：玩家唐二打，您的精神值下降至89……

166

唐二打深吸一口气，提着麻袋站了起来，又开始快速地采摘玫瑰。他动作很快，虽然看起来还有点不熟练和笨拙，但麻袋里的玫瑰增加速度依旧很快——至少看着比白柳和刘佳仪两个人共同采摘的速度快多了。

他毕竟是个擅长做体力活的精壮男人，和刘佳仪这种小孩子以及白柳这种坐在电脑前的打工人还是有一定区别的。

但当唐二打麻袋里的干叶玫瑰装了小半袋的时候，周围的花田突然传出了一阵窸窸窣窣的骚动——就像是有什么动物匍匐在花田的泥土上，快速地刨动四肢，或者不止四肢，朝他靠近。

细碎又黏腻的、密密麻麻的、插进泥土又拔出节肢的声音让唐二打瞬间警惕地转头。他手上凭空生出一把银色左轮手枪，然后被他攥紧举起。

唐二打谨慎地绕着那个发出奇异声响的地点移动，他轻微拨动弹仓上膛，举着枪对准了那个正在颤动的玫瑰花丛。

艳丽茂盛的花丛不停摇晃颤动着，藏在泥土里的东西随着颤动的花一点一点靠近了唐二打，一股浓烈的、宛如沉积许久的枯叶发出的腐败气息扑面而来。

这颤动持续地靠近，最终在距离唐二打半米左右的地方停下了。

唐二打小心地挪步，身体蓄势待发地半蹲，用另一只没有持枪的手分开遮掩住那个靠近他的生物的花丛枝叶，而持枪的手稳稳地对准颤动最后一次停下的地方。

那个东西似乎也知道唐二打用武器对准了它，它静默不动半响，但最终还是被唐二打麻袋里花瓣的香气打败了。一个嘶吼着的人形怪物从泥土里冲了出来。

它的身上沾满了猩红色的软泥，还在滴答滴答地往下淌，只能隐约看出来一个人形生物的轮廓，皮肤是和干叶一样的枯黄色。

这个怪物每走一步，身上吊着的叶片一般的皮肉也就跟着一颤。随着它走动，它脸上的泥土终于掉落，露出大概的真面目——眼球下陷发黑，右脸已经全部凋谢，但奇怪的是，一些白色的骨刺却在它的颧骨上蠕动着，像是下一秒就要生长出来。

怪物抬起眼，里面有两枝枯萎到快要凋谢的玫瑰。它张开嘴露出白森森的牙齿，发出诡异嘶哑的声音："我要香水！给我香水！！"

那些在它骨头上蠕动的肉芽瞬间伸长，变成一根根长长的、带有气孔的肉色触须朝着唐二打刺过来，它身上那些原本只有骨头的地方，顷刻就被这些大拇指粗细的蠕动的触须填满。

唐二打就是在等这个怪物先攻击他，只有在怪物攻击他之后，他才能触发怪物书。

系统提示：恭喜玩家唐二打触发怪物书。
《玫瑰工厂怪物书》刷新——干叶上瘾者（1/3）。
怪物名称：干叶上瘾者（流民）。
特点：低级的流民在无法得到低浓度的香水之后，渐渐枯萎，但在彻底凋谢之前，这些得不到香水缓解枯萎的流民首先会陷入香瘾发作的疯狂，这种疯狂让它们幻想自己无所不能……
胆大妄为的上瘾者为了获得凋谢前最后的欢愉，来到了能够产出干叶玫瑰的花田偷盗玫瑰，但不幸的是，这些流民不能触碰到花田里的玫瑰，所以只能偷盗采花工已经采摘下来的玫瑰。亲爱的采花工，要小心这些偷玫瑰的贼。
弱点：？？？（待探索）。
攻击方式：盗窃玫瑰（A+），用触须攻击采花工以窃取对方的劳动成果。

这个怪物触须很长，从四面八方横扫而来，让唐二打连退了好几步，但他还没有立即出手。

按照之前那个带他过来的厂工的说法，花田这里流民这种怪物肯定不止一个，唐二打准备多诱导几次这个怪物对自己进攻，好摸清对方全部的攻击方式。

他敏捷度很高，和一个级别为A+的怪物周旋不是什么难事，但这种想法他仅仅维持了不到一秒。

在这个怪物又一次伸出触须来攻击唐二打的时候，唐二打看着从自己眼球前不到两厘米翻滚着擦过的触须——这条触须有点像是某种植物的根茎，触须上还间断地有一些就像是什么东西掉落之后留下的疤痕。

很快唐二打明白是什么疤痕了——这些疤痕是那些血肉"叶片"干枯后掉落，留在骨头上的连接点的痕迹，这些从骨头上生长出来的触须上也有这种疤痕。

——这种痕迹和刚刚唐二打采摘的成熟叶片枯萎掉落之后，留在干叶玫瑰根茎上的痕迹一模一样。

唐二打脸色难看地后退了几步，他意识到了什么，立马掏出枪来一枪就崩了眼前这个怪物。

怪物嘶吼着伏地，但是已经迟了，越来越多的玫瑰摇动了起来。

唐二打感觉自己后退的时候踩在一块软绵绵的、肉的质感很强的、正在扭动的土地上，他低头一看，无数根茎般的触须在他的脚底扭动缠绕，就像是一群正在交配的蟒蛇，从唐二打的脚底一路蔓延到开始起伏的花田的每个角落。

广袤的玫瑰花田里，影影绰绰的流民从泥土里摇晃着爬了出来，它们的脸上和身上长满触须，一直延伸到泥泞的土地里，而这些流民身上扭动的触须和花田里在月光下越发美丽的玫瑰根系是相连的。

这些"流民"是干叶玫瑰的寄生物，它们寄生在这些玫瑰的底下。

它们一直藏在土地里苟延残喘，用两只被玫瑰浸染的眼睛夜以继日地、垂涎又癫狂地看着土地外面，只等叶片凋谢的饱满花朵被采花工摘下。

以至于最后连骨头都被这些玫瑰根茎寄生了，身上长满了干叶掉落之后的疤痕也毫不在乎。

花田从深红色的软泥地变成了腐烂血肉的沼泽——这些表面湿滑的红泥，都是由这些流民身上掉落的"叶片"堆积、踩踏而成的，但味道却被玫瑰馥郁浓烈的香气盖住了，根本闻不到。

从地底生长出来，身上长满触须的流民们睁着玫瑰定格在其中的眼睛，就像是反过来的提线木偶般一步一步地朝着唐二打靠近，唐二打的脚踝也被从地底冒出来的触须缠住了。

一张人脸从唐二打的脚边浮现，这张人脸嘴里的触须收缩，缠紧唐二打的脚踝，把他往地底拽。

它嘴里含着触须，含混不清、咕噜咕噜地说：

"给我香水！"

"给我玫瑰！"

这阴魂不散的声音好似合唱，从四面八方传来。皎洁的月亮照耀着深红色的地面，唐二打咬牙朝着脚踝上的触须开枪，在触须断掉的一瞬间，他眼中的玫瑰绽放了第二瓣花瓣。

系统提示：玩家唐二打精神值下降至78，请尽快使用香水恢复精神值，防止被异化。

顺着纯白月色笼罩下的花田往前，在这片一眼望不到边的花田的另一头，白柳和刘佳仪两个人正在岸边像咸鱼一样躺着。

两个人一动不动双目发直地看着天空，除了胸膛因为做了剧烈的体力活动还在起伏，他们看起来就像是两具刚被抬到这里的尸体。

"我已经休息五分钟了，应该起来采花了。"刘佳仪说。

"你觉得我们现在休息五分钟还是休息十分钟，对我们完不成工作这件事情有影响吗？"白柳冷静地反问。

刘佳仪沉默了一会儿，回答他："……好像没有。"

毕竟他们到现在也就采集了6 kg，看样子天亮之前完成采摘40 kg玫瑰的任务是不太可能的。

白柳淡淡地说："那我们就可以多休息一会儿。"

刘佳仪："……"

这种摸鱼的心态到底是怎么回事？！

"你这次玩游戏的心态很消极啊，白柳。"刘佳仪坐起来看着一动不动的白柳，她抱臂居高临下地审视躺在自己旁边的那一位，"你平时为了通关游戏都搞极限操作，我不相信你脑子里没有破局的办法。"

白柳斜眼向上看刘佳仪："我也不相信你脑子里没有，所以我们两个现在不行动的原因应该是一样的。"

刘佳仪微妙地沉默了半响。

白柳把头转回来看向天空，继续说下去："第一就是，我和你的确不可能靠常规的劳动获取40 kg玫瑰，在没有办法用这个途径通关的情况下，我们的劳动就是无回报且低性价比的，并且还会加快我们被污染的速度。

"在统计了你和我第一个小时的劳动成果之后，我们已经可以确定这种方式不行，所以这种无意义的劳动就没必要继续下去了。"

167

刘佳仪没说话，但她的确也是这样想的，不然她不会一个小时一到就上岸和白柳一起数花。

"并且游戏已经给我们提示了，"白柳语调平淡，"不一定非要老老实实工作才能得到晋升，或者说，老老实实工作是最愚蠢的晋升渠道。

"目前，我们想要晋升最直接的方式，是掠夺NPC的劳动成果。

"所以在我们不能直接通过劳动获得对应报酬的时候，在我们面前的只有一条路，就是抢别的采花工采摘的花。

"但问题在于这些采花工目前看来都是NPC，在游戏开局就得罪里面大部分的NPC不是一个很明智的做法，就像是职场里明目张胆地抢夺别人的劳动成果都是愚蠢的人才会做的事情，因为得罪一起工作的同事会为你未来的工作埋下隐患。"

白柳坐起来，拍了拍身上的泥土，他侧过头看向刘佳仪："从这个角度来看，我们就要选一条更为合理的掠夺渠道。"

"流民。"刘佳仪双目直视白柳，她快速地回应了白柳的话。

白柳站了起来，也把刘佳仪给拉了起来，给她拍了拍身上的灰，解释道："是的，没有比流民更合适的掠夺对象了。

"流民在这个游戏里可能是怪物，也可能是 NPC，从带我们过来的那个加工员的说法推测，这群流民是会盗窃玫瑰花瓣的。我们没有必要直接和其他的采花工对上，我们只需要抢夺流民偷盗来的玫瑰就可以了。"

"但这一切的前提是——"白柳拍拍刘佳仪的肩膀，嘴角带笑，那种一看就特别虚伪的笑，捧杀道，"我们的小女巫可以完美地扼杀这些流民，把玫瑰抢夺过来。"

刘佳仪默默地看着白柳，她的嘴角忍不住有点抽搐："……你一开始就打算好了吧？"

但紧接着她皱起了眉："但这个计划并不安全，你很危险。"

其实刘佳仪也想到了这个办法，但她不确定这个三级游戏里的怪物到底是什么等级，她能不能顺利对抗，才一直没开口提出来——刘佳仪当然没有指望白柳这个等级原本只有 F，现在也只勉强升到了 C 级的玩家对抗三级游戏里的怪物。

或者说，这和她的性格也有点关系，刘佳仪太习惯一个人扛下所有事情了。

她下意识地想挡在白柳的面前，保护自己的同伴——攻击与守护，毒药与解药，这就是女巫的职责，也是刘佳仪会成为女巫的原因。

但在她不太确定自己能不能完美保护同伴的时候，刘佳仪就会犹豫——她来做主攻，白柳处于没有人保护的真空状态，这在一个淘汰率高达 90% 的三级游戏里，实在是冒险了。

可白柳恰好打消了她的犹豫。

白柳微笑："我当然很危险，不过显然你更危险，但这是性价比最高的选择，我们没有理由犹豫。"

他垂下手，随意地用大拇指擦了一下沾在刘佳仪右眼下的泥巴，打断了她欲言又止的动作："你只需要做好你要做的事情就行了，不用考虑我，我会在旁边配合你进攻的。如果你没成功，我们多半会一起被淘汰；如果你成功了，我们会一起通关。在这个游戏里，我们两个存活哪一个都没有性价比——因为我们还要一起去赢得更大的胜利。"

白柳用那双盛放着玫瑰的眸子直视刘佳仪："明白我的意思了吗？我会和你一起站在攻击线上掩护你的，我们是合作关系。"

刘佳仪只是微微一怔，就打开了白柳给她擦污渍的手，然后别过头深吸一口气："懂了，所以现在我们要干什么？"

"等，"白柳望向远方，"等这些盗窃玫瑰的流民'成熟'，然后我们不采摘玫瑰，而是采摘这些流民。"

刘佳仪问："你觉得等到什么时候，这些流民才算'成熟'？"

"等到它们来袭击我们这两个收成最不好的采花工的时候，我觉得这些流民就差不多成熟了。"白柳斜眼扫了一眼被他随意放在地上的，装有玫瑰花瓣的麻袋，"通常情况下，这种抢夺战果的顺序应该是从多到少的，当这些流民来袭击我们的时候，就说明它们已经把其他收成比我们好的采花工都袭击过一遍了——就算有的袭击不成功，我觉得至少 80 kg 玫瑰它们是有的。"

"所以在这之前，要做好流民来袭击我们的准备。"刘佳仪话是这样说，但她根本没有下地，还站得离玫瑰花田远了一点。

他们原本休息的地方就离花田有一段距离，在刘佳仪往后退的一瞬间，白柳也紧随其后往后退，站得离花田更远了一些。

——刘佳仪的感官比他灵敏，她往后退一定是听到了什么动静。

白柳和刘佳仪这两个人之间有些话不用明说，他们就会采取一致的行动，比如采摘一个小时就上岸统计数量，发现摘的太少就干脆停止劳作。又如现在远离花田。

这个点，流民按照常理来说应该已经开始袭击花田里的采花工了，但放眼望去，花田平静安谧，除了飘浮的萤点和劳作的工人，一个奇怪的人或者怪物都没有出现。

这种有违常理的景象只能说明两种情况——

第一种情况是，流民还没有开始袭击他们周围的花田里的采花工。

第二种情况就是，流民并不是从花田上面袭击采花工的，它们是从地下来的。

所以刘佳仪和白柳这两个人不下地，还有这一层考虑——他们观察到地面上的场景过度平和，那就要考虑地面下会不会出什么幺蛾子了。

他们面前的花田开始缓慢地起伏，在月色下摇晃成红色的海浪，空气中开始蔓延过来一种似有若无的、窸窸窣窣的藤条挪动的声音。

刘佳仪警觉地把手背到身后，盛放在玻璃瓶子里的黑色毒药在她手心缓慢地显形。

系统提示：玩家刘佳仪是否使用技能"毒药"？

系统提示：是……毒药正在批量生成中，技能冷却时间为一小时，玩家刘佳仪的体力值剧烈下降中……

刘佳仪从自己的身后取出了八瓶毒药，每个毒药瓶子的颈口被她用两指稳稳夹住，卡在指缝中间。

每瓶毒药都很满，一股深黑色的烟雾从药瓶里弥漫而出，瞬间笼罩住了她。她身上原本的橘色工人套装被烟雾席卷，变成了一件从头到脚遮挡住她身体的黑色长袍。

　　"白柳，我的毒药技能进入冷却期了，下次使用要一个小时之后了。"刘佳仪靠近白柳，她和白柳背对背面向花田，语气严肃，"我还有个潜力S的透支技能，叫作'毒药喷泉'。"

　　刘佳仪打开自己的系统面板，侧身给白柳看面板上的技能说明。

　　　　系统说明：个人技能"毒药喷泉"——对范围内的所有玩家造成无差别缓释伤害，使用完此技能之后，玩家刘佳仪体力槽会耗空。出于玩家刘佳仪年龄较小的缘故，体力槽耗空后遗症会非常严重，会导致不能动弹等身体严重僵直的情况。

　　"我能做主攻的技能就这两个。"刘佳仪看着从天边慢慢晃荡过来的玫瑰浪，脸色和语气都变得凝重，"三级副本里的怪物级别一般都在A+以上，这种等级的怪物如果量少的话我是可以担任主攻的，但如果是这种规模的群攻的话，我的爆发速攻是没有办法一次清理完所有怪物的！"

　　"会陷入车轮战，只能靠回血撑，但我的技能已经处在冷却期了，并且精神漂白剂无效。现在兵临城下了，去找这些怪物的弱点克制它们也不现实。"刘佳仪抬起头看向白柳，"胜率太低了，还打吗？"

　　刘佳仪作为一个后线的治疗，能否苟活是她做任务的时候首要的判断标准——对她来说只要能苟住，生命值还在，那就还有一线生机。

　　但白柳的判断标准却不是这样的，他十分果决："打，有胜率我们就可以试试，你负责主攻就行，我有办法。"

　　刘佳仪来不及问白柳有什么办法，游戏里的情况都是千变万化的，尤其是一个没有任何相关资料的新游戏，只能根据实时的情况、综合队员的技能和储备来制定对抗方针——这在联赛里也称为战术。

　　这种怪物已经袭击到他们面前的情况，刘佳仪除了相信白柳的临场指挥能力和战斗素养，没有别的办法了。

　　红桃虽然有意把刘佳仪培养成下一代战术大师，但迄今为止，刘佳仪练战术的局手里拿的牌都起码是五个S-级别的预备队员，这种只有白柳一个C级玩家，加上她自己一个A级辅助的三级游戏局，刘佳仪是真的没玩过。

　　或者说这种局刘佳仪根本就不可能会尝试正面对抗——胜率太低了，很容易翻车，不符合她的战术美学。

但现在控场的人不是她，而是白柳。

白柳的战术美学就是一个字——"赌"。

无论是多低的胜率，只要是非0的胜率并且伴随着高回馈的局，他就一定要赌一把试试看。

白柳从背后毫不拖泥带水地抽出了一根雪白的鱼骨鞭，眼中的玫瑰缱绻舒展，看向开始涌动的玫瑰田。

168

不停蠕动靠近的玫瑰花丛里，暗影幢幢地冒出一个又一个摇晃的流民，它们裸露的骨头、空洞的眼球和腐烂的嘴唇里，长满藤蔓茎叶般蠕动的肉色触须，一直拖到泥地里，和摇曳的玫瑰根部连接在一起。这群流民就像是一群不祥的沼泽鱿鱼，双手拖曳着泥土里的触须朝着岸边的白柳和刘佳仪靠近。

茂盛的触须宛如盛满蚯蚓鱼饵的钓鱼碗，从田埂的边缘溢出。一根马尾粗细的触须猛地从土地里钻出，扭动着缠上了白柳的脚腕，要把他往泥土里拉。

白柳眼疾手快地甩出鱼骨鞭，一鞭打开了这根诡异扭动的触须。

刘佳仪那边也靠着毒药烟雾腐蚀了一根企图缠上她腰部的触须。

被怪物攻击过后，刘佳仪和白柳同时激活了怪物书。

白柳一目十行地浏览完怪物书上关于流民的特征信息之后，冷静地下达指令："刘佳仪，你用毒雾进行群攻，最大范围地群攻。群攻漏下的，我来扫尾。"

"这些怪物是A+级别的，还是集群出没的A+级别的怪物。"刘佳仪脸色越发难看，她敏捷地左右观察着，毒药的烟雾在她和白柳周围形成了一个圈，防止触须靠近，"它们并不单个出没，而是一起作战，看起来好像是一个一个的个体，但全部都靠着地下的触须连接在一起，是一堆玫瑰的共生物。"

在没有办法恢复精神值的情况下，和这种根本没法彻底打死的怪物对抗，就是对耗。而他们很明显耗不过这些集群生长的怪物，那么输只是时间问题了。

但刘佳仪并没有质疑白柳的决策，而是干脆利落地执行。

刘佳仪深呼吸："OK，我主攻需要注意什么？"

白柳一鞭子把一个爬上岸的怪物甩回了田里，他侧过头看向刘佳仪："拖时间，你的技能冷却时间是一个小时，拖到一个小时我们就赢了。而且在拖时间的这一个小时内，你要控制你毒药的用量。"

"控制到多少？"刘佳仪问。

白柳抬眸看向铺天盖地的流民，语调轻缓："控制到可以拖住这些闻香而来的所有流民一个小时以上，你的技能CD结束。我会尽量把它们控制在一个小空间内，然后使用爆发技能，让你的毒药发挥最大的攻击作用。"

刘佳仪只怔了一瞬，很快明白了白柳想做什么，她脸上的神色变幻了好几次，最终定格在了一种如释重负的含蓄矜持上："当然可以。

"对于 A+ 怪物来说，我的毒药的确无药可解。"

蠕动的触须不停地在玫瑰花田里翻腾，白柳站在边上，以田埂作为最后防线，一边把装着玫瑰的麻袋别在腰上当作诱饵，一边用鞭子把攀爬上岸的流民和触须扇打回一个固定的地方——一边引诱一边扇打，尽量把流民往一个固定的空间里驱赶。

刘佳仪把白柳密不透风地保护了起来，白柳因为用鞭子导致体力消耗得很快，不停地喝体力恢复剂让他脸上冒出冷汗，他后来几乎没有被流民或者触须抓到——但一开始被抓的那一下，还是让白柳被吃了部分精神值和生命值，这让他眼中的玫瑰越发娇艳欲滴，脸上的黑色裂纹也变深了不少。

白柳和刘佳仪两个人对抗一大堆 A+ 怪物的兵线，按常理来说，是绝对不可能抗到一个小时的——技能存在 CD，而且无论是刘佳仪还是白柳，对这群源源不断的怪物的攻击和杀伤力都有限。尤其是白柳，他的鞭子只能把这些怪物赶下去，对它们一点伤害都没有。

但白柳的主要任务并不是对抗这群 A+ 怪物，只是把它们赶下去，不让它们爬上来而已。

这种非常单纯的"赶鸭子"游戏，以白柳和刘佳仪的能力，将其发挥到极限，在白柳完全不出错完美扫尾的情况下，是可以撑到一个小时的。

不过随之而来的，就是田埂下面一堆累积起来的黑压压的可怖流民——里面不光有白柳赶下去的，还有后面跟着涌过来的。

密密麻麻的触须在红色泥地里翻滚，就像是沸腾的水，人脸和破碎的骨骼、肢体在翻滚的红色泥波当中流淌、号叫，玫瑰在其中却安然无恙地摇曳着，并没有被损伤一丝一毫——这些流民似乎有意地保护了这些还未被采摘的玫瑰。

在远离花田一段距离，没有玫瑰的浓郁香气的地方，这些堆积起来的流民和它们身上生长出来的触须散发铺天盖地的恶臭，数不清的触须抓住岸边的泥土想要上岸。

对于这种高密度的触须，白柳的鞭子几乎挥打出了白色的残影。

他嘴边叼着一瓶从牧四诚面板里薅羊毛薅来的高级体力恢复剂，一边吞咽补充体力，一边挥鞭大量消耗体力。

这种纯粹的、高精度的机械运动，白柳已经持续了差不多四十分钟了。

汗水顺着白柳的发丝滑落，滴落在他已经完全湿透的工装外套上，他现在整个人就像是从水里捞出来的一样。

刘佳仪的毒药也要耗空了，她面板等级比白柳高，但经过近一个小时的高精度和强度调用技能保护自己和白柳后，现在她也是咬牙在坚持了。

不过虽然白柳和刘佳仪如此辛苦，屏幕前的观众——或者说屏幕前正在围堵白柳的国王公会的玩家，却不怎么买账。

这些被红桃带过来围堵白柳小电视的，大部分都是公会的基层和中层玩家，这群人就是在底层厮杀爬上来的，最看不惯的就是白柳这种有潜力，还不走寻常路，眼看就要一飞冲天的新人玩家。

再加上红桃已经摆出来的鲜明的敌对立场，以及整个场子都是他们国王公会的人，这些人点评，或者说讽刺白柳小电视的话当然就不怎么好听。

站在小电视后方的一些国王公会的玩家看着白柳带着刘佳仪在做这种"无力"的、"毫无意义"的、只能拖延时间的抵抗，都纷纷撇嘴嘲笑：

"三级游戏里还想拖延时间？这人上次能上国王推广位纯粹就是因为女巫给的热度吧。"

"看这游戏的怪物设定，应该是要猎杀怪物获取玫瑰，其他四个人已经开始猎杀怪物了，只有白柳这一组一点进展都没有。"一个观众努嘴指向白柳旁边那台小电视，"那台小电视是什么猎人的，我没见过他，但听说他也是我们皇后找来的援军，看着实力相当强悍，已经开始大规模反杀了。"

白柳旁边的小电视是唐二打的，小电视屏幕中唐二打右脸上全是血，一双漂浮着玫瑰花的深蓝色眼睛在艳色的红泥和花海当中，宛如冥火般鬼魅地惹眼地亮着。他右手持着一把银色左轮手枪，枪托上镌刻的玫瑰已经被血液浸润进纹路，变成了一朵深红的"千叶玫瑰"。

唐二打周身都是还在扭动抽搐的触须和已经被击毙的流民，银色的弹壳在唐二打周身散落了一地。

在莹润的满月的照耀下，深蓝色眼睛的猎人握紧自己的枪，环绕着花田不停射击，残酷又精准地击杀一个又一个试图靠近他，想要偷窃他所守护的玫瑰的怪物。他被屠戮的鲜血和失控的欲望晕染，有种随时要化身为狼人的疯狂感。

在又一轮射击过后，唐二打半低着头喘息，血从他的手臂和衣服上滴落，他面无表情地踢开挂在他脚上的触须，快速地咬住绷带处理了一下自己虎口上渗血的伤口——其他地方的伤口他都没有处理，但这个地方的伤口流血的话会让手掌滑腻，影响他持枪射击的手感。

处理完伤口之后，唐二打神色冷酷，继续往手枪中一颗一颗地填充子弹。

唐二打周围横七竖八的流民尸体已经堆成了一座几乎要将他淹没的小山，而这些流民偷盗的玫瑰在它们死亡后掉落，从尸山的顶端往下如卷曲的柳絮般坠落。

在唐二打这边的小电视前的观众，只能目瞪口呆地看着这个他们完全不熟悉的面孔被系统不断弹出的奖励界面遮挡：

系统提示：恭喜玩家唐二打击杀一名怪物流民，该流民已经偷盗了1.5 kg 千叶玫瑰，现已成为您的战利品。

系统提示：恭喜玩家唐二打击杀一名怪物流民，该流民已经偷盗了11 kg 千叶玫瑰……

在唐二打抬起被血染红的杀到毫无情绪、焦距涣散的眼睛，对准小电视举起枪扣下扳机的时候，就算明知道他这是在攻击游戏里的怪物，小电视前的观众也纷纷下意识地后退了一步。

唐二打身上带着的那种非常直观的、强烈的武力值压制和一种让人毛骨悚然的攻击性，让站在唐二打小电视前排的观众情不自禁地吞了一口口水，连讨论都不敢大声，都在窃窃私语：

"这人是谁啊？！从第一枪到最后一枪，几乎他开每一枪都有奖励界面弹出，每一枪都能击杀一个 A+ 级别的怪物，一枪平 A 的技能攻击值绝对上 6000 了，而且技能还没有明显的冷却时间。我怎么从来没有听说过这个玩家？不应该啊！"

"一个人能在三级游戏里靠强攻压制群攻兵线……这是顶级联赛玩家的实力了……太恐怖了，国王公会今年还藏着这样的牌吗？！"

169

"如果这人真的是国王公会联赛战队的玩家，这技能，这单兵作战能力，那今年的单人赛估计有的看了。这人我预测冲进前五应该是稳的……"

"他到底是谁啊？我翻遍了整个视频库都没有见过他的视频，强到这么离谱也不可能没有姓名啊！但是这玩家把自己的面板设置为仅自己可见，我现在抓心挠肝地好奇他面板等级到底是多少？"

一个戴高礼帽，穿规整西服，手指上戴着好几枚闪闪发亮的大钻石戒指，却又很奇怪地在戒指下面戴了一双白色手套的人站在熙熙攘攘的观众最后面。他撑着一根黑漆木质文明杖，抬起头来看向唐二打的小电视。

这个人握住文明杖椭圆形的杖头的手指动了一下，就像是在思考般不停地敲打，最终勾唇笑了一下："今年的黑马可真不少。"

他随意地从胸口扯出半张白色的胸巾，这白色的胸巾像是有魔法一般，源源不断地、一张一张相连着被扯出来，胸巾上还印着不同图案，上面有不同玩家的铅笔画头像，最后被扯出的那一张上面的头像是黑桃。

如果王舜在这里，他一定能飞快地认出这位行事低调、不为大部分玩家所知道、穿着古怪的观众的身份——这就是王舜正在寻找的，他认为可以破解白柳被国王公会围困的绝境的人——第五公会赌徒俱乐部的会长，查尔斯。

查尔斯会长的技能身份叫作"赌桌上的魔术师"，这人平时最喜欢做的事情就是寻找可能在联赛中出现的黑马玩家，然后出资培养对方，让对方慢慢成长得实力强劲，最后在联赛中大放光彩。

同时，这位公会会长会在联赛的时候，在他所选定并培养的黑马身上下天价的赌注。靠对方在赛局中的惊艳表现，这位会长作为背后的投资者，在黑马胜利的赛局赢得赌局，获取一大笔积分。

简单来说，这位赌徒俱乐部的会长最喜欢的方式就是赌马，他会把每年赢得胜利的那个冠军黑马记录在他的魔术道具（如丝巾）上。

比如现在，正被这位会长源源不断地从他胸前口袋里拉扯出来的每张方巾上，画的就是每年联赛的冠军。

最后一张方巾上的黑桃就是去年的联赛冠军。

说起来两人还有一点不为外人所知的渊源。黑桃还是一个新人的时候，就是在这位会长的大力支持下成功夺冠，而选中了黑桃押注的查尔斯，也是靠黑桃一路力压其他联赛玩家的惊艳表现，在所有黑桃出现的联赛赛局当中赚得盆满钵满。

但黑桃今年的赔率已经拉得太低了，几乎不会有人押黑桃输，基本都是押黑桃赢的。

这样一边倒的赌局，就算是赢了，赢家也挣不到多少积分。

作为一个希望赌一次就能一本万利的会长，查尔斯自然不会满意押一个低赔率的黑马，他需要的是一个逆风翻盘，充满看点，在赌桌上有高风险并且充满不确定性的黑马。

只有这样的黑马，才有可能给他带来高回报——这是他的追求。所以这位会长在今年的联赛应援季开始后不久，就出来物色新的黑马了。

大公会都有一些不为外人所知的信息库，比如红桃公会的王舜，而赌徒俱乐部也是有这种信息库的。

这位穿着古怪的魔术师会长在自己的西装口袋里翻找了一会儿，才抽出一条玫瑰色的丝巾，他带着笑意呼出一口气："找到了。"

丝巾正面是唐二打的铅笔画，铅笔画上的唐二打模样看起来比现在更年轻、更冷峻一些，但状态看着却不太好，穿着染血的异端处理局的制服，脸上有伤，目光空洞涣散,但直勾勾地注视着前方,他的眼神好像充满飘浮的恨与绝望,显得颓废又癫狂。

画上的唐二打右胸口下方有一个小小的金色奖杯,奖杯的左右两边画着象征冠军的月桂枝条。

而丝巾的背面用一种很奇怪的象形字符写着一些信息,换游戏里的任何一个普通玩家来看都看不懂。但查尔斯眯着眼睛看了一会儿之后,饶有兴趣地看向了唐二打的小电视:

"难怪我觉得眼熟,原来是你啊,凋谢的玫瑰猎人。"查尔斯压低了帽子,笑得越发意味深长,"时空旅行者,其他时间线曾经的冠军。我看看那条时间线里,那些目睹你拿过奖杯的愚蠢的人是怎么为你这位他们以为可以带他们离开游戏的救世主欢呼的——"

他的手指抵在丝巾上往下滑,看到了唐二打的应援标语:"传说中百发百中击杀怪物拯救民众的猎人,钢拳无二下,神枪唐二打。"

查尔斯在看到唐二打的应援口号的时候,笑得越发意味不明:"如果我赢了,我要结束这个游戏,保护每一个无辜的人,让你们成功地离开游戏。"

"真是过分天真。"查尔斯漫不经心地把画有唐二打的玫瑰色丝巾揉成团往手心里一推,丝巾就消失不见了,"进入这个游戏的人,有多少是无辜的呢?

"这种目的和使用的办法无法达成一致的玩家,最后就算赢了,也会因为自己达不到目的而疯掉。"

简而言之,唐二打并不适合作为他的黑马,他喜欢更加功利性一点、明白自己在做什么、能获得什么的玩家。

魔术师的手不紧不慢地往下一拉一送,丝巾再从他指缝里抽出来的时候,变成了一束玫瑰花,"砰"的一声在他手掌中像烟花炸开般盛放。

查尔斯随意地把这束花递给了刚刚被"砰"的一声吓到的,他前面的一位为唐二打欢呼的女观众。他半躬身微笑着说:"抱歉,刚刚打扰您观看游戏了,但这位玩家的小电视配合这束玫瑰观看体验更佳。这束花送给你,女士。"

这位女观众懵懂地接过这束玫瑰花,在她反应过来之前,这个奇怪的魔术师就消失了。她低头看向自己怀里的玫瑰,脸色变得诡异。

那人递给她的玫瑰刚刚还在茂盛地绽放,现在全都开始凋谢了。

但她很快就忘记了这个奇怪的人,因为更加刺激的事情吸引了她的注意力,她紧张地屏住呼吸,看向了正在进行计算的唐二打的小电视。

系统提示:玩家***(玩家选择不公开姓名,因此做屏蔽处理)。

新增10107人赞了玩家***的小电视,新增0人收藏玩家***的小电视（该玩家禁止观众收藏 ta 的小电视），有 7003 人为玩家 *** 充电，玩家 *** 获得 10102 积分。

新增 18020 人正在观看玩家 *** 的小电视，恭喜玩家在一分钟之内获得 10000 赞，获得充电 10000 积分！你被观众热烈喜爱着！

恭喜玩家 *** 获得推广位，进入中央屏幕核心推广位，浏览量正在急速上升……

"晋升了！三级游戏开局晋升！开门红！"

"我的天！这人到底是谁啊？这么强又这么神秘，姓名和面板都隐藏，还不允许别人收藏……"

视线拉回白柳的小电视。

和那边观众欢呼震撼、唐二打青云直上的晋升景象不同，白柳这边的情况就有些惨淡了。

他不仅在带着刘佳仪苦战，而且看起来只是拖延时间到下一次刘佳仪的技能重新续满，然后继续拖延，一点对抗的底气都看不到，只是勉强求生罢了。这样懦弱畏缩的姿态，就算是白柳这边有观众，也会让他们失望地离开。

更不用说没有观众，只有一群希望白柳"早死早超生"的人。

"真是浪费女巫的能力，也不知道女巫为什么要跟着他跑……"

"不是说他是控制系玩家吗？他控制了女巫吧。但有女巫还玩成这样，他也太废物了。公会带女巫下大团（很多人一起进行团战游戏）都没有让她这么辛苦过，他到底是多弱智才会想到拖延时间……不要让女巫再给你挡枪了！是男人就站在她前面保护她啊！！"

这群前排看戏的公会中层玩家急得不行，简直恨不得替白柳上场。

和基层玩家大部分阴阳怪气地酸白柳的情况不同，国王公会的中级玩家很多都是通过吃刘佳仪的治疗福利晋升上来的。

刘佳仪操作好、意识佳，红桃很多时候是不怎么在意公会里玩家的命的，会让大批人一起进三级游戏，就像是养蛊一样通过残酷的游戏机制从中级玩家里筛选出高级玩家，再筛选出参加联赛的预备队员。

所以对很多会员来说，他们对红桃这个心狠手辣的会长是害怕多于敬畏的。

在红桃这种养蛊的做法下，小女巫的存在就显得尤为珍贵。

刘佳仪控团稳，治疗能力很强，在确保游戏通关的前提下，她会拼尽全力把所有人都捞出游戏。

对很多不太强的中级玩家来讲，他们的命真的就是刘佳仪给的，刘佳仪就是他们的保命符，他们对刘佳仪是真的有很深的感情。

小女巫年岁不明的时候，这群玩家把小女巫当女神；知道小女巫的年岁的时候，这些人争着抢着要做小女巫的哥哥和爸爸。

现在这群人看到小女巫跟白柳跑了，那就相当于自己家的宝贝妹妹或女儿被白柳这个大坏蛋拐走了一样，他们可以说是和白柳有不共戴天之仇，对白柳的态度概括一下就是——恨不得当场就把他给挫骨扬灰，然后把小女巫刘佳仪给抢回来。

但是奈何现在，被他们捧在手心上的小女巫勤勤恳恳又辛辛苦苦地给白柳做苦力，认真保护白柳，透支体力到小脸发白都没有说一句怨言，他们的心情简直是……

就算是他们恨白柳恨得死去活来，1个赞、1个积分都没有给白柳，但其中不少人都悄悄地去看小女巫的小电视，偷偷给她充电、点赞，求爷爷告奶奶地希望她没事。

~~170~~

新增0人赞了白柳的小电视，新增0人收藏了白柳的小电视，没有人为玩家白柳充电。

新增0人正在观看白柳的小电视，和上次游戏视频数据相差过大，玩家白柳即将从"多人游戏区"下降至"坟头蹦迪区"，请玩家白柳认真游戏！

白柳的游戏推广位下降是迟早的事情，有国王公会把守小电视并严格控制，白柳掉到"无名之地"只是时间早晚的事情。

红桃站在白柳小电视的最前方，目光如雾，很飘忽地落在小电视里白柳苍白的汗水密布的脸上，就好像是在欣赏一幅画廊里描摹死亡的画卷，有一点很浅淡的惋惜，似乎在惋惜画中人就要死去，又似乎在惋惜画中人的死亡由她亲手赐予。

她往上抬了抬宽大的帽檐，转身看向身后的会员们，眼神带着那种惋惜，淡淡地下达了对白柳更加残忍的命令："去'新星陨落之地'（坟头蹦迪区的别称）继续围堵白柳，确认他进入'无名之地'之前，不撤队。"

与此同时，小电视内的白柳和刘佳仪也陷入了困境。

如果不能消灭这群流民，随着流民越来越多，需要维持两个人不被伤害的毒药消耗得就会越来越快。八瓶毒药，就算是在刘佳仪的精准操控之下，撑到现在也快要见底了。

花田里寄生的流民和多生的触须堆叠咆哮，流动沸腾，宛如吞噬一切的深海巨浪，在田埂的边缘掀起一面遍布触须的高墙。这种时候要把所有的怪物和触须赶回去，只靠刘佳仪的毒药和白柳的鞭子，已经是一件匪夷所思的事情。

但这两个人都做到了。

毒药的烟雾被克制地拉成肉眼不可见的丝线围绕着白柳和刘佳仪的四周游走，刘佳仪的脸色惨白，这种高消耗的技能使用方式让她几乎站立不稳，她握住快要空掉的毒药瓶子大口大口地喘息。

但在密集的触手扭动袭来的一瞬间，低着头喘息的刘佳仪握住手中的瓶子往身前拉拢收紧，丝线般的毒药烟雾编织而成的大网落下，网中的触手纷纷被烟雾"切割"而掉落，断口上是剧毒腐蚀出来的模糊断面。

刘佳仪摇晃了一下，喉头涌上一股血腥味，但被她咬牙吞了回去，她手中的毒药只剩浅浅的底。

网中漏掉的一根触手从背后穿过来，尖锐的头部眼看就要穿过刘佳仪的胸膛，被一条雪白如闪电的鞭子极快地拉过来，"啪"的一声打中要触碰到刘佳仪脸的这根触手，又极快地发出"啪啪啪"好几声脆响，那些伺机攻击、数量不少的"漏网之鱼"全部都被白柳依次用鞭子打中，清扫回去。

虽然白柳的操作精准得不可思议，但他现在情况明显也不太好，脸色比刘佳仪还白，基本上和他手上的骨鞭是一样的颜色了，拿着鞭子的手隐隐震颤。

"你的技能冷却期快要结束了吧？"白柳斜眼看向他身后半蹲在地上休息的刘佳仪。

刘佳仪勉力仰头看向白柳："……不到一分钟了。"

"那只要撑过最后一拨流民的进攻，"白柳抬头看向被他堆叠得越发狰狞的流民墙，"我们就可以开始收割了。"

断裂的触须顷刻再生，开始涌动，混合着花田里密集的触须密不透风地向白柳和刘佳仪袭来！

而白柳甚至都没有提起鞭子，他目光平静地看着这些扭动缠绕成一整面墙的触手和碎裂的流民尸体嘶吼着倾轧而下，就像是一个要被海啸掀起的巨大浪花卷走并吞噬的岸边游客。

白柳的手上忽然出现了一个旋转的魔方。

  系统提示：玩家白柳使用道具"魔术空间"，空间限定为正对的花田（该道具已经达到最大的空间广度，使用时限仅有五分钟），禁止任何已经进入的流民外出。

  系统提示：空间构建完成。

下一秒，这些倾轧而下的"浪"撞在一面不可见的透明墙壁上，发出了让人大脑共振的"嗡"的一声巨响，肉色触须所形成的"巨浪"触到了不可逾越的高墙，缓缓落回花田，夹杂在其中的流民用怨恨的眼神贪婪地看着地上的玫瑰。

这些流民被困在一个四四方方的看不见的局限空间里，它们在里面扭动挣扎，爬满墙壁，就像是一屋子长了脸的人面蛇纠缠在一起，似乎下一秒就要咬破墙壁、咬死站在它们不远处的白柳。

不过这些流民可能永远都等不到那一刻了。

白柳背后的刘佳仪叼着体力恢复剂缓缓站了起来，他们费尽全力堆积的流民终于成熟，到了可以收割的这一刻。她冷静地看着这片已经看不出原貌的花田，然后伸出了手。

她斜眼扫了一眼白柳，摆了摆手让他走远一点。白柳顿时识趣地躲得远远的。

系统警告：玩家刘佳仪是否使用爆发个人技能"毒药喷泉"，对范围内的所有玩家造成无差别缓释伤害？使用完此技能之后，玩家刘佳仪体力槽会耗空。玩家刘佳仪确定要使用该技能？

"确定。"

浓烈的卷曲的黑色烟雾从刘佳仪的袖口里铺散而出，缭绕着涌入了魔术空间限定的花田里，然后瞬间填满了整个空间。一种肉类被化学药剂腐蚀烧灼的"滋滋"声伴随着流民撕心裂肺的惨叫声响起，时不时有扭动的触须无力地从透明的墙壁上滑落。

一分钟后，透明墙壁上粘着的最后一根触须和脸色惨白的刘佳仪一起落在了地上。

但在刘佳仪虚脱地坐在地上之前，白柳把她给稳稳地抱了起来。陷入体力槽耗空后遗症的刘佳仪动弹不得，她虽然不太想靠在白柳身上，但现在也只能靠在他肩头闭着眼睛喘息。

当然白柳现在自己也站不太稳，所以没过多久他就像没骨头一样瘫软在地上了。

又坐回了地上的刘佳仪："……所以你刚刚为什么要把我给抱起来？"

白柳摸摸刘佳仪额头上湿透的刘海，笑了笑："我看别的家长都是这样鼓励自己家干得不错的小孩的，我也学学。你刚刚真的很帅，小女巫。"

趴在白柳胸口上的刘佳仪微妙地沉默了两秒，然后别过了头："……我可是新星排行榜第一名。"

她小声地嘟囔："这不是理所当然的吗？"

随着魔术空间里的黑雾散去，里面被腐蚀得七七八八的流民身上不断地爆出玫瑰花。而与此同时，白柳和刘佳仪的系统提示音也不停地响了起来。

系统提示：恭喜玩家刘佳仪击杀一名怪物流民，该流民已经偷盗了1.5 kg 千叶玫瑰，现已成为您的战利品。

系统提示：恭喜玩家白柳利用道具困杀一名怪物流民，该流民已经偷盗了 0.3 kg 千叶玫瑰……

系统提示：……

原本被流民铺满的地面现在全是散落的千叶玫瑰，白柳扶着靠在自己身上的刘佳仪缓慢地坐了起来，看着一地的战利品勾起了嘴角：

"不错，还算是丰收，今晚没有白干。"

游戏大厅里白柳小电视前的国王公会的观众，目瞪口呆地看着白柳脸上不停弹出的系统奖励界面。

他们刚刚嘲笑这人握着女巫这么一张厉害的牌都不会用，现在发现人家哪里是不会用，人家愣是用女巫这一张治疗牌打出了最强的攻击效果！

之前所有人对小女巫的印象都是游戏中唯一的治疗玩家，从来没有想过刘佳仪的毒药攻击力如此强悍。

但到了白柳手里，他利用一个魔术空间道具、A 级面板的刘佳仪加上一个 C 级面板的他自己，居然也能在三级游戏里抗住一大拨 A+ 级别怪物的兵线！

这简直就是个奇迹！

但白柳就是做到了！

这还是在两个游戏之前，被一个 A+ 怪物搞得差点半死的新人吗？！这成长速度也太惊人了！

刚刚还在讥笑白柳是蹭女巫热度上了国王推广位的那个人，表情痴痴地喃喃自语："……我们公会的女巫，原来这么厉害吗？能一次性抗住三级游戏的兵线？"

另一个人神色同样呆滞地附和他："我记得，是没有的……"

"是战术，白柳给女巫制定的战术发挥出了她最大的攻击效用，没有让女巫的一滴毒药和一个技能浪费。"有稍微懂行的中层玩家深思后分析，但他脸色也不怎么好看就是了，"他用鞭子把这些怪物集中到一起，利用女巫的毒药牵制这些怪物，就像是赶鸭子一般把怪物赶到一个笼子里，最后用一个笼子困住了这些怪物。然后女巫用爆发技能清掉他们聚集到笼子里的所有怪物……"

这个分析战术的玩家有种不得不服的憋闷："我们之前从来没有尝试过挖掘

女巫的攻击技能，但白柳利用自己的强控场武器鱼骨鞭，让女巫的攻击技能发挥到最大程度了，并且他拖时间拖满了女巫毒药技能的冷却时间。这样不仅堆积了足够多的流民可以爆出奖励，而且在爆发技能清怪之后，就算有少量的漏网之鱼来攻击他们，因为女巫的毒药技能 CD 已经结束，他们也暂时不会有事……

"白柳制定的是最大限度利用女巫，针对这个游戏任务的完美战术。"

还有一些不服的基层玩家小声讨论：

"啧，什么战术……我要是有他的武器和女巫的配合，我也能打出这种效果！"

"对啊，不就是堆怪、放道具，然后让女巫清怪吗？这也算战术？这是在侮辱战术吧！"

"不光是这样，你们想得太简单了。"另一个更高级别的中层玩家叹息，"白柳的战术是润物细无声的。你们还记得牧四诚吗？那个一直在被我们公会张傀追杀的新星玩家。"

其他几个玩家顿了顿，他们都想起了这个被白柳残忍反杀的国王公会高级玩家，讨论白柳的欲望不知道为什么微妙地消减了不少，声音也弱了下去：

"……记得，怎么了？"

"牧四诚对上张傀根本毫无胜算，有好几次牧四诚还差点被张傀给控制了。但白柳握住了牧四诚这张牌之后，他那个时候仅仅是第二次参加游戏，你们还记得张傀的结局吗？"

说到这里，这个给所有人分析白柳战术的国王公会成员深吸一口气，静了静，才又接着道："张傀被牧四诚牵制之后，被白柳成功反杀，张傀在镜中被活活烧死。"

"在牧四诚遇到白柳之前，你们能想到牧四诚还有能反杀张傀的一天吗？"这人定定地扫视其他人，"没有任何人能想到会有这一天吧？你们都觉得牧四诚是张傀案板上的鱼，他被抓住是迟早的事情。"

所有人都不再说话了，刚刚批判白柳的玩家们陷入了一种诡异的静默。

他们慢慢抬起头看着白柳的小电视，突然感到由衷的恐惧和毛骨悚然——对，白柳利用根本无法对抗张傀的牧四诚，压倒性地反杀了张傀。

如果他们没有记错的话，那个时候游戏的进程甚至还没过半，张傀对白柳就已经毫无反抗之力了……

明明只是一个新人，明明面板才 C 级，明明智力值也不是顶尖的，不说死去的张傀，就连现在和他合作的小女巫智力值也比白柳高。

为什么这家伙却可以那么轻易地掌控全场，以弱胜强？！

那个分析白柳战术的人也顺着众人的目光望向白柳的小电视，他发自内心地产生了一种莫名的恐惧："这就是白柳战术的可怕之处。

"白柳拿到的不是最好的牌，用的也不是非常出格的战术，但是他和手里的牌配合度和调用率都太高了，比如《爆裂末班车》的时候他和牧四诚零失误的合作，以及在这个游戏里，白柳在女巫收网之后毫无遗漏地扫尾——白柳承担了所有可能出现计划偏差，但又不为我们重视的战术部分，并且完美地执行……"

这人神色复杂地叹了一口气："明明只是第一次合作，这个新人就像是已经和这些人配合了千万次般，能发挥每个人最大的实力，看起来就好像这个能力卓绝的家伙在制定战术的一瞬间，就已经看到了所有玩家的结局——多么惊人的综合游戏实力……

"白柳的战术从来没有出过错，他自己从来没有失误过，并且在他的调配下，他自己也百分之百地相信自己的牌绝对不会出错，在这种堪称疯狂的自信下，这个新人把手里的牌赌出了我们都想象不到的杀伤力。"

这个新人如果进入联赛，他手里如果有五张好用的牌，然后根据敌我双方的情况制定对应的战术……

这个人想着想着，没忍住打了个寒战，他看向白柳小电视的目光坚定了起来："走吧，皇后说一定要在这里把白柳堵死，堵进'无名之地'，不然等这家伙明年进联赛，我们公会的战队后患无穷。"

小电视上白柳的画面突然消失。

白柳按照系统的指示，跌入了坟头蹦迪区。

171

游戏内。

刘佳仪的技能终于重置了。

她的技能有一点很特殊的地方，就是不按照体力槽耗费的程度来规定下一轮的使用。

但对于大部分玩家来说，体力槽耗空之后，个人技能的使用会受到严重限制，就比如说牧四诚的技能"盗贼的猴爪"，如果体力槽耗空了，在无法用药剂恢复体力的情况下，牧四诚只能靠自然恢复的体力继续使用技能。

而刘佳仪的技能除了爆发技能"毒药喷泉"不受这种限制，她的毒药算是法师类的技能，只需要等技能冷却期结束，就能再使用。

所以等技能CD结束之后，刘佳仪又生成了八瓶毒药。她自己是动不了了，她把毒药递给了白柳，自己瘫软在土地上休息，恢复体力。

而白柳拿着毒药，绕着圈检查魔术空间里还有没有没死的流民，如果还有，他就把毒药轻轻泼一点，算是补刀。

等到彻底检查完所有流民之后，白柳才取走魔术空间，快速地收捡玫瑰——因为不远处又开始出现涌动的流民和触须。

在简单地计算了自己和刘佳仪的系统面板上获得的奖励加起来已经超过了 80 kg 之后，白柳干脆地背上刘佳仪，开始往帐篷的方向跑去。

刘佳仪生无可恋地趴在白柳的背上，双手被白柳背得颠颠地乱颤，她的嗓音嘶哑，语调平静："我刚刚才想起来一件事情，'魔术空间'这个道具你从我这里拿走了，我还以为你弄丢了。如果这个道具你带进了这个游戏，并且一直都有的话——

"那你为什么不一开始就用在我们身上，罩住我们一个小时等到我的技能冷却期结束，这样就不用那么费力地对抗了啊……"

刘佳仪艰难地往上挪动了两下，她面无表情地用颤抖的双手卡住白柳的脖子，幽幽地问："'魔术空间'这个道具要用最大空间广度，一天之内就有使用时限。

"白柳，你该不会是为了用魔术空间的最大广度，一次性清掉最多的怪物、获得最多的玫瑰，才让我强撑一个小时抗怪的吧……"

白柳："……"

刘佳仪怨恨到快要吐血："白柳你这个 ** 又 ** 利用我！你这个 **，你还能 ** 再抠一点吗！"

系统温馨提示：小孩子不可以说不文明的话哦，小电视会做屏蔽处理的哦！

背后的流民不断地追着白柳，在一根触须缠上了白柳的脚踝那一刻，白柳一打滚滚进了花田中间的帐篷里，然后干脆利落地拉上帐篷的拉链。

扭动的触须砰砰地摔打在帐篷的布面上，拉链也在缓缓向上移动，感觉这些流民随时都能将触须钻进来，把他们两个体力耗尽的玩家给拖出去。

白柳面色镇定地拿出了那个旋转的魔方。

系统提示：玩家白柳使用道具"魔术空间"，使用空间——玩家所在帐篷，空间较小，使用时限较长。使用限制——禁止除玩家本人以及刘佳仪以外的任何生物进入。

系统提示：因玩家之前透支了道具"魔术空间"的最大广度，因此魔术空间使用时限缩小，可在帐篷空间内使用约 3 小时。

白柳手中旋转的魔方转动了几圈之后，变得小了不少，魔方四散转动，变成了一个正四面体的帐篷的形状。

刚刚还在骂白柳的刘佳仪这个时候有点微妙的不好意思。

她的目光落在白柳手中那个变小了不少的正四面体魔方上——她以为白柳是为了一次获得最大利益才选择和怪物正面对抗的，没想到他是为了让他们两个人可以安全地在魔术空间里待到天明。

白柳很明显计算过道具使用的时间……她是不是不应该用那么肮脏的意图去揣测白柳——她刚刚骂得好像有点过了。

刘佳仪也不是什么特别扭捏的小女孩，她看向白柳，直接就道歉了："对不起，刚刚骂你骂得有点过了，我不知道你是为了确保你和我的安全才选择省道具的。"

白柳奇怪地看向刘佳仪："没有啊，我省道具就是为了一次性让你抗最多的怪啊。"

刘佳仪："……"

白柳一本正经地解释："我预留这个道具的使用时限，是怕要是一次性收集不够玫瑰，我还可以用道具把你体力槽耗空的负面状态解除，让你继续用爆发技能透支身体，用这个道具困住更多的怪，帮我挣更多的玫瑰。虽然已经有 80 kg 了，但是这种符合整个游戏定位的道具肯定是多多益善……"

刘佳仪："……"

白柳陷入了思考，他好似十分遗憾地看着精疲力竭的刘佳仪，长叹了一口气："但你看着还是不太行，可能因为你是小孩子，体力耗空之后的状态太差了，的确是不怎么……"

刘佳仪忽然笑了起来，笑得很甜美，甚至露出两个小酒窝。她对着白柳举起了两瓶毒药，乖巧可爱地歪脑袋看向他："白柳哥哥，你再说我就真的要生气了哦。"

看向已经缠上自己脖子的毒药黑雾，白柳很懂事地换了一个话题："刘佳仪小朋友，您今晚真是辛苦了！请问您现在要睡觉吗？"

刘佳仪："……"

她真是很想骂人。

白柳来帐篷这里让刘佳仪休息是有原因的。

三个小时后，如果天还没亮，外面这群触须怪物还在，他们就不得不再次出去进行拉锯战，两至三小时刘佳仪这边的技能 CD 可以产生比较多的毒药，并且刘佳仪还可以靠休息恢复一部分体力，那么他们可以勉强靠这些撑到天亮。

帐篷内只有一张脏兮兮又油光发亮的小床，半人宽，约成年人身高的长度，床沿搭了一张脏污的斑驳的毛线毯子。

白柳把刘佳仪放在这张小床上，自己用毛线毯子随意地垫了一下，就蜷缩在这张不大的毯子上面睡着了。

他的右脸上还带着触须迸溅的血液，还没擦就疲惫地合上眼睡着了。

在无法恢复精神值的情况下，白柳承担了扫尾和保护主攻的刘佳仪的工作，这让他被那些无处不在的触须和流民污染，精神值下降了不少。同时，精神值的持续降低加剧了白柳的体力消耗，就好像在熬夜的状态下高强度还不允许出任何错误地加班一样，这让白柳的疲倦感也加倍了。

　　系统警告：玩家白柳的精神值下降至61，请迅速恢复精神值！

他脸上的黑色裂纹往下凹陷了一部分，皮肤从他的脸上分离出来，感觉要掉落一般。

睡梦中，一阵窸窸窣窣的声音让沉睡的白柳苏醒了过来，他看了一眼小床上缩成一团睡得正香的刘佳仪，低头确认了一下魔术空间的使用时限还没过——还剩差不多一个小时。

那他差不多就睡了两个小时。

帐篷外那些流民随着天光渐亮，似乎已经不见了，吵醒白柳的声音也并不是从帐篷外传来的，而是在帐篷内发出的。

白柳的目光缓缓落在了刘佳仪睡的床的底部——一种窸窸窣窣的，就像是什么东西在缓慢爬动的声音清晰地从床底传了出来，并且还越来越大声。

还在熟睡的刘佳仪似乎也要被这个声音吵醒了，她皱着眉翻了个身。白柳脱下自己的外套盖住了她的耳朵，于是她又舒展眉头沉入睡梦中。

白柳半蹲在刘佳仪的床前，他握住鞭子偏头看向床下。

他使用魔术空间的时候，明确指定了帐篷这个空间除了他自己和刘佳仪以外任何生物都不能进入，这个时候还能与他和刘佳仪出现在一个空间，不被排斥还能发出声音的东西，要么就不是活的生物，要么就是这个生物有能力突破魔术空间这个超凡级别的道具设置的屏障。

超凡级别的道具，原本就是三级游戏里怪物书爆出来的道具。那么反过来推理，在三级游戏里，存在能够破解超凡道具的高级别怪物，也不是什么稀奇的事情。

白柳预防性地把鞭子挡在了自己的胸前，他目光直接扫向了床底——这个肮脏的小床底部什么乱七八糟的东西都有：断掉的半支铅笔、用过的卫生纸团成的几个纸团，一个破口的麻袋和一个用处不明、模样优美的右手手模。

床底没有任何活物的痕迹，又黑味道又大，看起来就是被很多工人寄宿过，还没怎么打扫过的正常床底的样子。

就好像白柳刚刚听到的声音是他的幻觉，毕竟他的精神值的确已经低到快要出现幻觉的程度了。

但白柳依旧没有收回目光，而是一动不动地凝视着床底，或者准确来说，是盯着床底那个看起来就像是某种玩具的手模。

白柳认出了这个完美得宛如按照黄金比例雕刻出来的右手模型。

这是一只他曾经死死握紧过，又主动松开了的右手。

这是谢塔的右手。

172

白柳看着那只手，他俯身钻入漆黑的床底，试图去够这个雪白的雕像手模。但在他即将摸到这个手模的一瞬间，一根玫瑰藤条从床底钻出，发出白柳刚刚听到的那种窸窸窣窣的爬动声。

藤条在白柳的眼前缠上了手模，似乎要把这个手模拖入地底。白柳用力向前伸着身体，甩出鞭子想要抽开藤条，但藤条已经收缩着缠紧了手模，在手模被拖入地底的前一秒，白柳抓住了它。

断裂的冰冷的右手雕像在白柳的掌心内轻轻蜷缩，似乎是回握了他一下，然后在白柳的手上化成了散落的玫瑰花瓣，那根藤条也缓慢地潜入地底，消失不见。

雪白的断手化作的零落花瓣燃起磷光般的浅蓝色火焰，在白柳的眼前化成灰烬和烟尘，彻底消散。

昏暗的床底什么也没有，这朦胧的一切映在白柳空荡漆黑盛有玫瑰的眼底，像是不知道有没有发生过的幻觉。

白柳刚刚并没有触摸到物体的真实触感，他以为自己握紧了的断手，只是一个虚影。

除了一种似有若无的冰冷感残留在他收拢的五指上，其他的白柳什么都没有感受到。

刘佳仪还是被白柳的动静给吵醒了，她睡眼蒙眬地揉着眼睛坐起来，迷迷糊糊地摸到自己放在枕头边上的护目镜戴上。恢复视力后的刘佳仪一低头，就看到了钻到自己床下面的白柳。

刘佳仪瞬间就被吓清醒了，开口声音都有点变调："你在干什么？白柳！"

白柳慢吞吞地从床下面退了出来，在他撑着床沿，身体摇晃着抬起头和刘佳仪对视之后,刘佳仪一怔。

　　……白柳的神色有种罕见的迷离,就像是被什么东西蛊惑带走了灵魂,飘浮且恍惚。而他眼中的玫瑰摇曳着盛放了第四瓣花瓣,右眼眶下的黑色裂纹加深,右眼下面的那块皮肉剥落,有种摇摇欲坠的"凋落"感。

　　"……白柳,"刘佳仪嗓音莫名干涩,"你调出你的面板,给我看看你现在的精神值是多少。"

　　白柳静了一会儿,似乎才反应过来刘佳仪在和他说什么。他听话地低下头翻找出自己胸前的硬币,半眯着眼睛调出了系统面板,靠过来给刘佳仪看。他的肩膀上散发一种很诱人的、被烧灼之后的玫瑰香气。

　　这香气让刘佳仪都神志恍惚了片刻,然后她迅速地打开面板购买了两个呼吸面罩,在她脑子开始发昏之前给白柳和自己戴上。

　　但还是晚了一些。

　　　　系统提示:玩家刘佳仪闻到高浓度原始玫瑰香,由于玩家现在对该浓度玫瑰香不耐受,进入一个"眩晕"的DEBUFF效果,精神值下降至63,即将看到幻象。

　　　　系统警告:玩家白柳闻到高浓度原始玫瑰香,由于玩家现在对该浓度玫瑰香不耐受,进入一个"眩晕"的DEBUFF效果,精神值下降至46,请迅速恢复精神值!

　　刘佳仪眼前天旋地转,她倒回了小床上,捂住自己的面罩用力呼吸。白柳也向后倒在了地上,他微弱的呼吸在面罩上呼出一层水雾。

　　一种强烈的、摄人的、让人无法动弹只能任由其折磨的熏人香气在他们的大脑里流转,让人几欲作呕。刘佳仪剧烈地呛咳了好几声,而白柳眼前的一切都变得扭曲旋转。

　　他陷入了某种玫瑰色的、水底般的窒息黑暗中——就好像有一只看不见的断裂右手平静地扼住了他的喉咙。

　　白柳的眼皮缓慢地耷拉了下去。

　　"起来!快起来!"一个恶生恶气、十分不耐烦的声音伴随着"啪啪啪"的拍掌声响起,"都多晚了还睡!知道这帐篷五月玫瑰节前后住一晚上得多少钱吗?!"

　　"要不是缺人,也不会让你们这些下等人进来做采花工!"

　　伴随着叱骂,白柳在半梦半醒间感觉自己被人抓住了臂膀直接从地面上扯起来,他脑袋又晕又涨,感觉就像是通宵熬夜加班一个星期,被同事强行拖去参加聚会又灌了伏特加,然后只睡了一个小时又被拉起来继续加班的状态。

——可能只要轻轻地对着他吹一口气，白柳就能就地猝死，长睡不起。

白柳摇了摇一边发麻刺痛的脑袋，撑着手边的一把椅子的靠背稳住不协调的身体，深呼吸了好几下，才把眼前摇晃旋转的景象重叠在一起。

还是那个陈旧破败的小帐篷，但透亮多了，毕竟外面天色已经大亮了。

白柳看向从床上东倒西歪地爬下来的刘佳仪，那个加工员把刘佳仪给提溜下来之后，转身就对他们破口大骂："玫瑰呢？让你们通宵采摘的玫瑰呢？不干正事还睡觉！两个没有用处的人！"

说着，这厂工就怒气冲冲地抬起了脚，冲着还在摇摇晃晃走路的刘佳仪背部就是一脚。

这一脚没踹下去，白柳脸色苍白地跪在地上，这一脚稳稳当当地抵在了白柳的膝盖上。他神色平宁镇定，一点都不像是十秒钟之前站都站不稳的样子。

白柳对着这加工员毕恭毕敬地一点头，指向他身后那些鼓鼓囊囊的麻袋和被毛毯盖住的玫瑰花。

"昨晚采摘下来的玫瑰都在这里了，"白柳抬眸，"一共 83.7 kg。"

这个加工员神色变幻了好几次，最终收回了自己的脚走向了白柳的身后，去核查那些玫瑰。在大概确定了白柳所说的重量没错之后，这个加工员用一种好似恐惧又好似怨毒的眼神，转过头来盯着白柳打量了一会儿，才开口道："勉强算你们完成任务。

"不要得意！就算你们这批新人全都完成任务，想晋升为加工员，淘汰掉我们这些劳苦功高的老员工，还早着呢！"

他都已经走到帐篷边了，又毫无征兆地回过头来恶狠狠地踹了白柳一脚，带着恶意弯起嘴角：

"今晚你们的任务翻倍，每个人要采摘 80 kg 的玫瑰。如果做不到，那就等着下岗被流放吧！"

这一脚踹在白柳的肩膀上，本来还在眩晕 DEBUFF 里的白柳就"柔弱"，没什么抵抗力，被这力道十足的一脚踹得整个人往后平移了一段距离，撞在他刚刚用来撑手的椅子上。

那加工员冷哼一声，提着白柳他们采摘好的玫瑰走了，随手抛给他们两瓶用小玻璃瓶装着的淡粉色香水，被刘佳仪眼疾手快地接住才没砸到地上。

　　系统提示：恭喜玩家白柳完成"采摘 40 kg 玫瑰"支线任务，获得奖励"低级千叶玫瑰瓦斯香水"一瓶。

　　系统提示：玩家白柳触发新任务，请玩家于今晚采摘 80 kg 玫瑰。成功后将获得奖励"低级千叶玫瑰瓦斯香水两瓶"以及推进主线任务进度"加工员的晋升资格"。

刘佳仪歪歪扭扭地走向坐着的白柳，掏出香水正对白柳的脸一喷。

系统提示：玩家白柳的"眩晕"DEBUFF解除，精神值上升至81。

白柳脸上皲裂的伤口肉眼可见地愈合，恢复成浅浅的凹陷，但眼里的玫瑰却像是得到了某种滋润，抖动着枝叶往外舒展花瓣，这种一看就觉得不妙的变化让刘佳仪停止了继续喷香水。

她迟疑了一会儿，才咬着牙在自己脸上也喷了几下，解除了自己的眩晕状态。

刘佳仪半虚脱地靠在椅子上，手在白柳面前左右挥舞了两下吸引他视线，语调恹恹的："喂，清醒了没？你昨晚在床下面遇到什么东西了，差点把咱俩给搞死。"

低级香水的味道让清醒过来的白柳有点不适应地呛咳，他向后把沉重的头靠在椅子上，仰头看着刘佳仪，眼神还有点蒙眬。白柳条理清晰地把昨晚看到的东西和发生的事情一五一十地说了。

"有东西钻进了我们的帐篷，还是在魔术空间生效的时候？"刘佳仪越听眉头皱得越紧，"这不太可能。"

白柳征询般地看她一眼。

刘佳仪转过身来，低头正视白柳，解释道："我知道你是什么意思，在一个新的三级游戏里，的确可能存在可以突破魔术空间界限的怪物。但你想一想，白柳，如果昨晚真的是这种怪物，我们算是被攻击了吧？你有触发怪物书吗？"

"以及如果这个实力强悍到可以轻易突破魔术空间的怪物真的钻进了我们的帐篷——"刘佳仪双手抱在胸前，好整以暇地挑眉，"它为什么不杀了我们这两个玩家？合着它半夜钻进你的帐篷、我的床底，就是为了握一下你的手，给你看它变的玫瑰花？"

"你说得也有几分道理。"白柳不紧不慢地开口，"但如果它的本意不是攻击和伤害我们，所以昨晚并没有出现它的实体，我也因此没有被攻击、触发怪物书，我看到的只是它想呈现给我看的一个虚影呢？"

刘佳仪下意识就想反驳："没有怪物对玩家的真实意图不是攻击和伤害，不存在这样的……"

白柳静静地看着她。

刘佳仪的话语突兀地停住，她想起了什么，然后神色变得凝重："《爱心福利院》的神级游走NPC……你和他是什么关系？"

她之前的确从来没有见过不是以伤害玩家为目的的怪物，但上一个副本的神级 NPC 完全是在可以杀死白柳的情况下，主动献血救了白柳。

这是刘佳仪玩过这么多次游戏，第一次，也是唯一一次见到怪物救玩家的。

"……什么关系？"白柳一顿，视线开始在帐篷顶部微妙地乱飘。

他想给自己和谢塔的关系下一个精准直白的定义，但这对白柳来说有种说不出的诡异和难办。

如果在进入游戏之前，白柳可以十分问心无愧地对刘佳仪说，谢塔和他是不涉及游戏的朋友关系。

但现在，"朋友"这两个字已经到了嘴边，白柳莫名想到了塔维尔毫无杂质又略带困惑的眼神和一次又一次对他不构成伤害的攻击。

以及两个人在《塞壬小镇》里重逢，白柳对久别重逢的谢塔说的堪称油腻的开场白："我想得到什么……或许让我摸一摸你的鱼尾？"

白柳："……"

刘佳仪问这个问题，以为自己会得到什么"这个怪物是我收购灵魂之后被异化的玩家"之类的回答，但白柳奇怪的反应让她头上冒出了一堆问号。

白柳语调十分冷静："我们之前是朋友，后来重逢的时候，我当时脑子不太清醒（精神值过低），所以对他做出了一些越线的事情。

"但后来我清醒之后，我个人还是想和他做回朋友。虽然不知道他是怎么想的，在我这里我们还是朋友——我和他目前大概就是这样的关系。"

白柳高度地概括了一下他和谢塔之间发生的事情。

刘佳仪缓缓道："啊？"

这是什么发言？你还对 NPC 做过这种事吗？白柳！

173

白天的时候花田里的玫瑰花花瓣是合上的，变成了一朵不盛开的花苞，湿润的泥土也变得干燥，花田看起来无害又恬淡。但白柳他们实验了一会儿发现，待在花田周围，他们的精神值会降得比待在其他地方更快。

他们只有两瓶低级香水，为了保持正常的精神值，如果待在花田周围的话，香水可能都坚持不到晚上就用光了，所以白柳当机立断地选择了远离花田——准确一点来讲，白柳希望远离整座有不明污染源的香水工厂。

他们要用两瓶香四个小时的香水坚持到第二天早上，待在一个更容易被污染的地方明显不是一个好方案。

白柳决定顺着工厂往外走，去看看这座工厂所在的地段是怎么回事。

"你能想到的，别人也能想到。"牵着白柳的手的刘佳仪小脸发皱，"我们这样往外走，很容易和其他玩家碰上，而且你不为晚上我们每个人需要完成采摘 80 kg 玫瑰花的任务想想办法吗？昨晚那种做法已经把我的能力发挥到最大效果了，也就能勉强凑齐 80 kg，再翻倍成采摘 160 kg 是不可能的。"

白柳倒是不急："你没听今天早上那个加工员说吗，所有新来的采花工昨晚都完成了任务。

"这个游戏一共六个玩家，玩家一开始在这个游戏里的身份就是新来的采花工，如果说所有的采花工都完成了任务，那么也就说明除我们之外的另外四个玩家，也是具备一晚上采摘 40 kg 的玫瑰花的工作能力的。"

白柳微笑起来："每个玩家一晚上能采摘 40 kg，四个玩家不正好就是我们所需要的 160 kg 吗？"

"……"刘佳仪搓了搓自己被白柳的谜之微笑笑出鸡皮疙瘩的手臂，问，"你想要做什么？"

"先调查一下这座工厂附近的情况。"白柳眸光变深，"游戏里每个怪物都有由来，流民是由人转变而来的，既然我可以和人做交易，那我想……"

"你想和这些流民做交易？"刘佳仪蹙着眉反问，"游戏里的很多怪物是被污染、精神值归零的人类，它们已经疯了，和疯掉的生物你要怎么做交易？它们甚至没有能听懂你说话的神志。"

白柳垂下眼帘，看向刘佳仪："如果它们可以短暂恢复神志呢？"

刘佳仪一怔，下意识反驳："不可能。"

游戏里怪物的异化是不可逆转的，这是游戏的规则，也就是精神值为 0 之后，精神值会冻结变灰，无法用精神漂白剂恢复。

怪物就一直是怪物，不可能再变回人了。

但很快刘佳仪也发现了不对劲的一点——这个游戏里的精神漂白剂原本就是冻结的！

不光是对怪物，对他们也是冻结的，而香水对流民是不设限的，也就是说如果香水可以对流民使用并且生效，这群怪物恢复了神志，变成了正常的流民，那说不定可以暂时停止对他们的攻击——就像是被人直视的人鱼雕像会停止前移的步伐。

"香水很有可能是这群流民的弱点。"刘佳仪抬头看向白柳，"你什么时候想到这点的？就是这个游戏的香水可以用来做怪物的精神漂白剂。"

"进入游戏之前。"白柳说。

"进入游戏之前？！"刘佳仪满头问号。

白柳抛了一下手里的香水瓶子，眼神跟着被抛起的香水上下移动。他勾起嘴角:"有人在进入游戏之前,告诉了我哪怕是对发疯的员工使用这个香水,也可以恢复他们的理智和状态。无论之前多疯,一旦喷洒了香水,他们就会像是什么都没有发生一样变回平常的样子。

"我当时就在想——这简直就是翻版的精神漂白剂。"

白柳垂眸,手上随意地玩弄着那两瓶香水:"可以恢复并提升人的状态,把人从疯狂的状态里拉回来,再加上游戏的设定——对玩家来说,如果一直不用精神漂白剂,就会被游戏里的怪物污染精神值而发疯。

"对玩家来说,精神漂白剂就是玫瑰香水,我们这些普通玩家也是对它'上瘾'后,为了购买它并生存下去,成为给游戏打工的采花工。挣不到积分的玩家就会下岗,被发配到无名之地,而挣得到积分的高级玩家,就会晋升到台前。"

白柳看向刘佳仪:"你不觉得这些机制,很熟悉吗?"

刘佳仪有些毛骨悚然,她明白白柳的意思了:"……游戏,就是一家大型的玫瑰工厂。"

——如果游戏是一家剥削玩家的大型工厂,那这个游戏里,谁是剥削所有人、获得利益最多的厂长呢?

白柳眸色变深——他们走到了花田的边缘。

瑰丽烂漫的花田外不是一个香气怡人的小镇,而是一个荒凉破败的郊区,有卷曲的废弃报纸和一些荒废许久的工厂,一眼望去几十米外都看不到人烟,和他们身后颜色艳丽美好的花田以及香水工厂宛如两个世界。

白柳走到其中一座空荡荡的工厂门口,上面贴了招聘广告,但时间却是十年前了。

不过看起来后来这座工厂也不招人了——工厂的锡皮卷帘门上用黄色油漆写了一个大大的"拆"字,这个"拆"字最下面那一撇油漆剥落,是年代很久远的质感。

刘佳仪蹲下来看地上散落的报纸碎片:

玫瑰香水问世?!新型产品,全国禁止,引发民众抗议!

——这种东西都要禁止,那怎么不禁咖啡?这严重侵犯了我们民众的消费自由!

带头抗议的便利店老板王先生说道。据悉他店中囤积了不少玫瑰香水,今年已靠玫瑰香水盈利数十万元。

工厂爆炸,香水蔓延,抗议胜利,千叶玫瑰瓦斯香水全球畅销!

千叶玫瑰瓦斯香水使人精神振奋,学生学习效率提高,员工工作效率提高……迎来高速发展黄金期,制香工厂和企业今年扩招7.2%的工人……

……千叶玫瑰瓦斯香水迎来本年度第三次大幅提价，在全球引起大规模抗议。作为必需品的该香水对于多数年均收入十万元以下的民众已成负担……千叶玫瑰瓦斯香水作为几十亿人的必需品……隐隐有向奢侈品发展的趋势。

　　……该香水的连续三次提价作为一种信号，为无数贫穷的普通人敲响了丧钟……

　　全球政府联合抗议天价香水，制裁千叶玫瑰瓦斯无限制的多次提价，要求工厂停止这种行为，不然就强制关闭工厂……

　　……三国政府首脑因失去香水供应在巡讲会上枯萎……香水工厂承诺优先供应特级香水给愿意和工厂友好协商的国家……联合制裁协会瓦解……

　　……全球富豪榜被玫瑰香水制造和贩卖行业屠榜……

　　……经济大萧条时期，大量工厂倒闭，学校关门，失业率节节攀升，暴动频发……街面、路口随处可见枯萎濒死的流民……

　　……玫瑰制造业或成为当代青年人就业的唯一出路……

　　……去年玫瑰产量下降，全球凋谢人数相比往年进一步上升……

　　白柳也贴着刘佳仪蹲下来看地上这些报纸。

　　哪怕是刘佳仪本质上不算是一个特别善良的小女孩，在看到这些报纸上面触目惊心的黑白配图时，也有种心口发麻的感觉。

　　凌乱的人群，血肉模糊的马路，随处都有濒死的人为了解脱吊死在桥上的洞口，露出麻木的看着镜头的眼神，从黑白的照片上透出一股让人脊背发寒的阴森。

　　"这种东西，果然只能破坏生态环境。"白柳了然地从地上捡起一张碎片，上面的文字是：

　　绝望枯萎的流民集体吊死在桥洞上，玫瑰工厂依旧无动于衷，不同意降价售卖香水。

　　早期免费推广，承诺一直低价售卖给民众的玫瑰香水，现在早已涨到天价……

　　"推广的时候免费或者低价给你，等你适应了、习惯了之后，它早已经垄断了市场，在你找不到任何替代品之后，再抬高价格。但你已经无法脱离这个东西生存了，只能支付更高的价格去购买，成为玫瑰的奴隶。

"这就是很常规的剥削套路,但这种套路用在一个会导致死亡的上瘾物品上面,就会导致一场杀死全人类的如犯罪般的物种消亡——在这种末日般的时代里,连金钱都失去了色泽。

"所以我不喜欢这个东西,它抹消了我追求的东西的意义。"

白柳神色平静地松开手指,呼啸而过的冷风带走了他手中的旧报纸碎片。

唐二打看到的就是这种除了泯灭之外已经没有其他解决办法的未来吗?

眼睁睁看着苏恙和自己的队员成为这些为玫瑰痴迷变形的人,却没有办法拯救,只能看着他们凋谢,或者进入下一条时间线的轮回逃避……

这种事情多来几次,难怪这人会发疯。

白柳收回自己的目光,他身后空旷的废弃工厂闪过好几道黑影,地上蔓延过来密密麻麻的触须。刘佳仪警惕地贴近了白柳,站在他前面——这些藏在工厂里的流民正在试图袭击他们。

"香水!他身上有香水的味道!"

一声癫狂的尖啸,摇晃的黑影发出刺耳的鸣叫,所有的黑影都向白柳扑了过来。

"这里居然有这么多流民,"刘佳仪拿着毒药,背部紧绷,"你确定我们的香水够用吗?"

"不确定。"白柳诚实地回答,"但这不是有你吗?"

刘佳仪怒吼:"……什么?!"

黑压压的流民带着触须,宛如蛇群从地面上蜿蜒潜行而来,地上的报纸被翻滚的触须扫到半空,飘在带着灰尘的暗色天空中,被风带向了很远的地方。

其中一张照片上是采花工顶着四分五裂的脸,露出幸福的微笑。

"就算是每天昼夜颠倒加班,没有休息时间,也不是正式员工,采摘40 kg干叶玫瑰才能勉强得到一瓶低级香水,但能在玫瑰工厂里工作真是全世界最幸福的事情了。

"我们正在做改变世界、拯救别人的工作。

"只要我们努力工作,说不定就可以降低香水的价格,让更多的人活下来!"

——一位即将枯萎的采花工虚弱地说道。

(该报道发出时,这位愿意接受采访的采花工因为违背玫瑰工厂条例对外披露工作细节,已经被辞退。)

174

天色变暗。

伤痕累累的刘佳仪和白柳躺在花田旁,他们回来已经有一会儿了,现在正在休养生息——白天和那些流民的一战,差点把体力槽耗空的刘佳仪和虚弱的白柳给送走。

但他们俩最终还是成功地跑了回来。

回来之后白柳发现花田边上有两个新的、更大的麻布口袋,应该是那个加工员来过了,给他们送了今晚装玫瑰用的麻袋。

刘佳仪还躺在白柳旁边喘息:"我的体力槽还有一到两个小时能恢复,所以我们是等着吗,还是去田里采摘玫瑰吸引流民过来?"

"你那个利用另外四个人的方案需要大量的流民吧?"刘佳仪撑着地面坐了起来,她手臂向后伸展放在了脖子后,扭动了一下肩膀,甩了甩手做了一个热身的动作。

她斜眼看向坐在自己旁边的白柳:"虽然我觉得这个方案很危险,也很容易翻车,但你不会改动了吧?"

白柳转动眼珠,看向坐在他旁边的刘佳仪:"不会。"

刘佳仪极为老成,忧虑地长叹了一口气,她就像个担心自己不成器的下岗儿子的未来的小老太太,手撑着额头,转过头看向白柳:

"我偶尔也希望你作为一个二十几岁的成年人能懂事一点,不要老是想着赌,赢一把大的,走点正常小玩家走的道路。

"但现在和你一个C级面板的玩家聊这些还是太早了,等你再长大一点吧,反正你现在还可以依靠我,等你以后长大(指面板等级变高)了再靠自己吧。"

刘佳仪无可奈何地看了白柳一眼,摇了摇头。

白柳:"……"

"所以呢?"刘佳仪问,"你给我的方案是利用流民把另外四个玩家吸引过来吧?你不采摘玫瑰怎么吸引流民?"

白柳慢吞吞地从兜里掏出一瓶香水。

刘佳仪直勾勾地注视了一会儿香水,然后面无表情地把视线移到白柳的脸上:"这是我们最后一瓶香水了,你要是浪费我昨晚辛辛苦苦打工挣来的香水来做诱饵,我就弄死你。"

白柳:"……"

白柳试探着打开了香水的瓶盖。

刘佳仪笑容甜美地举起了毒药："我没有跟你开玩笑哦，白柳哥哥。这是我第一次打工挣来的东西，你最好不要给我乱用——你今天白天已经用掉一瓶了。"

白柳："……"

这小姑娘是真的在生气……虽然他今天白天好像的确挺欠揍、挺乱来的……

想到今天白天后来发生的事情，白柳视线游离了一瞬："但使用香水的确是最快吸引流民的方式……"

"早知道晚上要用，那你今天白天就不要给我乱用啊！"刘佳仪忍无可忍，"稍微给我珍惜一下我们两个人的劳动成果吧！不要老是用这种极限踩线的通关游戏的办法！"

白柳双手放在大腿上，姿势端正地认真跪地，光速道歉："对不起，我光顾着追求利益最大化和香水使用的性价比了，没有把我们的存活率考虑进去，是我不对。"

八岁的刘佳仪愤愤不平地指着跪地道歉的白柳骂道："你是个小孩子吗？不要老是由着自己的性子来啊！

"给我把存活率作为通关的第一要则啊！你这样以后怎么打以存活率作为胜利标准的联赛啊！"

作为"奶妈"的刘佳仪怒骂除了积分和抢人头脑子里什么都没有计算的战术师白柳。

"下次我会把存活率纳入考虑范围的。"白柳点点头，假装自己已经把刘佳仪的话听进去了，然后迅速把话题转到做任务上，"但今晚为了最大限度地获得干叶玫瑰，就先这么来吧。我开香水了。"

说着白柳的手已经放到香水瓶盖上了。

刘佳仪："……"

你敷衍到我完全没有感受到你认错的诚意啊！

夜色渐深。

唐二打警惕地握住枪，四处观察，准备狩猎。

他的麻袋被随意地丢到一旁，里面只装了一些干叶玫瑰，并不多。

今晚唐二打只采摘了这么多玫瑰就停止了劳作，因为他已经摸清了这个游戏的规则——采摘玫瑰这个任务并不是让玩家真的采摘，而是让玩家利用流民去掠夺别人的劳动成果。

而且如果说昨晚要求的 40 kg 玫瑰他还有通过采摘完成的可能性，今晚要求的 80 kg 就让唐二打干脆地放弃了做这种无用功，选择拿起枪整晚狩猎流民。

奇怪的是，昨晚的这个时间点，大批流民已经过来攻击他了。

但是今晚——唐二打走上田埂放眼望去，除了早一点的时候还有流民来袭击他，下半夜一个流民都没有看到。

唐二打看向那个被自己扔到一边的麻袋，皱着眉深思——是因为今晚他这边采摘的玫瑰不够多吗？所以诱饵的效果没有昨晚强了？

但是已经这个点了，这边有一些被采摘下来的干叶玫瑰，也不至于一个流民都吸引不过来吧？

在这种大片类似的还具有一定精神污染效果的地图场景里，经验丰富的玩家都不会轻易地移动。但眼前的状况明显有异常，要是唐二打这边再不出现流民，他今晚的任务就要完不成了。

不得已之下，唐二打还是选择了移动，他决定主动出击，去寻找那些偷盗玫瑰的流民。

夜晚的花田陷入了诡异的寂静，唐二打沿着田埂往某个方向走，他在花田里看到了很多和他身份一样，戴着黑纱面罩，弯着腰沉默采摘花朵的采花工。

这些人的动作很快，透过黑纱能隐隐约约看到这些采花工脸和身体上时不时有东西"凋落"，顺着纱罩滑落在泥地里。他们似乎已经对这种情况麻木了，熟视无睹地继续快速采摘。

有些采花工甚至采摘得手已经凋落得只剩白骨了，还在震颤着努力工作。这些工作效率下降的采花工脸上带着肉眼可见的恐惧，强迫着自己提高采摘效率，一边剧烈地呛咳着，一边采摘玫瑰。

就算到了这个地步，他们害怕的显然也不是枯萎，而是被辞退——在这个世界里，没有工作是一件比死还可怕的事情。

唐二打收回了自己观察采花工的视线，他握紧了身侧的枪。

这种残忍的景象，他已经不记得自己看过多少遍了，以至于再看到时，他的内心只有一种无动于衷、近乎冷血的漠然。

——或者说是绝望的无力感。

这是没有办法被改变的世界，一旦干叶玫瑰瓦斯普及开来，就再也没有回旋的余地，所有被污染的普通人，都会变成干叶玫瑰的养料，把终生的积蓄和劳力花费在这上面，还甘之如饴。

纯白色的圆月悬挂在北方的天空之上，雪色的月光以一种散射的光线朦胧地向四周照耀。

但这种暧昧的让人觉得舒缓的浅白色光芒在花田的边沿戛然而止，将花田内外分割成了两个截然不同的世界——花田外是没有月光的简陋的深黑色素描，而花田内是宛如黎明色泽的反光油画。

深红色的成熟玫瑰，暗蓝色的无云天空，浅粉色的湿润土地，罩着黑纱在花田里勤劳工作的工人，萦绕在每个人鼻尖让人飘飘然的玫瑰香气——一切都是那么和谐静谧，让人感到安稳。

这些景象被拍摄成彩色的照片在网络或者是报纸头条上大肆宣传，这种场景足够成为引诱无数大众向往的世外桃源，就连花田的罪恶真相都会被掩埋。

摇摇欲坠的绝望平民双眼发直地看着这个美妙到不可思议的场景，看着拿了钱的媒体鼓吹玫瑰的珍贵与罕见，鼓吹这个地方的美丽与不可替代，让普通人在潜移默化中就接受了香水高昂的价格。

——毕竟比起怨恨玫瑰工厂这个世界上仅存的美丽的地方，还是怨恨没有能力购买并且丑陋枯萎的自己要来得容易。

对啊，玫瑰这么稀少，干叶玫瑰瓦斯的效用那么好，那卖得很贵是理所当然的事情啊，买不起是因为他们没钱、没能力。

是他们的错，不是玫瑰的错。玫瑰这么美，这么有用，怎么会有错？

——他们看到的所有信息都是这样告诉他们的。

终于，痛苦恍惚的人们，开始以将他们推向深渊的玫瑰作为最后的救赎，禁止所有人开口玷污玫瑰的珍贵、抹消玫瑰的存在，和所有否定玫瑰的人为敌——因为这是他们以为的最后的希望了。

这种自我麻醉的灭亡过程，唐二打第一次看到的时候觉得愤怒，后来是失望，再后来是麻木，到现在是隐隐透着癫狂的冷静。

花田上一道黑影一闪而过，唐二打敏锐地看过去。

在花田边缘的地面上，一堆小黑点似的流民正摇摇晃晃地往某个地方成群结队而去，流民就像是被甜味吸引而来的蚂蚁，不再像昨天那样散乱地分布，而是固定地朝着某个方向涌动。

唐二打疑惑地蹙眉，紧随其后。

他跟随这些流民的脚步，走了一段距离之后就看到了一个让人起鸡皮疙瘩的场景——一瓶被放在花田中央敞开盖子的香水，周围是密密麻麻攒动的触须和露出森白的牙齿嘶吼的流民。

但无论这些流民怎么用力，它们就像是被一层看不见的玻璃阻拦，够不到放在里面的香水。

这个场景让唐二打瞬间联想到了一个道具——"魔术空间"！

这是一个做出来引诱他们过来的圈套！

这个念头让唐二打毫不犹豫地拔出了枪，想要一枪打爆放在"玻璃橱窗"里的香水。

但在他抽出枪的一瞬间，唐二打就感到一种说不出的束缚——就像是他左、右两边的空气凭空凝结，形成了一条无比狭窄的玻璃栈道，这让他原本流畅的拔枪动作都停滞了一两秒。

系统提示：玩家白柳将"魔术空间"拉伸延长至困住玩家唐二打。

175

就是这一两秒，一根不知道从什么地方过来的白色骨鞭甩过来，干脆利落地"啪"的一声打碎了那瓶香水。

香水渗透进了地底，只剩下浅粉色的香气在夜晚氤氲开来，玫瑰提纯后制造的香水的味道让流民陷入了疯狂，开始往空间内蜂拥而入。

系统提示：玩家白柳更改"魔术空间"进出规则，将"禁止任何流民进入"的规则更改为"禁止任何玩家出去，流民可以自由出入"。

系统提示：玩家白柳更改"魔术空间"形状，从不规则矩形更改为6平方米的正六面体，确保玩家唐二打在其中可以自由活动。

流民睁开贪婪猩红的眼，它们朝着被香水浸润的唐二打张开触须，前赴后继地进入了"魔术空间"内。

原本束缚住唐二打的狭长栈道咻地扩展，他被卡住的拔枪的动作行云流水地延续。唐二打眸光凝直地看向扑到他面前的一群流民，大拇指拨下了左轮手枪的击锤。

枪膛发出"咔嗒"一声，是清脆的上膛声，然后就是接连的"砰砰砰砰砰砰"六声射击声。

枪口连续吐出六道瞬发的火光，子弹精准地射入流民的心脏，它们在触碰到被困住的猎人的前一秒，就被猎人的枪顷刻间收割了性命。

玫瑰花从枯萎的流民身上掉落，死去的流民残缺的脸上带着疯癫又满足的笑——它们终于在死前闻到了梦寐以求的玫瑰香气。

唐二打面前倒下大批被他杀死的流民，但无论杀死再多，总会有更多的流民从地底涌出！

他咬着牙清扫这些闻着香气而来的源源不断的流民，深蓝色的双目甚至泛出了血一样鲜红的颜色。

——白六这家伙！他又中计了！！

白六是故意设了这样一个圈套，故意把这些靠追杀流民完成任务的其他玩家引诱过来，然后用魔术空间把他们困在这里，而白六就躲在暗处算计其他玩家，替他杀流民！

白六只需要等他们杀了一晚上之后，出来捡他们击杀的流民掉落的玫瑰就可以完成任务了！

而且他们这些完不成任务、被掠夺了劳动成果的玩家还会被流放，或者是继续在这里工作，而白六已经靠着他们的成果快速晋升，把他们给甩开了！

唐二打咬紧牙关，他的额头上青筋直蹦，手上的左轮手枪射击和换子弹的速度越来越快，面前的流民也倒下得越来越快，他整个人都被流民掉落的玫瑰花包围了。

——但就算这样，也还是空不出唐二打使用那个"自杀子弹"的技能的短暂时间。

唐二打想用自杀子弹攻击白六，至少得逼得这个躲在幕后的家伙现身。

但现实是，这些源源不断的流民涌过来，无论唐二打单兵作战能力多么强悍，他也没有办法从这种紧凑的怪物群攻里找出使用爆发技能的空隙——尤其是唐二打在使用了自杀子弹之后，还需要十分钟的技能冷却时间。

这是无论如何都不可能做到的事情。

白六是算好了时间的，他根本没有给唐二打预留可以反击的机会。

"猎人先生？"之前和唐二打一起进入游戏的国王公会的队员之一也紧跟着流民潮过来了，他所在的玫瑰花田没有什么流民过来，于是他就出来找流民。

这人疑惑地看着在花田中央几乎不移动地攻击流民的唐二打，向着他的方向走了一步，"你这是在……"

唐二打猛地转头，呵斥道："别过来！"

但是已经迟了。

系统提示：玩家白柳将"魔术空间"拉伸延长至困住玩家齐一舫。

齐一舫被看不见的玻璃长廊给困住，他眨眨眼，看着这些向他涌来的流民，又看了一眼扶额的唐二打，终于明白为什么唐二打叫他别过来了。

被困住的齐一舫被迫掏出气象观测仪，他有种哭笑不得的感觉——这个白柳敢设下这种一对四的圈套，胆子也太大了吧！

难怪皇后都觉得他很棘手。

"多损哪，啧啧啧。"刘佳仪举着一个望远镜津津有味地看着，口中却在很虚伪地叹息，"你真的太损了，白柳，现在四个人全部被你给困住，正在给你打白工呢。"

白柳也举着望远镜,刚刚他用鞭子打碎了香水之后就火速撤退,现在和刘佳仪正远远地在工厂后面躲着。

望远镜里四个和他们处于敌对立场的玩家正在彼此配合,为了白柳努力工作,这是一个多么感天动地的场景!

可惜当事人并不觉得。

眼看着玫瑰堆积得越来越多,他们却疲于应付被香水吸引而来的大批流民,根本没有时间去捡地上的玫瑰。

但唐二打却游刃有余,他的攻击非常强效,一枪打死一个怪物,所以他周围的玫瑰也是最多的,这人有意识地把玫瑰堆在自己的周围,目光凌厉地在花田里搜索白柳的身影。

似乎只要白柳一出来捡玫瑰,就要把他一枪击毙。

"唉!"刘佳仪举着望远镜,用胳膊肘捅了一下旁边的白柳,"那个什么唐队长,没看出来啊,他这么强。"

"不愧是你这个倒霉蛋招惹的对手,他果然是和我同一个级别的玩家。"刘佳仪语气带着赞扬。

白柳:"……"

刘佳仪注视了望远镜里的唐二打一会儿后,收敛调侃的语气,神色变得冷肃:"……这人的枪系攻击技能比我想象的还难对付,从刚刚观察到现在,这个唐什么的除了换弹夹的间隙,我没有看到他有明显的技能冷却时间。

"而且他换弹夹的速度也很快,攻击值也很高,从一枪就能杀死一个A+怪物的情况来看,他的平A攻击值最低都有5000。"

刘佳仪把眼睛从望远镜上移开,望向白柳:"你现在把这几个人控制在一个很小的范围里,让他们不能移动,没法来追击你,但这个唐什么的是远程攻击技能,而且他目前射击的失误率是0。

"我感觉你只要出现,他就能瞄准你。看起来他也想到了这一点,现在正在等你出去捡玫瑰。"

"所以你想好怎么去捡这些玫瑰了没有?"刘佳仪挑眉问,"你确定要用你早上定的那个方案吗?我感觉很容易翻车。"

"翻车也无所谓,我们不会出事。"白柳举着望远镜,神色淡定地回复,"毕竟不是我亲自去捡玫瑰。"

刘佳仪又举起了望远镜,她发自内心地感慨:"也是,你在损人利己这件事上,真是天赋卓越。"

正如刘佳仪所说,唐二打的确在等白柳出来捡玫瑰。

一开始唐二打被困在原地之后恼怒不已，但很快他冷静了下来——"魔术空间"限制的不光是他们的活动范围，还限制了白六的移动方式和目的地。

击杀流民后爆出来的玫瑰都集中在他们周围，也就是魔术空间内，而魔术空间的限制很大，在这个空间内，很多移动道具都是不能使用的，这就意味着白六要是想拿到这些战利品，他就必须亲自过来。

所以唐二打只需要耐心等待，就能守到自己的猎物出现——这是作为猎人的基本素养。

他和白六你追我赶这么多个世界，对于白六，唐二打唯一不缺的就是耐性。

但一个小时过去了……两个小时过去了……三个小时过去了……

天边已经出现了第一缕曙光，白六还是没有出现。

被困在魔术空间内的其他三个国王公会的会员在经历半晚的对战后，都已经精疲力竭了，除了唐二打还可以保持很高的攻击精准度和攻击效率，其他人或多或少都开始出现攻击失误。

这些失误造成的空缺被唐二打无缝衔接地填补上。

齐一舫气喘吁吁，眼带惊奇地打量着这个和他们一起进来的猎人。他对唐二打并不熟悉，这次来也只是奉命行事。

他以为他们进来是需要保护这个名不见经传的猎人，毕竟他们的面板已经足够傲视游戏里90%以上的玩家，更何况和他们一起进来的只是一个没有人知晓的玩家。

在游戏里，足够强大的玩家是很难做到默默无闻的。

但这家伙……

"砰砰！"

齐一舫看着从自己眼前飞过去的一颗亮银色子弹，好像慢动作一样击中他身后的一个狰狞地扑来的流民，恰如其分地化解了他的防守漏洞。

同时另一颗子弹擦过他旁边一个玩家的肩头，从正后方击中了这人正艰难抗争的三个流民其中一个的颅顶，流民嘶吼着倒地，迅速地缓解了这个疲惫的玩家的攻击压力。

齐一舫收回自己分神的目光，不可思议地看着正在快速换弹夹的唐二打。

唐二打从头到尾都没有移开过自己的眼神，他目光冷凝，专注地看着他前面的大堆流民，换好弹夹之后又举起了枪。

齐一舫看得发愣。

这人的战斗素养也太恐怖了！

自己顶着绝大部分兵线的同时还可以分散注意力帮助周边的队友，这人明明已经具有一个强势主攻的攻击力，居然还能无声无息地作为辅助，填补其他人的防守空隙，密不透风地保护着其他的队友。

一个人就起到了枪和盾的作用。

而且都还是联赛级别的能力！

如果今年国王公会的战队可以得到这位神秘猎人的助力，再加上"攻奶双全"的小女巫……

齐一舫余光扫着不停进攻的唐二打，嘴里莫名发干。他忍不住咽了口口水，双目有些发直。

——这绝对是有史以来国王公会战队的最强配置！

他脑子里已经连这次国王公会战队出行的口号都想好了，又是猎人又是女巫的，就叫"今晚不是平安夜"！

已经幻想着国王公会得到冠军，他抱着红桃皇后站在冠军颁奖台上的齐一舫脸上带着谜之微笑。

176

另一个玩家皱眉靠近齐一舫，打断了他的畅想。

这人就是刚刚那个扛不住攻击被唐二打救下的玩家，现在开口的语气里还带着后怕，他喘息着说："齐哥，我感觉好像不太对劲啊……"

齐一舫是国王公会三人组里面板等级最强、最有可能进入国王公会核心战队的玩家，相较于不熟悉、沉默寡言又强得让人头皮发麻的唐二打，另外两个玩家遇到什么事情更倾向于和齐一舫商量。

齐一舫收回落在唐二打那边的视线，转向这个玩家这边，问："怎么了？发生什么不对劲的事情了？"

"齐哥，你有没有觉得……"这个玩家脸色凝重，"我们周围的玫瑰在一点一点地变少……"

齐一舫听完这话一愣，他身后的唐二打攻击的背影也是一顿，收枪的手停滞了半秒。

两个人不约而同地环视了一圈周围——玫瑰没有明显减少的迹象。

但这根本不正常！

因为他们三个小时以来，一直在攻击流民，玫瑰应该增加才对！

齐一舫的脸色也变了："有人来偷过玫瑰吗？白柳来过了？！"

他们在这个空间内耐住性子击杀这些发疯的怪物，为的就是等白柳过来偷爆出来的玫瑰！

"不可能,除了被香水的味道吸引而来的怪物流民,我没有看到任何生物靠近过这里。"唐二打坚定地反驳。

但说完之后,唐二打的脸色难看到了极点。他一直在注意周围的情况,如果白六真的出现,过来偷玫瑰,他是不可能没看见的。

那到底是谁偷走了玫瑰?

远处的白柳举着望远镜,勾起了嘴角。他周围已经堆积起了相当高的干叶玫瑰小山,还在源源不断地增加。因为正有人往这边不断运输,或者说偷玫瑰过来。

来来往往的正在帮忙运输干叶玫瑰的,居然是衣衫褴褛,但神志清明的一群流民!

看这群流民的脸,正是白天在废弃工厂进攻白柳的那群流民。

这些流民悄无声息地潜藏在攻击唐二打他们的疯狂的怪物流民的队伍里,动静很小地扒拉"魔术空间"边缘的玫瑰,尽量不引起唐二打他们的注意,也不进入他们的攻击范围。

恢复了神志的流民对香水的气味可以保持相对清醒,因此不会去混乱地攻击唐二打他们。

在这四个人被怪物流民吸引注意力的时候,这群恢复了正常的流民在不知不觉间,把数量庞大的干叶玫瑰转移到了白柳这边来。

之前白柳也考虑过直接利用花田里的流民帮他去其他采花工那里偷盗玫瑰,但后来和工厂那边的流民交谈过,白柳自己也实验过之后,他意识到,那群成天待在花田底部的流民已经完全无可救药了。

就算是再高浓度的香水,也无法使它们保持清醒了,香水可以短暂地停下它们的攻击,是它们的弱点,但没法让它们恢复神志了。

那群夜晚出没的流民,已经变成了彻头彻尾的干叶玫瑰共生物,失去作为人的灵魂了——已经是完全体的怪物,所以才会出现在《玫瑰工厂》的怪物书上。

但好在白柳在工厂找到的对香水上瘾不深的流民还是可以恢复神志的——白柳和刘佳仪也猜到了这一点,不然"香水 = 精神漂白剂"这个设定,在游戏里就无用了。

游戏是不会做无用的规则设定的。

"白柳先生,这里已经有 160 kg 干叶玫瑰了,请问我们还要继续搬运吗?"为首的一个流民毕恭毕敬地弯下腰,他的脸上依旧是严重枯萎的纹路,但眼神却清澈了许多。

白柳点点头,旁边的刘佳仪正在给一些在搬运途中受伤的流民疗伤——这些偷玫瑰的流民一般都没有进入作战的中心地带,所以伤势都比较轻微,基本上刘佳仪用一滴解药就能治好了。

倒是这些被治疗的流民诚惶诚恐，对于自己能被治疗这件事感到不知所措——他们已经很久没有被当作人对待过了，工厂里的人都喊他们"贱民"。

给白柳汇报干叶玫瑰运输情况的流民迟疑了一会儿，虚弱又满怀希望地抬起了头，看向了白柳：

"很感谢您的好心，白天在废弃工厂的时候，愿意免费给我们这种因为没有香水而发疯的'贱民'分发珍贵的香水，让我们得以短暂地以人类的心智与您对话。"

他抿嘴，向前一步，忐忑又紧张地轻声询问："请您原谅我的唐突和啰唆，我想再次真诚地询问，您说的可以让我们这些流亡的流民都用上香水，是真的吗？"

"当然是真的。"白柳放下望远镜，不疾不徐地转身。

白柳脸上带着那种让刘佳仪看了会起鸡皮疙瘩的微笑，真挚地许诺："只要你们愿意一直和我合作，支持我直到我当上了厂长，我保证让流民都不再流亡，过上正常人的生活。"

"明天我也会继续把我挣到的香水分发给你们，你们到老地点等我就行。"白柳说。

这种如做梦般的允诺让正在搬运玫瑰的流民们骚动了一阵，但很快他们就在白柳的眼神示意下乖巧地安静了下来，用不敢置信的目光眼巴巴地瞅着白柳。

"当然，还要麻烦你们一件事，"白柳说，"请你们明天尽量聚集周围的流民，把他们吸引过来。"

白柳笑着伸出手："我也会尽我最大的努力，帮助他们也恢复神志，然后大家合作。"

为首的那个流民看着白柳伸出来的手，眼睛里的玫瑰花几欲枯萎，他皮开肉绽的眼眶包裹住因劫后余生而生出的泪。

他在自己破烂的衣服上反复擦了好几下手，才小心翼翼地伸出干枯的手，去握住白柳的手。

"我们相信您！"他含泪哽咽，有些语无伦次地说道，"我……我们愿意为您这样无私救助我们的好心人做我们能做的一切，我们可以献上生命！"

白柳笑得圣光普照："不用感谢我，我们是合作关系，这是我应该做的。"

这个流民握住白柳的手，眼泪止不住地往下流："不，您，您也只有这么多香水，还是您自己辛辛苦苦努力挣来的，还全拿来接济我们了，这真的……您真是个大好人！"

刘佳仪默默地看着眼前流民冒着生命危险搬运过来的 160 kg 玫瑰，然后又远远地望了一眼远处被魔术空间困在原地，还在奋战的四个玩家。

最终她麻木的眼神落到了笑得春风拂面但今晚什么也没做的白柳身上。

"也没有很辛苦,"白柳挥挥手,仿佛和流民们同病相怜地叹息,"给资本家打工,在哪里都是这样的,也没有时间享受,不如把挣来的香水拿来做好事。"

被感动到无以复加的流民们:"呜呜呜!白柳先生,大好人!"

刘佳仪:"……"

白柳,真的好可怕。

天色将明,花田里的玫瑰收拢花瓣,一拨又一拨不断进攻的流民终于停止源源不断地涌现,那面看不见的透明墙壁也不知道在什么时候消失了。

在最后一个流民被唐二打一枪崩开的时候,齐一舫虚脱地跪在了地面上。

他手脚都在痉挛,根本做不到直立——历经好几个小时不间断快节奏地进攻之后,肌肉和精神的剧烈疲惫是再好的体力恢复剂也无法缓解的。

哪怕是齐一舫已经在游戏池里被红桃魔鬼特训了一段时间,这种强度的连夜作战,他抗下来也十分吃力。

另外两个玩家也是一脸菜色地瘫软在泥地里。

只有唐二打收起枪之后,还能稳稳地站在地上,似乎对这种高强度的车轮战习以为常。

唐二打低下头来收捡了一些玫瑰,用几个麻袋装好之后单手扛在肩上,冷声道:"我带走这些,剩下的玫瑰你们均分。计算我采摘的玫瑰数量的厂工在那边的花田等我。"

然后他就头也不回地走了。

齐一舫呆滞地看着唐二打离开的背影,他伸手想要挽留对方,但张了张口也不知道该说什么。

他觉得自己似乎应该对保护了他们一整晚的这位厉害的猎人先生说句"谢谢",但唐二打冷淡离去的事实已经明显表露了他不需要"齐一舫的道谢"这种东西。

这位神秘的猎人先生对他们的彻夜保护,似乎只是一种习惯性的、对周围一同作战的队友的保护。

旁边的玩家看见唐二打带走了一部分玫瑰,于是他们迅速地爬起来数了数玫瑰的数量。

结果数到一半,这人有点愣怔地转头看向齐一舫:"齐哥,我们昨晚击杀流民得到的玫瑰的重量,没有到每个人 80 kg 吧?"

"……没有,中途我数过,还差得远。"齐一舫撑着地面坐直身体,揉着太阳穴疲惫地问,"怎么了?那个猎人带走了很多玫瑰吗?

"但昨晚的确也是人家击杀流民最多，80%以上的兵线都是他抗的，人家拿走可以完成任务的玫瑰数量也是应该的……"

齐一舫想的是，昨晚他们三个人得到的玫瑰重量可能都不够80 kg，再加上玫瑰还在莫名其妙地失踪，最后算下来他们国王公会这边三个人打了一晚上的干叶玫瑰加在一起，也就能有80 kg。

所以齐一舫觉得可以完成任务的，应该也就是那猎人一个人。

"齐哥，"这个玩家举着玫瑰，呆呆地打断了齐一舫的话，"……那个猎人，好像给我们每个人都留够了80 kg干叶玫瑰，我们全都可以完成今天的任务了。"

齐一舫："？！"

这下齐一舫是真的震惊了，他坐直了身体，神情愕然："在不断有玫瑰消失的情况下，这个猎人还给我们每个人都留够了80 kg玫瑰？！"

那个玩家有点恍惚地回答齐一舫："是，是的。"

"这个猎人到底一个人打死了多少怪物啊……"齐一舫无法置信地喃喃自语。

这三个人从白柳的花田里离开，回到自己的花田结算后，白柳才姗姗来迟地带着刘佳仪从暗处走了出来。

虽然昨晚他们两个人远离花田，降低了精神值被污染的速度，但因为他们都把香水分发了出去，白柳和刘佳仪昨晚也没有喷香水恢复精神值，这让他们的精神值现在都偏低了。

但这个问题很快就不成问题了。

来白柳花田结算的加工员被白柳推出来的玫瑰惊掉了下巴。

他绕着这一大堆玫瑰匪夷所思地称重了三次，又用一种狐疑的目光在站得笔直、表情无辜的白柳和刘佳仪身上反复打量。

"200 kg干叶玫瑰？！"加工员一脸不敢置信，他挑高了一边的眉毛质疑道，"你们一晚上就摘好了？"

白柳满脸真诚："我们有很高的劳动协调能力，一人可当百人使。"

刘佳仪连连点头："嗯，嗯！"

就算这个加工员再怎么不信，再怎么不甘心，200 kg的玫瑰实实在在地摆在帐篷前面，加工员无法抵赖。

加工员只能恨恨地瞪了他们一眼，甩给了他们四瓶低级香水，拖着装着玫瑰的巨大麻袋，转身朝他们做了一个"跟我来"的手势。

"你们获得了晋升为加工员的资格。"加工员冷冷地说，"这一行的竞争是很激烈的，不好好做随时都会被挤下去成为低级的采花工。现在跟着我来学怎么成为一个合格的加工员吧。"

系统提示：恭喜玩家白柳超额完成了支线任务。
任务奖励：玩家白柳获得两瓶低级香水，推进主线任务进度"晋升为加工员"。

白柳和刘佳仪对视了一眼，跟了上去，他们再次踏入了那座夜以继日不停工作的玫瑰工厂。

这是白柳第二次踏入玫瑰工厂外面的露天广场。

露天广场上，收集来的玫瑰花瓣被摆放在厚实的塑料膜上分类晾晒，来来往往的加工员都穿着严密的防护服，旁边还摆放着几口巨大的锅，花瓣正在里面烘干。

"加工员负责去向低一级的采花工征收新鲜采摘的干叶玫瑰。"

加工员目不斜视地领着白柳他们往里走，一边走一边解释："收集来了之后进行简单清洗，就在这个露天广场和顶楼上晾晒。新鲜的花瓣在去掉枝叶和茎之后，要分别在日光和月光下晾晒十二个小时，才能进行下一步处理。"

加工员指了指角落里的那些大锅，以及正在往大锅里倾倒花瓣的工人：

"等到花瓣充分晾晒之后，将花瓣倒入这些锅里进行翻炒或者烘干，直到花瓣变成浅粉色，这个时候干叶玫瑰的预处理就做好了，你们需要把处理好的干叶玫瑰交付给进行下一步处理的正式厂工。"

加工员引领他们走入了他们第一次来时走过的那条长走廊，但是没有直走，而是在路过展览厅的时候右转，再一转，又进入了另外一条长廊。

长廊的左右是有序列号的，房间像监狱一般，末端的拐角向上是楼梯。

"这是加工员的宿舍，你们不用住帐篷了。"加工员指了指这些房间，"一般来说我们的宿舍是八人间，分布在一、二、三楼，从楼梯那边可以上去。再往上就是正式厂工的房间了，他们的房间是两人间。顶楼是调香师的房间，是结构宽敞、明亮的独栋公寓——正式厂工和调香师的房间楼层我们这种低级的加工员是不能上去的。"

"顶楼是调香师的房间，那厂长的房间在什么地方？"白柳问。

加工员被白柳宛如脑子有病提的问题给噎了一下，怒斥："厂长的房间更不是你能去的！"

白柳装作很无辜地看向这个加工员："但我至少要知道厂长的房间在什么地

方，我才能避开吧？不然我要是不小心闯入了厂长的房间怎么办？"

加工员脸色微微变了一下，讥讽了一句："厂长的房间不是你靠随便乱走就能闯入的。"

"好了，我继续给你们介绍其他的。"他言辞闪烁地略过了这个话题，"前面上楼梯右拐，是医务室。我们这里允许员工请病假，但为了避免你们偷懒，请病假之后必须来医务室这里就诊，治好了就立刻回来上班。"

"最后和你们聊一聊加工员的薪水问题。"这个加工员转身看向白柳，"你们成为加工员之后，就算是玫瑰工厂半个正式员工了，每天只要完成基础任务，就可以得到三瓶低级香水的底薪。"

白柳询问："基础任务是指？"

"你们每人每天要处理完240kg新鲜干叶玫瑰，交给厂工。"加工员说。

刘佳仪缓缓抬头，语气凝滞地问："……你刚刚说的是多少玫瑰来着？"

加工员冷笑着睨她一眼："240kg，你们的工作包括筛选、晾晒、烘干和炮制这240kg玫瑰。这只是最基础的任务，你完不成就拿不到底薪，三天之后就会被其他晋升上来的采花工给淘汰。

"对你们这些新人加工员来说，为了完成任务，彻夜加班是常态，宿舍对你们来说就是个摆设。"

这个加工员假惺惺地拍了拍一言不发的白柳的肩膀："哦，对了，或许你们知道了也没用，但我还是可以告诉你们——五月玫瑰节即将到了，最近工厂对我们加工员有鼓励劳作的机制，完成基础任务之后，每多处理60kg玫瑰，可以得到一瓶中级香水的奖励。"

"好好干吧，"加工员面带嘲讽地嗤笑一声，"不要老是东晃西晃，想着我们的厂长了。要是完不成基础任务，三天之后你们说不定就变成流民了。

"用你们现在的工牌可以向采花工征收玫瑰，记住，处理多少征收多少，采摘来的玫瑰最多放半天就不新鲜了，浪费的玫瑰是要从你们的工资里扣除的。那边是领取加工员制服的地方，换了衣服就可以开始工作了。"

加工员给白柳他们指了下换衣服的地方，说完之后拖着玫瑰转身就走，急匆匆地赶去露天广场工作了。

系统提示：触发支线任务——获得一瓶中级干叶玫瑰瓦斯香水。

刘佳仪沉默良久才开口："日常任务是处理240kg玫瑰，奖励任务是额外处理60kg，一共300kg干叶玫瑰要处理，就算是我们24小时不眠不休地做，每个小时也要处理12.5kg……"

"不，还要比这更多，因为从收集开始算的话，晾晒就要一天一夜，"白柳摸着下巴陷入沉思，"相当于第一天我们是没有办法开始工作的。按照刚刚那个加工员的说法，三天如果完不成基础任务就要被新晋升的采花工顶替，那总的来说，我们每人后面两天的平均任务量应该是 360 kg。如果还要加上每天获得奖励的任务量……"

白柳很淡定地补了一句："这个嘛，不过就是正常的打工人工作和加班的日常，我还可以接受。"

刘佳仪："……"

她开始提前恐惧进入社会之后的生活了。

白柳他们去领了制服，正常来说，他们现在应该按照指示去花田征收玫瑰，但白柳十分放心地就让刘佳仪一个人征收 720 kg 玫瑰，挥挥手说自己有事要离开一趟。

刘佳仪无语，说道："我一个人处理不了那么多，你最好快点回来。"

"我知道。"白柳勾起嘴角，垂眸看向自己手上的四瓶香水，"我这不是去找人来帮忙处理吗？"

眼看白柳转身要走，刘佳仪喊住了他："等等！"

白柳挑眉，回过头去。

系统提示：玩家刘佳仪花费 600 积分，开启"小电视静音"服务。

刘佳仪四处张望了一下，确定附近没人，才皱着眉靠近白柳小声说："昨晚你引来的那四个玩家里有三个都是国王公会的高级玩家这件事，我和你说过了吧？"

白柳点头。

"我觉得是那个猎人和国王公会的人合作了。"刘佳仪眉头越皱越紧，"猎人的目标明显是你，而国王公会之所以会和猎人合作，我觉得他们的目标应该是我。"

刘佳仪抿了抿唇，静默片刻才开口："红桃……皇后很器重我，她是把我当作这一次联赛战队的战术师来培养的，我要是背叛公会，对国王公会这一次联赛的影响应该很大……

"你这样明目张胆地带我进游戏，这群人应该是冲着你来的，以皇后的做事方法，她肯定会觉得只要杀了你，我就会回归国王公会……"

刘佳仪有点不自在地扯了扯自己身上过大的防护服，背在身后的手手指拧巴地纠缠着，她别过头，低声快速地说了一句话："抱歉，是我的事情连累到你了。"

刘佳仪之所以会这么说，是有理由的。白柳如果只是单纯地想救刘佳仪，治愈刘佳仪身上的伤,他完全可以直接把刘佳仪丢进三级游戏里,让她自己通关后再出来。

这样既避免了白柳被红桃公会直接盯上,也可以让刘佳仪快速地自己疗伤,通关之后出来。除了看起来没有什么良心可言之外,的确是最好的办法。

但用这个办法,刘佳仪一定会被国王公会的人单独围堵,陷入四面楚歌的境地。

国王公会的人虽然不会害刘佳仪,但一定会想方设法限制她的自由,把她困在国王公会里,让她去打这一次的联赛。

红桃的洗脑功力相当有一套,再加上公会里存储的各种精神值道具和红桃技能的加持,想控制刘佳仪,让她尽心尽力地为国王公会服务,对红桃而言并不是什么难事。

想到这些,刘佳仪根本不想回去,她开始有些畏惧皇后了。刘佳仪害怕再次在皇后的蛊惑下变回那个陷入怀疑旋涡的魔怔般的小女巫。

而白柳跟着刘佳仪进来,很明显就是为了保护她,自己站出来转移那些人的注意力,当了枪靶,愿意为了她直接和国王公会对上。

刘佳仪不是傻子,相反她很聪明,她很明白白柳完全是为了她在自找麻烦,所以才会说出这句道歉的话。

——虽然她救了白柳一次,替白柳挡枪,但那只是为了还他的人情。

小白六在福利院救了她一次,白柳在教堂可以说是拼死把她救了下来。

现在又轮到她欠白柳了——刘佳仪有些懊恼,她觉得自己和白柳的这笔账短时间内算不清了。

但说完这句声音细微的道歉的话之后,刘佳仪偷摸地抬了一点头,想用余光"不经意"地看一眼白柳的反应,就听到白柳颇为淡定地回了一句:"这么小声还想向我道歉?"

刘佳仪:"……"

178

刘佳仪面无表情地举起了毒药。

白柳看了一眼刘佳仪手上毒雾蒸腾的玻璃瓶,迅速改口:"虽然小声,但我听得真真切切,真是一句如雷贯耳的道歉,不愧是刘佳仪小朋友说的。"

刘佳仪扶额:"你不要给我顾左右而言他,然后自己一个人去干很危险的事情。我和你说这些是想问问你,你是不是有办法了?"

白柳这个家伙,脑子里想了什么计划从来都不和队友交流,看起来笑眯眯的很好说话，但在具体执行计划的时候这人简直是个独裁的国王，只需要下面的人充当为他冲锋的兵卒，而不能质疑他的决定——因为他不会更改自己的计划，所以也没有告知队友的必要。

毕竟这位脑子有病的国王永远冲在贯彻自己危险的布局的第一线。

"有办法了要和队友好好交流啊……"刘佳仪作为一个受过高级联赛培训的预备役战术师，对白柳这种相当乱来还很有话语权的战队成员十分头疼，"如果你的计划出现了什么意外地变动，我这边也可以做一些机动性的布局来辅助你。"

白柳静静地看着刘佳仪，没有开口。

刘佳仪抬起头直视白柳："我知道你为什么不告诉其他人你的计划，因为你制订的计划都太极端了，容错率太低了，一旦出现什么意外变动，几乎不存在挽回的空间，所以告诉还是不告诉其他人差别不大。

"你很懂游戏，所以你每一次像赌博一样的计划都成功了，但你也只是赢了一局游戏。

"但是在联赛里，这是最失败的战术布局。"

刘佳仪正色道："你要对抗的不是一个固定模式的游戏，而是五个具有高度协调性和机动性的高面板玩家的攻击，你要赢的是人而不是游戏了，如果你还是追求这种'高效率定胜负'的计划，那你会输得很惨的——一支队伍的变化可比一个游戏的变化多太多了。"

"不要小看你未来的对手，"刘佳仪深吸一口气，握着拳向白柳走近了一步，"也不要小看你选中的队友。和我说说你的计划吧。"

白柳和目光不躲闪抬头直视他的刘佳仪对视了一会儿。

刘佳仪说得其实十分正确，白柳的确是在不知不觉间习惯了单人思考作战方式，只会给和他配合的玩家下命令，而不是彼此配合。

之前他合作的玩家很少有思路能跟上他的，因为他们智力值比较低，比如牧四诚；或者有思路能跟得上白柳的，但对白柳的依赖性以及受到心理障碍因素的影响太大了，比如木柯。

这两种类型的玩家都没有办法进入白柳制订计划的商议阶段，因为他们提出的意见不具有太多的参考性。而按照白柳自己的游戏风格来，要么很容易玩出"一夜暴富"，要么会产生"全军覆没"的效果。

但在多人对抗的联赛里，这种战术显然是不可取的。

而去掉了情绪影响因素的刘佳仪，是白柳遇到的第一个面板、战斗素养、对抗思维都相当优秀的玩家。

在游戏的数量、受到的训练以及对游戏的认知上，刘佳仪甚至比白柳还要成熟稳健不少。

只能说刘佳仪不愧是作为国王公会联赛战队台柱子来培养的玩家，和白柳之前遇到的玩家根本不是一个等级的。

　　刘佳仪在上一轮游戏里，能在自己的情绪弱点刘怀存在的情况下，把两个联赛级别的玩家耍得团团转，最后还触发了主线任务救下了白柳。出来之后她是最先冷静地找到白柳的，也是最先察觉唐二打不对劲，替白柳挡枪的。

　　——总而言之，从各方面来讲，刘佳仪是一个很值得好好对话的队友。

　　她给白柳的这个建议，是很客观很有效的。

　　出乎刘佳仪的意料，白柳蹲下来平视刘佳仪，很干脆地认了错："你说得对，是我没有考虑全面，我应该和你交流我的计划的。"

　　刘佳仪一怔。

　　白柳盘坐在地，降低高度免得刘佳仪仰头看他。他点开面板，向刘佳仪毫无保留地说明了自己的计划："我的计划是这样的⋯⋯

　　"他们的主要目的应该是淘汰我之后带走你，如果是这样，我们可以这么走⋯⋯"

　　刘佳仪凝神听完，干脆地反驳："不行，这样就是你一个人当鱼饵了，你这样一个人钓其他人，风险过大，翻车的话你根本跑不掉，必死无疑。"

　　白柳虚心求教："有可以降低风险的办法吗？"

　　她说完之后思索了一会儿，点开了自己的系统面板，在仓库里翻找了许久，找到了一张红桃A的扑克牌。

　　"⋯⋯这是皇后给我的一张她的技能储蓄扑克牌，算是用来保护我的压箱底的道具，只能在一场游戏里使用。"刘佳仪缓缓吐出一口气，把手上的扑克牌递给白柳，"按照你之前制订的计划，我觉得你说不定可以用这个道具降低你的风险。"

　　白柳抬起眼皮看向那张红桃A的扑克牌。

　　"⋯⋯佳仪，你这是要我把我们两个人都做成具有均等诱惑力的鱼饵。"白柳终于伸出两指接住了这张卡牌，嘴角微微勾起，"不过我信任你作为鱼饵的逃脱能力，这给了我一个非常好的战术灵感。"

　　"这四个人里面，有和你关系非常好的队员吗？"白柳随手把卡牌塞进了裤子口袋，站了起来。

　　刘佳仪一顿："⋯⋯有，齐一舫，我救过他不止一次。

　　"哦，刚刚听到那个加工员介绍加工员的工作流程，让我想起来齐一舫的个人技能很独特，要是使用得当，在我们作为加工员的这个环节会很有用。"

　　站起来往前走的白柳听到这句话，立马停下脚步转过身，脸上的表情温和到不可思议："是吗？那可以和我多讲讲他的技能吗？"

　　刘佳仪："⋯⋯"

她被白柳这副"哇哦，又有送上门来的打工人"的愉悦表情搞得脊背发凉。

是我对不起你，齐一舫——刘佳仪默默地在心里道歉。

齐一舫打了个喷嚏，他揉了揉鼻子，继续和身上的黑色防护服"搏斗"，蹦蹦跳跳地单脚站立给自己穿靴子。

另外两个国王公会的玩家则是有些愁眉苦脸地在换衣服。

他们玩的三级游戏虽然不算多，但为了学习看的视频也不算少了，还是第一次遇到这么奇怪的副本游戏规则。

处理 240 kg 干叶玫瑰——这个工作量，这哪是玩游戏，根本就是在打工嘛！

"齐哥，这个工作量，我们想要继续晋升很困难啊。"另外两个国王公会的玩家说，"我们三个加起来每天都要处理 720 kg 干叶玫瑰了，要筛拣、晾晒、烘干和炮制，时间来不及啊。"

穿好衣服的齐一舫拍了拍他身上这件让他有点不舒服的厚实的防护服，回忆了一下刚刚他在露天广场上看到的几个工作流程的操作要点。

筛选出根茎、晾晒、烘干和炮制……

在脑子里简单过了一遍这几个操作要点之后，齐一舫完全不慌，他随意地拍了拍这两个担忧的玩家的肩膀，对他们比出大拇指，露出自信的灿烂笑脸：

"采摘玫瑰我没有办法，但这几个工作流程可以全部交给我！"

这两个国王公会的玩家对视一眼，突然心有灵犀地想到了齐一舫的技能。

对哦！

齐一舫的技能在这种事情上很有用！

他是"气象观测员"！

唐二打收紧防护服的领口，下面一截脚腕就露了出来。他有些不自在地动了动，防护服领口和腰部的拉链都绷得太紧了，这件防护服对他来说有点小了。

带他过来的厂工有点头疼地挠挠脑袋："这已经最大号的防护服了，你等等我，我再去给你找找有没有特大号的。"

"你太高了……"厂工的目光微妙地扫向了被唐二打的小臂绷得很紧的防护服，"肌肉也过于发达了……"

这个新来的加工员，锻炼得很好啊……

唐二打忽略了这个厂工打量自己的视线，脱下防护服，态度很礼貌地递给厂工："麻烦你了。"

"不过肌肉发达也是好事，"厂工笑着接过，"毕竟加工员是个很耗费体力的职业。好好干吧，从加工员升为厂工你们就是正式员工了，不会轻易被辞退了。"

在厂工要转身离去的时候，一直很沉默的唐二打突然开口："请问加工员是都在一起工作吗？"

厂工一愣："这倒不是，工厂内处理干叶玫瑰的露天广场分为东、南、西、北四个，晾晒的场地就很宽广了，花田附近都可以晾晒，但在花田那边晾晒需要看守玫瑰花，不然会被流民偷走，所以最好在工厂内晾晒。"

"不过你们是新来的加工员，应该是没有办法抢到工厂内晾晒的位置的。"厂工摇摇头，"那些老加工员会排挤你们的，你们只能在工厂外面晾晒。"

"有所有加工员都会一起工作的地点吗？"唐二打问。

厂工想了想："有的，晾晒完之后要在北边的工厂入口集中称重。"

"对了，提醒你一句，"给唐二打拿了衣服回来的厂工像是突然想起了什么，"晾晒玫瑰的时候要注意天气，要是下雨，你们就麻烦了，晒不干的干叶玫瑰会发霉。要是玫瑰发霉了，工厂会惩罚你们这些浪费玫瑰的加工员的。"

~~179~~

玫瑰花田旁。

被征收而来的几百千克玫瑰在花田旁堆起了一座小山，齐一舫站在玫瑰花田前，他掏出一个随着风向左右摇晃的风向标，对准玫瑰山所在的方向举起，闭上眼深吸一口气。

"空气相对湿度78%，气温26摄氏度，阴转多云，无持续微风转向微风，风向北风一级……"

齐一舫猛地睁开了眼睛，他用大拇指拨动那个木质的风向标，语气沉稳："现在开始进行今天白天的天气预测。"

  系统提示：玩家齐一舫使用技能"天气播报"。
  技能使用范围：局部半径为十米的圆形区域。
  技能使用效果：可对局部区域的天气进行预测，对一定范围内的风向、风力、阳光、雨水以及可能出现的天气特征进行微观调控。
  温馨提示：该技能会导致玩家体力以及精神值都造成一定程度的下降，玩家确定要使用该技能？

"确定。"

齐一舫手上那个木质的风向标随着系统播报的声音消失，开始飞速地左右摆动了起来，而齐一舫个人面板上的体力值和精神值也开始下降。

齐一舫呼出一口气,开始沉声播报:

"今天白天,局部出现风力为2级左右的轻度龙卷风……接下来是持续十二个小时的日照,夜晚风力轻微,多云转晴……"

他手上的风向标随着他的话音落下,从左右摇摆变成了不停旋转。

一阵回旋的冷风吹来,奇异地停滞在花田旁的一小块区域开始打转,绕着堆积而成的玫瑰山丘来回地游走,重量大约2g的玫瑰在风的轻柔转动下盘旋着飞上天,更轻的杂质被吹走,而更重的杂质留在地面上没有被风带走。

被设定了重量参数的神奇龙卷风就像是一台高精度的离心机,完美地分离了玫瑰和其他的东西。

这些需要花费一天一夜时间才能被挑拣干净的新鲜干叶玫瑰,这次只用了十几分钟,就被清理得干净又整齐,堆叠着放好。温和的龙卷风很快消失,灿烂的日光紧接着倾洒下来,花瓣上剔透的露珠被照耀得闪闪发亮。

齐一舫收回了风向标,他看着面前这堆已经进入晾晒环节的干叶玫瑰,拍了拍自己身上被吹得满身都是的草渣,满意地转头,对另外两个人笑了起来。

"已经全部处理好了,等到明早就可以进入第二个环节了。"

玫瑰工厂露天广场。

一台全自动网筛仪器旁排起了长龙。

这是玫瑰工厂比较罕见的现代化机械设备,只需要把玫瑰花倒进去进行几分钟的筛选,就可以得到分拣之后干净的干叶玫瑰。

但因为玫瑰工厂主打手工精制、反工业化香水的品牌,所以这样的仪器只有数量不多的几台,而且都被老加工员霸占了,被他们当成了自己的特权。

之前齐一舫一行人也准备在这边排队,用这台仪器筛选玫瑰,但被几个老加工员恶声恶气地赶走了,骂他们刚刚升职就要偷懒用仪器,不好好做事,成天想着偷奸耍滑,让他们这些新来的滚去蹲在地上捡枯叶。

虽然齐一舫他们并不怕这些老加工员,但考虑到在游戏里最好不要得罪NPC,而且他们也有可以处理玫瑰的办法——就是用齐一舫的技能。

在一个精神值不能主动恢复的游戏里,使用要耗费精神值的技能来完成任务不是一个很好的选择,但齐一舫不想惹太多麻烦,他们的主要目的是救小女巫,所以最终他就带着另外两个人忍气吞声地走了。

但现在局面有了明显的转变。

人高马大的唐二打走进队列里的那一刻,注意到他是新来的加工员的那些老加工员又开始不耐烦地叨叨:

"你们这批新来的怎么这么不懂事?啊?!非要抢我们这些老人的仪器!自

己该干吗干吗去！"

"就是，搞不懂你们这些刚工作就想偷懒用机器的新人。不磨炼你们，你们就什么都不会，以后很快会被降职的，我们都是为了你们好。"

唐二打目光沉沉地扫了一眼这些斥责他的老加工员。

他没开口，但唐二打身材高大，四肢颀长健硕，原本宽大的防护服穿在他身上像运动服外套一样贴身，看着就不好惹，居高临下看那些人的这一眼又极有压迫感。

这些老加工员被他压制得噤声了片刻，没再大声开腔了，只敢小声嘟囔。

但眼看着唐二打要排到使用仪器的位置了，一个老加工员直接插了队，还极为挑衅地回头看了唐二打一眼，然后拍拍手让排在唐二打后面的人也来插队。

这人明摆着就要给唐二打下马威，不让唐二打这个新人用到仪器。

新来的都能用仪器了，那他们的工作效率岂不是更高？！

原本玫瑰工厂的加工员淘汰率就高，不挤对走这些新来的，他们这些老加工员想要晋升为厂工就更困难了！

要让新人知道知道潜规则，要用这些潜规则挤压新人的生存空间，压榨他们的劳动成果，便于自己晋升——这是所有老加工员约定俗成的做法。

虽然这种想法和做法不亚于亲手断了新加工员的活路，但老加工员又不在意这个。

他们甚至希望新加工员淘汰得越多越好，这样就没有人可以抢他们的位子，让他们下岗了。

齐一舫也是遇到了这种困局，不得已才离开的——他们现在还没摸清这个三级游戏的具体套路，贸然得罪大量的 NPC 不是一个很好的选择。

但唐二打并不害怕得罪 NPC。

他的实力足够让他在三级游戏里乱来，哪怕唐二打因为这件事吸引了仇恨值，整座玫瑰工厂所有的加工员都在变成怪物之后追杀唐二打，他也有把握最后死的会是变成怪物的加工员，而不是他。

于是唐二打把装着玫瑰花的麻袋移到左手，神情淡漠地用右手平直地一划，手里突然就出现了一把银色的枪。

沉甸甸的枪往下坠，被唐二打轻巧地钩在食指上转了一圈后握住并举起，枪口对准了前面插队的老员工的后脑勺。

"我不介意在工作之前开枪，"他语调平静且冷淡，"我之前的工作就是解决变坏的人，你觉得你现在够坏吗？"

前面原本神色得意的老加工员在听到了身后枪上膛的声音后抖如簸箕，他脸色惨白，咬牙切齿地让开了。

提着麻袋的唐二打就像是什么事都没有发生一样走上前去，把玫瑰花倒进了仪器里筛选，然后拿到了筛选之后的玫瑰花，将这些花装进麻袋。他把枪别在腰后，单手把麻袋扛在肩上往外走。

刚刚还对唐二打多加阻拦的老加工员们一脸菜色地给他让开了道路。

"这批新来的加工员到底有什么毛病！"刚刚那个被唐二打用枪指着的加工员在确定唐二打的背影彻底消失在他眼前之后，开始骂骂咧咧，"要么就是和我们抢仪器，要么就是不知道用什么办法一会儿就做完了工作，还有两个到现在都还没有开始筛选！"

"都已经快中午了，也不知道去哪儿了，要是不赶快进行晾晒，明天称重的时候交不出重量合格的玫瑰，"这个加工员说着说着又幸灾乐祸了起来，"这两个加工员估计会被直接降级为采花工。"

废弃工厂内部。

白柳站在一个生锈的集装箱上，周围是一群已经恢复了神志的流民。

刚刚才被白柳用香水唤醒意识的流民听话地围坐在集装箱周围的肮脏地面上，他们纷纷仰着头，用一种近乎仰望救世主的、绝望中看到最后一丝希望的炙热眼神看着集装箱上面的白柳。

"相信各位都知道白柳先生是谁了，"集装箱上还站着另一个流民，就是昨晚带头运输玫瑰的那个流民，他十分恭敬地站在白柳身后半步的位置，双目闪亮地向下面的人介绍白柳，"这次各位得到的玫瑰香水，就是白柳先生在工厂内打工挣来，然后免费分发给我们的！"

这话在流民中引发了小范围的骚动，这骚动很快就在发言的那位流民的双手向下按压的动作中停止了。

"好了，好了，请各位暂时不要太兴奋，白柳先生还会为我们带来更多的好消息。"这位流民面带兴奋之色地向后稍退了些，弯腰请出身后的白柳，"现在请白柳先生给我们讲几句话！"

白柳迤迤然地上前，他声音不大，但下面的人为了听到他说的话出奇地安静，反倒显得白柳的声音在这空旷破败的工厂内清晰又有力地回荡。

"我是发自内心地想要无偿地帮助你们，"白柳从口袋里掏出了一瓶新的香水，他眼神平和，语调真诚，"但我一个人的力量能帮助到的流民实在是太有限了，我也只不过是工厂内的一个底层加工员，每天按时领薪水而已。

"现在我一天最多能挣到三瓶低级香水，一瓶低级香水最多能持香四个小时，按照香水的这个分量，我分到你们每个人的头上，也不能让多少人长时间地保持清醒。这样下去，我也没有办法长时间地帮助你们。"

白柳说的话让集装箱下的流民们眼神暗淡了下来。

但他们并没有出声指责白柳为什么不继续帮助他们。

在历经长久的折磨之后，白柳这种宛如神明显灵才会出现的人物，给予了他们完全无私的帮助，就算这种帮助只是短期的，但能让他们恢复人形苟延残喘一会儿，不再沉浸在那种被玫瑰香水统治心神的痛苦和骨头处于无休无止长触须的麻痹感中，他们已经很感激了。

他们已经太久没有维持过人类的形态了，以至于分不清自己到底是人还是怪物。现在就算是好好地坐在地上，他们都有种想趴下跪爬游走的冲动和恍惚。

"但只要你们愿意帮助我，我对你们的帮助就可以无时限地延长。"白柳话锋一转，让低下头的流民们又"唰"的一声整整齐齐地抬起头，紧张又渴盼地看着他。

白柳不紧不慢地继续说下去："我一个人的力量是有限的，但你们如果可以帮助我，让我更多地完成工厂的工作，获得更多的香水，分发给更多的流民，让更多的流民得到帮助被唤醒，我保证你们因帮助我工作而产出的每一瓶香水，都会用来帮助更多的流民，让他们加入我们的队伍，直到我成为厂长。"

"当我拿到玫瑰香水的配方，成为厂长的那一天，"白柳正色道，"我保证从工厂里生产的每一瓶玫瑰香水都是免费给大家的，永远免费。"

这明显是一个极有诱惑力的提议。

下面的流民忍不住吞了口口水，但他们脸上却是喜悦与恐惧并存的——这种承诺对他们来说可太熟悉了。

当年玫瑰香水泛滥的时候，那些厂商也是打着这样的旗号引诱他们上钩。可现在呢？

当初说着要免费发放玫瑰香水给他们的那些厂商，恨不能把一瓶香水卖出天价！

他们用怀疑、惊惧、忐忑不安、满含泪水的眼神望着集装箱上神色平宁的白柳，就像是望着黝黑沼泽里的最后一根救命稻草。他们不知道这个人是在帮助他们，还是在把他们引入更大、更深、更无法自拔的泥潭中。

但这有什么用呢？除了相信白柳会是一个好厂长，他们已经没有选择了。

当玫瑰香水被他们毫无意识地接纳并滥用的时候，结局就已经注定了。他们只能选择接受这个结局，或者用死亡来逃避这个结局。

隔了很久，才有人极为轻微、极为小心地举起颤抖的枯萎得只剩白骨的手，十分小声地询问："……白柳先生，您真的会做一个好厂长吗？"

这个提问的女人是一个身体枯萎了小半截的女人，她的脸只有额角枯萎了，怀里还抱着一个双脚枯萎的看起来只有几个月大的小婴儿。

这小婴儿奄奄一息地蜷缩在她的怀里，吮吸着她快要枯萎的大拇指，纯净而溜圆的黑色眼睛里是两朵和这个小婴儿年纪完全不相符的衰败的玫瑰花。

她用盛放着同样快要枯萎的玫瑰花的眼睛，含着眼泪，眨也不眨地看着白柳，声音哽咽："……如果您成为厂长，您会一直是个愿意帮助我们的好心人吗？"

"不会，"白柳回复得很直白，"很大概率不会。现在这样说只是为了骗你们为我工作而已，就和之前的那个推广玫瑰香水的厂长一样。"

下面一静，白柳的话落入下面的流民的耳中，他们露出惊愕的眼神，就像是一滴水滴入了油锅里一般炸了锅。

流民们握紧了拳头站了起来，他们的胸膛剧烈起伏，恶狠狠地瞪着白柳，原本怀有一丝微弱希望的眼神变得愤怒又死寂无光，还有人麻木地把头耷拉下去，似乎早已经料到了这个结局。

刚刚提问白柳的那个年轻妈妈虚弱地放下了手，她捂着脸隐忍地小声地哭泣了起来，嘴里似乎在念叨孩子的名字。

但他们之中，依旧没有人冲上来攻击白柳。

——因为就算白柳把自己恶劣的意图这样直白地摊开，白柳也是他们绝望中最后的希望了。

只要能短暂地戒掉玫瑰香水附骨而生的瘾，无助的流民只能被掌握香水生产源头的人挟裹，被迫堕落进更深的地狱。

白柳眼神散漫地在下面的流民因为他的话出现各种情绪的脸上扫过。

他原本可以用刚刚那个理由骗过这些走投无路的流民的。

你看，就算他现在告诉他们自己在骗他们，他们也会自欺欺人地跟他走，为他免费工作，只为了呼吸一口虚无缥缈的香气。

只要香水存在，这种恶性循环一定存在，当平民开始寄希望于用"好人来当厂长"这种思维让所有人得到幸福，这本身就在代表其他的东西都没有办法来约束罪恶了。

——如果用道德来约束利益，只会让利益用道德的形式呈现。

但白柳不喜欢香水，他喜欢钱，这种世界对他来说没有意义，就算他靠着这些流民获得再多的香水，也只不过是象征着一种精神层面上的居高临下的优越感。

白柳对这种"优越感"无感。

他更喜欢钱币作为硬通货流通的世界，所以他要终结这种世界的存在。

"你们不能寄希望于我是个好人。我不是什么特别好的人，或者说，到了那种时候，只要玫瑰香水存在，谁做厂长都不会是好人了。"

白柳垂眸无波无澜地看着下面的流民，语调一如既往地平静："但如果我说，让我成为厂长，我有办法让玫瑰香水消失，让你们都不再继续枯萎，你们愿意帮我吗？"

台下的流民缓缓地、不可置信地抬起了头，一双双被玫瑰植入的眼中映着白柳没有什么情绪的脸。

"你们助我当上厂长，我帮你们终结枯萎的命运，"白柳说，"这并不是什么无偿的帮助，而是一笔等价交易，你们愿意做吗？"

年轻的妈妈流着泪第一个站了起来，她举着孩子语无伦次地问："真的吗？！白柳先生，您真的有办法终结我们、终结我孩子的枯萎？！"

白柳微笑起来，他右眼里的玫瑰盛放了第六瓣，眼眶边沿的皲裂深可见骨："如果做不到，我也会枯萎。

"我把我得到的香水大部分都给你们了，你们可以监督我一直这样做。但如果我找不到缓解的方法，我会第一个枯萎，这样你们愿意相信我了吗？"

一阵短暂的落针可闻的寂静。

这个妈妈紧紧抱着孩子，低下头，双唇颤抖地痛哭出声："谢谢您，谢谢您！"

废弃的工厂里莫名地喧哗起来。

流民举起了集装箱上的白柳向上抛，他们眼中的玫瑰就像是要熄灭的火光一般，微弱又坚定地燃烧着。

~~180~~

玫瑰花田旁。

哼哧哼哧地征收了一大堆干叶玫瑰的刘佳仪累得气喘吁吁，坐在地上喝体力恢复剂。

这个什么垃圾玫瑰，居然没有办法收进空间道具里！只能人为搬运！

她一个人弄了三个小时，才征收够 720 kg 的干叶玫瑰——除去他们的任务需要处理 480 kg 干叶玫瑰，还能余下来 240 kg 用来兑换四瓶中级香水。

刘佳仪刚刚查了工资表，中级玫瑰香水指的是浓度为 50%~80% 的香水，可持香十二个小时，持香时效翻了三番！

如果他们能换到这么多中级香水，那就能让更多清醒的流民加入他们的队伍了。

但前提是，他们能顺利处理完这么多干叶玫瑰。

刘佳仪喝完体力恢复剂擦完嘴巴站起来，一回头，她就发现身后站了不少流民。

白柳站在这些流民的前面，这些形容狼狈的流民缩在白柳身后，有些拘谨地弓起身子，向刘佳仪点了点头。

流民们对刘佳仪这样在玫瑰工厂里工作的员工有种天然的敬畏感，哪怕她看起来只是一个小孩子。

"这是我找来的对加工员的工作比较了解的流民，"白柳转过身子，露出他背后的流民，"他们当中有一部分是在玫瑰工厂工作过，被排挤下岗的加工员。"

在白柳的眼神示意下，他背后瑟缩的流民们鼓起勇气，站到了前面，蹲下来开始处理地上的玫瑰。

这些人手脚利索，干活的速度很快，一旦进入工作状态之后就全神贯注。刚开始他们还有点避开白柳和刘佳仪，后来就渐渐地自在了起来。

堆成小山的玫瑰在他们的快速分拣下被平铺成适合晾晒的一片。

这些经过高强度工作训练和打磨的下岗工人不是白柳和刘佳仪这种新手可以比拟的，他们无法靠着猎杀流民抢夺玫瑰晋升，是纯靠工作效率晋升的，因此他们的手工工作速度很快，一些很熟练的加工员筛捡速度和机器是不分上下的。

刘佳仪一开始还准备加入流民筛选玫瑰的队伍一起工作，后来她发现自己加入之后只会让这些流民变得畏首畏尾，生怕自己的脏手碰到了她，反而会打断他们自己的工作节奏，刘佳仪才不得不退出。

而白柳从把流民领回来之后，就坐在远离玫瑰花的地方优哉游哉地休息，并没有试图加入。

刘佳仪看到白柳这样，并没有开口嘲讽他偷懒，而是心情复杂，有点想叹气。

白柳把大部分香水分给了平民和她使用，他的确需要远离干叶玫瑰的污染让自己的精神值下降得不那么快。但相应地，在这个只能用香水恢复精神值的副本里，精神值最低的白柳就要承担最大的风险。

虽然他本人似乎并不觉得这有什么。

玫瑰分拣完之后，这些流民带着白柳找到了一个当初他们经常晾晒玫瑰，采光还不错的隐藏地点，把玫瑰整齐地铺展开，向白柳他们点了点头，说如果第二天有需要他们的时候，他们会再过来，然后就离开了。

毕竟长期和玫瑰待在一起，也会让他们使用的香水失效更快。

"晾晒需要十二个小时的日晒，十二个小时的月晒。"刘佳仪看了一眼时间，"我们这边晾晒完要等到第二天中午了，应该和其他人的称重时间是岔开的。

"但我估计他们会等你的。"

她抬头看着白柳说："所以你到时候准备怎么做？"

"让他们抓到我，"白柳微笑着说，"但是又舍不得杀我。"

第二天中午，玫瑰花田北门入口称重点。

已经称重完毕的齐一舫一行人抱着双臂守在称重点旁边。唐二打提着麻袋随意地斜靠在入口处，他似乎彻夜未眠，眼下还有一些不明显的青黑，但看起来精神还好。

唐二打的干叶玫瑰还在称重，但给他称重的加工员表情已经隐隐有些僵硬了。

为了控制误差，玫瑰每 5 kg 称重一次，称重的加工员脚边已经堆起一堆已经称过的干叶玫瑰了。

"715 kg，720 kg，735 kg……"加工员深吸一口气，看向唐二打，"你确定一次要称这么多？！如果你后续的晾晒和烘干做不完，浪费发霉的玫瑰太多，你是会被罚款的！"

唐二打把自己手边的最后一个麻袋递给称重的加工员，语气不冷不热："不会浪费的，称吧。"

齐一舫复杂的神色里还透着点心酸——他们有三个人，还用了技能，晒出来的玫瑰也就比唐二打多了 100 kg……

这人到底在现实生活里是干什么的？专业种植玫瑰的吗？为什么对这些东西这么熟悉？

等到唐二打称完，这个称重的加工员还称了其他几个加工员收集而来的玫瑰。其他的加工员称完晒干的玫瑰之后就进入了工厂，赶快进入下一步的烘干和炮制流程了。

而齐一舫和唐二打一行人正如刘佳仪所说，虽然很早就称重完了，但都守在旁边没有离去。

他们目光定定地看着玫瑰花田那边，很明显在等还没来称重的白柳。

日头西移，现在是午后一点，五月阳光最灿烂灼热的时刻，大部分加工员都已经称重完毕去工作了。

而负责称重的加工员也准备收拾东西离开了，这个时候，视野的边沿出现一大一小两个拖着放在推车上的麻袋走过来的人。

日光直射的热浪让地面上他们的身影有些扭曲，时隐时现，但这依然吸引了所有人的注意力。

齐一舫放下了抱在胸前的双臂，正色地把风向标拿到了手里。

唐二打站直了身体，从闭眼假寐的情况中清醒了过来，他目光从微微有些涣散变得冷凝犀利，双手贴着裤管下移，右手上无声无息地出现了一把左轮手枪，握紧上膛。

这两个人走得不快不慢，载有沉重麻袋的老旧推车在拖曳下发出嘎吱嘎吱的声音。他们还没走到跟前，唐二打就预先举起了手枪，齐一舫手上的风向标也开始转动了起来。

但很快，他们都愕然地停下了动作。

走到称重点的人虽然有两个，其中一个是刘佳仪，另一个人却不是白柳，而只是个普通流民。

这个流民看起来是被刘佳仪用香水雇用来搬玫瑰的，他把玫瑰搬到称重点后对刘佳仪点点头，感激涕零地接受了刘佳仪用香水喷了一下他的脸之后，就快速离开了。

"白柳呢？"唐二打举枪对着刘佳仪的脸，声音冷酷，"他为什么不来称重？"

刘佳仪就像是没看到唐二打举起来的对准她脸的枪，把装有晾晒后的干叶玫瑰的推车给了正在称重的加工员之后，她转过身来仰头看向唐二打，表情天真，语气懵懂："什么白柳，我不是和他一起进游戏的，我到现在也没有看见过他。这可都是我自己采摘并晾干的玫瑰，都要算到我名下的，和他有什么关系？"

唐二打眉头紧皱，但他并没有放下自己对准刘佳仪的枪。

……事情不对劲，如果白柳没有和刘佳仪一起行动，而是自己单独行动，那么白柳自己不过来称重、登记，他名下就不会有登记的晒干的干叶玫瑰，白柳也就没有办法进入接下来的工作流程。

而作为一个加工员，没有登记原料是很致命的，白柳如果今天不过来登记，最多两天，他交不出处理过后的干叶玫瑰，很快就会被降级为采花工了。

看着唐二打毫不犹豫地抽出枪对准了刘佳仪，原本做好准备和他一同御敌的齐一舫没反应过来，等回过神来的时候看到这一幕差点被吓得风向标从手里滑出。

——这和一开始说好的不一样啊！这位猎人，不是说不可以对小女巫动粗吗？！

那可是我前女神……现女儿！救过我的命的人！

齐一舫头皮发麻地举着风向标，心脏猛跳地挡在了刘佳仪前面。

他极力维持镇定地举起双手，做了一个不会主动进攻的双手上举的姿势，眼睛却直勾勾地看着唐二打手里那把蓄势待发的枪："……猎人先生啊，我们现在的敌人是白柳，先一致对外啊，一致对外。小女巫只有八岁，现在看来她很有可能也是被白柳骗走的。"

齐一舫额头上渗出冷汗，用两根手指小心翼翼地夹住唐二打的枪口将其移开。但唐二打只是目光很沉地扫了他一眼，被移开的枪在他手里眼花缭乱地一翻转，就行云流水地穿过了挡在刘佳仪前面的齐一舫，再次笔直地对准了他身后的刘佳仪。

唐二打持枪的右手以一种肉眼不可见的速度穿过了齐一舫的臂弯下面，无可撼动地瞄准了刘佳仪的眉心。

"我在游戏外也没有答应过你们不伤害刘佳仪，"唐二打抬起近乎黑色的眼眸，逐渐盛放的玫瑰就像一摊凝固的血液在他的眼底铺开，"我只答应了和你们一起阻击白柳。"

181

唐二打想要利用国王公会做的事情，仅仅是让他们"填满"其他的游戏，防止白柳逃逸，这一点国王公会在进入游戏之前已经做到了，而进入游戏之后国王公会和他的目的是不同的。

在对待小女巫这个问题上，大家明显有分歧——估计这也是红桃硬是要塞人和唐二打一起进游戏的原因。红桃这个女人看出了小女巫的伤和他有关，所以比起淘汰白柳，这些人被红桃派遣进来的目的更像是要在唐二打的手下保护小女巫。

这就是从头到尾唐二打都没有主动和齐一舫他们一起行动的原因。

道不同不相为谋，大家目的不一致，可以为了共同的目的短暂合作，但没必要一直联合——目的不一致的联合迟早会崩裂。

一只手被唐二打架起来的齐一舫和眸色幽暗的唐二打无声地对峙着，他鼻尖和后背上都隐隐渗出了冷汗。另外两个人也都神色紧张地围住了唐二打，但唐二打脸上依旧毫无情绪，举起的枪也没有放下。

齐一舫咬了咬牙，他完全明白唐二打为什么在这种被三人围困的情况下还不放下枪。

因为他们根本打不过他，这是一种绝对实力的压迫，唐二打只需要三枪，就能让他们全趴下——这人的射击技能快且准，体能搏斗技巧也是顶级水平。

现在齐一舫的右臂紧紧挡住唐二打的手臂，整个身体的重量都挂在了唐二打的手臂上，想把唐二打举着枪的右手往下压。

在齐一舫自己的右臂都挂得有些发酸的情况下，唐二打承担他身体重量的右手纹丝不动，稳得像个怪物，还在举着枪对准刘佳仪。

旁边正在称重的加工员已经快看傻了。

刘佳仪被枪对准着往前走了一步，而手臂上挂着齐一舫的唐二打右手就跟着往前稳稳地伸了一步的距离，枪口依旧是对准着她的。

但刘佳仪也并不慌张，而是开口提醒那个看呆的加工员："可以麻烦您快点称重吗？"

"……哦，哦，好的。"加工员神志恍惚地应了，他低下头，浑浑噩噩又有些害怕地称重。

刘佳仪转过头，冰冷漆黑的枪口距离她眉心不到一厘米，在现实中这个距离，只要这个枪口射出一颗子弹，她就必死无疑。

但在游戏里，就算是她被爆头了，只要刘佳仪的生命值没有被唐二打这一枪射击的攻击值给清零，那么都还有转圜的余地。

她是小女巫，只要不能一次性彻底杀死她，她就能靠着解药再次复活。

刘佳仪抬起头，她摘下了黑色的兜帽，露出她那张清瘦乖顺的小女孩的脸。

她脸上戴着一副大得不合时宜的半透明的巨大护目镜，阳光在上面折射出一层浓密的黑色光膜，和枪管上散射的银色光线在她眼前交织成一片。

刘佳仪望着唐二打，突然诡异地笑了一下，飞速地伸手握住了唐二打的枪，把细小纤瘦的手指钻入了唐二打的扳机里。

在唐二打惊愕未定的注视下，刘佳仪脸色冷静镇定到极致，手指毫不犹豫地往下一扣。

同时她喉咙里发出和她表情完全不同的、不可思议的害怕的惊叫："不要对我开枪！不要——"

"砰！"

枪口火花一闪，发出击中血肉躯体的闷响，亮银色的子弹迅捷地穿过小女孩的头颅，迸溅出一条鲜红的血液丝线，干脆利落地击中在地面上，然后散开。

随着女孩濒死虚弱地缓缓后倒，所有人的动作就像是被定格了一般，在一个狭小的三人结界里不断褪色、慢放。

唐二打愕然地看着齐一舫身后被击中后倒地，血流满地的刘佳仪。

而背对着刘佳仪的齐一舫在听到枪声的那一瞬间，瞳孔不敢置信地紧缩，他迅速地回头，因为动作太大，汗水从下颌上甩落。

刘佳仪脸上的护目镜无力地滑脱，她原本灰白的眼球失去最后一点光彩，死寂得宛如两团嵌入眼球的二手蜡，眉心中间有一个血液横流的伤口，血液流入她因为惊恐而微张的苍白嘴唇里。

她看起来已经濒死了，甚至没有办法自己起来用技能。而除了她自己，没有人能救她。

小女巫，救过他不止一次的人……就这样因为没有被他保护好，而被唐二打击中了……

她很可能会死在他的面前。

齐一舫瞳孔紧缩后扩散，下巴上的冷汗凝结后滴下，脸上是一种近似愣怔、恍惚和没有回过神来的表情，他好像灵魂短暂出窍，又被太阳穴的刺痛强行地把离开身体的灵魂拉扯回来。

系统警告：齐一舫精神值发生震颤！下降至40！请玩家齐一舫迅速恢复精神值！

他的呼吸在短暂停止之后，变得奇快又粗重，又被他自己强行控制着冷静了下来。

齐一舫缓慢地转过头去凝视唐二打，他手上的风向标飞快地左右摇摆起来，快到只能看到一团残影。他涣散的瞳孔里映着唐二打罕见的出神的表情。

齐一舫深呼吸了两下，他死死地握紧了手里的风向标。

冷静，齐一舫，你打不过他！除非你精神值下降拼死使出爆发技能，可能勉强可以和这个猎人一拼。但是现在你是带队的人，不要失控！小女巫的账可以先记着，以后再报仇，一定要给她报仇！

但现在最关键的是通关，你不能被情绪冲昏了头脑！现在的首要目标是保护小女巫撤退！

在齐一舫没有完全冷静下来的时候，躺在地上的刘佳仪得逞地上翘了一下嘴角。

系统提示：玩家白柳使用玩家木柯的个人面板，调动玩家木柯的个人技能"闪现一击"。

一道因为出现速度过快，近乎撕裂的模糊身影突兀地在齐一舫和短暂失神的唐二打之间出现。

白柳一只手持鞭，另一只手反手持匕首，以双腿膝盖上卷起跳的这一个姿势，腾空插入了正在对峙的唐二打和齐一舫之间。这种突袭的操作让战斗反射灵敏的唐二打瞬间回神，想要从齐一舫的臂弯下抽出枪射击。

白柳一鞭冲唐二打脸上甩去，唐二打动作极快，斜肩侧身快速躲开，左手握拳虎虎生风地向白柳的面门狠厉十足地砸下。

白柳旋转身体，单膝跪在了齐一舫的肩膀上躲开。唐二打的拳头紧追而来，拳头已经袭到白柳的鼻尖。

白柳夹住齐一舫的头，腰部向后弯发力，避开唐二打的拳头，同时把跪着的惊慌失措的齐一舫带着一同向后倒去。

手臂被齐一舫臂弯死死夹住的唐二打也被带着往前倒下。

唐二打咬着牙下蹲站稳，想要把枪和手一起抽出来，而齐一舫身后装死的刘佳仪一个打滚单膝跪地，然后回头单腿横扫，迅捷有力地踢开了唐二打手上的枪。

齐一舫被白柳骑在头上，压得一个屁股蹲跪在了地上。他还一脸蒙的时候，从他身后钻出去的刘佳仪双手撑在地上，抬头满脸是血地对着旁边两个从刚刚就一直看呆了的国王公会成员厉声下命令，大声吼道："愣着干什么？还不趁他还没有召回枪的时候攻击！"

唐二打的枪在被踢出去之后直接就碎成了光点，然后他神色狠戾地把自己被夹住的手从齐一舫的臂弯下面抽出来，五指一张枪就从他手中再次出现。

但这段时间，足够其他两个人蓄力憋出技能困住唐二打，但也只有十几秒而已。

——唐二打的技能最可怕之处就是这点，他是快攻类型，如果没有一次性彻底淘汰唐二打，他们这边只能不断地拖延唐二打反杀他们的时间而已。

而白柳要的就是这个。

白柳举起匕首，唐二打一扫那个匕首正凝神准备对付，白柳却云淡风轻地对他一笑——

然后反手把匕首扎入了齐一舫的肩膀上。

系统提示：玩家白柳用"闪现一击"攻击玩家齐一舫，导致玩家齐一舫精神值下降27点。

系统警告：玩家齐一舫精神值下降至13点，进入面板狂暴阶段！

玩家齐一舫个人面板（狂暴状态）。

精神值：40 → 13。

体力值：1339 → 1873。

敏捷：1795 → 2010。

攻击：2700 → 6100。

抵抗力：1840 → 2100。

综合防御力攻击力上升，面板属性点总和超10000，评定为S级玩家，玩家齐一舫等级上升，从S-级上升至黄铜S级别。

恭喜玩家齐一舫潜力面板值达到S级别，解锁"黄铜伪神"称号，请积极收集信仰值成为"神明"吧！

齐一舫瞳孔缩成了一个针尖大小的小点，他手中的风向标从摇晃变成了飞速地旋转，看起来像一个因为转速过快正在摇摆的单叶风扇，速度快到几乎连风向标的本体都看不清。

他抬起头看向唐二打，脸上是一种近乎灵魂被抽走的空白凝滞的表情，周身不断地刮起细微卷动的风，这些看起来细微的风却撕碎了齐一舫的裤管。

系统提示：玩家齐一舫进入个人技能身份形态变化——《怪物书：极端天气的播报员》状态。

182

齐一舫摇摇晃晃地举起风向标，喃喃自语："……特级大风，阵风14级以上，晴转特大暴雨，降雨达到100 mm以上……该地即将有飓风来袭，红色气象预警。"

不停旋转的黑色风向标转为艳红色，指向唐二打后定格。

短暂的宁静之后，暴雨和狂风一同大作，一阵可以把所有人都掀上天的剧烈龙卷风从天而降。

最瘦弱的刘佳仪和昏昏沉沉脚步虚浮的齐一舫最先被风卷上天空，紧接着就是稳住身体平衡的白柳和追着白柳的唐二打，最后是两个国王公会的会员。

旁边正在称重的加工员看到这突如其来的暴风雨，吓得连滚带爬地提着玫瑰进了工厂。但出乎他意料的是，这看起来会扩大到整座玫瑰工厂的诡异天气，却只是停留在工厂门口前后十米左右，并没有扩散。

就这么一个狭窄的空间，和外面的空间是完全不一样的天气和景观。

外面万里无云、晴空万里，而北门工厂前面这一块天空则是乌云密布、雷电轰鸣。

旋转的飓风把所有能触碰到的东西都卷了进去，形成了一个直达天空的不透明的灰色圆筒，被卷进去的东西和人在这个高速旋转的圆筒里，就像是在洗衣机里一般被飞速抛甩着。

在唐二打进入这个旋转的圆筒的一瞬间，他就明白了为什么白柳不直接攻击他，而是攻击齐一舫让他使用爆发技能。

——因为攻击他的性价比，远没有攻击齐一舫高。

在白柳没有办法一次性淘汰他的情况下，任何对唐二打的攻击都是无效且徒劳的。

只要唐二打这个高伤害的快攻选手能找到机会摸到武器，哪怕只有一分钟，唐二打这个悍不畏死的猎人拿着枪和他们直接火并，他们全军覆没的概率也远大于他们和唐二打两败俱伤的概率。

这种时候白柳就转换了思路，在正面对决没有优势的情况下，他干脆不和唐二打硬来，而是选择利用齐一舫的技能限制了唐二打的技能——

在一个所有人都在高速转动的"洗衣机内筒"里，哪怕唐二打是个神枪手，他要瞄准一个人也是很困难的。

因为在这种程度的飓风里，他被风吹得眼睛都睁不开，更不用说瞄准一个人了，这种恶劣的人为天气状况严重地干扰了他的视线。

在这种高转速的风中，在看不清的情况下随意射击，甚至有可能打到自己。

但这种情况对于白柳而言是不一样的。

白柳张开手脚在风中向后撑稳定身体，剧烈转动的风吹开他原本扎在西装裤里的衬衫一角，上扬外翻的纯白衬衫上沾了一点从护目镜上滴落的血，被他毫不在意地甩去。

他的眼睛上戴着一副巨大的黑色护目镜，绷带上还染着血迹，赫然就是刚刚从刘佳仪脸上摘下来的那副。

这是刘佳仪压箱底的可视化道具——名字叫作"暴雪护目镜"。

  系统提示："暴雪护目镜"可在暴雪等极限天气的情况下保持视野清晰，损坏后失效。

  系统提示：确定使用该道具的"极限天气红外线模式"，对队友进行搜寻和定位？

白柳往上推了推护目镜："确定。"

一瞬间，眼前迷乱混沌的景象在白柳面前变得清晰可见，四个正在风中转动的人被处理成了极易观察到的红外线人形，就像是一片灰色的洗衣机里的四条红布那样显眼。

这种可以高精度定位其他人位置的情况，让白柳露出了微笑。

国王公会里的人真的对刘佳仪很不错。

这副暴雪护目镜原本是齐一舫在一个刘佳仪救了他的三级游戏副本里被分配到的适合他技能的道具奖励，但齐一舫在得知了刘佳仪视力有问题之后，就毫不犹豫地把暴雪护目镜作为谢礼送给了刘佳仪。

刘佳仪一开始婉拒了，齐一舫坚持要给她，于是刘佳仪就说当作她的压箱底道具放在齐一舫那里。要不是之前为了救白柳，刘佳仪恢复视力会方便一些，动作速度快一些，她是不会去齐一舫那边拿这个道具的。

没想到刚好就在游戏里配合使用上了。

刘佳仪个人对这种情况心情是很复杂的，但白柳作为一个不怎么会觉得不好意思的人，只会物尽其用。

还有就是红桃，别的不说，红桃对刘佳仪出手是真的很大方——整个游戏里除了红桃，可能不会有第二个人愿意为了保护另一个人，处心积虑地将自己的技能存放在一张扑克牌里，让刘佳仪作为保命符随身携带。

个人技能作为游戏里比较私密的和保命有关系的东西，红桃不仅大大方方地分享给了刘佳仪，还为了保护她，据说是用了不少办法、吃了不少苦头，才养出这一张技能扑克牌给刘佳仪用，还用了加密措施。

就算是其他人拿到手，也不知道这张牌能做什么，就连白柳这个可以直接打开刘佳仪面板的人，都不知道这张牌的作用是什么，可以说从方方面面严密地保护了刘佳仪。

整个游戏里挑不出第二个玩家能有这样的待遇了。

刘佳仪对此也是心情复杂，但她最终还是告诉了白柳如何使用这张牌，以及红桃的技能是什么。

白柳夹住这张鲜艳欲滴的红桃A，用护目镜锁定了在狂风中因为精神值下降，根本稳定不住自己，不停三百六十度旋转的齐一舫。白柳的脑海里响起了他之前和刘佳仪的谈话。

刘佳仪略带叹息地把卡牌递给他："这张牌储存了皇后的技能，她的技能可以让你短期之内变成对方内心最渴盼、最担忧的一个人，带有一定的蛊惑效果，并且反弹所有检测道具。也就是说如果你变成了谁，除了你变的这个人本人，其他人是完全无法区分你和本体的。"

"这种技能……"白柳挑眉看向刘佳仪，"很适合生死一线的时候用来求饶、反杀或者是诈骗啊。这个红桃对你不错。"

刘佳仪沉默了一会儿，说道："皇后的确对我很好。"

除了诱导她……那一次，红桃对刘佳仪可以说是无可指摘。

红桃训练她、培养她、教她怎么做人、教导她如何在现实和游戏中快速学习和保护自己。

在刘佳仪的能力还没有展现出优势的阶段，在国王公会下面的人略有微词和争议的情况下，红桃几乎把整个公会的资源都向她倾斜了。

甚至这个高高在上的女人还会亲自带刘佳仪下游戏，温柔亲和地手把手地教她怎么做，后期又力排众议，把刘佳仪放在了战队里核心战术师的位置上来培养，甚至愿意纵容刘佳仪一些可能妨碍联赛胜利的小习惯——她一直不肯直接恢复视力。

刘佳仪能安稳成长到今天这个地步，和红桃毫无保留的培养和呵护是分不开的。

如果"好"是一种可以量化的东西，刘佳仪可以很确切地说，红桃是她在遇到白柳之前对她最好的人，没有之一。刘怀甚至都比不上红桃。

这也是之前刘佳仪想住在游戏里的原因——她在这里有归属感。

红桃无条件地对她好，让刘佳仪对这个冰冷残酷的游戏有了无意识的归属感。

红桃皇后比刘佳仪遇到过的所有人都像她的家人。

但也是这个人，让她失去了唯一的家人。

刘佳仪深吸一口气，向白柳交出了红桃给她的底牌："……齐一舫在看到我死亡的极端情况下，再加上你的精神值攻击，是有可能达到你想要的那种情况的——"

她抬起头，直视白柳："齐一舫那一瞬间，心里最担心的应该就是我，如果你在那一刻靠近齐一舫，那么你可以在红桃的技能卡的作用下，变成无法被任何人认出来的另一个我。"

风中的白柳从身后抽出了一根骨鞭，大风猎猎，把他衬衫和额前的头发都吹得上扬抖动。

他身体斜向一边，就像是踩在虚拟的平面上摇晃，来回几次在风中稳住身体。白柳环视一周，很迅疾地在暴雪护目镜的指引下找到了正在风中旋转的齐一舫的位置。

白柳右手中的骨鞭画着"Z"字劈开风的阻碍前行，朝着齐一舫所在的地点前进，快速前行的纯白色骨鞭在旋涡般上升的暴风雨中宛如一道刺目的闪电。

"噼啪"一声击打在肉上的脆响后，鞭尾缠住了齐一舫的脚踝。

白柳一只手拽住骨鞭的把柄，另一只手拽住骨鞭往前用力一扯，两个人就在不止的风中迅速往中间的台风眼靠拢，骨鞭就像是白色的骨质桥梁连接在白柳和齐一舫之间。

"砰砰！"

接连两次子弹射击在这根连接了白柳和齐一舫的横穿了风暴中心的白色骨鞭上，唐二打在风中稳定住身体后，快速更换弹夹并上膛，目光凶残地对准那根骨鞭接连射击。

单单一个人隐藏在浑浊的风里他的确看不见，但如果他们成为这种由一根骨鞭连接的晃动的端点，他还是可以试着击杀的！

唐二打接连扣下扳机。

"砰砰砰砰！"

子弹在上下滑动的骨鞭上敲击出清脆的声音，就像是粘在上面的颗粒一般，有规律地间断地击打。

在这种狂风暴雨中唐二打居然也能顺着这根只是短暂出现的白色鞭子，精准无比地隔着一段距离，实验性地沿着骨鞭流动射击。眼看着银色的子弹就要没入持着鞭子端点的一方——白柳的身体里了！

白柳听到逐渐靠近自己的枪声，不慌不忙地叼住手上的红桃卡牌，掏出一瓶解药之后换下嘴边的卡牌夹在无名指和小指之间，仰头饮下解药。

旋风流转，换弹闸的唐二打在一个他可以眯眼看清白六所在的位置的地方，看到这家伙脸上露出那种他看过千百次气定神闲的微笑，以及那句用口型对他说的话：

"自求多福吧，唐队长。"

白柳的脸一晃而过，在风中根本来不及捕捉。

在风的最上方最轻的刘佳仪张开四肢和手掌，她在听到枪声的一瞬间深吸了一口气，双手合十。

系统提示：玩家刘佳仪是否使用爆发技能"毒药喷泉"？

"是。"

冲天而起的黑色毒雾顺着风铺天盖地地蔓延，把旋风的风团变成了一堆黏稠的黑色云雾，弥漫开来的云雾遮挡了唐二打眼前的一切，也遮挡了他最后一次射击看到的方向——

那正是他瞄准白六的方向。

183

扭卷的灰色旋风被晕染成黑色，飘绕的毒雾被旋风挟裹，遮挡了身处其中的每个人的视野。

银色的子弹从白柳的耳边擦过，他叼着红桃A的卡牌在黑色的旋风里向上飞，抓住鞭子向另一头的齐一舫靠近。

精神值过低，又遭受了小女巫毒雾攻击而昏沉失神的齐一舫张开四肢，在自己制造出来的飓风中一点挣扎的意向都没有，像一具尸体。

但齐一舫不会死，刘佳仪也无意淘汰风中这些曾经和她一同闯过关的队友，这些队友的面板都是S-左右的等级，防护力够，不会轻易被她的毒雾攻击给淘汰。

但是在毒药的作用下受伤僵直是难免的。

白柳顺着鞭子抓住了齐一舫的脚踝，他叼住的卡牌里的红色桃心开始奇异地旋转。白柳缓慢地调整位置，让在风中平躺的齐一舫直立着正对自己。

齐一舫用失去焦距的双眼恍惚地注视着白柳，白柳叼在唇边的那张红桃的技能扑克牌正中心的红色桃心旋转速度加快。

白柳把解药喂到了齐一舫的嘴里。

齐一舫呛咳了几声，和着风吞咽下了解药，过低的精神值和混沌的中毒状态让他已经分不清现在的情况，只有口腔里熟悉的解药味道让他忍不住动了动手指，似乎是想抓住眼前给他喂解药的人，但最终还是没有力气抬起手臂。

齐一舫眼眶发红，无力又难过地低语了一句：

"对不起，小女巫……"

——没有保护好你，又让你来救我了。

我是来带你回公会的，但好像没成功。你似乎找到了更好的归属……

扑克牌中央的桃心在旋转的过程中逐渐浮现了一个人的影子。与此同时，白柳的四肢也在飞速缩小，变得纤细。

他原本只到耳下的碎发向下延长到颈后，身上的衣服也变成了一件深黑色的纱雾罩衫，原本平静的黑色眼睛变为不透明的灰蒙蒙的色泽，像一块做工劣质的毛玻璃。

白柳在风中变成了刘佳仪。

齐一舫脸上因为毒药产生的灰黑色阴霾因为及时饮下解药逐渐散去，他缓缓地闭上了眼睛。

离奇出现的旋转飓风随着齐一舫的闭眼而停息，被卷入其中的所有人在风渐渐停止后，落到了地面上。

被毒药袭击了的唐二打摇晃了一下身体，强撑着站稳，举起枪搜寻白六的影子。另外两个国王公会的人也是一脸中毒之后的青黑色，落地之后站都站不稳，直接跪在地上了。

齐一舫更是在落地之后趴在地上疯狂呕吐。

虽然他解除了中毒的状态，按理来说状态亏损应该是没有其他人那么严重的。但齐一舫"晕风"。

是的，没错，虽然齐一舫是风的观测者和利用者，但他晕风。

在这种高速旋转的风里，齐一舫只要来回转个几圈，他下来之后能把胆汁都吐出来。

这也是齐一舫技能一直不错，面板各方面数据也很高，但还混迹在国王公会预备队员队伍里，而不是正式战队成员的原因——齐一舫没办法很好地利用自己的技能。

而在他们不远处跪坐着两个穿着黑色外袍的人，应该是白柳和刘佳仪。唐二打走上前去，警惕地用枪挑开这两个一动不动坐在地上的人的宽大外袍。

两张完全一致的、瘦弱的小女孩的脸从外袍里露了出来，懵懂地看着他。

齐一舫目瞪口呆地看着面前的两个刘佳仪。

唐二打握紧了枪，脸色黑沉到了极致。

中计了！

早知道他在旋风里的时候，就不应该因为爆发技能后十分钟的枪支冷却时间而迟疑，应该直接使用爆发技能，用自杀子弹带走白柳。

唐二打明白白柳的计划了。

白柳这家伙很清楚在已经进入《玫瑰工厂》这个游戏的前提下，唐二打其实不会在游戏里动手淘汰他，因为唐二打需要白柳告诉自己解决干叶玫瑰香水事件的办法。

唐二打坚信白柳一定知道这个游戏该怎么通关，一定能得到解决干叶玫瑰瓦斯事件的关键道具。

解决方法就在眼前，唐二打的主要目的是限制和管控白柳，而不是直接在游戏里淘汰白柳，更不用说对刘佳仪痛下杀手了。

换句话说，唐二打其实并没有对刘佳仪动手的意思，他刚刚用枪对准刘佳仪也是为了问出白柳的下落。

但刘佳仪的主动碰瓷，让唐二打强行背了一个"无缘无故刺杀小女巫"的黑锅，再加上后来白柳的一系列操作，让唐二打处于一种完全被动的状态。

现在白柳这家伙变成了刘佳仪。

在不知道谁是真的、谁是假的的情况下，唐二打作为一个有可能会淘汰真的刘佳仪的猎人玩家，另外三个国王公会的人肯定会拼死阻止唐二打伤害或者控制这两个刘佳仪当中的一个。

所有人的立场都被白柳通过这一场突如其来的飓风给打碎重排了——另外三个人被白柳强行地调动，和他自己在一支队伍里了。

现在的情况不再是白柳孤身一人应对他们四个人了。

而是唐二打一对五。

因为中毒导致状态下降，脸色青白的唐二打握紧手里的枪，简直要咬碎了牙。

……现在的局面已经没有转圜的余地了，一对五也不是不能打，他拼死也是可以把所有人都淘汰的。

但是他不想也不愿意滥杀，他追击白柳是为了拯救其他人，但反过来为了其他人而淘汰国王公会这三个被白柳算计的无辜的普通玩家，也不是他想做的事情。

他不想和国王公会的这三个人合作，本意就是不想把这三个与这件事无关的普通人卷进和白柳有关的危险的事情，宁愿自己独来独往地处理所有事。

但这反而把这三个原本和他有合作关系，因为昨晚被唐二打帮助了，还对他有一定好感的玩家推向了白柳那边。

他不想见到这样的局面，但不得不说，唐二打已经习惯这种局面了。

他在意识到自己是被"神明"戏弄的猎人，会渐渐变成给别人带来厄运的怪物之后，就开始狠心地断绝自己和他人的所有联系，只允许自己游走在怪物的群体里。

唐二打抬起头，他眉骨很低，眼神偏下注视着一个人的时候，会有种很凶悍的，像一只狼盯着你要猎杀你的感觉。

他原本的确是一匹率领狼群冲锋陷阵的头狼，不会被成员质疑、背叛，永远是最好的将军与卒马，咬死最多的敌人和猎物。

白六逼迫唐二打抛弃了自己的身份，背弃了自己的队伍，他甚至为了打败白六抛弃了自己作为人存在的权利。

但现在的唐二打只是一匹濒死的、想在死前最后再为狼群做一点事情的恶狼罢了。

齐一舫和另外两个国王公会的会员警惕地挡在了两个刘佳仪和唐二打之间。

虽然他们现在也对两个刘佳仪的情况感到很蒙，但真的刘佳仪肯定在这里面，他们要保护小女巫不再受到这个猎人的射杀。

之前刘佳仪差点被这个像患了神经病一样的猎人突然开枪杀死的事情，现在还让这三个奉命进入游戏来带小女巫回去的国王公会玩家心有余悸。

他们严密地挡在两个刘佳仪的前面，警惕地审视着面前脸色阴沉、一言不发的唐二打。

唐二打深蓝色的眼睛凝视着"刘佳仪"，手里的枪最终还是没有对着那三个挡在他前面的国王公会玩家举起——这可能是他和真正的怪物之间的最后一道防线了。

被保护在背后的两个"刘佳仪"对视一眼，不约而同地露出了有点微妙的相似的微笑。

看来这位猎人先生，虽然脑子看起来不太好使，但的确是个不会轻易对无关的人动手的好人。

好人是世界上无论好人、坏人都最喜欢的一种人，正是唐二打出于"好人"的道德原则性所让出来的利益空间，给了白柳这个无耻的男人操作的余地。

在唐二打不知道为什么转身走开，和他们拉开安全距离后，齐一舫被同伴用香水恢复了自己的精神值，然后气喘吁吁地和另外两个人瘫在地上休息。

齐一舫心有余悸地狂喝体力恢复剂——简直是惊心动魄，他刚刚还以为唐二打真的要提枪把他们五个人一起给崩了。

旁边围观了好一阵的瑟瑟发抖的称重加工员，在风暴停息之后才敢提着装有玫瑰的麻袋出来。

他有些摸不着头脑地看着面前两个一模一样的刘佳仪，为难又小心地说："只有 360 kg 玫瑰，只够一个人继续留在这里做加工员。这是……你们谁的玫瑰？"

称重加工员的话吸引了其余几个人的注意力，他们的视线转移到了这两个刘佳仪的身上，就连隔着一段距离的唐二打也抬眸看了过去。

刘佳仪只带了 360 kg 晾晒完毕的干叶玫瑰过来，而白柳出现的时候是直接闪现，这人什么东西都没有拿，两手空空过来的，而 360 kg 玫瑰只够一个人继续做加工员，如果白柳不拿出足够维持他继续在这里待下去的玫瑰，两个刘佳仪就有一个要降职去做采花工。

齐一舫等国王公会的人当然不想让刘佳仪被降职，他们仔细地盯着这两个刘佳仪，企图从中找出假的那个。

他们首先使用了检测道具，但很快他们发现白柳伪装的刘佳仪的外表，几乎没有任何检测道具可以分辨真伪。

齐一舫皱起了眉——除了皇后的技能，他还从来没有听说过这么高级的伪装技巧，能躲过所有检测道具。

这些预备队员并不知道皇后对女巫的偏爱到给了她自己的技能底牌的地步。

刘佳仪拥有红桃皇后的技能扑克牌这件事情，就连公会里也没有几个人知道。

但很快这三个人就镇定了下来，他们毕竟是和小女巫在游戏中合作过不少次的。

齐一舫更是一度作为预备队员和刘佳仪打过配合练习赛的，就算白柳外表装得和刘佳仪一模一样，他们有自信通过一些小动作、行为和习惯来辨别出谁是真的那个。

白柳想在熟悉刘佳仪的人面前装成她，不是那么简单的事情。

唐二打也是这么想的，他凝神看向这两个外表宛如"复制、粘贴"一般的刘佳仪。他和刘佳仪不怎么熟悉，但他和白六是十分熟悉的。

只要其中一个"刘佳仪"显露出白六的习惯性动作和用词，唐二打很快就能分辨出来。

但很快他们的表情都凝固了。

因为这两个刘佳仪站起来的速度，一些头部细微的小角度偏转，甚至转头过来拍裤子上的灰尘，以及整理领口和腕口的动作都完全保持了一致。

这些动作看起来和刘佳仪之前习惯做的完全不一样，看起来更像是一个二十多岁，注意自己仪表并且经常穿西装的成年男人会做的动作，而不是一个八岁的小女孩会做的。

这三个国王公会的成员其实没有猜错，白柳并不擅长模仿一个小女孩，特别是他和刘佳仪认识的时间并不算久，要知晓一切刘佳仪的动作和习惯并且生动地模仿，对白柳来说是一件很困难的事情。

但对核心技能就是模仿的红桃皇后培养起来的接班人，本身就极为擅长假装和演绎，也正处在学习的黄金时期的刘佳仪来说，她要模仿白柳的行动，是轻而易举的事情。

并且这个聪明的小女孩还可以模仿得天衣无缝。

也就是说，双方遇到了最棘手的状况——这是两个披着刘佳仪外壳的白柳。

他们分不出来谁是谁。

184

旁边负责称重的加工员一看两个刘佳仪宛如双胞胎一般的动作，也傻眼了。

"这到底是你们谁的干叶玫瑰啊……"加工员无措地举起麻袋。

两个刘佳仪对视一眼，仿佛预先商量好了一般，右手一同指向了右边那个神色淡定的刘佳仪："把玫瑰给她（我）吧。"

加工员眼神瞄到左边的那个刘佳仪："如果确定是她的，那你就要被贬职为采花工。"

左边的刘佳仪照单全收，点了点头，似乎早就在等这一刻到来："我是今晚就开始采花吗？酬劳和之前一样，采摘40 kg干叶玫瑰能兑换一瓶低级玫瑰香水，对吧？"

称重的加工员对眼前的场景越发感到迷惑，但他也只是按规矩办事，于是诚实地回复了左边的刘佳仪："是的……等下你和我去领采花工的工作服和工具。"

"至于你，"称重的加工员目光移到右边的刘佳仪脸上，把手里称过重的干叶玫瑰递给了她，"一共360 kg，等下你拿着去工厂里进行下一步加工吧。"

两个刘佳仪，一个准备跟着加工员领采花工的工作服和工具，另一个提着装着干叶玫瑰的麻袋往露天广场走，按部就班地进入了工作状态。

但一旁的齐一舫一行人，眼巴巴地望望这个，又看看那个。两个刘佳仪走的方向一个是工厂里，另一个是花田外，方向和路径都完全不一样。

一个国王公会的玩家脑袋发晕地看向齐一舫，请示道："齐哥，这两个小女巫，我们跟着哪个走啊？"

这两个刘佳仪里面，一定有一个是真的刘佳仪，另一个是白柳假扮的。但现在问题来了，在分不清楚谁是真的、谁是假的的情况下，这两个刘佳仪，他们跟着谁走？

齐一舫拧眉看着这两个分道扬镳、表情淡定的刘佳仪。

唐二打凝视着这两个刘佳仪。

刘佳仪显然只是白六计划的执行者和附和者,她的意愿起不到决定性的作用,决定谁走哪一条道路的主导者很明显只能是白六。

　　他们内心的想法在这一刻罕见地达成了一致:那么白柳(白六)会选择哪一条路径?

　　唐二打凝神思索——如果根据白六这家伙一向追求利益最大化的制订计划的方式,以及独裁和掌控欲过头的个性,他是不会把重要的主线任务交给其他人来完成的,一定会亲力亲为。

　　按照这一点来看……唐二打的眼神移到了提着对她而言有些过重的麻袋,哼哧哼哧地往工厂里移动的那个加工员刘佳仪身上——这个刘佳仪更有可能是白六。

　　但有一点让唐二打觉得很违和。

　　唐二打的眼神移到了正在往花田走的刚刚被贬职为采花工的刘佳仪的背影上,这个唐二打很眼熟的白六习惯性的走路姿势让他微微眯起了眼睛。

　　说实话,他不相信以白六的手段,连两个人能一起继续做加工员需要征收足量的干叶玫瑰这个支线任务都无法完成。

　　这家伙昨晚在更艰难的情况下,都想到了办法不知道从他这里白拿了多少玫瑰,可以说是超额完成了任务。

　　但今天这个更简单的任务,白六却最终只拿出了 360 kg 原材料,而这些重量的干叶玫瑰只能让他和刘佳仪当中的一个人继续担任加工员,进入工厂继续加工玫瑰。

　　而且"两个刘佳仪"这个计划,如果只是单纯地用来混淆他和国王公会那群人的视线,那么肯定是两个刘佳仪身处一个地方更好。

　　这样国王公会保护她们的力量更集中,也更难分辨谁是谁。

　　白六从来不做无用的安排,所以这个放弃了主线任务,降职为采花工的"刘佳仪"到底有什么用?

　　……但游戏的主线的确是成为厂长,而且玫瑰工厂这个游戏的奖励道具肯定是要在完成游戏的主线任务之后才能得到……

　　唐二打深思熟虑之后,握紧手里的枪,跟在加工员刘佳仪的背后走了。

　　齐一舫反复审视了两边的刘佳仪,发现自己怎么都猜不透白柳的意图。在看到唐二打已经跟着其中一个"刘佳仪"进入工厂之后,他无奈之下也不得不加紧做出选择。

　　"拆分队伍,"齐一舫深吸一口气,转头看向那个采花工刘佳仪,"我跟着这个采花工小女巫,你们跟着另一个小女巫。有什么事情,记得和我联系。"

　　"我们都被小女巫救过命,一定要保护好她。"齐一舫认真地嘱咐。他呼出一口气，神色隐隐变得有些复杂，"……她这么努力地想要保护另一个人……如果可以的话，也请好好保护另一个'她'吧。"

另外两个国王公会的成员表情一僵，他们明白了齐一舫的意思。

"我们都欠她的。"

齐一舫说完，把自己手里的玫瑰推给另外两个人，转身毅然决然地跟着采花工小女巫走了。

游戏大厅，坟头蹦迪区。

国王公会的会员紧跟着跌落到这里的白柳的小电视拥了过来，他们的脸上带着鲜明的愤怒和怨恨，赤裸裸地针对小电视里理所当然地不断奴役小女巫和戏弄齐一舫的白柳。

但很快他们的神情变了。

当刘佳仪掏出那张红桃 A 的扑克牌交给白柳的时候，几乎所有人的表情都变得愣怔和难以置信。

他们难以置信的是皇后给予了小女巫充分的信任，更难以置信的是，小女巫在皇后这样的偏爱和信任下，竟然真的背叛了皇后。

——把皇后的技能这样清清楚楚、毫无遮拦地告诉另一个人，并且还交给了这个人皇后的技能底牌的使用方法，这几乎就相当于让另一个人掌握了皇后的核心欲望和弱点。

"皇……皇后，"旁边有玩家小心翼翼地开口，"小女巫她，她开启了小电视静音，除了白柳，她应该没有把您的技能公之于众的想法，应该只告诉了白柳。她可能就是一时叛逆，请您不要生她的气……"

说到最后，这个玩家的声音也无力又害怕地弱了下去，但他还是坚持说完了最后一句："请您，请您原谅她！"

他们都明白小女巫做出的是怎么样都无可辩驳的背叛行为，但他们还是不希望皇后因此真的生气，处罚小女巫，所以在为她辩白。

小女巫真的救过他们，如果她可以回来，这个小女孩一定还会继续救更多的人。

他们知道小女巫不是个好小孩，但她对他们真的很好，这就够了。

小女巫是他们这些实力不够强悍或者是还没有发展起来的玩家，在这个庞大的等级森严的公会里，在这个残酷的游戏中能看到的唯一的救命曙光。

哪怕小女巫真的背叛了公会，他们也不希望看到小女巫淘汰。

红桃看起来似乎并没有生气，她看着小电视的眸光平静得如秋日湖面，还有些因站久了而疲乏的慵懒。

白柳的小电视里刘佳仪仰起头，挺起胸膛对着白柳大声要求着要参与他的计划的样子，久违地让红桃想起了第一次见到这个小女孩时她的样子。

狼狈、警惕、过度聪慧导致的早熟和满含戾气的怀疑在她的脸上混成不分彼此的一团，新生的小女巫睁着一双看不见世间万物的灰色眼睛，握着毒药和解药，站在自我救赎和自我毁灭的边沿。

红桃喜欢这个像刺猬一样的小女孩，她在刘佳仪对刘怀的执念和怀疑里看到了曾经的自己，所以她对刘佳仪伸出了手，拉到了自己的怀里。

刘怀并不适合做这个孩子的哥哥。

刘佳仪要想摆脱摇摇欲坠的精神状况走向光明的未来，成为战队的支柱，她就要拥有配得上她的信任的队友和家人作为最后一道坚实的心理防线。

她的哥哥应该理所当然地永不背叛她，永远爱她，会为了她披荆斩棘，死而后已。

红桃的眼神落在白柳的小电视里齐一舫和那两个国王公会成员身上。

整个预备队的成员，都是她为刘佳仪精心挑选的"哥哥"。

他们对刘佳仪心怀感恩，忠诚，能力卓绝，会全力配合她，人品良好，还和刘佳仪在游戏里打过不少次配合。这个八岁的小女孩还是心软的，她对这些真心给她关爱和呵护的预备队员虽然最初很排斥，但已经渐渐开始接纳他们。

如果有一天，其中有一个人可以取代刘怀在她心里的地位，那么国王公会就会成为这个前途无量的小女巫真正的家。

红桃可能是全世界最了解刘佳仪的人，她比谁都明白，这个小女孩谁都有可能背叛，就是不会背叛自己的家人。

就算她被家人背叛一千次、一万次，她也会心甘情愿地为了家人去死。

等到那个时候，刘佳仪就会顺理成章地成为国王公会的下一任皇后和精神象征，成为战队里不可撼动的战术师。

可惜这堪称完美的移情和培养过程被白柳打断了。

但打断不代表不能继续。

这三个预备队员是她特意挑选出来让他们进入游戏的，让这三个预备队员进入游戏的目的一方面是阻拦玫瑰猎人伤害刘佳仪。

但那个猎人从本质上来说，是个很讲道德和原则的人。虽然不知道之前发生了什么会让刘佳仪中枪，但进入游戏之后，红桃两次感受到对方内心的波动，都不像是对刘佳仪有杀意的样子。

另一方面就是动摇刘佳仪的心理选择。

红桃抬眸，视线飘忽地看向小电视里追着采花工刘佳仪而去的，神色坚定的齐一舫——

小女巫，这是和你感情最好的预备队员之一，是你最理想的哥哥的样子，如果你选择和白柳一起，就要牺牲齐一舫和另外两个真心待你的会员才能离开游戏。

——你能狠下心来这么做吗？

185

白柳在国王公会的严密监视下，小电视的综合数据进一步下降。

新增0人赞了白柳的小电视，新增0人收藏了白柳的小电视，没有人为玩家白柳充电。

新增0人正在观看白柳的小电视，系统对于玩家白柳的无人问津感到极其失望，你已经失去了在坟头蹦迪的权利，请玩家白柳安心"入土"。

玩家白柳的小电视即将从"坟头蹦迪区"下降至"小黑屋区"，请玩家白柳认真游戏！

如果说"坟头蹦迪区"是游戏里的"冷宫"，那么"小黑屋区"就是游戏里的"监狱"。

只有极端不作为、消极对待游戏的玩家才会被系统流放到这里。

比如时间到了七天还没有自动进入游戏的玩家，就会被系统随机选定一款高难度游戏投放，同时这些玩家登入的小电视就会出现在小黑屋区。

简而言之，小黑屋区是作为惩罚而存在的推广位区域，如果说坟头蹦迪区还会有正常观众，小黑屋区的观众基本就是落井下石来看热闹的，这些观众是绝对不会点赞、收藏、充电任何一个玩家的小电视的。

不过小黑屋区的小电视也没有点赞、收藏的选项。

小黑屋区是一个全黑的区域，里面的小电视被锁在一个个方格子铁栅栏里。监狱造型的格子架上，被放在架子里的小电视上"收藏"和"点赞"的选项都是被锁住的灰白色，只有"充电"的选项是可以点的。

换言之，在只能充电的情况下，被流放到小黑屋区的玩家，必须得到充足的充电积分才有被放出来的可能，所以在游戏玩家之中，又有一种说法叫进了监狱的玩家只能靠充电，用"赎金"来换。

如果没有足够的"赎金"，紧接着系统就会"撕票"玩家的小电视——把玩家流放到游戏里的"坟墓"，也就是无名之地。

这里离彻底不能再出来的无名之地，只有一步之遥了。

红桃领着国王公会的其他会员来到了小黑屋区。

白柳的小电视被放在监狱般的格子架上最显眼的位置，旁边还有一行红色的字："充电积分达到100000后可离开小黑屋区"。

现在这个情况，不要说100000积分了，1积分都不会有观众给白柳充电的。整个小黑屋区都被国王公会占领了，连看热闹的观众都被吓跑了。

在1积分都拿不到的情况下，白柳很快就会跌入无名之地。

红桃波澜不惊地观赏着小电视里的白柳，她眼眸似垂非垂，好似在沉思，又好似在走神。

之前小女巫把她的底牌摊开给白柳这件事，似乎并没有影响到这个高高在上的皇后的心情，她依旧慢条斯理地守着白柳的小电视，等待着这台电视变成雪花"死去"的那一刻。

小电视的边沿站了一圈脸色或是严肃或是担忧的公会成员。

在白柳即将彻底陨落的这一刻，对白柳心怀怨怼、嫉妒、仇恨、愤怒的国王公会玩家都保持了默哀般的安静——这是对一个小女巫用尽全力保护，并且未来将大有成就的玩家的基本尊重。

所有人都在仰望着小电视里的白柳，他们一言不发地等待着系统播报。

系统提示：因玩家白柳的小电视进入小黑屋区后无人充电到100000积分，现系统沉痛地对玩家白柳的小电视做出以下裁决。

玩家白柳因不认真游戏，在游戏中不作为，从进入《玫瑰工厂》后一位观众都无法吸引，点赞、收藏、充电数据皆为不可思议的0，甚至进入小黑屋区后都无法实现0的突破，枉费之前给予该玩家的推广位宣传……

因此，系统综合判定，玩家白柳已经不适宜继续活跃在小电视上，现打入……

在系统播报到最后一刻时，白柳的小电视边沿突然出现了一阵喧哗，有一个快到几乎看不见身形的人强行突破了国王公会的防守，踏入了白柳小电视的观赏区域。

与此同时，白柳小电视旁的数字猛地一跳，充电数字从赤红色的0变为了14789。

系统提示：有一位高级玩家给玩家白柳的小电视充电了14789积分！裁决中断！保留玩家白柳的小电视。

跑得满脸是汗、脖子都汗津津地发光的牧四诚随手擦了一下自己下颌滴落的汗水，他双目发亮地抬起了头，目光锁定小电视上的白柳，呼出一口浊气："赶上了！"

系统提示：玩家牧四诚已清空积分钱包，充电给玩家白柳的小电视。

牧四诚背后紧跟着木柯，木柯也跑得上气不接下气，鼻梁和睫毛上全是汗。他跑进了牧四诚撕开的那道国王公会组成的防线的缺口，站进了白柳小电视的观赏区域，然后就弓着身体双手撑在膝盖上大口喘息，脸颊泛着红晕，看起来像是耗尽了最后一口气。

系统提示：玩家木柯已清空积分钱包，充电给玩家白柳的小电视。

白柳小电视上的数字又是一跳，从14789直接跳成了160000。

这两个突然来捣乱的人乘国王公会一时不备冲进了他们的防线，但很快国王公会的人反应了过来，叫嚣着要把木柯和牧四诚给赶出去。

有人摩拳擦掌，讥讽道：

"两个人就敢过来挑衅国王公会，胆子够大的啊！我还是第一次看到不是公会成员的人，敢来和我们叫板的。"

牧四诚目光扫过全场，嘴角勾起一个痞气和得意兼有的笑，眼神蔑视："谁说我们只有两个人？"

木柯缓慢地站直了身体，整理仪容后，他露出一个斯文礼貌的微笑："基于我刚刚才了解的公会之间的外交礼仪，红桃皇后，我们是带着整个公会过来和你们问好的。"

他们的身后出现了越来越多的人。

这些人神色畏缩，还有些犹豫，看起来面板等级和游戏素质也不算太高，一看就是一些没有人要的底层玩家。

换作平时，这些玩家看到这群训练有素的国王公会的成员跑都来不及，更不用说凑上来叫板对抗了。

这次，这些玩家看起来似乎很害怕，但依旧没有退缩，而是缓慢地聚集在了木柯和牧四诚的身后。他们一点一点地聚拢，就像是一堆并不起眼、柔弱可欺的流沙堆积成了一座可以吞噬人的沙山。

有人脸色难看地凑到红桃皇后旁边低声耳语，解释道："……应该是白柳上个游戏搞到手的食腐公会剩下的低级玩家。高级玩家早就跑了，只剩一堆不敢跑的低级玩家……

"不是什么大问题，很容易处理……"

红桃转头看过去，看到了在远处和她用眼神对峙的木柯。她眼尾上扬，语气不明地反问："不是什么大问题？"

"之前不是告诉我这个公会已经被你们处理好了吗？不是让你们通知他们白柳被淘汰后国王公会会接收他们进来，让他们不要反对我们拦截白柳的行动吗？"

她神色晦暗地看着正在含蓄微笑的木柯："那么现在这些人，是怎么被煽动聚集起来的？"

游戏里半个维度钟前（相当于游戏里的半个小时前）。

食腐公会。

不像国王公会直接购买了整座大厦作为办公场所，食腐公会则蜗居在一栋简陋的廉租房里。

只需要每天缴纳60积分，玩家就可以在这栋廉租房里住一夜。

廉租房里的小电视黄铜等级的VIP视频可以免费观看，所以也有不少玩家为了省购买视频的积分，租住廉租房看游戏视频，研究通关技巧和策略。

食腐公会就是租了这种偏僻的廉租房作为基地，靠着加入食腐公会就可以免费住廉租房作为噱头，吸引一些贪小便宜的玩家加入公会。

创办公会的苗家父子都很抠门，公会盈利的大头都是自己拿，也不舍得往普通公会玩家身上和建设公会上投入，这导致食腐公会虽然办起来了，但整个公会的玩家质量普遍都不算太高。

在苗氏父子被淘汰后，跑了一些不错的玩家，留下来的质量就更差了。

木柯和牧四诚还花了一些工夫才找到食腐公会的基地。

但他们来的时候，国王公会的人已经来过了。

食腐公会留下来的玩家从"自己的会长刚上任，还不清楚这人是个什么玩意儿，他就要被国王公会阻击"的愁云惨淡，瞬间过渡到了"天哪！我们可以顺势加入国王公会！怎么还有这种好事"的欢呼跳跃。

所以在木柯和牧四诚来到这群公会玩家的面前，表明他们是白柳的人的身份之后，食腐公会这群玩家对他们的态度是尴尬且排斥的，并且隐隐有些轻视白柳这个新会长，也就不愿意跟着木柯和牧四诚他们过来。

这种模糊的态度和排斥，很快在牧四诚火大地拍桌和质问下激化为了暴力冲突。

不过在游戏里的暴力冲突也打不到对方，看起来就是一堆人互相推来搡去，辱骂对方而已。

目前看来牧四诚一个人可挡千军万马，因为他骂人声音最大，压人力气最足，在人堆中同时显出了猴子和大将军的气势。

但这一切都在木柯走上桌子，举着扩音喇叭发言之后迅速地停息了下来。

木柯在一片混乱的大声争吵之中，不知道从廉租房的什么地方扒拉出了一个扩音喇叭。他走到最高的一张桌子上用力地跺了跺脚，试图吸引所有人的注意力。

在让所有人都目瞪口呆地仰头望着这位踩在桌上高人一等的小少爷后，木柯清了清嗓子，一本正经地打开扩音喇叭，准备讲话。

但可惜的是，从来没有用过这种喇叭的小少爷并不知道，这种廉价的塑料喇叭打开之后一般都会有一段录音。

木柯深吸一口气，张开了嘴："你们所有人都给我听着，今天我们来找你们是有非常重要的事情，白柳让我们作为他的代表来找你们，是为了让我们所有人有更好的未来，是为了——"

喇叭里传出了一段撕心裂肺的叫卖声：

"回收旧电视，旧游戏管理器，旧小马宝莉跑跑卡丁车，旧法官的天平。"

木柯："……"

正在暴揍其他人的牧四诚："……"

其他人："……"

186

木柯表情空白地举着喇叭，撑过他人生中最不想回忆的一分钟，让这个破喇叭叫出最后一个字。

在喇叭闭嘴之后，这位已经尴尬到脚趾蜷缩的小少爷假装什么也没发生地接上了前面的话，但语气明显弱了下去："——白柳让我们来找你们，是为了带你们建设更好的公会。"

下面食腐公会玩家的眼神齐刷刷地看向木柯手上的破喇叭，一顿，然后又微妙地移到了站在桌子上的木柯脸上。

虽然他们什么都没说，但木柯从他们的眼神里解读出了"就这？"的意味。

木柯："……"

双方进入了一阵奇异的、宛如不知道是谁摁下了暂停键的僵持。

牧四诚挡在大厅门口一步都不退，在场的玩家不存在能掀翻他跑出去的。

但同样地，这些人的立场也很坚定，就算被困在这里，他们也不会轻易被木柯说服，放弃加入国王公会的机会，去帮助一个面都没有见过，现在还被围困的新会长的。

他们能在这个游戏里苟且偷生这么久,别的不会,趋利避害的本事是一等一的。

木柯深吸了一口气,又举起了喇叭,刺耳的扩音的啸叫伴着木柯清晰的声音在狭小的廉租房底层回荡。

"我们不会阻挡要去加入国王公会的玩家,如果你们想去,你们尽管去,但我们想劝说的对象,是那些不想继续在大公会里被剥削、奴役,却没有更好出路的玩家。

"如果有人已经厌倦了成为公会底层被压榨和收割的对象,厌倦了无论怎么挣扎也只是为了生存换个地方当韭菜,一点尊严和能力都没有的恐惧的生活,那么你可以听听我要说的话,这或许会给你提供一个截然不同的选择。"

木柯目光清亮:"我说完之后,无论你们是怎么选择的,我们都会放你们离开。"

下面的玩家神色还是怀疑的,但因为木柯的话,他们的脸上明显出现了好奇。

虽然明知道在这个游戏目前的秩序下不太可能存在木柯说的那种理想的选择,但他们还是想听听这个年轻玩家还能怎么扯。

或许是他们的确还存着一点微薄的希望,希望有比国王公会更好的选择,尽管他们理智地知道这是不可能的。

游戏里不加入公会还能生存下来的散人玩家寥寥无几。

这是一个很好理解的存活率公理——在极端恶劣的情况下,比如在这个游戏里,群体里的个体生存率会远高于单独的个体。

就像是被困在荒野雪地里,一群人互相抱团取暖存活下来的可能性,远比落单的一个人高。

就算在群体里弱者有可能会被剥削、会被牺牲,甚至会被践踏用于取悦强者,但放弃尊严就能多苟活一会儿,这就是普通人进入这个游戏之后的生存之道,也是他们最容易找到的成功之路。虽懦弱不堪,亦有其理可循。

向牧四诚挡着的出口的方向挤的人群渐渐往回退。

他们睁着一双双警惕的不敢相信的眼睛审视着站在桌子上的木柯,但身体却截然相反地簇拥木柯站着的桌子周围,选择留下来聆听那个不知道是真是假的别样的选择。

这群在廉租房里住了很长时间的玩家,他们的脸脏兮兮的,就和正常世界里那些在廉租房里住了几十年的人一样,狼藉、不修边幅,又精神低迷。

他们的目光和神情在放松下来之后有种下意识放空的呆滞,看起来就像是已经被折磨得精神不太正常一样。

这些玩家互相挤着站在一起，抬起头来用空洞无神的目光注视木柯的时候，让他莫名想起难民窟。

在这个可以随意调整自己外貌的游戏里，这种样子的玩家通常是游戏底层的玩家，他们根本不在意自己的外貌，也没有其他的要求。

他们唯一的要求就是活下去。

木柯站在高出其他人一米多的桌子上，在这么多人的注视下，他居高临下地环视了一圈这些围绕着他的人。

在这一刻，木柯甚至有些恍惚，他看到了这些人麻木凝滞的眼神里，和曾经的他一样亮着微弱的、喊着"救救我"的光。

——对那个还没有到这里来的传奇新人、被围困的流浪者、他们的新会长、那个救过自己的"神明"白柳的微弱期待，随着木柯的话在这些人死寂无光的眼底亮起。

"你说……新会长，那个白柳给了我们别的选择，这个选择是什么？"有人终于忍不住了，上前一步，抬起头质问木柯。

木柯深吸一口气："是交易，白柳会和你们做交易。做完交易之后，他会负责培养你们的能力，让你们可以独立通关游戏，养活自己。

"但你们作为一个群体要定期向他付月薪，每个人平摊——在付给他月薪之后，你们在游戏里无论挣了多少积分和道具都归你们自己，他不会向你们要一分一毫，更不会像其他公会一样向你们收取天价提成。"

下面的玩家眼睛渐渐睁大，他们无措又不可置信地看着木柯，接二连三地举手提问：

"不收取我们的提成和道具？"

"真的吗？"

"还会给资源来培养我们？！"

"是的。"木柯极为肯定地点头，他呼出一口气，看向这些玩家，"白柳他不会，也不想作为一个统治你们的上层阶级而存在，他不会控制、剥削你们，只会帮助和培养你们，让你们有能力赚取更多的积分和金钱，然后给他付月薪。"

"知道娱乐公司吗？比起会长，白柳更愿意作为你们的经纪人而存在。他管理你们，给你们每个人制订培养计划，分配资源，给你们规划可以在这个游戏里最优发展的路线。"木柯的脸上带着微笑，"你们的新会长不喜欢做人上人，他和我说，如果你们愿意和他合作、做交易，那你们就是给他开月薪的老板，那么理所当然的你们每个人才是公会的主人，在公会里拥有最大的权力。

"他将把会长的权力下放给你们每个人，让公会作为社区而存在。"

下面的玩家已经混乱了，他们从来没有听过这样匪夷所思的公会构想，简直就像是有人在给他们构建了一个充满陷阱，但看起来完美无比的乌托邦。

听众们依旧恐惧，依旧怀疑，因为这个构想听起来实在是太美好了，心生希冀的他们甚至更加害怕了。他们控制不住地聚集在一起讨论，窃窃私语，却离木柯所在的圆桌越来越近，离牧四诚守着的大门越来越远。

怎么会有人愿意做这种下放自己的权力给群体成员的事情呢？

这看起来太像一个特地编织出来用来诱惑他们的美丽谎言了，游戏内比他们聪明的玩家比比皆是，这样看起来冠冕堂皇的"谎言"也不是第一次出现。

但这次，他们却情不自禁地想要询问这个"谎言"的后续。

有人语调颤抖地提问："白柳，不，白会长准备怎么下放他的特权？"

"如果你们同意和他合作……"木柯看向所有人，他静了静，点开了系统面板，"你们的新会长，在进入游戏之前签署了很多份文件并且发给了我，现在我把这份文件展示给你们看。"

木柯举起自己的系统面板，上面是《关于拆分转让食腐僵尸公会管理权的七十八项说明条例》，往下滑动可以看到白柳已经把名字签好了，只剩乙方的签字栏是空白的。

"这份文件白柳一共签署了上千份，"木柯一张一张地滑动，展示给下面的玩家看，"如果你们愿意接受白柳的条件，现在我就把这份合同发放给你们，让你们在乙方的签字栏那里签字。"

木柯眼神冷静，一字一句地解释："白柳会把公会的权益转让给你们每个人，让你们每个人都拥有这个公会的一部分。他不只是说说而已，是真的会用白纸黑字，用系统承认的合同条例让你们成为真正意义上的'会长'。"

在这份文件出现以后，整栋廉租房陷入了落针可闻的寂静。

这些玩家呼吸急促，瞳孔扩散，胸膛起伏地看着那份被木柯高高举起的文件，仰着头迫切地想要看清楚上面的每一个字。

木柯也体贴地单膝跪在桌面上，放低了系统面板，让这些凑近的玩家可以近距离地看清楚这份合同。

在游戏里，什么都有可能是假的，名字、外貌、道具、技能，这些都可以通过各种各样的方式来造假欺瞒大众，但有一样东西不可能是假的——

那就是系统盖章认证过的合同。

这玩意儿是真的！

"是真的合同！白会长签过字的真合同！"在第一个玩家爆发出鉴定完真伪的怒吼之后，原本寂静的廉租房瞬间被抛入了一阵高过一阵的喧哗声浪里。

这些人脸上麻木苍白的表情褪去，变成了不可置信地激动、脸红脖子粗地争论、寂静无声地仰头流泪。五彩斑斓的情绪在这些原本刻板漠然如尸体的底层玩家的脸上一一浮现。

在木柯好不容易安抚好快要沸腾的人群之后，第一个勉强冷静下的玩家才上前询问他："是这样的，我们都很感激白柳……不不不！是白会长愿意做这样的决策！我们十分愿意和白会长进行这样的合作！"

这人一顿，话锋一转："但我们都想问一件事情。"

木柯问："什么事情？"

这些玩家彼此对视一眼，看向木柯，他们握住双拳在胸前紧张地揉搓了两下，一改之前的轻慢态度，身体前倾，十分诚恳地提问："我们很想知道，白会长想要和我们做的交易是什么？我们这些人……真的能承担得起白会长想要的物品吗？"

"你们完全承担得起，你们身上有一样白会长觉得十分有价值的东西。"木柯说。

"我们身上有什么东西……让白会长觉得能抵这份合同的价值？"其他人挠头，发自内心地疑惑。

木柯温和地微笑："白会长想要你们的灵魂。"

187

白柳现在还在游戏里，虽然这些人签了合同，但还是要等白柳出来才能进行灵魂交易。也就是说，白柳是先把食腐公会拆分并送了出去，然后等这些人拿到东西之后，才进行后续交易。

眼看着这些公会成员挨个儿兴奋地和木柯签合同，站在一旁围观的牧四诚眉头一皱，敏锐地觉得好像有什么地方不对劲，他有种熟悉的被坑的感觉……

但让他具体说，他也说不上来。

……打眼一看，好像的确是这些成员占了白柳的便宜，毕竟灵魂还没给呢，就先拿到了公会的管理权，这样的便宜不占白不占，无本万利啊！

但白柳会被人提前占便宜这件事，本身就让牧四诚觉得很不可思议。

木柯把文件分发下去之后，牧四诚在一旁鬼鬼祟祟地靠近了木柯，压低声音凑在木柯耳边问："……你们葫芦里到底卖的是什么药？居然先把公会给这些人了，白柳可不是这种先发货后收钱的良心卖家。"

按照白柳这位"黑心商人"的一贯作风，这人一般都是先收钱后发货，货不对板钱也不会退。

木柯脸上保持着礼貌矜持的微笑，头微微向后仰，和凑过来的牧四诚拉开了一点距离。他用余光扫了一眼牧四诚，语气不咸不淡地反问："……你觉得这个低级公会里最有价值的东西是什么？"

牧四诚被木柯问得一怔。

这个公会里最有价值的东西是什么？

……道具库里的高级道具，资料库里的绝密资料，高昂的公会储蓄积分，各种副本有条不紊的通关参考——这些常规公会用来吸引玩家加入的东西，这个食腐公会里通通没有。

公会里为数不多的高级道具和积分都被苗家父子随身携带，在上一轮的游戏里已经被白柳搜刮得差不多了。

资料和通关参考都是提供给想要在熟悉的游戏里再苟活一次的低级玩家看的，但白柳这个一次跳一级难度的玩家玩的从来都是最新的游戏，整个游戏所有公会的资料库加在一起，都不一定能从里面找出来参考资料。

牧四诚似乎意识到了什么，他转头，眼神凝滞地看向这些正在哄抢合同、雀跃不已的普通玩家。

——这个食腐公会里什么东西都没有了，早就被白柳掏成了一个空壳，现在里面最有价值的东西，是剩下来的这些普通玩家。

也就是说，白柳刚刚把一个空壳分成了几千份卖给这些玩家，还让这些玩家以为自己成了这个空壳的主人。

这种情况下，这些底层玩家一定会为了发展"自己"的这个空壳公会加倍努力地通关游戏，往里面填充东西。那么无论这些人的灵魂后续会不会如约卖给白柳，白柳根本就不吃亏。

因为他卖的东西根本就是一颗空气炮弹，看起来炸得响、能唬人，但里面什么也没有。

而这些人会拼命地把白柳卖给他们的这颗空气炮弹填充饱满，然后再送回给白柳，还对白柳感恩戴德……

这简直是算计到压榨了这些死气沉沉的底层玩家回光返照的最后一丝生产力！

这还是人吗？这完全是在骗人吧！

牧四诚忍了又忍，没忍住转头对着脸色平和的木柯开口："你们这样搞，也太损了吧！"

牧四诚作为一个单打独斗很长时间的散人玩家，吃过不少苦头，但他对这些真的被压榨到绝望的底层玩家，有一种年轻气盛的共情心理。

毕竟这些人很有可能就是当初没有能力单飞的他未来的样子——被强制要求加入公会，然后被压榨到失去最后一点价值。

"不这样搞这群人很快就会被淘汰了。"木柯这个小少爷在面对这种交易场景的时候，身上仿佛有种历练出来的沉稳气场。他推了下自己鼻梁上的眼镜，用余光淡漠地扫了牧四诚一眼，语气习以为常，"你以为困住他们的是什么？

"我父亲手下很多员工和这些人一模一样，苟安在工厂里死都不愿意离开。有些人的确是没有能力走，而有些人是害怕，害怕自己离开目前的岗位之后就无法生存。

"他们会想方设法地阻挠其他人或者是机器替代自己，阻挠整所工厂的现代化发展，但最终在快速的工厂改建、机械技术革命，或者是经济危机到来的时候，这些耽于原位的人都是第一批被淘汰的。"

木柯收回了自己的目光："但如果给里面的每个员工一笔股份分红，给他们一所完全崭新的工厂，你知道会发生什么事情吗？"

"会发生什么？"牧四诚问。

"那所厂子里所有人都在拼命地发展工厂，让自己、让所有人都能活下去。"木柯垂下眼帘，轻声说，"无论在怎样残酷的环境下，那所工厂直到最后，都没有一个员工下岗。"

牧四诚怔怔地看向正在闹哄哄地签订合同的人群。

在人群中无数重叠着高举的系统面板上，他看到了这些人暗淡的眼睛里映着合同上的"白柳"两个字，然后他们虔诚地在对应的地方写下了自己的名字。

这些人眼睛里微弱的蓝屏光宛如灰烬里死而复生的信仰。

小黑屋区。

白柳的小电视前两班人马不动声色地对峙着。

小电视边沿站满了国王公会身强体壮、人高马大的高级会员，和食腐公会的低级玩家们的平均身高差了一个脑袋，因此形成了居高临下的俯瞰之势，再加上他们盛气凌人、横眉怒目的表情，鼻子里还一直阴阳怪气地哼哼，压迫感很重。

站在牧四诚和木柯身后的食腐公会的玩家忍不住往后缩——他们哪见过这阵仗啊！

不少玩家之前做过最过分的事情也就是跟着苗飞齿围堵白柳，最高的理想就是加入国王公会，现在一下快进到和国王公会打架，他们在心里简直要崩溃地尖叫了。

——你们胆子也太大了吧！能不能悠着点整啊？我（们）刚拿到公会的管理权，你们可不能把这个公会给整垮了啊！

"之前掉到坟头蹦迪区，我还以为没人来给白柳收尸了，一个人都没过来。"站在边沿的一个人抱臂冷笑，讥讽道，"现在人到小黑屋区了你们倒是过来了，有意义吗？"

"怎么没有意义，"木柯不紧不慢地说，他抬起眼皮，"坟头蹦迪区我们救不出白柳，但小黑屋区是可以的。"

这就是木柯的计划，他在仔细地了解并整理了大部分玩家的推广位数据之后，在脑内飞速计算、整合，从游戏的几千个分区里找到了白柳有可能掉落的位置——也就是这个小黑屋区。

小黑屋区其实是个很冷门的区域，一般人只是停留在知道它的层面，真的知道会怎么样掉下来的，基本都已经是死人了。

幸好木柯脑子转得快，并且他之前进入游戏的时候，就记过游戏里大部分的路线和分区了，游戏里的几千个分区木柯基本都有印象，才能这么快找到这个冷门的分区。

从坟头蹦迪区出来的规则是小电视的数据要超过上一次游戏，在围堵之下，白柳根本不可能做到。

因为上一次白柳的数据太好了，已经登上了国王推广位的尾巴，这种大势的点赞、收藏、充电数据，单凭食腐公会的力量不可能凑得出来。木柯很清醒地知道，在他手里只有食腐公会这一张牌的时候，从这个分区里把白柳给捞出来是天方夜谭。

但在彻底落入无名之地之前的小黑屋区，是系统为了压榨每个玩家的最后一点价值，设的一个有交"赎金"机制的区域——也就是在这个区域，把最后一个有可能会为了救你而往你的小电视里充电的玩家给压榨了。

所以通常这个充电金额不会高到特别离谱，是系统通过计算得出的这个人的支持者有可能凑得出来的积分数额。

比如白柳的"赎金"就是100000积分——这个积分数额，基本就刚好是木柯、牧四诚，加上整个食腐公会的所有普通玩家积分相加的总数。

但现在的唯一困境就是——木柯仰头看向拦在他们面前的这些国王公会成员，充电起码要能冲进白柳的小电视观赏区域才行，现在白柳小电视的观赏区域边缘被国王公会做的人肉城墙守得严丝合缝，除了刚刚被牧四诚冲撞了一下破开了一个口子，现在这个口子已经"愈合"了，一点缝都看不到。

他背后这些玩家靠自己冲进去是不太可能的，只能试试看能不能从里面把突破口撕开。

只有从里面撕开一个小口子，这些懦弱的公会玩家才会受到鼓舞，敢跟着他们冒险，给白柳充电。

木柯深吸一口气，他双手靠近腕部外翻，干净利落地一甩，一对漆黑发亮的匕首就出现在了他白皙的手掌心里。

把守的国王公会成员一看这匕首出现，原本警惕地想向后退一步，但他很快意识到这是游戏大厅,这种匕首类的攻击道具的伤害技能都是无效的。

他不屑地撇嘴一笑,仗着自己的身高优势嘲笑木柯:"小朋友,搞清楚游戏规则再亮家伙,你拿一对匕首在游戏大厅难道能……"用技能吗?

木柯脸上的情绪丝毫不变,他举起匕首往前冲击,就像是一道带重影的幽灵般地跨过了那个国王公会的成员,在对方愕然的神色和突兀中止的话语中进入了包围圈。

系统提示:玩家木柯使用技能"闪现一击"。

"谁说动刀子一定要攻击?"木柯骄矜地挑眉,他和这个会员背对背,毫不犹豫地转身肘击加咬牙一推,"这是一个没有伤害功能的降低精神值技能!"

只不过被他用来加速移动而已。

包围圈的口子被突如其来地撕开了。

188

或许是出于刺客和盗贼长久的默契。

尽管木柯在行动前并没有知会牧四诚自己会干什么,但牧四诚还是在木柯吸引了国王公会火力的一瞬间,作为一个对"赃物"极为灵敏的盗贼,抓住了机会。

牧四诚目光凌厉,单手扣住被木柯往前推的人的肩膀,摁住后借力灵活地起跳,踩在了这个猝不及防被他抓住的国王公会成员的背上。

然后牧四诚极为恶劣地对着包围群最里面的红桃皇后挑眉笑了笑,然后用中指比在自己的脖子上,狠狠一划!

在里面国王公会的人被牧四诚惹火来追杀他之后,他又一路踩着边沿这些把守的人的肩膀,平衡性极佳地在这些人的肩膀上飞跑。

国王公会把守边沿的人肉城墙顿时东倒西歪。

"就是现在!"木柯大吼,"冲进去充电!把白柳赎出来!"

一方被木柯吼得手忙脚乱地往里挤,另外一方被牧四诚踩得七手八脚地想要防守,在不能彼此伤害的前提下,大家疯狂地挤作了一团,这个人的头从那个人的胯下伸了出来,那个人的胳膊往这个人的嘴上拍过去。牧四诚摇摇晃晃地踩在人肩头上到处跑,木柯借助自己"闪现一击"的技能时不时跳跃出来抽冷子捣一下乱。

整个场面混乱得犹如镜城四号线地铁的早高峰,只能看到卷成一团又支离破碎的"人饼"。

　　两方"打"得不可开交，白柳小电视旁显示的"赎金"却节节攀升，这代表不断有人往里充电。

　　不断有人在混战中打开系统面板，又被人摁下去，断断续续的蓝光在白柳的小电视下亮起。

　　而高高在上的被锁在陈旧铁栅栏格子架里的小电视屏幕上的白柳眼神平淡又宁静，似乎穿透了屏幕看到了下面因为他发生的一切。

　　他似乎早就知道了这即将发生的一切，又好像对屏幕外发生的事情一无所知，只是看了一眼就收回了目光，似乎冷淡又不近人情，并不顾及凡人的死活。

　　可的确是这个贪图金钱的玩家主宰了这为他疯狂的一切。

　　起伏混乱的人潮里只有站在中央的红桃屹立不倒，她压住帽子和裙摆，防止旁边的人将她冲散。红桃对周围的乱战视若无睹，而是微微仰起头，用一种打量、审视，又饶有兴趣的眼神观察着小电视上的白柳。

　　"难怪佳仪会选中你。"红桃目光缱绻，眼眸半合，红唇矜持地勾了一下，"——你真是很适合做她的'哥哥'。"

　　为什么她不选最完美的哥哥，不选她最喜欢的哥哥，也不选对她最好的哥哥，甚至不选她真正的哥哥？

　　为什么选了白柳？

　　白柳这个人可以说是阴险狡诈，他脸上那个用来糊弄别人虚伪的职业笑容里，是精于计算、忠于交易，永远不会背弃自己的欲望。

　　在周围有那么多更好的村民作为备选的情况下，女巫为什么会心甘情愿地为一个骨子里和狼人差不多的角色献上解药和灵魂？

　　观赏区域的争斗带起的风吹拂着红桃鬓边的酒红色鬈发，她眼神迷离地看着小电视上的白柳。

　　——在一个人已经自爆了是狼人的情况下，这不也正说明了，这个人没有被怀疑的必要了吗？

　　刘佳仪永远不会怀疑白柳，这就是她选择他的原因。

　　小女巫不会回来了，她找到了最合适她的哥哥。

　　红桃收回目光，她左边突然出现了牧四诚，这人几下踩在玩家的头上，飞快地跑到了红桃的身前。

　　紧接着她的右边出现了一个手持匕首袭击她的残影，是紧追来配合牧四诚的木柯。

　　木柯从下面用匕首扫击红桃的脚踝，牧四诚踩在一个玩家的肩膀上方跃起，毫不留力地飞起一脚直踢红桃的面门，两个人配合得天衣无缝，就像是配合了千百次那样，一句话都没说，却合力卡死了每一个红桃有可能逃跑的路径。

牧四诚脸上是咬牙切齿的愤恨表情，木柯则沉稳一些——他一看到牧四诚往这边跑，就知道这家伙要搞什么了，他的理智觉得这样做似乎有些文不对题，也没有什么意义。

木柯知道在游戏大厅里袭击一个人是没有意义的，因为打不到。

但木柯在这一刻还是有些不成熟地意气用事，他想到了白柳被困，想到了这个国王公会一直以来给白柳使的各种绊子……

所以在木柯的大脑思考出结果之前，他的身体就预先配合了牧四诚这次的恶作剧。

牧四诚要比木柯冲动许多，他想的是就算打不到，让这个什么红桃皇后当着她会员的面摔一个大马趴出丑也是好的！他过来袭击红桃就是为了出气的！

牧四诚受够了国王公会这个奇葩组织的气了！

你不是一直装什么美女蛊惑你手下的人吗？我看你现在摔得屁股朝天还怎么装！

牧四诚目光狠戾，脚下用力，宽松的运动裤都在空气里荡出了波浪感。木柯的匕首贴着地面擦出了刺耳的刺啦声，他身子外斜，手腕侧着向下压，尖利的刀尖向红桃骨肉挺匀的脚踝刺去。

这两人一个是刺客，一个是盗贼，都是速度极快的职业，但这一切被红桃的动作衬托得反倒是像慢动作了。

这位穿着包臀裙的女士压住裙尾不紧不慢地提膝一跳，动作还有点小女孩跳绳的娇俏，落下的时候尖细的高跟却不偏不倚地卡在木柯匕首上的圆孔上，把往前冲的木柯卡在了原地，匕首一时之间拔不出来。

同时，红桃优雅地前倾身体，她压低自己宽大的帽檐，恰好从牧四诚的飞踢下躲过。

帽子没有被踢到，只是被轻微地擦了一下，而这轻微的擦碰带掉了红桃的帽子。

宽大的红色圆帽在红桃和牧四诚两人之间悠悠落下。

红桃转身，这女人的脚后跟还踩在木柯匕首的圆孔上，她用一只手回手握住帽檐，另一只手借着帽檐的遮挡从下方钻出来，握住了牧四诚的脚踝，把他往上扯了一下。

牧四诚没有准备，被红桃这样一扯，直接身体向后摔在了地上。

这女人缓缓地放下了遮挡自己面部的帽子，她脸上带着一种好似模特脸上的标准化微笑，但又比那诱人神秘得多，因为她的确很美。

红唇雪肤和一双仿佛可以吸走灵魂的深红色眼眸，刚刚在打斗中些微散乱的酒红色鬈发堆砌在她脸边，这些都让红桃原本死板的漂亮五官有种让人无法抗拒的魅力。

红桃前倾身体垂眸靠近地上的牧四诚，她的脸迅速地扭曲变化，卷曲的长发变成了一根利索的长马尾辫，身上讲究的套装变成了干净的校服，狭长上扬的红色眼睛变成了圆溜溜的，看起来很和善的杏眼……

在这种变化进行到一半的时候，牧四诚就像是被震慑住了一般。

他盯着红桃的脸，眼神移不开，脸上的表情并不是被迷住的痴相，而是一种介于恐惧和死寂之间的回忆起什么的表情。

红桃勾唇微笑，她伸出食指去钩恍惚的牧四诚的下颌："……这就是你最害怕的人，是吗？"

在红桃碰到牧四诚的前一秒，木柯一脚踢开了他，牧四诚仰躺在地上，双目涣散地大口呼吸。红桃转身看向身后的木柯，木柯警惕地接连后退数步，在红桃要靠近她的时候甚至有些狼狈地别过脸躲藏，不敢直视对方。

他刚刚看到了红桃的技能，木柯不明白这个技能具体是什么，但总之不是什么好东西——刚刚牧四诚的表情就像是看到了不可思议的幻象。

"木柯。"白柳的声音突然在木柯面前响起。

木柯下意识地抬起了头，下一秒他的瞳孔猛地收缩了。

变成了白柳的红桃脸上带着和白柳如出一辙的微笑，笑眯眯地看着他。

红桃对木柯缓缓伸出了手，她的声音里带着笑和引诱："要和我离开这里吗？"

"要和我一直一起玩游戏吗？"白柳对他从来没有这样温和过，"你是我最有用的队友，我很信任你，木柯，我比信任牧四诚还信任你。很抱歉之前冷待你，我其实并没有讨厌过你。

"就算我们一开始的相遇并不美好，但我个人不介意，因为你已经证明了你对我有多么重要。"

木柯的呼吸急促了起来，他的眼前是一片夏日热浪和水雾，一切都在云雾里，只有那个慢条斯理向他走过来的白柳是那么真实，那么让人心醉神迷，让他甘愿跟随。

"木柯，"这个白柳含笑望着他，手掌向上摊开，"你在犹豫什么？"

木柯感觉到脚下的地面在下降，四周的景物在左右摇晃，他踉跄着后退两步，竭力地摇晃脑袋，想要从这场美梦里清醒过来，但就像是鬼压床一样，明明知道是假的，明明知道是梦，却动也动不了，怎么也醒不过来。

就像是被操纵的木偶一般，他不得不一步一步朝着红桃走去，呆滞地抬起手准备放在她的手上。

系统提示：玩家白柳的小电视已经达到 100000 积分，正式解禁！

现重新将玩家白柳的小电视投放至"多人游戏区"。

已经快把手放到红桃手掌上的木柯猛地清醒过来，红桃，或者说是红桃装作的白柳眼波流转地抬眸看向那台发出系统提示音的小电视，嘴角忽然勾起了一个意味不明的笑。

这还是第一次有人能从国王公会的封锁里逃跑。

189

小黑屋区白柳的小电视熄灭，下一秒，又出现在了多人游戏区。

红桃不慌不忙地恢复了原来的样子，头也不回地转身离去。

在小黑屋区和这群人混战是没有意义的，对方带足了积分，那就一定可以把白柳给"赎"出来——系统设置的小黑屋区的机制，就是为了让人往里面砸钱。

但赎出来了又能怎么样呢？

红桃眼神平淡地对她的手下挥挥手："回多人游戏区，对白柳再次进行围堵。"

旁边还在暗自懊恼被木柯和牧四诚在最后关头捣乱的手下现在齐齐地抬起头，愕然地看着红桃。有人说道："皇，皇后，要再次围堵吗？！"

这么大一个公会围堵一个才第四次进行游戏的新人，还没有把人堵住，已经够丢脸了，居然还要再次进行围堵？！

"为什么不围堵？你不想让我围堵吗？"红桃目光平淡，腰肢侧弯，回首用余光扫视那人。虽然是在审问他，但她流转的眼波依旧是懒散的，有一股说不出的韵味。

被她这样看着的提问的那人从头皮到喉结都忍不住绷得发紧，就像是被教官点名的军训学生，双手贴在大腿边上，站得笔直地回了红桃的话，语气却很弱："……要是这次围堵，又被对方截了和怎么办啊？"

小黑屋区的赎金是根据可以缴纳赎金的人员的积分余额所变化的，如果下一次白柳被围堵到这里，系统给他定的赎金会根据情况变得更低。

就好比之前被系统绑架的白柳是个大富人家的孩子，赎金可以定到 100000 积分，因为木柯他们交得起。

但现在的白柳只是一个贫民的孩子，因此系统给他开的赎金自然也不可能那么高。

而更低更合适的赎金，看木柯这群人的架势，就算是砸锅卖铁到处借，也是要把白柳给捞出来的。

那也就是说第二次还是有可能堵不住。

红桃说:"那就堵第三次。"

这人神色越发惊诧和困惑,脱口而出:"第三次?没这个必要吧?!"

"你们为什么会觉得第一次就能堵住他?"红桃语气淡定地反问,"他可是一个会长,这是公会和公会之间的博弈,更不用说白柳这人用人和笼络人心的思维和方式都不错,游戏实力更是上乘——上一个能在三次游戏里就跳到三级游戏的人物叫黑桃,去年在联赛里淘汰我们全战队就花了不到两个维度钟。"

这人哑口无言,呆愣地看着红桃。

红桃抬起眼皮瞥了这人一眼:"我们是在和一个以后进了联赛可能会给我们造成大麻烦的玩家对抗,你指望在不损耗一兵一卒的情况下,一次就能解决他?"

"你这不是在小看白柳,而是觉得我根本没必要花这么多工夫和他纠缠。你是在质疑我的判断力,对吗?"红桃淡淡地看着这人,反问道。

这人急得立马低头:"我没有这个意思!皇后!"

红桃从他身旁擦肩而过,语调不明地下了命令:"争取在白柳出游戏之前围堵他,围堵到食腐公会交不出赎金,他掉入无名之地为止。"

站在后面的木柯看着离开的红桃,转过头来神色凝重地和其他人交代:

"红桃应该是要进行第二轮围堵了,我们等下在大厅要想方设法地给白柳的小电视点赞、收藏,延长白柳掉到小黑屋区的速度。因为我们的积分可能再缴一次赎金就彻底没有了,第三轮就只能眼睁睁地看着白柳掉到无名之地里。"

木柯深吸一口气,看向白柳的小电视。

红桃走到小黑屋区的边沿,转头看了一眼白柳的小电视。

两个人一个神色郁闷,一个似笑非笑地开了口:

"其他的就看白柳了,看他能不能在缴纳第三轮赎金之前,从游戏里通关出来。

"如果在那之前出不来,他就会永远待在无名之地了。"

游戏内。

唐二打和另外两个国王公会的成员跟在往工厂走的刘佳仪背后,那两个国王公会的成员挡在刘佳仪的后面,警惕地看着走在最后的唐二打,防止对方冷不丁地偷袭她。

而走在最前面的刘佳仪丝毫没有管自己身后发生的事情,她快速地进行了处理晒干之后的干叶玫瑰的后续步骤——烘干和炮制。

将晒干的花瓣倒入一口巨大的铁锅里不停翻炒,炒到这些花瓣水分进一步蒸发,颜色转为深棕色,散发出一种奇异的熏人香气,烘干和炮制就算完成了。

听起来好像很简单,但是这种高强度翻炒要不间断地持续八个小时以上,只要停下来就有可能会煳锅，花瓣就会粘在锅底变黑。

更不用说新人只能用锅底全是煳痕，更容易粘锅炒煳的旧锅。为了使自己的锅不被老加工员抢占，新加工员通常一次性要翻炒 360 kg 以上的玫瑰，总体来说这是一个货真价实的体力活。

刘佳仪把干叶玫瑰往放在炉灶上的锅里一倒，那口铁锅里垒起来的玫瑰比她人都高，用来翻炒的铲子立起来更是高出她一个脑袋。

炉火一烧，刘佳仪就把铲子放进去，跳起来压在铲子上面，就像是坐跷跷板一样借着身体的重量往下晃荡铲子，费力地搅拌、翻炒了起来。

看得出来她是真的想做这件事，但这场面实在是太让人不忍直视了！

雇用童工的即视感让旁边的一堆人，包括一些 NPC 加工员，都忍不住用无奈的表情看着刘佳仪踩在铲子上哼哧哼哧一顿狂舞。

这就是个力气活，唐二打干起来就得心应手得多，他目光炯炯，下铲有力，翻动飞快，很快大铁锅上就冒出了一缕袅袅的白烟，散发着一股让人目眩神迷的香气。

这香气让唐二打摇晃了一下，用铲子撑在地上稳住身体。他甩了甩头，嘴角边的一块皮肤就像是腐烂的木偶上的油漆般掉落了下来。

系统提示：玩家唐二打的精神值下降至51，请及时恢复精神值！

唐二打从兜里掏出那瓶香水，皱眉对着自己一通乱喷。他的精神值又恢复到了安全值以上，脸上那些开裂的皲裂纹路在香水的作用下渐渐愈合，但他眼里的玫瑰盛放得更加嚣张。

已经绽放到了第十片花瓣，而完全盛放的干叶玫瑰有二十片花瓣，还有十片，唐二打眼中这朵玫瑰就彻底盛开了。

那两个国王公会的成员在旁边看了一会儿，不得不无奈地上前，抱起了累得满头都是汗、双手双脚都在发颤还倔强地不肯停下来的刘佳仪，叹气道："小女巫，这个就交给我们这些成年男性吧。"

虽然他们不清楚这个小女巫到底是真是假，但是他们觉得这个刘佳仪和记忆中的好像有些微妙的不一样……

小女巫从来不会勉强自己去做苦力活，她知道自己不擅长，一般会去寻找更合适的方法处理这种任务——比如利用道具。

刚刚刘佳仪给他们的感觉就像是故意在他们面前卖惨，让他们替她做一样，这感觉更像是那个无耻的新人白柳喜欢用的手法——利用别人。

"我们都欠她的。

"她第一次想要这样保护一个人,你们能帮的话还是多帮帮她吧。"

想到之前齐一舫和他们说的话,国王公会这两人对视一眼之后,又是一声长叹,不由得苦笑一声。

就算这个刘佳仪是假的,他们看到小女巫那么拼命地用自己做挡箭牌拦在白柳这人面前保护他,即便心里又恨又酸又难受,磨牙磨得牙都痒痒的,真要让他们不帮忙,他们也狠不下心。

——万一这是真的小女巫呢?

刘佳仪可是真真切切地救过他们的命啊!难道真要看她完不成任务出事吗?

他们认命地一个举起铲子翻炒,另一个举起麻袋往锅里倾倒干叶玫瑰,热火朝天地干了起来。汗水顺着额头滴落在防护服里,被他们甩开。

两个人精疲力竭,喝了体力恢复剂之后,又强行振作精神继续做了下去。

站在一旁的刘佳仪低着头喝着体力恢复剂,似乎累坏了,呼吸都很急促,人也有些恹恹的,没有精神。

但时不时就用余光扫一下这边的情况的唐二打眉头紧锁——他看着铁锅里刘佳仪带过来的那 360 kg 干叶玫瑰,始终觉得哪里不对劲。

他是真的不信白柳和刘佳仪这两个脑子转得极快的家伙就只能晒出 360 kg 干叶玫瑰来。

但如果这两个人搞到了超过 360 kg 的干叶玫瑰,不用来继续晋升,其他的玫瑰被弄到哪里去了?

唐二打其实没有猜错,他们的确征收了远超 360 kg 的玫瑰——他们两个人加在一起从采花工那里征收的玫瑰足足有 1800 kg,达到了他们两个单日可以征收玫瑰的极限重量。

刘佳仪漫不经心地看了一眼自己手里玫瑰花留下的汁液——这是今早她帮忙偷摸把玫瑰搬离工厂的时候留下的。

190

废弃工厂内部。

被采摘下来的新鲜干叶玫瑰在工厂里的空地上堆成了小山,旁边之前被白柳恢复神志的流民目瞪口呆地仰着头看着这堆今天早上才被运到这里的"赃物"。

几个满头大汗的流民在玫瑰丛旁边,甩了甩自己手上的汗滴,呼出一口长气。他们就是今天早上被白柳带走的那几个帮忙晾晒玫瑰花瓣的,有在玫瑰工厂工作的经历的下岗流民。

这堆数量不少的干叶玫瑰也是他们搬运回来的。

有人被这堆运回来的玫瑰花瓣吓到了，脸上带着肉眼可见的恐惧，上前磕磕绊绊地问这几个人："你们怎么偷了这么多玫瑰回来啊？！要是被工厂的人抓到了，是会被处死的！"

"是啊是啊，快还回去吧！"

"偷盗干叶玫瑰1kg以上，除了击毙当事人，三代表亲都无法从事和玫瑰制作相关的行业的工作！"

干叶玫瑰瓦斯风靡全球之后，玫瑰工厂相关人士呼吁——为了保护干叶玫瑰这种珍贵又有限的资源，各国应该为其专门制定一套保护法。

在各种争议下，这套律法还是出台了。

这套律法的内容囊括了抨击干叶玫瑰、宣扬干叶玫瑰有害论的平民都会被罚款、拘留，干叶玫瑰瓦斯香水的独家版权可以使用一千万年并且不与任何人分享，私下研究该香水配比的行为属于严重侵权，可以处以一千万元以上的罚款。

对任何偷盗、窃取、走私、违规交易干叶玫瑰1kg以上，低级干叶玫瑰瓦斯三瓶以上五瓶以下的普通公民处以死刑；若玫瑰工厂愿意私下交涉，或改判为无期劳役刑。

后面那个刑罚简单翻译一下，意思就是这个犯了干叶玫瑰相关罪行的犯人，如果玫瑰工厂想要，可以把他移交给玫瑰工厂处理——生死不论。

一开始这套律法颁布的时候，半个世界的人都在抗议刑罚过重，但没有人质疑这套刑罚存在的合理性。后来随着干叶玫瑰瓦斯的普及，以及越发高涨的价格，越来越多的人买不起干叶玫瑰瓦斯，反对的声浪变大。

此时玫瑰工厂出台了一个条例，那就是举报你周围窝藏违规获得的干叶玫瑰以及研制香水的人，工厂愿意免费供应给你十年的香水。

一时之间，到处都是互相攻击的声音，据说峰值的时候，玫瑰工厂一天可以接到十万个举报电话。经此一战，玫瑰工厂干脆利落地查处了不少犯罪的平民，反抗的声音就渐渐微弱，也没有多少人敢质疑这套律法。

大家从一开始的激烈反抗，变成现在一看到这堆被偷出来的玫瑰就害怕——不仅是害怕规定本身，还害怕他们之中有人背叛。

因为玫瑰工厂这个举报奖励至今仍然存在，虽然奖励已经从免费供应十年降低成了一年，但仍然有源源不断的人去拨打这个举报电话。

甚至有绝望不已的母亲或者儿子，为了让自己濒死的孩子或者是父母存活下去，主动去偷盗干叶玫瑰成为罪犯，然后逼自己的家人举报自己，让对方得到这可以续命的香水。

但现在，大家都没有说出这一层他们害怕的原因。

"死不死的我已经无所谓了。"其中一个搬运了玫瑰的流民喘匀了气，抬起头来看着周围这些恐惧的流民,苦笑一声,"白先生为了我们冒了那么大的风险把这堆干叶玫瑰搞出来,他都没有怕死,轮得到我们怕吗?"

　　有人撑着玫瑰丛站了起来,神色复杂地长叹一口气,随即目光坚毅地抬起头来:"白先生,他一个加工员,本来衣食无忧,可以富贵地过一辈子,却愿意拼命帮我们,还这么坦荡地把这么大的把柄放到了我们的手里……他是真的信我们这些贱民。"

　　场面顿时一静,大家看着那堆玫瑰的眼神都变得沉重了。

　　"我也知道你们都苦,你们都害怕。"这人继续说。然后他转头看了看另外几个站起来的搬运工,"这些花是我们几个人搬运的,刚刚在路上我们商量了一下,如果你们当中的某个人真的想通过玫瑰工厂那个举报机制得到一年的香水奖励——"

　　他看着这些流民残缺惨白的脸:"那就举报我们这些搬运工吧,本来就是我们搬走的,总不能让替我们出头的好人送死。"

　　"这个年代当好人就要犯法,大家都不敢冒着风险当好人了。"他眼里含泪地笑笑,声音哽咽地抬手擦了一下迸裂的眼角,"现在要是没了这个白先生,下一个白先生,可能要等我女儿的外孙被拖死之后才会有吧。我不想让白先生死,他太难得了。"

　　这人说完,大家都没动,静静地一动不动地站在原地。

　　一分钟,两分钟……终于有人动了。

　　之前那个抱着孩子向白柳提问的少妇将手中的孩子交给旁边的人,她深吸一口气走上前去,弯下腰抱了一大堆玫瑰在怀里,转头看向这些还没有动的人。

　　"这堆玫瑰应该超过 1 kg 了,"玫瑰衬得她原本惨白的脸上有种活人的红润气色,她仰头看着这些人,说,"这些玫瑰算是我偷的,和白先生没有关系,你们要举报就举报我吧。"

　　"我相信白先生会给我的孩子一个崭新的、自由的、不会再有因偷盗玫瑰而被判处死刑的世界。"她目光灼灼,眼中的玫瑰艳丽如火,吐字清晰,语气笃定,"我愿意为此去死。"

　　有人的眼神变了。

　　渐渐地,这些流民缓慢地、迟疑地、好像是下定了决心般朝着玫瑰山移动了。

　　他们上前抱住一丛又一丛的玫瑰,不会枯萎的干叶玫瑰在他们的胸膛上、在他们的眼底如火一般灿烂热烈地盛放。

　　"这 1 kg 算我的吧……"

　　"我们一家除了小孩有三口人,麻烦给我 3 kg……"

"我能一人领 10 kg 吗？反正都被判死刑了，总不会比现在的状况更差了……"

巨大的玫瑰山渐渐消失不见，变成每个流民怀抱中的一小丛玫瑰花，他们就像是被献花的演员般站在一片空荡的工地上，按照白柳之前的安排和设想，演绎了一场名为"反抗"的幕布剧。

而作为对他们完美、热情、全心全意演出的赞赏，白柳为这些寂寂无名的流民演员，献上了一束表示感谢的干叶玫瑰。

站在一旁的，最先说话的那个搬运工有些愣怔地看着面前的流民。

那么多年，从来没有反抗干叶玫瑰的合作能不被玫瑰工厂那个举报奖励瓦解，他只不过按照白先生告诉他的方法去做了而已……

这次居然没有一个人去举报他们偷盗了这些重量超过 1000 kg 的玫瑰。

这个搬运工回忆起了早上发生的事情。

他在偷偷搬运玫瑰的时候，忧心忡忡地和白柳说了举报奖励的事情，又焦虑地表示他们这些帮忙搬运的人肯定都愿意帮白先生做事，不会出卖白先生，但是就怕有人有异心啊！

举报这种行为根本杜绝不了！白柳作为他们的领导人肯定是最容易被针对的！

白柳站在太阳下，抬起眼皮，他右眼里的玫瑰是流民从未见过的生机勃勃与美丽。

白柳脸上带着很奇异的微笑，反问这个流民："为什么要杜绝这种行为？"

这个流民一怔："但杜绝不了的话，您带领我们做的这件事情，就彻底白费了啊……"

"第一，人都是利己生物，没有人会放着眼前自己可得的利益不要，而选择为另一个人要做的事情承担风险，这不符合逻辑。所以这种可以得利的检举他人的行为从根本上就不可能杜绝。"

白柳扫了他一眼，继续说："第二，我觉得你们一直都搞错了一件事情，我并不是带领你们做这件事情，做这件事情的主体是你们自己，我只是一个你们从我这里购买了解决方案的经理人而已，你们才是付出了代价的交易方。

"综上所述，唯一能彻底解决举报这件事的办法就是，让反抗这件事的主体成为你们群体里的每一个人，而不是我这个虚无缥缈的象征物。

"当你们自己可以从这件事里得到最大利益的时候，举报这件事能获得利益的逻辑本身就不成立了。"

白柳淡淡地看着他："你要做的就是让群体里的每一人都在你的煽动下，认清自己才是犯罪的主体，而不是客体，他们要举报的对象就包括了自己。"

"那，那我要怎么做？"这个流民听得云里雾里，又满含希望地看着白柳，"白先生，我应该怎么煽动他们？"

白柳勾起了嘴角，露出了那个牧四诚、木柯、刘佳仪和唐二打看了都会背后一麻的友善的微笑："如果是我的话，我大概会这样说……"

这个流民目光迷离地看着工厂里发生的一切。

刚刚发生的事情，几乎每一步都是按照白先生和他说的那样进行的，白先生甚至提了几句让他在说话的时候多强调孩子和后代，多和昨天那个向自己提问的母亲进行眼神交流——

这样这个母亲就会成为第一个被他成功煽动的人。

只要第一个人踏出了脚步，窗户被破开了，后面的事情就很好处理了。

本来也不是什么困难的事——那位白先生淡淡地评价——这种被压迫到极致的共同利益群体，是最好被煽动的。

因为他们没有比现状更差的选择了。

191

流民们将玫瑰分配好后称重。

这堆玫瑰比 1400 kg 还要多，白柳用光了刘佳仪和他两个人各自的单日征收配额 900 kg。除了留给刘佳仪那 360 kg，其余的玫瑰全被白柳偷偷运送到这里了。

分配完玫瑰之后，流民们有些迷茫地看着那几个负责搬运的人："送来这么多的玫瑰，白先生要让我们做什么？"

"白先生为了尽快地缓解更多人的症状，决定自己把玫瑰弄出来，制造香水分发给流民。"一个搬运工说。

如果之前说起制造香水的事，这群流民还会大惊失色地表示这是在犯罪，快打住。但有了之前的事情作为铺垫，这一步对他们而言就是理所当然的。

有人疑惑地问："白先生是已经拿到了香水的制作秘方了吗？"

玫瑰工厂之所以拥有这么高的地位，原因有两点，第一点就是能培育出来独特的干叶玫瑰。

第二点就是有干叶玫瑰瓦斯的制作秘方。

采摘下来的干叶玫瑰香气非常容易消散，如果不及时地处理、加工，保存起来制作成香水，花香最多只能维持几十分钟。

将玫瑰花从花田运输到废弃工厂的时间都不止这点。

比如现在，这些被运送到废弃工厂的干叶玫瑰香气已经很浅淡了，不把头埋进花里凑近闻根本就闻不到，而这点香气对于这些濒死的流民根本就毫无意义，也不用说拯救更多人了。

说来也奇怪，香水的制作都是大同小异的，在已知一款香水的主要原材料只有一种花卉的前提下，要复刻一款香水是很简单的事情。

退一万步来说，就算无法完美复刻，通过采摘、晾晒、烘干和炮制这些基础流程，至少是可以制作出长期保存原材料的香气的精油的——只要能做到这一步，这种初步加工出来的粗糙产品已经可以推广给流民使用了。

但可惜的是，尝试的人无数，之前有不少人冒死前赴后继地偷偷研究干叶玫瑰瓦斯的制作过程，用的办法也有很多种，但依旧没有一个人可以研究出确切的秘方。

甚至在不少人都清楚干叶玫瑰前面的基础处理步骤的情况下，制作出来的粗糙的精油最多也只能维持半个小时香气。

这还是在不打开瓶盖的情况下，一打开瓶盖香气瞬间就消散了。

只有玫瑰工厂出品的干叶玫瑰瓦斯香水可以长久地保持住玫瑰浓郁的香气。

这说明后面的处理步骤和常规的原材料处理步骤完全不一样。

"白先生还没有拿到秘方，"搬运工长叹了一口气，"他还只是一个加工员而已，秘方起码得要调香师那个级别的制作人士才知道。"

这个曾在玫瑰工厂里工干过的搬运工回忆："据说……只有厂长才知道干叶玫瑰瓦斯完整的制作秘方。"

"那我们现在拿这些玫瑰花怎么办？"

"白先生说先烘干，炮制成半成品。我们这里有不少老手，附近的工厂也有不少曾经是玫瑰工厂的山寨香水加工厂，但后来都因为涉及侵权而被查封了……但这些工厂里有很多炮制工具都没有搬走，可以直接用……"

"如果我们炮制好了，白先生还是没有拿到秘方怎么办？干叶玫瑰的半成品最多只能保存三天就没有调香作用了……"

"我们这里没有人当过正式厂工，都不知道半成品下一步该怎么操作，也不知道要用什么器皿。如果到时候没办法进行下一步，这么多半成品全都被浪费了……"

搬运工深吸一口气："白先生说，三天之后他会当上厂工，告诉我们下一步该怎么办。

"开工吧！"

深夜，花田。

贬职为采花工的那个刘佳仪坐在田边，她正在穿采花工的防护服，旁边是默默跟了她一天的齐一舫，也在默默地穿衣服、戴手套。

齐一舫放弃了晋升机会，他和另一个刘佳仪一起被贬职成了采花工。

这个刘佳仪穿好后把头发从防护服的领口里撩出来，调整了一下眼睛上戴着的暴雪护目镜，抬起头来隔着护目镜眼神平淡地直视着齐一舫。

齐一舫看着刘佳仪的小脸上那副他送给她的有她半张脸那么大的护目镜，心里百感交集，也不知道该说什么。

他分不清这个动作和白柳很像，但有时候又有点莫名的小女孩娇气的小女巫，到底是真的那个，还是假的那个。

最终齐一舫叹了一口气道："在这张地图，我们完成保底任务，也就是采摘40 kg 玫瑰，应该就不会下岗变成流民。"

他静了一会儿，感受到了这个刘佳仪对他不知道是真心还是装出来的漠视，没忍住开了口："等下你要是凑不够，可以来我这里拿，有什么要帮忙的……我不会走远，你需要的时候叫我一声就行。"

说完齐一舫就提着麻袋准备往花田里走了，但走之前他的背影僵了一下，声音压得极低，说道："你有什么要避开我的小电视做的事情就做吧，我不会往这边看的。"

说完齐一舫抬了一下肩膀上的麻袋，干脆地走了。

刘佳仪眨了一下眼睛，她别过头安静地看着齐一舫离开的背影，灰雾一般的眼眸里氤氲成一团，什么都看不出来。

夜色渐深，花田下开始有流动的触须出现，面目狰狞的怪物流民重现江湖。

但这次刘佳仪却没有采取任何措施，她在齐一舫离开后就躺在了离花田很远的一个帐篷里，还用了一个小小的魔术空间把自己圈住，通过限制禁止任何生物进入空间，将自己完美地保护了起来。

刘佳仪悠闲地打了个哈欠，她看起来似乎并不准备下田采花，而是准备睡觉了。

魔术空间的使用规则是空间大小、使用时限有具体的使用上限数值，空间比较小的时候，可以使用的时间就会更长。

刘佳仪在这样只能包住她的魔术空间范围里，理论上是可以让她安睡到第二天早上的。

但这样做只是确保了她的安全，并不能确保她的收获——尤其是在她已经被贬职，没有固定收入，而且给流民的香水支出还要进一步扩大的情况下，这种做法看起来就不太明智了。

如果站在远方的齐一舫稍微鸡贼一点，或者是忍不住好奇回头注意到了这边的刘佳仪什么也没干，一定会惊到过来帮忙。

毕竟在这个精神漂白剂就等于香水的游戏里，一天不劳动，香水供应量跟不上，玩家发疯就是必然的结局。

但这位气象观测员目前正使用大风卷走怪物流民呢，很诚实地信守了自己的诺言，没有转过头来看刘佳仪这边的花田的情况。

但很快情况出现了转变。

刘佳仪这边的花田开始出现了一些背着背篓、目光如炬、飞速采摘干叶玫瑰的流民。

这些流民谨慎地贴着田边游走，避开脚下涌动的触须和那些随时可能来偷盗他们玫瑰的小偷，双手在玫瑰灌木丛上飞快舞动着采摘，快到几乎只能看到残影，一双手"唰唰唰"地在花丛中上下游走，不到一两秒手上每个指关节都夹满了刚刚摘下来的玫瑰。

他们大部分都是有和采花相关的工作经验的流民，只可惜因这样或那样的原因被辞退，之后成为流民。但今天早上那些搬运工运输玫瑰回来的时候，在工厂里问了一句，有人愿意晚上去花田里帮白先生偷玫瑰吗？

如果在之前，有人这样让他们帮忙偷玫瑰，这些流民一定不会愿意。

但在今晚——这些流民展示出了自己久违的手速，恨不得一夜之间就把整片花田的玫瑰花给薅完，眼睛里都在冒光。

要是白柳真的成功地晋升为厂工，最后当上了厂长，搞到了干叶玫瑰瓦斯这款香水的完整配方，那这些采摘下来的干叶玫瑰全都会被顺利加工成他们梦寐以求的香水，然后再分发给他们！

这能让他们多活好长时间！

想到这里，这些自愿前来的流民采摘的动作越发地警惕和快速，他们一边采摘一边左右张望，在避免被怪物流民那些疯子袭击的同时，还要避免被其他的采花工发现，被举报。

但好在这片花田看守玫瑰的采花工是刘佳仪。

他们之前也是被搬运工通知了，在知道这片花田安全的情况下，才敢趁着夜色过来偷采玫瑰的。

之前打击偷盗玫瑰最厉害的人就是采花工，因为采下来的玫瑰被偷走是一件让每个采花工都恨得咬牙切齿的事情，有时候采花工被偷盗的玫瑰过多，如果被上级发现了，这些采花工还要被罚款甚至下岗！

但现在地位掉转，这些偷盗玫瑰的流民，或者说下岗的采花工看着自己怀里越来越多的玫瑰，甚至有些飘飘然了起来！

这是他们第一次意识到，采摘玫瑰是一件象征着收获的事情，是一种快乐的劳动。

因为他们辛苦劳动，甚至付出生命采摘的玫瑰不再被上面的人层层盘剥，而是真真正正属于他们自己的成果。

这种快乐是之前他们这些每天生活在痛苦中，兢兢业业工作，害怕自己哪一天下岗就没有了活路的底层平民感受不到的。

但现在是可以的——这一切都是因为白先生的运作。

在经过了彻夜的辛苦劳作后，这些忙碌到脸色苍白、走路虚浮的流民脸上却带着满足的笑。

他们安静地来到了帐篷区，在找到了对的帐篷之后，他们安静地、虔诚地、心甘情愿地把自己采摘的一部分干叶玫瑰放在了熟睡的刘佳仪的帐篷前面。

这是他们情愿付出的报酬。

192

流民在花田里偷偷采摘玫瑰的同时，帐篷里化身成刘佳仪的白柳因为体力槽耗空，脸色苍白地恢复成了自己的样子，蜷缩在帐篷里小小的床上微微喘息，休息了没一会儿就因为极度的疲惫闭上眼睡了过去。

而且作为一个基础面板等级比较低的玩家，白柳没有再使用红桃这张高阶技能卡的体力了，他透支体力槽有点过头，也没有办法通过饮用体力恢复剂恢复体力，更不用说白柳现在的精神值也偏低。

各项因素的作用下，白柳清楚自己是真的需要休息了，今晚他没有力气再去采摘玫瑰了。

好在白柳之前营造出的场面，给他自己留了足够的休息时间。

但在帐篷里没睡几个小时，白柳在半梦半醒之间，感觉到了一只极其冰冷的手握住了他的脚踝，轻轻地，似乎是在唤醒他一般拉扯着他。

这里要说的是，白柳目前整个人是被魔术空间这个道具包裹着的。

前天发生过的事情再次发生了——有什么东西突破了魔术空间这个屏障，触碰到了白柳。同时，有一股让人头晕眼花的浓郁玫瑰花香开始在帐篷里弥漫开来。

白柳本来因为那个抓住他脚踝的东西清醒地睁开了眼，但只有一瞬间，他的意识就开始在这种过于浓烈的香气的冲击下变得模糊。

那是一种非常玄妙的感觉，白柳的大脑可以进行一定的思考和运作，但他四肢的肌肉在这种香水的作用下变得麻痹，动弹不得，呼吸都变得缓慢无比，眼前开始出现万花筒般的红色菱形花瓣，叠放、旋转。

就像是被鬼压床了一般。

白柳感觉到那只握住他脚踝的手似乎意识到他已经清醒了，放开了他的脚踝，手指温顺地贴着白柳钻进了他防护服的裤腿里，缓慢地向上爬行。

白柳在香气的作用下眼尾发红，昏昏沉沉。他竭力地摇晃了一下腿，那只右手反应不及，就顺着他的裤管滑到了外边。

那只手似乎有点蒙，看起来它似乎是因为没有眼睛看不见，只是单纯地想顺着白柳的身体爬上去。但现在白柳这个抗拒的、把它给一脚甩开的态度，让这只手有点不知道该作何反应。

最终这只右手五个手指头缩在了手掌下面，做了一个有点像是乖巧蹲坐的姿势，缩在白柳的脚边，腕部压得很低朝着床外，侧面看着就像是一只蜷缩着触手低着头自闭的小章鱼。

白柳垂下眼帘看向这只蹲在他床边的右手，不知道为什么从这只右手这个很像是猫揣手的动作里觉出了一点委屈的感觉来。

白柳："……"

把人吵醒的不是对方吗？为什么感觉像是他做错了……

右手没有自闭很久，很快就振作起来，开始艰难地抓住白柳层层叠叠的防护服往上爬，最后在白柳的脖子周围一顿乱摸，摸到了一根挂着硬币的绳子。

纯白的手指顺着挂绳往下捻动，似乎是在寻找绳子上的什么东西。第一遍没有找到，它顿了顿，又开始执着地捻动第二遍。

白柳看到右手做这个动作的时候，知道对方在找什么了。

——塔维尔在找逆十字架。

逆十字架是它与信徒沟通的载体，白柳虽然不清楚在玫瑰工厂这个副本中塔维尔身上发生了什么事情，但从现在的情况来看，只有一只手的塔维尔显然没有办法和他顺利交流，那么这个时候逆十字架的存在就格外重要。

在逆十字架的引导下，残缺的它可以下达"神谕"给它的信徒。

但逆十字架在进入游戏之前，就被唐二打从白柳身上拿走了。

在右手第四次捋白柳脖颈上的挂绳的时候，白柳身体微微前倾，抬手打断了右手的动作——他在工厂以及花田一天一夜的玫瑰香气的侵蚀下，现在稍微有点适应这个浓度的玫瑰香气了，虽然依旧感到眩晕，但好歹不会昏迷过去，也能稍微动一下了。

白柳握住了他面前的这只右手，但这只右手似乎并不相信白柳会弄丢它给他的逆十字架，轻微挣动想要继续寻找，手指固执地往白柳被它搞得微微敞开的领口里钻。

白柳的力气是没有这只手大的，在玫瑰香气的作用下，他现在整个人都是软的，只有一点微弱的力气，挪动一下手都是费尽全身力气才能做出来的动作。

看这只手一副不达目的不罢休的样子，白柳展现了一个打工人的职业操守，他迅速冷静地想出了在不能通过话语交流的情况下，和一只手沟通的办法。
　　白柳用指尖在右手的掌心里写了一句话："逆十字架被人抢走，我把它弄丢了。"
　　右手停止了挣扎，它缓慢地后退了两步，然后又做出了那个小章鱼蜷腿蹲着的自闭动作。
　　白柳："……"
　　白柳罕见地感到了一种无从下手的无奈，他似有若无地轻叹一声，把头靠过去抵着"小章鱼"的指节，然后用手指轻微地顶开塔维尔攥在一起的手指，垂眸，在对方白皙的掌心上面一笔一画地写道："对不起"。
　　塔维尔顿了顿，舒展开骨节分明的手，五指立起，用指尖在白柳的手掌上写："还记得我对你说过的话吗？一切的关键在女巫的手里，解药和毒药是你选择的关键……
　　"在真正的死亡到来之前，你身上的时间唯一且不可逆转。"
　　写完之后，塔维尔的手掌笼罩着白柳的面部，白柳微微扇动了一下睫毛，对方的食指点在他的眉心，指腹的触感冰冷又温柔，就像是塔维尔曾经给他降下"神谕"的时候那样轻柔。
　　然后纯白的右手化成纷纷散落的浅粉花瓣落于地面，被冒出来的藤蔓拖入地底。
　　白柳沉睡在缱绻无比的玫瑰色预言里。

　　翌日。
　　白柳猛地睁开了眼睛，他坐了起来，发现周围什么也没有。和之前的情况一样，一切看起来都像是一场梦，但白柳侧头闻了闻枕头，他闻得到上面的玫瑰余香。
　　而且他的大腿上、颈部，甚至腰上都有一股很浓的玫瑰味道，浓到就像是他在玫瑰花田里睡了一晚。
　　昨晚的确是有一只右手不请自来。
　　……塔维尔出现似乎也有很大的限制，不知道为什么是一块一块的碎裂形态和那些不断把它拖入地底的藤蔓都是最好的证明。
　　但就算是这样，在重重限制之下，塔维尔还是几次三番地出现了，似乎是为了提醒白柳注意什么东西。
　　白柳眯起了眼睛。
　　塔维尔提醒了他重视之前和他说过一次的"神谕"。

是他还有什么遗漏的，没有想到地方吗？

一切的关键在女巫的手里……解药和毒药是你选择的关键……

在真正的死亡到来之前，你身上的时间唯一且不可逆转。

在白柳还在思索的时候，帐篷外面传来越发清晰的脚步声，休息了一夜的白柳瞬间装备好了红桃的技能卡，在外面的人近到影子投射在帐篷上的那一秒，白柳的身体形态从成年人变成了小女孩，甚至连身上的防护服都随着变小了。

齐一舫惊奇的声音在帐篷外响起："你昨晚采摘了这么多玫瑰吗？！"

看到自己变回了小女巫的样子，白柳低着头打量了一下自己，忽然顿住了。

他在电光石火间想到了一点。

"一切的关键在女巫的手里，解药和毒药是你选择的关键。"这句话的核心并不是他之前以为的刘佳仪。

因为在目前的玫瑰工厂这个副本里，有两个女巫，根据后面一句"解药和毒药是'你'选择的关键"可以得知，塔维尔这句神谕里的"女巫"指的根本就不是真正的小女巫。

——而是假女巫，也就是他自己。

白柳缓缓地抬起了头，他的脸上带着饶有兴趣的笑。

塔维尔的神谕早就预见了他会变成小女巫来欺骗其他人，同理可知，如果这句神谕里的"女巫"是假的，那么他这个假女巫拥有的"解药"和"毒药"应该也不是常规意义上的解药和毒药。

如果说塔维尔的这句"神谕"里的"关键"说的是《玫瑰工厂》的破局提示，那么白柳按照这个游戏设计者的想法来推测，"解药"和"毒药"很有可能是两种截然不同的游戏通关结局的选择。

按照这个思路继续推理，玫瑰工厂这个游戏里的"毒药"太明显了，就是干叶玫瑰瓦斯——选择毒药，那就是把玫瑰工厂的秘方拿到，然后做到最极致成为厂长通关。

塔维尔说"女巫"可以选择"毒药"和"解药"，那就证明他是有这两种东西的。

那"解药"是什么呢？

193

虽然白柳告诉了其他流民他知道可以终结这一切的办法，但其实现在的他还没有获得具体的解决干叶玫瑰瓦斯事件的方案的足够信息。

目前的白柳是不知道怎么解决干叶玫瑰瓦斯问题的。

简单来说，就是白柳以自己的性命为抵押，给流民们开了一张解决玫瑰香水问题的空头支票，让这些流民先为他办事。

但这张"支票"也并非毫无依据，干叶玫瑰瓦斯这个东西一定有解法，而他大概率是可以拿到的——这点从唐二打所说的，其他时间线的白六都可以解决这件事就可以推测出来。

其他时间线的白六可以做到，那么白柳对于自己可以完成这个任务的可能性评估就超过了50%。

而作为一个成功概率超过10%就敢全盘下注的玩家，白柳现在已经把"可以解决干叶玫瑰瓦斯问题"作为自己已经具备的条件来使用，并且以此来忽悠其他人了。

一直到塔维尔再次提醒了白柳"神谕"的事情，他才确定了干叶玫瑰瓦斯问题的具体解决方案是什么——是一味具体的"解药"。

如果玫瑰香水是"毒药"，那么这个"解药"对应的东西，应该是某种可以稀释，或者中和干叶玫瑰毒性和成瘾性的物质。

但在游戏里，到目前为止，白柳一直都没有获得关于这个解药的任何提示信息，系统也没有给出任何的相关任务，那么白柳以此推断——和这个解药相关的游戏通关路径很有可能不是常规的通关路径，也就是说和主线任务"成为厂长"没有联系。

恐怖类或者是剧情类的游戏通常会有三种结局——good、normal 和 true。

前两种就是比较轻松简单的，也不用打出游戏里所有隐藏信息的通关方式，也是一般玩家最常选择的通关方式。但游戏设计者通常还会藏一个很深的，使游戏世界的故事更加完整，有更多信息的真正结局，也就是所谓的"true ending"。

要打出 true ending，游戏路径会更加危险，有时候甚至要做一些和主线任务完全相反的事情来触发一些特殊的剧情，以此来得到更多信息。

很显然《玫瑰工厂》就是这么一款游戏。

之前白柳也是按照这个思路进行的，但他做了两手准备，那就是在暗中制备"毒药"、准备自己接管玫瑰工厂的时候，同时在真正的玫瑰工厂里寻找"解药"的踪迹。

要得到这种药剂，他需要更多的信息——但这就要看将会在工厂里不断晋升的刘佳仪的了。白柳把这一部分任务委托给了这个小女孩。

白柳凝神，闭了闭眼睛，收敛所有情绪。他完全变成刘佳仪的样子之后，撩开帐篷门帘走了出去。

帐篷前面站着惊叹地看着堆成小山的玫瑰的齐一舫。

齐一舫见他出来，还有点不好意思地挠了挠脑袋："我还以为你需要我帮你一下……"

他手上也提着一小袋干叶玫瑰,应该是齐一舫害怕"刘佳仪"凑不够,带过来补贴她的,但现在看起来,谁需要补贴还不好说。

白柳摇了摇头谢绝了齐一舫递过来的玫瑰,他透过刘佳仪灰色的眼睛看着那座烟囱里冒着烟,宛如重工业加工基地般的玫瑰工厂,眸光晦暗。

玫瑰工厂内。

新加工员的宿舍在玫瑰工厂一楼,不分男女,几十个人混住一张大通铺,倒也没有那些汗酸味,有的只是挥之不去的腐肉的恶臭和一种飘散在这些腐臭之中的淡不可闻的玫瑰香气。

这两种气味混合成了一种又香又臭、让人几欲作呕的气息,第一次走进来的人都会承受不住这扑面而来的浓烈气味,要在外面大口呼吸几次才敢进来。

刘佳仪和这两个国王公会成员、唐二打,以及其他的一些加工员睡在这张大通铺上。

一整天的辛苦劳作后,新加工员休息不到三个小时,天便又亮了。

在宿舍里的刘佳仪率先睁开了眼睛,她把那副暴雪护目镜留给了白柳便于他伪装,那是她最后一个可视化道具了,这让她昨天一直都是盲着操作的。

但好在这两个跟着她的国王公会成员随身携带了她常用的那几个可视化道具,刘佳仪接过之后礼貌道谢,作为回报给这两个人分别倒了一小杯解药,用以稳定他们的生命值。

这两人本想推辞,因为这道具本来就是给小女巫准备的,最终还是在刘佳仪执着地注视下,心情复杂地喝了。

他们都明白这是小女巫的习惯,从不亏欠任何队友。

刘佳仪之前几天被白柳护着休息得不错,再加上昨天她并没有做太多的体力活,都是另外两个人帮忙做的,相比这些真真切切流了一天热汗的加工员,刘佳仪的体力和精神状态都是最好的,所以目前大通铺上只有她一个人醒了。

其他人,包括敏锐度较高的唐二打都在体力耗尽的疲惫,以及空气中浓郁的玫瑰香气的双重作用下被催眠得沉沉熟睡。

但刘佳仪作为一个第一天就被白柳这个倒霉蛋带着直接闻了一大口玫瑰原始香(塔维尔手上的香气)的玩家,她受到工厂里的玫瑰香气的影响要小得多。

虽然有了可视化道具,但刘佳仪不想浪费,她在可以用耳朵定位正常行动的情况下,从昨天到今早一直都没有用过可视化道具,但她刚下床的时候,却突然听到了一阵不正常的声音。

一种就像是有一只巨大无比的八脚蜘蛛在天花板上不断吐丝、织网、爬动的声音,窸窸窣窣地在刘佳仪的头顶上来回窜动,动静很小,但刘佳仪依旧听到了。

有躺在狭窄床铺上的加工员均匀的呼吸声和鼾声,墙皮时不时剥落掉地的"噼啪"声,和那种隐隐约约的,就像是有什么东西在拖曳游走的声音。

她戴上可视化道具抬头往头顶上看去,却什么怪物也没看到。陈旧斑驳的浅黄色墙壁上只有不断掉落的墙皮和一些被熏烤或者着色的深玫瑰色的痕迹,看起来有点像干涸的血渍。

刘佳仪蹙眉——作为一个很长一段时间都靠着听力生存的人,比起视力她更信任自己的听力,特别是在这种很安静的早晨,她的听力更不应该出错。

除非这个东西存在,但是她看不见。

想到这里,刘佳仪当机立断地摇醒了睡在她旁边的一个国王公会的成员,在对方迷迷瞪瞪半梦半醒的时候,她贴在对方耳边低声询问:"嘘,你现在抬头,能看到什么东西吗?"

虽然还没彻底清醒,但是服从女巫的命令已经是这些被她救过的队员的天性,他毫不犹豫地就抬头看去。过了一会儿,他迷惑地转头看刘佳仪:"什么都没有啊……"

这个队员也看不见,那就不是她眼睛的问题——刘佳仪心念电转,她冷静地飞快地思索着问题所在。

天花板上面一定是有某种怪物的,但是以肉眼和可视化道具都看不见,那在这个游戏里这个怪物应该是要符合某种条件才能看见。

但这个条件是什么?

刘佳仪思绪运转得极为迅速——他们才进这座工厂一天,一整天都在进行各种劳动,获得的信息根本不充分,她试图从这座工厂里得到什么线索,推断出这个可以看到怪物的条件。从目前来看,刘佳仪觉得她是做不到的。

如果是平时刘佳仪肯定会退一步,保守一点,先离开这间宿舍,等获得了充足的信息再回过头来解锁这个怪物。

但现在——她有了另一个获得信息的渠道,白柳。

白柳在进入游戏的时候,和她说了塔维尔的"神谕"。

她虽然不清楚这两个人到底是什么奇奇怪怪的、每个游戏都会互动的关系,但如果白柳说得没错,塔维尔又是《玫瑰工厂》这个游戏的核心怪物,前晚还来找了他,那么塔维尔在进入游戏之前给白柳的那个"神谕",很有可能就是关于这个游戏的一些提示。

刘佳仪闭上了眼回想白柳告诉她的"神谕",一个字一个字地搜寻里面的有效信息,同时低声喃喃自语:"不要用你的右眼盛放欲望……"

白柳被玫瑰侵蚀了右眼，但这家伙的左眼是没事的！

这是一种暗示！塔维尔在暗示白柳用一只眼睛看东西！

刘佳仪念到这一句的时候猛地睁开了眼睛，动作快速地捂住了旁边还一脸懵的国王公会成员的右眼，用手托着对方的下巴抬起对方的头，对准她听到声音的角落，语调冷酷地质问："现在能看到什么东西了吗？"

那个原本睡眼惺忪的国王公会成员身体一下绷紧，瞳孔急剧收缩，松垮的面皮时不时向一边抽搐，他就像是看到了极为恐怖的东西一般，大气都不敢喘地发着抖，脸上的血色瞬间褪去，手脚都发软，有些坐不起来。

"看，看到了很多。"他嗓音发颤，脖子一抖一抖地转过去看向刘佳仪，声音极为飘忽地说，"小女巫，一屋子都是……怪物。"

194

在看到这个国王公会成员的反应之后，刘佳仪毫不犹豫地取下了自己右边的可视化道具，只剩下左边眼睛能看到东西，她抬头看向了四周。

大通铺宿舍的四个角落分别趴着一个硕大无比的、像蜘蛛一样的东西，或者说是人类。

这东西的皮肤从头顶正中央一瓣一瓣地、贯穿到上半身地裂开，裂开的皮肤并没有从它们身上剥落，而是就像盛开的玫瑰花般在末端弯折，变成了蜘蛛节肢般的坚硬附着物嵌入墙面，便于它们快速移动。

墙面上那些不断剥落的墙皮和孔洞就是它们在移动的时候踩裂崩掉的。

而"玫瑰花"中间那个血肉模糊的人柱则变成了这朵"盛放玫瑰"的花蕊。

"花蕊们"的上半身就像是刚"盛放"没多久那么新鲜，在挪动间还会往下掉落血肉混合物。而它们的脸部就更是面目全非了，可以看到裸露的牙床和一双露出大半、死白无比的眼珠子，一动不动地在盯着他们看。

刘佳仪转头环顾四周，她的脸色变得阴沉。

这间宿舍里除了这些比较大的怪物，还有很多看起来还没有完全"盛放"，"花蕊"只露出了一半脸，或者不到一半脸的怪物。这些怪物的体形更小，似乎还不能飞檐走壁。

而这些小怪物，大部分都睡在刘佳仪他们的床下，一双眼珠子透过床板直勾勾地盯着他们，这也是刚刚那个国王公会成员吓得脸色惨白的原因。

他床下的那只怪物绽放的一片"花瓣"穿过床板贴在他的手边，皮肤的肌理边沿正在蠕动着渗血，只差一点这个会员就能摸到了。

他们昨夜就在这些看不见的怪物的观察和注视之下，睡了一夜。

这种心有余悸的后怕和现在这个场景联系起来，这个会员就算是在游戏里经历了不少大风大浪，在这一刻也是恐惧到心肝发颤。

他从来没有见过这么诡异的怪物，只能用一只眼睛看见这一点就不用说了，但这些怪物和他们待了一夜居然都没有袭击他们！

但这种奇怪的、维持了一夜的宁静要在此刻被打破了。

这些怪物似乎察觉到了这两个人能看到它们，一间大宿舍里所有的大大小小的怪物都用各种扭曲的方式把头拧过来，眼珠子转动着对准了他们，刨动颜色艳丽的鲜红的"花瓣"，缓慢地形成包围圈靠近了刘佳仪他们。

这个会员颤颤巍巍地转过头去看刘佳仪，他快被吓哭了："……怎么办？"

"我希望我们能当作没看见这堆怪物。"刘佳仪站上了床，她脸色变得黑沉，"但现在看来是不可能了。先触发，看能不能杀死一个，杀不死就直接跑！"

她这句话话音刚落，趴在这个房间的八只脚的大怪物们声音尖厉地嚎叫一声，整间宿舍里所有怪物都开始往刘佳仪这边飞跑。

可诡异的是，这些怪物弄出了这么大动静，这些睡在通铺上的人就像是尸体一样，躺在原地动也不动，完全没有被吵醒，这些东西从加工员的四周跑过，也丝毫没有造成任何震动，似乎它们只在被玩家看到的世界里面存在。

但一旦玩家感知到了它们，它们就和玩家处于一个维度，就可以杀死玩家了。

而是否使用盛放欲望的右眼观察，是打破维度限制，看到这座工厂里另一个世界的关键。

刘佳仪被追得飞速奔跑着，她试图摇醒另一个还在沉睡的国王公会成员，但她跑到这个公会成员的床位前面的时候，看到的却不是这个公会成员的脸。

而是另一张她完全陌生、不认识的加工员的脸。

这张脸已经枯萎腐烂，好像这人已经死了很久了，身上的加工员制服落满了灰尘和蜘蛛网，以刘佳仪这样的八岁小女孩的力气，她在碰到这个人的身体并摇晃了两下之后，这个人的骨架就散开了，干涸的皮肤崩裂，碎成粉末了。

刘佳仪抬起头看向四周，刚刚全是活人的大通铺宿舍现在变成了停尸间。

一眼望去全是暗灰色的、布满灰尘的白布，盖住躺在通铺上的尸体们的头部，巨大的蜘蛛网四处飘散，落地后滚成絮状物在屋子里翻卷。目之所及全是破败和死寂，地面上的灰尘重到跑两步就会使人呛咳的地步。

另一个还在疯跑的会员看到这个场景，扭头对着刘佳仪嘶吼："小女巫，我们进入这些怪物所在的里世界了！快想想办法！它们移动的速度太快了，我们撑不了多久！"

刘佳仪侧身，麻利地躲过怪物从背后插过来的一片尖利的花瓣："我知道，我在想怎么出去。"

　　系统提示：恭喜玩家刘佳仪触发怪物书。
　　《玫瑰工厂怪物书》刷新——糜烂员工（2/3）。
　　怪物名称：糜烂员工（加工员、厂工以及调香师）。
　　特点：适应了低浓度玫瑰香水的上流人士们很快就无法从低浓度香气里获得满足感，他们不得不使用浓度越来越高的玫瑰香水……
　　随着他们使用的玫瑰香水的浓度越来越高，他们变得容光焕发，青春靓丽，一辈子如花期的干叶玫瑰般青涩完美……
　　但很快他们发现自己变得越来越像玫瑰，肌理里的能量充足到要爆裂盛放才得以满足。为了延缓这样的盛放，沉溺玫瑰的他们不得不用更高浓度的香水来驯化自己的身体，延缓自己的花期到来……
　　盛放是玫瑰注定的宿命，拒绝枯萎那就必将迎来盛放的宿命。癫狂发疯的贵族们撕下自己虚伪的面皮，展露血淋淋的真实的内心。此刻，你见到的是一群被玫瑰豢养的上流奴隶，请尽情观赏它们最后的瑰丽绽放。如果你拒绝，会被强行抓到另一个世界里观赏它们曾经的荣光……
　　弱点：？？？（待探索）。
　　攻击方式：玫瑰碎肢（A+），用节肢攻击对方。

　　刘佳仪一目十行地看完这种怪物的说明，同时她一边躲后面的追兵一边脑子飞速转动——在游戏里，有里世界设定的游戏通常会藏着更多的游戏信息。
　　白柳想要打出"ture ending"的话，那他必然要把这个里世界搅个天翻地覆，把所有的细枝末节里藏着的信息都摸清楚才行。
　　但现在这种情况刘佳仪只想跑，她不擅长打这种以弱胜强、正面对抗的对局，就和白柳并不擅长她之前习惯的那种优先保命的战局是一样的。
　　虽然刘佳仪作为一个"奶妈"并不想称赞这种不要命的行为，但白柳的确是擅长打赌博战的——也就是自己这边根本没有胜率，强行去搏一搏的对战。
　　而这种作战方式，在对方的确比自己强大许多的情况下，作用会非常亮眼。
　　擅长的部分交给擅长的人来处理，而不是一个人大包大揽承担所有风险，这反而才是风险最大的作战方式——这是刘佳仪制定战术的准则，也是她之前教给白柳，现在马上就要执行的东西。
　　刘佳仪深吸一口气，在心中对那个还在躲避怪物的国王公会成员诚心说了一声"抱歉"——这位成员，马上我就要把你交给一个不靠谱的疯子了。
　　你和他合作一定要小心，虽然他一般不会让你死，但一般也不会让你活得很容易。

以你的智商，相信他就好了。

默念完这几句话之后，刘佳仪点开了自己的系统面板，从道具库里取出了一张黑桃A的扑克牌。

红桃皇后给刘佳仪留的技能扑克牌是一对A，红桃和黑桃。

但在红桃缺席的情况下，这两张技能牌基本上有用的只有红桃A——因为另一张黑桃A的技能叫作"心电心"。

心电心这个技能的意思是在刘佳仪使用红桃A这张卡牌之后，如果和场上任何一个人的外表变成了一致的，她可以利用黑桃A这张扑克牌使用心电心技能，与对方进行三次对方不可抗拒的身份互换。

这张牌一般只在红桃皇后在场的情况下才有用，因为只有她才能随心所欲地变成刘佳仪会变成的人，然后在极其紧急、刘佳仪自己无法处理的情况下，她就可以利用这套纸牌和红桃皇后进行身份交换，让红桃皇后替她承担风险。

——这是一套组合使用的技能牌，也是红桃皇后为刘佳仪在联赛上准备的保命密码，相当于献祭自己让刘佳仪可以有一次逃命的机会。

结果这套技能牌现在先被刘佳仪拿给白柳用了。

奔跑的刘佳仪呼出一口长气，她闭上眼举起了这张黑桃A卡牌。

系统提示：玩家刘佳仪确定要使用技能卡"心电心"？

"确定。"

扑克牌上面的黑色桃心开始飞快转动，桃心里的脸从她的脸逐渐变成了白柳的。与此同时，她的身体就像是腾空了一般轻轻飞跳了一下。下一秒，"刘佳仪"睁开了眼睛。

"她"看着面前的情况，挑眉露出了一个微笑。

干得不错小女巫，找到我想要的信息源了。

195

四周乱爬的怪物扬开花瓣状的节肢，在陈旧的墙面上飞速窜动，它们的脸血肉模糊，狰狞地张开嘴巴，蠕动的喉部发出仿佛在震慑白柳他们的低哑的吼声。

刘佳仪发动的技能心电心是直接交换了两个人的身体，也就是说现在的白柳的身体就是他本人的，但白柳的面板移动速度数值不高，因此他在被这些怪物追赶的过程中很快就落了下风。

另一个国王公会成员眼看着"刘佳仪"就要被背后的怪物撵上，被张开的"花苞"吞食了。

国王公会的那个成员看到这个情况，不得不咬着牙伸手过去提溜着"刘佳仪"的后领，带着他一起跑。

很快，他们跑到了这间老旧大通铺宿舍的门口，这个成员扭动了两下生锈的门把手，没打开门。

"天啊！"这个成员怒喝一声，很快转身将后背贴在门上，目光阴沉地看着不断向他们靠近的玫瑰花怪物，手中出现了一把长锤，"这些怪物都是S-级别的，我和你撑不了多久。"

白柳很突兀地提出了一个问题："如果你一个人撑，能撑多久？"

"啊？五六分钟吧。"这个成员困惑地反问，"等等，我为什么要一个人撑，小女巫你不是在我旁……"

白柳对他露出了一个温文尔雅的微笑，手上托举着一瓶他今天早上才领到的低级香水，对着还没反应过来的队员毫不犹豫地一喷。

呛人的香水让这个成员捂着脸呛咳了好几声，随着香水的扩散，他的身上散发出一股清淡的玫瑰香气。那些原本紧紧注视着他们两个人的怪物现在都不约而同地转移了视线，齐齐地看向了白柳旁边的那个队员，怪物血肉模糊的脸上出现了一种垂涎欲滴的狞笑。

系统提示：警告警告！玩家身上的香水浓度过高！吸引了"糜烂员工"们的注意力！它们即将过来吸取您身上的味道！

抬起头来的队员："……"

队员发出一声怨愤的吼声："你是白柳！！"

怪物们就像是被捅了窝的蜘蛛般，朝着队员飞快涌动，很快就在这个队员的四周形成了密不透风的包围圈。队员一边怒骂白柳的祖宗十八代一边无奈地被困在原地，拎起大锤替白柳吸引这些怪物的注意力。

而白柳眼疾手快地从这个包围圈里出来，开始快速地在里世界的这张大通铺上寻找线索。

游戏里的里世界设定通常可以这样解释——那就是两个不同时间支线，或者不同时间点的平行世界在一个地点发生了重叠，而进入这里的玩家在符合某种条件的时候，可以自由地在两条时间线之间穿梭。

而一般这种补充时间线的做法，是为了便于玩家到某一个过去或者未来的时间点，探索游戏世界观背后的隐藏信息。所以里世界里一般都是有很多关键信息的。

白柳现在要做的，就是找出他想要的关键信息。

歪七扭八排列的大通铺上躺着十几具工人的尸体，他们身上穿的制服和白柳他们现在身上穿的并不一样，看起来更为老旧——这很有可能是个过去的里世界。

很快，白柳就在一具尸体下面翻找到了报纸，证明了这一点。

这是一份《镜城晚报》，报纸上的新闻标题是——不法香水中或含中毒成瘾物质，已造成数名员工成瘾，还有数名员工下落不明，香水制造工厂现已被有关部门取缔。

白柳往下看了这篇报道的内容，很快他眉尾上扬。

报道中写道：

……该不法香水厂厂长系一位张姓孤儿，因先天性白内障左眼视力较差，从小在一家名唤"爱心福利院"的私立福利院长大，立志要成为亿万富翁。张某在十三岁时被领养，养父母去世后他继承遗产，后因非法走私有三次入狱的经历，也在暗中累积了不少财富和人脉，但他依旧不满足……

今年九月，福利院中毒事件爆发之际，张某看到了新闻后，回到了曾经生活过的福利院想要进行募捐。但张某提出了捐款条件，他非常喜欢福利院当初的神像雕塑，想要以捐款为由购买福利院当初的雕像……

福利院院长同意了，最终张某以一千万元捐款，换取了福利院在改建时被掩埋在地下的雕像……

不久后，福利院院长因血灵芝事件入狱，有关部门调查到了和福利院院长最后有金钱往来的人是张某。张某声称对院长做的一切恶劣行径一无所知，只是想捐款帮助孩子们，以及喜欢那座神像雕像而已。随后有关部门搜查了张某名下所有固定住所以及银行保险柜，未曾见到雕像。

后来相关人员询问福利院院长雕像的来源，该院长疯疯癫癫地说，这雕像是一座不祥的邪恶的雕像，是投资人们为了祈祷血灵芝养殖顺利，专门从一个衰败的、专卖护身符和雕像的海边小镇的博物馆中买来的，据说是那个小镇里最昂贵的雕像。

她说这些投资人之所以会觉得这座雕像可以保佑血灵芝养殖顺利进行，是因为这座雕像的脸和一个更为邪恶、催生了血灵芝、已经死去很久的小孩长得一模一样！！

此后，张某开始从事新型玫瑰培育以及香水研发工作，租赁了郊区的大片田地，雇用了大批工人开始进行大规模的玫瑰种植，并将这种开花之后叶片会枯萎的玫瑰命名为"干叶玫瑰"。

该作物（文中指干叶玫瑰）生长周期极为神奇，在完全不符合蔷薇科花卉生长的土地上依旧可以快速生长，一夜之间就长满了整片郊区。

后来，张某用该作物制成的香水有类咖啡因功效，通过互联网销售在市场上大受欢迎。但紧接着监管部门介入，发现香水有严重的安全隐患，于同月将其工厂进行取缔，处罚他缴纳大额罚款，严禁张某再次种植干叶玫瑰以及销售该香水。

一周后，张某失踪，至今杳无音信。

报道到这里就没了。

但从现实的情况来看，这位张某——玫瑰工厂的第一任厂长显然没有就此住手，而是暗中再次办起了玫瑰工厂这座更大的工厂，最终吸引了危险异端处理局介入。

这些躺在这里的员工，应该就是玫瑰工厂的第一批员工，因为不耐受玫瑰香水而死亡，被抛尸在这里——也就是新闻标题里那些"下落不明"的员工。

白柳浏览完报纸之后继续翻找，在每一具尸体的床下、周围，寻找任何有可能是信息承载物的东西——恐怖游戏内的信息承载物其实也就那几样。

报纸、字条、日历、录像带、录音带或者是日记本。

很快，白柳在一个大通铺房间里的一具正面朝上、手里握着一把刀插入自己的脖子、表情痛苦不已的尸体的腹部找到了一个日记本。

白柳翻开日记本。满是灰尘和腐渣的日记本的第一页上，右下角写着几段充满悔恨的题字：

我从未如此地后悔自己开启了一个前所未有的邪恶之物，我以为自己没有下限的欲望已经是世界上最恐怖的事物，但后来我才发现并不是，那座被我买回来的雕像才是！

干叶玫瑰是邪恶之物酿造的花朵，它不会枯萎，不会凋谢，不会衰败，只会借由被它彻底蛊惑的人的身体来体现它花开花落的过程，而它在人体的骨骼和血肉里，在癫狂的香气里美丽地永生。

干叶玫瑰瓦斯是最完美的香水，是没有解药的毒物，我以发掘者的身份证明了前一点，以死者的身份证明了后一点。

白柳看完这几段话的最后一个字，没有停顿地翻开了下一页。

我在一家被人资助的私立福利院长大，我明白这里的投资人拥有一种奇特的邪术，这种邪术和福利院里一个奇怪的小孩密不可分。那是一个非常奇怪的小孩，我看不清他的面孔，因为他总是垂下很长的头发来遮挡自己的眼睛。

但我确信，无论是谁，只要见过这个小孩一次，之后再见到他时一定可以把他认出来！

因为他太让人害怕了，我在见到他的一瞬间，脑子里只有一个让我现在想到都会颤抖的恐怖想法。我的确是害怕他的，但在我隔着他细软的发丝，和他那双好像深海里的巨兽般泛着银蓝色的眼睛无意中对视了一眼之后，我脑子里只剩下一种仿佛被恶魔附身般的冲动——

我要杀了他！我要把他碎成一块一块的！

196

但这念头只持续了一瞬间，很快我就开始为自己产生了如此匪夷所思的想法感到震惊和恐惧，我开始和其他人一样排斥甚至是找到机会就欺辱谢塔。但我总是不敢直视他的脸，尽管出于视力原因，我也看不清他的脸。

很快我被一对没有子女的中年夫妇领养，离开了这里。但我午夜梦回的时候，梦里时不时就会出现那双我只是简单一瞥而过的，毫无人类情绪的银蓝色眼睛。在我梦到那双眼睛之后，内心的恐惧和一种莫须有的欲望会同时开始沸腾，让我再也无法安然入睡。

我感到呼吸灼热，血液在我的脉管里就像是烧开了的水般横冲直撞，让我的太阳穴一突一突地跳。

那双眼睛里有一种魔魅的东西在吸引着我。

我从床上坐了起来，走到了我养父母的床头，低头凑得十分近地观察着这一对安详熟睡、对我毫无戒心的养父母。我的呼吸猛然急促了起来。

那一瞬间，就像是我第一次看到谢塔的那一瞬间一样，我心中那种一直存在的久违的冲动又浮现出来了！

这个世界上的人，只是因为我看不见了就遗弃了我！连施舍和收留都像是给猫狗的！

我要用我这一只能看到的眼睛控制你们所有人！

……

后来，我满脸是泪地去报了案，说我的父母带着狗外出散步的时候失踪了。

没有人会怀疑一个视力不好的十四岁小孩，也不明白我在内心欲望的驱使和那双眼睛的注视下能有多大的能量。在历经三年多找寻不到养父母之后，我在十八岁的时候成功地继承了我养父母的遗产，成为一个小有积蓄的成年人。

　　但我内心那双眼睛还在凝视着我，我知道这还不够，这远远不是可以满足那双眼睛的东西。

　　我知道有一样东西可以快速地让它满足——那就是福利院里，那些投资人梦寐以求的东西。只要我拿到了那样东西，我就可以卖出一个前所未有的高价，那么很快我就可以成为一个有钱的、可以主宰我自己命运的人！

　　我回到了福利院，那个秘密却被严防死守，我不得而知，只是隐约地知道那个秘密和那座长得很像谢塔的雕像有关。

　　很快，我结婚了，我的妻子是一名调香师，有一间种满玫瑰的温室。她研制了很多小有名气的香水，但依旧达不到我想要的层次——只是小打小闹而已，还是有比我们过得更好的人。

　　为了让我们过得更好，我用了很多办法，但我的妻子总是不理解我，每次来给我交保释金的时候总是歇斯底里地质问我为什么要做那样的事情。我不得不无奈地解释，我是为了我们更好的未来在牺牲自己。

　　很快她便离开了我，说要出去散散心，回来就会和我离婚，只给我留下了那间种满玫瑰的温室。

　　警方告诉我我的妻子失踪了。三年后，我得到了她的全部遗产。

　　很快，福利院出事，我卖掉了一切，回去买下了那座雕像。在看到那座雕像雪白的眼睛的一瞬间，我知道我要交好运了。

　　我把这座雕像放在我妻子的玫瑰温室，里面的玫瑰叶子很快枯萎，花瓣的边缘透出一种迷离的深红色，香气馥郁到让我这个哪怕从来不懂香水的人都心醉。我开始培育这种干叶玫瑰，但我发现无论我怎么培育，这种干叶玫瑰都无法在没有雕像的情况下正常生长。

　　我凝视着那座美丽的、安静的、破败又圣洁的雕像，它用没有瞳仁的纯白眼球回望着我。那种第一眼看到它时产生的残忍的、血腥的、无法被停息的冲动，再次从我疯狂跳动的胸膛里升腾。我微笑着举起了一把锯刀向它走去。

　　在那一瞬间，我看到我内心的那双银蓝色眼睛闭上了。

　　一目十行地扫完这篇有点长，而且字迹十分凌乱的日记之后，白柳忽略了他背后国王公会的成员喊他快一点的惨叫声，快速地翻到了日记本的最后几页。

他想找到干叶玫瑰瓦斯的秘方和塔维尔被肢解之后埋葬的地点。

没有——白柳一直翻到最后一页，都没有看到。

那篇日记后面都是张某零碎的无病呻吟，以及最后作茧自缚——当他开始不满足于低浓度的香水，用尽各种办法研制越来越高浓度的香水的时候，香水中毒最深的这位第一任厂长最先"绽放"了。

他最终选择了痛苦地自杀，还留下了一封充满悔恨的遗书。但白柳扫了一眼，确定上面没有有效信息之后直接丢开了——

他很了解张某这种人，这东西写出来多半是为了美化自己、欺骗后来者的。这人的所有逻辑都是以自我为中心运转，就是一个典型的道德型犯罪者，可以自己达成犯罪自洽。

历史上有很多连环杀人犯都采用的是这套说辞——我被恶魔蛊惑了，我是无辜的。

而且白柳甚至在里面感受到了游戏设计者的一种针对他的恶趣味——这个张某前半生的经历和他太像了，爱钱，反叛，孤儿院出身，被塔维尔刺激，从福利院逃跑。

似乎冥冥之中有个东西在他耳边邪恶地低语——你看，这才是你原本的人生轨迹。

正当白柳准备合上日记本的时候，他面前原本枯干的尸体突然坐了起来。这具尸体就是日记中那个张某。

这倒是没有惊到白柳，他冷静地后退了两步——虽然不清楚这篇日记里面的信息有多少是真的、多少是假的，但是白柳可以肯定的一点就是，这个自私自利的厂长绝对不可能自杀。

这个东西装成这个样子，可能是为了更好地诱捕他们这些进入里世界的玩家。

这具干尸的空落落的腹部肋骨上生长出了无数的触须，身上干涸的皮肤翻卷了一圈，变成了亮丽的鲜红色血肉。

瘪小缩窄的头颅在一阵极其扭曲的抖动下恢复成了一个正常人的头部，他左眼是一种类似白色弹珠的不透明颜色，右眼里则有一朵完全盛放的玫瑰。

如果只看头不看他下半截身体，这人似乎还是一个彬彬有礼、样貌不错的中年人，但看到他下半身那些盘曲的触须、纠缠的花瓣，这人就像是一个滑稽的移动培育室，骨头里都长满了玫瑰。

它身上的那些玫瑰绽放，散发出一股悠悠的、比正常玫瑰浓郁得多的香气。

这香气让人头昏脑涨。与此同时，白柳后面的打斗声渐渐微弱，他回头就看到那个国王公会的成员大半个头已经被一个怪物吞下去了，四肢瘫软地落在外面。

白柳毫不犹豫，一鞭打在那个怪物的头上。怪物语调怪异地嘶吼一声，吐出那个国王公会成员的头，转过头来用血肉模糊的面孔怨毒地瞪着他。

"蜘蛛们"被更加浓郁的香气所吸引，开始窸窸窣窣地朝着白柳靠近。他后面是一个巨大的几乎和通铺等高的"张某"，四周飘散着一股越发浓郁的玫瑰浓香。

系统提示：警告！玩家白柳的精神值低于60！请迅速恢复精神值！

白柳好像被这股玫瑰香气催眠了一般，他昏昏沉沉地倒在地上，被那个巨大怪物的触须欣喜地盘曲、撕扯，似乎要将他分成许多块。这个怪物有着锯齿状圆轮形的嘴，含含糊糊地说：

"你身上有……他的气息……"

在被这个东西卷起腰提起来的那一刻，白柳听到了系统提示音。

《玫瑰工厂怪物书》刷新——糜烂员工（2/3）。
怪物名称：糜烂员工（一代厂长）。
弱点：？？？（待探索）。
攻击方式：香气诱导（S-），用香气引诱对方并且加以吞噬。

白柳背后被吐出来的奄奄一息的国王公会成员看白柳为了救自己，被一个怪物提了起来，这个成员强撑着站了起来，咬着牙抬头——然后他就惊呆了。

他脸色一下子白得无以复加地看着这个厂长怪物，在查看了对方的面板之后，他说话都结巴了："S，S级别怪物！！"

三级游戏里S级别的怪物其实也不少见，但也是相对极难处理的，特别是把白柳提起来、缠住他手脚并撕扯的这个S级别的怪物还不是什么低级的——这玩意儿的面板数值有130000，在S级别的怪物里都算是高级的了。

在玩家大部分都没有到S级别的情况下，对抗S级别的怪物唯一的办法就是找到对方的弱点。

但最多还有几秒这怪物就要撕开白柳了！去哪里去找这东西的弱点啊！

与此同时，游戏大厅多人游戏区，白柳的小电视观赏区域前。

牧四诚和木柯以及食腐公会的成员，正在和国王公会的成员们强硬地对抗，逮住一个机会就疯狂点赞，但是也防不住国王公会有些缺德的一直在点踩。

食腐公会几乎每个人都给白柳点赞、收藏了，但充电的积分不能轻易用，再这样下去白柳就要掉到小黑屋区了！

眼看着白柳的小电视数据赞和踩都快打平了，小电视里白柳的情况又这么危急，原本能定下神来指挥成员的木柯现在心神俱乱，捏着拳头眼睛一错不错地看着小电视，眼眶都要红了。

什么小电视、什么小黑屋区，木柯现在完全思考不了游戏外的情况，在有人喊出那个把白柳提起来的怪物是S级别怪物的时候，他脸上血色一下子全没了。

如果不是牧四诚眼疾手快地扶了木柯一下，木柯可能腿一软就要直接跪在地上了。

上个游戏的一个S级别怪物，在耗死三个玩家的情况下，最后还是白柳想办法弄出了神级NPC才弄死的，这已经快成为木柯的心理阴影了。

木柯忍了又忍，还是没忍住一边擦眼泪一边抽噎了起来："呜呜呜，白柳！白柳你不要有事啊！你要是走了我该怎么办啊？！"

牧四诚："！"

这不是还没出事吗？你这样哭感觉像是白柳人已经没了！

他倒是更镇定一些，但是牧四诚的镇定也没有维持多久，在国王公会的人开始冷嘲热讽白柳的时候，牧四诚瞬间炸了。

"我看我们不点踩他也活不了多久。"

"虽然点踩不太道德，但是我爽就可以了。看到这一幕再点个踩，简直舒服，太舒服了！"

牧四诚捋起了袖子，咬牙切齿地说："我让你舒服……"

双方很快不受伤地扭打了起来。

这两个公会的冲突吸引了不少普通的观众，但是碍于国王公会势大，他们虽然对白柳很好奇也不敢过来看，但一直都在偷偷地往这边瞄。

这个时候看两方起了冲突，终于有一些一直围观的"吃瓜群众"按捺不住好奇心，趁乱溜了进来。

一看白柳的小电视，这些观众立马就惊讶了——这是这些普通观众第一次看到点踩比差不多快一比一的小电视，应该马上就要掉出多人游戏区了。

再看小电视里的内容，这些普通观众虽然对白柳这样被打压心生同情，但也不得不同意刚刚那个国王公会成员讥讽他的话——不点踩白柳也活不了多久。

还有些向往国王公会的"精神股东"玩家颇为高傲地轻蔑地说："我以为闹出这么大动静的是多厉害的一个玩家，结果关都通不了，浪费人家国王公会针对你的时间。"

虽然很多普通玩家对这玩家的话不赞同，但也不得不唏嘘地说一句白柳的运气实在太差了。

这种情况下，就算知道了S级别怪物的弱点，白柳要针对对方的弱点进攻，他那个面板也实在是太勉强了。

在这些来"吃瓜"的玩家准备转身离开的那一刻，不知道是谁惊呼了一声，他们又纷纷转过头去——小电视里的白柳在被提到和这个怪物视线齐平的一瞬间，右手瞬间变成了一只黑色猴爪，对准这个怪物的右眼毫不犹豫地一抓。

怪物发出撕心裂肺的痛呼，松开了白柳。白柳在一堆朝着他靠近的蜘蛛怪物中间，反身对准边缘那个看傻了的国王公会成员就是一鞭子，把对方的腰缠住一拖，给他卷了过来，然后举起眼珠子让对方看。

那个巨大的怪物愤怒地捶打地面，甩动触须靠近白柳。整个地面都在震动，有种里世界都快要崩塌的感觉。

白柳却依旧语调冷静、语速很快地下命令："透过这颗眼珠子看到另一个世界了吗？闭上你的左眼，用你充满欲望的右眼看这颗眼球。"

这个玩家傻愣愣地闭上了自己的左眼。上一秒，他看到一根触须从白柳的脑后力道十足地甩过来；下一秒，他和神色平静的白柳出现在了正常的大通铺上。

小电视前正在起激烈冲突的两个公会同时停了下来。

牧四诚暗中提起的那口气泄下，他得意地捶了一下木柯的肩膀，挑衅地看向国王公会那边："我说什么来着？就算这群人都死光了，白柳这人也不会有事的。"

但木柯依旧有些愣怔地看着白柳的小电视——白柳小电视的点赞，在刚刚一瞬间终于大幅地超过了点踩。

有除了他们公会的观众默默地点赞、收藏了白柳的小电视！

木柯长出了一口气，眼睛闪亮地看了一眼白柳的小电视——这场拉锯战，还有的打！

游戏内。

那个国王公会成员脸色雪白，晃晃悠悠地坐在了自己的床铺上，心有余悸地大喘气。

白柳淡淡地看他一眼，喝了一瓶体力恢复剂之后跳下床铺，走了出去。

他现在还顶着刘佳仪的外壳，是玫瑰工厂里的正式加工员，没有人驱逐他。

没过多久，他后面那个国王公会的玩家就偷偷摸摸地跟了上来。白柳回头扫了对方一眼，发现这人用双面胶把自己的眼皮往上贴起来了，两只眼睛都瞪得像铜铃那么大，一眨不眨地睁着看着白柳，神似《猫和老鼠》的某一集里为了保持清醒物理睁大双眼的汤姆猫。

这人看起来是被这个眨眼切换世界的游戏机制给吓蒙了。

白柳："……"

白柳在心里默默地回想了一下他接触过的和国王公会有牵扯的人：刘佳仪、齐一舫、唐二打，以及现在这个看起来不太聪明的会员。

怎么感觉国王公会这些成员脑子都不太正常？

跟在白柳后面走了一截，这人还是没忍住，弓着身子小声地问了一句："欸，刚刚你怎么那么快就反应过来抓到怪物的眼睛就可以出来了？"

"他自己写在日记里告诉我的。"白柳随口敷衍道。

这人沉默半响，对此深信不疑，十分震惊地说："我还是第一次遇到这么坦诚的怪物！"

白柳："……"

他想起刘佳仪告诉他的——另外两个国王公会成员里有一个脑子不太聪明的，很好糊弄，智力值只有59，和她同姓，叫刘集。

白柳当时就觉得这名字十分衬这智力值。

~~197~~

刘集跟在白柳后面，他不说话，没有什么攻击白柳的意向，也没有转身去和唐二打商量对策或者告密。

但这人明明知道他就是白柳，这个时候如此平静地对待他，有点不对劲。

白柳斜眼瞄了他一眼，没说话。

刘佳仪说得果然没错，刘集这人有点死心眼，简单来说只要是帮过他的，他都会承情，不会对对方使坏，和他的技能武器一样，为人有些像棒槌，很好对付——这也是刘佳仪摇醒他的原因，在白柳需要一个帮手的情况下，刘集是最好的选择。

刘集并不能反应过来他是被刘佳仪和白柳联手下套了，以为自己进去只是一个意外。白柳在里世界里救了刘集一次，那他自然是要记住这个情的。

就像是他记住刘佳仪救他的情一样。

说来也巧，国王公会阴险狡诈之徒不少，但预备队里基本都是一等一的好人——因为这些人都是红桃给刘佳仪选的备用哥哥，在人品等各方面都有要求，但对智力值要求不高，最大的特点就是忠诚、记恩和好控制，不会轻易背叛刘佳仪。

这种筛选机制选出来的预备队员正好让白柳捡了漏——这是他最擅长忽悠的人格类型。

白柳收回打量刘集的目光，走向了露天广场——今天是他们交半成品给厂工的日子。

交出的半成品最多、出货率最高的三个加工员，有机会得到晋升为厂工的机会。

刘集走过去就看到几个厂工在露天广场上坐着。

他们穿着纯白色的布质长袍，从脖子到脚踝都被包裹得严严实实，下半张脸被一圈一圈的纱布缠了很多圈，看起来就像是戴了一个很密实、很厚重的口罩。

白柳他们是最先出现的加工员，这群厂工见他们出现了，也没有多给眼神——要等大部分加工员都到了，才可以开始收半成品。

白柳也不急，问了刘集他们的半成品放在了什么地方之后，过去看了一眼。

铁锅里的玫瑰相比刚刚采摘下来的时候，已经缩小了不少，从可以堆满整口铁锅，到只剩锅底的一层。

"昨天我们翻炒到后面，因为玫瑰轻了很多就越来越轻松，但也越来越难受。"刘集叹气，"干叶玫瑰的半成品只有四分之一到十分之一的产出率，我们昨天摘了那么多干叶玫瑰，炒到现在也只剩了不到100 kg，还要三个人分。"

白柳环顾了一圈周围，其他加工员铁锅里的玫瑰看起来都比他们的要多，尤其是离他们不远的一口铁锅，几乎是满满当当的，看起来应该是半成品最多的一个加工点。

见白柳用一种很莫名的目光在打量其他人的锅，刘集赶忙提醒："那是唐二打的，加工员是禁止互相掠夺劳动成果的，如果被抓到了会直接免职！"

白柳点点头，示意他知道了。

看到这些铁锅里的玫瑰直接放在这里，白柳就意识到了加工员这一层的管理应该是比较严格的，至少在当采花工时那种抢夺的机制应该是不能存在了，不然整座工厂的运作会直接乱套——大家都不用劳动了，守着锅等着抢别人的就行。

白柳巡视一圈，又回到了他们的锅旁边。刘集有些惆怅地叹了一口气："我们平分之后半成品应该是最少的，也不知道会不会被贬职。"

"不会。"白柳侧头看他，"只要你愿意付出一点代价，就可以让你升职。"

刘集看看锅底那一层可怜巴巴的半成品，满头问号地看向白柳："什么代价？"

白柳微笑："香水。"

加工员每天是可以固定领四瓶低级香水作为基础工资的，刘集现在身上的确还有富余的香水。他疑惑不已地看着白柳，试图多问几句："用香水就能让我升职？但我这里只有低级香水啊，怎么会有这种好事……"

就算是用来贿赂那些厂工，人家也看不上眼。

刘集追问了几句，但白柳却没有再说话了，这让刘集不由得心生疑惑——白柳是不是在编借口骗他的香水？

白柳此人的前科实在是太多了，几瓶低级香水就能换来一个升职机会，这游戏要是这么简单，也不会是三级游戏了。

刘集摇摇头，他作为一个脑子不太聪明的玩家，很有自知之明——白柳这种高智商玩家想要骗他太简单了。

他唯一能做的就是暗暗告诉自己——无论等下白柳搞出什么看起来诱人无比的阵仗，都不要把香水给他！

白柳这个满口谎话的大骗子说的那种美事是绝对不可能存在的！没有傻子会用一个升职机会来交换几瓶低级香水！

白柳没有注意到刘集的种种心理活动，他只是静静地看着工厂门口，工厂门口有一片白雾，忽然他好像在这白雾里看到了什么，起身走了出去。

刘集急匆匆地跟上，白柳在花田旁七拐八绕，走到了他们之前晾晒玫瑰的地方。

清晨的花田旁有一层隐隐的雾气，雾气里依稀站着几个人影，这让刘集瞬间警觉了起来。但白柳就像是没看到一样，毫无防备地走近了。

雾气随着距离的缩减迅速退去，几个瑟缩的流民站在那里，他们每个人手里都提着一个大麻袋，一见白柳来了，都两眼放光地凑近，极为尊敬地小声唤他："白先生的妹妹来了！"

"我们来得不算太晚吧？"

白柳点点头，问："东西都带来了吗？"

"带来了！"

流民把手里的麻袋递给白柳，刘集也帮忙接了几个。

刘集一接过去有种沉甸甸的感觉，他打开一看，傻眼了——麻袋里是已经烘干、翻炒完毕的半成品！

这么多麻袋，这里得有多少半成品！

"辛苦你们了。"白柳很认真地对这些流民点点头，然后转身看向表情呆滞的刘集，十分自然地偏了偏头，"一麻袋东西换一瓶香水，我这里和你那里一共是五麻袋，付钱啊。"

"哦哦，好的。"刘集被白柳那种自然而然的语气带偏，正准备掏钱，猛地反应了过来。

刘集转头质问白柳："不是，我要用的东西我付钱还行，为什么你自己的东西你不付钱，还要我给你付？！"

刘集为白柳这样坦然的无耻感到十分震惊——他女朋友都没有这样理所当

然地让他付过钱!

"你帮我付的是中介费,"白柳一本正经地微笑,"我是这些流民和你做交易的中介,你要和他们达成交易,没有我引荐是不可能成功的。你可以试试看,没有我的存在,他们会不会和你做交易。"

刘集下意识转头看向那些流民。

流民们警惕地看着他,伸手把他手里的麻袋又抢了回去:"白先生的妹妹不同意这笔交易,请把半成品还给我们。"

刘集差点喷出一口老血:"……"

他憋闷地老老实实替白柳买单,掏出五瓶低级香水给这些流民。流民们兴奋不已地接了香水,对着白柳接连鞠躬道谢,感激涕零地走了。

刘集:"……"

给钱的是我啊!为什么没有一个人向我道谢!

你们这些NPC怎么回事?仇恨和感谢的对象都应该找准吧!

但刘集不知道的是,流民感谢白柳,是因为他们本来就想免费把这些半成品给白柳——白柳又是帮忙弄原材料,又是免费给他们香水,他们要是把这些东西卖给白柳的话,实在是有些不知好歹了。

但白柳当时只是有些神秘地笑笑,说有人会替他买单的,让他们配合自己演戏就可以了。

没想到居然真的有傻子上钩!他们平白无故多挣了五瓶香水回去,自然是对为他们着想的白柳更加感谢。

刘集获得了一个升职机会,但他完全开心不起来,他提着几麻袋的半成品回到了露天广场,这个时候露天广场上的加工员渐渐多了起来。

唐二打和另外一个国王公会的成员正在加班加点地做收尾工作,其余的加工员也都忙得热火朝天的,厂工的审核马上就要开始。

白柳跟着刘集过去,不动声色地把买回来的半成品掺进了铁锅里。

另外一个国王公会成员看着锅里多出来的这些干叶玫瑰,惊愕地抬头看向他们。

白柳对着他轻微摇了摇头,示意他不要作声,三个人悄悄地平分了这锅玫瑰。

厂工的审核正式开始了。

加工员把翻炒好的玫瑰装进麻袋里,依次排队,先由厂工确认半成品质量,再称重。审核标准分为两项,一项是产出率,另一项是玫瑰色泽。

白柳他们排在最后,前面不断响起有人懊悔或者是逃过一劫的讨论声。

大部分加工员的单人产出稳定在200 kg左右。

人群突然爆发出一阵惊呼：

"352.3 kg！这人产出率好高，快接近50%了！"

"……是新来的那个加工员，这人的力气和持久度也太离谱了，这种产出率得一直不停地快速翻炒，玫瑰水分蒸发得才不会太多。"

"这么多，估计得占一个晋升为厂工的名额了。"

后面的加工员都在骂骂咧咧，白柳偏头看去，站在称重台旁边的是面色淡漠的唐二打。

他似乎并没有觉得自己一个人搞出比别人多很多的干叶玫瑰半成品是很破坏行业规则的事情。唐二打和一脸欣喜的厂工握了握手，点点头下去了。

刘集的脸色明显变得凝重了，他们这边玫瑰半成品的总重量比800 kg多一些，平均到每个人头上也就是比260 kg多点——虽然比大部分的厂工高，但和唐二打差得太远了。

如果后面还有比他们更高的……晋升为厂工的三个名额他们肯定无望！

"选一个人只有240 kg保底，另外两个人至少300 kg。"白柳看向其他两个人，当机立断地下了决策，"保住厂工的位子。"

"我240 kg吧。"那个起得最晚的国王公会成员苦笑一声，"我都不知道你们是怎么弄回来这么多的。本来也和我无关，能保底都不错了。"

白柳："可以。"

等到白柳站上去称重的时候，厂工在确定了白柳的采摘重量以及产出重量之后，他们低头用计算器计算一番，有些不可思议地抬头看向白柳："360 kg的新鲜玫瑰，你的产出量居然有302.7 kg？

"84%的产出率，几乎一比一的投入产出比，你是怎么做到的？"

白柳："……"

大意了，抄作业抄过头，忘记了思考产出率的问题。

198

白柳面不改色地糊弄好奇的厂工："我有特殊的加工技巧。"

厂工将信将疑地看着"她"——干叶玫瑰的加工原本就是一个体力活，小孩子在这项劳作里是不占优势的，更不用说能有这么高的产出率了。

白柳装作着急地看了下面那两个国王公会的会员一眼。

这下厂工明白了——应该是下面这两人帮了这小姑娘，把自己的玫瑰分给了她。

加工员之间虽然不准明抢，但是可以暗中"偷渡"，一方"自愿"地把自己的劳动成果给另一方。从各种意义上来说，加工员晋升厂工的审核也不是完全公平的。

这些心照不宣的潜规则，从加工员升上来的厂工们了然于胸，也并不准备过多追责。

虽然不清楚这个小女孩用了什么办法，或者说另外两个加工员是她的什么亲戚，才会主动把干叶玫瑰给她，但事情发展到了这一步，这些已经有稳定工作也不会轻易下岗的正式厂工并不准备刁难这些努力往上爬的加工员。

毕竟他们之间的竞争没有那么激烈。

"编号 71063 的加工员上交干叶玫瑰半成品 302.7 kg。"

旁边的厂工低头记下了白柳上交的重量，挥了挥手让他下去，睁一只眼，闭一只眼地把他给放过了。

其他的加工员大部分上交的干叶玫瑰重量都在 250 kg 以下，超过 280 kg 的寥寥无几。

白柳、刘集、唐二打是全场到现在为止，仅有的三个提供的干叶玫瑰重量超 300 kg 的加工员。

很快称重就结束了，在厂工低头核对数据的时候，刘集拉着白柳默默地走了出来，远离了那些仇恨地注视着他们的加工员。

而唐二打周围则是形成了一个真空的包围圈，他周围的加工员们都恨得牙痒痒地看着比他们高一个头还多的唐二打，但偏偏又不敢上前和这个浑身杀气、一看就不好惹的新来的加工员起冲突，反而后退两步才敢恶狠狠地瞪唐二打。

这三个新来的，居然直接就抢了晋升为厂工的机会！

厂工们核对完数据之后抬起头来："请以下三个编号的加工员跟我们来一趟。"

"编号 71063……这三个编号的加工员等下会分别由我们这三位厂工带领进入下一车间，了解厂工的日常工作，但请注意，这并不代表你们具有成为厂工的资格。"

为首的那位厂工语气严肃地说："这只是给你们一个机会而已，你们离成为正式的厂工还有很长一段路要走。"

说完他转身对白柳挥了挥手："你跟我来吧。"

白柳走了过去，刘集担忧地看了他一眼，和一个厂工走了。

唐二打则是和另外一个厂工走了，走之前他回头深深地看了"刘佳仪"的背影一眼。

他在今天这个"刘佳仪"的身上感受到了一种很熟悉的、让他不悦的感觉。

白柳被厂工带领着穿越了幽深的穹顶极高的狭窄走廊，走廊的两边就是他们昨晚睡的大通铺的房间，门都是闭合的，这让一丝光都透不进这条走廊里。

奇怪的是，这条只有两个人行走的走廊却不断地有诡异的、许许多多的匆忙脚步声响起，两边的门嘎吱作响，门缝里好像有什么东西在盯着他们的脚一样。

走在前面的那个厂工的脸色有些发白，他似乎也听到了这些声音，不由自主地加快了脚步。

白柳倒是不慌张，他知道现在只要他闭上右眼，就可以看到一个截然不同的真实世界。

但现在没有必要，他虽然已经拥有了自由穿梭里世界的"钥匙"，不过进入里世界是为了获得更多的信息，而眼下，显然有更重要的信息亟待他去获取。

白柳看向那个脚步急促的厂工，礼貌提问："请问，如果我想成为一名正式的厂工，应该怎么做呢？"

那位似乎因为这些声音正在害怕的厂工因为白柳的搭话回了神，缓和了脸色回答他："我们会提供给一些成绩比较卓越的加工员晋升为厂工的机会，但这个机会并不是谁都能抓住的——只有拥有一些天生特质的人才可以被选为厂工。"

白柳偏过头："比如什么特质？"

"调香师的特质。"这名厂工轻声回答，"玫瑰工厂挑选的厂工之所以是可以不用下岗的正式员工，是因为我们都是调香师的预备役。调香师是寿命很短暂的职业，如果不提前挑选好后备人选，很容易就会出现断层，这样工厂就没有办法继续运作了。"

"所以厂工的别名又叫调香师学徒。"这位厂工继续说下去，神色复杂，"在成为正式的调香师之前，我们负责蒸馏萃取、提纯浓缩等基础操作；在成为调香师后，我们才能在真正意义上为工厂生产干叶玫瑰瓦斯这款香水。

"大部分调香师终其一生，都只能调出低级香水；中级香水的调配程序已经非常复杂了，出产数量不多，在外面千金难买一滴；高级香水现在不予售卖，只特供于某些特殊客户；而特级香水——"

这名厂工转头看向了白柳："只在每年的五月玫瑰节拍卖，价高者得。"

"那要怎样筛选一个人有没有调香师的特质？"白柳问。他思索了一下现实世界里对调香师这个职业的要求，"是考查嗅觉灵敏度吗？"

说着他手上已经开始调换面板。

系统提示：玩家白柳是否使用玩家牧四诚的灵魂纸币切入对方的系统面板？

"是。"

白柳要是没记错，牧四诚这家伙嗅觉灵敏度极高。

不过就算有极好的嗅觉，让白柳闻香水，他也分不太清太多香料的具体种类。但游戏这一关应该只是单纯地筛选某些特质——不然除了专业的调香师，就没有普通玩家能通过了。

那这款游戏就丧失可玩性了。

虽然没有依据，但白柳觉得系统幕后的那个游戏设计者应该不会喜欢这种没有可玩性的游戏。

"我们并不是根据嗅觉这种简单的感官特质筛选加工员的。"厂工摇了摇头，继续说，"我们是根据一种非常重要的调香仪器来筛选的。"

仪器？

白柳倒是第一次听说仪器可以检测出调香师的特质。

他印象里的调香仪器大部分都是用于搅拌和混合的，比如移液管、玻片、试香纸，很多都比较古朴简单，没有什么技术含量，现代化的仪器都没有几样。

在这个肉眼可见各方面科技水平都落后的游戏世界里，居然还存在这样的仪器？

但白柳再继续追问，厂工却不愿意回答和这个仪器有关的问题了。

每当白柳试图拐弯抹角地聊起和这个仪器相关的事情，这位厂工的脸上就会出现一种很恐惧又很敬畏的神情。

他最终讳莫如深地说："不，那不是你能想象到的任何一台仪器。那是来自死人，但的的确确是一台活着的仪器，它甚至有心跳！

"是这台活死人般的仪器，在挑选可以使用它的人。"

说完这句话之后，这名厂工就再也不说话了。

他沉默地、脸色苍白地领着白柳到了一个手术室一般的纯白色的用于清洁的房间。

厂工让白柳换一身消毒过的干净的防护服，并且清洁好自己的双手，才能进入接下来的房间进行筛选。

白柳在这名厂工的带领下穿过一间紫色的消毒室，又经过几个充满不知名的难闻的气体的消毒房间——那名厂工解释这是在给进入核心调香室的他们消毒，白柳之前换的那件厚实的防护服可以起到简单的防护作用。

这些房间都是在用给物体消毒的方法粗暴直接地给他们这些还活着的人消毒，根本不在意他们是否会因为承受不住消毒的强度而死去，可见玫瑰工厂的建造者觉得那台可以检验调香师特质的仪器比他们这些人的命重要多了。

在穿过了三四个房间之后，白柳终于被领到一个严实密闭的、金属铸造的房间。

在这个时候，白柳在进入这个危险的工厂后，眼神第一次变了，他抬头从上到下地扫视了一遍这个房间的门。

这扇完全密闭的高大无比的门，和危险异端处理局那个编号0001的门构造一模一样，甚至连门中上方的那个被强行焊接的小窗口都是一样的。

厂工在那个小窗口上叩了两下，里面回叩了两下。

厂工恭敬地低头，对着门里的人低声说："我带新人来接受'它'的筛选了。"

里面沉寂了一会儿，然后这扇沉重无比、充满了焊铸疤痕的门缓缓地向里打开了。

白柳的瞳孔在看清里面场景的一瞬间，轻微地收缩了。

第十章

永恒长夏

~~199~~

  色泽接近于暗红色的房间里，冷水管道从四面八方涌来簇拥到中央，宛如扭曲狰狞、套卷在一起的蛇类。这些管道绕过房间顶部的一些木质的如缩小的房梁般的支撑结构，缠绕着向下延伸至房间的中心。

  房间的中心立着一个白柳见过一次的、玻璃制作的、铜铁包边的巨大展示柜，里面装满不知名的黏稠液体。

  那是他在《塞壬小镇》的博物馆里第一次见到塔维尔的时候，用来承装对方的展示柜。而在这一刻，在这个名为《玫瑰工厂》的游戏里，同样的展示柜里承装的不再是那条美丽腐烂的人鱼，而是一颗鲜红的、不断在跳动的心脏。

  冰冷的冷水金属管道从展示柜顶部开的小口钻进去，分别连接在这颗心脏的主动脉、肺动脉、肺静脉、主静脉，以及上下腔静脉的开口上，然后用某种类似订书钉的装置固定在血管壁上。

  管道化作了一根根钢筋铁骨的"血管"，"血管"里涌动着某种散发着玫瑰芬芳的樱桃红色液体，宛如一氧化碳中毒后血液的颜色。而色泽艳丽如烙铁的心脏被坚硬的血管支立，悬浮在展示柜的正中央，一下一下地、规律又平宁地跳动着。

  ——那是白柳久别重逢的旧友，那个叫作塔维尔的怪物的心脏。

  白柳模糊的记忆在这颗鲜红的心脏前清晰了一瞬。

  他记得在他还是白六、刚认识谢塔不久的时候，曾含着恶作剧般的笑意，趴在教堂的前桌上，点了点谢塔的心口，恶劣地询问谢塔："你说你是个不会死的怪物，如果有人，比如我，故意把你的心脏挖出来，你会死吗？"

  而谢塔无波无澜地回答他："不会，我的心脏会在你手上跳动。"

  他从未欺骗过白柳，塔维尔的确不会死，只不过他心脏跳动的地点不再是白柳的手心，而是一个充斥着玫瑰与毁灭的游戏里。

  塔维尔的心脏宛如干叶玫瑰消失的荆棘，在白柳遍寻不见他的某一瞬间突兀地出现，扎了一下这个曾经号称自己要亲手把它掏出来的人的心口。

带领白柳而来的厂工牵着没有反应的白柳上前，领着他走到了心脏展示柜后边的一道木质阶梯上。

白柳站在阶梯的第一层上，伸手就可以够到那些管道伸入展示柜的开口。

厂工对他解释接下来要进行的步骤："要尊敬仪器，小心使用，不要碰到上面那些管道，里面都是经过萃取蒸馏的香水原液，还是滚烫的，要经过心脏的循环才能成为调香师可以使用的原材料。不过这种原材料效用不强，和低级香水还相差得还比较远，要经过拥有天赋的调香师的配置才会变得持香能力更强。"

"接下来我们会给你一瓶没有经过循环的香水原液，让你滴在这个玻璃柜子里，如果原液产生一定程度的变色，那就说明你拥有使用这台仪器的天赋。颜色越深，你作为调香师的天赋就越强。"厂工看向白柳，"如果确定你拥有天赋，你就可以晋升为厂工了。"

厂工把一小瓶香水原液放在了白柳的手心，小心地拨开那些簇拥的管道，露出一个很小的开口，轻轻推了他一把："现在去试试吧。"

白柳握住掌心的香水原液，一动不动地垂眸看着这颗心脏，眼睛里什么情绪都没有。

心脏在他眼底"咚咚咚"地跳着，就好像还在谢塔的胸腔里一样。

厂工疑惑地看着毫无动作的白柳："编号71063的加工员，你怎么还不倒？"

不知道是不是他的错觉，他总觉得这个一直都很平静的加工员好像在见到这台仪器的一瞬间，就开始……生气了。

虽然表情没有什么变化，但是气场突然变得很恐怖。

明明是个小女孩的外表，却让这个成年人都不敢大声地催促他，只敢礼貌地提醒——如果换作平时有人在检测的时候这样磨叽，他早就破口大骂了。

仪器是很宝贵的，不能长时间地暴露，这样会污染仪器。

白柳在这个厂工的催促之下上前一步，面无表情地把手平举起来，然后转动手腕，从那个开口滴落了原液下去。

一滴玫红色的原液落在玻璃柜里，随即在那种黏稠液体的表面荡出层层涟漪。玫红色转深，涟漪不断扩大。

厂工惊愕不已地瞪大了双眼，他呆滞地、无法置信地看向白柳。

但这只是变化的前奏而已。

很快，一阵不知道从何而来的风席卷了这个密闭的空间，滴落在展示柜里的那滴原液宛如浓度极深的色素，以一种诡异的色素光谱开始扩散、变浓，一层一层地渐渐变深。

液体从一种接近于粉色的玫红，往外扩散成深红，再扩散成浅红。最终在原液扩散到心脏的时候，已经变成了一种成熟玫瑰的正红色。

与此同时，随着玻璃柜里的颜色变浓，心脏跳动的速度开始加快，加快了泵出液体的速度。

固定在墙面的管道承受不住心脏泵出的压力，管道的接口开始渗"血"摇晃，似乎很快就会脱落下来。随着原液的颜色变红，厚厚的玻璃"噼啪"一声出现了裂纹。

厂工惊慌失措地喊了一声看守这台仪器的员工，这个员工也是第一次遇到这种情况，人都有点蒙。

这可都是加厚的金属管道和防弹玻璃！

"放水换箱！"员工吼了一声，猛地拉下了手边的闸门。

顿时，玻璃柜下面的盖子打开，同时地下的一个出水口也打开了，玻璃柜里面被染红的液体倾倒了个干净。几乎是同时，外面这个箱子被上提拉走，一个更新、更坚固的箱子从下面升起，注入液体，再次将心脏悬浮起来。

白柳在换水的时候就被厂工抱到旁边的房间了——为了避免污染，这种更换液体的场景是不允许太多人在场的。

正当厂工为刚刚发生的事情胆战心惊的时候，他无意之间瞄到白柳正在微笑。

——那是一种好似从那个活死人般的心脏仪器上得到了回应，让他毛骨悚然的、恶魔般的满意微笑。

这笑在一个眼睛灰蒙蒙的盲人小女孩稚嫩的脸上显得格外让人不寒而栗。

他甚至不敢问这个小女孩在笑什么，只是回忆着刚刚他所看到的场景，大致推断出这座工厂迎来了有史以来最有天赋的调香师。

那种颜色，已经是特级香水才有的颜色了。

这个厂工紧张地咽了一口口水，他颤抖地在这台仪器旁边的小房间里，用还沾染着原液的手，提笔写下了一封申请书——

  尊敬的各位上级、各位调香师，于今日挑选的、用于检测调香师天赋的三位加工员，其中有一位引起了非常重大的事故。在测试期间，她不慎将承装仪器的玻璃柜弄裂了，这听起来似乎是不可饶恕的事情，必须处以死刑……

  但请允许我为这位加工员辩驳，这的确是情有可原的事情，我特此书写一封申请书，请求各位非但不要将她处以死刑，还要特地擢升她为调香师……

  这次检测，仪器给出的红色，是我从未见过的、红宝石般的、血液般的、深邃又美丽的红色。我妄自猜测，这位不慎犯下了一些错误的加工员，将是我们玫瑰工厂从建厂到现在最有天赋的调香师。

我们深知在这个世界里调香师是一个多么不幸、多么接近死亡的职业——由死人的器官选定，产出制造死亡的香水，最终在充满死亡的香气里下地狱。

这位加工员是我见过的身上最有死亡气息的人，没有之一。她为死亡而生，是这个职业的天才——显然我和仪器都是如此认为的。至此，请各位慎重考虑我的提议。

五月玫瑰节临近，我们从未像现在这样需要一位可以出产特级香水的调香师。

在写下这封申请书后，厂工赶忙带着白柳走上了三楼的办公室，开始办理加工员转正为厂工的相关手续。

与此同时，另一位厂工带着已经更换好消毒过的防护服的唐二打，走进了这间再次被整理一新的仪器盛放室。

唐二打皱眉凝视着这个房间——他和白柳一样认出了这个房间构造的违和之处。

这个游戏里的房间和危险异端处理局这个人为建造的机构里，编号为0001的房间外表看起来一模一样。

他的目光扫过整间暗红色的布满冷水管道的仪器盛放室，最终定格在屋子正中央，放在一个硕大无比的玻璃展示柜里的一颗奇异的、连接着这些冷水管道的离体心脏上——这颗心脏还在跳动。

唐二打拥有多年和危险异端打交道的经历，以及通关无数游戏的记忆，但无论是在现实还是在游戏里，他都从未见过如此奇特的异端，或者是怪物。

好像只要容许这颗心脏多跳动一秒，他的心跳频率就会被蛊惑，渐渐和这颗邪恶的心脏跳动的频率一致。

多年和这些邪恶的异端打交道的经验让唐二打培养出了极为敏锐的直觉，他看着那颗不断跳动的心脏，眉头越拧越紧，手往身后伸。汇聚而成的细微光点在唐二打的手心凝聚成了一把银色的手枪。

枪口以一种不为人察觉的角度，对准了那颗心脏。

200

最终唐二打还是没有扣下扳机。

厂工告诉他，他晋升为厂工，并且接着晋升为调香师的唯一途径，就是要通过维持整座玫瑰工厂运行的核心仪器的检验。

　　唐二打有理由相信，这颗神奇的心脏和这款游戏的主线任务"成为厂长"也有关系。

　　他在见到这颗心脏的时候有种不受控制的，就像是被人从心底诱导出来的杀意。这是不正常的，有点像是有什么东西在故意让他动杀心一般，让他有些不舒服。

　　而且这颗心脏，如果不是他所判断的是一个怪物，只是一个被污染的无辜者的心脏呢？

　　这种事情唐二打之前也不是没有遇见过，所以他思索了片刻，控制住了心底那股突如其来的杀意，冷静地放下了枪，决心找出这个游戏里的污染源头再做决定。

　　唐二打在厂工的指引下拿了一瓶玫瑰原液，走上阶梯往下倾倒。旁边负责看守仪器的员工紧张无比地看着唐二打的手，手放在水闸上随时准备往下拉——之前白柳搞出来的动静给他留下了不小的阴影。

　　唐二打滴下去的香水原液只泛出一层淡淡的玫红色。

　　旁边等着结果的厂工和看守仪器的员工在感到失望的同时，也松了一口气——但这也算是不错的结果了。

　　只是相比前一位检验的加工员相差太多。

　　"你的天赋不高，但要晋升为厂工也不是完全没有希望，因为五月玫瑰节要到了，我们很缺厂工。"带领唐二打走进来的厂工仰头看向他，"你需要再经过一次试香纸检测，如果确定你有一定的基础天赋，就可以转正了。"

　　唐二打皱眉："什么是试香纸检测？"

　　与此同时，三楼厂工办公室里。

　　白柳抬眸看向办公桌后的厂工主任："试香纸检测是指什么？"

　　厂工主任回答："为了能更进一步地确认你的天赋是否足够特别，能否升级转正为调香师的一个检测。主要是我们也不敢拿仪器来再次冒险，试香纸审核虽然精确度没有仪器那么高，但也可以确定一个大致的范围了。

　　"不过从你对仪器的破坏力来看，你很有可能在进行试香纸检测的时候弄坏试香纸。"

　　厂工主任的双手十指交叉叠放于桌上，他正视白柳，屈指叩了叩桌面上那封申请书："虽然试香纸对于任何一个调香师来说都是不可再生的珍贵资源，但你的天赋如果真的有这封申请书上写得那么显著，那就值得我们冒着损失一个试香纸的风险来进行二次检测。"

一个试香纸？

这个奇怪的量词让白柳挑了一下眉。

白柳在一些商场的香水柜台见过试香纸，他印象里的试香纸是一种类似于pH试纸的硬纸片，具有很好的吸水性，可以更好地吸收香水，并且在上面持久保留香气。

把一片沾染香水的试香纸放于鼻尖前十厘米左右扇闻，就可以更好地闻到纯净的香水或者是香料的味道。试香纸应该是调香师这个行业一种常用的设备。

但无论怎么样，这种试香纸的量词也应该是"片"，或者是"张"，而不应该是"个"。

白柳并没有提问，而是等待厂工主任继续说下去。

"接下来，如果你身体无恙，那我们就会接着进行检验。"厂工主任朝那个之前领着白柳进行仪器检测的厂工点了点头，又转头看向白柳，"我就会让这位厂工带着你下到负一层，也就是关押试香纸和玫瑰死刑犯的地方进行试香纸检测。"

说完，主任递给了那个厂工一串钥匙，道："带着他下去看看吧。"

玫瑰死刑犯白柳倒是知道是怎么回事。

他之前被那群流民科普过这个概念：犯了千叶玫瑰相关罪行的犯人，如果玫瑰工厂愿意接管，并接受这些犯人以某种劳动换取自己存活下来的权利，那这些犯人就可以转为无期徒刑，并被玫瑰工厂全权接管这些人的生命权以及生命使用权。

但是关押试香纸以及那个"个"的量词……

白柳心底隐隐产生了一种不愉快的感觉，他想到了一种他不太喜欢的设想以及这个游戏的设计者从头到尾针对他的顽劣恶意，这让白柳脸上的笑意淡去了许多。

厂工把白柳领了下去，他们穿过之前来时走过的长廊，在到达宿舍的走廊之前，在一个很阴暗的拐角转弯。

那里有一扇和整座玫瑰工厂的气味完全不同的木门，一点都不香，反而有股特别恶臭的味道。

厂工拿出了一串钥匙，在里面挑选出了一把插入木门。木门"嘎吱"一声缓缓朝里打开了，一股肉类和衣服发酸的汗臭混合的味道扑面而来，闻起来有点像沼气。

正对木门的一道向下的阶梯隐隐没入深不见底的黑暗中，阶梯两边的石墙极为狭窄，上面隔了一段距离安装了一个不怎么明亮的暗黄灯泡，只不过起到的照亮作用乏善可陈。白柳一眼扫去，他只能看到十几米内的景物。

似乎对这个情况早有预料，厂工在下来的时候还带了一个手电筒，领着白柳打着光往下走。

这个厂工一边走,一边给白柳科普:"这是工厂的负一层,只有高级厂工和调香师才有资格进入这里。"

白柳估摸着自己往下走了二十几米就到了底部。他抬头,看到了一个构造很像是监狱的地方。

湿漉漉的昏暗地底中间有一条不宽敞的小道,左右是类似于笼子的铁栅栏,一格一格嵌入墙里,紧贴着向里延伸,里面都是一些人不人、鬼不鬼的死刑犯。

白柳之所以会这样形容他们,是因为他们就像是白柳在玫瑰花田里看到的那些怪物流民一样,看不出人形了。

这些死刑犯嘴里发出一些含糊的声响,似乎想伸出手来抓从中间的过道走过去的白柳和厂工。但他们虚弱到根本无法动弹,只能眼睁睁地看着厂工带着白柳走过,趴在地上无力地挣扎了两下,发出一声哀婉、绝望的吼叫。

这声吼叫甚至让白柳觉得,他们伸手并不是为了向他们寻求帮助,而是在请求自己给他们一个痛快。

还有一些死刑犯已经死了。比较诡异的是,这里大部分的尸体,如果还保留能看清面部表情的结构,那么这些尸体脸上大部分都带着心满意足的微笑。

就好像活着对于他们来说,是一件痛苦无比、煎熬无比的事情,似乎他们等待死去这一刻已经等了太久太久,最后终于等到了,所以才会那么幸福。

白柳的目光慢慢地、一格一格地从里面这些犯了和玫瑰相关的罪的死刑犯脸上掠过,似乎想从他们的表情中读出点什么。

厂工似乎注意到了白柳的目光,不由得偏头辩解了几句:"工厂没有虐待这些死刑犯的爱好。工厂接管了这些死刑犯后,我们几乎每天都会给他们熏香水,让他们得以存活下去——这比大部分采花工的待遇还要好。"

"哦,是吗?"白柳不为所动,语气淡淡地反问,"这样说起来,你们倒是慈善家了,免费给这些犯罪的人熏香水。不如你问问他们是想死,还是想被你们接管?"

厂工被白柳这不咸不淡的话噎了一下,没出声。

玫瑰工厂绝对不是一所会浪费香水做好事的工厂,他们没有全部接管所有的死刑犯,而是接管了一部分死刑犯,就说明了这里面有问题——从牟利的角度推断,被玫瑰工厂接管的这些死刑犯的某些特质应该对这个工厂的发展有利。

白柳一开始不清楚这个"利"到底是什么——毕竟无论从哪个角度来想,花费香水养着一些劳动力并不强的人,算不上是一个精明的生意。

但现在他终于明白这个"利"是什么了。

厂工沉默了一会儿,叹息一声,才有些尴尬地开口:"……这些死刑犯是工厂特地挑选的，对玫瑰香水有一定抗性的人。

"这些人哪怕是被香水腐蚀了，也不会轻易对香水产生上瘾的症状，他们坚持自我，恪守本心，宁死都不会向干叶玫瑰瓦斯轻易屈服——事实上，他们之所以会因为犯罪被抓，大部分是为了研制玫瑰香水的解药。"

这个厂工又静了一会儿，开口道："在大部分人都已经屈从于玫瑰香水的成瘾性的时候，除了仪器，我们很难通过普通香水的试香纸去具体检测一款玫瑰香水的浓度和持香能力。

"因为调香师这种对玫瑰香水已经高度成瘾的人群，是很难通过自己对香水的反应去甄别一款香水的好坏的，大部分调香师因为日夜使用高浓度的玫瑰香水，对香气已经麻木了。

"但你也看到了，仪器是很珍贵的，我们不能随时启用仪器去检测香水。

"这个时候，我们就需要可以抵抗玫瑰香水、对它更为敏感排斥的人群作为实验对象，通过这些人的痛苦反应推测出这款香水的效力——我们将这类人群称为'试香纸'。"

厂工一边说着，一边领着白柳往更深的地方走去："刚刚你看到的都是快要报废的试香纸，他们已经快要撑不住了，但是还能使用一到两次。不过我这次领你来走的是特殊通道，你使用的试香纸是我们工厂最老牌的试香纸之一。"

说着，这位厂工又叹了一口气："这些老牌的试香纸也都快不行了，据说昨天为了五月玫瑰节，有个调香师检测了一瓶特级香水，又报废了一个试香纸，现在已经被转到低级外围区去了。不过你这次用的这个是我们工厂质量最好的试香纸，他的精神看起来还不错，对玫瑰香水的排斥反应也很稳定。"

说到这里，这个厂工不由得感叹一声："我从来没见过这么稳定排斥玫瑰香水的人，都已经那么痛苦了，还是从来不改变自己对玫瑰香水的排斥，心志之坚定让人敬佩。

"为了五月玫瑰节，调香师已经在他身上检测了好几瓶特级香水了，虽然他的身体出现了一定的中毒、器官衰竭的状况，虚弱了不少，但他的排斥反应十年如一日，未曾改变过。

"我都怀疑这种人是不是真的人类，也太固执了。"

白柳一言不发，他看着周围那些死刑犯，眸色越来越深，最终很轻地说了一句："我也觉得他太固执了。"

厂工没听清白柳的话，转过身来问他："你说什么？"

这次白柳没有回答他。

厂工领着他继续往里走，随着地道里越来越阴暗，地道左右的牢笼越来越大，里面的生活设施也越来越齐全，越来越像是一个人临时生活的房间。

最后，厂工停在一个独立的牢笼旁，这个牢笼较大，床放在最里面，里面的"试香纸"隐藏在黑暗里看不清，只能隐约看到床边坐着一个身躯佝偻的黑色人形轮廓。

这个牢笼相较于其他的牢笼整洁许多，栅栏上还挂着两件泛黄的旧衣物，里面的桌子上也规整地摆放了一些书本、纸笔和几个零散的烟盒，烟盒已经空了。

那位带领白柳来到这里的厂工神色复杂地看着这个干净得不像地牢的牢笼："他又自己打扫过了……真是一点都不像一个被试香这么久的人，还能维持理智。"

"这就是你今天检测香水的试香纸。"厂工掏出了钥匙，插入了锁孔。

与此同时，一墙之隔的另一条地道里，另一名厂工领着唐二打往里走，正喋喋不休地、骄傲地向他介绍玫瑰工厂的这座地牢。

唐二打看着这些牢笼里的死刑犯，眉头紧锁到可以夹死苍蝇——他在看到这些怪物流民状的死刑犯的一瞬间就下意识地拔出了枪，但很快，他意识到了这些死刑犯和玫瑰花田里的怪物流民的不同之处。

但这个不同之处让他的眉头皱得更紧了。

——这些家伙虽然已经被香水侵蚀污染到这个地步了，但他们居然全都是清醒的，还在努力地和侵蚀他们意识的玫瑰香水做斗争。

这个厂工走在唐二打的前面，一边敲了敲一个牢笼的铁门，一边语带羡慕地说："你小子运气不错，这是一个快报废的老牌试香纸，昨天被一个高级调香师的一瓶特级香水给试废了，现在看起来半死不活，正好可以用来给你做检测。"

唐二打转头看向这个阴沉朦胧的牢笼内。

地牢里没有什么灯光，可见度极低，他只能大致地看到一个背靠在墙壁上的人形黑影，身躯随着呼吸在微弱地起伏着，一股近乎腐烂的恶臭从这个人的身上弥漫开，让厂工厌恶地挥了挥手，流通鼻尖前的空气。

这人，或者说这个试香纸只有一只手臂和半张脸探出了阴影，暴露在微弱的光线里，大概能看到。于是唐二打抬头看向了对方的手和脸。

那人的手几乎已经全部皲裂绽开，漆黑的、血一般的纹路一直从虎口蔓延到手肘。露出来的半张脸更是面目全非，皮肉剥裂血腥，浅色的眼珠目光涣散，一点焦距都没有地和栅栏外的唐二打对视着。

有一瞬间，一种无法言说的恐惧涌上了唐二打的心头——这半张脸，这半张血肉模糊的脸，他好像在某条噩梦般的时间线里见过。这让唐二打握着枪的手无法控制地、痉挛般地颤抖起来。

唐二打的胸膛还在剧烈起伏，但他的呼吸几乎停止了，宛如被冻僵般，站在原地一动不动地、直勾勾地注视着这张脸。

手枪从他的掌心滑落，化成光点跌落在地上。

但厂工没有察觉到唐二打的异常，他把钥匙插入了锁孔。

布满灰尘和铁锈的门同时在白柳和唐二打面前缓缓打开。

厂工让开道路，让他身后的白柳可以看到牢笼里面的情景，并且把手里的手电筒递给了他，偏了偏头示意白柳进去，自己则在外面等着，并解释说："我们身上的玫瑰味道太浓了，会对试香纸有一定干扰，一般一个人进去就可以了。"

"进去之后，这个试香纸会教你怎么检验自己的天赋，他很熟练了，脾气也很好，不会攻击你的。"这个厂工想了想，又补充了一句，"虽然这个试香纸有时候会对来测试的人说一些很奇怪的话，但总体还是很配合的。"

白柳点点头示意自己知道了，他很平静地接过厂工递给他的手电筒，把亮度调到最高，一步一步地走进了这个牢笼。

手电筒的光束随着白柳的走近，从地面缓慢地靠近床边。惨白的光晕里先是出现了一只白柳有点眼熟的旧皮鞋，然后是一条洗得发白的制服裤子。视线再往上移，能看到一个人举着没有点燃的烟屁股，低着头坐在床边。

这人的脸部和手臂都已经完全变形了，手指的关节处都是裸露的、长满触须的骨头，呼吸声细微到近乎没有，脸色惨白，眼部凸显，原本方正英俊的脸两侧凹陷下去，就像几十年都没有吃过肉似的，瘦得几乎只剩一副骨头架子。

白柳在他们过得最凄惨的时候，都没有见过他这副样子。

这个人就算是在福利院的时候把很多食物让给了白柳吃，也从来没有饿到憔悴成这样。

只有那一双眼睛，依旧是不变的温和坚定，里面一朵玫瑰都没有生长。

白柳终于开口了，他用手电筒照着这个人的头，语调一点起伏都没有："陆驿站，你终于没钱买烟了吧？"

这人终于抬头了，他有些愕然地看着站在他面前的刘佳仪，然后愣怔了一会儿，像是忽然反应过来了一般，颇有些不好意思地挠了挠头，憨傻地自言自语："啊，我刚刚又看到幻觉了吗？"

"这次是白柳的声音和刘佳仪那个小姑娘——哇，这个刘佳仪的表情真的很像白柳啊。"说着，陆驿站勉强地撑着双手往床边挪动了一点，他好奇地凑近，打量着脸上毫无情绪的白柳。

白柳面无表情地看着他。

然后陆驿站忽然弯起眼睛，很温柔地笑了起来，向着白柳伸出了那只已经全是白骨的手："不过就算是幻觉，我还是蛮高兴的。

"因为就算在幻觉世界里，我们也已经很久没见了，白柳。"

201

  铁门摇摇晃晃地荡开，站在门前的唐二打一动不动。
  他好像在一瞬间化成了一座木雕，或者说，此刻他希望自己只是一座木雕。
  厂工疑惑地推了他两下，但唐二打人高马大，他根本推不动。这个时候牢笼内的"试香纸"忽然挪动手指，轻微地朝他动了一下。
  靠在墙上的"试香纸"那双涣散的眼睛努力聚焦，看向了唐二打。他发出很微弱的、带着疑问的、嘶哑的声音："……队长？"
  只是听到这轻轻的一声，一直站在原地的唐二打就像是被枪狠狠地击中了，痛得他几乎要咬牙切齿才能控制得住自己的表情。
  唐二打眼睛猩红，扶着墙才能稳住自己的身体。他正不错眼地看着牢笼里的人，或者说是看着那个试香纸。
  有什么东西抽干了唐二打的力气，让他精疲力竭、伤痕累累、面目全非，让他只能依靠外物支撑着自己的身体，一步一步、跌跌撞撞地走进这个一直困住他、困住苏恙的牢笼里。
  唐二打走到了试香纸的面前，在这一刻，他才清晰地看到对方的全貌。
  苏恙整张脸都在"绽放"，眼睛里的玫瑰花茂盛得就像是花田里的一样，脸上全是血肉外溢的纹路，身上穿着那件危险异端处理局的副队长制服，就连身份牌都还戴着。
  身份牌上苏恙的工作照沾染了血迹，显得脏兮兮的。
  这张脸和这张工作照，让唐二打想起了苏恙被小丑枪决的时候。那个时候队员们撕心裂肺的惨叫，似乎还回荡在他的耳边。
  而唐二打就像是灵魂出窍般，表情一片空白地望着那盘记录了苏恙死亡过程的录像带，大脑就像是出了故障般，只反复回荡着一句话——要是我在苏恙旁边就好了。
  ——要是我和苏恙一起被抓就好了，要是我代替苏恙被抓就好了，要是我是苏恙就好了。
  ——要是被折磨的是我，痛的是我，死的是我就好了。
  ——为什么每一次，每一次，都非得是苏恙？
  非得是他这个懦夫在这么多条时间线里都不敢诉之于口，不敢正视的，不敢多看一眼、多说一句话的最重要的人？
  唐二打闭了闭眼睛，扶着墙的手背上青筋暴起，整个人几乎要站立不稳。
  苏恙眼里闪着很微弱的光，他似乎并不觉得自己现在这样很痛苦，表皮参差不齐的脸上是纯然的看到了唐二打这个队长的信任和喜悦，他似乎想笑。

但割裂的皮肤和肌肉阻挡了苏恙微笑的动作。

于是他的嘴角弯到一半，便无能为力地掉落下去，只有语气依旧是欣然的："真的是你，队长！"

苏恙想要抬起手来够唐二打的衣角，但试了几次都没能成功，反倒是他的手因为用力过度而颤抖起来。

在苏恙又一次举起要够他衣角的手但即将掉下去的时候，唐二打终于沉默地半蹲下来，他很轻地用他发抖的手，隔着一点距离，轻微地虚空地盖在了苏恙手背上。

苏恙虚弱地喘了两下，靠在墙上奄奄一息地、半合着眼笑着看他，忽地转过手来握住了唐二打的手。

唐二打深吸一口气，压制住那些翻涌的情绪，他在这条时间线第一次没有拒绝苏恙的亲近，而是回握了苏恙。他的嗓音沙哑艰涩："嗯，队长来了，来救你出去。"

"不，不能……救我出去！喀喀喀——"苏恙的脸上出现有些气恼又无奈的神色。

他就像是以前每一次和唐二打合作时那样，似乎为自己这个队长粗莽的决定感到苦恼，但最终依旧耐下性子来劝解对方。

苏恙的说话声因为呼吸急促，听起来有些断断续续："你救我出去……也没用的，我真的快不行了。"

苏恙的眼帘垂落，语气也低落了下去："我的家人、父母、队员都没有撑下去，都枯萎了，现在只剩我了，但我也撑不了多久了。"

"我只是不甘心而已，不甘心在这个东西面前自己什么都做不到，我太废物了。"苏恙的语气很轻微。他恍惚地抬起头来，浅色眼珠子里的玫瑰格外清晰，他攥紧了唐二打想要抽走的手，"但队长你是不一样的！你是被预言家选中的人！你一定可以改变这一切！"

这一刻，唐二打在所有时间线里的记忆好像都被收束在这一句话里。

"队长！你一定可以的！

"队长，我相信你！

"队长，喀喀……只要你活着，我们就有希望！"

无数的，所有的，不同的苏恙带血的、破碎的、苍白的、布满伤痕的，或者是血肉模糊的脸，如出一辙地用带着解脱和充满希望的明亮眼神注视着他，喊他"队长"。

然后在下一刻笑着为他死去，灵魂都在转瞬之间消弭在光里，不见任何踪迹。

唐二打意识模糊地看着苏恙焦急地注视着他的脸，有一瞬间，他觉得自己接受的不再是苏恙的嘱托和信任，而是一种孤注一掷的诅咒和远离。

苏恙艰难地前移身体，他靠在唐二打的肩膀上，压低声音说道："队长，听着，救我出去已经没有意义了，你混到了这里，应该是要升为厂工了，紧接着就是晋升为调香师了。玫瑰香水是有解药的，但解药只有每一任厂长才知道。"

"只要你从调香师升为厂长，你就知道解药是什么了。"说到这里，苏恙有点喘不上气，他靠在唐二打的肩头上仰着头休息，然后又快速地接着说了下去，他的语气里带着笑意，"那个时候，你就可以拯救这些被污染的人了。"

唐二打不清楚自己到底静了多久，才嘶哑地开口："……那你呢？"

苏恙没有说话，只是安静地靠在唐二打的肩膀上，闭着眼，胸腔轻微起伏。

他们的默契不需要他们多说什么，两个人都明白了苏恙做出了怎样的决定——苏恙决定牺牲自己给唐二打做检测，让唐二打成功晋升为厂工。

这相当于让唐二打亲手杀死苏恙，去拯救这个游戏里的其他人。

哪怕这个苏恙也只是一个游戏里的人物，只是一个假的苏恙，唐二打也下不了手。

"但是队长……"苏恙靠在唐二打的肩膀上睁开了眼睛，目光虚无，像喃喃自语般轻声说着，"我已经不可能被救回来了，我对玫瑰香水上瘾了。"

"队长，做人要看开一点，死亡这种东西……人类都是要死的。"苏恙的语气里带着一点随意的、无所谓的笑，他好像在哄唐二打，"如果我非得要死的话，我希望我的死对你有意义。"

"我其实真的很高兴，能在彻底枯萎前见到你，因为这至少代表我这么久像是犯傻一样的挣扎和痛苦，不愿意对玫瑰香水屈服的自我折磨是有意义的。"苏恙在唐二打的肩膀上转过头，很温柔地注视着他，"我的意义就是等到了你，队长。"

唐二打能看到苏恙脸上的裂纹在渐渐加深，皮肤脱落，血液从边缘渗出——映在他的瞳孔里的苏恙变得越来越像一朵玫瑰。

也越来越像一个怪物。

他从未如此清晰地看见过生命在一个人的身体里飞速流逝。

苏恙祈求地望着唐二打。

唐二打一点点地松开了苏恙握住他的手，然后又虚虚地握了握那只他主动松开的手。他低着头，看不清神情，嗓音嘶哑到几乎听不清："……检测，要怎么做？"

苏恙发自内心地笑了起来："谢谢你，队长。"

"对了，"苏恙似乎想起了什么重要的事情，脸色变得凝重，"队长，你还记得当初你抓到然后又逃逸的那个活人异端白柳吗？等下你离开这里，如果有机会找到他，请一定杀死这个人。

"就是这个人，在他逃出危险异端处理局的当天，炸毁了我们去勘查的工厂。"

一墙之隔的另一个牢笼里。

陆驿站好不容易搞清楚了自己面前这个人真的是变成刘佳仪的白柳，两个人没有紧张气氛地、有一搭没一搭地聊了起来。

白柳抬起眼皮看了一眼坐在他对面的陆驿站："我炸毁了玫瑰工厂？"

"是的，"陆驿站似乎也不觉得自己在说什么很重要的话题，身体和语气都很放松，躺在床上，双手枕在脑后，"我和其他危险异端处理局的工作人员都看见了，我用我对你十年的认识程度打包票，站在玫瑰工厂上面，那个号称自己要炸掉这座工厂的人就是你。"

"你说你要引发爆炸，泄漏干叶玫瑰瓦斯，毁灭世界。我还和你对话了好几句，最终确定了你就是我认识的这个你没错。"陆驿站仰着脸说。

《玫瑰工厂》这款游戏的时间线是真实世界的十年后。

白柳梳理了一下陆驿站和他说的时间线。

引发干叶玫瑰瓦斯在全世界普及开来的那场爆炸，发生在白柳逃离危险异端处理局的第二天。

而就在当天，陆驿站和危险异端处理局第三支队的副队长苏恙都来到了玫瑰工厂，调查这所被强行查封但暗中重启的工厂——这是白柳在这座工厂的报纸上看到的事情，也和白柳推测出来的现实情况基本符合，和刚刚陆驿站跟他说的也一致。

而陆驿站说的之后发生的事情，白柳只听了几句就挑高了眉毛。

陆驿站说他们到达工厂的时候，在工厂内到处搜寻疑似储存了干叶玫瑰瓦斯的器皿。整座工厂特别奇怪，仪器一应俱全，但人却像是凭空消失了一般，不知道去了什么地方。

他们不眠不休地搜寻到了凌晨，除了一些盛有玫瑰残渣的铁锅和蒸馏装置，一无所获。

这个时候白柳就像是从天而降般，凭空出现在了玫瑰工厂的楼顶，拿着一个不知道从哪里搞来的大喇叭，一只手插着兜对着下面的人群懒洋洋地喊话。

陆驿站一边说，一边用手比出一个喇叭来模仿当时的情景："我是白柳，等下我要引爆这座工厂，让干叶玫瑰瓦斯泄漏，让所有人陪我一起玩儿完。"

白柳诡异地沉默了一会儿，然后问道："然后玫瑰工厂就爆炸了？"

陆驿站老实地点头："嗯，然后你就彻底消失了。因为这事，有段时间危险异端处理局对你的通缉令赏金开到了一千六百万元，我都有点动心。"

白柳斜眼看躺在床上的陆驿站："你不觉得爆炸是我引发的？"

陆驿站要是真的确定是白柳引发的爆炸，只要他还能动弹，白柳一走进来，这人保准就会从床上弹跳起来把他给当场击毙了。

但是现在陆驿站还心平气和地躺在床上和白柳聊天，就证明陆驿站觉得爆炸这事和白柳无关。

陆驿站静了一会儿，才开口："我确定在玫瑰工厂楼顶喊话要炸掉工厂的人是你，我也确定在你说完之后，不到十五分钟，玫瑰工厂就爆炸了，造成了危及所有人的香水泄漏。"

然后陆驿站给出了一个很没有头脑的推测："但我觉得爆炸这事不是你做的。"

白柳饶有兴趣地问："为什么？"

白柳很少怀疑陆驿站对他的推断，陆驿站对他的熟悉程度可能比他本人更高，也从来不会对他说谎。

陆驿站说站在楼顶的那个人就是他白柳，那白柳觉得那就真是他本人。

陆驿站像是发呆般抬头看了一会儿牢笼的棚顶，才回答了白柳的话："很不专业的主观臆测，我相信你不会做这样的事情。"

白柳斜眼扫他："我从来不知道，你居然还会信任我的人品？"

陆驿站慢悠悠地"唉"了一声，转过头来轻飘飘地看了白柳一眼："不是因为这个，我可不敢相信你的人品。"

如果不是陆驿站脸上那些奇怪的纹路，他们的对话就像是平常插科打诨一样自然。

陆驿站看着白柳："但我相信你的交易道德，你在昨天和我做了十年火锅的交易，没必要一顿都还没吃到就去毁灭世界了，这多吃亏啊，我不信你能干出这种事儿。"

"嗯。"白柳看了一眼陆驿站，"虽然我也这样觉得，不过其他人不会这样觉得吧？"

陆驿站笑了笑，又把头转了回去，感慨道："的确，那天去工厂的人员只有我一个人这样觉得，但我做出推断的理由太主观了，无法说服他们，所以后面才会有对你的高额悬赏。"

"可惜后来他们没能撑下去，一个一个都走了。"陆驿站的神情终于变得复杂，他长长地叹了一口气，"这个世界上还能持之以恒地相信你的人和痛恨你的人，好像都只剩下了一个。"

相信白柳的人显然是陆驿站，按照这个游戏设计者的恶趣味，如果白柳没有猜错的话,那个痛恨他的人应该就是苏恙了——这个时候唐二打对应的试香纸多半就是苏恙。

陆驿站接着说了下去:"在这里的这十年,我一直在回忆我和你认识的那十年,试图在其中寻找到你到底是个什么样的人的蛛丝马迹,从而证实我对你不会引爆玫瑰工厂的猜测。而另一个人不断地强调证据,强调他亲眼看到了你引爆了工厂。"

陆驿站双眼直直地看着天花板,他的语气变得很轻,好像在自言自语:"证明你到底是什么样的人,变成了我们存活的唯一理由。

"而回忆到后期,我都开始怀疑你是否存在,你是不是只是我在这里因太孤独而幻想出来的一个朋友,一个凶手,一种为了保持清醒而自我补偿的救赎——知道你存在,我至少熬得有点盼头。"

白柳平静地侧过头:"所以呢?"

陆驿站抱怨似的白了白柳一眼:"好歹同情一下我吧,我都这么惨了。"

说完,陆驿站静了一瞬,他笑笑:"所以有段时间,每当有人进来检测香水,我都会问他们——你认识白柳吗?你觉得他这个人怎么样?

"可能是因为我很配合他们试香,他们也基本都回答我了,我得到了许多关于'白柳'的答案,但没有一个可以说服我你真的存在,也没有一个能描述出我认识的那个人。"

陆驿站艰难地撑着床沿坐了起来,他深呼吸了两下,抬头看向白柳:"现在轮到你来回答我这个问题了,你认识白柳吗?"

他不错眼地直视着站在床边的白柳:"——你觉得白柳是一个什么样的人?"

"我认识白柳,"白柳很平静地看着虚弱喘息的陆驿站,说,"他是一个无耻、卑鄙、不择手段,也不接受普世道德和潜规则绑架的人。简单来说,就是一个彻头彻尾的浑球,再加上他有很强烈的金钱欲望,从各方面来说都是一个相当危险的人物。"

"嗯,"陆驿站严肃地点点头,"是我认识的白柳没错了,继续。"

白柳注视了陆驿站很久,才接着说:"他的确是你的朋友,所以就算他是一个这样的浑球,他也会信守和你的交易——我不会引爆工厂的,如果站在玫瑰工厂楼顶的那个人的确是我,那应该有某种原因迫使我说出了那样的话、做出了那样的选择。但我不会做违背交易的事情。"

陆驿站怔了一瞬,他由衷地笑了起来:"是的,我也是这样相信着的。"

白柳上前一步:"好了,废话和你说完了,教我怎么检测吧。"

陆驿站愣了片刻,无奈地惨笑:"你过于残酷了吧,白柳。我刚刚听那个厂工说了，你这家伙的天赋很有可能检测一次就把我弄死欸！"

"你或许会死在这里，"白柳扫了陆驿站一眼，"但真正的你不会死的。要和我做交易吗？我能阻止这场已经发生的爆炸，救下你和其他人。"

陆驿站怔怔地看了白柳半晌，虽然他好像没有弄懂白柳到底在说什么，也不知道白柳怎么能做到阻止这件已经发生的事——

但是他知道白柳这人说出口的交易，至少50%是他自己可能做到的事情。

"要！"陆驿站一口答应，他眼睛发亮，"交易的内容是什么？"

白柳："请我吃二十年的火锅。"

"加上之前的十年，都三十年了！也太多了吧！"陆驿站惨叫，"你看看我现在这样，都不一定还能活那么长！！"

白柳瞄他一眼："那就为了和我做成这笔交易，努力活到那个时候吧。"

陆驿站呆住，他看了看表情淡漠的白柳，没忍住笑了起来。

关心人都这么拐弯抹角——还真是白柳本人。

苏恙抓住唐二打的双手，他脸上难得出现如此懊悔的神色："队长，我和其他队员在这里的每一天都在后悔当初没有认真地执行你的命令，要是在抓住白柳的当天就将他击毙，这么多的人……"

他浅色的眼睛里盛满眼泪，声音干哑破碎："这么多的人，就不会因为白柳的报复，因为这样的东西泄漏扩散而死去了！

"队长，如果当初我可以阻止这一切的发生就好了，都是我的错……"

苏恙就像是被某种极为沉重的责任和情绪压垮了，他在唐二打的面前缓缓弯下身子。

他好像一瞬间因为悔恨和自责老了几十岁，脊背上的骨节就像是串珠般在他瘦得过分的背上鼓起，瘦骨嶙峋，无法直立。

唐二打握紧了拳头——这一切对于他面前这个苏恙来说已经来不及了。

但是对他来说，还是来得及的。

只要他及时通关，找到解药，并且杀死白柳——他看见的这一切，这个痛苦到想要死去的苏恙，这一切的一切，都不会再发生了。

唐二打在心里计算了一下这个游戏结束时对应的现实时间，以及刚刚苏恙告诉他白柳引发爆炸的时间，他的目光不由自主地一凛——这相当于白柳在通关之后，就立刻去往工厂引发了爆炸。

得在游戏里解决白柳才行！

他已经知道成为厂长之后就能得到解药了，白柳不能再留了！

202

试香纸检测是一件非常简单的事。

"只需要将香水原液涂抹在你的手心,均匀地涂抹开。"陆驿站对白柳说。

"然后将你的手心贴在我身上一块完好的皮肤上。"苏恙对唐二打说。

"接下来,你只需要观察我身上这块皮肤开裂的速度和我反应的痛苦程度就可以了。开裂的速度越快、我越痛苦,说明你的天赋越高,越适合调配玫瑰香水。"

苏恙用微微发颤的无力的手指,一颗一颗地解开了自己制服的纽扣,脱下了制服,转身背对唐二打。

制服松垮地堆在他的腰上,他白皙的背部皮肉绽放的纹路就像是没有完成的文身,从被半长的头发遮掩住的颈部一直蜿蜒到微微下陷的腰部。

整个背部只有左边肩胛骨边缘正对着的那块皮肉是完好的。

——那正好是心脏的背部投影的位置,唐二打知道从这里偏侧射击,可以直接射进被肺叶包裹的心脏。

陆驿站盘腿坐在床上,他背对着白柳,往上撩开自己的头发,露出完整的、没有任何裂纹和枯萎痕迹的一块后颈,然后低下了头,把后颈这块皮肤暴露给了站在他身后的白柳。

这是他们身上为数不多的一块好皮了。

苏恙和陆驿站都深吸了一口气,他们闭上了眼睛:"开始吧。"

白柳把香水原液滴在手心,唐二打意识恍惚地在自己的手上涂匀,然后他们伸手把掌心轻微地分别贴在了陆驿站和苏恙的皮肤上。

几乎是在他们把手放下去的那一瞬间,陆驿站和苏恙都发出了一声让人听了之后不寒而栗、浑身发冷的凄厉惨叫。

同时,站在牢笼外的两个厂工在听到这声惨叫的时候意识到试香开始了,他们从兜里掏出了一个计时器,见怪不怪地开始了试香记录——也就是记下里面的试香纸惨叫持续的时间。

陆驿站在床上痉挛地抽动,他被白柳触碰的后颈就像是被刀子雕刻般,出现了一道一道深可见骨的血痕。他眼里的玫瑰若隐若现,脸部狰狞扭曲到就像是所有的肌肉都在用力,但还是不断有痛哼声从他的鼻腔里传出。

苏恙在地上用额头抵着地面不停地深呼吸,眼里的玫瑰夺目绽放,几乎在黑暗的牢笼里透出一阵光来。

他背部所有的纹路都在涌动、聚拢,鲜血从每一道攒动的伤痕里冒出来,很快湿透了他半挂在腰间的制服。

苏恙竭力隐忍着让自己不要发出声音给唐二打造成心理负担，冷汗和眼泪混在一起，顺着他的鼻尖滴落在地面。

太痛了，实在是太痛了！

用尽全力去抵抗这种东西的侵蚀，真的太痛了！！

唐二打神志恍惚地跪在苏恙的旁边，苏恙那种深刻的痛苦让他快要疯掉了。

他一时之间分不清到底是苏恙在经受酷刑，还是他自己在经受酷刑。

有几秒钟苏恙用盛满泪水的眼睛和他对视的时候，唐二打脑子一片空白，他不受控制地掏出了自己的技能枪，想对着自己的腿部和手脚开几枪。

似乎这样他就能和苏恙一起经受某种痛苦，就可以让苏恙好受一点。

但是苏恙死死地抓住了他的手腕，一字一句地说："队长，你有更重要的事情要去做，不要和我一样，在这里因为愧疚而伤害自己。"

"没有意义的，队长。"他轻声说。

苏恙阻止他的力道是那么轻微，唐二打可以轻而易举地挣脱，但他还是颤抖着放下了枪——他看到了苏恙细瘦的手臂上有无数道伤痕。

和玫瑰香水导致的伤痕不一样，这些伤痕全是人为的——这些都是苏恙自残的伤痕。

苏恙脸上的伤痕也渗出鲜血来，他抬起头，脸上带着一个非常艰难才露出的笑。他眼中玫瑰的红光熄灭下去，眼睛重新变回浅色，眼神变得清明：

"有一个和我遭遇了同样事情的人，阻止了我伤害自己，告诉我如果可以靠着恨某个人活下去，就恨吧。

"就算我恨的那个人是他最好的朋友。"

苏恙的呼吸开始渐渐放缓，他的眼皮无力地耷拉下去，语调也微弱了许多：

"就算亲眼所见，他也相信白柳没有引爆工厂。我无法说服他，他也无法说服我。

"我们都没有确切的证据能证明白柳到底有没有引爆工厂。队长，我们办理这些奇奇怪怪的案件这么多年了，也知道有时候亲眼所见……"并不等于一切。

所以按照疑罪从无的定理，其实那个人是对的，只是我太……

人总是会把自己因无能为力而产生的愤怒转嫁到别人身上，渐渐变得像个没有人性的异端。

我就像个异端一样扭曲恶心地活到了现在，等到了你。队长，我已经不清楚我到底还是不是个人了。

苏恙张了张口还想再说话，但他背后的伤痕却在这个时候疯狂蠕动了起来，让他的双眼瞬间变得赤红。

原本消减下去的玫瑰在苏恙的眼里又开始一闪一闪地发出红光，他痛叫一声，柔和的表情变得狰狞不少。

苏恙之前只是轻轻抓住唐二打双臂的手瞬间收紧，他前倾身体直视着唐二打，眼里的玫瑰惊心动魄地绽放，仇恨和欲望在他没有一块好皮的脸上触目惊心地显现着：

"杀了白柳！队长，我亲眼看到他引爆了工厂，现在的情况根本不容许我们迟疑了！不杀死他这一切都会无法挽回的！"

苏恙脸上的皮肉一块块掉落、折起，他眼里的玫瑰花瓣弯曲舒展，彻底地绽放了。

"杀了我，队长，我真的要变成异端了。"

唐二打掏出了枪，苏恙微笑着闭上了眼睛。

银色的子弹在地面上划出血色的斜线，"刺啦"声混合着一声撕心裂肺的惨叫，分不清是谁发出的。

另外一边。

陆驿站后颈的纹路向前蔓延爬到他的脸上，他躺在地上深吸气，眼中的玫瑰一闪一闪的，似乎要定格在他眼里，但总会被倔强的陆驿站消灭，然后在下一次的痛楚里又席卷而来。

白柳站在旁边安静地垂眸看着，就好像这个在地上扭动挣扎、痛不欲生的人和他没有关系。

"早知道……你调香师的天赋这么高，"陆驿站呼气缓解痛感，冷汗已经湿透了他的衣服，但他居然还可以分心调侃白柳，"这工作这么赚钱，你之前就应该做什么调香师的。"

陆驿站这话指的明显是现实世界里那些正常的调香师。

白柳懒懒地"嗯"了一声，问："一般来说，你忍多久能表明这个试香纸检测的结果我的天赋是特级调香师的？"

"不好说，要等外面的厂工通知。"陆驿站脸色惨白地说，他言辞有些含糊。

白柳在陆驿站旁边蹲下来，他两只手随意地搭在膝盖上，用一种无法回避的目光直视陆驿站："那我换一种问法，你觉得我的天赋在这个检测里可以折磨你多久才会停下？"

调香师的试香纸检测持续的时间是根据对方的天赋而定的，一般来说也就是十几分钟，而陆驿站这边的检测时间已经明显超过十几分钟了，这些纹路不但没有停下，还开始向陆驿站全身其他完好的地方蔓延。

如果厂工在里面，他看到这个检验结果，大概会惊喜地告诉白柳，他的天赋足够撑爆这张试香纸。

而天赋超过试香纸能承受的范围检测，通常来说只有一种结果，那就是试香纸直接异化成怪物——用厂工们的行话来说，也就是报废。

不过陆驿站又是一个意志出奇坚定的家伙，他不愿意被欲望异化，所以现在在硬撑，居然也让他撑了下来。

结果也是明显的，陆驿站需要每时每刻都忍受加倍的痛苦。

白柳的天赋让这场试验一旦开始就无法停下，也就是说，除非陆驿站认输，否则在他变成怪物之前，他会一直忍受这种越来越剧烈的痛苦。

而白柳看出了陆驿站这家伙想要一直硬撑，还在回避他的问题，才会这样问他。

陆驿站虽然痛到手脚都在发抖了，也只是玩笑般地回了白柳一句："最少也要撑三十年吧，不然怎么请你吃那么久的火锅。"

白柳垂下眼帘看着陆驿站白到一点血色都没有的脸上被生长的裂纹分成可怖的几块，然后渗出血来，但这人的眼睛里还是干干净净的，就是不长玫瑰。

陆驿站是白柳见过最奇怪的人，没有之一。

让全世界几十亿人做选择，如果需要一直忍耐这种锥心的痛楚而活着，大部分人都会懦弱地选择放弃自我成为怪物，有骨气一点的就干脆寻死。

但陆驿站都不会选，他就要坦坦荡荡地、痛不欲生地笑着活。

他身上有普通人都会有的韧性和善良，只是更加固执、厚重、不可撼动。而这种东西，白柳通常认为一个聪明人是没有的。

不过陆驿站很聪明，只是这家伙的智力点都点在了做好事上，是个真正意义上的好人。

按照白柳对大部分好人的理解，他们一定会是动荡来临，或者是玫瑰工厂这种游戏设定的世界观里最先消失的。

而陆驿站在好人这个群体里也显得奇怪，因为按照他的逻辑，他一定会为了拯救更多人，想方设法地让自己活下去、让别人活下去——他会是活到最后的那个好人。

"其实我是想杀了你的，陆驿站。"白柳发自内心地说，"你这样的好人在这种世界里死了比较轻松，活着太痛苦了。"

陆驿站痛得一只眼睛已经闭了起来，龇牙咧嘴，肌肉抽动。但他听了白柳这话却突然笑了一声，他费力地睁开双眼，姿态狼狈地撑起上半身，几乎是有点恶狠狠地对白柳说：

"不要小看我啊，区区一瓶香水而已。

"好人就会更脆弱吗？白柳我告诉你，好人为了做好人，也是可以披荆斩棘、不择手段的！

"你以为说这些你就了不起吗？我告诉你，白柳，你打不败我！"

203

和陆驿站那个死倔死倔的眼神对视了一会儿，白柳站了起来，他收起了自己已经拿出来的骨鞭——他本来准备给陆驿站一个痛快的，但看起来对方并不需要。

雪白的鞭子逶迤在地，沾染了陆驿站身上渗出的血。

陆驿站又躺回了地上，因为疼痛，他的喘息声变得粗重，声音也有些不连续："你去外面问，问那个厂工，呼呼……你的天赋应该已到特级了。"

白柳出去询问了一下厂工，厂工低头看了一下时间，又问了白柳试香纸的表征，确定了白柳的调香师天赋已经是特级以上了。

厂工还惊奇地问了一句："里面那个试香纸还没有报废？"

白柳静了一会儿，说没有。

厂工进去核对白柳所说的表征，陆驿站就像是白柳在这个地牢里第一次看到他时那样，委顿地坐在床边脱下衣服给厂工检查。

检查完了，陆驿站还一瘸一拐地把自己被血和汗水打湿的衣服放进了水槽里，看起来等会儿他还准备洗衣服。

如果不是看到陆驿站手背上的纹路还在蔓延，白柳甚至都觉得这人没事了。

厂工都连连惊叹，说没想到居然在经过特级天赋检测之后，这张试香纸还能撑住。

在所有信息都核对完毕后，厂工领着白柳准备上去，走之前陆驿站叫了白柳一声，白柳回过头去，看到坐在床边的陆驿站欣慰又释然地笑，他脸上的纹路不断生长又愈合，看起来恐怖又血腥，只有笑带着常人的温度。

陆驿站艰难地站起来，推了白柳的背一把，把白柳推出了这个牢笼。他很轻很轻地说：

"三十年火锅的交易，你说的啊！记得把这个世界改变给我看。"

白柳提着沾染了陆驿站血迹的骨鞭，没有回头，只轻轻地"嗯"了一声，便走出了这个牢笼。

另一头。

唐二打低着头，他提着沾染了苏恚的血的银枪跟跟跄跄地走出了牢笼。

厂工见唐二打走了出来，手里还拿着枪，也没有多说什么，只是扫了一眼牢笼里血肉模糊的试香纸，不甚在意地对唐二打点了点头："试香纸报废了是吧？等下我们会处理的，你合格了。"

唐二打就像是没有听到一样，他提着枪越过这个厂工，目光空洞无神地向外走去。

苏恙的血迹从他的指尖上滴落，他的衣服上、鞋子上，连脸上都是刚刚一枪射穿苏恙心脏时迸溅出来的血迹。

唐二打每一个脚印、每一次呼吸、每一步向前走的路，都沾着枯萎的苏恙的血。

从唐二打手上、脚上滴落的血落地成路，通往他身后那个渐渐闭合的、关押着苏恙的牢笼里，似乎他根本没有从苏恙以死画就的牢笼里走出来过。

他多想和苏恙一起死在那个牢笼里，但他是队长，没有这样好的命。

如果唐二打是任何一个普通的队员，或许苏恙都会怜悯他，愿意让他干脆利落地死去。

可他是队长——这个称呼赋予他的责任和含义此刻都让唐二打痛恨起来了。

唐队长不可以逃跑，不可以停下来，甚至不能去死，只能在无穷无尽、无法挽回的时间线里一次又一次见证所有人凄惨的结局。而他必须像一台机器一般完整地看完这一切后，毫无情感波动地继续前行。

他多想死啊，已经彻底凋谢的猎人连子弹上都是自杀的印记。

唐二打的自杀子弹必须要使用者，也就是他本人，时时刻刻、分分秒秒、每一次提起枪对自己射击的时候都真心实意地想要自杀才可以使用。

到最后，唐二打甚至分不清他开枪的时候想杀死的到底是敌人还是自己。

可他还活着，宛如被千刀万剐般、行尸走肉般承担着所有死去之人的希望活着。

白六可以死，苏恙可以死，他的队员可以死，这个世界上任何一个普通人，不论是坏人还是好人都可以死。

只有被选为猎人的唐二打永远不能死。

因为他向"神"许愿希望所有人都能活下去，于是"神"剥夺了他死亡的权利。

厂工若隐若现的声音在意识恍惚的唐二打的身后响起，他嫌恶地指指点点："这次报废的试香纸好恶心，搅碎当肥料吧。"

唐二打握紧了手里的枪，但下一秒，他耳边好像幻听般，又响起了苏恙死前微弱的声音：

"队长，向前走，不要再……回头了。"

系统警告：玩家唐二打精神值发生剧烈震荡，下降至11！面板即将爆发！

唐二打面无表情地回过了头，举着枪对准了那个正在踢苏恙尸体的厂工的头颅，他好像是在回答谁一般，自言自语地轻声低语："苏恙，我做不到不回头。"

因为他早就没有回头路可走了，唯一能做的也只有回头而已。

"砰！"

只隔了一堵墙的白柳正提着鞭子，目光平静地向前走。

只有一墙之隔的两个人的背后同是挚友残缺的躯体，身前同是闭合的路，他们同时身处黑暗的地底，提着沾染了他们最重要的人的血的武器朝着命运的终点会合。

厂工把钥匙插入了锁孔，转开了白柳面前的门。

唐二打一脚踢开了刚刚说要搅碎苏恙尸体的厂工死不瞑目的尸体。

尸体的眉心有个很明显的、一枪毙命的枪口，似乎在死前那一秒，这个被唐二打转身一枪射死的厂工也震惊于自己会是这样的结局。

唐二打右手两指松垮地握着染血的枪，左手夹着钥匙自己打开了地牢的门。

门外的曙光融合成一道明亮的光线，同时落在白柳和唐二打的脸上。

白柳神色浅淡地抬起头，光线在他脸上耀眼地摇晃。

唐二打暴戾地勾起嘴角，他的脸上布满迸溅的交错的血点，带着一种怪异又残酷的笑，嘴一直咧到最大。

光线落在他的上半张脸上，唐二打眼睛里的玫瑰迎着第一缕落入瞳孔的光舒展绽放，他的身后是惨死的厂工。

"多么完美的一场相遇，不枉费我设计了这么久。"狼人杀牌局上戴着黑色兜帽的人饶有兴趣地把猎人牌挪到了自己的面前。

这张猎人牌和开局的时候那张猎人牌已经不一样了，牌面原本神色冷酷的猎人现在正举着一枝凋谢的玫瑰悲伤地落泪，深蓝的眼珠里渗出泪水，猎人心脏里的那枝玫瑰也随之枯萎。

"发疯变恶的神牌猎人和似乎背负了拯救世界的使命的狼人牌，真是有趣。"

这人说着，抬眸看向了坐在他对面全程保持沉默的预言家，下巴随意地靠在自己交叠的双手上，意味不明地笑："预言家，要不要用你的能力预测一下结果？或者说，你有预料到这个局面吗？"

预言家没有回答他，依旧沉默着。

这人也没有管预言家，而是笑着自言自语地说下去："果然，无论在什么时间线里，还是白六最有趣。"

预言家终于开口了："在这条时间线里，他叫白柳。"

"如果你坚持的话。"对面的人耸了耸肩，"但我觉得他会更喜欢自己被人叫作白六。"

这人笑着说："或者说，我觉得他马上就要变回白六了。在和猎人的对决结束后，如果他杀死了猎人，那白六就失去了做普通人的立场，那我们在这条时间线关于白六的赌局的结果就出来了。"

"而你只要输一次，我们的狼人杀游戏就结束了。"

预言家像一尊石雕般凝视着桌面上哭泣的猎人牌和旁边的狼人牌，没有开口。

与此同时，花田旁。

刘佳仪一目十行地翻阅完了白柳放进她道具库里的日记本，对整个游戏的补充内容有了基本的认知。

正当她想联络白柳，确定他下一步行动路径的时候，却发现远处的工厂突然爆发出一声巨响，枪声混合着层层玻璃破碎的声音，远到在花田旁的刘佳仪都可以清楚地听见。

当然她的听力是一般人没有办法比的，比如旁边的齐一舫就听得没有她清楚，只能隐约听到一声巨大的响动，然后紧张地看过去。

她迅速地回头看去，借助可视化道具，她可以清晰地看到玫瑰工厂内一楼敞开的宿舍窗户被什么东西迅速击打并穿过，以及极其模糊的白柳的一声闷哼。

"糟了！"刘佳仪脸色一变，"白柳那家伙和那个枪手打起来了！"

这枪声她绝对不会听错，这是她挨过一枪的那个奇怪的技能武器——银色左轮手枪的枪声！

这枪在射击前有个换弹夹的甩动声！

她下意识想过去看看到底是怎么回事，但很快刘佳仪冷静下来——白柳虽然是个喜欢以小博大的玩家，但不是一个冲动的战术师，他选择在这个节点和这个面板数值远高于他的唐二打对决，那一定有自己的考量。

现在不是去救白柳的时候，他有自己的也就是女巫的技能面板，可以自行恢复生命值，不会轻易死。

而作为白柳的辅助玩家，她现在要弄懂的是白柳拖住唐二打要做什么？！

刘佳仪再次翻开了那个白柳放在她道具库里的日记本，终于在末页发现了很潦草、很明显是很匆忙地写上去的一句话——

在真正的死亡到来之前，你身上的时间唯一且不可逆转。

"时间，时间……"刘佳仪喃喃自语，"在真正的死亡到来之前，真正的死亡——"

整个游戏里出现过的代表时间和真正意义上的死亡的东西——

刘佳仪猛地睁大了眼睛："报纸上的爆炸日期和一些重大死亡事件发生的具体时间！！"

204

齐一舫听刘佳仪突如其来地说了这么一句，他一脸蒙："什么，什么时间？！"

刘佳仪抓住齐一舫的手腕飞跑起来："以你的智力值一时半会儿也听不懂，想通关，跟着我去帮忙就对了！"

被迫跟着跑的齐一舫："？"

虽然我真的没有听懂，但小女巫你这么直白地说出来也太打击我了吧！

奔跑中的刘佳仪目光极其坚定，还有点懊恼——这么简单的谜底，她居然到现在被白柳提醒了才想到！

这游戏的"true ending"在她看到"肢解"这个关键词的时候，就应该反应过来是个收集游戏。就像《爆裂末班车》一样，《玫瑰工厂》这个游戏在简单的升级支线下面还埋了一条解密的支线，而这条解密支线的线索就是收集塔维尔的肢体！

她获得的提示——在真正的死亡到来之前，你身上的时间唯一且不可逆转。

这个游戏里提示了她真正的死亡和不可逆转的时间的东西只有一个——那就是她和白柳刚刚进入工厂的时候看到的那面张贴了历年关于玫瑰工厂重大事件的报纸墙！

玫瑰工厂的每一次扩张和拓展都伴随着无数人的死亡，可以说是名副其实的血腥发展之路，对于在这个游戏世界里的人而言，这就是真正的死亡，这就是不可逆转的时间。

而对于她和白柳这些外来者来说，这个时间又是虚幻的，是可以逆转、可以改变的。但如果他们死在了这个游戏里，他们身上的时间也会就此定格，成为玫瑰工厂死亡事件当中的一个人，被记录在报纸上，张贴在那面墙上——这就是关键点！

刘佳仪气喘吁吁地在玫瑰工厂的正门找到了她当初看到的玻璃橱窗。

玻璃橱窗里整齐地贴着报纸，刘佳仪定定地凝视着这面报纸墙。她眼睛眯了眯，开始从上到下轻声数了起来，同时用一支记号笔，隔空把出现了死亡事件的日期和时间标记了出来。

在刘佳仪把所有的数字都标记完了之后，齐一舫看着这些密密麻麻的代表了死亡的数字，后背不由得有点发麻。

没有被筛选出来还不觉得，被刘佳仪筛选并整理出来之后，齐一舫也发现不对了——这些代表了时间的数字的分布，在横和列上看起来特别地整齐，形状类似一个长方形。

"果然是这样，出现了死亡日期的行数和列数的范围是 40×400。"刘佳仪后退一步，她看着自己标记出来的这面墙，目光凝重地呼出一口气，"正好是玫瑰工厂的花田亩数，一万六千亩。"

解密进行到这一步，一切都很清晰了，塔维尔被肢解的身体就埋葬在花田下面，而报纸墙上的每一个数字都对应一块花田——现在问题来了，塔维尔的身体会被埋在哪些，或者是哪个数字下面？

0~9 一共有十个数字，埋葬塔维尔的这个人到底会挑选什么数字，或者是什么数字都挑选了几个，将他埋葬下去呢？

是他的生日？是他获得养父母财产、妻子财产，或者是买下雕像的那天？

什么数字对他来说是有特殊意义的？

不行，数字太多了！这家伙的日记里没有表演型连环杀人犯喜欢反复展示的特殊标记和典型数字，无法判断！

刘佳仪皱起了眉，她咬着牙重新审视整面数字墙。

窗外传来震耳欲聋的打斗声，刘佳仪所在的一楼离白柳和唐二打打斗的地方很近，激烈的打斗让刘佳仪所在的空间都摇摇欲坠了起来，灯和墙壁都在剧烈摇晃，灰尘和碎石从墙面上滑落，似乎下一秒就要彻底崩塌。

在这样的环境里思考显然不是一件容易的事，尤其是你在知道自己的队友白柳是在和一个面板数值高于他几十倍的人对抗的时候。

就连齐一舫这个对到底是谁和谁正在打斗一无所知的局外人，都忍不住警觉和戒备起来，拿出了自己的风向标四处看："什么动静？"

刘佳仪深吸了一口气，她在剧烈震荡的环境里摒弃自己所有繁杂的思绪，闭上了眼睛。

不对，她的思路错了。

她不应该从一个游戏内的大 BOSS 的角度来思考问题，这是常规的解密思路，但在《玫瑰工厂》并不适用。

因为这个游戏并不是一个简单的游戏，《玫瑰工厂》是某个人，或者某个东西特地为白柳准备的一个游戏。这一点白柳已经告诉过她，这个游戏里的一切设计，包括这一代厂长都是为了刺激白柳，从而达到这个设计者的某种目的。

如果从这个角度来思考，背后的人会挑选什么数字来埋葬一个对白柳有特殊意义的人的身体呢？

碎石从刘佳仪的脸旁簌簌落下，齐一舫焦急地喊她："小女巫！这房子要撑不住了！"

刘佳仪睁开了眼睛："是六！"

白柳的曾用名是白六！

"齐一舫，帮我记下左边的数字六出现的坐标！"刘佳仪在一片混乱里冲着齐一舫吼道，"我记下右边的！"

齐一舫呛咳着，一只手捂着嘴，另一只手比了一个"OK"的手势，在沙石俱落的情况下用风向标挡住头顶，凑近玻璃橱窗快速地记忆。

刘佳仪趴在玻璃橱窗的右边，眼珠迅速转动，嘴里小声默念，也在飞快地记忆。

在他们的速记快到尾声的时候，旁边的走廊里突然发出惊天动地的一声巨响，一个扭转的人形物体砸穿走廊的墙壁，砸进露天广场的地面上，崩裂出一个巨大的坑。

伴随着四肢骨裂的脆响，被砸进去的这人同时发出一声撕心裂肺的痛苦喊叫。

很快被砸进坑里的这人缓缓偏头，瞳孔扩散地死去。

刘佳仪瞳孔紧缩地回过头去，她看到坑里刚刚才死去的人有一张她熟悉的面孔。

那人穿着异端处理局的制服，浅色的眼珠死寂无神，面无血色，胸前的身份牌被血浸透了，但刘佳仪还是把他认了出来——

这人是苏恙。

时间倒转回十五分钟前，相隔一个露天广场的另一条走廊里，斜靠在墙上无力地举起双手投降的白柳和举枪正对着他的唐二打对峙着。

"我认输，中场休息一下怎么样？唐队长，你休息一会儿再打我可以吗？"白柳闲散地靠在墙上，他似笑非笑地看着握住枪对准他的唐二打，伸手把唐二打的枪给推开了，"这枪你暂时也用不到，收起来怎么样？"

白柳身上伤势很重，嘴角被殴打得渗血，脸上也有被拖曳出来的擦伤，但没有枪伤，都是肢体对撞造成的伤——唐二打并不想那么轻松地一枪解决他。

或许这个曾经的第三支队队长自己都没有想到，他居然选择了他曾经最为憎恶的方式来对待他的敌人。

但无论他怎么折磨白柳，他都无法从白柳脸上看到和自己如出一辙的痛苦表情。

白柳始终是平静的，甚至是带着笑看着他的。明明被折磨的人是对方，但唐二打每一拳打下去，每一次用力地砸在白柳的腹部和脸上，听到对方因疼痛而发出的闷哼声，他似乎都比白柳痛苦千万倍。

　　唐二打因为折磨别人感到痛苦，因为有无辜的人被莫名其妙地折磨感到愤怒——这是他选择成为一名异端处理局的成员的初衷，是到现在就算是他发疯了，也没有办法改变的东西。

　　而现在愤怒和痛苦在他脸上不可分辨地交织在一起，直视着白柳的唐二打深蓝的眼睛里住着一个名为白六的怪物。

　　就算是做坏人也是要讲天赋的，而可惜的是，唐二打没有这个天赋。

　　白柳仰着头靠在墙上，垂下眼看着他对面呼吸粗重、神情狰狞的唐二打，眼神怜悯："唐队长，放过自己吧，你不擅长做这样的事。"

　　唐二打脸上所有的表情一瞬间消失了。

　　他神色漠然地抬起头来，用左手捏住白柳的手腕往旁边带动，将他整个人一甩，落地后翻折、提骨、下踩。唐二打居高临下地跪在白柳被他折断的小腿骨上，用左手捏住白柳的下巴往上提："很痛是吧？"

　　白柳痛得满脸都是冷汗，但他神色还是平静的："嗯，挺痛的，不像是你会用的方法。"

　　唐二打神色再次狰狞起来："这是你在苏恙身上用过一次的刑讯方法！

　　"他被运回来的时候，身上每一块骨头几乎都被折断了！你在他的胃里留了录音带告诉我——"

　　他眼里的玫瑰越开越热烈，语气却带上了刻骨的恨与痛："你说，我对你做的那些都是小打小闹——你说你亲自来教教我，这才叫刑讯！！"

205

　　唐二打扬起了拳头对着白柳的脸狠狠砸下，白柳呛咳着别过了脸，拳头擦过他的脸在地上砸出了裂纹。

　　白柳倒是想和这位队长玩点战术和花样，但对方的面板压制太恐怖了，在和唐二打的贴身肉搏中他根本动不了，连点开系统面板的间隙都没有——唐二打的动作太快了。

　　尽管这个人脑子感觉已经不太正常了，但肉体反应实在是一流，白柳几乎只要做出任何试图反抗的行径，只要他涉及这个动作的某块肌肉一动，甚至都来不及动，唐二打就会迅速地卸掉他的骨头。

　　白柳在唐二打身上深刻地感受到了"一力降十会"这句话的含意。

经验、技巧、能力、技能、速度，用于评定一个玩家的各种标准的极限此刻在唐二打身上淋漓尽致地展现。

虽然只是感觉，但白柳隐隐觉得此刻唐二打的面板数值说不定已经破50000了。

这根本不是同一个量级的对抗，之前白柳遇到的任何一个对手都无法给他这样的感觉，唐二打疯狂极致的强悍没有给白柳留任何发挥的余地。

他的的确确被压制住了，在唐二打甚至还没有动过一次枪的情况下，白柳罕见地发现自己无计可施。

如果不是唐二打发疯崩溃了想要折磨白柳，白柳发自内心地觉得自己现在的坟头草应该已经有两米高了——唐二打要杀他简直太简单了。

——这种情况或许可以说是某种坏运气，但对于白柳来说，只看结果的话，这或许也是某种好运气。

白柳早就不是刘佳仪的外表了。

他在和眼睛赤红的唐二打相遇之后，就迅速地解除了红桃A技能牌的作用——和唐二打对抗，用一个八岁小女孩的外表不是什么明智的选择，更何况这张技能牌还要消耗掉他一定的体力值。

所以现在的白柳是在用自己的身体和唐二打扭打，或者说单方面地被殴打，血点在他们两个人之间迸溅。白柳看着唐二打扭曲残暴的脸，他的呼吸渐渐微弱。

——然后他忽然不合时宜地微笑了起来。

系统警告：玩家生命值跌破3！

但白柳也不是完全没有任何机会赢这个人。

现在的唐二打就像是一个S级别的怪物，在因为癫狂变得无比强悍的同时，也把弱点完全暴露在了白柳的面前。

只是要赌一次。赌输了，可能会让唐二打这家伙彻底发疯，那他就真的死定了。

但只要赌赢了——

白柳对视着高高落下拳头的唐二打——就是现在！

一直放松没有对抗的白柳给唐二打的肌肉造成了惯性，在对方落下拳头的一瞬间，白柳睁开眼麻利地侧身躲避，完全不像之前任由对方攻击的虚弱样子。

而白柳制造的短暂的一秒攻击间隙，足以让他飞快地调出系统面板。

系统提示：玩家白柳是否重新使用技能扑克牌"红桃A"？

"是。"

白柳手中凭空出现了一张红桃 A 的扑克牌，扑克牌正中央的桃心在唐二打靠过来之后，瞬间飞快地转动了起来，桃心正中央的人脸从刘佳仪渐渐变化——

唐二打高举拳头迈了一大步，飞速地靠近了白柳的后脑勺，嘶哑地怒吼："白柳——"

白柳缓慢转身，他身上的防护服渐渐变成异端处理局的制服，漆黑的眼珠变得浅淡而通透，身量拔高了半个头，手上戴上了雪白的手套，头发从短碎发变为及颈的半长发。

他回身，弯起眼睛，嘴角带血，似乎丝毫不介意唐二打要攻击他，反而声音沙哑、温柔地轻唤了一声："队长。"

——和唐二打记忆里最初的苏恙一模一样。

唐二打的拳头停在了白柳的鼻尖，带起的拳风吹开白柳脸颊两侧染血的发。

白柳的脸上都是被唐二打攻击之后的伤痕，而这些伤痕叠加在苏恙那张温和的脸上，有种奇异的违和又贴切的感觉。

唐二打的拳头在白柳脸前颤抖着捏紧，他瞳孔震颤地看着这张他无比熟悉的苏恙的脸。

——这是第一条时间线的苏恙，这是最开始的那个苏恙，这是……

——真正的，被他藏在心底的那个苏恙。

——是唯一的，再也回不来的那个，灵魂都湮灭了的苏恙。

"你怎么敢用他的脸出现在我面前！"唐二打眼眶猩红，几欲滴血，他用一种让人毛骨悚然的眼神看着白柳，握住的拳里几乎是眨眼间就长出了一把枪，被他狠戾地抵在白柳的额头上，然后毫不犹豫地射击。

"砰！"

苏恙直接被打了个对穿，缓缓倒在地面，一动不动——他并没有变回白柳的样子，而是以苏恙的样子，睁着还没有回神的眼睛看着他的队长，就这样死去了。

无论什么技能和道具，效果都无法维持到人死后，如果"白柳"死后还是这个样子……

唐二打意识到了什么，他呆滞地松开了手里的枪，虚脱地跪在了苏恙的尸体前。

——这不是白柳变的苏恙，这就是苏恙。

白柳的声音不知道从什么地方响起，懒懒地、一如既往地讨厌："唐队长，你刚刚射杀的——正如你所看到的——不是我变的苏恙,而是你心底最害怕见到的那个苏恙。你抬起头来看看你前后都是什么?"

唐二打像卡顿的磁带一般,双目空洞,抬起了头。

他前面走廊的尽头是一面巨大无比的镜子,而这面镜子里倒映着另一面在走廊尽头安放的镜子。

两面镜子分别放在走廊的一头一尾,正对着互相反射,每一面镜子里都会映射着新镜子,而镜面里的新镜子又会继续映射镜子,镜面在两面镜子之间不断地折射、反射,形成无数面镜子组成的回廊。

唐二打认识这面镜子——这是异端处理局里被特级防护的"墨菲定理鬼镜"。

——这是一面特级异端,很难被击碎,在爆炸里都完好无损。当你正视这面镜子的时候,正视的时间越久,你不想看到的东西,就会从这面镜子里面诞生,被你看到。

白柳刚刚趁唐二打不注意,把两面镜子分别放到了走廊前后,形成了这样一条镜子回廊——其实他本来只有一面镜子,是《爆裂末班车》的怪物书奖励,另一面是他被关押在危险异端处理局时,在他引起暴乱的时候随手拿的。

但现实世界的镜子在没有塔维尔的庇佑和干扰的情况下,白柳是不能带进系统、带到游戏里来使用的。

他的逆十字架还在唐二打那里,按照常理来说,白柳是没有办法把另一面镜子带到游戏里来的,但是他用了一个别的办法把镜子带了进来,为的就是做成这条镜子回廊,用来困住唐二打。

——对于一个心病很重的猎人,没有比他自己最恐惧的过去更好的牢笼了。

镜子里开始出现各种各样的苏恙,他们微笑着从镜子里爬了出来,靠近唐二打,轻声呼唤他。

"队长……"

"队长,你看这个异端……"

"队长!下班后喝一杯吗?第二支队请客!"

"队长,你喜欢儿子还是女儿?"

明明是如此轻松温馨的幸福日常,明明见到的是带着笑意阔别已久的故人,但唐二打却恐惧到每一根手指都在发抖。他看着这些真人铸就的、梦境般的回忆片段,一边扶着墙踉踉跄跄地后退,一边表情空白地摇着头:

"不要!

"不要再继续下去了!!"

可惜他退无可退,唐二打身后的镜子里也走出了苏恙。

苏恙兴奋地拍了拍唐二打的肩膀,唐二打近乎凝滞地转过头去,苏恙笑意盈盈地对他说:"队长,只要赢下这一场决赛,我们就打赢白六了,一切都结束了——"

在大脑反应过来之前,唐二打下意识地捂住苏恙的太阳穴,他就像是被什么东西生生敲碎骨头一样痛得凄厉地惨叫起来:"不要再说下去了!我不要打赢他!!

"——我要你活下来!!!"

一颗不知道从哪里射击而来的子弹诡异地穿过唐二打捂住苏恙太阳穴的手掌,精准无比地射入苏恙的脑颅,发出"啵"的一声脆响。苏恙的眼神无力地变空,他脸上的笑容还没散去,人却已经向后倒去。

鲜血源源不断地从唐二打捂住苏恙太阳穴的指缝里渗出。

"队,队长……"断断续续的声音再次让恍惚的唐二打转过头去。

前面刚刚还在转头笑着问唐二打喜欢儿子还是女儿的那个苏恙,现在四肢正以一种诡异的角度扭转,似乎有什么看不到的东西正踩在他的身上,抓住他的头发逼迫他抬起头来看向唐二打。

这个苏恙的脸有一半是血肉模糊的,身上的制服脏兮兮、破破烂烂的,脸上却带着很坚定的笑:

"队长……一定要拯救那些被污染的人……"

"砰!"

一枪直接从脑后穿到眉心,苏恙连话都没有说完就直愣愣地倒了下去,鲜血流了一地。

问他下班之后要不要和第二支队喝酒的那个苏恙,一下班就被白柳给绑走了,现在他正在地面上蜷缩成一团,好像是有什么看不见的东西在不断地拧折他的每一块骨头,而他已经叫不出来了,每次折磨都只能让他脸色苍白地颤抖一下而已。

有什么东西夹住了这个苏恙的下颌,一块凭空生成的录音带正在往气若游丝的苏恙的嘴里塞。

"不要——"唐二打崩溃地跪在这个苏恙面前,用尽一切办法想要把那块录音带给抠出来,"不要逼他吃这个!他很痛!他真的很痛!"

录音带上全是黏液,唐二打怎么抓都抓不稳,最后他目眦欲裂地死死咬住了这块录音带,跪在地上拉扯,试图自己把它咽下去。

眼泪从他深蓝色的眼睛里滑落。

这个往里塞录音带的不存在的人似乎也发现苏恙的嘴巴太小了,塞不进去,于是他往下轻松地一掰,强行卸掉了苏恙的下颌骨,强迫他吞咽下去这块棱角分明的录音带。

唐二打怎么都阻止不了,他只能眼睁睁地看着苏恙在吞咽的过程中,捂着肚子在地上痉挛颤抖,然后渐渐停止呼吸,口腔里全是乌黑的血——

和他被解剖的时候一模一样。

唐二打魂魄出窍般跪在原地，双手虚脱地垂在身侧，他好像已经跟随苏恙一起死掉了。

墨菲定理鬼镜，一面可以照出所有人内心最恐惧画面的镜子。现在，这面镜子正在唐二打面前重现每条时间线的苏恙死亡的过程。

唐二打眼前的每一帧、每一幕，那些曾经让他觉得幸福不已的日常，都发生在苏恙死亡前，他已经回忆了无数次。所以当他看到苏恙临死前露出笑脸的那一瞬间，他就控制不住地开始害怕了。

无论他努力了多少次，用尽全力奔跑了多久，到现在为止，哪怕一次，他都没有从白六手里把苏恙救下来过。

只能一次又一次地、眼睁睁地看着苏恙以各种姿态被折磨至死，还要接受白六不紧不慢的教诲和反问——

"我的确不会因为别人的痛苦而痛苦，但你看，我随便做一点事情，比较痛苦的一定是你这个共情能力强的好人，而不是我这个坏人。"

他在录音带里慢条斯理地笑着问唐二打："所以唐队长，已经到现在这一步了，你还能告诉我，做一个好人的意义吗？"

唐二打摇摇晃晃地站了起来，他现在眼前真实死去的苏恙和意识里的幻象交叠在一起，他好像隔着时空在回答白六的话，又好像在自言自语：

"做一个好人，的确是吃力不讨好的事情，也没有什么意义。

"但我不屑于做坏人，我嫌恶心。就算已经很想死了，就算只是幻象……但只要我活着，我就要去救他！"

唐二打咬牙切齿地拿出了枪，对准了自己的头颅："因为我是他的队长！！"

"停止这一切吧，白柳！"唐二打目光精准地定位在了这些苏恙里一个行为有些奇怪的苏恙身上，毫不犹豫地扣下了扳机。

前面那个苏恙缓缓回头，眼睛是漆黑的深色——的确是白柳这家伙！

系统提示：玩家唐二打精神崩溃，面板全面爆发！
系统提示：玩家唐二打发动爆发技能"俄罗斯轮盘——自杀子弹"。
锁定对象：疑似玩家白柳的生物。
系统提示：轮盘开始转动，赌博即将开始……赌博失败，自杀子弹将生效——

子弹穿过唐二打的头颅，发出了剧烈无比的"砰"的一声巨响。唐二打还维持着愕然神色的半张脸鲜血迸溅,他和其他的苏恙一起倒地,奄奄一息地、无法动弹地躺在了血泊里。

恍惚之中,唐二打看到了他之前看到的"苏恙",突兀地转变成了刘佳仪。

"怎么跑掉的……"唐二打正面朝上,眼皮耷拉,但脸上最终露出了一个解脱般的笑容,"算了,他总有办法赢得游戏胜利。"

唐二打的眼睛渐渐闭上了:"我终于赌输了,可以离开了……"

"喂,醒醒。"刘佳仪无语地半蹲在唐二打的面前。

刚刚白柳发动了心电心直接把她给传送过来了,她还没有搞清楚情况,就看到这傻大个儿对自己开了一枪,吓得她以为旧事要重演,赶忙喝解药。

结果这傻大个儿一枪把自己给崩了,刘佳仪人都看傻了,白柳是给对方下蛊了吗?!

——还有这样送人头的?!

正当刘佳仪头疼要不要救躺在地上眼看着就要死亡的唐二打的时候,镜子不知道什么时候消失了,走廊外的门突然打开了。

白柳从门外迤迤然地走了进来,他似乎对里面的情况早有预料,见唐二打躺在地上也只是见怪不怪地扫了一眼,然后转头看向刘佳仪:"先救人。"

刘佳仪一边给唐二打灌解药,一边匪夷所思地审视白柳:"你是怎么把人家搞成这样的?"

唐二打起码是个 S 级别的玩家,面板数值高得离谱,这个游戏里的怪物都拿他没办法,可以说在这个游戏里能打败他的只有他自己。

结果白柳居然真的成功诱导了唐二打对自己开枪——还是在面板爆发的情况下开枪,彻底击穿了唐二打的防护值,把他打得只剩一层血皮了。

现在这家伙只有一口气了,刘佳仪晚来一步的话,人就没了。

"哦,是这样的,我研究了一下他那个技能俄罗斯轮盘,"白柳有条不紊地解释,"那是个赌运气的技能,谁的运气值高,谁就不会被击中,所以他才能每回都赢过我。刚刚在千钧一发之际,我先换了红桃 A 里存储的形象,变成了你的样子,再用黑桃 A 发动心电心,就把你给传送过来了。"

"后来就是你和他赌运气了,我想着你的运气无论怎么样也能比我好,赌赢的概率应该比我大。"白柳无辜地看着刘佳仪,"看起来你果然赌赢了。"

刘佳仪:"……"

刘佳仪深吸一口气:"白柳你真是能坑人!"

206

  在把唐二打"奶"到看起来没有那么虚弱，从约莫还有一口气"奶"到还剩两口气之后，刘佳仪及时地住了手——好不容易把这人搞得没有战力了，她可不敢把这傻大个儿直接给恢复过来。
  "然后呢？"刘佳仪挑眉看向白柳，"你要做什么？"
  白柳在唐二打的身边随意地盘腿坐了下来："难得能让他安静下来，准备和他聊聊。"
  "然后谈一笔双赢的交易。"白柳微笑着看着刘佳仪。
  刘佳仪一看到白柳那个笑就默默后退了两步，然后搓了搓自己胳膊上的鸡皮疙瘩，忍不住有些怜悯地看了一眼还在昏迷的唐二打。
  ——可怜的傻大个儿马上就要被白柳骗了。
  齐一舫惊恐的声音远远地传来，他似乎正在往这边跑。刚刚刘佳仪和白柳两个人之间的"大变活人"把这个还在记数字的局外人吓得不轻，他现在才回过神来，往走廊这边走。
  刘佳仪收起解药站起身来："我去外面拦住齐一舫，给你十五分钟处理好这个唐什么的，时间够用吧？"
  白柳靠在走廊的墙上，懒懒地举起手比了一个"OK"的手势。
  刘佳仪转身离去，她在走之前头也不回地丢给白柳一瓶解药："在处理好别人之前，先好好处理自己。"
  "用着我的技能面板还伤成这样，丢人。"
  白柳抬手擦了一下自己嘴角往下滑落的血，稳稳接住刘佳仪抛给他的解药，笑着说了句："谢了。"
  他的确有刘佳仪的女巫面板，但白柳自己已经在刚刚和唐二打的对峙中把体力差不多耗空了，还没来得及补充体力，也就没办法使用刘佳仪的技能。
  更不用说白柳作为一个玩家心态很重的人，他对自己的生命值的确是不怎么敏感的。
  如果不是刘佳仪及时敏锐地察觉到了白柳生命值过低，给他抛了瓶解药，白柳很有可能就顶着自己这微薄的 3 点生命值和唐二打进行谈判了。
  要是唐二打濒死时反水，他还真有可能出事。
  小女巫不耐烦地挥了挥手，走了。
  昏暗的走廊里又只剩下白柳和唐二打这两个苟延残喘、恶斗了一场的对手。
  白柳喝完了解药和体力恢复剂，把自己的面板恢复到满值，才凑近拍了拍唐二打全是血的脸。

唐二打被自己的那颗自杀子弹炸得半张脸都是血窟窿，身下更是流淌了不少的血，呼吸和心跳声几乎快听不到。如果不是刘佳仪给他强行续命，他现在应该已经咽气了。

现在被白柳这样不留力地拍，唐二打微弱地睁开了一点眼睛，深蓝色的光很浅地从他的眸子里透出，是这条暗色的走廊里唯一的亮色。

在看到白柳的一瞬间，唐二打浸在血泊里的手指条件反射般地动了动，似乎想召唤一把枪出来，但最终还是无力地松开了——他已经没有继续作战的力气了。

他只能用染着血的深蓝色眼睛死死地盯着白柳，似乎想要翻身抓住白柳的脚踝，费力地、一字一句地说："放开……苏恙……"

"其实我很好奇，"白柳没有躲开，反而倾身靠近了唐二打，毫不闪避地直视着对方，"我在镜子里看到，让你开始踏上追杀我的征途的那个苏恙应该已经死透了吧，连灵魂都消失了，不是吗？"

试图抓住白柳的唐二打瞳孔猛地一缩。

白柳平静地继续问："无论怎么样，就算到最后你的愿望实现了，所有人都获救了，每条时间线的我也都死去了，不再祸害其他人，但你最想救的那个苏恙，不也还是回不来吗？

"那你对我的追杀，还有什么意义呢？"

躺在地上的唐二打就像是一尊雕像一样一动不动，只有手指蜷缩在一起，似乎是想攥成一个拳头，但他已经太累了。

就算是攥拳这样的动作，唐二打都做不了了。他只能双眼放空地看着走廊纯黑的天花板，脑子里无数纷杂的声音交错。

"……可怕的对手，可怕的流浪马戏团，因为有小丑存在，很多人根本没有勇气与他们一战！"一个声音慷慨激昂地解说着，"但今天决赛赛场上的另一支队伍显然不是那样的懦夫，他们勇敢地迎击了流浪马戏团！

"要知道小丑狙击手的技能可是灵魂碎裂枪！这一点在我们所有玩家之间都不是秘密，这是经过他们的队长白六默许放出来的消息。

"这是一个相当可怕的技能，已经让很多队伍在对抗之前就选择了投降——因为一旦被小丑狙击手击中，就连灵魂也会在一瞬间碎裂成千万片！

"那种疼痛亲身经历的人已经无法和我们诉说了，因为他们全都离开了这个世界。但这不是灵魂碎裂枪最可怕的地方，这把枪最可怕的地方在于——

"它会彻底杀死一个人，不存在任何被复活的可能性，完完全全、彻彻底底地消失在这个世界上。"

"就算是时间重来，就算是山海倒转，都绝对不可能复活了。

"因为他的灵魂已经彻底消失了。

"通过我们之前的采访得知，今天流浪马戏团小丑狙击手的主要针对对象是另一支队伍的队长，同样身为枪手的猎人先生！看来我们可以欣赏到一场同技能顶级玩家之间的激烈对抗和碰撞了！"

嘈杂的赛场背景音，从不知道到底有多高的顶部洒落下来的镁光灯耀眼的光，正在欢呼雀跃、吹口哨的观众和远远向他们走来的另一支队伍。

那个戴着滑稽夸张的面具的小丑站在斯文微笑的白六身后，刘佳仪、牧四诚、木柯维持着各种懒散的姿态，分别站在白六两侧。

而白六饶有兴趣地打量着唐二打，在比赛开始前例行公事地伸手和他握手，说了一句让唐二打直到现在都没有办法从自己脑子里抠出来的一句话。

白六微笑着说："你身上有种我没有的东西，猎人先生，我对你很好奇。

"我想知道你在什么情况下才会丢掉这种东西。"

而唐二打警觉地抽回了自己的手："无论你说的是什么东西，我都不会轻易丢掉的。"

"哦，是吗？"白六脸上还是那种丝毫不变的礼貌微笑，他意味不明地扫了一眼站在唐二打身后的苏恙，脸上的笑意轻微地加深了一点，"猎人先生最好看顾好自己的队员哦，多和队员谈心。"

唐二打一怔，他身后的苏恙脸色轻微地变了一下。

白六就像是什么都没说那样，挥了挥手，笑眯眯地转身离去。

"谈心？"唐二打皱眉，很疑惑地转身看向苏恙，"我们队内有谁需要谈心吗？"

苏恙脸色一瞬间变得苍白，他抬头看了唐二打很久很久，终于无奈地笑了出来，像是一种妥协般的认输。

他抬起浅色的眼睛温柔地看着唐二打，深吸一口气，又缓缓吐出，就像是做好了承认错误的心理准备一样，轻声说："他说的是我，队长。"

苏恙垂眸，低声笑笑，"白六真够敏锐的。"

"第一条时间线的苏恙很想为你承担什么，对吧？"白柳俯瞰着唐二打，"我在镜子里看到了。你可真够迟钝的。"

人所恐惧的除了他们害怕的事物，还有在这些事物之下潜藏的、他们曾经错失的不以为意的幸福。

苏恙的浅色眼睛永远注视着唐二打，他在赛场上永远是最快跟随唐二打攻击的最佳辅助。被人打量时他会微微脸红一下，然后很快地看向唐二打，露出无措的不知道该怎么解释的慌张表情。

他们是那一年比赛里横扫一切奖项的最佳双人组，默契程度甚至打败了另一对常年得第一的双人夫妻组合玩家。而当唐二打抱着苏恙的肩膀笑着站在领奖台的时候，他侧过头问苏恙想要什么奖励。

唐二打知道苏恙为了能赢、能追上他与他配合，真的付出了很多，训练了自己很久。唐二打有一次无意间看见苏恙吃饭的时候衣袖滑落，手上全是训练留下的旧伤疤。

唐二打理所当然地觉得应该给予自己优秀的副队长奖励。

苏恙只是仰着头看了他很久很久，似乎胜利还不如唐二打的一张侧脸吸引他。然后苏恙弯起了眼睛，露出了一个非常幸福和灿烂的笑容，他说：

"现在能和队长站在一起，就是给我最大的奖励。

"希望下次队长遇到什么事情，不要一个人扛，可以想起我就好了。

"我想一直当队长可靠的副队长。"

苏恙总是这样说，总是悄无声息地跟在唐二打身后。唐二打躲也躲不掉，甩也甩不掉，他总是一回头就能看到站在自己身后的苏恙询问他需要什么的眼神。

苏恙永远是他最好的副队长，而他从来没有去思考过这是为什么。

而在唐二打终于明白的时候，却已经来不及了，他当时听到苏恙说作为副队长想要为他承担更多责任的时候，虽然表情严肃地说自己会认真考虑的，但心里已经乱作一团。

苏恙只是摆摆手，无所谓地笑着说："队长不必在意，就当我没说过这话吧。如果不是白六故意提起，我也不会现在开口。"

——等你以后有时间再考虑我的话吧，我只是觉得……

苏恙在赛场的欢呼声中逆着光回过头来，他脸上依旧带着那种很温和的笑，但那笑里不知道为什么透着一种挥之不去的悲伤。

——只是刚刚那一瞬间，队长你问我的时候，我突然觉得，要是现在再不和你说，可能真的就没机会了。

赛场上的流浪马戏团逼得很紧，再加上有小丑狙击手在，他们这边投鼠忌器，不敢轻举妄动，唐二打本来准备用自己做诱饵诱导小丑狙击手开枪。

只要小丑开一次枪，他们就有至少十五分钟对方技能冷却的时间可以尽情行动。

但小丑不知道得到了白六的什么命令，这家伙一向冲动且疯狂，但这次无论唐二打怎么挑衅他，他也只是在外围游走，给唐二打他们造成了不小的压力。

很快，唐二打明白了白六的意图——这家伙是准备玩拉锯战！

白六那边队员的面板都比唐二打这批新生代玩家的高，等耗空体力槽之后他们毫无优势。

唐二打咬着牙靠在墙上，他这边被对方磨生命值，已经硬生生地磨掉两个队员了，再这样下去……

但现在诱饵不够，小丑不咬钩！

"队长，"一直沉默的苏恙突然抬起了头，他说，"我也来做诱饵吧。"

"不行，"唐二打一口否决，"你当不了诱饵，小丑主要针对我游走，你出去他也不会开枪的。"

"他们的目标的确是队长你，"苏恙笑了起来，他举起一张红桃A的技能卡牌，"但我也不是没有办法彻底变成队长你的。这是我从一个叫红桃的玩家那里赢来的道具，可以彻底把我变成你，不会被任何人看出破绽来。"

这种高级伪装道具的使用条件一般都很苛刻，唐二打皱眉："这个道具的使用条件是什么？"

"镜子。"苏恙垂下了眼帘，他的睫毛轻轻颤抖着，"只需要一面让我可以看见自己的镜子就可以，我就可以变成你了。"

207

唐二打不怎么相信地蹙眉："只需要你看镜子这么简单？你就可以完全变成我？"

苏恙抬起了头，他笑着说："就这么简单，别的全都不需要——只需要我看镜子一眼，就可以了。"

唐二打看向另外一个队员："苏恙，你是辅助，攻击值太低了，你做诱饵和小丑连一个照面都打不上，你把道具给……"

"不行的队长，"苏恙直直地看着唐二打，眼里似乎有什么东西在闪烁，脸上的笑意却很真实，"这个道具只有我用，才能看一眼镜子就变成你。

"全世界大概只有我可以这样用这个道具。"

唐二打和苏恙对视着，苏恙并不闪躲地望着唐二打——其实他们此刻心里都明白，谁来做另一个诱饵、攻击值高不高都没有关系。

他们注定要输了。

——问题只在于谁会被小丑狙击手击中而已。

唐二打希望自己做那个被击中的人，而另一个人，至少不要是苏恙。

苏恙站了起来，他挺直了背，对唐二打敬了个礼："队长！请让我作为你的副队长，支援你到最后一刻！"

唐二打在苏恙坦荡直白的目光中狼狈地败下阵来，他觉得他那点微薄的私心好像被苏恙看穿了。

就像是当初他无法阻止苏恙一意孤行地去找他、跟着他进游戏，他没有办法阻止这个人继续追随他——苏恙如愿以偿地成为另一个唐二打。

他们兵分两路，另一个队员在远处支援他们，观察小丑狙击手会选择哪个诱饵下手——两个诱饵，小丑只能选择游走围困、击毙其中一个，不然唐二打的火力就会反向给流浪马戏团造成压力。

果然，很快小丑就做出了选择。在看到那张奇特的笑脸向自己靠近的时候，唐二打内心深处甚至松了一口气——他成了那个小丑要吃掉的诱饵。

缠斗了一番后，唐二打发疯似的自杀式袭击造成了流浪马戏团木柯死亡、牧四诚重伤，以及硬生生吃下了白六一半以上的血条之后，小丑狙击手似乎终于失控了。

小丑在看到白六受伤之后，违背了白六的命令，不再利用自己的技能作为威慑，而是对唐二打举起了枪。

一种灰白的光焰在枪口汇聚成骷髅的形状——唐二打意识到这是对方在发动技能。

灵魂碎裂吗？好像也是个不错的结局。唐二打看着那个黑洞洞的巨大枪口出神地想。

他甚至露出了一个放松的笑容——至少接下来的十五分钟，苏恙和另一个队员是安全的。

只要在十五分钟内结束比赛，无论是输还是赢，他们都会没事的。只是——
唐二打在被子弹射中的前一秒，鬼使神差地想到苏恙垂眸轻声说话的样子，不知道为什么，他的心怦怦地加快跳了两下。

幸好他没有说什么，不然他死了，苏恙一定会很难过。

系统提示：玩家苏恙发动技能黑桃A扑克牌，使用技能"心电心"与玩家唐二打进行位置交换。

唐二打可能永远都没有办法忘记接下来的那一幕。

他善良正直、连帮偷懒的队员请假撒谎都会结巴的副队长，这一辈子可能也就对他说了这么一个没有被看出来的谎话。

而这么一个谎话，就让唐二打一直记到了如今。

红桃的技能卡不是一张，而是一对，苏恙早就决定了无论小丑选的诱饵是哪个，自己都要替唐二打挡下来——所以苏恙才会那么坚定地要跟着唐二打过来。

从后面甩过来的白色骨鞭紧随在变幻过来的苏恙身后，左右抖动呈现一个"Z"字，堵住了苏恙逃窜的路线。

白六在意识到小丑已经使用技能之后，就干脆不浪费，反应极快地和小丑打了狙击配合，他甩开骨鞭拉住苏恙的脖颈，把苏恙困在了原地。

而就在这一秒，银色的子弹穿过苏恙的太阳穴。

血浆在还没回过神来的唐二打脸上爆开。

苏恙瞬间褪去了唐二打的外壳，眼神一空，变回了他原来的样子，倒在了地上。

他死得太快了，什么话都没有给唐二打留下，手里还捏着那张释放了技能的扑克牌，桃心里是唐二打的模样。

而另一头唯一的一个队员也被刘佳仪和牧四诚围杀。

场上唐二打的队伍只剩他一个人，愣愣地跪在苏恙的尸体面前。流浪马戏团其余的队员都在往这边赶——胜负已定。

但唐二打脑子里只有赛前那个夸张的解说员的声音：

灵魂碎裂枪！这把枪和猎人的左轮手枪到底哪个更厉害呢？！当然我们唯一能知道的就是，被灵魂碎裂枪击中一定更痛，毕竟被灵魂碎裂枪击中的人死前都是面目狰狞的，一看就痛到极致了！被猎人的左轮手枪击中可不会产生这种表情！

唐二打的视线缓慢下移，他本来不想看苏恙的脸的，但到了这一刻，要是再不看好像不划算，这可是他的副队长——所以他看了。

奇怪的是，苏恙没有面目狰狞，他带着安详的笑意，脖子上还有鞭子的勒痕，看起来似乎很幸福地躺在血泊里。

那一瞬间，唐二打明白了苏恙在想什么——这家伙死前和他的想法是一样的。

一旦想到另外一个人可以因为我的死亡而存活，我就为此感到幸福，那是一种就连死亡的、灵魂碎裂的痛苦都没有办法掩盖的幸福——因为另外一个人，是我心里最重要的人。

"现在能和队长站在一起，就是给我最大的奖励。

"队长！你又请假去喝酒！没有异端要抓你也不能这样啊！

"队长已经三十六岁了吧，为什么不考虑成家啊？……没有成家的想法？这种答案，难怪年年你都是队里被催婚催得最厉害的……

"我吗？我为什么不成家吗？……可能是因为……我想追随的人也没有成家的想法吧。"

那是在异端处理局的一个年终庆典上。

唐二打喝了一口酒，颇有些苦口婆心地劝了在他看来过于纯情的副队一句：

"这种人你趁早放弃吧。"

喝得有点醉的苏恙靠在唐二打身上，他眯着眼睛笑了起来，像是吃到糖的小孩子："没有，那个人只是真的……太迟钝了。"

苏恙醉醺醺地对唐二打说："但是……没关系，他甩不掉我的，我会一直，一直……"

他的眼睛因为醉意渐渐闭合："等下去。"

边际线上，白六带着流浪马戏团准备给唐二打最后一击，而猎人在此时此刻终于举起了枪对准了自己，他脸上带着和躺在地上的苏恙一样的幸福笑意。

唐二打闭上了眼，好像在轻声对苏恙说话一般喃喃自语：

"不会再让你继续等下去了。"

　　系统提示：玩家唐二打的核心欲望发生变化——产生衍生攻击技能"俄罗斯轮盘"。

　　系统提示：玩家唐二打技能锁定对象为自己，因为技能锁定对象中已经包含玩家自己，禁止重复锁定自己，锁定对象自动更换为对其杀意最重的玩家——玩家白六。

　　系统提示：轮盘开始转动……

子弹穿过猎人的头颅，戏剧般地击中了敌人的队长，流浪马戏团成员集体退出游戏。

而唐二打就这样荒唐地赢得了这场让他失去了一切的游戏的胜利。

——一个人的胜利。

那群家伙根本不在意这场游戏的胜利，所以才能这样简单地放弃，他们只是单纯地靠着玩弄对手获得游戏的快感。

这场对于唐二打惨烈无比的比赛对于流浪马戏团而言，也不过是一场玩得还算尽兴的游戏罢了。

系统问他他的愿望是什么，赢得了一切的猎人目光涣散地抬起头，许下了无法停止轮回的愿望：

"我想要所有人，尤其是苏恙，可以活着离开这个游戏。"

对方询问他："为此，你付出什么代价都可以吗？"

唐二打闭上了眼，眼泪顺着他的脸颊无声滴落："可以。"

躺在地上的唐二打双目无神地看着走廊的顶部，他的灵魂好像飘到了很远很远的地方，要思考很久才能听懂白柳的话，才能回答白柳的问题。

白柳问他："你救这些苏恙还有意义吗？你一开始想救的苏恙，不是他们吧？"

"我知道的……"唐二打干涩的嘴皮开合，语调哽咽，嗓音沙哑，"我知道已经没有办法救回他了，但我只是不甘心，不甘心一次都没有办法从你的手里救回苏恙。"

"不甘心每次你都能折磨他！"唐二打勉强地从地面上撑起身子，他满脸是泪地跪在地上，举着一把若隐若现的银色手枪，直直地对准白柳。

这人手在晃，身体在抖，刚刚刘佳仪检查了，唐二打可能大半个脑子都被自己给轰掉了，现在居然还能站起来对着白柳强行召唤技能——从各种意义来讲，这家伙的意志力可真是卓绝。

"只……要我还活着。"因为大脑大部分给轰碎了，唐二打双目已经开始发灰了，现在的他大部分时候是看不见的，根本瞄不准白柳，只能像只没头苍蝇一样四处开枪，崩溃地嘶吼，"你就绝对不能轻易地越过我去伤害任何一个无辜的人！"

"砰！砰！砰！"

白柳站起来，他居高临下平静地看着唐二打跪在地上膝行，跌跌撞撞地摸索着射击，耗空体力之后又无能为力地倒在了地上痉挛、挣扎。

枪落在唐二打手指前面一点，忽闪忽闪的，似乎要消失。唐二打四处去摸，却怎么也摸不到。

一个没有枪的猎人，一头受伤的困兽。

白柳走到了唐二打的身前，单膝蹲下捡起那把枪放在了他的手心里，然后握住唐二打的手，举起枪对准了自己的额头，语调不冷不热："如果你想杀我，你现在就可以动手了。"

唐二打脸上出现了一种错愕的神色。

"我理解你不信任我，我也不会信任你。但从我了解到的情况来看，我们应该是处于同一阵营的两个人。"白柳抬眸，条分缕析地向唐二打解释，"别的时间线我不清楚，至少在现在这条时间线，我对折磨你的副队长没有什么兴趣，有人设了局让你逼我做他觉得我应该做的事情。"

"但不凑巧的是，我这个人比较叛逆，不太愿意顺着别人。"白柳抬起眼皮，"他要让你杀死我，或者我杀死你，那我反倒非要把你救下来，然后把玫瑰香水这件事情解决了，看看他到底想怎么样。

"既然你和我绕了这么多条时间线，那你对我的技能应该已经很清楚了。你可以不信任我，但至少应该相信我的交易吧？违背交易我自己也不会有好下场。"

白柳对唐二打伸出了手，他微笑起来："你把灵魂交给我，我帮你实现你的愿望，怎么样？"

唐二打似乎是察觉到了白柳朝他伸过来的手，他勉力撑起半边身体，用尽全力一把拍开了白柳的手。

唐二打喘着粗气，恶狠狠地从白柳的手里抽回了自己的枪，重新对准了他听到白柳呼吸声的位置，一字一句地说道："白六，你以为这样说我就会相信你吗？是，没错，你违背自己的交易技能后果的确会很严重，但你未尝没有解决的办法。"

白柳有些遗憾地后退了半步——这家伙果然没有那么容易说服，太敏锐了。

正如唐二打所说，白柳的确准备好了处理交易失败的情况的方案，他对那样的结果并不是完全无法处理——看来唐二打的确是经受了白六很多次折磨，连这种状况都预测到了。

唐二打艰难地抬起自己只剩大半张的脸，用那双泛灰的死气沉沉的蓝色眼睛"看"着白柳，手上举着的枪轻微晃动："我是绝对不会和一个怪物合作的。"

白柳轻声反问："唐队长，你为什么就这么肯定我就是一个怪物，或者说是活人异端呢？

"我看起来难道和正常人有什么明显不一样的地方吗？"

唐二打深吸一口气，靠在墙上费力地喘了两下，才继续说下去："当然不一样，你只是披着正常人的皮，混迹在普通人里生活的怪物罢了！"

"在其他的时间线，异端处理局区分活人异端——也就是外表看起来完全和正常人一样的怪物——和正常的活人，会使用一种道具。"唐二打脸上露出一种很扭曲的表情，"这个道具你也很熟悉，就是你刚刚对我使用的墨菲定理鬼镜。"

白柳挑眉："是吗？我倒是第一次听到这面镜子能区分怪物和活人的用法。"

唐二打说："这面镜子可以让一个人看到他最恐惧的东西，而怪物是没有害怕的东西的，因为它们没有情绪、没有心脏，连灵魂都是欲望的填充物，只知道攻击和掠夺。

"我们几乎在除了这条时间线之外的每条时间线都对你做过这个测试，你在每一个世界里都没有害怕的东西，你站在这面镜子前面的时候，镜子里什么都没有！连你自己都没有！"

唐二打因为说话情绪激动，剧烈地呛咳了起来。

他的嘴边全是血沫，人也顺着墙滑落下去，但枪口依旧对准白柳。

"你怕水这个弱点都是我们从你的经历里翻出来的，但对你来说，水根本到不了让你害怕的程度，充其量只是觉得讨厌而已。

"你不受用两面镜子做成的这条回廊的影响，也是因为那面鬼镜对你来说根本没用吧——白六，你这个没有害怕的东西的怪物。"

"我是绝对不会和你做交易的。"说着，唐二打又要扣下扳机。

这次白柳站在他正对面，没有闪躲，反而是更近地靠近唐二打，到了几乎和他面对面的地步，伸手握住了他的枪口。

"有哦，"白柳垂下了眼帘，他的睫毛微不可察地轻晃了一下，"恐惧的东西，我有的。

"你想看吗？"

唐二打这次真的怔住了。

与此同时，站在门外的刘佳仪又拿出了那个日记本，低着头翻阅起来。

齐一舫被刘佳仪拦在门外，现在看她又在看那个日记本了，有点好奇地伸着头去看："小女巫，你不是已经看过一遍了吗？里面还有什么游戏线索吗？"

"没有了。"刘佳仪头也不抬地继续翻，"不是游戏，我在确认那个神级NPC的行径和成长轨迹。"

齐一舫又陷入了迷茫："？"

这又是什么？怎么又扯上神级NPC了？！

刘佳仪的手指放在日记本上的字迹旁，拧着眉核对雕像流转的轨迹——

先出现在海滨小镇，然后转运到福利院，最后被购买到了这家玫瑰工厂。

没错，这座雕像的流转路径和神级NPC出现的几个游戏的背景大致符合，按照这个日记本里的叙述，先后顺序分别是《塞壬小镇》《爱心福利院》以及这个《玫瑰工厂》。

刘佳仪神色变得凝重——但有个地方对不上。

神级NPC出现的游戏多了一个——《爆裂末班车》。

按照这个日记本给的路径，这座雕像是根本不可能登上地铁的——一开始神像一直待在某个偏僻海滨小镇的博物馆里，后来被人通过货车直接转运到福利院，再后来被这个一代厂长购买下来，切割开后埋进玫瑰花田里。

也就是说，如果雕像代表的就是神级NPC，在镜城发生地铁爆炸案的时候，雕像应该还待在福利院才对，根本不会出现在地铁上。

按照现实里出现了雕像，游戏才会出现神级NPC这个对应关系，《爆裂末班车》里也不应该有神级NPC才对。

换言之，出现在地铁上的应该不是真正的雕像，或者说神级NPC单纯是一面镜子而已。

为什么白柳能在游戏里透过那面镜子看到神级NPC呢？

那面镜子的能力，她记得是——

刘佳仪猛地合上了日记本，她回头看向走廊那扇关上的门，神色愕然。

——她知道白柳为什么能在爆裂末班车的镜子里看到神级NPC了。

白柳一定是害怕神级NPC，然后在他注视镜子之后，通过镜子的技能看到了自己害怕的神级NPC！

"不对啊，"刘佳仪奇怪地自言自语起来，她摸了摸下巴，"白柳那家伙，看起来不像是害怕神级NPC啊！那他在害怕什么？为什么他能在镜子里看到神级NPC？

"如果不是害怕神级NPC本身，那有没有可能是害怕神级NPC的某种状态呢？"

刘佳仪双手抱头冥思苦想，她努力回想自己在视频里看到的景象："我记得白柳在《爆裂末班车》的视频里，一开始看到塔维尔的时候，对方像是漂浮在水里一样，头发散开，脸上的样子是——"

走廊里的白柳眼睛里有一种很不安分的情绪在涌动，但很奇怪的是，他的表情却平静得不可思议。但随着这样平静的白柳靠近，唐二打却有种无法自控地被白柳的情绪感染的错觉。

唐二打在白柳身上感受到了一种极深的、不容错认的、他十分熟悉的负面情绪——是他在看到苏恙尸体时的仿佛撕裂了一切的痛苦和恐惧。

随着这种浓郁的相似的情绪逼近，唐二打甚至忍不住想要后退，远离靠近他的白柳。

但他太虚弱了，白柳轻易地用右手虎口卡住了唐二打的下巴，左手别开了唐二打的枪口，然后强势地贴近了他。

白柳在唐二打的耳边就像是说悄悄话一样轻声低语，语调像是在说谎话般漫不经心：

"唐队长，我真的有很害怕的东西。

"我从小就害怕看到某个人在我面前闭上眼睛，再也不睁开。"

208

唐二打的呼吸停窒了一瞬间，他想起来了——《爆裂末班车》视频里的白柳打碎镜子的时候，镜子里面的那个闭着眼睛的神级NPC。

那难道不是副本里本来就有的，而是因为白柳的恐惧被映射出来的吗？！

白柳撩开唐二打耳边被血浆所凝固的头发，让唐二打无法挣脱地靠在他的肩膀上，然后轻声说："你想直面我的恐惧吗？"

说着，白柳的手缓缓上移，一面闪着亮光的巨大镜子出现在他的面前，镜子里的波纹层层涌动，似乎下一秒就要从里面浮出什么东西来。

"不要——"唐二打狼狈地想要转头，他不想再看到这面镜子。但他离白柳太近了，转头时正好靠在了白柳的肩窝——那是一个有点像在依靠别人的姿势，这让不习惯依靠任何人的唐二打下意识地想把自己的头从白柳的肩窝里转过来。

"没关系的，"白柳的语气前所未有的温和，他的手指顺着唐二打脑后染血的发丝插进去，安抚地揉捏将其分开，就像是在安抚一条躁狂不安的大宠物狗，"这次镜子的使用对象是我，你的副队长苏恙不会有事的。"

虚弱的唐二打在白柳的抚慰下恍惚地停下了挣扎。白柳轻轻转动唐二打的脸，挑起他的下巴让他正对着镜面——唐二打在看到镜子里的情形的一瞬间，瞳孔猛地收缩。

他看到一个人——一个孩子在水里无数次地被溺死，被封锁在大理石雕塑里被人观赏。看到这个孩子被人捆绑着抽血，浑身都是针孔。看到这个人被粉碎切割、残忍肢解后挖出还在不断跳动的心脏，放在工厂的房间里被人不断地往里灌注滚烫的液体。

香水像血液一样泵入心脏，逼迫心脏在疼痛下痉挛跳动——那颗他在工厂的房间里看到的心脏，居然是……

如此残酷的场景超过了唐二打的耐受程度，他忍不住浑身颤抖，干呕了起来，侧过脸想要逃避这个场景。

他以为自己已经领略了活人受折磨的极限，但他从来不知道，原来人死后折磨都还可以停不下来。

白柳并没有容许唐二打转头，而是强硬地用手控制住他的头，逼迫他正视镜子里的这一幕。

"你看，我们是一样的，"白柳在表情一片空白的唐二打旁边轻声说，"我们都因为某个人受的折磨而感到恐惧、愤怒，无法控制地感同身受。"

"我是可以感受到其他人的痛苦的。"白柳垂下眼眸，他双膝跪地，微微前倾身体，在唐二打后仰躲避的那一瞬间，白柳出乎意料地用力拥抱了唐二打，"我知道你非常痛苦，和我一样痛苦，唐队长。

"请相信我，我不会再给你制造更多的痛苦了，让以前的我所制造的痛苦都就此停止吧。"

"虽然我不是那些白六，但我知道你或许想听到我对你说这三个字——'对不起'，以及一直以来，辛苦你了。"白柳拍了拍他的肩膀。

被拥抱的唐二打怔怔地、不敢置信地仰起头，眼泪无法停止地从他灰蓝色的眼睛里滑落。

白六……不对，是白柳向他道歉了？

镜子里的塔维尔抬起眼眸，银蓝色的眼睛就像是一片在日光下融化的冰晶，唐二打在这双眼睛的注视下目眩神迷，额前出现一阵让他几欲昏倒的白光。

白光蔓延了很远很远，恍若极光般飘浮在唐二打的眼前，他好像在一瞬间变轻了，在光线里漫无边际地飘浮起来。他在光里看到了苏恙微笑的脸，那个人站在他的面前，倔强地、执着地质问他：

"队长,你为什么这么执着于定白六的罪呢?明明还没有证据不是吗?"

他似乎说了什么,激怒了苏恙,苏恙从来没有这么生气过,朝他大吼:"队长,如果单纯地凭借情绪和欲望做事,我们和那些异端有什么区别!

"无论什么时候,一定要用眼睛和证据去判定这个人到底是怪物还是人!"

吼完之后,苏恙有些无措地低下了头。

他似乎是想走,但被苏恙拦着,两个人就那样僵持在异端处理局狭窄的过道里。僵持了不知道多久,苏恙忽然深吸了一口气,抬起头来:

"如果有一天,队长真的撑不下去,和其他人一样被污染了,我一定会把你救回来的。"

苏恙像是没有对他发过脾气那样笑起来,他向前一步,似乎张开嘴轻轻说了什么:"……"

白柳垂眸,他在唐二打的头侧轻声说:"……"

两个人的声音在唐二打的耳边无法分辨地融合交叠:"唐队长(队长),如果真的坚持不下去,就把剩下的事情交给我吧。"

白柳抱住唐二打的头,轻柔地诉说:"把你的愿望交给我,把你的灵魂交给我,把你的痛苦交给我,让原本就是罪魁祸首的我来替你承担这一切吧,这是我应该做的。"

奄奄一息、呼吸微弱、半张脸都没有了的唐二打靠在白柳的肩膀上,他像是灵魂被抽走般双眼向上看,双手一点力气都没有地垂落,一点反应也没有。

隔了不知道多久,一滴眼泪顺着唐二打下颌滴落,他的手指动了动,手臂极其缓慢地、费力地挣扎着抬起,他像下一刻就要死去那样痛苦地回抱了白柳,咬牙切齿地哽咽着:

"白柳,这是最后一次,最后一次我信任和你做的交易。"

白柳的脸上露出一个舒心的微笑:"你不会后悔的。"

唐二打闭上了眼睛:"我把灵魂给你,作为交换,你要实现我的愿望。"

白柳微笑:"钱我已经留给你了,我就不多付了。"

唐二打一怔,意识到白柳说的是在危险异端处理局的时候,这人为了逃走留下的一屋子几角钱的硬币。

感到无语的同时,唐二打终于放松了下来,他看向很远很远的地方,不知道想到了什么,脸上出现细微的笑意,语气飘忽:

"你还真是……和以前一样抠。"

"希望你不要太介意我这个小习惯,毕竟看样子——"白柳举起一张印有唐二打头像的灵魂纸币,微笑着挑眉,"我们应该要在一起合作很长时间了。"

系统提示：玩家白柳使用钱币 *@&@（数量庞杂，正在计算中）购买了玩家唐二打的灵魂。

神殿。

桌面上的猎人牌在唐二打同意做交易的那一瞬间，浮空翻面，从哭泣的猎人变成了一个头戴狼人头套的眼神凶悍的猎人，并且从预言家那边飘向了戴着兜帽的人那边。

戴着兜帽的男人用两指夹住这张从空中飘过来的牌，他看向对面的预言家，语带笑意："你最后一张可以下放的神牌猎人也转换阵营成为狼人牌了，现在你要怎么办？"

预言家的目光停在狼人牌上不动："游戏还没有结束。"

戴着兜帽的男人似笑非笑地看着那张他下放的玫瑰牌："快了。"

"所有的线索已经集齐，白六不会让这个游戏持续太久。"

白柳从走廊里走了出来，刘佳仪低头看了一下时间："十六分钟，你把那傻大个儿处理好了？"

"好了。"白柳整理了一下自己的衣服和袖口，上面全是抱唐二打留下的血污，好在他不怎么在意。

他转头看向刘佳仪："进去治疗他吧。"

刘佳仪翻了个白眼，举着两瓶解药走进去了："你倒是不怎么介意他做了什么。"

"我要是介意这个首先就会和你过不去。"白柳微笑着和刘佳仪对视了一会儿，"显然我不是这样的人，这不符合我谋求利益最大化的处事原则。"

刘佳仪默默地收回了自己的视线，老老实实地提着解药往里走了。

白柳又补了一句："后面打里世界里的怪物用得着他，尽量让他彻底恢复——他现在是我的私人财产，我不太想看到他以受伤的状态替我战斗。"

"知道啦！"刘佳仪不耐烦地挥挥手。

齐一舫目瞪口呆地看着白柳自然无比地使唤小女巫——小女巫在国王公会可是和红桃皇后一个等级的，地位十分尊贵，就连皇后也不会像使唤小兵一样使唤小女巫。

白柳也看到了齐一舫，丝毫不避讳地对他点点头，还很虚伪地伸手和齐一舫握了握手，开口就是："我很喜欢你的技能，有机会跳槽来我们战队玩。"

齐一舫："……"

这是什么开场白！

白柳过于坦荡的无耻态度，反而开始让齐一舫怀疑这人是不是只是在和他开玩笑。正当齐一舫疑神疑鬼地思考白柳的言外之意的时候，唐二打跟在刘佳仪的后面出来了。

刚刚转换阵营的唐队长明显不太适应，一看到白柳就想拔枪，但很快在刘佳仪阴阳怪气的抱胸冷哼中想起自己刚刚才被白柳派过来的小女巫救了，于是有些局促地收回了枪。

唐二打看着正在用一种极其刻薄的眼神，上下打量救了他的刘佳仪和她旁边站着的白柳，浑身都不自在——这些人以前可都是他货真价实的敌人，打得死去活来的那种！

远的不说，就说近的，就在进入游戏之前，他还差点一枪打死白柳和刘佳仪。

才和白柳做完交易十分钟的唐二打就已经开始后悔了——他觉得十分钟前的自己一定是脑子被什么东西给迷住了，或者是被白柳用什么道具给催眠了。

他一定是疯得神志不清才会做出和白柳交易灵魂的选择！

正在唐二打暗自懊悔自己的冲动消费的时候，白柳忽然对他伸出了手，这让对白柳有很强的警惕心以及条件反射速度一流的唐二打，再次下意识抽出枪对准了他。

明显是为了表示友好而伸手的白柳，对上目光狠厉正举枪对准他的唐二打。

气氛一时之间有些凝滞，刘佳仪表情不善地握住了一瓶毒药："白柳，你确定你调教好这家伙了？"

"他不太信任我。"白柳耸肩，他无所谓地继续向前一步，完全不怕地推开了唐二打的枪，握住了唐二打紧贴在身侧的另一只握成拳头的手，举起来握了握，然后对唐二打笑笑，"没关系，我信任你的能力就可以了。"

白柳的动作就像是教才来到一个新的地方、还保持着警觉心的小狗握手的耐心主人。

刚刚因为拔枪的动作有些无措的唐二打慢慢地放下了自己的枪，和白柳对视了一会儿，眼神还是警觉的，但他还是试探性地回握了一下白柳的手。

就像是刚刚被驯服、收敛了獠牙、耷拉下尾巴和耳朵的大狼狗。

白柳脸上的笑意加深了不少。

虽然不太聪明，但是的确很好骗，这也算得上是一个优点吧。

209

唐二打放下枪之后，在白柳的眼神示意下，刘佳仪不爽地收回了自己的毒药，然后转身看向白柳："我召集了一批流民过来，准备挖神级 NPC。"

"你确定地点了？"白柳扫了一眼刘佳仪。

"不能说完全确定，但可能性有百分之八九十。"刘佳仪说，"按照你和我说的那些信息，我已经标记好花田里的地方了，但有一个很严肃的问题——"

刘佳仪看了一圈四周，摊手："你要怎么处理阻止我们行动的这些玫瑰工厂的员工？"

之前因为唐二打和白柳在这里打斗闹出的巨大动静，那些加工员原本都不敢过来。但现在动静停止了，看到工厂被白柳这堆人大规模破坏，这些工厂里的采花工和加工员眼神不善地包围成圈，手上拿着各种钢质器械或者是采花钳，往白柳他们一行人所站的地方靠拢。

白柳环顾一周，随着过来工作的加工员越来越多，包围他们的人也越来越多，密密麻麻地围成圈。

齐一舫警惕地举着风向标，刘佳仪再次拿出了毒药，他们两个在长期的合作意识的驱动下，条件反射地背靠着背，巡视周身的情况。

"这群NPC员工战斗力不高，不难处理，"齐一舫苦笑一声，"但人数太多了，而且很有可能在激战的催化下转化成怪物。这么大规模地和他们结仇……要是仇恨值被锁定了，后续对我们没好处。"

刘佳仪抬头看向白柳："我的观点也是这样的。但提醒你一句，你要去挖那个东西，是必须要先处理这些镇守花田的员工的，不然没的玩。"

"但我们几个人，根本没有办法处理这么多的……"齐一舫忍不住多说了一句。

白柳思索片刻，忽然转过头看向了一言不发的唐二打，很认真地询问："你能处理吗？"

唐二打突然被问到，他愣怔了一会儿，没有立即回答。但白柳依旧不移动视线，很平静地注视着他。

在白柳那种不存在怀疑和审视，可以称得上是全心全意信任他的眼神的注视下，唐二打没有撑很久，他有些难堪地偏移了自己的视线，侧过了脸，张了张口似乎想要回答，但最终还是一个字都没有说。

……实在是太奇怪了，那么多条时间线，他和白六以各种各样的姿态对视过，愤怒的、戏谑的、生死厮打的、恨之入骨的——

唯独就是没有这种情况。

白柳居然……完全不担心自己害死他，似乎要把镇守后方的任务毫不犹豫地交给自己——如果唐二打在后方故意掉链子，要坑死白柳是一件非常简单的事情。

这让一直以来都想杀死白柳的唐二打有种白柳亲自把脖子伸到他手里，礼貌地请他杀死自己的荒谬感。

367

一直以来追求的目标以一种诡异的方式变得触手可及，唐二打却突兀地……没了杀心。

　　说实话，唐二打现在觉得比较恶心，白柳这种……总之就是很微妙的样子。

　　虽然包围圈渐渐缩小，但白柳一点都不着急，他向前一步靠近了唐二打，用那种眼神近距离地看着唐二打，语气越发温和地又问了一遍："唐队长，处理这么多人，你一个人可以吗？"

　　——就像是担心他一个人作战会遇到危险一样。

　　唐二打起了一身的鸡皮疙瘩，他不自在地后退一大步，整张脸都别了过去不看白柳，推开白柳快速回答："我一个人完全可以处理这么多人！"

　　白柳背着手，笑眯眯地前倾身体继续凑近："真的吗？那可以麻烦唐队长吗？"

　　唐二打终于忍无可忍，严肃地训斥了白柳一句："你给我好好站着！好好说话！"

　　——他要是再看不出白柳这家伙在故意肉麻地逗弄他、恶心他，他就是脑子有问题！

　　白柳听话地站直了身体，收敛了脸上温柔过度的笑意，变得平和。他冷静地下命令："唐队长镇守这里，拖住这些NPC，刘佳仪和齐一舫跟我一起去花田，有问题吗？"

　　刘佳仪点了点头。

　　在白柳询问的眼神中，齐一舫不由自主地也回了白柳一句："我也没问题。"

　　等他回应完白柳之后，齐一舫觉得好像哪里不太对劲，他这才反应过来——等等，不对啊，我答应什么，这关我什么事啊？我为什么就突然和你合作起来了？！

　　我可是国王公会，你的敌对阵营的人啊！

　　不对，齐一舫眉头一皱，发现了不对的地方——猎人也是啊！那刚刚为什么白柳也在命令猎人？

　　思考几秒之后，齐一舫终于发现了症结所在——这人怎么使唤起敌方阵营的人那么自然呢？！

　　但白柳没有留给齐一舫太多思考哪里不对劲的时间，下达了命令后，他抽出鞭子抖动出"Z"的形状，干脆利落地扫倒一片拦在他们面前的员工，清出了一条直达大门的通道，然后率先跑了过去。

　　"快走！"刘佳仪转头对齐一舫喊道。

　　白柳这么一扫就稳稳地拉住了一大批NPC的仇恨值，留在原地不走就是当靶子。齐一舫把"我不是你们队伍的啊！"这句辩驳的话憋了回去，欲哭无泪地跟着走了。

这到底是个什么人啊！

被攻击了的 NPC 怒气值加满，紧跟在白柳身后就要追出大门，唐二打眸色很深地从腰侧抽出银色左轮手枪，横举一只手臂拦在了人群前。

他眼下还沾着没来得及擦干净的血，深蓝色的眸子被衬得莫名有些瘆人，手上动作极快地更换弹夹。

甩开左轮手枪，填充子弹，合上弹匣，转动上膛，银色的弹壳落在他的脚边，晃着闪烁的光弹跳了两下。

唐二打一个人站在熙熙攘攘的门口，被所有人仇恨的目光凝视着。

黑压压的疯狂人群和飘散的、加工后废弃的玫瑰的残骸里，猎人不为所动地平举起枪。

喧嚣又猖獗的员工已然为玫瑰痴狂，映在猎人眼眸里的，是黑色火焰一般邪恶的光影。

唐二打调整姿势，微微偏了一下手上的左轮手枪，便于手指卡在扳机上。手枪银色的外壳在唐二打的深蓝色瞳孔外侧渲染出明亮的光圈，照亮了他瞳孔正中央那枝盛放过度、快要凋谢的玫瑰。

"杀死那个偷走玫瑰的贼！"

"杀死那个毁灭玫瑰的罪犯！"

"杀死那个害死玫瑰的杀人凶手！"

"杀死白柳！"

追击而来的员工们凄厉地仰头叫着，在馥郁的玫瑰色香气里，他们皮肤上的纹路裂开，变成一只只失去人性的怪物。

"惨叫什么呢？白柳也杀死了我的玫瑰，我可比你们任何一个人都想杀死他。"唐二打自言自语地轻声说，吐出了一口浊气。

但下一刻，他毫不迟疑地扣下了扳机，脸上露出一丝势在必得的舒心笑意。唐二打抬起头，眼神是不容动摇的坚定："但在我真的找到证据定他的罪之前——

"我不容许任何一个人或者怪物，抢在我之前杀死他！"

"砰！"

银色的弹壳落地，发出清脆无比的响声。

白柳踩在花田里的玫瑰上，在听到枪响的一瞬间回头看了一眼远处的工厂，脸上露出一个浅浅的笑。

齐一舫不可置信地微微瞪大了眼睛："怎么回事？猎人为什么真的替你们做事了？！"

"人格魅力所致，"白柳先一本正经地回了齐一舫一句，他语带调笑，"我把他迷得灵魂出窍，他就心甘情愿为我办事了。"

369

白柳抬起眼皮，似笑非笑地扫了齐一舫一眼："你要是不为我好好办事，我也要迷住你的灵魂的。"

齐一舫："？"

齐一舫双手捂住自己的胸口，表情惊恐地后退了几十步。白柳看到齐一舫在他的视野里飞快地远离，成了一个小点，然后听到齐一舫在那边惨叫："我的身心都是要留给红桃皇后的！你不要过来啊！！"

刘佳仪："……你不要逗齐一舫了，他真的会信的。他就是被红桃迷得神魂颠倒，然后拼命训练进的国王公会。"

采花工因为今天早上的动静，大部分被吸引到工厂里去了，现在都被唐二打以一己之力围堵住了。

花田上的采花工不多，处理起来简单得多。

把那些采花工都捆绑起来丢在一旁之后，刘佳仪拍了拍手上的灰，把一直不敢进来的流民都放了进来，然后给他们看了具体的坐标，浩浩荡荡的挖掘就开始了。

刘佳仪和白柳也在帮忙挖，齐一舫用风帮忙卷走挖出来的玫瑰根茎和泥土，挖掘的进度比他们想象的要快，但很快变故就发生了。

有流民在挖掘的过程中像是受到了什么东西的影响，不受控制地异化，开始发疯。

在用玫瑰香水对这个流民进行恢复之后，刘佳仪和白柳对视一眼，都明白发生了什么。

——刘佳仪的推测是正确的，他们挖到靠近塔维尔的躯体埋葬的地点了，所以这些流民才会受影响，精神值降低，开始异化。

白柳满身泥泞地站了起来，他拍了拍手吸引了这些帮他挖掘的流民的注意力，说："各位注意，如果有任何流民在挖掘过程中出现了异化现象，请及时通知我，让我来进行剩下的挖掘。"

"我不太会受影响。"白柳微微对这些来帮忙的、挖得自己身上脏兮兮的流民欠身道谢，"这其实应该算是我个人的私事，剩下的让我自己来就可以了，麻烦各位了。"

每当花田里某个地方有流民异化，那个地方的流民就会按照白柳所说的停止挖掘。很快整片花田里只剩白柳和刘佳仪还跪在地上挖掘。

但在刘佳仪第三次忍不住摇晃的时候，白柳扶住了她，阻止了她还想继续帮忙挖下去的手："可以了。"

白柳看向刘佳仪，微笑着说："你受到的影响也够重了，帮我到这一步已经足够了，剩下的我自己来吧。"

"可是……"刘佳仪咬住下唇,她抬起挖得脏兮兮的小脸和白柳对视了一会儿,似乎还想坚持。

白柳拍了拍她的头,眉眼弯弯地笑,非常认真地道谢:"你已经非常棒了,但你总要让我这个成年人有比你厉害的地方吧?"

"不用太担心我,"白柳靠近刘佳仪的耳边轻声说,"它不会伤害我的。"

刘佳仪沉默了一会儿,她摇摇晃晃地站起来,被流民和紧张的齐一舫拉到了挖掘出来的坑洞里。

整片花田,只剩白柳一个人一言不发地跪在狼藉凌乱的泥田上,向地底挖去。

那些来帮忙的流民在完成了他们能做的事情之后,也没有离去。虽然白柳说这是他的私事,但这些流民依旧默默地站在边缘,保持着不被污染的距离看着白柳一个人往下挖掘。

刘佳仪也站在边缘,她怔怔地看着白柳垂下眼,调整着呼吸,一下一下堪称小心地挖掘着。

白柳脸上的表情让刘佳仪有些出神。

她从来没有见过白柳这个样子,不再懒懒散散,对什么都无所谓,可以把一切都玩弄在股掌之间,而是认真专注到让她觉得有点陌生的地步。

在之前营救白柳的时候,刘佳仪才发现他们对白柳这家伙一无所知。

当时她想,白柳这家伙真是太精了,把他们的老底都摸得透透的,自己的事一点都不透露给他们,一个人就有一千种应付他们的面具。

而直到现在这一刻,刘佳仪突然有种触碰到了白柳藏起来的那个自己的感觉。

——一个人,孤独的、满身泥泞的,向着另一个埋葬在地底的人靠近的白柳。

没有任何人可以帮助他,没有任何人可以靠近他。

所有人都只能自愿或者是被动地当白柳的观众,站在离他有一段距离的安全线之后,看着他一个人平静地、执拗地向着地下那个怪物靠近。

在刘佳仪走神的十几分钟里,白柳似乎挖出了什么东西,围观的流民都兴奋地喧哗起来,刘佳仪也被这吵闹声唤回神志,探头朝坑洞里望去。

白柳挖出了一只雪白的、指节分明的右手,刘佳仪松了一口气——好在她没有猜错。

正当她准备开口让白柳把东西给丢上来,免得受到的精神影响太重时,白柳的一个动作让她忽然怔住了。

她看到白柳垂下眼眸,忽然伸手去握住了那只右手,十指紧紧相扣。

"总算是……"白柳的呼吸因为一直在挖掘还没有变得平稳,沾满泥巴的脸上却露出了一个狡猾十足、就像是十四岁的白六玩游戏胜利了之后单纯顽劣的笑,"抓住你了。"

刘佳仪不知道自己是不是看错了——她好像看到那只埋在玫瑰里的断裂的手，回握了白柳。

2̶1̶0̶

众人拆了一个小帐篷，在花田的中央铺好。白柳从坑里艰难地爬上来，把他紧握的那只手放在了布的中央。

所有人为了不被污染，都和白柳保持着一定距离，但又执着地不肯离开，就隔着这段距离安静地，就像是潮水般，跟着白柳沾满泥沙的脚后跟，随着他、推着他向前走。

白柳在地底继续挖掘出一块又一块残缺的躯体。

左手，左脚，小腿，半边肋骨，从第一颈椎到第七颈椎完整的脖颈，被白柳越来越深地从泥土里挖掘出来，然后不带一点表情地安放在布上，按照人体构造重新拼接好。

当整个躯体的拼接只剩头部和心脏的时候，血管从凝结的肌理里重塑、生长，撕裂的神经沿着筋膜断点顺滑地相连，镂空的没有心脏的胸腔仿佛开始呼吸般微弱地起伏。

看不到温热血液流动的、雕塑般的身体，以一种奇诡的方式严丝合缝地重新生长在了一起，在白柳的眼前开始运转起来。

而白柳只是安静地、一个字都不说地挖掘、搬运、拼凑躯体。精神影响加上过度劳累的重压，几次都差点让他站不稳倒下，但没有任何人能上前搀扶他——当然他也不需要，大部分的时候只是自己躺在泥地里深呼吸了两下，又跟跟跄跄地站了起来。

白柳的脸上什么情绪都看不出来，但刘佳仪不知道为什么就是觉得，虽然这人看上去挖得这么狼狈，好像很可怜的样子，但他其实是很高兴的。

——是那种和很重要的人久别重逢的高兴。

"白先生，上来吧！没有多余的田要您继续挖了！"流民在岸边双手比成喇叭状喊道。

刘佳仪远远地扫了一眼白柳拼凑的那座雕像，虽然她看不太清，但那座雕像看起来的确是没有头部的，这让她皱起了眉："怎么还会少头部？是我记少了一个数字吗？"

白柳用布把雕像一包，试图扛起来，但扛了两次都失败了。最终他选择让一个流民帮忙给他推了一辆小推车过去，他才勉强把雕像从花田里给推出来。

他一走出来，就听到刘佳仪在质疑自己。白柳挥挥手，扶着腰靠在小推车上喘了口气,才回了刘佳仪的话:"不是你记少了的原因,头应该不是埋在花田里的。"

刘佳仪和白柳保持着一定距离,她疑惑地看着白柳:"那头会被埋在什么地方?"

"这可是个游戏啊,"白柳的目光看向枪声不断响起的玫瑰工厂,微笑起来,"最好最美丽的奖励,当然是要杀死最大的BOSS之后才能得到啊。"

刘佳仪猛地反应了过来,她不可思议地自言自语:"在里世界里?会不会藏在那个怪物的……"

"嗯,应该是在那个怪物厂长的庞大身体里。"白柳说。

他微微仰起头,眼眸半合,劳作之后的呼吸声很清晰:"那个厂长把塔维尔视作欲望的象征,他认为塔维尔是让他疯狂杀戮的罪魁祸首,觉得是恶魔操控了他的意识,才会让他犯下这种罪行——是很典型的自我意识过剩并带有道德属性的杀人犯。"

"这种类型的连环杀人犯在杀人之后,一般会留下他主观认为最有价值的纪念品,比如他养父母的遗产,他妻子的玫瑰温室。"白柳转头,抬眸看向震惊的刘佳仪,"又如他觉得塔维尔最美丽的部分——头和心脏。"

"那你要怎么办?"刘佳仪神色变得凝重,"那个怪物是S级别的怪物,想要逃脱,利用它的弱点就行了,但你可是要杀死它啊!这太困难了!国王公会要杀死一个S级别的怪物,至少需要二十个预备队员的配合。"

"我的确做不到。"白柳把小推车随手推给了刘佳仪,"但爆发状态下的唐队长应该是可以的,我去找唐队长,让他帮帮我。你们帮我看一下——注意不要让怪物把它给抢走了。"

白柳回头,弯起眼睛笑了一下,挥挥手往工厂那边跑了:"要是弄丢了,我会难过得哇哇大哭的。"

"喂!等等!"刘佳仪手忙脚乱地想去接推车,千钧一发之时又想起最好不要轻易靠近这辆小推车,她会被污染的。

最终刘佳仪不得不无奈地用采花工的长钳夹住推车的把柄,推着前行。

看着已经跑得很远的白柳的背影,刘佳仪有些崩溃:"我是让你把一部分事情交给我,但不是让你把什么烂摊子都甩给我啊!"

"要做什么倒是和我商量一下啊……"刘佳仪不爽地撇嘴,小声嘟囔,"唐队长、唐队长,人家是你的队长吗?就叫得那么亲。

"我还替你挨了这个什么唐队长的一枪呢……"

刘佳仪越说越郁闷,气得一边脸都鼓了起来,跺脚道:"你倒是不记仇!"

另一头,不记仇的白柳还没跑到工厂门口,就举着一只手放在嘴边比成喇叭，另一只手高举起来挥舞，兴高采烈地呼唤："唐队长，我来找你帮忙了！"

正全神贯注地把守在工厂门口的唐二打差点被白柳这跳脱的一声把魂给喊出来，枪都差点甩飞了。他回头看到白柳带着那种谁看了后背都发寒的微笑朝着他小跑过来，一边跑还一边拖长声音慢悠悠地喊：

"唐——队——长——你——忙——完——了——吗？"

唐二打没有反应过来，还以为是哪个白六搞这一套来吓他，差点给这个白柳一枪。

但好在他及时控制住了，不然这个游戏到此就结束了。

唐二打心有余悸地收拢自己的弹匣——一半是被自己差点开枪打死白柳给惊到，一半是被白柳这副热情过度的样子给吓到。

他板起脸，迅速地和凑过来的白柳拉开了距离，冷冰冰地说："喊我做什么？"

"有点事找你帮忙。"白柳笑眯眯的，看上去莫名心情很好的样子。

唐二打利索地抬手打死一个从背后靠近白柳的怪物，脸上冰冷的神色破功，他忍不住批评白柳："你自己倒是看着一点周围的怪物啊——有什么事要找我帮忙？"

白柳把前因后果简单地说了，唐二打听完之后有些不适地皱眉——他看过白柳的镜子，知道这个神级 NPC 是白柳最重要的人，现在他们要去找对方被切割下来藏在怪物身体里的头，这听起来怎么都不算是一件很愉快的事。

但白柳看起来似乎很愉快的样子，这让唐二打心情莫名复杂，还有些怜悯和心软——白柳是在用微笑掩饰自己的悲伤吗……

他好坚强。

"我倒是可以去。"唐二打的语气缓和不少，"但是工厂里的怪物怎么办？"

如果不是唐二打在这里守着工厂门口，工厂里的怪物早就跑出去祸害四方了，而他如果和白柳进了里世界，这里就没有人守着了。

"这个倒不用在意。"白柳丝毫没有考虑过刘佳仪的感受，他不假思索地开始卖队友，"怪物跑出去的话，小女巫和齐一舫会处理好的。"

唐二打沉思了片刻——刘佳仪和齐一舫这两人的确实力很强，还都有群攻技能，而且在这条时间线应该都已经是国王公会的预备役，经过红桃的训练了。

虽然这些怪物很多，但是等级并不高，跑出去分散之后对他们造成的压力应该不大……

唐二打收起了自己的枪，侧头看向白柳："怎么进你说的里世界？"

白柳拿出一颗血淋淋的眼球，这是他从那个怪物的脸上撕扯下来的。到这一刻，他脸上的笑才开始变得危险了起来，有种让唐二打绷紧后背的威慑感——这样笑的白柳，真的和白六太像了……

有种让人不安的强烈攻击性。

白柳抬起眼皮，举起眼球放在自己的右眼前："只要用右眼看着这颗眼球就可以了。"

唐二打比白柳高十几厘米，他要前倾身体，微微下蹲才能让自己的右眼正对着这颗眼球。

当两个人的视线和这颗右眼处于同一水平线的时候，这颗眼球开始转动，而与此同时，白柳右眼里的玫瑰开到了最后一瓣。

眼球里的世界就好像万花筒般不停折转，玫瑰在碎裂的温室玻璃上反复映射，变成千万枝渐变色的玫瑰包绕着眼球和温室，以及他们目之所至的所有土地。

深红到浅粉的光晕成形又打散，花苞从眼球、从颅底、从人无法停止的银蓝色欲望里生长出来，然后叶片凋谢，变成一朵曼妙美丽、亭亭玉立的干叶玫瑰，缠绕在心脏上，汲取着塔维尔所提供的养料旺盛生长。

在一阵令人双膝发软的眩晕后，唐二打进入了这个凋败的里世界中。

如一座小山那么大的怪物伫立在他们面前，身体像是吞食了一个玫瑰温室般那样巨大，皮肤上是涌动的，就像是黏稠液体煮开时的大泡，里面若隐若现地生长着玫瑰，而被它吞噬进去的人全都变成了养料。

而现在它用一只泛黄的丑陋流脓的左眼，直勾勾地盯着白柳——这个夺走了它右眼的人。

系统警告：怪物"一代厂长"仇恨值锁定玩家白柳！玩家白柳无对抗该怪物的能力，请迅速逃离该场景！

如果是之前，白柳一定会毫不犹豫地转身就跑。但现在，白柳飞快地跑到了唐二打身后的一个安全区躲好，对他挥手："唐队长，先麻烦你解决一下这个怪物。"

唐二打："……"

唐二打一边再次后悔自己上了贼船，一边动作迅速地提枪，目光凌厉，甩手就是一枪，精确利落地打爆了试图逼近白柳躲藏的衣柜的怪物的左眼。

大怪物甩着触须，疯狂地大叫起来，地面都被它的挣扎震得摇动起来，墙皮簌簌落下，一些蜘蛛状的小怪物似乎被这个动静所惊醒，不断地从屋子的四面八方爬出来，狰狞嘶叫着朝着唐二打靠近。

但这些可以把白柳和那个国王公会成员搞得满屋子乱跑的各式怪物，在唐二打面前基本打不上一个照面。

他动作干脆无比，一枪打死一个怪物，除了换弹夹会短暂地让怪物逼近之外，他稳稳地将这么一大群怪物压制在白柳躲藏的地方的三米之外。唐二打子弹扫过的地方，就像是有一条看不见的安全线，将白柳滴水不漏地保护了起来。

等到第一轮怪物清扫完毕，唐二打冷眼扫了一遍房间，确定没有什么小怪物会把现在这个皮脆的白柳给一口咬死之后，他收枪，头也不回地冷声说："出来吧。"

"小怪物都扫干净了，大怪物看不见，仇恨值锁定在你身上也没用。"

白柳从一个衣柜背后移动着出来，他拍了拍自己身上的灰，扫了一眼几乎满屋子都是的一枪毙命的怪物尸体，它们被整齐地码在他躲藏地点的三米之外，连死去前的姿势都差不多。

白柳忍不住挑眉看向沉稳地站在他前的，衣袖上连灰都没有沾一点的唐二打身上。

——这家伙是真的强。

他之前的感觉没错，唐二打的面板数值应该远远超过S级别了。

唐二打抛给白柳一个半圆形的狙击镜，微侧了一点头回看白柳："这个道具你拿着，我在游戏里用枪一般不用瞄准镜，但这个瞄准镜有慢放功能，你可以用来看清这个怪物的身体里都有什么，以及我的子弹的移动轨迹。

"这个怪物身体里有太多人的头颅了，我不确定你要的是谁的，等下我和这个怪物战斗的时候有可能瞄中。你拿着这个道具，如果看到我快要击中你要的那个人的头颅，就提醒我一句，我会移开射击线的。"

"我在旁边这样干扰指挥，不会对你造成影响吗？"白柳礼貌地询问，他抬眸看了一眼那个大怪物，"这可是S级别的怪物。"

唐二打回头淡淡地扫了白柳一眼："不至于，在赛场上，战术师的指挥干扰比这个大多了。"

"你不是要打联赛吗？"唐二打抬头看向那个大怪物，一条腿后撤做了一个起跳的姿势，手中的银色左轮手枪上汇聚出无数光点，"现在就见识一下，什么叫作联赛玩家吧。"

系统提示：玩家唐二打是否装备《怪物书状态：凋谢的玫瑰猎人》？

"是。"

唐二打的发丝在光点里飘浮，被风吹动，深蓝色的眼睛里瞳孔猛地竖立收缩，变成狼眼睛的样子。

他左手上的银色左轮手枪在耀眼的光点中聚集，枪身伸长到一米左右，某种类似藤蔓的装备带从唐二打胸前的位置飞快地生长蔓延，一直盘曲到枪末端，一个巨大的有玫瑰装饰的悬空弹匣浮在左轮手枪的枪身后面，不断发出咔嚓咔嚓的子弹上膛声。

"注意观察我的子弹的轨迹，"唐二打斜眼看了一眼白柳，"自己没注意，打到了可不算我的。"

下一秒，唐二打好像只是用后撤的那条腿轻微下压了一下，用那把长到过分的奇异左轮手枪对着地下就是一枪，整个人就靠着弹药的后坐力后仰悬浮，在白柳面前消失了，只剩一点残影和一阵强劲的吹开白柳头发的带着火药气息的风。

很快白柳就明白了，唐二打为什么要给他一个有慢放功能的瞄准镜。

因为唐二打移动速度太快了，白柳甚至看不到唐二打具体成像的样子，只能看到无数的弹药和人快速移动带出来的风的轨迹在他面前纵横交错，然后那个怪物猛地剧烈扭动挣扎了起来，发出一阵一阵撕心裂肺、仿佛被凌虐的惨叫。

白柳戴上了瞄准镜。

红色的瞄准镜视野里，子弹以一种奇异的轨迹翻滚向前，在他面前交织成仿佛遍布红外线报警装置的一个空间。

一根触须甩动着朝着白柳袭来，但在它要触碰到白柳之前，就被一颗不知道从何而来的子弹给洞穿，变成一截被烧焦的触角，在地面上无力地弹动着。

那个怪物身体内有无数头颅，就像是一个娃娃机里装着很多大小和模样都差不多的娃娃，而且这个娃娃机还正在跳动，这让分辨里面某颗头颅确切位置的难度增加了。

白柳迅速地扫描了这个怪物的身体两次，很快，他确定了塔维尔的头颅的具体位置，同时他看到一根鲜红的射击线似乎已经瞄准了塔维尔。

"快要打到了，唐队长。"白柳语速极快地说。

几乎是在他话音落下的一瞬间，白柳看到那根射击线转移了位置，击爆了塔维尔头颅旁边的一颗头颅。

白柳微不可察地松了一口气，但他的注意力太集中了，再加上瞄准镜的视野影响，里面除了骨骼和弹道，很多东西都是半透明的质感，没有办法具体定位某个物品的位置。

所以白柳没有注意到那个怪物已经爬到了他的头顶，对着他张开了"花瓣"，准备把他给吞下去。

下一秒，低着头的唐二打凭空在白柳身前出现，他左手反手持着一杆长达一米多的枪，枪口在唐二打背对怪物的情况下瞄准了怪物的头颅，另一只手握住白柳的肩膀翻转，把白柳护在身前，同时枪的玫瑰弹匣不断发出"嗒嗒嗒"的脆响。

瞄准怪物头颅的枪口红光闪烁。

"砰——砰砰砰！"

这个庞然大物在枪不断的射击中向后缓缓倒地，灰尘满天。

> 系统提示：恭喜玩家唐二打击杀 S 级别怪物——"一代厂长"！

精准又集中的火力猛攻，堪称秒杀。

在怪物倒地后，唐二打瞬间后退，和白柳拉开距离，他有些不自在地别过头握了握拳，似乎对于自己刚刚下意识保护白柳的行为感到不满。然后他又像是想起什么，有些严厉地抬起头训斥白柳："不是让你自己注意一下周围的怪物吗？"

"注意力只在目标上，怎么打联赛？"

211

"你倒是对要和我们一起打联赛这件事接受得很快。"白柳若有所思地看向唐二打，"其他时间线的我招揽过你？"

正蹲在地上翻找死去怪物身体里的头颅的唐二打动作猛地一僵，似乎想起了什么极为不愉快的事情，眼神又开始变得凶戾。

"嗯，"他略带讥嘲地呼出一口气，"但不是以你现在这种温和的方式。"

温和？

白柳可不觉得自己招揽唐二打的方式有多温和。

他抓住唐二打的弱点，几乎是彻底击穿了唐二打物理和心理上的防御，在唐二打意志非常薄弱的时候，言语诱导性地重塑了他对自己的看法和观点。

白柳还利用了唐二打这个正义的公职人员易于共情的特点，让唐二打观看了自己和他相似的痛苦经历，从而造成了从这个本质上来说还是很善良的队长在心理层面上对白柳产生了依赖和群体归属感。

人都是群体和环境的产物，一直孤独会让人发疯的，趋向于可以接纳自己的熟悉的群体是一个具有社会意识的正常人的本能。

而唐二打作为一个已经被原来的群体异端处理局怀疑、排斥甚至孤立的队长，他的确已经无家可归了。

唐二打也无法接近其他和他一样的正常人，建立稳定的群体社交关系，因为他的道德感不允许他把名为"游戏"的厄运传播给其他无辜的人。

而如果选择和游戏里的人建立联系，比如各大游戏公会，他们对唐二打单纯的利用和讨好，是无法和唐二打这种具有一定理想主义色彩的人产生共情的，所以唐二打只能接受自己被这些人雇用，而不是组成一个固定的群体，产生情感上的联系。

在漫长的看不到边际的浩瀚的黑色时间里,唐二打被迫一直孤身游荡着。

而他是需要群体联系的。

在这种情况下,唐二打接近不会产生负罪感,也不用为之负责,甚至因为在长久的敌对中互相有一定程度的了解的流浪马戏团,在白柳冷酷的不夹杂任何考虑唐二打私人情感的思考中——

他觉得流浪马戏团对于唐二打来说,真的还算得上是一个不错的群体选择。

问题就在于如何将唐二打对流浪马戏团的仇恨转化成共情——白柳选择的切入的角度是"同类"。

"这个世界上原来有人和我一样痛苦和孤独,我们可以互相理解、互相接纳。"

"我们都是被命运玩弄之后遗弃,不停流浪的同类。"

这样的意识,对在所有时间线都孤身一人游荡许久的,快要撑不下去的正常人,可以说是一根救命稻草。

整个转化过程对唐二打来说,怎么也算不上温和,可以说是置之死地而后生。

但唐二打居然觉得这算是温柔的了,这让白柳真的提起了一点兴趣。

唐二打的小电视为了不引人注意,一直都是开着静音的付费服务的,也就是白柳和他交谈的内容都会被消音,所以之前白柳才那么大大方方地直接和他交谈,并不顾忌什么。

白柳蹲下来,开始在被唐二打用枪打得四分五裂的怪物尸体里寻找塔维尔的头颅,一边找一边假装不经意地提起:"我可以问问其他时间线的白六是怎么对你的吗?"

然后白柳很快满含歉疚地补了一句:"当然,如果提到你的伤心事了,也可以不用说——我很抱歉你因为'我'经历了这些。"

唐二打手上的动作停了一下,然后又继续:"你不用道歉,那些事情与你无关。"

"那条时间线,小丑的成长没有达到你……白六的预期,白六想为联赛寻找一个输出位的轮换人员。"唐二打顿了顿,"然后白六看到了我的小电视,一眼就看中了我……总之他用了很多办法想要把我骗过去,但我敌对的态度十分强硬。"

唐二打深深吸了一口气:"当时你们手上有一种道具,白六利用这个道具诱骗了我,然后发现了我……最重要的人是苏恙。

"白六本来是想要利用苏恙让我入队,但……白六放弃小丑的行为激怒了小丑,小丑十分仇视我,他觉得都是因为我,白六才会放弃他的。

"在苏恙去国外出外勤的时候,白六下令绑架了苏恙,以苏恙作为筹码再次和我谈判,我还是没有答应——苏恙也不会允许我因为他而答应加入一个这样的组织。

"但在两轮谈判之后,白六失去了耐性,干脆放弃了让我入队,他觉得一直和我耗下去性价比太低,转而去物色其他的轮换人员。"

唐二打闭了闭眼睛:"——白六把没用的苏恙扔给了小丑。

"接下来的事情,你在镜子里都看过了。"

白柳礼貌性地沉默了一会儿,然后伸手准备拍拍唐二打的肩以示安慰——他觉得这位唐队长此刻很需要这种正常人的鼓励。

唐二打猛地睁开了眼睛,他似乎还沉浸在某种情绪里没有出来,深蓝深邃的眼眸里瞳孔收缩竖立。

在白柳的手要触碰到他肩膀的前一刻,唐二打几乎是以一种狰狞的表情狠狠地拍开了白柳的手,嘶哑地从喉咙里发出威胁性的低吼:"别碰我!"

白柳一瞬间觉得自己看到了一只龇着牙俯身要咬住他的喉咙进行撕扯的狼。

唐二打的胸膛剧烈起伏,他静了静才平复了自己的呼吸,张了张口似乎想说什么,白柳看那口型应该是句"抱歉"。

但最终唐二打还是没有说出口,而是一言不发地别过了头,低头在尸骸里继续寻觅白柳让他找的头颅。

非常严重的创伤后应激反应。

白柳在心里简单做了一个评判,在得到了自己想要的信息后,白柳收回了手,丝毫不觉得尴尬,而是善解人意、十分体贴地换了一个话题,把台阶递了过去:"唐队长,刚刚的战斗里,你不用瞄准镜也能看见塔维尔的头颅,为什么要给我瞄准镜?"

唐二打静了一会儿,还是回了白柳的话:"攻击的视野和寻找东西的视野是不一样的,我使用技能枪支速攻物体的时候,是不会刻意留意里面滚动的头颅的。"

"这个时候就需要旁人帮我定位。"唐二打又停顿了一两秒,"那颗头颅之于你,就像是苏恙之于我,用瞄准镜会安全很多,不会伤到它。"

白柳微笑:"是的,它对我非常重要,十分感谢你替我考虑,唐队长。"

"……刚刚,"唐二打的手掌因为白柳这句道谢而发紧,他用力握了握,喉结上下滚动了一下,然后呼出一口热气,"……不好意思。"

——这是在为刚刚打了白柳一下的事情道歉。

"没关系。"白柳平静地接受了,然后举起手。

这次白柳拍下去的手终于落在了唐二打过度紧绷的肩膀上,他嘴角弧度很浅地笑了一下:"我可以理解唐队长的感受。因为重要的人被伤害而生气愤怒,不是你的错,我也会这样。"

唐二打原本挺直得像是一块钢板的背部在被白柳的手拍了拍之后,不由自主地放松下来——他莫名其妙地松了一口气。

白柳转身在尸骸里继续翻找那颗头颅，唐二打有些出神地看着白柳的侧脸。

——白柳说他可以理解自己的感受。

白六……居然也会生气、会愤怒吗……

唐二打在那么多条时间线里，从来没有见过白六生气的样子，他永远保持理智，没有弱点，所以才那么不可战胜。

但是刚刚——白柳的注意力全都集中在寻找塔维尔的头颅上了，根本没有注意自己的周围，差点被怪物吃了。

再之前，这家伙跑过来笑着挥手，喊他唐队长。唐二打现在回想起白柳那个微笑，觉出一点小孩带着更厉害的人，回去报复欺负了他重要的人的坏蛋的顽劣感。

唐二打怔怔地看着白柳一下一下地在尸堆里翻找，脸上又有泥巴又有血，但他自己却丝毫不在意。

——这是一个有感情、有弱点的白柳，不是一个怪物。

不是白六。

"找到了！"白柳动作很轻地拨开一堆乱糟糟的头骨，在骸骨和玫瑰之下，埋葬了一颗沉睡的头颅。

白柳呼吸声都开始变轻，他跪在地上向前一步，非常轻地捧起了这颗头颅，放在自己的膝盖上。他垂下来的睫毛上挂着飘散的玫瑰碎屑，下巴和鼻头上都是凝结的泥，他微微躬身，身体弯成了一个极为珍惜的弧度，保护住了他怀里的头颅。

"找到你了。"白柳弯起嘴角，他低下头，把头贴在头颅上，露出一个完全没有办法遮掩，很纯粹的开心的笑容。

唐二打几乎以为自己疯了，才会在白柳的脸上看到这样的笑容。

但是那笑容实在是太有感染力了，唐二打看了一会儿，忍不住放松下来。他张开双臂，向后靠在翻出来的骨堆上，仰着头疲惫地看着里世界沉闷灰暗的天空，也很轻地从鼻腔里哼出一声笑，自言自语："真好啊，你找到他了。

"完好无损地找到他了。"

242

工厂外。

刘佳仪一只手拖着夹住推车的长钳，另一只手举着毒药，警惕地拉着推车环视一周。

她周围全是各种各样的加工员怪物，再加上受到这辆推车的限制，刘佳仪四面受敌。

但好在另外两个国王公会的成员也从工厂里跑出来帮她了，加上齐一舫大范围的技能控场，让这些散落的不成规模的怪物的攻击效果维持在一种他们可以对抗的范围内。

"白柳这人真是……"刘佳仪精疲力竭地靠在掩体后喘息，她抬肘擦了一下从侧脸滴落的汗，看向被她用长钳隔开的推车，小声抱怨，"这推车上不是你很重要的东西吗？"

"……这么轻易就给我了，要是没有保护好，等下是准备靠这个来讹我吧？"

一个怪物从刘佳仪身后猛地出现，她下意识地挡在了推车前，挥开毒药，厉声喝道："滚开！"

漆黑的毒药泼洒在怪物张开的"花瓣"内，怪物随着"滋滋"的腐烂声变形、融化，化成一摊血水。

怪物的突袭让战斗到已经精疲力竭的刘佳仪在仓促之间忘记了和推车保持距离，受到了推车上的东西的影响，她的精神值出现了阶段性的下降。

刘佳仪摇晃了两下，凝神伸手去掏她口袋里的玫瑰香水准备恢复精神值，但掏出来之后才发现——香水瓶子已经空了。

而被毒药腐蚀的怪物的尸体吸引过来了更多的怪物，正围住刘佳仪渐渐缩小包围圈，她和推车的距离被迫越来越近，受到推车上神级NPC的影响也越来越重，甚至都忍不住眩晕了起来，需要扶住长钳才能站稳。

被分尸过后的神级NPC可能是身体内部暴露了，对玩家的影响比之前在福利院里还重！

"天啊——"刘佳仪干脆放开了长钳，双手举着毒药咬着牙继续拦在推车前。

"小女巫！你的香水差不多用完了吧？接着！"

"这边也有！拿着！"

"这里！"

三个不同方向的声音和三瓶从不同角度抛过来的香水，来自三名国王公会预备队员，她之前的队友。

刘佳仪看着这三瓶在半空中缓缓落下的香水，她抿紧了嘴唇，想要伸出的手又收了回来——她不想欠太多别人的人情。

之前那些合作还可以说是大家为了通关一起战斗，但现在这种情况，怪物源源不断，大家的香水都不宽裕……

白柳那家伙以后还要打联赛，以后要是在赛场上遇到了齐一舫他们，按照刘佳仪对自己的了解，这些还不清的人情债会让她犹豫的，这不是好事。

但是不接的话，她也撑不了多久了。

"佳仪！"齐一舫看刘佳仪还低着头不准备接香水，急得都开始叫她名字了，"接啊！你精神值快降到40以下了吧？！"

快要落到刘佳仪面前的香水，被一个突然从刘佳仪靠着的工厂的墙面内翻过来的人风一样地席卷入怀，然后按照原路线抛了回去。

齐一舫和另外两个人有些慌乱地接住那抛回来的香水。

"谢谢各位对我家小女巫的关心和帮助。"

白柳像一片叶子般轻飘飘地落地，随手接过了刘佳仪手里的推车移到自己身前，同时抛给她一瓶香水，然后转头毫不犹豫地就是一鞭，把已经靠近他们的怪物硬生生地扫退，制造了一片半圆形的真空地带。

他缓缓抬眸，远远地看向他们，虚伪地、彬彬有礼地欠身微笑："但是大家以后说不定是敌人，还是不要这么亲密的好。对吧佳仪？"

刘佳仪松了一口气。

出于"奶妈"的第一反应，刘佳仪扫了一眼白柳全身上下，确定对方没有什么大的伤口，才抱臂略带讥讽地开口："我以为你会把这三瓶香水给独吞了。"

"我本来是这样想的。"白柳似笑非笑地转身看向刘佳仪，"但是你应该不太希望我独吞吧，或者说你不太想欠他们的，所以才一直不接。"

刘佳仪对着自己喷了两下香水，深吸一口气，哼了一声，白了白柳一眼："就你话多！"

等恢复完自己的精神值，刘佳仪四处张望："那个唐队长呢？"

白柳又是一鞭子，扫开快要靠近他们的怪物，抽空回了刘佳仪一句："我让他先把我送出来支援你，然后让他去清扫工厂内的怪物了。

"等他清扫完工厂内的怪物，再出来和我们会合。"

"清扫完？"刘佳仪蹙眉，"大部分怪物主要还是集中在工厂内，他一个人就可以清扫……"完吗？

刘佳仪快要忍不住质问白柳，他是不是过于信任这个半路加入他们的唐队长的能力了。

几乎在刘佳仪话音落下的瞬间，一个人单手撑着刘佳仪背后靠着的高墙，以一种熟练的、干脆利落的姿态翻了出来。

同时这个人另一只手力道十足地甩出一杆长约一米的造型奇特的银色左轮手枪，为了缓解不断射击的后坐力，他持枪的姿势是把枪压在肩膀下的，这让他的腰部在翻墙的过程中保持了一种非常标准、看起来很有力的姿势。

风吹起了他额前的发和衣摆，露出了一双专注无比的深蓝色眼眸。

几乎是在这个人还在墙上飞跃的瞬间，他就开始对准不断靠近白柳和刘佳仪两个人的怪物无差别扫射。

"砰——嗒嗒嗒！"

火光和硝烟顷刻间在白柳和刘佳仪的身前画出一道无人敢侵犯的警戒线。

原本压制得让刘佳仪吃力的密集怪物层眨眼间变成了灰烬，唐二打在一片被子弹射击出来的黑色地面上单膝落地，然后表情凝肃地站起来。

唐二打手上那杆奇特的长杆左轮手枪折叠回缩，发出"咔嗒咔嗒"的金属碰撞声，在一秒内变成了约莫他手掌长度的正常的左轮手枪。

他松开弹夹，手动放掉弹壳，换好子弹之后转身看向白柳，目光平静地回视白柳，像是在询问白柳还要需要他做什么。

"哇哦，速度比我想象的还快。"白柳挑眉看向唐二打，"工厂内的怪物你已经清扫完了？"

唐二打脸上没有什么表情，似乎不觉得自己做了什么了不起的事，简单地回了一个字："嗯。"

似乎还觉得自己做得不够好，唐二打皱着眉补充了一句："厂工以及职位更高的人所在的车间没有钥匙，进不去，所以玫瑰工厂往里的地方没有清扫，其余的都清扫完了。"

白柳露出一个很满意的微笑："做得很好。"

这岂止是做得很好？！

刘佳仪无法置信地看了一眼她眼前已经空掉的、被火药染成黑色的土地，又抬头看了一眼唐二打。

外围的三个国王公会的成员更是几乎已经看傻了，他们双眼发直，脸上带着一种惊悚的表情看着唐二打手上的枪，脑子里的想法罕见地和刘佳仪共线了——

这可是个三级游戏啊！

这家伙的攻击力在这里居然如履平地，太离谱了！

刘佳仪为了学习，看过近两年不少联赛玩家的小电视录像，但除了在黑桃身上，她从未见过破坏力如此恐怖的技能和攻击力。

这已经不是"联赛玩家"四个字可以概括的实力了。

刘佳仪目光直直地审视着唐二打，这是她在进入游戏之后，第一次正视这个对手。

她在脑内飞快计算着唐二打的面板——

几乎一枪就能解决一个爆发的S-级别的怪物，单枪的攻击值绝对上万了。

训练良好的肌肉，卓越的战斗意识，快速的任务执行速度，及时的回防以及确保队友安全的行为，以及刚刚对白柳汇报的过程，十分像是前线的输出给战术师的信息回馈——

刘佳仪愕然地看向唐二打——这家伙是个身经百战的一流联赛攻击手。

这家伙的攻击数据和战斗素养甚至比很多顶级战队的攻击手都要夸张——至少据刘佳仪的了解，国王公会战队的攻击手，在唐二打面前很有可能连一个照面都打不上。

白柳到底是在什么地方得罪这么一个被掩藏起来的一流攻击手的？

而且现在看起来白柳还成功地把这个恐怖的角色收为己用了！

因为唐二打的强大存在感，让对他怀有一定敌意的刘佳仪忍不住后退了两步，站在了白柳的身后。

她眼神下移看向唐二打手上那把变短的左轮手枪，试探性地问道："为什么你在出了工厂和我们会合之后更换了技能武器？刚刚那种武器明显攻击力更高。"

唐二打斜眼扫了刘佳仪一眼，淡淡地回了一句："不用快速清扫的话，短枪就够了。"

这合理吗？！抓住白柳衣摆的刘佳仪在心里默默地大喊，把"平A武器的攻击值应该也过万了"这一点放进了她脑海中关于这位唐队长的档案里。

难怪这人能单刷三级副本，这种级别的实力，在整个游戏里都可以横着走了。

想到之前自己和他作对……刘佳仪心有余悸地抚了抚自己的心口，瞄了一眼站在她身前还在微笑的白柳，忍不住又变了表情。

从各种意义上来说，白柳此人都太神奇了，这么倒霉地遇到这种对手还能活下来……

但如果有了这种人的加盟……

刘佳仪深吸一口气。

——按照白柳身上奇怪的事件走向，这人率领的奇怪战队，说不定联赛真的能赢呢？

在基本清扫完了工厂外的小怪物后，白柳把小推车上包裹在一起的布摊开，然后把塔维尔的头颅放了下去。

雪白的皮肤沿着脖颈相连处的纹路迅速生长，原本死寂的脸上出现一种特殊的生气，垂落的银色长睫轻微颤抖，奇特的、诡秘的银蓝色光泽沿着散落在地的鬈鬈的长鬈发舒展，空荡的胸腔左右开始轻微收拢、扩张，仿佛心脏在其中跳动那样。

白柳垂下眼帘，他看着躺在自己膝盖上一动不动的塔维尔，静了一分钟。

然后他突然把手放进那个空旷的胸膛，就像是玩游戏一样，握紧拳头一收一缩模仿一颗心脏跳动的样子，同时嘴里轻声模仿心脏跳动的声音，脸上是一种很怪异的微笑。

"怦怦、怦怦——

"你说如果我挖出你的心脏，你的心脏不会停止跳动，而是会在我的手上继续跳动。是这样吗？"

十四岁的白六玩笑般地把手握成一个拳头，恶趣味地在谢塔面前一收一缩，同时白六的面部和谢塔贴得极近，嘴里模仿心脏跳动的声音："怦怦、怦怦——你的心脏是这样在我掌心里跳动的吗？"

"你要是好奇的话……"谢塔突然抓住白六那只模仿心脏跳动的手，抵在了自己的胸口，抬头很轻地对他说，"摸着就知道我的心脏是怎么跳动的了。"

谢塔的手叠在白六的手背上，心脏在白六手心里跳动。

他们就这样僵持了许久，没有任何人抽回自己的手，任由两个人的心跳声渐渐失序。

直到谢塔轻声问他："是怦怦、怦怦——这样吗？"

"不是——"白六不知道为什么觉得喉咙干涩，他的喉结上下滚动了一下，声音沙哑地回答，"是怦怦怦、怦怦怦、怦怦怦怦——这样跳动的，你的心跳在加速。"

"我这样……是不正常的吗？"谢塔询问他。

白六别过脸，想要抽回自己的手："我不知道。"

但谢塔没有让他抽走，而是平静地把自己的手也放在了白六的胸口，似乎在感受他的心跳。然后谢塔似乎在笑，很轻很轻的一声笑："似乎是正常的。

"你的心脏也是这样跳动的，和我一样。"

"他在做什么？"刘佳仪疑惑地看着白柳抱着神级NPC跪在地上，低着头不知道在做什么，嘴里发出奇怪的声响，"就算是他受到神级NPC的影响最小，那也不能一直抱着啊！"

刘佳仪说着就有点着急地想要上前打断白柳的思绪："就算是影响小也不是没影响啊！让白柳快点放下，然后往前走吧！"

唐二打伸出一只手拦住了上前的刘佳仪："等一下。"

刘佳仪瞬间警觉地举起了毒药看向他："干什么？你是准备让白柳这样一直抱着，然后发疯……"

刘佳仪说到一半，突然停住了——她看到唐二打的脸上是一种受到极大震撼的表情。

他似乎在震惊，又似乎在惊愕于自己所看到的这一幕，反复确认了许久才艰难地开口：

"……在遇到创伤场景的时候，机械地重复自己记忆中的和这个场景有关的刻板动作……"唐二打几乎要站立不稳，他恍然地喃喃自语，"这是典型的创伤后应激反应。"

白柳，和他有同样严重的创伤后应激反应。

而他居然一点都没有看出来。

243

白柳没有停留很久，很快他若无其事地包裹好塔维尔的身体放在了推车上，转身看向身后的众人。他脸上露出那种无论是牧四诚、木柯，还是刘佳仪、唐二打都能一眼看出来的虚伪的微笑，然后轻声说：

"现在，让我们推翻这座罪恶的玫瑰工厂吧。"

游戏大厅，坟头蹦迪区。

无论木柯他们怎么努力坚持，怎么拉住过路的观众求对方帮白柳点一个赞或者收藏，在国王公会的高压围堵下，白柳的小电视还是不可避免地掉到了坟头蹦迪区。

无论是养尊处优的木柯，还是家境一直都比较优越，从小到大乃至于到游戏里都没有低过头的牧四诚，现在都放弃了自尊和面子这些东西，一个一个地去拉路人观众，全力地帮助白柳拖延时间。

看到白柳小电视里的游戏终于走到了尾声，这两个人都疲惫地松了一口气。

——这场拉锯战，面对国王公会这样的对手，他们打得太吃力了。

但现在，他们还可以容许白柳掉入一次小黑屋区，然后缴纳赎金，把白柳给弄出来，这段时间再怎么样都应该够白柳通关了。

"……皇后，这样下去，白柳说不定真的能顺利通关……"有人脸色难看地俯在皇后的耳边低语，"现在可是应援季，两次围堵都没有堵住，这也……太跌面子了，我们公会的战队支持率会被影响的……"

"不会失败的，"红桃双臂交抱，不疾不徐地抬眼扫了一眼白柳的小电视，"这场围堵马上就要结束了。"

红桃旁边的这人一愣。

很快有人掩不住脸上的兴奋，小跑过来，停在红桃面前毕恭毕敬地躬身行礼，然后才抬头说道："皇后！我们战队的'盾'刚刚通关游戏，出游戏池了！让他现在过来吗？"

红桃微微颔首："让他过来吧。"

之前还忧心忡忡的那个队员霎时就变了脸色，他难以置信地看了一眼红桃，然后又靠近那个来报信的队员问了一遍，脸上明显露出喜色："是战队的正式队员'盾'要过来吗？"

这个队员脸上的雀跃根本藏不住，连连点头："是的！他一出游戏池马上往这边赶了！已经在路上了！"

"'盾'过来之后，这场围堵立马就能结束了！"

牧四诚皱眉看向小电视区域内开始骚动的国王公会成员："他们在叫什么？是眼看着堵不住白柳所以要发疯了吗？"

"应该不是。"木柯隐隐有种不祥的预感，"……他们都在笑。"

木柯不指望这群国王公会的成员能告诉自己他们在笑什么，他迅速地点开了系统面板，打开了论坛，在里面飞速搜寻着自己想要的信息——

很快，一个飘红的帖子吸引了他的注意力。

——国王公会的"盾"离开游戏池了，好像要加入围堵的队伍，红桃这次的手笔也太大了吧！

"'盾'是什么？"木柯蹙着眉问。

牧四诚也打开了论坛，他在看到标题的一瞬间脸色就阴沉了起来，语速极快地和木柯这个新人解释道："是战队里的一种职称。

"联赛战队的五人队伍常规的功能分为'攻''盾''游走''控制'以及'战术师'。

"我没看过国王公会的比赛，但我听说他们战队是个双'控制'队伍，两个'控制'的玩家都极其出色，其中一个'控制'玩家就是红桃，另一个今年据说是小女巫。

"好的'攻'玩家很难找，红桃一直没有寻找到合适的轮换人员，他们战队的'攻'玩家素质很差——"

牧四诚抬起遍布阴霾的眼睛："但为了弥补这个缺陷，这支战队的'盾'极强。"

一阵沉重的脚步声从远处传来，木柯转身看去，他脸上的表情和呼吸都轻微地停了片刻——

一个巨大的，木柯抬头都看不到头顶的高大怪人出现了，这人手上和脚上穿着厚重的黄铜盔甲，腕骨处有好几圈尖刺脚镯，随着他的走动互相碰撞，环佩作响，走动的时候系统割裂出的维度空间好像都在随之震荡。

这人手脚极长，挥开试图阻挡在他面前的人群，就像是挥开蝼蚁，或者是乡间小路上杂生的小草一般轻松简单，根本没有任何人能阻挡他。

然后他缓缓地走到了小电视区域中心处的红桃面前，低头把左手放在了心口的地方抵住行礼，轰然单膝下跪，声音浑厚带着回响，犹如炮弹嗡鸣，震得人捂头欲跪：

"Queen, Tιτν（提坦）is here."

红桃提起裙摆，微微欠身回礼，然后把自己的手放在了提坦的巨大手指上，让提坦笨拙地回吻了她。

"Tιτν, do me a favor（帮我一个忙）."红桃转身看向站在边缘处的木柯，垂眸浅笑，"Beat them, as usual（像往常一样击败他们）."

在这一瞬间，她笑得和小电视上的白柳说不出的神似。

提坦起身，转过来正对木柯他们，他伸出一只有成年人脑袋那么大的手掌，居高临下地看着后退的警惕的木柯和牧四诚，向他们张开。

"Yes, my queen."

系统提示：玩家提坦对白柳小电视所在的整个区域使用个人技能"维度盾牌"。

使用该技能后，不同的空间会被割裂为不同的时间和空间维度，无论是生物还是非生物都无法进入另一个空间，光线和声音都再也无法传播，技能实施的空间将不再被融合在同一个多维空间下（包括游戏大厅）。

时效：一个维度钟。

只是一瞬间，木柯面前白柳小电视所在的整个区域凭空消失不见了，只剩了一个黑漆漆的、无法被靠近的圆球。

纯黑色的和观赏区域一般大的圆球里面，悬浮旋转着很多细小闪烁的星辰微粒，仿佛宇宙一隅。

木柯跟跄地往后退了两步，脸上带着掩不住的绝望——一个维度钟，在没有他们外界支援的情况下，足够白柳直接掉进无名之地了！

除非白柳在他自己掉进去之前通关……他们这边，已经什么都做不了了。

赌徒俱乐部公会，会长办公室。

查尔斯闭着眼睛仰靠在一把宽大的老板椅上，两只手懒散地倚在椅子两边的皮质扶手上，他像是在思考什么一般，戴着闪亮大钻戒的右手食指屈起，有一搭没一搭地敲击着扶手，发出一种有规律的沉闷的击打声。

王舜拘束地坐在查尔斯对面，双手规矩地放在膝盖上，身体前倾——这是非常标准的求人办事，并且处于弱势的姿态。

而作为被求的人，查尔斯放松的躺姿已经显示出他并没有那么认真地去思考王舜的请求。

"查尔斯会长。"王舜提高了一点音量，试图唤醒这位看上去快要睡着的会长，"刚刚我已经给你展示过白柳几次游戏的录像了，他很有潜力，实力强劲，也非常符合您挑选黑马的要求，请您考虑一下！"

查尔斯懒洋洋地抬起眼睛看向王舜，脸上的笑带着明显的调侃意味："他的确是我喜欢的口味，如果在十分钟以前，我说不定会被你说服。但现在……"

他缓缓坐直了身体，举起食指左右摇晃："No, no, no, 我的确喜欢黑马，但我不喜欢已经被下了暗桩的赌马。"

——下了暗桩的意思是，这匹马在进入赛道之前就已经被其他人针对性地做了手脚，比如在马蹄铁上装小钉子，让马匹在赛道上无法跑出好成绩，甚至没有办法进入赛道。

白柳现在的情况对查尔斯来说，就是被国王公会给下了暗桩。

查尔斯略带遗憾地翻找了一下桌面上王舜整理好给他的关于白柳的资料，在白柳的脸上爱惜地轻抚了两下，然后毫不留情地扔进了桌下的垃圾桶里。

"我不会告诉你的老板红桃，她的心腹来我这里推销一个新人，"查尔斯似笑非笑地扫了一眼紧张的王舜，戴着白手套的双手慢悠悠地在小腹前十指交叠，补充了后半句，"一个正在被她针对的新人。"

"但你浪费了我差不多……"查尔斯抬手拨开手套尾部，看了一眼他镶满了钻石的腕表，"三十维度分钟，说服我去接受一个马上就要彻底没有价值的新人。"

"我的时间是非常珍贵的，被这样随意地浪费，你总要付出一些代价。"查尔斯抬眸看向王舜，他举起了放在椅子腿边的文明杖，不紧不慢地站了起来，走到了腰背紧绷的王舜身后，然后把戴着手套的双手放在了王舜的肩膀上往下滑动，语调暧昧，"没有来我这里，还可以什么都不留下的人。

"——给我一些只有你知道的信息吧，我可爱的百事通先生。"

文明杖不知道什么时候被卡在了王舜的脖子上，查尔斯慢条斯理地上移文明杖让王舜开始觉得窒息，让他忍不住想要挣扎——但王舜控制住了自己想要拉扯这根文明杖的动作。

现在他只是被威胁而已，碰了的话他今天就真的得死在这里了！

查尔斯非常讨厌别人碰他的饰物和魔术道具，比如钻石手表、戒指，又如他手上这根不知道用什么珍稀木头定制的文明杖。

"喀喀——"王舜被勒得眼球里都开始爆出血丝了，他竭力地往椅子上靠以减弱文明杖对自己气管的压迫感，"你真的不会后悔投资白柳的——

"我知道一个逆十字教徒对白柳的预言——"

文明杖瞬间被抽走，王舜捂住脖子剧烈呛咳。

查尔斯从口袋里掏出一张一看做工就很精美的丝巾，把勒过王舜的文明杖从头到尾擦了一遍，往旁边一丢，然后转头若有所思地看向王舜："逆十字教徒？总积分榜排名第三的那个家伙？我记得他原来是叫——"

"'逆神的审判者'。今年……喀喀，从第六公会'猎鹿人'转会到第一公会'杀手序列'之后，他才改名叫'逆十字教徒'的。"王舜用手掌擦掉自己被勒出来的眼泪，大口大口地深吸了两口气，才缓过神来看向查尔斯，"你知道'逆神的审判者'这个玩家的技能是什么吧？"

查尔斯淡淡地扫了王舜一眼："预言。"

"确切来说他的技能名称叫作'聆听神的只言片语'。"王舜喘着粗气说，"我之前探查到了他内心的一个预言，是和白柳有关的。"

查尔斯用文明杖点在王舜的心口，绅士地做了一个"请"的姿势，笑得人畜无害："愿闻其详。"

214

王舜把椅子往后挪了一点，让自己的心口和文明杖的尖端拉开一定距离，才小心地开口："……我看到一首被拼凑起来的、零散的诗歌。"

"零散的诗歌？"查尔斯眉尾微不可察地一挑，"这可不像是这位言简意赅的逆神的审判者一向的预言风格。所以呢？是一首什么样的诗歌？"

王舜深吸了一口气，他清了清嗓子，道：

"它夸口有人将在他的影里漂泊，

"影中之人十四岁，

"于是它赠予此人脊骨、心脏与神徽，

"夸口此人将是它唯一的信徒。

"影中之人二十四岁，

"然后它陨落于雪原，信徒亡灵飘荡于深海，

"脊骨、心脏、神徽俱碎。

"它更迭，

"影中之人三十岁，

"他流浪着，流浪着，小丑蹲于他面前，嬉笑问影中人，归处何在。

"影中人说，在太阳消失四分之三时，会有故人来寻冷僵的我。

"小丑说，若是你已经僵死了，我就粉碎你的灵魂，让你同神一同陨落于雪中。

"影中之人四十一岁，

"神死而他存，因恶永生。"

说完之后，王舜吞咽了一下口水，眼神紧张地看向查尔斯："你可以用天平来检测我，我没有乱说。有些地方我可能记得不是很清楚了，但这的确是我在'逆神的审判者'那里看到的。"

"我不怀疑这个，"查尔斯收回文明杖，扫了一眼王舜，"我比较怀疑你说这个预言说的人是白柳。这种含糊其词的诗歌可以从各个角度解读，我也可以说这首诗歌说的是别人。

"你说这个预言说的人是白柳，还有别的证据吗？"

王舜静了许久，无奈地吐出一口长气："……没有了。"

"所以其实你自己也弄不懂这个预言说的人是不是白柳，对吧？"查尔斯轻巧地坐上了办公桌，闲散地跷起了二郎腿，"也就是说，刚刚你为了说服我投资白柳，在对我撒谎？"

王舜张了张口，还是承认了："是的。"

"对一个比你擅长撒谎十倍的赌徒，在我面前撒谎不是一件很明智的事情，百事通先生。"查尔斯用文明杖挑起王舜低下的头，露出一个非常满意的微笑，"但我很喜欢你刚刚的谎言——听起来完全可以骗到一大堆无知又冲动的赌众给白柳下注了，是个相当有赌徒价值的谎言。"

王舜愕然地看向查尔斯。

"白柳我投资了。"查尔斯不紧不慢地收回了自己的文明杖，往下一拉，变成了一束茂盛的玫瑰，递给了还在发蒙的王舜。

王舜一头雾水地接过："那查尔斯会长，我们现在要做什么？"

查尔斯跳下桌子："现在吗？"

他整理了一下衣襟，光芒四射地笑了起来："当然是盛装迎接我们在玫瑰花田里跑到终点线的黑马先生了。"

说着查尔斯转身看了一眼坐在椅子上的王舜，不太满意地摇了摇头，从胸口又抽出那根刚刚变成玫瑰花的文明杖，往下一捋，那根一米多长的文明杖瞬间变成一根只有三十厘米的木棍——看起来有点像是魔杖。

"作为未来白柳战队的宣传发言人和'神谕'散播者，你看起来太朴素了，百事通先生。"查尔斯嫌弃地用魔杖点了点王舜身上的格子衬衫和牛仔裤——典型的程序员装扮。

"这样的装扮很难说服别人你来自一支冠军队伍。"

王舜还没有反应过来："什么宣传发言人和'神谕'散播者？"

"简单来说，就是骗别人给白柳战队下注和投票的工具人。"查尔斯彬彬有礼地解释，然后魔杖一挥舞，王舜全身上下的衣服就都消失了。

查尔斯从上到下扫了一眼下意识捂住下半身的王舜，挑眉吹了声口哨："身材不错。"

"你为什么能随意更改我的外貌设置？！"王舜人都傻了，他还不敢把手给移开。

查尔斯又是一挥舞，王舜原地旋转了一圈，从上到下都变装了——精致的波点小领结、带着马甲的三件套、连体背带裤、灰褐色西装，被打上摩丝往后抹的头发，以及恰好露出五厘米棉布白袜子的棕色皮鞋。

"这一套送给你做参考——我的口味比较复古，希望你会喜欢。"查尔斯收起文明杖，示意转晕了的王舜跟上来，"现在去给我们的新战队造势吧。"

王舜手忙脚乱地跟上——查尔斯不知道怎么给他挑的衣服，只是看了他一眼，给他的这套西装的尺寸就刚刚好，这也让习惯了穿宽松衣服的王舜有点行动不便，一边追一边问："怎么造势？白柳好像被国王公会出动的'盾'卡进维度空间里了，会掉进无名之地无法出来的！

"如果掉进了无名之地，白柳要参赛就很困难了——他没有办法获得普通观众的投票，那就连报名都报不了。"

"你们公会的'盾'吗？"查尔斯略微沉思了一两秒，"那白柳估计难逃掉进无名之地的命运了。"

王舜脸色瞬间变得沮丧："查尔斯会长，连你也没有办法吗？"

"但我可不觉得掉进无名之地是一件坏事。"查尔斯的脸上露出一个意味深长的微笑，"我记得白柳似乎刚刚为自己赢得了一个小公会，人数不超过五百。"

"一支冠军队伍，公会人数只有这点可不太像话了。"查尔斯漫不经心地用食指抚摩自己文明杖顶端的红宝石，"百事通先生，对这里的十大公会的创建历史，或许我比你要清楚——掉入无名之地，或许是一个成立大公会的契机。还记得'天堂教会'吗？"

"——那个全是乞讨者的公会，就是靠从无名之地里逃出来的玩家建立的。"查尔斯说。

王舜被查尔斯这么一提醒，像是想到了什么，猛地看向查尔斯，神情惊悚："查尔斯会长，你不会是想——但那要太多钱了！起码得几千万积分！"

"我不缺钱，我是这个游戏里最富有的玩家，"查尔斯抬眸看向王舜，脸上的笑意越发意味深长，"我享受的是豪赌的快感——而还有什么赌博比系统里一年一次的联赛更有意思呢？"

"我可不允许我下注的黑马的公会像天堂教会那么穷酸——几千万积分而

已，作为前期对赌马的投资，不算多。"查尔斯轻飘飘地说。

几千万积分而已……王舜头晕眼花地跟在查尔斯的身后走了。

游戏内。

流民跟在白柳的身后，往玫瑰工厂的内部走。

他们卡在了那个就像是关押异端0001号的房间门口，这也是进入玫瑰工厂内部加工点的通道。

其实以唐二打的武力值也不是不能直接暴力突破，但考虑到塔维尔的心脏是悬挂着并连接在墙壁上的管道上的，直接暴力突破很有可能撕裂塔维尔的心脏，于是唐二打还是停在了门口，没有继续向里清扫。

但这扇门的钥匙在躲在里面的厂工的身上，如果不强行突破，没办法打开门。

唐二打看向白柳："怎么进去？"

"很简单——还记得那个测试吗？"白柳举起一瓶香水原液，微笑着沿着门缝向下滴落，"让心脏为我开门。"

在检测时，塔维尔的心脏对白柳倾倒的香水原液反应十分剧烈，只是滴了一滴就让它震开了悬浮的玻璃柜。而现在白柳这样一整瓶倾倒下去——

整个房间不到一秒就开始轰鸣摇曳起来。

伴随着机械管道断开的"咔嗒"的撕扯声，里面的厂工惊慌失措的奔跑声和喊叫声也透过门缝似有若无地传了出来：

"心脏跳动得太快了！"

"开闸放水——！"

"来不及了——玻璃柜整个炸开了！"

"哗啦——"

清脆的玻璃碎裂声响起之后，在一片纷杂喧嚣的热闹动静里，白柳闭上眼睛，屏住呼吸，脸贴在了冰冷的铁门上——

他听到了一颗心脏剧烈的跳动声。

怦怦、怦怦怦、怦怦怦怦——

和白柳现在的心跳声一样。

浅粉色的玫瑰香水原液从门缝渗透了出来，门似乎被涌出来的过量液体和气体倾轧，开始朝外鼓胀变形，锁扣也跟着摇动变形。门终于承受不住，正面朝下"轰隆"一声倒下。

原液和香气海啸般扑面席卷涌出。

站得离门最近的白柳被血液般的原液从头到尾淋湿了，他抬起湿漉漉的睫毛看向房间内。

泄漏崩坏的冷水管道里的原液像血一般四处狂欢着喷溅，地面上的玻璃碎碴浸在粉红色缭绕的气体和半透明的液体内，电闸旁甚至能看到紫蓝色电流沿着管道在四处攀爬，噼啪作响。

　　在一片混乱里，那颗心脏悬挂在房间的正中央，宛如一颗等待已久的成熟鲜红色果实，发出"怦怦"的声响提醒——提醒当初说要摘走它的那个人，如果再不摘走，它就要跳动到炸开了。

　　于是白柳上前一步，他仰头摘下了这颗果实——濡湿的心脏在他手心跳动，好像随时要逃跑那样。白柳垂下眼睫观察这颗心脏，一滴原液顺着他的睫毛滴落在心脏上。

　　心脏因为这滴原液突兀地加快跳动了两下。

　　白柳收紧手掌攥紧这颗心脏，微笑起来。

　　——原来把谢塔的心脏握在手上，是这样的感觉。

　　非常——非常的美妙。

　　把心脏放回一个人的胸腔是一副什么样的景象呢？

　　无论是在现实还是在游戏里，唐二打都没有见过如此离奇、如此匪夷所思的场景。

　　更不用说执行这件事情的主人公白柳的脸上一直带着一种让唐二打想要立马掏枪逮捕他的，奇特的微笑。

　　——就好像这颗心脏是他亲手挖出来的那样。

　　肋骨内缩，心脏被肺叶保护性地掩盖，胸大肌沿着附着点生长、闭合，最后是皮肤完美无缺的覆盖——光滑、洁白、健康，一具就像是什么都没有发生过的躯体躺在了白柳的面前，胸腔微微上下起伏，睫毛也轻微颤抖。

　　"我们出去，"在白柳组装好塔维尔之后，刘佳仪预防性地后退了好几步，"它要醒了，对我们的影响会更大。"

　　一群人又像来时那样，训练有素地退出了房间，还贴心地把门给关上了，把空间留给了白柳和即将苏醒的塔维尔。

　　白柳屈腿靠在玻璃柜碎裂之后仅剩的框架上，点开了系统面板，罕见地花钱给自己的小电视开了静音服务之后，他转过头来直勾勾地看着塔维尔的脸，自言自语般先开了口：

　　"我知道你醒了，谢塔。"

　　塔维尔的睫毛又轻颤两下，但他的眼睛还是没有睁开。

　　白柳双手撑在塔维尔的两边，他干脆地伏低身体靠近了塔维尔，目光还是直直地落在塔维尔的脸上，两个人越靠越近。

"这样你都能装下去是吗？"白柳伸出手，想轻点塔维尔的额头。

"再装我就要对你做更过分的事情了。"白柳低声说。

塔维尔终于很轻地抬眼，那双白柳熟悉的银蓝色眼眸再次出现在他面前。塔维尔神色极淡地反问白柳："你不是在我们第一次重逢的时候，就要求我对你做了轻点额头这件事吗？"

"这件事很过分吗？"塔维尔坐直身体，靠近了白柳。

白柳瞬间和塔维尔拉开了距离，他侧过脸，深吸了两口气才转回来，强装镇定地质问塔维尔："你果然记得我，那你第一次见我的时候装什么？"

一想到他们第一次见面——白柳冷静地掐了一下自己的手心，保持了不为所动的无耻外壳。

这个世界上还有比你不记得你的好朋友，然后见面时就像是喝醉了一样更尴尬的事情吗？

有，就是你刚刚拼好了一个全裸的他。

白柳尽量让自己的视线维持在塔维尔的脸上。

塔维尔抬眸看他，似乎不觉得自己做错了什么："你不记得我了，所以我礼貌性地自我介绍，然后我们重新认识。"

"那你刚刚装没醒干什么？"白柳假装不经意地脱掉自己的防护服盖住了塔维尔的下半身，然后语气才恢复了正常，心平气和地逼问，"你在心虚什么？"

塔维尔沉默了半晌，认真地回答："虽然不清楚为什么，但我感觉到了你在生气。"

白柳皮笑肉不笑地双手抱胸，斜眼扫了塔维尔一眼："有吗？我怎么不觉得。"

塔维尔："……"

"对不起。"塔维尔迅速地道歉了。

白柳刚想说"我真的没有生气，你不用道歉"，塔维尔就前倾身体，拥抱了他，贴在他的耳边很轻很轻地说："可能你现在真的很生气。虽然稍微有点不合时宜，但我真的非常高兴。"

"你终于想起我了。"塔维尔说，"我以为你因为恐惧，所以故意把我遗忘了。"

白柳的肩膀情不自禁地放松下来，他懒懒地低声问："所以说你到底有什么值得我感到恐惧的？"

"我的一切——我死不掉，我腐烂的右手和尾巴，被捆绑在教堂里当作吸血的祈祷符号，还有被肢解的身体和离体后还不停跳动的心脏。"塔维尔的声音有种冰一般的清透质感，但落在白柳的耳朵里就像是已经融化了，变得和水一样柔和，"我很高兴，你就算不记得我了，也没有害怕我。

"我很想你。"

塔维尔把头很深地埋进白柳的肩膀里，他抱得很用力，语气很虔诚："每次醒来第一眼见到的就是你，沉睡都不可怕了。"

白柳的瞳孔在塔维尔说"我很想你"的时候轻微地收缩了一下。

他的手掌张开，缓慢地放到了塔维尔的肩膀上，很轻地回抱了塔维尔。

白柳不太习惯这样亲近的动作，但谢塔是个例外，他们熟悉到不分彼此。两个不符合人类定义的怪物，靠着彼此之间那点微薄的情感联系，在这个世界上伪装成人类生存。

但距离上一次他们能清楚地认知对方是谁，实在是相隔太久太久了，对白柳而言是失去一切记忆的十年，对塔维尔来说是不知道多少个无法停止折磨的轮回。

在离开对方之后，他们被这些相隔的"久远"不可避免地变得陌生，他们再也找不回当时的那种熟悉感。

这些"久远"太致命了，甚至比距离、时间、生死都更加可怕，可怕到从此以后，他们每次重逢甚至都比第一次他们相遇时更加陌生。

一方不记得，一方纵容另一方的不记得，任由彼此陌生下去——如果那些谢塔"死去"的记忆对于白柳是可怕的，塔维尔愿意那些事永远只有自己记得。

就算每次重逢都要重新开始，他也不觉得有什么。

但在白柳看到谢塔那双银蓝色眼睛的一瞬间，往昔宛如回笼的鸟，落在塔维尔靠着的他的肩头上婉转啼叫。那个被白柳拼凑好，终于被他找回来的旧友用那种冰冷的、白柳再熟悉不过的体温依靠在他的心口。

这个白柳遗失太久的"怪物"，当年躺在满是血水的受洗池里眼神孤寂，身体蜷缩，而下一刻，白柳出现在了他的面前，谢塔一动不动地安静注视着突然出现的白柳，银蓝色的眼眸里洒落了晃眼的月光。

那眼神极轻、极飘、极美，极其不可思议，就像是一个"神明"看到另一个"神明"降临。

——而刚刚塔维尔就是用这样的眼神看着他的。

白柳嘴唇张合，声音轻到几乎算是气音：

"我……也很想你。"

白柳闭上了眼睛，他放任自己沉浸在这个家伙身上快要迷晕他的玫瑰香气里，自暴自弃地握住了对方的手，声音里却带着明显的笑：

"从想起你的那一瞬间，我就开始想你了。"

215

　　塔维尔闭上了眼睛："我也是。"
　　"你要做选择了，"塔维尔转折得很突兀，他松开了白柳，额头与白柳相抵，轻声询问他，"要解药还是毒药？"
　　白柳的手落空地蜷缩了一下。
　　塔维尔平静地看着他，银蓝色的眼眸宛如一面放于水下的镜子，水光摇曳地映着白柳没有情绪波动的脸。
　　他说："你应该知道什么是解药了，做出选择吧。"
　　白柳的眼神空了一下，他的记忆在一瞬间穿过了塔维尔的眼眸，飘向了很远很远的地方。
　　在陈旧的福利院图书室里，浸满油渍的旧诗集在谢塔的膝盖上摊开，那是一个夏日的午后，阳光穿过他垂落在额前的发，就像是穿过茂密松散的树枝散成零散网格的光，落在泛黄的、破旧的书页上。
　　空气里有灰尘和热浪飘浮着，图书室的窗台正对着没有修剪过的杂草绿树，窗户半开着，水池在灼目的日色下泛出鱼鳞般的波光，宛如一万颗钻石铺在水面上那样耀眼。
　　白柳对看书没有兴趣，昏昏欲睡地用一本书盖在脸上，头枕在双手上偷懒，热气蒸腾出的汗液打湿了他的领口。
　　他已经不记得他们具体犯了什么事了，总之他们就是被发配到这间看起来几十年都没有打扫过一次的图书室做清扫工作——这种惩罚在白柳和谢塔的身上都很常见。
　　但好在那是一间狭小的图书室，谢塔并不着急，他安静地坐在窗台旁翻看埋在灰尘下的旧书，低声诵读：
　　"我怎么能够把你比作夏天？
　　"你不仅比它可爱也比它温婉，
　　"……
　　"但是你的长夏永远不会凋落，
　　"……
　　"或死神夸口你在他的影里漂泊，
　　"当你在不朽的诗里与时同长。
　　"只要一天有人类，或人有眼睛，
　　"神明将长存，并且赐给你生命。"

白柳终于被谢塔喋喋不休的诵读声给吵醒，他取下盖在脸上的书，眼睛犯懒没有睁开，嘴倒先问了谢塔一句："最后一句不是这样的吧？不要念着念着随便篡改别人的诗。"

"原句是'这诗将长存，并且赐给你生命'。"谢塔被拆穿了也不气恼，依旧很平和地望着白柳，那眼神似乎要把白柳给装进眼里，"我不太会写诗，但我在这首诗里看到了你。

"这首诗很适合你。"

白柳脑子里把这首诗过了一遍，假装伸了个懒腰，转过身不去看他身后的谢塔，静了一会儿才又开口：

"不要随便找一首诗就来对我讲。"

"没有随便找一首诗。"谢塔不急不缓地说，"你的长夏永远不会凋落，这是描述你未来的诗，会有人告诉你的。"

"我的未来？那你呢？"白柳又转过身去，挑着眉挑刺般地反问，"只有我的长夏不会凋落是吗？"

那原本只是他的一句玩笑话，但那天谢塔却静了很久很久才抬起眼来看他，声音轻得就像一片落不下的树叶：

"我没有夏天。"

他轻轻吐息："我只是……偷偷地共享了你的夏天。"

谢塔瞭望窗外葱茏的夏日盛景："这夏天的确可爱又温婉，是我见过的最美的夏天。但这些……并不属于我。

"我总会离开的。"

在那个夏天结束的时候，谢塔消失在了那个水池的底部。

而在初夏的玫瑰工厂，五月的玫瑰花的盛放正值花期的第一轮。

塔维尔放开手的那一瞬间，白柳就像是察觉到了什么，他下意识地抓住了塔维尔的手腕，很冷静地看向他："你又要走了是吗？"

"我们会重逢的。"塔维尔轻轻抬起另一只手，抚摸白柳的眼睑和脸庞，"这不是属于你的夏天和玫瑰，我不会留在这里，你也不应该留在这里。"

塔维尔冰冷的手似触非触地贴在白柳的皮肤上，是雪落在脸上的触感。

"在太阳消失四分之三时，会有故人来寻冷僵的你。不要害怕死亡带来的分别，不要害怕雪原里碎裂的逆十字架。"

"不要害怕活着或者死去的我。"塔维尔把白柳的头抱在怀里，俯下身轻抚他湿润的带着玫瑰香气的碎发，"不要害怕我离开你的夏天。

"我是一个没有夏天的陨落'神明'，但我拥有一整个等待你的冬日。"

"现在做出选择吧，要解药还是毒药？"塔维尔垂下纤长的雪色的眼睫，很轻地抚摸白柳滴水的发尾，"无论你做出什么样的选择——"

"你都会离开，是吗？"白柳闷声问。

塔维尔静了静，诚实地回答了他："是的。"

白柳又安静了，但塔维尔感受到白柳的双手收紧了——这一点还是和小时候一模一样啊。

塔维尔突然想笑。

在遇到不想面对的情况，受了其他小孩或者是老师的气，或者是不想分别的时候，十四岁的白六表面八风不动，甚至还会开口讽刺两句。

但趁人不注意的时候，那个瘦小的白六就会偷跑回去，抱住那个巨大的、布满补丁的瘦长鬼影的玩偶，把头埋进去一动不动地释放情绪——也是这样的姿势。

"但不管你要做什么选择。"塔维尔拂开贴在白柳耳郭上的发丝，低下头靠近他的耳边低语，"你对我来说，永远是最重要的。

"无论还要经历什么，我一定，一定会赶来见你。"

白柳缓缓地撑着手坐起来，他直视着塔维尔——他终于记起为什么自己在十四岁之前没有直视人的这个习惯，而是十四岁之后才有了。

因为谢塔说："不要直视我，我有一双很可怕的眼睛。"

白六不怀好意地调笑："但如果不直视你，你怎么知道我是在和你说话呢？万一我在和其他人说话，你以为我在和你说话，那样你岂不是很尴尬？"

谢塔沉默了一会儿，说："但是这样的话，我就可以假装你和其他人说话的时候，无论你在看谁，我都可以告诉我自己，你是在和我说话。"

白柳记得当时的谢塔一边和他说这样的话，一边为了遮挡自己的眼睛更深地低下了头，嘴唇紧抿着。

——就像现在一样。

"不要一边说这种要离开的话，"白柳一边拂开塔维尔额前的发，一边凑过去，像是抱怨般笑着说，"一边露出这种比我还要不舍得离开的表情啊。"

十年前的白六说："你以后不用这样假装了，从本质上来说，我也只有你这一个说话对象，只有你会真的听我说的每一句话。

"所以无论我在和谁说话，其实都是说给你听的，我会一直看着你的眼睛说话的。

"我不觉得你可怕。"

十年后的白柳说："我不会再害怕你死去了，从本质上来说，死亡已经是人类最可怕的事情了。

"而你不会死，无论赐予你这一点的是谁，无论其他人觉得你是什么——对我来说，你都只是谢塔而已，我觉得你能一直活着这件事很好。

"我不觉得你可怕。"

白柳顿了一下，然后继续平静地说下去："毒药是从你身体里生长出来的干叶玫瑰，解药是通过你的血浇灌出来的血灵芝，对吗？"

在看出那个日记本和福利院有关的时候，白柳就意识到了解药是什么。

血灵芝这个道具的功能解释是可以停止所有的负面BUFF，这些负面BUFF里很有可能就包括干叶玫瑰导致的上瘾状态，而恰好厂长又是从福利院购买的雕像——很有可能塔维尔的身体里还埋葬着血灵芝的母体。

只是因为雕像被分尸了，无法形成完好相连的血管和器官，所以没有办法生成可以浇灌血灵芝的血液。

那个厂长应该也是知道这一点的，但他已经彻底失控了。

比起可以拯救他自己的"解药"，很明显浓度更高、更加让他疯狂上瘾的"毒药"——玫瑰香水更吸引他。

他无法停止对玫瑰香水的欲望，更不可能把核心生产工具（心脏）放回塔维尔的胸腔，让塔维尔重新成为一个血液供应机器，生产血灵芝来拯救自己——这也彻底毁灭了他。

这个游戏的原理也是一样的——在窥探了整座玫瑰工厂运作的核心机密之后，玩家面前有两条路。

一条是继续利用被分尸后的塔维尔孕育干叶玫瑰，生产玫瑰香水。

另一条是吸取塔维尔的血液，像第三个副本的那些投资人那样，让荆棘般的血灵芝藤条穿过塔维尔的身体生长，源源不断地生长出可以解救所有人的血灵芝。

干叶玫瑰没有荆棘的、叶片枯萎的光滑根茎，恰好在血灵芝带刺的、玫瑰般的灌木枝条身上补齐了——这两个植物在被设计之初，就是相辅相成、互相克制的一对。

"你在逃避吗？"塔维尔注视着白柳，"因为你哪一条都不想选。

"但这是没有办法的事情——你应该清楚，从这个游戏被设计出来开始，你就只能从这两条路里选。

"那个人在逼你做选择——是通过折磨我拯救世人，还是放任世人受折磨来让我好过。"

白柳知道的。

他在踏入这个游戏的那一刻，就知道了——所以他一直在逃避进行游戏。

——有人在通过折磨塔维尔，逼他做回白六。

216

  有人在逼迫白柳对塔维尔做那些投资人、那个厂长对他做的事情,在逼迫他成为他原本应该成为的那个人。
  白柳都不想做,不过他也不是毫无办法,只是需要赌一把。
  但这个办法塔维尔一定不会允许。
  白柳在想到这个办法的一瞬间,很快地低下了头。
  塔维尔太了解他了,白柳很难在这个家伙面前藏住自己的想法,只能收敛眉目假装在思考,然后给出答案:"……解药吧,我没有其他选择了,我已经和其他人做了交易。"
  "那只需要我的血液就可以了。"塔维尔伸出手,一株带刺的微小的血灵芝藤蔓从他白皙的手腕下青色的血管里穿出,鲜红的血液瞬间绕着他手腕两侧倾斜而下。
  藤蔓贪婪地环绕着血液流过的路径开始肆意生长,捆绑状地在塔维尔的手臂上往里蔓延,尖利的黑刺刺穿瓷器般雪白的皮肤,很快更多的血液从洞状的伤口里涌了出来。
  塔维尔的脸色随着藤蔓的缠绕迅速变得苍白,呼吸的节律也开始因为失血过多而变得缓慢,血液从他抱着白柳的指尖上不断滴落。
  "我……需要一个盛装血液的容器,"塔维尔眼睑半合,断断续续地说,"就像是……受洗池那种。"
  白柳的视线在房间内环视一圈,定格在了一个上方开口、横放的玻璃展示柜上。
  塔维尔自觉地躺进了厂工们为他的心脏准备的备用玻璃柜——这柜子刚被拉出来白柳他们就闯进来了,还是完好的,没有破损,和塔维尔的身高差不多长,恰好可以让他躺进去。
  无声无息渗透出来的血液很快浸没了塔维尔放在玻璃柜两侧的手。
  ——这场景和当初谢塔在教堂里躺在受洗池中一模一样。
  白柳下意识地别过了脸站起来,背对着这一场面。
  他的呼吸不由自主地加快了,双手不停地放开又握紧。一直近距离地靠近塔维尔,香气导致他的精神值一直在缓慢下降,到现在这一刻,终于到了出现幻觉的临界点。
  他脑子里开始出现很多纷杂的声音:
  "他很痛!你看不到他很痛吗?你是个怪物吗?你没有感情吗?快停下!"

"你知道他到底有多痛吗?你为什么要折磨他!你这种人也会有最重要的人吗?"

"你是不是没有办法和别人共情?"

"他果然是个怪物吧?"

"白柳,你精神状态不太对,去找心理医生看看吧……"

"……严重的创伤后应激障碍,在遇到创伤场景的时候会下意识重复当时的刻板动作……"

"白六你为什么怕水?你根本不是怕水,你是怕看到水里的尸体。你还记得他是谁吗?!"

"真的谢塔已经为你死了!"

"……某些并不是自己经受伤害,而是共情能较强的PTSD(创伤后应激障碍)患者会不断幻想当初的场景,通过模拟自己代替那个人承受伤害来减轻愧疚感……"

"要是被折磨的是我,痛的是我,死的是我就好了……要是我可以代替苏恙就好了……"

一切在白柳的脑中都开始混乱起来。

从窗帘后狭小的缝隙看过去,谢塔逐渐被淹没在受洗池里,耷拉在他脸庞两侧的发丝滴落着血水。

从头到尾,白柳那些原本的童年幻想,一直都是关于谢塔的——被小孩喊作怪物的,被老师排斥、恶意惩罚的,被关禁闭一个人在教堂受洗的,被一次又一次淹没在受洗池里清洗的,没有办法从那所福利院里逃出来的人,全都是谢塔。

不是白六,不是白柳,是谢塔。

而在白柳遗失的曾经的记忆里,经历这些的人,为什么会被替换成他自己呢?

白柳的呼吸急促起来,他的皮肤上开始出现就像是有藤蔓钻了出来的刺痛感。

他捂住了自己的脖颈,颈部血管产生的一种被藤蔓刺穿的剧烈痛楚让他忍不住皱眉——但其实那里什么都没有。

塔维尔的颈部刺出了一株一指粗的藤蔓,他的呼吸渐渐微弱下去,长发悬浮在血水里,和藤蔓纠缠不清。

白柳开始站不稳,他觉得自己每一根骨头好像都在往外不停地冒尖刺,每次呼吸都会因为肌肉收缩被划开而感到剧痛,让他站立不稳,几欲眩晕跪地。

但其实白柳身体里什么都没有,这些只是幻觉而已,真实得过分的幻觉。

这些白柳潜意识制造出来的幻觉正在让他和塔维尔经历一样的事情。

塔维尔的声音从他身后传来:"你要走了吗?

"你要去做什么?"

塔维尔安宁的声音让白柳平静下来。

白柳扶住一根摇摇欲坠的冷水管道深呼吸了两次，让混乱成一团糨糊的大脑能保持基本的思考，然后回答塔维尔："去告诉外面的人，我找到了'解药'。"

"撒谎。"塔维尔说，"白柳，你在撒谎的时候从来不敢正视我。"

他的语气温柔得就像是当初在教堂里第一次看到白柳时那样："你愿意和我说，你离开我要去做什么吗？"

——"你愿意和我看一本书吗？"

白柳的身体就像是被某种他不知道的意识所操纵了，他就像一台运转失灵的机器人，卡顿地转过身来，看到了在血水池里坐起来的塔维尔。

——塔维尔满身荆棘，但依旧专注地、不错眼地看着他，身上全是针孔般的伤口，脸上是那种很浅的笑。

白柳的瞳孔轻微地收缩后又扩散了。

……水塘旁边满是针孔的谢塔的尸体，和跪在他旁边，不知道做了多久的心肺复苏精疲力竭的白六。

白六双目失神地瘫软在地上，然后他俯身靠近尸体，把手握成拳头抵在谢塔没有心跳的胸口上轻轻张合，嘴里轻声呢喃，模仿心跳声：

"怦怦、怦怦、怦怦——

"不是会心跳加速吗？为什么现在连跳都不跳了……

"给我跳啊……"

那个因为免费，所以白柳去看过几次的蹩脚的心理医生的话断断续续地在他耳边响起：

"……通过你朋友的话来推测，你有严重的PTSD，算是目击创伤的类型，需要自我调节……

"不过你太极端了，如果下次再遇到了类似的场景，反应应该会很过激——你会竭尽全力地去阻止类似的事情在你面前再次发生，甚至用自己去代替对方也有可能……"

"你要去做什么，白柳？"塔维尔抬起银蓝色的眼眸望着他。

白柳垂在身侧的手指动了动，召唤出一张纸牌——红桃A的扑克牌。

他张了张口，终于说了出来："我准备去找一面镜子。"

"刘佳仪，这张红桃A能做到完全地把一个人转化成另一个人吗？包括血液之类的？"

"你问这个干什么？如果你能找到心里完全是另一个人的那个人并靠近对方，血液成分这种基础的转化这张技能牌是可以做到的。"

"那一些特性呢？比如血液的再生速度和对死亡的耐受性？"

"这些是什么？你是准备转化成谁？谁心里最重要的人是这种样子的啊？血液再生，死亡耐受，听起来——

"简直像个怪物。"

"找镜子要做什么？"塔维尔问。

"让我看到我自己。"白柳说。

……

"对啊，谁心里最重要的人是这种怪物呢。"白柳说。

"哇，白柳你脸上的表情好恶心，你刚刚笑得好奇怪！"刘佳仪说。

……

"为什么要看到自己？"塔维尔问。

白柳垂下脖颈，他低头平静地望着地面水洼倒影里的自己，任由那些玫瑰的波光宛如曾经的夏日湖面，目眩神迷地映在他瞳孔里，他的脸上什么情绪也没有。

就这样静了很久很久，他手中夹着的红桃A扑克牌中心的桃心在飞快地转动。

桃心里的人很快变成了另一个人。

白柳的头发变长，四肢变得宛如被雕刻而成般有力完美，身上布满了针孔，脖颈刺出荆棘，浑身沐浴在血液里，银蓝色的长睫垂下，浅粉色的玫瑰香水原液混合着血从他的下颌、睫毛上滴落，鬈发在腰后盘曲。

"因为这次……我想成为那个被折磨的怪物。"白柳说。

247

刘佳仪一行人守在闭合的门外。

她皱眉看着从门缝里流淌出的玫瑰香水原液的颜色越来越深，最后变成了近乎血一样艳丽。

刘佳仪皱了皱鼻子，她闻到了一种隐藏在原液清淡的玫瑰香气之下，令人很不愉快的血和蘑菇的味道——这让她联想到了上个副本。

……上个副本——电光石火间，刘佳仪想起了《爱心福利院》的怪物书奖励——血灵芝。

她自己没能打出《爱心福利院》的怪物书奖励，所以她是没有血灵芝的。

刘佳仪之前根本没有往血灵芝这个方向想，因为太离谱了——但现在闻到这个味道的一瞬间，刘佳仪明白了白柳说的"解药"是什么。

——是血灵芝。

再加上白柳莫名其妙地问她关于红桃 A 技能牌的那些话……笨蛋才想不到他想要做什么！

刘佳仪深吸一口气，罕见地感受到了战队里有一个成员喜欢胡来的头疼。她挥开站在她身前的流民，给自己喷够了提高精神值的玫瑰香水，取下了可视化道具往门里走。

——那个神级 NPC 异化时攻击得最厉害的地方是玩家的眼睛，看不见的话，应该可以降低一些她被异化的速度。

但在刘佳仪刚刚抬步的一刻，无数的荆棘和藤蔓从门缝里缱绻地外溢而出。

这些藤蔓宛如在倍速镜头下的爬山虎，沿着玫瑰工厂狭窄的走廊迅速地攀爬蔓延，眨眼之间，就将这条通往外面的甬道变成了茂密的原始丛林，所见之处皆是舒展卷曲枝叶的藤条。

这些藤条上密集生长的粗壮尖刺宛如吸血鬼被拔下之后还在咀嚼的牙齿，将地面上流淌的血色液体顷刻间给吮吸干净，然后迅速长大。

暗红色的光点犹如心脏般在搏动，一鼓一鼓地，在似乎下一秒就要爆开的尖刺旁聚拢。

"什么情况？"唐二打警觉地掏出枪对准了这些飞速膨胀的尖刺，"这不是干叶玫瑰的植株嘛，白柳做了什么？"

刘佳仪低头戴上了可视化道具，她抬眸看向那扇闭合的门："他做了他一直想做的事情。"

唐二打一怔。

那扇巨大的、严丝合缝的门被暴涨而出的藤蔓给推开，唐二打转身向里看去。

在房间的中央，唐二打看到了这些不断生长、蔓延的藤条的核心，这让他的呼吸微微凝滞了片刻。

装满血液的透明展示柜里，两个躺在血水里的人互相依靠。

一个人抵在另一个人的心口，带着尖刺的藤条从他们的身体里源源不断地穿出，而他们就像是完全感觉不到痛楚一般，沉浸在温热的血液里拥抱在一起，安详的，静谧的，就好像这一刻即永恒般熟睡着。

水上漂浮着那张被染红的红桃 A 扑克牌。

尖刺灿然爆裂，暗红色光点从菌伞下悬浮着飘走，穿过漆黑深幽的长廊，沿着藤蔓末端游走到五月的日光所及之处——那里是埋葬了旧友的一万六千亩花田。

缺失了营养源的玫瑰内卷花瓣，弥漫至天际的幻梦般的浅粉色随着那人的离去而枯萎，那是被切碎后深藏的一万六千份思念，在烈日挟裹着夏天即将到来的一瞬短暂地现世，又随着陨落成尘的花瓣消散不见。

狂风将初夏宠爱的娇蕊作践，夏天租赁的时期未免太短，太阳灼热如神明遗落的一只眼。

颠倒世界的一万六千亩玫瑰凋落了，但你的长夏永不会凋落。
——那是连神明都夸口称赞过美丽的夏天。

《惊封3》敬请期待